Veronika Rusch
Eines Menschen Leben

Weitere Titel der Autorin:

Aller Tage Hoffnung – Die Bahnhofsmission

VERONIKA RUSCH

EINES MENSCHEN LEBEN

DIE BAHNHOFS MISSION

ROMAN

lübbe

NACHHALTIG PRODUZIERT

Die Bastei Lübbe AG verfolgt eine nachhaltige Buchproduktion. Wir verwenden Papiere aus nachhaltiger Forstwirtschaft und verzichten darauf, Bücher einzeln in Folie zu verpacken. Wir stellen unsere Bücher in Deutschland und Europa (EU) her und arbeiten mit den Druckereien kontinuierlich an einer positiven Ökobilanz.

MIX
Papier | Fördert gute Waldnutzung
FSC® C014496
FSC www.fsc.org

Originalausgabe

Textredaktion: Anna Hahn, Trier
Umschlaggestaltung: Guter Punkt, München | www.guter-punkt.de
Einband-/Umschlagmotiv: © iStock/Getty Images Plus: Serjio74 | Daria Bayandina | LiuSol | BrAt_PiKaChU; © Richard Jenkins Photography
Satz: Dörlemann Satz, Lemförde
Gesetzt aus der Adobe Caslon
Druck und Verarbeitung: GGP Media GmbH, Pößneck

Printed in Germany
ISBN 978-3-7577-0005-8

2 4 5 3 1

Sie finden uns im Internet unter luebbe.de
Bitte beachten Sie auch: lesejury.de

TEIL I

PROLOG

BERLIN, ENDE APRIL 1945

Die Welt draußen hatte aufgehört zu existieren. Es gab nur noch diese vier grob verputzten Wände, gestampfte Erde unter den Füßen, eine niedrige Decke aus Holzbalken. Darüber seit Tagen nur Kanonendonner, Artillerie, ein dumpfes Grollen, Schüsse, das Geknatter der Flaks. Volkssturm nannte man diese Farce, die vorgab zu retten, was längst verloren war. Tausendjähriges Reich, Endsieg, totaler Krieg. Begriffe, die keinen Sinn ergaben, so laut sie auch hinausgebrüllt wurden in diese schwarz-weiß-rote Welt, in der es nur noch dafür und dagegen gab. Ein Gemetzel ohne Ziel und Verstand. Der Untergang aller Dinge, die einmal schön gewesen waren. Liebe, Glück, Lachen, Freiheit … nur noch eine blasse Erinnerung an etwas, was einmal gewesen war, irgendwann, irgendwo …

»Pielst du mit mir?« Das kleine Mädchen mit den blonden Löckchen zupfte Alice am Ärmel. Sie lächelte das Kind dankbar an.

»Ja, lass uns was spielen!«

Elsie schaffte es immer wieder, sie auf andere Gedanken zu bringen. Sogar hier unten in diesem Loch, wo Alice zusammen mit den anderen Bewohnern des Mietshauses und Nachbarn seit Tagen ausharrte, während über ihnen die Apokalypse stattfand. Die Russen hatten die Sperrringe der Wehrmacht bis ins Innere der Stadt überrannt, die Deutschen hatten ihnen nichts mehr entgegenzusetzen gehabt, nachdem sie seit Monaten schon auf dem Rückzug gewesen waren, abgestumpft, entkräftet, tödlich verwundet, Kanonenfutter dieses einen kleinen brüllenden Mannes und seiner Schergen, die die Welt mit ihren geifernden Fieberträumen an den Rand des Abgrunds gebracht hatten.

Elsie hielt ihr einen schäbigen alten Teddy hin, der schwarz von Ruß war und nur noch ein Auge hatte. »Du pielst Fritz. Er ist krank.«

Alice bemerkte, dass Elsie dem Teddy ein Taschentuch um den Hals gebunden hatte. »Oje, was fehlt ihm denn?«

»Nupfen«, sagte die Vierjährige betrübt und wischte sich mit dem Handrücken über ihre eigene Rotznase, was den Rotz allerdings nur verschmierte. Ihr herziges Gesicht mit den blauen Kulleraugen war schmutzig, so wie die Gesichter aller anderen hier unten auch. Man konnte nicht tagelang im Kohlenkeller hausen, fünfzehn Menschen, und dabei sauber bleiben. Alice stellte sich vor, was sie für ein Bild abgeben würden, sollten sie irgendwann wieder ans Tageslicht kommen: Eine Gruppe hohlwangiger, schmutziger Gespenster mit rußigen Gesichtern und angstgeweiteten Augen. Doch im Gegensatz zu so vielen anderen waren sie am Leben. Noch.

»Und wen spielst du?« Alice wusste, dass es in Elsies Spielefundus, den sie in einer alten Kaffeebüchse immer mit sich herumtrug, noch ein Stoffpüppchen, drei Wehrmachtsoldaten aus Lineol und einen kleinen roten Ball gab, auf den Elsies große Schwester Hertha mit Kohle zwei Augen gemalt hatte und dessen Name Franz war. Die Soldaten gehörten ihrem älteren Bruder Alfred, ebenso wie ein Panzerspähwagen aus

Blech, der mit einem kleinen Flakgeschütz ausgestattet war. Die Mutter hatte Alfred jedoch verboten, damit zu spielen, und seit von oben unablässig der Lärm der Geschütze ertönte, war Alfred auch die Lust dazu vergangen, Krieg zu spielen. Bei Elsie dagegen hatten die beiden Soldaten kein kriegerisches Leben zu befürchten. Sie spielte Vater, Mutter, Kind mit ihnen, verarztete sie oder setzte sie zusammen mit dem Teddy und dem Ball nebeneinander auf einen herumliegenden Ziegelstein, der sich in ihrer Fantasie in eine Schulbank verwandelte. Dann wurde das Püppchen zur Lehrerin und brachte den gehorsamen Schülern das Einmaleins und das ABC bei, zumindest das, was Elsie davon schon beherrschte oder glaubte, zu wissen. Eine Wand diente dabei als Tafel. Sie war vollgemalt mit Fantasiezeichen, die Zahlen und Buchstaben darstellen sollten, krakeligen Zeichnungen von Bäumen, Blumen, Sonnen und windschiefen Häuschen, die Elsie, die Zunge konzentriert zwischen die Lippen geklemmt, mit einem Stück Kohle malte. Wenn Alice besonders schwermütig zumute war, sah sie sich die Zeichnungen an und betete darum, dass es dem Mädchen vergönnt sein möge, Bäume, Blumen, heile Häuser und die Sonne wiederzusehen. Jetzt hob Elsie ihr Püppchen hoch und sagte zu dem Teddy: »Ich bin Krankenschwester Alice, ich mach dich wieder gesund.«

Elsie wusste, dass Alice als Hilfskrankenschwester im Lazarett gearbeitet hatte, bevor es in der allgemeinen Panik vor den heranrückenden Russen aufgelöst und die Verletzten hastig in vermeintlich sicherer gelegene Krankenhäuser verlegt worden waren. Sie fand das unglaublich spannend, daher imitierte sie sie häufig im Spiel. Wie immer ließ Alice sich auch jetzt gerne von dem kleinen Mädchen in ihre Fantasiewelt entführen. Schniefend und niesend wackelte sie mit dem

Teddy hin und her. »Oh, das ist gut!«, erwiderte sie in ihrer schon oft geprobten Teddy-Fritz-Stimme. »Ich fühle mich ganz schwach. Und meine Nase ist zugesperrt. Kannst du sie bitte wieder aufsperren?«

Elsie kicherte. »Die ist doch nicht zugesperrt, Fritz. Das ist der Nupfen. Du musst dich ins Bett legen. Sonst kriegst du Fieber wie Irmchen.«

Alice legte den Teddy auf das Zeitungspapier, das Elsie zum Bett erkoren hatte. »Oh, wie schön!«, seufzte sie mit Fritz' Stimme. »Das ist sooo gemütlich.«

Elsie deckte den Teddy mit einem weiteren schmutzigen Zeitungsblatt sorgfältig zu. Als Alice dabei unwillkürlich die Schlagzeile darauf las – *Tagesbefehl des Führers an die Ostfront: Vor Berlin wird der Feind verbluten!* –, vergaß sie für einen Moment das Spiel, und die hilflose Wut, die sie nun schon so lange Zeit mit sich herumtrug, packte sie erneut. Dieser größenwahnsinnige, jämmerliche Lügner und all seine Spießgesellen. In der Hölle zu schmoren war noch zu wenig Strafe für ihn. Ein weiterer kurzer Blick sagte ihr, dass das rußige Zeitungpapier erst vom 17. April stammte. Offenbar hatte jemand Kohlen darin eingewickelt, die er irgendwo ergattert – oder gestohlen – hatte. Ihr entfuhr ein bitteres Lachen. Hatte vor nicht mal zwei Wochen etwa noch irgendein Mensch in diesem zerstörten Land an solche Sprüche geglaubt?

»Du darfst nicht lachen, Alice!«, wies Elsie sie streng zurecht. »Fritz ist doch krank. Das ist nicht lustig.«

»Stimmt«, gab Alice ihr schuldbewusst recht und rief mit Fritz' Stimme: »Oje, mir geht's so schlecht. Kannst du mir nicht eine Medizin geben, Alice?«

»Du kriegst jetzt Tropfen, und dann ist der Nupfen gleich weg,« sagte Elsie in einem gewichtigen Tonfall und tat so, als verabreichte sie dem Teddy Nasentropfen, genau wie Alice es gestern Abend bei ihr und ihren Geschwistern gemacht hatte. Alle vier Kinder der Familie Ackermann waren erkältet, am schlimmsten Irma, das kleine Würmchen, das erst acht Monate alt war. Sie greinte und wimmerte die ganze Zeit und hatte fiebrig rote Bäckchen. Trude, ihre Mutter, stillte sie noch, aber weil die Nase so verstopft war, konnte die Kleine nicht richtig trinken und das Fieber schwächte sie und trocknete sie aus. Alice machte sich Sorgen, was passieren würde, wenn sie nicht bald hinauskamen. Die abgestandene, feuchte Luft des Kellers war Gift für Bronchien und Schleimhäute, und wenn Irmchen nicht bald ordentlich Nahrung aufnahm und noch schwächer wurde, konnte es schnell kritisch werden. Trude Ackermann, die Mutter, wusste das ebenso wie Alice und ließ das kleine Mädchen nicht aus den Augen. Tag und Nacht saß sie in der Ecke und hielt Irmchen im Arm, eng an ihre Brust gedrückt, um es zu wärmen, wiegte es und summte ihm leise etwas vor, so auch jetzt. Alice erkannte das Lied »Die Gedanken sind frei«, was von Böswilligen – und solche gab es genug – vermutlich als gefährliche Regimekritik gewertet werden könnte, sofern das jetzt und hier unten noch eine Rolle spielte.

Als hätte er Alice' Gedanken gehört, meldete sich prompt Hermann Olsen, der einen Zeitschriftenladen im Erdgeschoss ihres Hauses betrieben hatte, zu Wort: »Hörste wohl mit die Gesumms von dem Lied uff? Wenn dit jemand hört!«

»Wer soll dit schon hören?«, antwortete eine Frau aus dem Dunkel einer anderen Ecke. »Höchstens die Ratten. Meenste, da is eene bei, die uns verhaftet?«

Gelächter ertönte. Alice erkannte die Stimme. Es war Wilma Tietze, die Frau des Metzgers in ihrer Straße.

»Lacht nur!«, wehrte sich Olsen. »Ick hab jesehen, wie die SS noch den Jungen von den Kurschattkes aufjehängt hat. Keene zehn Tage ist dit her. Da standen die Russn schon vor der Tür.«

»Ja, und jetzt sind sie da, die Bolschwiken, die wa doch besiegen wollten! Und haben nich mal anjeklopft«, entgegnete Wilma Tietze spöttisch. »Denen ist dit schnurzegal, wat die Trude da singt. Wenn die mit uns fertig sind, kannste uns vom Boden uffkratzen.«

»Die Wehrmacht wird sie zurücktreiben!«, rief eine Jungenstimme, die erkennbar im Stimmbruch war. Sie gehörte Hans, dem dreizehnjährigen Sohn von Alice' Nachbarin aus dem dritten Stock, Heide Prittwitz. Er war nur mit Gewalt von seiner Mutter dazu zu bringen gewesen, mit in den Keller zu kommen, eigentlich hatte er als Luftwaffenhelfer dem Führer bis zuletzt dienen wollen, doch als Heide ihn im allgemeinen Chaos entdeckt hatte, hatte sie ihm eine Ohrfeige gegeben, die sich gewaschen hatte, und ihn buchstäblich am Kragen heruntergeschleift. Seitdem hockte er murrend auf seinem Platz und haderte damit, nicht als Held sterben zu dürfen.

»Berlin wird deutsch bleiben!«, rief er in einer Tonlage irgendwo zwischen Kieksen und Krächzen, und es klang, als sei er den Tränen nahe.

Wilma Tietze lachte meckernd auf. »Davon träumt er vielleicht, der olle Hitler.«

»So etwas dürfen Sie nicht sagen!« Die Stimme des Jungen war schrill geworden. »Den Führer darf man nicht beleidigen! Darauf steht der Tod!«

Die Frau stand auf und stemmte die Arme in die Seiten.

»Hör mir mal zu, du Grünschnabel. Ick lass mir von niemandem mehr den Mund verbieten. Ick hab nen juten Mann und zwee anständije, stattliche Söhne jehabt, die ihr Leben noch vor sich hatten. Alle drei hat er mir jenommen, dein ach so heilijer Scheißführer. Und du kannst och froh sein, dass deine Mutter dich herjebracht hat. Sonst wärste jetzt Matsche und kein Hahn würde mehr nach dir krähen.«

Das Schweigen, das sich nach dieser Ansage im Keller ausbreitete, war so dicht und schwer, dass nicht einmal Irmchens Weinen es durchdringen konnte. Elsie, die gerade noch geschäftig an ihrem Teddy herumgenestelt hatte, hielt mitten in der Bewegung inne und sah angstvoll auf, und auch Hans Prittwitz war verstummt. Alice' Blick flog zu der Stelle ganz hinten im Keller, wo Ernst Krause und seine Frau Waltraud saßen, doch in dem bloß von Kerzen und zwei alten Petroleumlampen erhellten Raum konnte sie ihre Mienen nicht erkennen. Krause war der Blockleiter des Gebäudekomplexes gewesen, zu dem auch der Luftschutzkeller gehörte und von dem nur noch das Vorderhaus, in dem Alice wohnte, stand. Alice überlegte kurz, ob die Gegenwartsform, in der sie an ihre kleine Wohnung dachte, überhaupt noch angemessen war. Mit dem Einmarsch der Russen war nichts mehr sicher, noch nicht einmal das Wenige, das nach den unzähligen Luftangriffen geblieben war. Es hatte Diskussionen darüber gegeben, ob man Krause und seine Frau in den Keller lassen sollte, zu präsent waren all die Schikanen und Bespitzelungen des schmalbrüstigen kleinen Mannes Anfang sechzig und seiner missgünstigen Gattin noch gewesen. Alice war überzeugt, dass er Schuld daran trug, dass die Familie Winterfeld aus dem dritten Stock bei Nacht und Nebel von der Gestapo abgeholt worden war, ebenso wie einige Leute im Hinterhaus über der Wäscherei, die im Beisein einer der beiden Krauses etwas Falsches gesagt oder einer seiner Anordnungen nicht Folge geleistet hatten. Heide Prittwitz und Hermann Olsen waren strikt dagegen gewesen, die beiden aufzunehmen, andere hatten sichtlich gehadert, doch am Ende hatte der Großmut sich knapp durchgesetzt. Alice war unter denen gewesen, die sich dafür ausgesprochen hatten, die Krauses trotz allem in den Keller zu lassen. Sie weigerte sich, das Mitleidlose und Verrohte dieser Zeit mit Gleichem zu vergelten, und wenn auch nur aus reinem Selbstschutz. Denn was blieb noch übrig von einem, wenn man seine Menschlichkeit aufgab? Sie hatte es gesehen, erlebt, Tag für Tag, Jahr für Jahr. So wollte, nein, so durfte sie nicht werden.

Seit sie hier waren, schwiegen die Krauses, wohlwissend, dass die Gnade der Aufnahme in diese im Keller Schutz suchende Gemeinschaft eine unsichere Sache war. Ein falsches Wort, ein plötzlich aufflammender Streit – und all der aufgestaute Groll und Hass der Mieter auf den Blockwart würden sich folgenschwer entladen. Ernst Krause schien sich dessen sehr genau bewusst zu sein. Vermutlich aus diesem Grund erbot er sich auch jedes Mal in unterwürfiger Manier, den Eimer zu leeren, der – hinter einem behelfsmäßigen Vorhang – als Latrine diente, und zum Hydranten an der Straßenecke zu gehen, wenn die Wasservorräte zur Neige gingen, was im pausenlosen Kugelhagel dieser Tage eine lebensgefährliche Aufgabe darstellte. Anfangs hatte seine Frau dann immer geweint, aber nachdem Wilma Tietze sie unmissverständlich angewiesen hatte, die Klappe zu halten, sonst würde sie sie ihr höchstpersönlich stopfen, schwieg sie, die blassen Hände zu einem stummen Gebet verkrampft, und wartete in ihrer Ecke, bis ihr Mann von seinem Opfergang zurück war. Sie hatten beide keine Regung gezeigt, als Wilma jetzt Hitler beschimpft hatte, etwas, was noch vor wenigen Tagen mit ihrem eifrigen Zutun zu einer sofortigen Verhaftung geführt hätte. Doch jetzt war niemand mehr da, bei dem Ernst Krause Wilma Tietze hätte anzeigen können. Niemand, der ihm den Rücken stärkte und ihm bestätigte, dass er richtig handelte. Das tausendjährige Reich war dem Erdboden gleichgemacht, und all seine willfährigen Helfer – ihrer Anführer beraubt – waren wieder das, was sie vorher auch gewesen waren: armselige kleine Würstchen.

Plötzlich durchbrach ein lautes Geräusch das bleierne Schweigen. Etwas rumpelte und schlug gegen die von innen verriegelte Eisentür, die hinauf zum Hausflur führte. Heide Prittwitz schrie erstickt auf und verstummte dann sofort wieder.

»Was war das?«, hauchte Trude Ackermann mit vor Angst bebender Stimme, ihr endlich schlafendes Baby fester umklammernd.

»Sind das die Russen?«, fragte ihr Sohn Alfred und drängte sich ängstlich an Hertha, seine ältere Schwester, die neben der Mutter saß und die ganze Zeit über verbissen versucht hatte, im trüben Kerzenlicht in ihrem Buch zu lesen.

»Nein, Fredi, das war bestimmt nur ein Stein, der von oben runtergekollert ist«, antwortete Hertha, doch auch ihre Stimme zitterte, und sie sah ebenso ängstlich aus wie er. Langsam klappte sie das Buch zu und legte ihren Arm um den Bruder. Elsie ließ Püppchen und Teddy fallen und lief zu ihnen hinüber. Trude nahm sie zu Irmchen auf ihren Schoß, während sich die beiden anderen Kinder ebenfalls an sie schmiegten. Sie sah jetzt aus wie eine Glucke, die ihre Küken beschützt.

»Jemand sollte nachsehen«, sagte Otto Pasulke. Der Besitzer der Wäscherei war hier unten der einzige Mann im wehrfähigen Alter, allerdings besaß er nur noch ein Bein. Er hatte an der Ostfront gekämpft und war schwer verwundet worden. Kurz nach seiner Rückkehr nach Hause war die Familie ausgebombt worden. Das alte Fräulein Pachmayer, die Mutter des Hauseigentümers, die ganz allein in der großen Beletage wohnte, hatte der Familie Pasulke daraufhin Unterschlupf gewährt. Die alte Dame, klein und zerbrechlich wie ein Vögelchen, saß jetzt neben Astrid, der Tochter der Pasulkes, auf einem der provisorischen Holzbänke, mit denen der Kellerraum neben den Feldbetten ausgestattet war. Sie hatte einen altmodischen Hut mit kleinem Schleier und Strohblumen auf ihrem Kopf und saß so aufrecht da, als warte sie auf den Zug. In der ganzen Zeit, in der sie hier unten waren, hatte Alice sie noch nicht ohne Hut gesehen. Astrid Pasulke, eine stämmige Achtzehnjährige mit einem runden, freundlichen Gesicht, hatte Strickzeug dabei, und wie Hertha, die versuchte, durch ständiges Lesen die Angst und die Langeweile nicht an sich heranzulassen, beschäftigten sich Astrids Finger den ganzen Tag über mit einem aus komplizierten Mustern bestehenden, halb fertigen Pullover. Die zarte, flaumige Wolle war vermutlich einmal hellgelb gewesen, jetzt jedoch war sie schmutzig grau, und Alice zweifelte daran, dass aus diesem Werk einmal ein tragbarer Pullover würde.

»Nachsehen? Sind Sie verrückt?«, zischte Heide Prittwitz jetzt in Otto Pasulkes Richtung. »Was, wenn das einer von der SS ist? Der erschießt meinen Hans als Deserteur und uns alle gleich mit.«

»Ich will nicht erschossen werden!«, wimmerte Alfred, und Elsie begann zu weinen. Irmchen, wieder wach geworden, fiel mit ein.

»Haltet doch mal die Klappe, ihr dämlichen Gören!«, fuhr Hermann Olsen die Kinder an. »Ihr könnt ja gleich rausposaunen, dass wir hier unten sitzen. Es soll uns doch niemand finden.«

»Dann wäre ick an deiner Stelle och leise, Hermann«, meldete sich Wilma Tietze zu Wort, noch ehe Trude etwas erwidern konnte. »Ick bin dafür, nachzukieken. Vielleicht ist uns das Haus uffn Kopp jefallen oder es brennt irgendwo da oben und wir müssen kucken, wie wir rauskommen. Ick will hier nich jämmerlich verrecken wie ne Ratte in der Falle.«

»Und wenn sie genau darauf warten?«, fragte Hermann Olsen. »Wenn sie nur drauf warten, dass wir rauskommen?«

»Wen meinste denn mit sie?«

»Na, die tollwütigen Hunde von der SS!«, mischte sich Heide Prittwitz wieder ein und zog ihren nun ebenfalls blass gewordenen Sohn näher zu sich. »Wir dürfen auf gar keinen Fall aufmachen.«

»Quatsch, die SS ist doch längst über alle Berge! Das sind die Russen!«, sagte Olsen, und seine kleinen, wässrigen Augen huschten nervös umher, so als suchte er nach einem Fluchtweg. Er ähnelte tatsächlich ein wenig einer Ratte in der Falle.

»Die Russen wären schon längst hier drin. Und die SS auch. Oder glaubste etwa, die klopfen an?« Wilma ging in Richtung Tür.

»Warten Sie! Ich sehe nach.« Ernst Krause war aufgesprungen und trat Wilma Tietze in den Weg. »Sie sollten das nicht tun. Wenn es eine fehlgegangene Granate ist …« Er sprach nicht weiter, sondern schob sich wortlos an der breiten, großen Metzgersfrau vorbei zur Tür.

»Nein, Ernst! Bleib da!«, kreischte seine Frau auf, doch er

achtete nicht auf sie. Langsam schob er den Riegel zurück und öffnete die Tür, die nach innen aufging, einen winzigen Spalt, gerade so viel, um einen Blick nach draußen werfen zu können. Im Keller war es mucksmäuschenstill, noch nicht einmal das Klappern von Astrids Stricknadeln war zu hören. Alice konnte fast spüren, wie jeder im Raum die Luft anhielt, sie miteingeschlossen. Nach ein paar Sekunden schloss sich die Tür mit einem leisen Quietschen wieder, und der ehemalige Blockwart drehte sich zu ihnen um. »Da liegt einer«, sagte er. »Ein Soldat.«

»Ist er tot?«, fragte Wilma.

Krause schüttelte den Kopf. »Ich glaube, er atmet noch. Sein Bein ist voller Blut.«

»Dann müssen wir ihn reinholen«, sagte Alice. »Ich habe meine Ausrüstung dabei. Vielleicht kann ich ihm helfen.« Sie stand auf und ging zu Krause an die Tür, doch der machte keine Anstalten, sie wieder zu öffnen.

»Was ist? Warum machen Sie nicht auf?«

»Es ist keiner von uns«, sagte er.

»Sie meinen, es ist ein Russe?«

Er nickte.

Ein kollektives Keuchen war zu hören, dann begann seine Frau zu wimmern. »Oh, mein Gott!«, stieß sie unter Schluchzern hervor. »Sie sind tatsächlich da! Wir sind verloren.«

Alice fragte sich irritiert, was die Frau gedacht hatte, warum sie seit Tagen hier unten hockten, und wandte sich wieder Ernst Krause zu. »Wir können den Mann nicht vor unserer Tür verbluten lassen.«

»Aber er ist der Feind!«

Alice lachte bitter auf. »Gibt es das noch, ja? Freunde und Feinde? Und wo sind sie, Ihre sogenannten Freunde?«

Krause hatte den Anstand, seinen Blick zu senken, und Alice griff nach dem Türknauf.

»Sind Sie völlig verrückt geworden?« Hermann Olsen war jetzt aufgesprungen und trat auf sie zu. »Gute Frau, Ihre weiblichen Anwandlungen von Mitgefühl in allen Ehren, aber die sind hier fehl am Platz. Wir sind im Krieg, ist Ihnen denn nicht klar, was das bedeutet?«

»Allerdings ist es das!«, fauchte Alice ihn so zornentbrannt an, dass Olsen erschrocken zurückwich. »Ich habe zwei Jahre im Lazarett in Treptow gearbeitet. Glauben Sie mir, ich weiß besser als Sie, was Krieg bedeutet.« Etwas leiser, aber nicht minder zornig fügte sie hinzu: »Und nennen Sie mich nie mehr ›gute Frau‹, sonst kann ich für nichts garantieren.«

Er starrte sie mit offenem Mund an. Auch die Übrigen schwiegen. Alice sah in viele verblüffte Gesichter. Kein Wunder. Außer mit Elsie und ihrer Mutter, mit der sie befreundet war, hatte sie in den Tagen hier unten nicht viel gesprochen und auch vorher eher zurückgezogen gelebt. Ein höfliches »Guten Tag«, ein paar unverfängliche Worte über das Wetter, die Frage nach dem Wohlergehen der Familie, weiter nichts.

Alice drehte sich um und öffnete die Tür, ohne dass noch einmal jemand widersprach. Staubiges Licht drang durch den Spalt in den Keller, und der beißende Geruch nach unzähligen abgefeuerten Geschützen, nach Rauch und Feuer und Blut. Der russische Soldat lag direkt vor der Tür, und als Alice sie weiter öffnete, rutschten sein Kopf und der Oberkörper auf die Schwelle. Er war nicht bei Bewusstsein, und wie Krause schon gesagt hatte, blutete er stark am Bein. Unter dem Oberschenkel hatte sich bereits eine Lache gebildet, und der Stoff der Uniformhose war blutgetränkt. Hoffentlich war die Arterie nicht verletzt, denn dann würde Alice nicht mehr viel für ihn tun können. Doch in diesem Fall würde das Blut in heftigen Stößen herausspritzen, mit jedem Herzschlag ein neuer Schwall, und davon war nichts zu sehen. Aber womöglich hatte er sich bei dem Sturz über die Kellertreppe noch weitere Verletzungen zugezogen. Alice warf einen Blick nach oben. Die Kellertreppe endete in einem hellen Rechteck, man konnte einen Zipfel des Himmels sehen, wolkenverhangen, grau und leblos. Eine Haustür gab es schon seit Längerem nicht mehr. Eines Morgens war sie plötzlich weg gewesen. Vielleicht hatte jemand Feuerholz gebraucht oder eine Trage für Verletzte daraus gebaut. Es hatte keinen im Haus interessiert, ja, es war nicht einmal erwähnt worden. Seit man wusste, dass die Russen auf Berlin zumarschierten, machte sich niemand mehr Gedanken über so belanglose Dinge wie verschwundene Türen. Das helle Viereck blieb leer, niemand war zu sehen, keine Schritte zu hören, nur das etwas entfernte Knattern von Maschinengewehren hallte von den zerborstenen Wänden der Hausruine auf der anderen Straßenseite wider. Darüber lag das allgegenwärtige Dröhnen der Tiefflieger, das man fast schon nicht mehr wahrnahm. Alice wandte sich an Krause. »Wir müssen ihn vorsichtig anfassen. Womöglich hat er eine Wirbelsäulenverletzung.«

Krause sah zweifelnd drein. »Ich weiß nicht recht, ob ich das kann …«, sagte er und bückte sich unsicher, um den Mann anzuheben.

»Geh'n Se mal zur Seite, Krause«, sagte da eine forsche Stimme von hinten. »Ick mach das.« Wilma Tietze trat neben Alice. »Wat muss ick tun?«

Alice gab ihr ein paar Anweisungen, dann beförderten sie den Bewusstlosen zusammen vorsichtig in den Kellerraum. Krause folgte ihnen betreten. Kaum, dass sie drinnen waren, trat Hermann Olsen vor, schlug die Tür wieder zu und verriegelte sie. »Gnade Ihnen Gott, wenn das uns alle gefährdet!«, murmelte er leise, ohne Alice anzusehen, doch sie beachtete ihn ohnehin nicht mehr. »Krause, breiten Sie eine Decke auf das Feldbett da«, wies sie den kleinen Mann an und deutete auf das erste Bett neben ihnen. Zusammen mit Wilma bettete sie den Soldaten darauf. Dann holte sie ihre Tasche mit dem Verbandszeug und Medikamenten, die sie mit in den Keller gebracht hatte, sowie eine der beiden rußenden Petroleumlampen. Sie leuchteten nur noch schwach und flackernd. Mehr als eine notdürftige Erstversorgung war bei diesen Lichtverhältnissen nicht möglich. Aber sie konnte wenigstens verhindern, dass der Mann vor ihrer Tür verblutete. Als sie wieder zu dem Soldaten trat, sagte eine leise Stimme zu ihr: »Vielleicht kann ich Sie unterstützen?« Überrascht drehte Alice sich um. Hinter ihr stand Astrid Pasulke und schenkte ihr ein schüchternes Lächeln. »Ich arbeite seit einem Jahr beim Roten Kreuz mit. Ich habe keine richtige Ausbildung, nur einen Kurs gemacht, aber …« Sie verstummte schüchtern.

»Gerne, danke.« Alice nickte dem jungen Mädchen zu, dann kniete sie sich neben dem Soldaten auf den Boden und nahm ihm zunächst behutsam den Stahlhelm ab. Der Mann war jung, höchstens Anfang zwanzig, unter all dem Staub und Schmutz schien er blondes Haar zu haben, das an den Seiten so kurz geschoren war, dass die weiße Kopfhaut durchschimmerte. Sein Gesicht war blutig zerschrammt und die geschlossenen Lider bläulich. Sie flatterten leicht. Er würde vermutlich bald aufwachen. Alice tastete ihn vorsichtshalber nach Waffen ab, fand jedoch nichts und fühlte dann seinen Puls. Einigermaßen stabil. Sie machte sich daran, die Wunde zu untersuchen. Zunächst schnitt sie die zerfetzten Ränder

der Uniformhose großflächig weg und tupfte das Blut ab, um besser sehen zu können, worum es sich eigentlich handelte. Sein Bein zuckte bereits bei der ersten Berührung. Sie warf Astrid einen Blick zu. »Ich werde ihn jetzt genauer untersuchen. Halte ihn an den Schultern fest.«

Gehorsam kniete Astrid sich hinter den Soldaten. An ihren routinierten Bewegungen erkannte Alice, dass die junge Frau das nicht zum ersten Mal machte.

Der Mann hatte eine Schussverletzung, ein glatter Durchschuss durch ein Infanteriegeschoss, mit einer verhältnismäßig großen Austrittswunde, was sie durch vorsichtiges Anheben des Beines feststellen konnte. Alice atmete auf. Wenn kein Knochen getroffen war, war dies noch die komplikationsloseste Art der Verletzung. Gelang es, eine Entzündung zu verhindern, hatte der junge Mann gute Chancen, wieder vollständig gesund zu werden. Als sie ihm den Stiefel auszog, das Hosenbein abschnitt und schließlich damit begann, die Wunde gründlich zu reinigen, schlug der Soldat die Augen auf. Nach einem Moment der Verwirrung bemerkte er, dass er nicht alleine war, und wollte sich aufrichten. Astrid gelang es nur mit Mühe, ihn wieder zurück auf sein Lager zu drücken. Er warf seinen Kopf hin und her und hatte seine Augen weit aufgerissen. In dem spärlichen, flackernden Licht mit seinen zuckenden Schatten wirkte seine Miene wild, und Hermann Olsen, der hinter Alice stand und den Soldaten nicht aus den Augen ließ, flüsterte: »Dieser vermaledeite Russe sieht aus wie der Teufel.«

»Wie ein armer Teufel«, gab Alice trocken zurück und arbeitete schweigend weiter. Sie kannte diesen Gesichtsausdruck zur Genüge. Die Miene des jungen Mannes zeigte, was die Mienen aller Soldaten zeigten, wenn sie nach einer Verletzung an der Front plötzlich im Lazarett aufwachten: Pure, nackte Todesangst. Zwar mochten sie in relativer Sicherheit sein, doch der Moment, als sie verletzt worden waren, die Panik, unter Beschuss geraten zu sein, hatte sich in ihren Gehirnen eingebrannt, war gewissermaßen konserviert worden. Als er jetzt realisierte, dass er in die Hände von Deutschen gefallen war, weiteten sich seine Augen noch mehr.

»Es ist alles gut«, sagte Alice zu ihm. »Sie sind in Sicherheit. Es wird Ihnen nichts geschehen. Bewegen Sie sich nicht.« Er verstand vermutlich kein Wort, aber ihre Stimme schien ihn zu beruhigen. Er ließ sich zurückfallen, wehrte sich nicht mehr, sein Körper blieb jedoch angespannt.

Alice konzentrierte sich weiter auf die Wunde, so wie sie es in den letzten Wochen und Monaten gemacht hatte. Desinfektion, Tupfer, örtliche Betäubung, falls vorhanden, den erschöpften, abgestumpften Chirurgen assistieren, sauber machen, Boden aufwischen, verzweifelten Männern über die Stirn streichen, Hände halten, beruhigend lächeln und dabei alles andere ausblenden. Diese Routine hatte sie über die traurigen Geschichten hinweggerettet, die sie zu hören bekommen hatte, über die Schreie und Tränen der Sterbenden – und sie half ihr auch jetzt.

»Waren Sie an der Front?«, fragte Astrid, während sie sie beobachtete.

»Nein«, gab Alice zurück. »Ich bin auch gar keine richtige Krankenschwester.« Sie zögerte, dann fügte sie hinzu: »Ich habe genau wie du vor vielen Jahren einmal einen Kurs zur Hilfskrankenschwester gemacht. Das war neunzehnhundertacht, vor meinem Studium, da war ich so alt wie du jetzt.« Alice presste in Erinnerung daran kurz und heftig die Lippen aufeinander. Neunzehnhundertacht. Siebenunddreißig Jahre war das her, und es schien ihr, als sei es in einem anderen Leben gewesen.

»Oh. Dann haben Sie ja zwei Kriege miterlebt.« Astrid sah sie mit einer gewissen Ehrfurcht an, und Alice rief sich ins Gedächtnis, dass Astrid damals noch gar nicht geboren gewesen war.

»Ja, das habe ich.« Alice spürte, wie sich ein bitterer Zug um ihren Mund legte, und übertünchte ihn mit einem leicht wehmütigen Lächeln.

Der Soldat sagte etwas auf Deutsch, doch so leise, dass Alice ihn nicht verstand. Sie beugte ihren Kopf zu ihm.

»Ich? Sterben?«, flüsterte er.

Alice schüttelte den Kopf. »Nicht jetzt. Nicht hier«, sagte sie, und er nickte, als hätte er ihre Worte begriffen.

Dann war sie fertig, der Verband war angelegt und sie brachte dem Soldaten unter dem finsteren Blick Hermann Olsens ein Glas Wasser. Der junge Mann hatte sich auf dem Bett etwas aufgerichtet, lehnte an der Wand und starrte misstrauisch und angstvoll zugleich in die Runde, registrierte offensichtlich erst jetzt die vielen Augenpaare, die ebenso misstrauisch und angstvoll zurückstarrten.

»Spasíbo«, murmelte er kaum hörbar.

Alice nickte. Auch ohne Russisch zu beherrschen, verstand sie, was das bedeutete.

Zwei Tage und zwei Nächte verbrachten sie zusammen mit dem Soldaten der Roten Armee in ihrem Keller, während über ihnen die Kämpfe unvermindert weitergingen. Es gab Diskussionen um die Essensrationen, die inzwischen so knapp waren, dass für keinen mehr genug da war. Und niemand wusste, ob und wann es wieder irgendetwas geben würde. Die letzten

Reste Graupen, in Brühe eingeweicht, bekamen die Kinder und Trude, die noch stillte, die anderen nur leere Brühe und Tee, doch auch dies wollte Hermann Olsen dem Soldaten nicht gönnen. »Warum sollten wir dem etwas von unseren Sachen geben?«, fragte er jedes Mal, wenn Alice oder Astrid ihm einen Becher mit heißer Flüssigkeit brachten. »Die nehmen sich doch sowieso gerade alles, was nicht niet- und nagelfest ist, einschließlich unserer Frauen.«

»Quatsch nich so dusslig daher! Als ob du Schwächling jemals ne Frau jehabt hättest, die du ›mein‹ nennen könntest«, fuhr ihm Wilma Tietze dann grob über den Mund. Mit solchen und ähnlichen Sprüchen konterte sie sein Lamento stetig und unerbittlich, und immer verstummte er irgendwann, allerdings mit zornrotem Gesicht. Dem Mundwerk von Wilma Tietze war er nicht gewachsen. Alice beteiligte sich nicht an diesen Streitereien, sie kümmerte sich um den Soldaten, der, wie sie mithilfe von Astrid herausgefunden hatte, Jewgeni hieß. Das Versorgen des Verletzten ließ Alice auch den Hunger leichter ertragen, der unablässig an ihr nagte. Sie alle litten darunter, hatten seit Tagen nichts Richtiges mehr gegessen, Alice konnte sich nicht mehr erinnern, wann sie zum letzten Mal Graupensuppe und Brot für alle gehabt hatten. Keiner wagte es im Moment, weiter als bis zum Hydranten zu gehen, zu unübersichtlich war die Lage. Gestern hatten sie von einer Frau aus der Nachbarschaft gehört, die beim Wasserholen in Gefechtsfeuer geraten und getötet worden war. Sie hatte drei kleine Kinder, die nun allein im Schutzkeller ihres Hauses zurückblieben und hoffen mussten, dass sich jemand ihrer annahm. Abgesehen von der allgegenwärtigen Gefahr gab es aber auch nichts mehr, wo man sich etwas zum Essen beschaffen konnte. Die Bäckerei gegenüber stand zwar noch, war aber ebenso leer und verlassen wie alle anderen Häuser in der Sternstraße. Alle waren geflohen, hockten wie sie in Kellern und Luftschutzbunkern oder waren tot. Würden sie hier unten verhungern müssen? Sie hatten sich darüber unterhalten, ob sie versuchen sollten, den früheren SS-Stützpunkt eine Straße weiter aufzusuchen und nachzusehen, ob dort Lebensmittel gebunkert waren, doch dann den Plan wieder verworfen. Wenn sich dort noch etwas befunden haben sollte, war es mit Sicherheit längst geplündert worden. Das Risiko auf sich zu nehmen, so weit zu laufen und dann vor leeren Räumen zu stehen, wollte niemand eingehen, auch Alice nicht, die sich allerdings zunehmend Sorgen um Trude und ihr Baby machte. Irmchen war so dünn geworden, ihr kleines Gesicht wirkte vom Fieber und der Krankheit ausgezehrt wie das einer alten Frau, und Trude, selbst erschreckend mager, hatte kaum noch Milch. Alice sprach es nicht laut aus, aber sie gab dem kleinen Mädchen nur noch ein paar Tage.

Als sie am dritten Tag seit der Rettung des Soldaten aufwachte, war etwas anders als sonst. Sie kam nicht gleich darauf, was es war, konnte das Gefühl nicht festmachen. Doch als sie sich aufgerichtet, die Decke zusammengelegt und ihr Kleid geordnet hatte, fiel es ihr auf: Es war still. Kein Geräusch war zu hören. Das Dröhnen des Krieges über ihnen, die Gefechtsfeuer, die sie seit Tagen begleiteten, alles war verstummt. Die plötzliche Stille war jedoch keineswegs beruhigend. Im Gegenteil. Alice empfand sie als unheilvoll. Sie spürte, wie sich ihre Härchen am Nacken und an den Armen aufstellten. »Was hat das zu bedeuten?«, flüsterte sie, mehr zu sich selbst als zu ihren Leidensgenossen, die um sie herum in Decken gewickelt dalagen und sich langsam zu regen begannen. Ihr Blick fiel auf Elsies Kohlezeichnungen neben ihr an der Wand: Häuser, Blumen, die Sonne … Sie sahen aus wie geheimnisvolle Zeichen eines früheren Lebens.

»Was ist passiert?« Ihre Stimme klang brüchig, sie wagte kaum, laut zu sprechen.

Auch die anderen bemerkten jetzt die Stille. Ängstlich hoben sie den Blick zur Decke und lauschten.

»Ist es vorbei?« Die bange Frage kam von Hertha.

»Wer hat gewonnen?«, fragte ihr Bruder.

Niemand antwortete.

Auf einmal kam Leben in Trude. Sie warf ihrer Tochter ein Bündel Kleider zu: »Schnell. Zieh das an.«

Hertha hob das Bündel hoch. »Das ist eine alte Kittelschürze von dir. Und ein Kopftuch. Was soll ich denn damit?«

»Mach dich so hässlich, wie es geht. Schmier dir Ruß ins Gesicht, und binde dir das Tuch um den Kopf. Und dann legst du dich auf die Pritsche, als ob du krank wärst. Huste!«

Als Hertha widersprechen wollte, herrschte ihre Mutter sie in ungewohnt barschem Ton an. »Mach jetzt! Sofort!«

Hertha gehorchte mit verschrecktem Gesichtsausdruck. Etwas in der Stimme ihrer Mutter schien sie überzeugt zu haben, dass sie besser nicht mehr widersprach, auch wenn sie ganz offensichtlich nicht verstand, was diese Anordnung sollte. Alice hoffte, sie würde es auch nicht herausfinden müssen. Die Kittelschürze war dem Mädchen zu groß, und Trude gab ihr noch eine Bluse sowie eine Decke zum Darunterstopfen und dicke, graue Wollstrümpfe. Das Mädchen zog alles an, band sich, wie geheißen, das Tuch um den Kopf, und ihre Mutter schmierte ihr Kohlestaub ins Gesicht. Als Hertha sich auf die Pritsche legte, war das hübsche, blonde Mädchen nicht mehr wiederzuerkennen. Im schwachen Licht der Kerze wirkte sie wie eine sehr viel ältere, sieche Frau. Jedenfalls, solange man nicht genauer hinsah. Alice' und Trudes Blick trafen sich, und Alice nickte unmerklich. Anders als die vierzehnjährige Hertha verstand sie diese Vorkehrungen, so wie alle anderen Frauen im Raum, die jetzt ebenfalls unruhig wurden. Auch Käthe Pasulke band ihrer Tochter ein altes Tuch um den Kopf, das deren dicke, haselnussbraune Zöpfe verbarg, und sagte, sie solle den Blick nicht heben und weg von der Tür bleiben. Die Nachrichten von den Gräueltaten der heranrückenden Russen aus den eroberten Ostgebieten hatten sich schnell verbreitet. Frauen waren Kriegsbeute und Racheobjekte. Und so würden sie auch behandelt werden. Astrid schürzte ihre Lippen und hockte sich eng an die Wand neben den verwundeten Soldaten, die Knie an den Bauch gepresst, die Arme um die Unterschenkel geschlungen, und blickte mit starrem Blick zur Tür. Waltraud Krause begann leise zu weinen, und Heide Prittwitz fiel mit ein, während sie die Hand ihres Sohns umklammerte wie eine Ertrinkende. Wilma Tietze griff mit grimmiger Miene nach der Schöpfkelle aus dem Eimer und begann den letzten Rest Wasser in die Becher zu verteilen. Einzig Fräulein Pachmayer war wie immer. Aufrecht saß sie auf der Bank, ihr Köfferchen vor sich, den Hut auf dem Kopf, und sah mit ihrem zarten Vogelköpfchen schweigend umher, so als begreife sie nicht ganz, was hier vor sich ging. Käthe Pasulke streichelte ihr beruhigend über die knochigen Schultern. Otto stand auf und platzierte sich vor der Tür, seinen wuchtigen Körper schwer auf seinen Stock gestützt. Er hatte ein kleines weißes Taschentuch an den Stock gebunden, bereit, es wie eine weiße Fahne zu schwenken.

Hermann Olsen sagte kein Wort, und auch Ernst Krause schwieg. Es gab nichts zu sagen. Nur zu warten.

Ein paar Stunden passierte gar nichts. Die Stille über ihren Köpfen hielt an, was die Gewissheit, dass sich etwas Entscheidendes getan hatte, verstärkte, doch niemand kam. Krause und Pasulke hatten einmal die Tür geöffnet, und Krause hatte sogar Anstalten gemacht, die Treppe hinaufzugehen und nachzusehen, aber Krauses Frau und Hermann Olsen hatten ihn zurückgezerrt, bevor er einen Schritt auf die erste Stufe gemacht hatte. Abwarten, das war die einhellige Meinung aller gewesen, und auch Alice, die zwar innerlich vor Ungeduld brannte und hin- und hergerissen war zwischen der Hoffnung darauf, dass das Grauen des Krieges womöglich vorüber sein könnte, und der Angst, dass etwas noch Schlimmeres folgen würde, schloss sich dieser Meinung an. Selbst wenn die Kämpfe im Moment beendet schienen, mit Sicherheit herrschte dort oben Chaos. Die Stadt war seit Tagen rechtsfreier, anarchistischer Raum. Eine Wolfszone. Es gab keinen Strom, Wasser nur aus den Hydranten, keine Nahrungsmittel, keine Infrastruktur, niemanden, der für Ordnung sorgte. Nur hungernde, verängstigte Menschen, siegestrunkene russische Soldaten, und, womöglich noch immer, marodierende SSler, die versuchten, noch in letzter Minute so viele Menschen wie möglich mit sich in den Abgrund zu reißen.

Als es dann so weit war und sie kamen, war Alice gerade dabei, Jewgenis Verband zu wechseln. Zunächst waren laute Stimmen zu hören, dann ein Trampeln und Rütteln an der Tür, kurz darauf krachte die schwere Eisentür wie ein mürbes Blatt Papier mitten in den Kellerraum. Mehrere Soldaten stürmten herein, ihre Maschinengewehre und Pistolen im Anschlag, und brüllten russische Kommandos. Sie brachten den Geruch des Krieges mit sich, Staub, Rauch, Feuer, Tod.

Einige richteten ihre Waffen auf die wie gelähmt verharrende kleine Kellergemeinde, andere leuchteten hektisch mit starken Taschenlampen umher. Hermann Olsen riss die Hände in die Höhe und rief: »Nicht schießen, nicht schießen!«, und Otto Pasulke, etwas unsicher auf einem Bein stehend, schwenkte seinen Stock mit dem Taschentuch. Einer der Soldaten trat vor, gab Pasulke einen groben Rempler, dass er auf sein Knie fiel und den Stock verlor, und hieb dann Olsen den Schaft seines Gewehrs gegen die Brust. Stöhnend ging dieser ebenfalls zu Boden.

»Uhr!«, brüllte der Soldat auf Deutsch und deutete auf Olsens Handgelenk. Rasch band er seine Armbanduhr ab, ebenso wie Pasulke. Der Soldat ließ beide Uhren in die Tasche seiner Uniformjacke gleiten, während die anderen Soldaten, es waren ein halbes Dutzend, umhergingen und den anderen ebenfalls die Uhren und den Schmuck abnahmen. Einer der Soldaten blieb vor Astrid stehen, die noch immer am Boden kauerte, und zog ihr das Kopftuch herunter. Grob packte er sie an den Zöpfen und zerrte sie auf die Beine. Sie schrie auf, als er ihre Bluse vorne aufriss und nach ihren Brüsten grapschte.

»Nein!«, rief Alice ohne nachzudenken, sprang auf und griff nach dem Arm des Soldaten. Der Soldat fuhr zu ihr herum. Er drückte ihr die Mündung seiner Pistole an die Schläfe und knurrte etwas Unverständliches. Mit der freien Hand packte er ihr Kinn und bog ihren Kopf nach oben, während ihr ein anderer mit seiner Lampe mitten ins Gesicht leuchtete und sie für einen Moment geblendet die Augen schloss. Sie spürte, wie ihr trotz der Kälte im Keller der Schweiß ausbrach, als ihr bewusst wurde, dass nur eine winzige Bewegung nötig war, um ihr ein tödliches Geschoss ins Gehirn zu jagen. Das Gesicht des Soldaten kam näher, so nah, dass sie seine Bartstoppeln und die rot geäderte Iris seiner Augen sehen konnte. Sein Blick war kalt, und er stank nach ranzigem Schweiß, Alkohol und Tabak. In dem Moment, da sich sein Mund auf den ihren presste, seine Zunge sich zwischen ihre Zähne drängte, widerlich nass, warm und fleischig, ertönten Schritte an der Treppe, und ein weiterer Mann trat ein, offenbar der vorgesetzte Offizier, denn der Soldat ließ Alice los und trat hastig einen Schritt zurück, um Haltung anzunehmen. Auch die anderen standen stramm. Alice schwankte und stützte sich mit der Hand an der rauen Wand ab. Ihre Knie sackten weg, und sie ging in die Hocke. Nur mit Mühe konnte sie einen Würgereiz unterdrücken.

Der Offizier, der die Treppe heruntergekommen war, war groß, schlank und um die fünfzig. Er hatte ein hart wirkendes Gesicht mit markanten Wangenknochen und kräftigem Kinn sowie dunkle Augen, die jetzt prüfend durch den Raum wanderten. Bei Jewgeni hielt er inne und sprach ihn an. Seine Stimme war tief und autoritätsgewohnt. Der verwundete Soldat antwortete hastig, verängstigt, wie es Alice schien, und instinktiv legte sie eine Hand schützend auf den gerade erneuerten Verband. Stalins Armee sprang auch mit den eigenen Leuten alles andere als sanft um. Von deutschen Soldaten im Lazarett hatte sie gehört, dass Angehörige der Roten Armee, bei denen es auch nur den leisesten Verdacht gab, sie stünden nicht voll und ganz hinter der Sache oder würden versuchen, sich mithilfe von selbst zugefügten Verletzungen zu drücken, umgehend erschossen wurden. Manchmal genügte dazu schon ein missinterpretierter Gesichtsausdruck, ein einziges falsches Wort oder die schlechte Laune des Vorgesetzten.

Doch der Offizier wandte sich ohne weiteren Kommentar von Jewgeni ab und sah Alice mit scharfem Blick an. Seine dunklen Augen schienen jeden Winkel ihres Bewusstseins abzutasten, jedes Geheimnis in ihr aufzuspüren. Sie schauderte. Nur mit Mühe gelang es ihr standzuhalten und nicht den Kopf zu senken. Dann wanderte sein Blick weiter durch den Raum, glitt über die beiden am Boden knienden Männer zu Trude Ackermann, die in der hintersten Ecke kauerte, dicht neben der Pritsche, auf der unter einer Decke ihre Tochter lag, zurechtgemacht wie eine sterbende Alte. Ihre drei anderen Kinder hielt sie eng umklammert. Auch Trude wandte den Kopf nicht ab, als die Augen des Offiziers sie erfassten, nur umklammerte sie ihre Kinder noch ein wenig fester. Die Kinder wirkten vor Angst wie gelähmt. Ihre weit aufgerissenen blauen Augen leuchteten im Licht der Taschenlampen unnatürlich hell in den rußverschmierten Kindergesichtern, und sogar Irmchen gab keinen Ton von sich. Sie war schon zu schwach, um zu weinen, hatte in der letzten Zeit nur noch leise gegreint, doch auch davon war nichts zu hören. Einen Moment lang schienen alle den Atem anzuhalten, gebannt von der Frage, was als Nächstes passieren würde. Trude Ackermann war eine schöne Frau, selbst jetzt noch, wo der Hunger und die Angst um ihre Kinder sie zermürbt und ausgelaugt hatten. Ihr madonnenhaftes Gesicht, die dichten dunklen Haare und die zarte Statur schienen offenbar auch dem Offizier nicht zu entgehen, der keinen Blick an Hertha auf ihrer Pritsche verschwendete, sondern weiter Trude fixierte. Er nickte ihr mit dem Kinn zu. »Mitkommen!«, sagte er auf Deutsch mit hartem Akzent, drehte sich zu Alice um und fügte hinzu: »Sie auch.«

Alice zuckte zusammen, widersprach jedoch nicht, sondern stand auf. Trude reichte Irmchen an Heide Prittwitz weiter, strich Elsie und Alfred über die Haare und sagte, so gefasst, als ginge sie nur kurz Milch holen: »Bleibt schön brav, Mama kommt gleich wieder.« Hertha auf ihrer Pritsche machte eine Bewegung, als wolle sie aufspringen, doch eine harsche Handbewegung ihrer Mutter ließ sie innehalten. Langsam kam Trude zu Alice herüber, und sie gingen zusammen hinaus. Der Offizier und ein Soldat folgten ihnen, die anderen Soldaten blieben im Keller zurück.

Langsam stiegen sie hintereinander die Treppe hinauf, und bei jedem Schritt spürte Alice, wie schwach sie in den letzten Tagen geworden war. Ihre Beine schienen ihr nicht recht gehorchen zu wollen, und sie musste sich mehrmals am Geländer festhalten. Trude vor ihr schwankte ebenfalls mehrere Male und drohte hinzufallen, sodass Alice neben sie trat, einen Arm um sie legte und sie sich gegenseitig stützten.

Oben angekommen, bot sich ihnen ein Bild der Verwüstung. Die Bombenangriffe der letzten Wochen hatten bereits eine Vielzahl der Häuser ihrer Wohnstraße ganz oder zum Teil zerstört, aber die Kämpfe der letzten Tage hatten noch einmal ihr Übriges getan. Die Straße war übersät mit Trümmern, hie und da schwelten noch Feuer und Alice meinte, die leblosen Körper toter Menschen dazwischen liegen zu sehen, aschgrau und kaum zu unterscheiden von den Steinbrocken, der Asche und dem Schutt. Sie hatte erwartet, dass der Offizier und sein Adjutant sie in irgendein verlassenes Gebäude bringen würden, wo sie ihr Lager aufgeschlagen hatten, stattdessen bedeutete man ihnen, zu einem Lastwagen zu gehen, der vor der ehemaligen Bäckerei parkte. Das Haus stand noch, doch durch seine zerschlagenen Fensterscheiben und die zerschossene Fassade wirkte es fast noch trauriger als die Trümmer drumherum. Alice fragte sich, was mit der Bäckersfamilie geschehen sein mochte. Lebten sie noch? Harrten sie mit ihren Mitbewohnern ebenfalls in einem Keller aus? Oder waren sie geflohen?

Am Lastwagen trafen sie auf eine weitere Gruppe Soldaten in staubigen Uniformen, die Alice und Trude mit einer Mischung aus Verachtung und unverhohlener Gier musterten. Trudes Schritte wurden langsamer, und Alice, die noch immer einen Arm um die jüngere Frau gelegt hatte, spürte, wie diese sich versteifte. »Lass dir deine Angst nicht anmerken«, flüsterte sie, ohne die Lippen zu bewegen, und Trude nickte, obwohl man ihr ansah, dass sie starr vor Angst war. Alice erging es nicht anders. Sie zählte acht Soldaten und fragte sich beklommen, ob der Offizier tatsächlich vorhatte, sie diesen Männern als Trophäen zu überlassen.

Als sie bei ihnen angekommen waren, bellte er ihnen ein paar Befehle entgegen, und drei der Männer sprangen augenblicklich in den Wagen. Kurz darauf kamen zwei von ihnen mit einer Trage wieder heraus, mit der sie im Laufschritt in Richtung Keller verschwanden. Der dritte schob eine Kiste aus den Tiefen der Ladefläche nach vorne und nahm mehrere verschieden große Papierpakete heraus. Der Offizier bedeutete Alice und Trude, sie zu nehmen. »Für die Kinder«, sagte er mit seinem harten Akzent, und weder Alice noch Trude konnten die Hast, mit der sie danach griffen, zügeln. Die kyrillischen Buchstaben auf dem Papier waren nicht zu entziffern, aber es war offensichtlich, dass es Nahrung war. Der Soldat auf dem Lastwagen reichte ihnen auch noch ein paar flache Brotlaibe heraus, und plötzlich wirkte er nicht mehr roh, gemein und gefährlich. Er war ein junger Mann Anfang zwanzig, mit kurzen blonden Haaren, Jewgeni ähnlich.

Den Arm voller Pakete und Brot musste Alice sich kurz gegen den Lastwagen lehnen. Ihr war schwindlig vor Schwäche und ihren widerstreitenden Gefühlen. Soeben war sie aus Angst davor, vergewaltigt und womöglich getötet zu werden, wie gelähmt gewesen, und jetzt durchströmte sie eine so ungeheure Dankbarkeit, dass sie am ganzen Körper zu zittern begann. Eines der Päckchen, das sie in den Händen hielt, hatte ein kleines Loch, aus dem ein wenig weißes Pulver herausrieselte, und Alice tauchte einen Finger hinein und leckte ihn ab. Es schmeckte süß, nach Wärme und Geborgenheit, nach glücklichen Kindertagen, heißer Milch mit Honig, tröstlichen Momenten, in denen es einem an nichts mangelte. »Milchpulver«, murmelte sie, und ihr traten Tränen in die Augen. Sie sah, dass es Trude ebenso erging. Auch sie weinte. Alice lächelte ihr zu, und beide dachten in dem Moment das Gleiche: Irmchen bekam noch eine Chance.

Mit feuchten Augen wandte Alice sich dem Offizier zu. »Spasíbo!«, flüsterte sie etwas atemlos das Wort, das sie von Jewgeni aufgeschnappt hatte. Für mehr als ein Flüstern fehlte ihr die Stimme. Der Offizier deutete mit dem Kinn zu den zwei Männern, die sich gerade mit Jewgeni auf der Trage wieder dem Lastwagen näherten, und nickte: »Ich habe zu danken. In Zeiten wie diesen ist jedes Zeichen von Güte wertvoll.« Sein Deutsch war trotz des deutlichen Akzents fehlerfrei und seine Ausdrucksweise erstaunlich geschliffen. Alice hob erstaunt die Brauen und nickte. Als die beiden Frauen sich zum Gehen wandten, rief der Offizier ihnen noch hinterher: »Übrigens: Der Krieg ist vorbei!«

I

BERLIN, JULI 1945

Unter den Linden sollte es am Vormittag Kartoffeln geben. Der Bäcker hatte erzählt, dass die Russen ein paar Lastwagen voll vom Land in die Stadt bringen würden, das habe er von seinem Mehllieferanten gehört, der alle paar Tage mit einem alten Handkarren Mehl in die Stadt brachte. Die Nachricht verbreitete sich in der Sternstraße wie ein Lauffeuer, und Alice, Wilma und Trude beschlossen, hinzugehen. Auch wenn die Hoffnung darauf, frische Kartoffeln zu ergattern, eher gering war – schließlich würden sie nicht die Einzigen sein, die davon erfahren hatten –, so war die Aussicht auf einen gemeinsamen Spaziergang durch die Stadt bis zur britischen Zone gar nicht so schlecht. Nachdem die Alliierten Berlin in vier Teile geteilt hatten, gehörte der Bezirk Tiergarten nun zum Britischen Sektor, während Friedrichshain und damit auch die Sternstraße im russischen Sektor verblieben waren, gut bewacht von Väterchen Stalin, der auf zahlreichen Propagandaplakaten mit ehrfurchtsgebietender Strenge auf die Besiegten herabsah.

Wie ihre beiden Nachbarinnen hatte sich auch Alice für diesen Ausflug zurechtgemacht und die Kittelschürze, in der sie mit den anderen jeden Tag Schutt rund um ihr Haus entfernte, gegen eines ihrer »guten« Kleider eingetauscht. Es war aus mitternachtsblauer Baumwolle, hatte eine schmale Taille und einen weit schwingenden Rock. Da sie in den letzten Monaten ziemlich abgenommen hatte, war es etwas zu groß, deshalb hatte Alice es an der Taille mit Sicherheitsnadeln enger gemacht. Dazu trug sie ihre einzigen eleganten Schuhe, mit Spange und etwas höherem Absatz. Das honigbraune Kalbsleder war bereits abgewetzt, sie hatte mit Schuhcreme und einem braunen Farbstift an den kahlen Stellen am Absatz nachgeholfen, damit die Schuhe nicht allzu schäbig wirkten. Wilma hatte ein burgunderfarbenes Kostüm an, das ebenfalls ziemlich schlackerte, und Trude, die Irmchen im Kinderwagen vor sich herschob, sogar Lippenstift aufgelegt. Sie sah so herzzerreißend jung aus in ihrem hellgrün geblümten Kleid, der zierlichen Gestalt und den rosa glänzenden Lippen, kein Mensch würde auf den Gedanken kommen, dass sie schon vier Kinder hatte. Alice und Wilma hatten alte Wehrmachtsrucksäcke geschultert, die sie kurz nach Kriegsende im Schutt gefunden hatten, und Trude würde ihre mögliche Beute im Kinderwagen verstauen. Dort hatten sie auch etwas Silberbesteck, Kinderschuhe, aus denen Hertha und Alfred herausgewachsen waren, eine Tischuhr aus Messing und kalbslederne Handschuhe deponiert. Am Brandenburger Tor befand sich ein großer Schwarzmarkt, womöglich konnte man auch das eine oder andere eintauschen.

In Friedenszeiten war man mit der Straßenbahn von der Sternstraße zum Brandenburger Tor eine gute halbe Stunde unterwegs gewesen, doch jetzt, zu Fuß durch die Ruinen, würden sie sicher mehr als zwei Stunden benötigen. Sie beschlossen daher, sich schon im Morgengrauen auf den Weg zu machen, um die Kartoffellieferung auch ja nicht zu verpassen. Gerade als sie das Haus verließen – eine Haustür gab es immer noch nicht –, kam ihnen aus Fräulein Pachmayers Wohnung Astrid Pasulke nachgelaufen. »Darf ich mitkommen?«, fragte sie, während sie mit glänzenden Augen die Treppe hinuntersprang. Auch sie trug ein hübsches Sommerkleid, himmelblau mit Punkten, und hatte ihre Zöpfe aufgesteckt.

Keine der Frauen hatte etwas dagegen, dass das junge Mädchen sich ihnen anschloss, und so zogen sie zu viert samt Irmchen los.

Der einstige Prachtboulevard Unter den Linden war trotz der frühen Stunde bereits voll mit Menschen, überwiegend Frauen und Kinder, und alle schienen ein Ziel zu haben, seien es die Kartoffeln, die genau vor der Ruine des Hotels Adlon in einem großen Haufen einfach auf den Bürgersteig gekippt worden waren, sei es der Schwarzmarkt ein paar Meter weiter, wo mehr oder weniger zwielichtig aussehende junge Burschen mit den Händen in den Hosentaschen, die Hüte keck in den Nacken geschoben und Zigaretten in den Mundwinkeln, scheinbar ziellos umherschlenderten, tatsächlich aber auf Kundschaft warteten.

Alice und die anderen Frauen klaubten hastig erdige Kartoffeln von dem schnell schrumpfenden Haufen, stopften sich damit die Rucksäcke voll und gingen dann langsam weiter, sprachen einen der Männer an. Trude gelang es, die Tischuhr und ihre Kinderschuhe gegen ein halbwegs neues Paar Schuhe für Hertha, Milch und einen kleinen Sack Mehl einzutauschen, und Alice bekam für die dünnen Kalbslederhandschuhe ihrer Großmutter und drei Silberlöffel eine Flasche Speiseöl, Schweineschmalz, Graupen und eine Tafel Hershey-Schokolade.

Als sie auch ihre Schwarzmarktbeute verstaut hatten, warf

Wilma einen Blick auf die Ruinen des Hotels Adlon. Von dem einstigen Luxushotel standen nur noch ein Seitenflügel und der vordere Teil der Fassade. Die Wände waren schwarz vor Ruß. Am Schriftzug über dem Eingangsportal fehlte das A.

»Is echt ne Schande«, sagte sie und schüttelte sichtlich wehmütig den Kopf. »Mein Mann und ick haben das Adlon beliefert, früher, in den Zwanzigern. Ick sag euch, mit Sicherheit haben Charlie Chaplin und Josephine Baker unsere Knackwurst gegessen!«

»Wer ist Josephine Baker?«, wollte Astrid wissen.

Wilma warf ihr einen ungläubigen Blick zu. »Dit weeste nich? Armes Küken. Josephine Baker ist die schönste Frau, die die Welt je jesehen hat, dit kann ick dir sagen. Und tanzen konnte die damals schon, als blutjunges Mädel, da hat mein Männe den Mund nich mehr zujekriegt.« Sie lachte kurz auf und verstummte dann abrupt. An ihrer Nasenwurzel erschien die tiefe Kerbe, die immer dann zu sehen war, wenn sie an ihren gefallenen Mann oder einen ihrer Söhne dachte.

»Und Sie haben Josephine Baker damals gesehen?«, wollte Trude wissen. »In echt?«

»Aber sicher doch! Neunzehnhundertsechsundzwanzig war dit. Im Nelson Theater am Kurfürstendamm. Jibt es och nich mehr. Hamse zu nem Kino umjebaut. Und ick wees gar nich, ob dit nich auch die Bomben erwischt haben.« Sie wandte sich an Astrid. »Die Nelson-Revuen waren ne Schau, dit kannst du junges Gänschen dir gar nich mehr vorstellen. Marlene Dietrich, die Waldoff, der Hans Albers, alle warn se da … Dit war ein Spaß! Und so viel schöne Musik …« Sie begann leise zu singen: *»Mir ist heut so nach Tamerlan, nach Tamerlan zu Mut, ein kleines bisschen Tamerlan, ja Tamerlan* *wär gut ...«* Sie machte ein paar Tanzschritte quer über die staubige Straße.

Während Trude und Alice lächelten – beide konnten sich an den Schlager noch gut erinnern –, runzelte Astrid die Stirn. »Was ist denn bitteschön Tamerlan?«

»Ick hab keenen blassen Schimmer!« Wilma lachte.

»Können wir noch ein bisschen weitergehen? Die Charlottenburger Chaussee entlang?«, fragte Astrid, die ganz offensichtlich wenig mit Wilmas nostalgischen Erinnerungen anfangen konnte.

»Was willst du denn da?«, fragte Alice.

»Ach, nichts weiter«, erwiderte Astrid achselzuckend. »Nur Engländer ankucken.« Sie lächelte verschämt. »Hab noch nie welche gesehen. Vielleicht sind sie ja hübscher als die Deutschen?«

»Na, viele deutsche Männer, die es sich lohnt anzukieken, kriegste ja heutzutage och nich zu sehen bei die janzen armselijen Hungerhaken, die rumloofen.« Wilma verdrehte die Augen, und Trude lachte. Auch Alice musste schmunzeln. Gemeinsam gingen sie durch das Brandenburger Tor und passierten dabei ein Schild mit britischer Flagge, auf dem stand: YOU ARE NOW ENTERING THE BRITISH SECTOR.

»Wie aufregend«, murmelte Astrid beim Weitergehen und sah sich dann so neugierig um, als sei sie mit diesen wenigen Schritten tatsächlich in England gelandet und nicht nur auf dem Platz vor dem Brandenburger Tor, der seit einigen Jahren Hindenburgplatz hieß, wie Alice sich erst wieder ins Gedächtnis rufen musste. Der Anblick auf die Charlottenburger Chaussee jedoch war trostlos. Die Kuppel des Reichstags war nur noch ein verkohltes Gerippe und der Tiergarten eine Einöde aus verbrannten Baumresten.

»Hier is och nüscht mehr übrig«, kommentierte Wilma trocken die Zerstörung und warf einen Blick in Richtung Siegessäule in der Ferne, die wie durch ein Wunder unversehrt geblieben war. Seltsam entrückt schien der Friedensengel über dem verwüsteten Park zu schweben. »Die Goldelse wird sich wat wundern, wenn se sich umkiekt«, brummte Wilma. »Mit Sieg is ja nu nüscht jewesen.«

»Aber immerhin ist jetzt Frieden«, sagte Astrid. »Das passt doch zum Friedensengel.«

»Frieden ja, schon!«, schnaubte Wilma. »Is ja jut und schön, der Frieden, wenn wa nicht verhungern, wir, die wa übrigjeblieben sind von dit verfluchte tausendjährige Reich des ollen Schreihalses.«

»Aber es ist schön, dass man so etwas jetzt wieder laut sagen kann, ohne dass uns der Krause gleich die Gestapo auf den Hals hetzt«, wandte Trude ein, und Wilma nickte, schien aber nur halb überzeugt. »Jetzt grade vielleicht. Aber die Krauses werden nich aussterben, nur weil der Krieg zu Ende ist, Trude, darauf kannste einen lassen.«

Es war ein sonniger Sommertag, und sie gingen noch ein paar Schritte die Chaussee entlang und warfen dabei einen Blick auf eine Gruppe von britischen Soldaten, die neben ihrem Jeep standen und rauchten. Sie trugen olivbraune Uniformen mit weiten Hosen und sahen jung und freundlich aus. Dennoch betrachtete Alice sie mit gemischten Gefühlen. Sie hatte genug von Soldaten und Uniformen, genug von Waffen, Helmen und glänzenden Knöpfen, ganz gleich, welcher Nation sie angehörten.

»Und? Findest du sie nun hübscher als die Deutschen?«, fragte Trude an Astrid gewandt, und das junge Mädchen errötete. »Na ja. Sie sehen schon nicht schlecht aus, oder?«

»Mmmh«, machte Trude und wiegte prüfend den Kopf hin und her, als könne sie sich nicht entscheiden, welches Päckchen Kaffee aus dem Regal sie nehmen sollte. »Der eine da, ganz links, der könnte mir gefallen.«

»Oh, nein, doch nicht der! Der hat ja rote Haare!« Astrid kicherte.

»Mal was anderes«, meinte Trude ungerührt. Die beiden jungen Frauen sahen sich an und prusteten los. Wieder fand Alice, dass Trude noch viel zu jung für vier Kinder zu sein schien. Sie war zwar schon vierunddreißig, wirkte aber kaum älter als Astrid, und dabei war sie schon seit sechzehn Jahren verheiratet. Kurt, ihr Mann, wurde seit letztem Jahr vermisst, und es bestand kaum Hoffnung, dass er noch lebte.

Langsam spazierten sie weiter, genossen trotz der öden Umgebung die warme Sonne und den leichten Wind, der die Straße entlangwehte und ihre Haare zauste. Es war still und friedlich auf der Chaussee. Keine Panzer dröhnten, keine Flugzeuge verdunkelten den Himmel, niemand marschierte, niemand bellte Befehle. Stattdessen fuhren Radfahrer über den breiten Boulevard, Frauen schoben ihre Kinderwagen entlang der verkohlten Baumstümpfe, und dazwischen konnte man immer wieder Grüppchen von Menschen ausmachen, die bis oben vollbepackte Leiterwagen mit sich zogen. Im Gegensatz zu den meisten anderen Passanten waren sie nicht hübsch zurechtgemacht, ihre Kleider waren verschmutzt, die Gesichter verhärmt, die Augen stumpf vor Erschöpfung. Es waren Vertriebene und Flüchtlinge aus dem Osten.

»Dit elende Pack!«, sagte ein Mann, der vor ihnen ging, zu seiner Frau, allerdings laut genug, dass nicht nur Alice und ihre Freundinnen es hören konnten. Der Mann, der den Leiterwagen zog, senkte den Blick, seine Frau, die neben ihm herging, einen Säugling im Arm und einen kleinen Jungen am Rockzipfel hängend, wandte den Kopf ab.

»Kiek dir die nur an«, schrie der Mann weiter. »Nix als dreckiges Gesindel.«

Alice, die bei seinen Worten von heißem Zorn erfasst wurde, beschleunigte ihren Schritt, bis sie den Mann erreicht hatte. »Sie würden auch so aussehen, wenn sie seit Wochen zu Fuß unterwegs gewesen wären, bei Wind und Wetter und ständig in Todesangst«, sagte sie empört. »Sie wissen doch gar nicht, was diesen Leuten widerfahren ist!«

»Na, hör'n Se mal!« Der Mann fuhr zu ihr herum. »Ick seh, wenn einer 'n anständijer Mensch ist. Man muss diesen Saupolacken doch nur in die verschlagenen Visagen sehen, dann weiß man, dass die's nicht sind!«

»Ach, ja? Weil sie schmutzig und am Ende ihrer Kräfte sind? Geben Sie den Leuten etwa die Schuld dafür?« Alice' Stimme war laut geworden.

»Alice! Lass es gut sein.« Trudes Hand legte sich auf ihren Arm und hielt sie sanft zurück. Widerstrebend blieb Alice stehen, während der Mann von seiner Gattin energisch untergehakt und weitergezogen wurde. Alice sah ihnen wütend nach.

»Lasst uns in diese Richtung gehen«, schlug Trude vor und bog mit ihrem Kinderwagen in einen Seitenweg ein, der von der Chaussee weg mitten in den zerstörten Park hineinführte.

Wilma nickte. Astrid sagte nichts, doch Alice bemerkte, wie das junge Mädchen ihr einen scheuen Blick zuwarf. Sie wirkte überrascht.

Alice befreite sich aus Trudes sanftem Griff. »Ich kann einfach nicht den Mund halten, wenn ich höre, dass jemand solche Dinge sagt«, erklärte sie, während sie langsam den holprigen, von der Sonne ausgedörrten Weg entlanggingen.

»Dann wär's besser, du würdest janz schnell taub werden«, sagte Wilma trocken. »Du weest doch, wie die Leute sind. Dumm jeboren und nix dazujelernt, hat mein Erwin immer jesagt.«

Alice nickte. »Allerdings«, sagte sie und spürte, wie die Bitterkeit in ihr erneut nach oben stieg. Der Krieg war erst wenige Wochen vorüber und schon wollte niemand mehr etwas davon wissen. Sie schienen alle schlagartig ihre Erinnerung verloren zu haben.

Sie kamen an eine Stelle, die wie durch ein Wunder von den Verwüstungen der Luftangriffe unversehrt geblieben war. Einige mächtige Rotbuchen standen schattenspendend beieinander und reckten ihre Kronen in den blauen Himmel, darunter wuchsen neben Brennnesseln hellgrüne, zarte Farne und, wild und ungezähmt, zahlreiche Büsche, darunter Ilex, Rhododendron und Kirschlorbeer, dessen dunkles Grün matt glänzte. Ein Schmetterlingsflieder wucherte daneben, umschwirrt von Insekten, und das Überbleibsel eines künstlich angelegten Teichs, verschlammt und halb zugewachsen, schimmerte im grüngoldenen Licht, das durch die Blätter der Bäume drang. Sogar eine Bank hatte überlebt. Schief und halb im Boden eingesunken stand sie am Ufer des kleinen Teichs. Vögel zwitscherten, Insekten summten und Blumen zauberten filigrane Farbtupfer zwischen das hohe Gras. Die Frauen blieben stehen, alle vier einen Moment lang sprachlos angesichts der Idylle, die sich so unerwartet vor ihnen aufgetan hatte. Astrid war die Erste, die die Worte wiederfand. »Wie schön!«, rief sie aus, lief zu der Bank und ließ sich darauffallen. »Kommt her! Hier sieht es noch genauso aus wie früher.«

Als Alice und die anderen näher kamen, deutete Astrid zum gegenüberliegenden Ufer, wo die griechisch anmutende Statue einer Frau unversehrt auf einem bemoosten Sockel stand.

»Ich kann mich noch genau an die Statue erinnern. Hier bin ich früher oft mit meinen Eltern spazieren gegangen.« Astrids Gesicht leuchtete wie das eines Kindes bei der Bescherung am Heiligen Abend, während sie sich umsah. Leise, fast andächtig fügte sie hinzu: »Es ist alles noch da!«

Alice folgte ihrem Blick. Auch sie erkannte diese Stelle wieder. Auch sie war – vor vielen Jahren – hier spazieren gegangen, zu einer Zeit, als Astrid noch nicht einmal gedacht gewesen war. Es war ein schattiger, von vielen hohen Bäumen gesäumter Weg gewesen, der hierher geführt hatte, entlang von verträumten Kanälen, über die kleine Brücken geführt hatten. »Wie früher«, war zwar ein wenig übertrieben, doch wenn man nicht zum Horizont blickte und die verkohlten Baumstümpfe ignorierte, die wenige Meter weiter in den Himmel ragten, war dieser Ort tatsächlich ein kleines Paradies inmitten der Einöde, zu der der Tiergarten geworden war. Sie quetschten sich alle zu Astrid auf die Bank, und Trude nahm Irmchen, die soeben aufgewacht war, auf den Schoß. Schweigend schauten sie auf die grüne, von Wasserlinsen bedeckte Oberfläche des Teichs, wo schlanke, braune Käfer herumliefen und blau schillernde Libellen ihre Kreise zogen.

»Das ist Aphrodite«, sagte Alice unvermittelt.

»Wat?« Wilma schaute sie an.

»Die Statue da drüben. Das ist Aphrodite. Die Göttin der Liebe und der Schönheit.«

Alle sahen zu der Frauenskulptur hinüber, die den Blick gen Himmel erhoben hatte und dabei melancholisch lächelte.

»Das ist ein Zeichen«, sagte Astrid, und sie klang absolut überzeugt.

»'N Zeichen? Wat soll dit denn für'n Zeichen sein?«, fragte Wilma stirnrunzelnd.

»Dass die Nazis nicht alles kaputt machen konnten, natürlich! Die Schönheit und die Liebe haben überlebt.« Astrid sprang auf, breitete die Arme aus und drehte sich so übermütig im Kreis, dass ihr Kleid weit aufschwang. »Der Krieg ist vorbei! Alles wird neu werden! Und ich werde tanzen und lachen und mich verlieben …«

Keine der anderen Frauen sagte etwas dazu. Alice warf Trude einen Blick zu und bemerkte Tränen in ihren Augen. Dennoch lächelte sie angesichts des Übermuts des jungen Mädchens. »Ja, du hast recht«, sagte Trude schließlich, während sie sich verstohlen über die Augen wischte. »Alles wird neu werden.« Sie drückte Irmchen einen sanften Kuss auf das feine blonde Haar.

Alice drückte kurz Trudes Hand und fügte an Astrid gewandt hinzu: »Und natürlich wirst du dich verlieben. Ich sehe ihn schon vor mir, ein stattlicher junger Mann mit roten Haaren, so wie der englische Soldat gerade eben …«

»Du nimmst mich auf den Arm!« Astrid kicherte. »Und einen rothaarigen Mann möchte ich auf keinen Fall, das ist mal sicher!« Dann ließ sie die Arme sinken und setzte sich ins Gras. »Warst du eigentlich auch einmal verliebt, Alice?«

»Mädel, sei doch nicht so neugierig!«, schalt sie Wilma, doch Alice winkte ab. »Ja. Einmal war ich verliebt. Sehr verliebt sogar. Da war ich so alt wie du.«

»Und?«

»Er hieß Heinrich und war Offizier.«

»Hat er gut ausgesehen?«

Alice nickte. »Sehr gut. Blond und groß und sehr schneidig. Er hatte so einen gezwirbelten Schnurrbart …«

Astrid schnaubte. »Schnurrbart finde ich aber gar nicht schön.«

»Damals hatten fast alle Männer Schnurrbärte. Und Backenbärte. Alle wollten aussehen wie der Kaiser.«

»Gott sei Dank hat sich das geändert. Aber erzähl! Wie ist es weitergegangen mit diesem Heinrich? War er auch in dich verliebt?«

»Er wollte mich heiraten. Hat mir auf der Geburtstagsfeier meines Vaters einen Antrag gemacht.« Sie verstummte.

»Und was ist dann passiert?«, wollte jetzt auch Trude wissen, als sie nicht weitersprach. Alice hatte ihr irgendwann erzählt, dass sie nie verheiratet gewesen war, mehr jedoch nicht. Alle drei Frauen sahen sie erwartungsvoll an.

»Ich habe die Verlobung nach kurzer Zeit wieder gelöst.«

»Nein!« Astrid riss die Augen auf. »Warum das denn?«

Alice zuckte mit den Schultern, spürte die Enttäuschung von damals wieder, als sei es gestern gewesen und nicht siebenunddreißig Jahre her. »Ich wollte frei sein. Und das ging nicht mit Heinrich. Seine Familie war reich und sehr konservativ. Der Vater hatte eine Firma, und Heinrich sollte sie übernehmen und eine brave Hausfrau an seiner Seite haben, die Kinder gebar, ihm den Rücken freihielt, hübsch anzusehen war und nicht weiter auffiel. Keinesfalls sollte sie ein eigenes Leben oder eine eigene Meinung haben. Glücklicherweise habe ich das rechtzeitig erkannt. Ich habe stattdessen studiert und dann auch noch promoviert.«

»Ich wusste gar nicht, dass du einen Doktortitel hast«, unterbrach sie Trude. »Davon steht nichts auf deinem Klingelschild, und du hast es nie erwähnt.«

Alice zuckte mit den Achseln. »Der Titel an sich ist mir nie so wichtig gewesen. Ich war einfach neugierig, wollte alles lernen, was es zu lernen gab. Und vermutlich wollte ich auch beweisen, dass eine Frau es genauso schaffen kann wie ein Mann.«

»Bist du dann Professorin an der Universität gewesen?«, fragte Astrid, in ihrer Stimme lag Ehrfurcht.

»Nein, ich habe gearbeitet. Ich habe einen Verlag geleitet, der der Kirche gehörte und Zeitschriften für junge Mädchen herausgab. Pfarrer Burckhardt, den ich noch von früher kannte, hat mich dafür angeworben, als er ihn gründete. Er war ein guter, sehr engagierter Mann, der sich sein ganzes Leben lang für junge Mädchen eingesetzt hat. Er ist der Gründer der Bahnhofsmission, dort habe ich selbst auch eine Weile mitgeholfen und dann, nach meiner Promotion, bin ich ihm in das neu gegründete Vereinshaus nach Dahlem gefolgt, wo Kurse für Mädchen und junge Frauen angeboten wurden und sich auch der Verlag befand.«

»Was ist denn eine Bahnhofsmission?«, wollte Astrid wissen.

Alice warf ihr einen wehmütigen Blick zu. Das junge Mädchen kannte nicht einmal mehr den Namen. Die Nazis hatten wahrlich gute Arbeit geleistet.

»Das war eine kirchliche Organisation, die sich um bedürftige Menschen an den Bahnhöfen gekümmert hat. Anfangs vor allem um die jungen Dienstmädchen, die vom Land in die Stadt kamen, später, nach dem Krieg, dann auch um heimkehrende Soldaten, Obdachlose, Bettler, reisende Kinder, alte Menschen, um jeden, der Hilfe brauchte. Den Nationalsozialisten war die kirchliche Organisation ein Dorn im Auge, und Achtunddreißig wurde sie verboten, da war Pfarrer Burckhardt aber schon viele Jahre tot, er ist neunzehnhundertvierzehn gestorben. Die Arbeit am Bahnhof hat die nationalsozialistische Volkswohlfahrt übernommen. Nach Kriegsbeginn haben sie auch den Verlag verboten. Danach habe ich im Lazarett als Hilfskrankenschwester gearbeitet.«

Astrid sah sie zweifelnd an. Sie war erkennbar nicht davon überzeugt, dass Alice mit ihrer Entscheidung zu studieren und zu arbeiten, statt zu heiraten eine gute Wahl getroffen hatte. Alice konnte sie verstehen. Inzwischen war es längst kein Ding der Unmöglichkeit mehr, seinen Weg zu gehen und trotzdem zu heiraten, es waren andere Zeiten. Und es hatte auch bei Alice in all den Jahren Momente der Einsamkeit gegeben, in denen sie gezweifelt hatte, aber letztendlich wusste sie, dass sie damals nicht anders hatte handeln können.

»Und später?«, fragte Astrid schließlich.

»Nichts später.«

»Du hast dich nie wieder verliebt?« Das junge Mädchen starrte sie ungläubig an.

Alice schüttelte den Kopf. »Ich war zufrieden mit dem Leben, das ich führte. Und bin es noch. Man braucht nicht unbedingt einen Mann, um glücklich zu sein.«

»Na ja, ich weiß nicht.« Astrid spielte mit dem Saum ihres Rocks. »Ich kann mir das nicht vorstellen. Ich will, dass mich ein Mann umarmt und küsst. Ich will lieben und geliebt werden, Kinder haben …«

»Und das wirst du.« Alice lächelte. »Die Welt steht dir offen. Du kannst frei entscheiden, was du tun willst.«

Astrid lachte auf. »Erzähl das mal meinen Eltern! Die denken immer noch, ich sei ein Kind. Wenn ich mit einem Freund nach Hause käme, würde mein Vater in Ohnmacht fallen.« Sie schwieg eine Weile nachdenklich, dann sagte sie:

»Was haben deine Eltern gesagt, als du die Verlobung gelöst hast? Waren die nicht sauer auf dich?«

Alice nickte. »Oh ja. Sehr sauer. Meine Mutter hat mich eine dumme Trine genannt und gemeint, mein Stolz würde mich noch teuer zu stehen kommen. Sie hat mir das nie verziehen.«

»Nie?« Astrids Augen wurden rund. »Du meinst, überhaupt niemals?«

»Ja, genau das meine ich. Sie hat danach kaum mehr mit mir gesprochen.« Alice ließ den Blick über den Teich schweifen. Dieses unerwartete Gespräch brachte unversehens die Vergangenheit zurück. »Die Haltung meiner Mutter mir gegenüber war von da an eine immerwährende Anklage, ein ewiges Seufzen, ein ständiges Leiden an dieser dummen, halsstarrigen Tochter, die ihr so viel Kummer bereitet. Sogar mein Entschluss, weiter in der Bahnhofsmission zu arbeiten, wo ich vorher nur heimlich gearbeitet hatte, und meine Ausbildung zur Hilfskrankenschwester waren für sie weniger schrecklich, als die ›vertane Chance‹, Ehefrau eines der reichsten Männer Preußens zu werden und so Ruhm und Ansehen der Familie weiter zu vergrößern. Dabei hatte sie mir vorher noch entschieden verboten, Krankenschwester zu werden. Sie war der Ansicht, das passe nicht zur Tochter eines Arztes.«

Astrid, die noch immer interessiert lauschte, hatte die Stirn gerunzelt, daher fügte sie erklärend hinzu: »Mein Vater war Chirurg und Professor an der Charité. Ich wollte auch Ärztin werden, aber das war damals nicht so einfach. Und ohne Einwilligung der Eltern praktisch unmöglich …« Sie hob die Schultern. Auch ihr Vater hatte sich damals etwas irritiert darüber gezeigt, dass sie die Verlobung gelöst hatte, aber er hatte ihre Entscheidung letztlich akzeptiert. Ihm war die Heiratsgeschichte ohnehin zu schnell gegangen. Statt eine dumme Trine hatte er sie »störrisch wie ein Maulesel« genannt, das aber auf ihre eisern durchgeboxte Ausbildung zur Hilfskrankenschwester bezogen. Ihr Vater war nie ein Mann großer Worte gewesen, und das Leben seiner Töchter hatte ihn meist nur am Rande interessiert. Im Grunde hatte er nur für seinen Beruf, für die Charité und die Medizin gelebt. Erst ganz am Ende, kurz vor seinem Tod, als Alice ihn noch gepflegt hatte, waren sie sich ein wenig nähergekommen, hatten Gespräche auf Augenhöhe geführt, zwei Menschen, die sich liebten, auch wenn sie wenig gemeinsam hatten. Sie war dankbar für diese letzten Monate mit ihrem Vater, vor allem, weil es mit ihrer Mutter vor ihrem Tod zu keiner Versöhnung mehr gekommen war. Sie hatte sich rigoros entfernt von der unbotmäßigen Tochter und zum Schluss ohnehin nur noch in ihrer eigenen Welt gelebt, niemanden mehr gebraucht und offenbar auch niemanden vermisst.

»Dein Vater war Arzt? Und sogar Professor?«, fragte Trude überrascht nach. »Dann wart ihr ziemlich wohlhabend, oder?«

Alice nickte. »Ziemlich, ja. Ich und meine Schwester Constanze waren das, was man damals Töchter aus gutem Hause nannte. Reich, sorglos, sehr behütet.« Sie deutete in Richtung Spree. »Wir haben nicht weit von hier gewohnt. Im Alsenviertel.«

»Im Diplomatenquartier?«, meldete sich Wilma zu Wort. »Du meine Jüte. Dit ist wohl 'n schniekes Viertel! Und wie um Himmels willen biste dann bei uns in der ollen Sternstraße jelandet?«

»In der Weltwirtschaftskrise haben meine Schwester und ich das Haus und das gesamte geerbte Familienvermögen verloren. Mein Vater war da gerade gestorben, hat es also glücklicherweise nicht mehr erlebt. Danach hatte ich das Bedürfnis, schlichter, einfacher weiterzumachen und diese Welt, in der ich aufgewachsen bin und die ich nie wirklich mochte, endgültig hinter mir zu lassen. Das ganze Geld, das Ansehen, die Früchte seiner Arbeit, all das hat nichts genützt, am Ende ist alles den Bach runtergegangen. Von Fräulein Pachmayer, die damals die Bücherei im Burckhardthaus in Dahlem geleitet hat, erfuhr ich zufällig, dass in ihrem Haus in der Sternstraße eine Wohnung frei sei. Da gehörte es noch ihr und nicht ihrem Sohn, dem hat sie es später überlassen. Das habe ich als Wink des Schicksals angesehen und bin eingezogen. Und seitdem wohne ich dort.«

»Und deine Schwester?«, wollte Trude wissen. »Ich habe sie noch nie bei dir gesehen. Was ist mit ihr passiert?«

»Constanze und ihr Mann sind Anfang der Dreißiger nach England emigriert. Er hatte ein Angebot bekommen, in einer Klinik zu forschen und zu arbeiten. Auch sie haben unter der Krise gelitten und einiges an Geld verloren. Die Familie meines Schwagers ist überdies mütterlicherseits jüdisch, und da das politische Klima damals schon für Juden immer rauer wurde, haben sie das Angebot angenommen und leben seitdem in London.« Alice atmete tief ein. »Gott sei Dank waren sie so klug, rechtzeitig zu gehen.«

»Vermisst du sie?« Diese Frage kam von Astrid. Ihre Miene war ernster geworden, und sie schien Alice mit ganz neuen Augen zu sehen. Vielleicht hatte es sie überrascht, dass es eine Geschichte hinter der alten Jungfer gab, die schon im Vorderhaus gewohnt hatte, als sie ein kleines Mädchen gewesen war und im Hinterhof vor der Wäscherei der Eltern mit den anderen Kindern gespielt hatte.

Alice hob den Kopf und betrachtete einen Moment die

Statue der Aphrodite im Sonnenlicht. Sie erinnerte sich an ihre Kindheit und Jugend, wo sie die ältere Schwester zunächst glühend bewundert und später meist ein wenig belächelt hatte, weil ihr Constanzes Vorliebe für Klatsch und Tratsch und schöne Kleider allzu oberflächlich vorgekommen war. Zuletzt jedoch hatten sie sich sehr gut verstanden, was vor allem daran gelegen hatte, dass Constanze ihren Wunsch nach einem freien, selbstbestimmten Leben immer rückhaltlos unterstützt hatte, obwohl sie selbst schon früh geheiratet hatte.

»Oh ja, ich vermisse sie sehr.« Alice spürte bei diesen Worten, wie sehr sie sich danach sehnte, ihre Schwester wiederzusehen. Sie schrieben sich Briefe, und als Hitler an die Macht kam, hatte Constanze sie gedrängt, zu ihr nach London zu ziehen, doch Alice hatte abgelehnt. Sie hatte sich damals nicht vorstellen können, aus Berlin wegzugehen. Inzwischen allerdings war sie sich nicht mehr sicher, ob es nicht besser gewesen wäre. Die entsetzlichen Bilder aus den Konzentrationslagern, die die Besatzer ihnen gezeigt hatten, Fotos auf Staffeleien und auf Bretterwände genagelt, um ihnen die im Namen des deutschen Volkes begangenen Gräueltaten vor Augen zu führen, hatten sich unauslöschlich in ihr Gedächtnis eingebrannt. Diese unbegreiflichen Grausamkeiten vergifteten sie seitdem, sie träumte davon, seit Wochen immer wieder. Es war nicht so, dass sie nicht alle gewusst hätten, dass schlimme Dinge geschahen. Menschen waren verschwunden, jeden Tag, und nicht wieder zurückgekommen … und allen war klar gewesen, dass es Orte gab, an die sie gebracht wurden. Man unterhielt sich flüsternd darüber, stets mit einem ängstlichen Blick über die Schulter, damit ja nicht der Falsche mithörte. Alice selbst hatte während ihres Arbeitsdienstes in der

Rüstungsfabrik, bevor sie ins Lazarett gewechselt war, Häftlinge aus den Außenlagern von Sachsenhausen gesehen, die von ihren Bewachern zur Zwangsarbeit in die Fabrik gebracht wurden, abgemagerte, erbarmungswürdige Gestalten. Doch dieses Wissen, die Ahnung von etwas Grausamem, Unaussprechlichem, das vor sich ging, war nichts gegen die Bilder, die sie jetzt vor Augen hatte, nichts gegen die Gewissheit, über die sie jetzt verfügte.

Sie gab sich einen Ruck, vertrieb die finsteren Gedanken und wandte sich wieder Astrid und den beiden anderen Frauen zu. »Meine Schwester und ihr Mann haben vier Kinder und mittlerweile fünf Enkel. Sie wohnen in einem schönen Haus außerhalb Londons inmitten eines schönen Gartens. Ich war noch nie dort, kenne es nur von Fotos.« Abrupt stand sie auf. »Ich … ich glaube, ich sehe mal nach, ob unser altes Haus überhaupt noch steht, jetzt, wo ich schon mal hier bin …« Sie war nicht mehr dort gewesen, seit sie es hatten verkaufen müssen, und angesichts all der Erinnerungen, die auf sie einstürmten, überkam sie auf einmal das Bedürfnis, ihr altes Viertel zu besuchen, selbst auf die Gefahr hin, dass sie nichts Vertrautes wiederfand.

»Sollen wir mitkommen?«, fragte Trude und wirkte etwas besorgt, doch Alice schüttelte den Kopf. »Aber nein, geht nur nach Hause. Es ist viel zu heiß, um mit Irmchen noch weiterzugehen. Vermutlich ist ohnehin nichts mehr übrig.«

Hitler hatte schon vor dem Krieg einen großen Teil des Alsenviertels abreißen lassen, um dort Gebäude einer »Welthauptstadt Germania« errichten zu lassen. Den Rest hatten vermutlich die Luftangriffe erledigt.

Trude und Wilma standen jetzt ebenfalls auf. »Gut. Dann bis später«, sagte Trude und drückte ihre Hand.

Alice sah den drei Frauen nach, wie sie die grüne Oase verließen und den Weg zurück zur Charlottenburger Chaussee nahmen, dann wandte sie sich ab und ging weiter in die entgegengesetzte Richtung.

2

Wie sie befürchtet hatte, war ein Großteil des ehemaligen Villenviertels zerstört, vieles davon war schon vor dem Krieg für die geplanten Bauarbeiten planiert worden, und so fiel es Alice schwer, sich zu orientieren. Es dauerte eine Weile, bis sie ihre alte Straße wiederfand. Hier standen noch ein paar Ruinen, darunter auch ihr einstiges Elternhaus, dessen zerlöcherte Fassade wie ein faules Zahngerippe in den Himmel stak. Leere Fenster ohne Raum dahinter, dort, wo sich ihre Jungmädchenzimmer und das Schlafzimmer der Eltern befunden hatten, eine dunkle, unbewohnbare Höhle das Esszimmer, ein Durcheinander aus verkohlten Balken und Steinbrocken der Salon.

Es herrschte Totenstille. Ganz anders als in Friedrichshain oder Unter den Linden, wo es trotz der Zerstörung vor Leuten wimmelte, war hier kein Mensch zu sehen. Vermutlich hatte in dem Viertel schon kaum mehr jemand gelebt. Die Botschaften waren bereits lange vor dem Krieg an einen anderen Ort verpflanzt worden, und die reichen Familien, die es sich hatten leisten können, waren nach und nach freiwillig weggezogen. Alice schlüpfte durch die Überreste des hohen Metallzauns, der das Grundstück umgab. Eine Krähe saß auf dem Sims zwischen Erdgeschoss und erstem Stock und beobachtete, wie Alice vorsichtig über die Trümmer stieg. Sie hoffte, dass die Familie, denen sie das Haus damals verkauft hatten, nicht unter diesen Trümmern begraben worden war. Es waren nette Leute gewesen, sie hatten einen fairen Preis bezahlt, anders als so viele, die die Notlage der Verlierer des Börsencrashs damals schamlos ausgenutzt hatten. Sie umrundete das Haus, verfolgt von den scharfen Blicken der Krähe, die jetzt die Flügel ausbreitete und so knapp über sie hinwegflog, dass Alice meinte, einen Luftzug zu spüren. Auf dem Gerippe des Walnussbaums ihres einstigen Gartens ließ der Vogel sich nieder, legte den Kopf schief und musterte Alice erneut, als dächte er darüber nach, sie aufzuhalten.

»Bist du so etwas wie die Ruinenwächterin?«, fragte Alice belustigt. Wie aus dem Nichts fiel ihr Baba ein, die alte russische Jüdin, die vor über dreißig Jahren am Schlesischen Bahnhof bei den Gleisen gehaust hatte und von der Bahnhofsmission versorgt worden war. Zusammen mit Gerda, auch ein Schützling der Bahnhofsmission, hatte Baba schließlich auf Alice' Betreiben hin nach Küstrin zu Alice' Verwandten ziehen können und dort noch einige gute Jahre gehabt. Von ihren Verwandten in Küstrin lebte nur noch ihr Cousin Peter, der das Gut übernommen hatte. Er und seine Familie hatten den Krieg gut überstanden, wie sie inzwischen erfahren hatte. Auch sie schrieben sich, wenngleich nur zu Weihnachten und zu den Geburtstagen. Als die Bombenangriffe auf Berlin zunahmen, hatte Peter sie eingeladen, zu ihnen aufs Land zu kommen, wo es weniger gefährlich war, doch sie hatte ihm und seiner Familie nicht zur Last fallen wollen. Sie hatten keine sehr enge Beziehung, nicht so, wie sie es früher zu ihrer Tante und ihrem Onkel gehabt hatte. Schon seit einer geraumen Zeit war sie nicht mehr dort gewesen. Baba war Anfang der Zwanziger friedlich eingeschlafen. Gemessen an dem Leben, das sie geführt hatte, war sie erstaunlich alt geworden. Im Gegensatz zu Alice, die alle Tiere mochte, hatte Baba Krähen gefürchtet. *Schwarze Teufel* hatte sie sie genannt und dabei auch eine bestimmte Sorte Mensch gemeint. Jene Sorte, die rund zehn Jahre nach ihrem Tod dieses Land erst mit ihrem Gift durchtränkt und dann geradewegs in die Hölle geführt hatte.

»Gut, dass Baba diese schwarzen Teufel nicht mehr erlebt hat«, sagte Alice an die Krähe gewandt.

Der Vogel schlug mit den Flügeln und krächzte.

Alice lächelte. »Du stimmst mir zu? Kennst du Baba womöglich?«

Wieder antwortete der Vogel mit einem Krächzen.

»Dann grüße sie von mir.«

Als die Krähe erst mit dem Kopf wackelte und sich dann so pflichtschuldig in die Lüfte erhob und davonflog, als beeile sie sich, den Auftrag auszuführen, spürte Alice, wie ihr ein kurzer Schauer über den Rücken rieselte. Hatte der Vogel ihr zugenickt, bevor er davongeflogen war? Sie beschlich einen Moment lang das unwirkliche Gefühl, nicht mit einer Krähe, sondern womöglich mit Baba selbst gesprochen zu haben. Energisch schüttelte sie den Kopf. »Du bist nicht ganz bei Sinnen, Alice Hardtleben«, schalt sie sich. »Das macht der ständige Hunger, der lässt dich schon Gespenster sehen. Heute Abend gibt es so viele Kartoffeln in Schmalz gebacken, bis du dich nicht mehr bewegen kannst.« Allein bei dem Gedanken daran begann ihr Magen zu knurren.

»Aua!« Etwas traf sie schmerzhaft am Hinterkopf, und sie sah, wie ein Kieselstein über den Boden hüpfte. Hastig drehte sie sich um. Zwischen den eingestürzten Mauern der Ruine bewegte sich etwas.

»He!«, rief Alice laut. Nichts rührte sich, kein Geräusch war zu hören. Vorsichtig schlich sie auf das Haus zu, bis sie so nah war, dass sie einen zerzausten Haarschopf zwischen den Trümmern ausmachen konnte. Es war ein Junge in einem zerschlissenen Hemd und kurzen Hosen, der hinter einer eingestürzten Mauer kauerte, in der Hand eine Steinschleuder. Tief geduckt wollte er sich gerade davonstehlen. Alice sprang einen großen Schritt vor und packte ihn am Kragen. Der Junge kreischte auf und versuchte, sich loszureißen. Er war etwa zehn Jahre alt, mager, mit einem schmutzigen, rotzverschmierten Gesicht.

»Warum schießt du auf Menschen?«, fragte sie streng.

»Warum redest du mit Vögeln?«, konterte er und sah sie aus großen, haselnussbraunen Augen halb herausfordernd, halb ängstlich an. »Bist du eine Hexe oder so was?«

Alice ließ ihn los, und er plumpste unsanft auf den Hosenboden.

»Ich habe nicht mit Vögeln geredet.«

»Haste doch!« Hastig rappelte er sich auf. »Ich hab's genau gehört. Das schwarze Mistvieh hat dir sogar geantwortet!« Seine Augen wurden noch größer. »Das war gruselig.«

Wider Willen musste Alice lachen. »Findest du?«

»Ja. Du nicht?«

»Nein.« Alice schüttelte den Kopf, obwohl sie insgeheim zugeben musste, dass ihr das Zwiegespräch mit der Baba-Krähe tatsächlich ein wenig unheimlich gewesen war.

Sein Blick bekam etwas Treuherziges. »Kannst du dem Vogel vielleicht sagen, er soll woanders wohnen? Er frisst nämlich alles, was meine Mutter im Garten anbaut.«

»Im Garten?« Erstaunt sah Alice sich auf der öden Fläche um, die einmal der parkähnliche Garten ihrer Familie gewesen war. Von dem von ihrem Diener Johann früher so hingebungsvoll gepflegten Rasen waren nur noch Unkraut, harte Grasbüschel und rußige Flecken übrig, die Gartenmauer zu den Nachbarn war eingestürzt. Wilde Ranken waren dabei, die Steinbrocken zu überwuchern, und große Brennnesselstauden wuchsen dort, wo einst Rosen, Phlox und Rittersporn geblüht hatten. Lediglich die moosbewachsene Gartenbank aus Stein war nahezu unversehrt geblieben und erinnerte noch an den lauschigen, verwunschenen Ort ihrer Kindheit. »Was sollte denn hier wachsen?«

Der Junge machte einen Satz über das niedrige Mäuerchen und deutete nach rechts, zu der Stelle, wo früher der Stall gewesen war. Alice' Blick folgte der Bewegung seiner schmutzstarrenden Hand. Dort, etwas versteckt in einer Ecke, hatte jemand einen kleinen Garten angelegt. In einem Karree aus Ziegelsteinen war Erde aufgehäuft worden, und kleine, zarte Pflänzchen sprossen dort in militärischen Reihen, außerdem ein paar Salatköpfe, ein mickriger, aber praller Blumenkohl, Bohnen und Kartoffelgrün. Alice war gerührt. Inmitten der Ruinen einen so liebevoll angelegten, munter sprießenden Garten zu entdecken erschien ihr wie ein Geschenk des Himmels. Erneut ein kleiner Fingerzeig der Hoffnung. Ihr ging ein Licht auf. »Du schießt also auf die Krähen, um sie von eurem Garten zu vertreiben?«

Der Junge nickte mit ernster Miene. »Es sind Diebe. Meine Mutti braucht das Gemüsezeugs für unsere hungrigen Mäuler.«

Alice nickte, ebenso ernst. »Ich verstehe. Wie viele hungrige Mäuler seid ihr denn?«

»Fünf.« Er hob eine Hand und begann abzuzählen: »Ops, die Zwillinge, Ada und ich.« Er überlegte kurz und fügte noch den Daumen der anderen Hand hinzu. »Und Mutti.«

»Und euer Vater?«

Das Kind schaute einen Moment in den blauen Himmel und sagte nichts.

Da ertönte eine laute Stimme von irgendwo unter ihnen und entband Alice von einer Reaktion.

»Franzi! Mit wem redest du da?«

»Mit einer Frau«, entgegnete der Junge. »Sie kann mit Vögeln sprechen.«

Kurz darauf tauchte der Haarschopf einer Frau hinter der Mauer auf. Sie kam die Kellertreppe herauf, und Alice wurde erst jetzt bewusst, dass dort, wo sie gerade standen, ihre Küche gewesen sein musste. Die Frau hatte rotblondes strähniges Haar und ein schmales, müdes Gesicht. Die tiefen Schatten unter den Augen und die Kerben zwischen Mund und Nase ließen sie älter erscheinen, als sie vermutlich war. Alice schätzte, dass sie ungefähr in Trudes Alter sein musste. Und sie war definitiv nicht die Person, der sie und ihre Schwester Constanze das Haus damals verkauft hatten. Alice hatte weder die Frau noch den Jungen schon einmal gesehen.

»Guten Tag«, sagte sie und lächelte freundlich.

»Tag.« Die Frau musterte sie misstrauisch. »Sind Sie vom Amt?«

Alice wusste nicht, welches Amt sie meinte. Sie schüttelte schnell den Kopf. »Nein, ich …«

»Wir haben nichts Unrechtes getan.«

»Das ist mir vollkommen klar, ich bin auch sicher nicht da, um Ihnen Schwierigkeiten zu machen.«

»Was wollen Sie dann?«

»Nichts. Ich habe früher einmal hier gewohnt. Wir haben aber das Haus schon Ende der Zwanziger verkauft. Ich wollte nur nachsehen, ob es noch steht …« Sie machte eine hilflose Handbewegung. Gute Frage: Was wollte sie eigentlich hier?

Als die Frau begriff, dass von Alice keine Gefahr drohte, wurde ihre Miene netter. »Entschuldigen Sie, aber ich habe Sie für jemanden vom Wohnungsamt gehalten.« Sie machte einen Schritt auf Alice zu und reichte ihr die Hand. »Juliane Anstetten.«

»Alice Hardtleben.«

Die Frau runzelte die Stirn. »Hardtleben sagen Sie? Alice?«

»Ja …«

»Dann habe ich was für Sie.«

Alice hob erstaunt die Brauen. »Für mich? Sind Sie sicher?«

Juliane Anstetten warf Alice einen scheuen Blick zu. »Ich hab gerade Kaffee für mich und meinen Vater aufgebrüht. Es ist natürlich kein echter, aber vielleicht möchten Sie trotzdem eine Tasse?«

Alice nickte etwas überrumpelt. Sie konnte Muckefuck inzwischen kaum mehr ertragen, es war nicht mehr festzustellen, woraus er eigentlich bestand. Wilma tippte auf gehäckseltes Stroh aus einem Ziegenstall, und das traf den Geschmack schon sehr gut. Doch sie wollte die Frau nicht brüskieren, indem sie ablehnte. Juliane Anstetten sah nicht so aus, als hätte sie irgendetwas zu verschenken, nicht mal eine Tasse Muckefuck. Mit gemischten Gefühlen folgte sie den beiden schließlich hinunter in den Kartoffelkeller ihres früheren Elternhauses. Was mochten diese Leute für sie haben?

3

Die Familie hatte sich im Kartoffelkeller aus den halbwegs heil gebliebenen Möbeln des Hauses eine kleine Wohnstube eingerichtet. Neben der Tür gab es eine improvisierte Kochstelle, ähnlich der, die Baba früher in ihrer Hütte an den Gleisen gehabt hatte, mit einem Abzug zum Kellerfenster hinaus, von wo trübes Licht hereindrang. Auf dem Boden lagen staubige Teppiche und in einer Ecke zwei Matratzen. Ein etwa siebzigjähriger Mann mit schlohweißem Haar saß auf einem Sofa ohne Beine und hielt sich mit zittrigen Händen an einem Stock fest. Ihm zu Füßen, in einem aus Brettern improvisierten Laufstall, hockten zwei identisch aussehende Kleinkinder, maximal zwei Jahre alt. Sie waren ganz versunken in ein Spiel mit Steinen und Stofflumpen. Das waren offenbar Ops und die Zwillinge, ein Teil der »hungrigen Mäuler«, von denen der Junge gesprochen hatte. Ada, von der Alice vermutet hatte, dass es sich um Franzis Schwester oder eventuell Tante handelte, war hingegen eine Überraschung: In einer Ecke des Kellers stand eine Ziege. Sie meckerte leise, als sie herunterkamen.

Juliane Amstetten hatte ihren Blick offenbar bemerkt, denn sie sagte schnell: »Wir müssen Ada hier unten halten, denn sonst stiehlt sie uns jemand. Wir hatten auch zwei Hühner, aber die waren schnell weg.«

»Wie lange leben Sie schon hier?«, fragte Alice und nickte dem alten Mann zu, der jedoch keine Miene verzog. Er hatte offenbar keine Zähne, seine gebisslosen Kiefer malmten.

»Ein halbes Jahr«, sagte Juliane Anstetten.

»Mutti! Das darfst du doch nicht sagen!«, rief der Junge vorwurfsvoll. »Wir sind nur eine Nacht hier. All das war vorher schon da!« Die Worte sprudelten aus ihm heraus wie auswendig gelernt, dazu machte er eine ausholende Handbewegung und einen treuherzigen Augenaufschlag. Dann fiel ihm offenbar ein Widerspruch zu seiner Bemerkung von eben ein, und er fügte schnell hinzu: »Auch der Garten war schon da. Wir haben die Pflanzen nur gegossen.«

»Lass gut sein, Franzi«, sagte seine Mutter. »Geh nach oben und lass Ada etwas grasen, während ich mit Frau Hardtleben spreche, ja?«

»Aber ich will doch dabei sein!«, widersprach der Junge. »Sie kann mit Vögeln sprechen! Vielleicht kann sie ja zaubern und …«

»Geh nach oben!«

Als der Junge mit der meckernden Ziege abgezogen war, bedeutete die Frau Alice, sich auf den einzigen Stuhl im Raum zu setzen, und nahm zwei feine Porzellantassen mit Blumenmuster von einem Bord. Alice erkannte das Service ihrer Großmutter, und es versetzte ihr einen Stich. Die neuen Eigentümer hatten es ihnen damals abgekauft, wie auch einen Großteil der Möbel, für die Constanze und sie weder Platz noch Verwendung gehabt hatten. Juliane Anstetten schenkte ihnen aus einem angeschlagenen Emailletopf zwei Tassen dünn aussehenden Getreidekaffee ein. Dann schüttete sie noch etwas Kaffee in eine Suppentasse, setzte sich neben ihren Vater auf das Sofa und hielt ihm die Suppentasse hin. »Kaffee, Vati.« Der alte Man legte umständlich den Stock weg, nahm die Suppentasse zitternd in beide Hände und trank einen Schluck. Juliane Anstetten wandte sich an Alice. »Ich habe Franzi gesagt, sie soll sagen, dass wir erst eine Nacht hier sind, falls jemand vom Amt kommt. Wir dürfen ja eigentlich nicht mehr länger als höchstens ein paar Tage in der Stadt bleiben, is ja alles voll hier. Doch mein Vater kann nicht mehr. Seit wir angekommen sind, geht er nicht mehr vor die Tür, keine Minute. Wir können wohl erst weiterziehen, wenn er ... Bis jetzt ist gottlob noch niemand gekommen. Das Viertel hier ist von Gott und der Welt verlassen. Ich glaube, die haben vergessen, dass es hier überhaupt noch Häuser gibt.«

»Sie sind vor den Russen geflüchtet?«

Juliane nickte. »Im Januar. Übers Haff. In allerletzter Minute. Meine Mutter hat es nicht geschafft. Sie ist unterwegs erfroren. Wir mussten sie zurücklassen.« Sie senkte den Kopf und nahm einen schnellen Schluck Kaffee. »Mein Mann ist gefallen, und Franzi meint, sie müsse jetzt den Mann im Haus ersetzen, weil mein Vater ...« Ihre Stimme wurde leiser, und sie deutete mit dem Zeigefinger diskret eine kreisende Bewegung an der Schläfe an. »Er kriegt nicht mehr viel mit. Gott sei Dank. Ich glaube, er hat nicht mal begriffen, dass seine Frau tot ist.«

Alice brauchte eine Weile, um zu registrieren, was Juliane Anstetten gesagt hatte. »Sie sagten *sie*?«, fragte sie nach. »Franzi ist ein Mädchen?«

»Ja. Sie heißt eigentlich Franziska. Wir haben sie für die Flucht in Jungenkleider gesteckt und ihr die Haare abgeschnitten … wegen der Russen, Sie wissen schon. Es sind furchtbare Dinge bei uns im Dorf passiert. Und jetzt identifiziert sie sich so mit dieser Rolle, dass sie kein Mädchen mehr sein will.« Sie hob die Schultern. »Ich weiß nicht, was schlimmer ist. Als Mann in den Krieg zu ziehen, zu töten und zu sterben, oder als Frau zu Hause zu bleiben und zu versuchen, den Rest der Familie am Leben zu halten – oder sterben zu sehen. Die Kleinen hätten es auch fast nicht überlebt. Sie haben noch nicht mal einen Namen.« Sie warf einen Blick zu den Zwillingen, zuckte mit den schmalen Schultern. »Ich wollte sie erst taufen, wenn mein Mann zurückkommt. Und jetzt, wo er tot ist …« Sie sprach nicht weiter, und eine Träne tropfte in ihre Tasse.

Alice wusste nichts zu erwidern. Sie hatte in den letzten Wochen unzählige solcher Geschichten gehört, und es gab nicht genug Worte, all den verzweifelten Menschen Trost zu spenden. Es gab überhaupt keine passenden Worte mehr. Etwas verlegen starrte sie in ihre Tasse. Es war still im Keller, nur das Schlürfen und Schlucken des alten Mannes war zu hören.

Plötzlich sprang die Frau auf. »Entschuldigen Sie! Was ist nur in mich gefahren, Sie mit meiner Geschichte zu belästigen. Sie haben sicher selbst genug …«

»Nein, nein!«, fiel Alice ihr ins Wort. »Das ist schon in Ordnung.« Sie stand ebenfalls auf. »Sie sagten, Sie hätten etwas für mich?«

»Ja! Als wir hergekommen sind, es war ja Winter und … wir waren so erleichtert, diesen Keller gefunden zu haben. Ich weiß nicht, was mit den Besitzern passiert ist, aber hier im Keller waren ein paar Kisten, Geschirr, Besteck, Bücher und so …« Sie lief etwas nervös hin und her, ihr Blick flog zu den Teppichen und dem Bord an der Wand mit den Tassen und

Tellern. Offenbar fürchtete sie, dass Alice ihr einen Vorwurf machen würde, weil sie die Sachen verwendete und vermutlich auch schon einiges am Schwarzmarkt verscherbelt hatte. Doch Alice schüttelte leicht ungeduldig den Kopf. »Das verstehe ich alles gut, Frau Anstetten. Die Dinge hier gehen mich nichts mehr an. Wie gesagt, es ist lange her, dass ich hier gewohnt habe. Worum geht es denn nun?«

»Da war eine Kiste, auf der stand Ihr Name. Ich habe ihn mir gemerkt, weil meine Mutter auch Alice hieß …« Sie hob den Kopf und sah Alice an. »Diese Kiste habe ich bis jetzt nicht angerührt. Irgendwie hatte ich das Gefühl, es könne mal jemand auftauchen und nach ihr fragen, und jetzt sind Sie gekommen!«

Die Kiste, die Juliane Anstetten schließlich aus einer Ecke bei ihren Schlafplätzen holte und Alice reichte, hatte in etwa die Größe einer Hutschachtel, und tatsächlich stand in sehr ordentlicher Sütterlinschrift ihr Name darauf. Alice bedankte sich, ohne hineinzusehen, wünschte der Frau viel Glück und ging. An der Treppe zögerte sie und kehrte dann noch einmal um. Sie nahm ihren Rucksack von den Schultern und leerte den Inhalt auf den staubigen Teppich. Die Kartoffeln kollerten herum, und die Glasflasche mit dem Öl rollte dem alten Mann direkt vor die Füße. Er beäugte sie einen Moment und schlürfte dann weiter aus seiner Suppentasse, in der außer ein paar letzten Tropfen längst nichts mehr sein konnte.

»Das können Sie sicher gebrauchen«, sagte Alice und dachte mit flüchtigem Bedauern an ihre Pläne fürs Abendessen. Doch diese Familie war entschieden schlimmer dran als sie. Die beiden Würmchen brauchten nicht nur etwas Ordentliches im Magen, sie brauchten auch eine Mutter, die halbwegs bei Kräften war. Als die Frau sich unter Tränen bedankte, schüttelte sie ihr rasch noch einmal die Hand, dann riss sie sich förmlich los und floh die Treppe hinauf ans Licht.

Franzi hockte im Schneidersitz auf der steinernen Gartenbank, auf der Alice als Kind auch gerne gesessen hatte, und kaute auf einem Grashalm herum. Neben ihr stand Ada und knabberte an einem wild wuchernden Weißdornstrauch.

»Was ist da drin?«, fragte das Mädchen, das selbst jetzt, wo Alice es wusste, noch immer wie ein frecher Junge aussah.

»Keine Ahnung«, erwiderte Alice.

»Willst du nicht reinschauen?«

»Ich weiß nicht.« Alice zuckte mit den Achseln. »Erinnerungen sind nicht immer angenehm.«

»Also, ich wäre neugierig. Vielleicht ist was Tolles drin. Ein Schatz oder so.«

Alice musste lächeln. »Du hast eine blühende Fantasie.«

»Sagt meine Mutti auch immer. Ist das was Schlechtes?«

»Nein. Im Gegenteil.« Alice blickte das Mädchen liebevoll an. In diesem Moment wünschte sie sich nichts sehnlicher, als dass sein Weg von nun an nur noch dem Licht und der Sonne entgegenging. Das Kind hatte genug Schlimmes erlebt.

»Wenn man Fantasie hat, dann kann man zaubern.« Alice tippte sich an den Kopf. »Da drin. Dann kann man mit den Vögeln reden und sein, was man will. Und man braucht keinen anderen Schatz.«

Franzi sah sie mit großen Augen an und nickte dann langsam. »Man hat den Schatz immer dabei.«

»Genau.« Alice lächelte. »Den kann einem niemand wegnehmen. Nie. Und wenn man dazu noch ein bisschen Schokolade hat, ist es auch nicht schlecht.«

Franzi runzelte die Stirn. »Schokolade?«

Alice griff in ihre Tasche, zog den Riegel *Hershey's Tropical*

Chocolate heraus und reichte ihn dem Mädchen. Franzi machte große Augen. »Wo hast du die her?«

»Die Krähe hat sie mir gebracht«, sagte Alice mit einem Augenzwinkern und fügte hinzu: »Aber niemandem verraten. Und den Zwillingen ein bisschen was abgeben.«

Franzi nickte, und ihre Augen strahlten. »Versprochen.«

Mit der inneren Gewissheit, dass sie wohl nie mehr hierher zurückkehren würde, entfernte sich Alice rasch von dem Haus ihrer Kindheit. Ihre Augen brannten von ungeweinten Tränen. Tränen, die ihr nicht zustanden und die sie deshalb zurückdrängte. Sie hatte im Krieg keinen geliebten Ehemann verloren, nicht fürchten müssen, dass ihre Kinder verhungerten, ihre Mutter war nicht auf der Flucht erfroren, sondern in ihrem Bett friedlich eingeschlafen. Zwar hatte Adelheid Hardtleben Krebs gehabt, aber nur ein paar Monate leiden müssen, und am Ende war sie vom Morphium in einen gnädigen Nebel gehüllt gewesen, der alles leicht gemacht hatte. Sie hatte gelächelt, als sie gegangen war. Auch der Tod ihres Vaters einige Jahre später war zwar traurig, jedoch nicht tragisch gewesen. Ihr Vater hatte sein Leben gelebt und war kurz vor seinem achtzigsten Geburtstag im Schlaf gestorben.

Alice dachte an einen von Constanzes letzten Briefen, in dem sie ausführlich über ihre fünf Enkel geschrieben und Alice ein hübsches Foto geschickt hatte. Aufgereiht wie die Orgelpfeifen standen die Kinder vor Constanzes Haus. Alle wirkten fröhlich und unbeschwert. Frieder, Constanzes Mann, hatte sie sorgfältig der Größe nach aufgestellt, doch sie standen weder gerade noch hielten sie still, denn das Bild war leicht verwackelt. Für alle fünf war das Fotografieren offenbar ein sehr lustiges, keineswegs so ernstes Unterfangen, wie es in Constanzes und Alice' Kindheit gewesen war, als man steif dastehen musste und keine Miene verziehen durfte. Zwei der Älteren neckten sich, ein Mädchen schnitt eine Grimasse und ein kleiner Junge mit einem abenteuerlichen Haarschnitt lachte mit weit offenem Mund. Das Nesthäkchen nuckelte ernst am Daumen, während auf ihrem Kleidchen ein großer Schmutzfleck prangte. »*Gott sei Dank ist Frieder ein besserer Arzt als Fotograf*«, hatte Constanze mit ihrer großen, schwungvollen Handschrift auf die Rückseite des Fotos geschrieben. Darunter die Namen der Kinder: Jamie, George, Frederik, Holly und … Alice. Die niedliche kleine daumenlutschende Maus mit der verrutschten Schleife auf dem Kopf hieß wie ihre Großtante, was Alice unverhältnismäßig glücklich gemacht hatte, als sie davon in Kenntnis gesetzt worden war. Immer wenn sie an Constanze in London dachte, wurde ihr etwas froher und lichter ums Herz. Sie hatte all ihre Briefe in ihrem Nachttisch aufbewahrt und las sie oft vor dem Einschlafen, in der nicht ganz unberechtigten Hoffnung, dass die lustigen Geschichten, die Constanze in ihrer unnachahmlich respektlosen Art zum Besten gab, ihr schöne Träume bescherten. Constanzes Ehe mit Gottfried Nissen hatte gehalten, was Alice nicht erwartet hatte. In einem Brief hatte sie ihre Schwester einmal danach gefragt und als Antwort erhalten, dass England ihre Ehe gerettet habe. Frieder habe in dem Moment, in dem sie in ein fremdes Land gezogen waren, sehr viel von seinem hochfahrenden Wesen und seinem übertriebenen Ehrgeiz verloren, geradezu demütig habe er sich um seine neue Aufgabe im Krankenhaus bemüht und Constanze oft um Rat und Unterstützung gebeten, was in Berlin niemals vorgekommen war. *Dafür, dass England mir einen neuen Mann gegeben hat, ertrage ich sogar Baked Beans und Nierchen zum Frühstück*, hatte Constanze geschrieben und eine witzige kleine Zeichnung hinzugefügt, auf der sie das versammelte Grauen des englischen Essens skizziert hatte. Ich werde sie besuchen, nahm Alice sich vor. Wenn alles hier wieder besser geworden ist, werde ich sie besuchen.

Während Alice durch den Tiergarten zurück in Richtung Brandenburger Tor ging, fühlte sie sich ein wenig wie Hans im Glück: Sie hatte einen Rucksack voller guter Nahrung, die mindestens für eine Woche gereicht hätte, für eine Kiste mit Erinnerungen eingetauscht, um die sie nicht gebeten hatte und die sie nicht haben wollte. Im Gegensatz zu Hans aus dem Märchen fühlte sie sich aber keineswegs frei und leicht. Im Gegenteil, die Kiste in ihren Händen wog schwerer, als der Sack Kartoffeln auf ihrem Rücken gewesen war. Sie ahnte längst, was sich darin befand. Die Dinge, die sie, erschöpft vom Ausräumen und Entrümpeln, beim Auszug im Regal ihres alten Mädchenzimmers liegen gelassen hatte, in der Hoffnung, die neuen Eigentümer würden diese Dinge einfach entsorgen. Ein paar alte Bücher, ihre verbeulte Petroleumlampe, in deren Licht sie nächtelang gelesen hatte, und allerlei Kram, an den sie sich nicht einmal mehr erinnerte. Manche Dinge wollten aber offenbar nicht verloren gehen. Sie kamen zu einem zurück, ohne dass man danach gefragt hatte. Andere Dinge, wie auch Menschen, verschwanden dagegen für immer, und man konnte nichts dagegen tun. Viele Menschen waren schon aus ihrem Leben verschwunden, Freunde, Vertraute, Kollegen … und die Meisterin in dieser Disziplin: Natalie. Der Mensch, der die größte Wunde in Alice' Herzen hinterlassen hatte, obwohl ihr Verschwinden schon so lange her war, fast in einem anderen Leben. 1908 hatte sie sich einfach in Luft aufgelöst, wie ein Dschinn, und niemand hatte je wieder etwas von ihr gehört. Alice' Gesicht verzog sich zu einem schmerzhaften Lächeln. Franzi Anstetten hätte wahrscheinlich ihre Freude an so einer Geschichte. Ein Dschinn, der sich in Luft auflöst, wie Rauch davonschwebt, mit den Krähen fliegt und verbrannte Erde zurücklässt.

Sie schritt durch das Brandenburger Tor und ging Unter den Linden entlang. Von dem Kartoffelhaufen vor dem Adlon war nicht die kleinste Schrumpelkartoffel mehr übrig, was Alice auch nicht erwartet hatte. Sie besaß noch einen Rest Brot, Tee und ein paar Äpfel von einer Hamstertour aufs Land vor zwei Wochen. Sie waren schon etwas schrumpelig, aber noch genießbar. Die Lebensmittelkarte, die man ihr zugeteilt hatte, war zum Leben zu wenig, zum Sterben zu viel, weshalb sie auch »Friedhofskarte« genannt wurde. Bei den öffentlichen Speisungen, die die Besatzer für die Bevölkerung betrieben, gab es einmal am Tag eine warme Suppe, hin und wieder auch Eintopf. Aber sie ging nicht gerne dorthin. Zu viele Leute. Sie konnte Menschenansammlungen nicht mehr ertragen. Sie machten ihr Angst.

Als sie den ehemaligen Prachtboulevard weiter Richtung Friedrichstraße ging, hielt sie ein russischer Soldat an. »Rabotti«, sagte er streng und deutete auf einen Steinhaufen, auf dem schon einige Frauen standen und den Schutt in Eimer füllten. Diese wurden dann auf die Loren der Schmalspurbahn geleert, die den Schutt aus der Stadt brachte. Die Soldaten im russischen Sektor hielten oft willkürlich Passanten an, Männer, Frauen, Kinder, um sie zum Steineschleppen zu verpflichten, was die meisten gar nicht so ungern taten, denn für eine Stunde Arbeit gab es die begehrten Lebensmittelmarken. Anders sah die Sache für die ehemaligen NDSAP-Mitglieder aus, die zu Aufräumarbeiten zwangsverpflichtet waren, ohne eine Gegenleistung zu erhalten. Entsprechend bereitwillig stellte Alice ihre Schachtel ab und eilte zu dem Platz, den der Soldat ihr zuwies und wo Ziegelsteine mit dem Hammer von Mörtel befreit und ordentlich aufgeschichtet wurden. Sie klopfte eine Stunde lang Ziegelsteine sauber und ging dann zurück zu der Stelle, wo sie ihre ungeliebte Schachtel abgelegt hatte. Sie war weg! Als sie sich umblickte, sah sie gerade noch eine Gruppe Jungs, die sich damit davonmachten.

»He!«, rief sie ärgerlich und lief ihnen hinterher, allerdings eher halbherzig, mehr aus Respekt gegenüber den Menschen, die ihre Sachen all die Jahre für sie aufbewahrt hatten, denn aus echtem Interesse, die Dinge zurückzuerhalten, zumal sie die Kinder ohnehin nicht mehr einholen würde. Doch der Soldat, der sie zum Arbeiten verpflichtet hatte, kam ihr zu Hilfe. Er schrie den Jungen wütend etwas auf Russisch hinterher und schoss dann zweimal in die Luft. Der Junge, der die Kiste trug, zuckte zusammen und ließ sie fallen. Der Deckel ging auf, und der Inhalt fiel auf den Schutthaufen, den sie gerade erklommen. Die drei rafften hastig alles zusammen, was sie greifen konnten, und rannten dann wie die Hasen im wilden Zickzack über die Trümmer davon. Der russische Soldat ging zu der Stelle, wo noch die leere Schachtel lag, und hob etwas auf, was er Alice zusammen mit ihren erarbeiteten Lebensmittelmarken reichte: Es war ein dünnes Buch in einem vergilbten, braun gemusterten Umschlag. Widerstrebend nahm Alice es entgegen. Sie hatte das Buch augenblicklich wiedererkannt, wusste, worum es sich handelte, noch bevor sie Titel und Autor lesen konnte, die in goldgeprägten Lettern auf dem Buchrücken gedruckt waren. Von allen Dingen, die sich in der Kiste befunden haben mochten, war dieses Buch vermutlich der Gegenstand, den sie am allerwenigsten hatte behalten wollen. Dennoch zwang sie sich zu einem Lächeln und bedankte sich bei dem Soldaten. Sie konnte das Buch zu Hause immer noch ins Feuer werfen. Mit ihrem leeren Rucksack und dem dünnen Buch anstelle der schweren Schachtel in der Hand ging sie weiter und versuchte sich zu erinnern, womit Hans im Glück am Ende nach Hause gekommen war, glücklich, frei und leicht wie ein Vogel. Hatte er überhaupt noch etwas in den Händen gehalten? Ihr ging es jedenfalls genau andersherum als dem Hans im Märchen. Das Buch wog zentnerschwer in ihren Händen, schwerer als ein voller Kartoffelrucksack und eine Kiste mit alten Habseligkeiten zusammen. Dennoch warf sie es nicht weg. Manche Dinge wollten eben partout nicht verloren gehen, rief sie sich mit einem ironischen Lächeln in Erinnerung. Sie kamen zu einem zurück, ohne dass man darum gebeten hatte. Und womöglich hatte es einen Sinn, dass sie zurückkamen, auch wenn sie nicht verstand, worin dieser bei diesem dummen Buch, das längst weggeworfen gehört hätte, liegen könnte.

4

Sie schrak aus ihrem Tagtraum auf, als die drei Jungs völlig außer Atem in den Keller gepoltert kamen. Seit einigen Wochen teilte sie sich dieses feuchte Loch mit den Burschen. Ihre Namen kannte sie nicht, wollte sie gar nicht wissen. Es war ihr lieber, eigene Namen für die Leute zu erfinden. Auf diese Weise kam sie ihnen nicht zu nahe und sie ihr auch nicht. Den Anführer, einen großen Jungen mit schwarzem Haar, nannte sie Blauauge, der Mittlere hieß für sie Sommersprosse und der Kleinste, ein rothaariger Knirps von höchstens elf, zwölf, Hosenscheißer.

»Die Russen hätten mich fast erschossen!«, keuchte Sommersprosse und ließ sich theatralisch der Länge nach auf den Boden fallen.

»Quatsch, der Kerl hat nur in die Luft geballert«, knurrte Blauauge. Er hatte als Einziger den Stimmbruch schon hinter sich. »Deswegen brauchst du dir nicht gleich in die Hosen zu machen.«

»Und das alles nur wegen ein paar blöder Bücher«, maulte Sommersprosse trotzdem weiter und rappelte sich dann auf.

Alle drei hockten jetzt auf dem modrigen Boden und begutachteten die erbeuteten Schätze ihres heutigen Raubzugs.

»Die Bücher kann man höchstens verheizen, und dann machen se noch nicht mal warm. Aber der Kleene wollte sie ja unbedingt mitnehmen.«

»Ich konnte doch nicht wissen, was drin ist, als ich die Schachtel gefunden habe, du Vollidiot«, wehrte sich Hosenscheißer sofort und puffte zur Bekräftigung seiner Worte Sommersprosse mit dem Ellenbogen gleich noch rüde in die Seite. Sie wusste, dass er es hasste, als Kleener bezeichnet zu werden. Auch wenn der Kleine nachts oft weinte, wenn er glaubte, niemand hörte ihn, tagsüber war er seinen beiden Kumpels durchaus gewachsen. »Du hättest die Sachen ja liegen lassen können, nachdem du die Schachtel fallen gelassen hast.«

»Alles wird mitgenommen, das ist die Regel«, sagte Blauauge und unterband damit die Rangelei, die sich jetzt zwischen den beiden anderen zu entspinnen drohte.

Sie reckte den Kopf, um besser sehen zu können, aber in dem schwachen Licht, das durch die halb eingestürzte Decke fiel, konnte sie kaum etwas von dem erkennen, was die drei gerade begutachteten.

»Eine alte Petroleumlampe«, sagte Blauauge.

»Die kann man doch verkaufen.« Hosenscheißer hob die Lampe hoch, betrachtete sie von allen Seiten.

»Glaub ich kaum«, murrte Sommersprosse. »Wer braucht denn so altes Zeug? Und Petroleum ist auch keins drin.« Hosenscheißer legte sie dennoch behutsam zur Seite auf den Haufen, wo die Beute aus anderen Raubzügen lag. Sie blätterten durch die Bücher und warfen sie dann, als sicher war, dass sich nichts dazwischen versteckte, was zum Handeln diente, neben das Brennholz. Anschließend holte Hosenscheißer seine Zigarrenkiste und kippte den Inhalt auf eine alte Zeitung. Nun waren die Kippen dran. Die drei sammelten weggeworfene Kippen, krümelten den Tabak heraus und drehten daraus neue Zigaretten. Am beliebtesten waren dabei die Kippen der Besatzer, vor allem die der Amerikaner, denn die warfen ihre Zigaretten oft schon weg, wenn noch zwei ganze Fingerbreit Tabak übrig war. Außerdem konnte man die selbstgedrehten Zigaretten, in denen eine oder besser noch ein paar amerikanische Kippen verarbeitet worden waren, gut als »echt amerikanische Lucky Strike« anbieten, die hatten den höchsten Marktwert. Bei russischen Zigaretten ging das nur, wenn man ein völliges Greenhorn vor sich hatte. Der russische Tabak schmeckte nicht nur anders, er unterschied sich schon vom Geruch. Sie wusste das genauso wie die drei Jungs. Auch sie hatte schon Kippen gesammelt, die meisten allerdings gleich selbst geraucht, so weit, bis ihr die Fingerkuppen brannten. Ihr fehlte nicht nur das Papier, um neue Zigaretten daraus zu drehen, sondern auch die Geduld. Ihre Gier nach Tabak war bisher immer größer gewesen. Sogar größer als ihr Hunger. Die Jungs gaben ihr von ihren selbstgedrehten Zigaretten ab. Dafür passte sie auf ihre Habseligkeiten auf, wenn die drei unterwegs waren. Sie hatte ein Messer und einen Ruf, hier, in den Katakomben unweit des Brandenburger Tors. Keiner wagte es, etwas zu klauen, wenn sie darauf aufpasste.

»He, Fünfzehn«, rief Blauauge jetzt. Fünfzehn, das war sie. Das war der Name, den sie den Jungs genannt hatte. Mehr mussten sie von ihr nicht wissen. So hatte sie zuletzt geheißen, dort, wo Namen keine Rolle spielten. Sie war die letzte der Frauen gewesen. Nummer fünfzehn. Alt, verbraucht, vertrocknet.

Als sie sich aufrichtete, warf Blauauge ihr eine frisch gedrehte Zigarette zu. Sie fing sie geschickt mit einer Hand auf, steckte sie sich zwischen die Lippen und zündete sie an. Es war eine russische. Egal. Hastig sog sie den Rauch ein bis tief in ihre Lungen. Die erste heute, und es war schon fast Nachmittag.

Die drei steckten sich ebenfalls Zigaretten an, hielten sie zwischen Daumen und Zeigefinger und bliesen den Rauch nach Gangsterart langsam aus einem Mundwinkel aus. Eine gemeinschaftliche bläuliche Wolke kräuselte sich nach oben, dorthin, wo sich der blaue Himmel über den schartigen Rändern der zerstörten Kellerdecke wölbte wie ein fernes, schimmerndes Zelt. Eine Weile rauchten sie alle vier schweigend, sie in ihrer Ecke, die drei in der Mitte des kleinen modrigen Raums, der ihre gemeinsame Zuflucht war. Nach einer Weile beugte sie sich vor und griff nach einem der Bücher, die neben dem Brennholz gelandet waren.

Lesen.

Das war etwas so Fernes, dass es ihr vorkam wie ein Traum aus einem anderen Leben. Wann hatte sie zum letzten Mal etwas gelesen, was aus mehr Sätzen bestand als eine Anordnung mit Ausrufezeichen oder aber die Schrift über dem Tor zur Hölle, *Arbeit macht frei …*?

Sie war nie eine große Leserin gewesen, hatte Mühe gehabt, es überhaupt zu lernen, bei dem bisschen Schule, in das sie hatte gehen dürfen, doch als junges Mädchen hatte sie hin und wieder einen der billigen Heftromane gelesen, in denen es immer um romantische Liebe gegangen war. Das war, bevor sie begriffen hatte, dass es so etwas wie Liebe nicht gab, dass Männer nur mit dem Schwanz dachten und Frauen nichts anderes übrig blieb, als zu gehorchen, ganz gleich, in welcher Welt sie lebten.

Sie war aus der Übung, es kostete sie Mühe, den Titel

des Buchs zu entziffern. *Stolz und Vorurtheil*, las sie langsam, konnte damit aber nichts anfangen, verstand die Bedeutung nicht. Was war das? Eine Geschichte? Ein Schulbuch? Sie schlug es auf. Auf dem Vorsatzblatt stand in sorgfältiger Jungmädchenschrift, mit blauer Tinte geschrieben und mit dem Lineal unterstrichen, ein Name: *Alice Hardtleben*. Ungläubig starrte sie darauf. Eine Erinnerung stahl sich in ihren Kopf, ein junges Mädchen, blond und hochgewachsen, mit geradem Blick … Die Hand, mit der sie ihre Zigarette hielt, begann zu zittern, und die Asche fiel auf den alten Militärmantel, den sie trug. Sie drückte die Kippe aus und sprang hastig auf. Mit dem Buch in der Hand lief sie zu den Jungen hinüber und packte Blauauge an der Schulter. »Wo habt ihr die Bücher her?« Sie hörte selbst, wie rostig ihre Stimme klang, wie das Scharnier einer Tür, die lange nicht geöffnet worden war.

Blauauge fuhr erschrocken herum. »Was?«

»Von wem habt ihr die Bücher?«

»Da war so ne Frau«, meldete sich Hosenscheißer zu Wort. »Ein russischer Soldat hat sie zum Rabotten verdonnert. Die hatte die Schachtel dabei und …«

»Wie sah die Frau aus?«

Hosenscheißer sah seine Freunde unschlüssig an.

»Alt«, ließ Blauauge zögernd vernehmen. »Aber noch keine Oma.«

»Aber mindestens so alt wie du …«

»Und weiter?«

»Blond …«

»Nee, schon grau …«

»Quatsch …«

»Groß und dünn …«

»Schniekes Kleid und so ne Frisur, wie sie feine Damen haben …«

»So schnieke auch wieder nicht …«

»Meine Mutter hatte auch so ne Frisur.« Hosenscheißer begann unvermittelt zu weinen. »Und genau so Haare … wie Gold waren die.«

Die beiden anderen schwiegen, und einen Moment lang war nur das bitterliche Schluchzen des kleinen Bengels zu hören, der so gar nichts Gangsterhaftes mehr an sich hatte, dann legte Sommersprosse einen Arm um ihn und tätschelte ihm etwas ungelenk die Schulter. »Nu komm schon … beruhig dich wieder«, murmelte er verlegen. »Wir sind doch jetzt deine Familie.«

»Wo ist sie hin?«, fragte sie und unterbrach damit die Diskussion.

Die Jungs starrten sie verständnislos an.

»Die Frau! Wo ist sie hingegangen?«

»Mann, Fünfzehn!«, sagte Blauauge schließlich. »Der Russe hat auf Sommersprosse geschossen! Da hatten wir keine Zeit zu kieken, wo die Trulla hingeht.«

»Siehste, jetzt sagst du's selber: Der Russe hat sehr wohl auf mich geschossen«, sagte Sommersprosse triumphierend.

»Richtung Friedrichstraße«, kiekste Hosenscheißer mit verweinter Stimme und wischte sich mit dem schmutzigen Handrücken über die Augen. »Sie kam vom Brandenburger Tor und ist die Linden runter Richtung Friedrichstraße.«

Sie sprang auf und lief nach oben, immer zwei Stufen der Kellertreppe auf einmal nehmend, das Buch noch immer in der Hand. Doch noch während sie auf die Straße lief und die Linden hinuntersah, wusste sie, dass es zu spät war. Die Frau war längst fort. Sie konnte überall abgebogen, überall hingegangen sein. Dennoch durchströmte sie bei dem Gedanken, dass es sich bei der Frau um Alice handeln könnte, ein seltsam warmes, flatterndes, flirrendes Gefühl. Es kribbelte in ihren Fingerspitzen, in ihrem Nacken, in ihrem Magen und ließ sie sogar lächeln, was sich ungewohnt anfühlte, wie eine schmerzhafte Verrenkung ihrer Gesichtsmuskeln. So unerhört und lange vergessen war diese Empfindung, dass sie zuerst gar nicht wusste, was sie bedeutete. Doch dann wurde ihr klar, dass es Freude war, vielleicht sogar ein zaghaftes Glücksgefühl. Ihr Lächeln wurde breiter. Wenn Alice den Krieg überlebt hatte und in dieser Stadt war, würde sie sie finden. Und wenn es das Letzte war, was sie auf dieser Welt tat.

5

Als Alice zu Hause ankam, war es später Nachmittag. Der lange Marsch von Friedrichshain zum Brandenburger Tor, weiter ins Alsenviertel und wieder zurück und dazwischen noch eine Stunde Steine klopfen – all das hatte sie erschöpft. Zudem war ihr Hunger inzwischen nicht mehr zu ignorieren. Sie hatte seit gestern Mittag nichts mehr gegessen und fühlte sich ziemlich schwach auf den Beinen. Morgen würde sie die Lebensmittelmarken, die sie von dem Russen bekommen hatte, eintauschen, doch für heute blieben nur das Brot und der Apfel. Müde stieg sie die Treppe zu ihrer Wohnung hinauf. Sie besaß nur noch ein Zimmer, in ihrer Stube hatte man seit einiger Zeit Flüchtlinge einquartiert, die Joswigs, eine Familie aus Pommern, Mutter Helene, die Großmutter Erna Grahl und zwei Mädchen, Margarethe, ein etwa dreijähriger, süßer Lockenkopf, Mimi genannt, und Gertrud, stumm und großäugig, mit langen braunen Zöpfen. Der Mann war offenbar in Kriegsgefangenschaft geraten, wie sie aus den knappen Bemerkungen der Großmutter entnommen hatte. Sie mussten sich die Küche und das Bad teilen. Bei Fräulein Pachmayer nebenan war es genauso. Neben den ausgebombten Pasulkes lebten jetzt in der großen Wohnung der alten Dame noch zwei Frauen mit ihren Kindern und ein alter Mann mit einem Geigenkasten, den er nie aus der Hand legte. Alice kannte die Namen dieser Leute nicht, sie hatte den Überblick verloren, wer in den Wohnungen ihres Hauses und in den verbliebenen Häusern ihrer Straße Unterschlupf gefunden hatte.

Im Flur zog sie ihre staubigen Schuhe aus und bemerkte dabei, dass die Absätze die braune Farbe verloren hatten und wieder schäbig und grau aussahen. Sie würde sie kräftig putzen müssen, bevor sie sie das nächste Mal trug. Dann ging sie in die Küche, um sich einen Tee zu machen, und traf dort Helene Joswig, die auf dem alten Holzherd in einem von Alice' Töpfen Suppe kochte. Es roch nach Rüben und Zwiebeln. Als sie eintrat, zuckte die Frau zusammen. »Oh. Frau Hardtleben. Möchten Sie an den Herd? Ich bin gleich fertig.«

Die beiden Mädchen und die Großmutter, eine große, kräftige Frau Mitte siebzig, mit zu einem Dutt aufgesteckten, eisgrauen Haaren, die Alice ein wenig an ihre eigene Großmutter erinnerten, starrten sie schweigend an. Sie saßen um den Küchentisch herum, die Suppenteller vor sich. Alice' Teekanne stand auf dem Tisch, dazu ihre Porzellantassen mit dem Goldrand. Ein frisches halbes Brot lag aufgeschnitten auf einem Teller daneben.

»Kein Problem.« Müde winkte Alice ab. »Ich wollte mir nur einen Tee machen, das kann warten. Guten Appetit …«

»Aber nein, bleiben Sie doch! Ich habe gerade selbst frischen Tee aufgebrüht, und wir konnten heute beim Fleischer sogar ein Stück Rindfleisch ergattern. Es war recht zäh und voller Sehnen und Knorpel, aber für die Suppe taugt es. Essen Sie doch mit uns, es wäre uns eine Freude!« Sie lächelte bittend. Im Gegensatz zu ihrer Mutter war Helene Joswig klein und zierlich, mit feinen Gesichtszügen. Alice zögerte, doch ihr Magen knurrte inzwischen so laut, dass es nicht zu überhören war. Mimi kicherte bei dem unmissverständlichen Geräusch, was ihr einen strengen Blick der Großmutter einbrachte. Obwohl Alice lieber in Ruhe und ohne Gesellschaft dieser fremden Leute – so bedauernswert ihr Schicksal auch sein mochte – an ihrem Küchentisch ihren Tee getrunken und ihr kärgliches Essen verspeist hätte, nickte sie.

»Gerne, danke.« Eine heiße Fleischsuppe, auch wenn sie vermutlich dünn war und sie Rüben eigentlich nicht ausstehen konnte, war einfach eine zu verlockende Aussicht nach diesem anstrengenden Tag. Sie setzte sich auf die Bank neben die beiden Mädchen, die sie beide mit einer Mischung aus Neugier und Schüchternheit ansahen.

»Heil Hitler!«, rief Mimi nach kurzem Zögern und wollte die Hand zum Hitlergruß ausstrecken, doch die Mutter schlug ihr auf die Finger. »Lass den Quatsch, Mimi!«

Ihre Schwester flüsterte ihr zu: »Das darfst du doch nicht mehr sagen, Dummerchen, und auch nicht mehr machen. Sonst schmeißen dich die Russen ins Gefängnis.« Das Mädchen betrachtete verschreckt ihre dicken kleinen Finger, auf die ihre Mutter geschlagen hatte, und steckte dann ihren Daumen in den Mund. Die Mutter stellte Alice einen Suppenteller hin und goss ihr von dem Tee ein. Hagebutte, dem Geruch und der Farbe nach. Dann wurde die Suppe verteilt. Sie war tatsächlich sehr dünn, das wenige Fleisch so zerkocht, dass nur noch Fasern übrig waren, doch sie war heiß und füllte zusammen mit dem Brot und dem Tee den Magen auf angenehme Weise. Dankbar begann Alice zu löffeln und bemühte sich dabei, nicht allzu gierig zu erscheinen.

»Früher hatten wir jeden Tag eine gute, kräftige Fleischsuppe«, sagte die Großmutter mit nörgelnder Stimme. »Mit Einlage. Nicht so eine dünne Wasserbrühe wie das hier.« Sie beäugte geringschätzig ihren Teller, ohne zu essen.

»Früher gibt es nicht mehr, Mutter«, sagte Helene Joswig. Sie sprach leise, aber an ihrem genervten Ton konnte man hören, dass sie dieses Gespräch nicht zum ersten Mal führten.

»Man wird doch mal sagen dürfen, dass es uns früher gut ging!«, ereiferte sich ihre Mutter. »Wir waren nicht auf Almosen angewiesen und mussten nicht in fremden Stuben und in fremden Betten schlafen. Wir führten ein gutes Leben, bis die Russen kamen.«

»Die Russen kamen nur, weil Hitler sie zuvor angegriffen hatte.«

»Angegriffen? Pah! Den Bolschewiken musste doch mal jemand einen Riegel vorschieben. Sie oder wir.«

Helene Joswig ließ klirrend ihren Löffel in die Suppe fallen. »Hör mit diesem dummen Gerede auf!«, sagte sie scharf und warf einen schnellen Blick in Alice' Richtung. »Was soll denn Frau Hardtleben von uns denken! Immerhin sind wir ihre Gäste.«

»Gäste? Dass ich nicht lache. Ich weiß genau, wie sie uns in der Stadt hinter unserem Rücken nennen: Polackenpack! Gesindel! Dabei sind wir wer.« Sie hob ihren Löffel wie einen Zeigestock und wandte sich direkt an Alice, die schweigend weitergegessen und dabei versucht hatte, das Gespräch so gut wie möglich zu ignorieren.

»Sie müssen wissen, die Musikalienhandlung Johann Grahl war bekannt. Mein Mann, Gott hab ihn selig, war Klavierstimmer. Wir hatten einen Flügel im Salon. Alle kamen sie zu uns ins Geschäft, alle, die etwas von Musik verstanden und spielen konnten, wirklich spielen, nicht wie dieser Dilettant von nebenan …«

»Mutter! Das interessiert Frau Hardtleben nicht!«

»So?« Helene Joswigs Mutter schürzte die Lippen. »Ich würde schon wissen wollen, wen ich in meiner Wohnung einquartiert habe. Apropos: Ihre Wohnung scheint recht klein für eine Familie. Sind Sie verheiratet? War Ihr Mann an der Front? Haben Sie Kinder? Oder sollen wir Sie lieber Fräulein Hardtleben nennen …?«

Alice legte den Löffel beiseite und stand auf. Erna Grahls Fragen ignorierend, sagte sie zu Helene Joswig gewandt: »Danke für die Suppe, das war sehr freundlich von Ihnen.« Ihr tat die Frau leid, die jetzt mit hochroten Wangen aufsprang und sie in den Flur hinausbegleitete.

»Ich muss mich für meine Mutter entschuldigen«, flüsterte sie verlegen. »Sie kann sich mit der Situation einfach nicht abfinden. Bitte glauben Sie mir, wenn ich Ihnen sage, dass wir Ihnen sehr dankbar dafür sind, dass wir hier wohnen dürfen.«

Als ob sie beide eine Wahl gehabt hätten, dachte Alice, doch das sprach sie nicht aus. Es war nicht nötig. Die zwei Frauen sahen sich an und wussten es beide: Helene Joswig und ihre Familie waren keine Gäste, sie waren Eindringlinge, wenn auch unfreiwillig, und das machte es schwer für beide Seiten. Auch wenn Alice sich alle Mühe gab, ihnen das Gefühl zu geben, willkommen zu sein, gelang es ihr oft nicht, im Alltag genügend Freundlichkeit und Geduld aufzubringen. Sie hatte ihr ganzes Erwachsenenleben lang allein gewohnt und konnte die ständige Nähe anderer Menschen nur schlecht aushalten. Sie nickte, zwang sich zu einem unverbindlichen Lächeln. »Es ist alles in Ordnung, Frau Joswig. Jeder hat sein Päckchen zu tragen.« Und mit diesen Worten ließ sie die Frau stehen und flüchtete in ihr Zimmer. Aufatmend schloss sie die Tür hinter sich, lehnte sich dagegen und blieb einen Moment so stehen. Dabei fiel ihr ein, dass das Buch, das auf so seltsame Weise zu ihr zurückgefunden hatte, noch im Flur auf der Kommode lag. Leise öffnete sie die Tür noch einmal, und als sie sah, dass der Flur leer war, huschte sie hinaus und schnappte sich das dünne Büchlein.

Aus der Küche waren laute Stimmen zu hören, und obwohl die Tür geschlossen war, drangen Satzfetzen auf den Flur: »… wie du mit mir redest …«, ereiferte sich Helene Joswigs Mutter gerade. »… sagen, was mir passt … Du warst schon immer so schrecklich … genau … dein Mann, dieser liberale … der …« Der Rest war unverständlich, ebenso wie die leise, aber offensichtlich ziemlich scharfe Erwiderung ihrer Tochter. Mitten in dem Disput heulte plötzlich eine Kinderstimme los: »Ich will nicht, dass mich die Bolschewiken ins Gefängnis schmeißen!« Als Geschirr klirrte und die Großmutter rief: »Mimi, du tollpatschiges Ding, pass doch auf, das gehört uns nicht! Nichts gehört uns mehr. Alles haben wir verloren …«, zog Alice sich in ihr Schlafzimmer zurück. Sie verriegelte die Tür und ließ sich auf ihr Bett sinken. Durch das offene Fenster klang das leise Spiel von dem Geiger, der bei Frau Pachmayer wohnte, eine melancholische Melodie, die Alice, entgegen der Meinung von Erna Grahl, ganz und gar nicht dilettantisch vorkam. Eine Weile lauschte sie mit geschlossenen Augen, bis auch von dort das Greinen eines Kindes ertönte und die Musik abbrach. Träge öffnete sie die Augen und blinzelte in die Abendsonne, die durch den nackten Fensterrahmen ins Zimmer schien. Das Fenster hatte kein Glas mehr, die Scheiben waren durch die Detonationen der

Bomben zersprungen und einen Glaser gab es natürlich weit und breit nicht. Sie hatte notdürftig ein paar grobe Bretter davorgenagelt, und nachts verhängte sie das Fenster zusätzlich mit einer Decke, doch jetzt schien die tiefstehende Sonne warm und golden durch die großzügigen Ritzen zwischen den Brettern und ließ die schlichte Einrichtung ihres Schlafzimmers aufleuchten, als ob sie etwas ganz Besonderes wäre. Schrank, Spiegel, Schreibtisch, Bücherregal, ein paar Bilder, ein schmales Bett, kein Ehebett. Natürlich wusste die alte Schrapnelle von Großmutter ganz genau, dass nur Alice hier lebte. Es war unverkennbar die Wohnung einer alleinstehenden Frau. Kein Mann, keine Kinder. Doch Erna Grahl hatte es noch einmal aus Alice' Mund hören wollen. Eine Demütigung, in der Hoffnung, damit ihre eigene Demütigung darüber, als arme, heimatlose Schlucker auf Almosen angewiesen zu sein, aufzuwiegen. Alice nahm ihr das nicht übel. Es hatte ohnehin nicht funktioniert. Sie hatte sich noch nie gedemütigt gefühlt, weil sie ledig geblieben war. Es war schließlich ihre freie Entscheidung gewesen.

Mit einem unwirschen Seufzer richtete sich Alice auf und starrte auf das Buch in ihren Händen. Was für ein Tag! Zuerst Astrid mit ihren Fragen, dann ihr Elternhaus und nun auch noch dieses Buch. Es war, als hätte das Schicksal beschlossen, ihr all diese Erinnerungen förmlich aufzudrängen. Aber wozu? Wen interessierten diese alten Geschichten aus längst vergangenen Zeiten noch? Sie bestimmt nicht. »Verfluchte Scheiße«, sagte sie laut und musste ein wenig lächeln dabei. Gossensprache hatte das bei ihr zu Hause geheißen. Und war manchmal genau das Richtige, um auszudrücken, wie man sich fühlte. Blumige, anständige Formulierungen halfen einem da nicht weiter. Großmutter Grahl nebenan würde natürlich die Stirn darüber runzeln, ebenso, wie ihre Mutter es getan hätte. Oder die von Kessels, die dem Himmel sei Dank nicht ihre Schwiegereltern geworden waren. Sie zog die Schublade ihres Nachtkästchens auf und nahm eine Zigarette heraus. Ein gutes Dutzend hatte sie als eiserne Reserve zwischen Constanzes Briefen gebunkert, vor allem zu Handelszwecken, aber auch zum gelegentlichen Rauchen, für schwierige Situationen. Sie warf einen erneuten Blick auf das Buch, das neben ihr auf dem Bett lag, unschuldig in seinem Rilke-Einband, der allerdings eine dreiste Lüge war. Das hier war definitiv eine schwierige Situation.

Der Tabak knisterte, als sie die Zigarette anzündete, er war schon etwas trocken und sie musste husten, während sie den ersten Zug nahm. »Verfluchte Scheiße«, wiederholte sie noch einmal mit Nachdruck und blies den Rauch aus. Dann griff sie beherzt nach dem Buch und schlug es auf. Sie las nicht den Titel auf dem vergilbten Vorsatzblatt, der, anders als auf dem Schutzumschlag, nicht »Neue Gedichte« von Rainer Maria Rilke lautete, sondern »Lord Jim«, und dessen Autor Joseph Conrad war. Das alles wusste sie, und es interessierte sie nicht. Der Grund für die tiefe Abneigung diesem Buch gegenüber lag in der handschriftlichen Widmung und der Erinnerung an eine Erfahrung, die so beschämend und gleichzeitig so erhellend gewesen war, dass sie ihr ganzes folgendes Leben bestimmt hatte. Ihre Entscheidung, unverheiratet zu bleiben und damit schweren Herzens auch auf Kinder zu verzichten, hatte mit dieser Episode ihres Lebens zu tun. Als Astrid sie heute danach gefragt hatte, waren ihr die Worte locker und scheinbar abgeklärt über die Lippen gekommen, tatsächlich aber war diese Geschichte damals sehr schmerzhaft für sie gewesen und sie hatte lange gebraucht, um darüber hinwegzukommen. Alice nahm noch einen Zug von ihrer Zigarette und las zum ersten Mal seit siebenunddreißig Jahren wieder die verblichenen Worte Heinrich von Kessels, die ihr damals als naives junges Mädchen solches Herzklopfen beschert hatten:

Eine abenteuerliche Geschichte für ein unerschrockenes Herz.
Ich hoffe, wir können uns irgendwann darüber austauschen.
Ihr ergebenster H.

Sie hob den Kopf, hielt inne und lauschte in sich hinein. Es war weniger schlimm als erwartet. Keine Scham stieg mehr in ihr hoch, die Wut auf Heinrich und auf ihre eigene Naivität war längst verraucht. Sie hatten sich natürlich nie über das Buch ausgetauscht. Nach jenem schrecklichen Nachmittag bei den von Kessels, an dem Alice die Verlobung aufgelöst hatte, hatten Heinrich und sie nie wieder miteinander gesprochen. 1916 schließlich war der charmante, gutaussehende blonde Offizier mit dem kühnen Bärtchen und der fehlenden Chuzpe an der Front gefallen und die Tuchfabrik von Kessel hatte ihren Erben und ihre Zukunft verloren. Damit hatte der Niedergang der Fabrik begonnen, und die Wirtschaftskrise hatte ihr Übriges getan. Heute kannte die Firma niemand mehr, der Name von Kessel hatte seine Bedeutung verloren. Noch etwas, das im Rauschen der Zeit verschwunden war.

Alice las die Zeilen ein zweites Mal, mit einem Gefühl der Erleichterung. Sie hatte sich ganz umsonst Sorgen darüber gemacht, von ungebetenen Erinnerungen heimgesucht zu werden. Und doch meldete sich irgendetwas in ihrem Bewusstsein, fast unmerklich, aber dennoch störend, wie der winzige Stachel eines Kaktusses, der sich bei einer unachtsamen Berührung in der Haut verhakt. Man sieht ihn nicht, spürt ihn aber deutlich, wenn man mit dem Finger darüberstreicht.

Noch einmal las sie Heinrichs Worte: *Eine abenteuerliche Geschichte für ein unerschrockenes Herz* … Sie hatte die Geschichte von Lord Jim nie gelesen, hatte mit dem Ende der Verlobung schlagartig die Lust an Joseph Conrad verloren, das konnte es also nicht sein. *Ein unerschrockenes Herz* … warum hatte er sie noch so genannt? Sie erinnerte sich an ihr Herzklopfen, das sie damals beim Lesen dieser Worte verspürt hatte, und dann fiel es ihr wieder ein. Sie hatten eine tiefe Bedeutung für sie gehabt, eine Bedeutung, die über die Jungmädchenschwärmerei für einen schneidigen Offizier weit hinausgegangen war. Alice hatte darin eine Botschaft gesehen, die für sie wegentscheidend gewesen war, auch wenn Heinrich von Kessel sie vermutlich nie so gemeint hatte. Für sie hatte diese Widmung die Aufforderung beinhaltet, unerschrocken ihrem Herzen zu folgen. Und dabei war es ihr nicht etwa um romantische Liebe gegangen – so weit hatte sie zu diesem Zeitpunkt noch gar nicht gedacht –, sondern um ihre Sehnsucht nach einem selbstbestimmten Leben. Diese vermeintliche Aufforderung hatte sie damals schnurstracks zur Bahnhofsmission geführt. Alice dachte an ihre erste heimliche Fahrt zum Schlesischen Bahnhof zurück und daran, dass bereits die Fahrt selbst ein großes Abenteuer für das gut behütete Mädchen aus dem noblen Alsenviertel gewesen war.

Sie ließ das Buch sinken. Ihr Herz klopfte schnell und aufgeregt, wie in Erwartung eines besonderen Ereignisses. Wie, verflucht noch mal, hatte sie vergessen können, was diese Widmung damals in ihr ausgelöst hatte? Die Freude, als sie begriffen hatte, dass sie, sie ganz allein, verantwortlich für ihr Leben war und niemand, keine Eltern und auch kein Ehemann, bestimmen sollte, wie es auszusehen hatte. Und dann, in der Bahnhofsmission, dieses berauschende Gefühl, zum ersten Mal in ihrem Leben etwas Nützliches zu tun, für etwas gut zu sein, anstatt bloß dekorativ in der Gegend herumzustehen und seichte Konversation zu machen! Sie atmete tief ein, ein wenig überwältigt von der plötzlichen Erinnerung. Ihr Lebensweg hatte sie damals relativ schnell wieder weggeführt von der Arbeit in der Bahnhofsmission, auch wenn sie Pfarrer Burckhardt und seinen Idealen treu geblieben war. Nachdem ab Oktober 1908 das Studium für Frauen auch in Preußen erlaubt war, hatte ihr Vater ihr zum Jahreswechsel vorgeschlagen, ihr nun doch ein Studium zu finanzieren, allerdings unter drei Bedingungen: kein Medizinstudium, keine weitere Arbeit als Hilfskrankenschwester und es sollte Schluss sein mit ihrer Tätigkeit in der Bahnhofsmission. Bei Letzterem war er mit ihrer Mutter einer Meinung: Der Schlesische Bahnhof sei kein Ort für ein junges Mädchen. Alice hatte damals mit einem lachenden und einem weinenden Auge eingewilligt. Bereits nach den wenigen Monaten in der Bahnhofsmission, in denen sie mit einer so völlig anderen Welt in Berührung gekommen war, den Kampf der Frauen um mehr Rechte, die politischen Debatten darüber und einiges an Not, Kriminalität und Verzweiflung kennengelernt hatte, war ihr Wissensdurst, ihr Drang zu lernen so groß gewesen, dass sie einfach alles hatte studieren wollen, was es zu studieren gab. Schließlich hatte sie sich für Philosophie und Geschichte entschieden. Allerdings war die Bahnhofsmission dabei immer weiter aus ihrem Fokus gerückt. Nach Natalies Verschwinden war die Mission ohnehin nicht mehr dasselbe für sie gewesen, zumal auch viele der Frauen, die sie als junges Mädchen kennengelernt hatte, nach und nach aus Altersgründen aufhörten beziehungsweise verstarben. Einzig Marthe, die Köchin des Pfarrers, hatte noch viele Jahre eisern die Stellung gehalten. Vor allem ihretwegen, die ihr als junges Mädchen Dinge wie Kartoffelschälen und Geschirrspülen beigebracht hatte, hatte Alice die Mission in den ersten Jahren ihres Studiums und auch danach noch gelegentlich besucht, bis sich auch Marthe zurückgezogen hatte. Ihr war die Doppelbelastung Bahnhofsmission und die Anstellung als Haushälterin zu viel geworden. Durch ihre Arbeit für Pfarrer Burckhardt hatte Alice zwar auch danach noch Kontakt zu den neuen Mitarbeiterinnen der Mission gehabt, gearbeitet hatte sie dort jedoch nicht mehr. Nach dem Verbot der Mission durch die Nazis war der Kontakt dann völlig abgerissen. Alice ließ das Buch sinken und starrte minutenlang in die Luft. Ihr Geist driftete ab. Sie sah nicht mehr das warme Licht der Abendsonne, in dem wie immer die zahllosen Staubkörnchen flimmerten, die unentwegt durch das Fenster drangen und sich auf alles legten, Möbel, Geschirr, Teppiche, Kleidung, Bettwäsche. Sie bekam nicht mit, wie der Geiger in Fräulein Pachmayers Wohnung wieder zu spielen begann, hörte nicht die fröhliche Melodie von *Bei mir bistu scheyn*, die das Kinderweinen bei Fräulein Pachmayer und den Streit in ihrer eigenen Küche zum Verstummen brachte, spürte nicht, wie das geschundene alte Haus und dessen Bewohner zuerst in gehorsamer Routine erschrocken den Atem anhielten, um dann erleichtert auszuatmen, vielleicht zum ersten Mal wahrhaftig begreifend, dass jüdische Lieder nicht mehr verboten waren und die Gräuel tatsächlich ihr Ende hatten.

Stattdessen sah Alice den Schlesischen Bahnhof vor sich, die weite, hohe Halle aus Glas und Stahl und roten Ziegelsteinen und das Gewimmel der Menschen auf den Bahnsteigen. Sie hörte das Gewirr der Stimmen, das Schnaufen der einfahrenden Dampflokomotiven, das schrille Quietschen ihrer Bremsen. Sie stand wieder vor dem schmalen, unauffälligen Gebäude, in dem die Bahnhofsmission untergebracht war, sah Natalie Castellana, wie sie auf einer Leiter stand, die Röcke geschürzt, und mit wütenden Bewegungen die Schmierereien ihrer Widersacher mit Farbe übertünchte. Alice schälte wieder zum ersten Mal in ihrem Leben eine Kartoffel, schnitt Baba die schmutzigen Fingernägel und verband deren offenen Beine. Sie verteilte Tee und Suppe, strich kranken Kleinkindern über die flaumigen Köpfchen, schenkte erschöpften Müttern und ängstlichen Dienstmädchen ein aufmunterndes Lächeln. Und vielleicht drang dabei, freilich ohne dass es ihr bewusst war, doch ein wenig von dem Lied des Geigers in ihre Ohren. Der lachende, singende Klang des Instrumentes, der davon kündete, trotz allem überlebt zu haben, ließ die flimmernden Staubkörnchen im Sonnenlicht tanzen und brachte eine Ahnung von Hoffnung und Freude mit sich. Als Alice wieder zu sich kam, war ihr Gesicht tränennass und ihre Augen brannten. Sie hatte zum ersten Mal seit vielen, vielen Jahren wieder geweint. Und begriffen, was sie tun, wohin sie gehen musste, um unter all dem Furchtbaren, das geschehen war und ihr immer und immer wieder vor Augen stand, ihr Leben wiederzufinden.

6

Als Alice am Vorplatz des Schlesischen Bahnhofs stand, musste sie schlucken. Zahlreiche Bombentrichter machten den Weg zur ehemaligen Bahnhofshalle nahezu unpassierbar. Sie erinnerte sich an die britischen und amerikanischen Bomber, die in den Wochen vor Kriegsende unentwegt über die Stadt geflogen waren. Das Dach des Bahnhofs, die Empfangshalle, die Gepäckabfertigung, der Bereich der Fahrkartenschalter, die Warteräume, alles war zerstört. Allerdings hatten die Russen auch alles darangesetzt, den Bahnhof so schnell wie möglich wieder funktionsfähig zu machen, bildete er doch die Verbindungstrasse nach Moskau und war daher essenziell für die Versorgung der russischen Truppen in der besetzten Stadt. Überall wurde gebaut, Handwerker waren damit beschäftigt, behelfsmäßige Gebäude zu errichten und das Dach wieder instand zu setzen, und Gruppen von Zwangsarbeitern entfernten unter Aufsicht der russischen Soldaten Steine und Schutt. Wie alle wussten, wurden zu dieser Arbeit Mitglieder der NSDAP und andere bekannte Nazis abkommandiert. Anders als bei den spontanen »Rabotti-Einsätzen«, zu denen jeder verpflichtet werden konnte, mussten die Zwangsarbeiter den ganzen Tag schuften, sehr zur Genugtuung der übrigen Bevölkerung, die mit hämischen Kommentaren im Vorübergehen nicht sparte. Alice blieb stehen und betrachtete eine Gruppe Frauen in leichten Sommerkleidern, viele mit auf der Stirn geknoteten Kopftüchern, die sich mit Schaufeln und Eimern am Rande eines Bombentrichters abmühten. Ihre Gesichter waren rot und die Kleider am Rücken und unter den Achseln dunkel vom Schweiß. Auch wenn Alice sich jeglichen Kommentars enthielt und Häme nicht ihre Sache war, hielt sich ihr Mitleid doch in Grenzen. Zu frisch waren die Erinnerungen an all die Spitzeleien, Denunziationen und das Großsprechertum jedes noch so kleinen und unbedeutenden NSDAP-Mitglieds. Sie wollte sich gerade wieder abwenden und weitergehen, als jemand ihren Namen rief. Überrascht drehte sie sich um. Eine Frau in einem gemusterten Kleid kam auf sie zugelaufen. »Alice! Warte!« Die Frau fiel ihr um den Hals, noch bevor Alice erkennen konnte, um wen es sich handelte. Sie roch den scharfen Schweiß, spürte ihre feuchte Wange an der ihren und stieß sie brüsk von sich. »Was soll das?«

Die Frau taumelte zurück. Sie trug kein Kopftuch, und ihre kinnlangen, dunkelblonden Haare wiesen schon deutliche graue Strähnen an den Schläfen auf, obwohl sie dem schmalen, mädchenhaften Gesicht nach etwas jünger als Alice zu sein schien.

»Du kennst mich nicht mehr?« Sie ließ die Schultern hängen, und in ihrer Miene spiegelten sich Trauer und … ja … Schuld.

Alice kniff die Augen zusammen und musterte die Frau genauer. »Gerda!?«

Ein Lächeln huschte über Gerdas Gesicht. »Dass wir uns ausgerechnet hier wiedertreffen.« Sie deutete auf die Ruinen des Bahnhofs.

Alice nickte verhalten. Sie hatte Gerda 1908 im Zug von Küstrin nach Berlin kennengelernt und ihr geholfen, weil sie krank und völlig verunsichert gewesen war. Im Grunde war das junge Mädchen der Auslöser dafür gewesen, dass Alice überhaupt auf die Bahnhofsmission aufmerksam wurde. Gerda war kurz darauf in die Fänge von Pavel geraten, einem bösartigen Menschenhändler und Mörder, dem sie nur mit viel Glück und durch Babas Hilfe hatte entrinnen können. Gerda war auf einem guten Weg gewesen, hatte an Zuversicht und Selbstbewusstsein gewonnen.

Später allerdings hatte sie sich von den Nationalsozialisten verführen lassen. War schnell und begeistert mitgelaufen, die Hand zum Hitlergruß erhoben, der Blick verklärt. Es mochte an dem Mann gelegen haben, den Gerda in den Zwanzigern kennengelernt und geheiratet hatte, Wilhelm hieß er, glaubte Alice sich zu erinnern. Nach dreiunddreißig hatten sie sich dann komplett aus den Augen verloren, und sie verspürte auch jetzt kein großes Bedürfnis, sich mit Gerda zu unterhalten. Doch etwas an dem Blick der anderen Frau, die Bedürftigkeit, die sie ausstrahlte, und das Wissen, dass sie in jungen Jahren wirklich Schlimmes erlebt hatte, hielten sie dennoch davon ab, einfach weiterzugehen.

»Du musst hier arbeiten?«, fragte sie spröde und deutete mit dem Kinn zu dem Trümmerhaufen, wo die anderen Frauen schippten und schleppten.

Gerda bejahte. »Immer morgens ab halb sieben. Oft bis zehn Uhr abends.« Sie hob die schmalen Schultern. »Es geht schon. Meistens. Immerhin gibt es Essen. Aber schlimm sind die Menschen, die vorbeigehen. Sie spucken uns an. Wir versuchen, möglichst mit dem Rücken zur Straße zu arbeiten, um ihre hämischen Gesichter nicht zu sehen.«

»Ich kann mich noch sehr gut daran erinnern, wie die Juden in unserer Straße verhöhnt und angespuckt wurden«, konnte sich Alice nicht verkneifen zu erwidern.

Gerda presste die Lippen zusammen und senkte einen Moment den Kopf. Als sie ihn wieder hob, schwammen ihre Augen in Tränen hilflosen Zorns. »Ja! Du hast recht! Du warst klüger als ich. Ich war so dumm. Und als ich es gemerkt habe, war es schon zu spät. Aber glaubst du nicht, dass unter den Leuten, die jetzt vorbeigehen und uns anspucken, genügend sind, die die Juden damals auch angespuckt haben? Die ganz vorne mit dabei waren, als man ihre Läden angezündet, ihre Häuser geplündert hat?« Sie ballte die Hände zu Fäusten. »Sie müssten auch Steine schleppen. Sie sind nicht besser als wir.«

Alice sah Gerda traurig an, kam jedoch nicht mehr dazu, etwas zu antworten, denn jetzt kam ein russischer Soldat auf sie zu, packte sie an der Schulter und sagte: »He, Frau! Rabotti.«

Bevor Gerda zurück zu den anderen Frauen ging, warf sie Alice noch einen flehenden Blick zu: »Kommst du wieder her? Können wir uns wiedersehen? Ich wohne nicht weit von hier, wir könnten …«

»Dawai!« Der Soldat gab ihr einen groben Stoß, und Gerda senkte den Kopf und lief zurück zu ihrem Arbeitsplatz.

Alice setzte ihren Weg fort. Sie hatte einen bitteren Geschmack im Mund, und ihr war heiß. Es war erst kurz nach zehn Uhr morgens, doch der Himmel war wolkenlos und die Sonne brannte schon auf die Steinwüste, durch die sie ging. Je näher sie dem Bahnhof kam, desto dichter wurden die Trauben von Menschen, die ihr entgegenkamen. Ein endloser Zug armselig aussehender Gestalten, Soldaten, Verwundete und solche, die aus der Kriegsgefangenschaft entlassen worden waren, Flüchtlinge, Vertriebene, Heimatlose, die hier gestrandet waren. Sie alle trafen auf Menschen, die wegwollten, zurück in die Städte und Dörfer, aus denen sie stammten, und auf Berliner, die ihre Angehörigen suchten und daher jeden Tag zum Bahnhof kamen, um die Nachrichten des Roten Kreuzes zu lesen, die auf großen Tafeln an den Bahnhöfen und an anderen zentralen Plätzen der Stadt angebracht waren. Alice wusste, dass auch ihre Nachbarin Trude eine dieser Frauen war. Sie ging jeden Tag zu der großen Anschlagtafel am Alexanderplatz in der Hoffnung, eine Nachricht über ihren vermissten Mann zu finden.

Angesichts der vielen Menschen, die ihr bereits entgegengekommen waren, hatte Alice sich gewappnet, doch der Anblick, der sich ihr bot, als sie die Reste der Empfangshalle betrat, schockierte sie dennoch. Die ehemalige Halle war voll mit Menschen. Sie belagerten jeden freien Fleck, und sei er noch so unbequem, hockten zwischen den Trümmern und an die eingestürzten Stützpfeiler gelehnt. Dazwischen liefen verloren wirkende Frauen herum, drehten immer wieder einen der vielen auf dem nackten Boden schlafenden oder verletzten Soldaten um und schauten ihnen ins Gesicht, nur um sich verzagt wieder abzuwenden. Flüchtlingskinder kauerten mit ihren Müttern apathisch auf ihren kärglichen Habseligkeiten und sahen aus, als säßen sie schon seit Ewigkeiten dort. Babys weinten, und die warme, stickige Luft war erfüllt vom Gestank nach ungewaschenen Körpern, Schweiß, Blut, Erbrochenem und Fäkalien. Es lag eine so dumpfe, schwere Verzweiflung über der Szenerie, dass sich Alice die Nackenhaare aufstellten. Ihr erster Reflex war Flucht. Weg von diesem Ort des Elends und der Hoffnungslosigkeit. Doch sie widerstand diesem Impuls. »Du hast ein unerschrockenes Herz! Auch jetzt noch!«, flüsterte sie sich selbst Mut zu und suchte sich einen Weg durch die lagernde Menge hindurch in Richtung Bahnsteig, dort, wo bis zum Krieg das Gebäude der Bahnhofsmission gewesen war. Auch hier befanden sich unzählige Menschen, und wie erwartet, war von der Bahnhofsmission nicht mehr übrig als ein Haufen Steine. Und auch die Räume des NSV, des *Bahnhofsdienstes der Nationalsozialistischen Volkswohlfahrt* waren ein einziger Trümmerhaufen. Der NSV hatte der christlich geprägten Bahnhofsmission zuerst massiv Konkurrenz gemacht und dann, nach dem Verbot, ihre Stelle eingenommen. Gerda, die Krankenschwester geworden war, hatte angeblich dort gearbeitet, zumindest hatte Alice das von ihren ehemaligen Kolleginnen gehört. Etwas ratlos blieb sie vor ihrer ehemaligen Wirkungsstätte stehen und sah sich um. Wo anfangen? Sie hatte weder einen Raum noch irgendwelche Mittel, um den Leuten hier zu helfen. Und sie war allein. Ein paar Soldaten teilten Wasser in Bechern aus einem Tankwagen aus, sichtlich überfordert mit der Masse der Hilfsbedürftigen. Als sie eine Weile nur so dastand, reglos, hilflos, fiel ihr ein blonder Mann auf, der einem verletzten Soldaten half. Er verband ihm das Bein mit den alten Fetzen, die er am Leib gehabt hatte, neu, reichte ihm etwas zu trinken und sprach beruhigend auf ihn ein. Der Soldat hörte ihm dankbar zu. Angesichts der ruhigen, sicheren Bewegungen und der Art, wie der Mann auf den Verletzten einwirkte, vermutete Alice, dass es sich um jemanden handelte, der so etwas nicht zum ersten Mal machte. Allerdings war auch er schäbig und abgerissen gekleidet, seine groben Lederstiefel fielen fast auseinander, und er trug einen wilden, struppigen Bart, so wie viele Männer hier. Womöglich war er Sanitäter an der Front gewesen und bei seiner Rückkehr aus irgendwelchen Gründen hier gestrandet, überlegte Alice. Wenn sie tatsächlich hier, an der alten Wirkungsstätte von Pfarrer Burckhardt, eine neue Bahnhofsmission etablieren wollte, musste sie bei null anfangen. Und sie brauchte Hilfe. Um nicht wieder durch die deprimierende Empfangshalle zurück auf den Vorplatz gehen zu müssen und dann womöglich ein zweites Mal Gerda zu begegnen, kletterte sie mühsam über einen Schutthaufen am Ende des Bahnsteigs und setzte ihren Weg von dort aus fort. Sie kam an einem ehemaligen Luftschutzbunker und an weiteren Gruppen arbeitender Frauen und Männer vorbei, die die vom Mörtel befreiten Ziegelsteine zu ordentlichen Stapeln aufschichteten. Es gab zwei Anlaufstellen, an die sie sich mit einer Bitte um Unterstützung wenden konnte: Die Kirche und die russischen Besatzer, die sicher auch ein Interesse daran hatten, dass man die Situation am Bahnhof in den Griff bekam. Bei den Russen wusste man allerdings nie so genau, an wen man geriet, sie verhielten sich noch immer sehr widersprüchlich der Bevölkerung gegenüber, mal feindselig und brutal, mal freundlich und sachlich. Daher beschloss sie, es zuerst mit der Kirche zu versuchen, und zwar unmittelbar bei der früheren Gemeinde Pfarrer Burckhardts, die, wie sie wusste, die Bahnhofsmission auch nach seinem Tod noch weiter großzügig unterstützt hatte. Während sie den Stralauer Platz überquerte, musste sie jedoch betrübt feststellen, dass auch die Andreaskirche mit ihrem hohen, spitzen Turm fast vollständig abgebrannt war.

»Verflucht!« Ihre Schritte wurden langsamer. Sollte das schon das erste Hindernis ihres Plans sein? Gab es die Pfarrgemeinde überhaupt noch?

»Kann ich Ihnen helfen?«, sagte jemand hinter ihr.

Sie drehte sich um und sah in die wachen blauen Äuglein einer kleinen, alten Frau. Sie ging gebückt am Stock und trug trotz der Hitze ein Kopftuch.

»Ich wollte zur Kirche …« Sie deutete zu der Ruine. »Gibt es noch einen Pfarrer, der für die Gemeinde zuständig ist?«

Das Gesicht der Frau verdüsterte sich. »Ja, den gibt es wohl«, brummte sie, offenbar nur mäßig begeistert. »Den Pastor Gellert. Der wohnt im Pfarrhaus, das ist nicht kaputt gegangen. Es ist da drüben …«

»Ich weiß, wo das ist, vielen Dank.« Alice nickte der Frau zu und ging, von plötzlicher Unruhe erfasst, weiter. Einmal hier, konnte sie es nicht erwarten, Nägel mit Köpfen zu machen.

Das Pfarrhaus, das sich hinter dem Kirchenbau befand, war tatsächlich nahezu unbeschädigt, nur die dem Kirchenschiff zugewandte Fassade war rußgeschwärzt und der ehemalige Pfarrgarten bot ein Bild der Verwüstung. Sie blieb vor der Haustür stehen und drückte energisch auf die Klingel. Während sie darauf wartete, dass geöffnet wurde, legte sie sich zurecht, was sie dem Pfarrer sagen wollte. Endlich ertönten schwere Schritte, die schnell näher kamen, und die Tür wurde aufgerissen.

»Ja bitte?«

Als Alice die kräftige Frau in der frisch gestärkten Schürze sah, die da vor ihr stand, fühlte sie sich für einen Moment in vergangene Zeiten zurückversetzt.

7

»Marthe?«, fragte sie halb ungläubig, halb freudig. Im Gegensatz zu Gerda hatte Alice Pfarrer Burckhardts frühere Köchin und gute Seele der Bahnhofsmission sofort wiedererkannt, obwohl sie sichtlich gealtert war, seit sie sie das letzte Mal gesehen hatte. Ihre roten Haare waren inzwischen grau und ihr rundes, freundliches Gesicht voller Falten.

»Alice? Ick gloobs ja nich!«

Alice wurde von Marthes kräftigen Armen gepackt und an ihren ausladenden Busen gedrückt. Der altvertraute Duft nach Kaffee, Kernseife, süßem Gebäck und Erbsensuppe stieg ihr in die Nase, und als sie sich behutsam aus Marthes Umarmung löste, hatte sie Tränen in den Augen. Aber nicht nur sie. Auch Marthe wischte sich die Augen mit dem Zipfel ihrer Schürze sauber. Dann stieß sie keuchend hervor: »Mensch Kleene, dass ick dich nochmal zu sehen kriege! Heilijer Herr Jesus, ne, dit is ne Freude! Komm rin! Ick mach dir 'nen Kaffee.«

Alice konnte kaum glauben, was Marthe ihr alles auftischte. Neben einem nach Zimt und Äpfeln duftenden Kuchen gab es Aprikosenkompott, Butterkekse und sogar eine Schale dicke Sahne zum Kaffee. Alice schnupperte an ihrer Tasse und bekam große Augen. »Ist das echter Bohnenkaffee?«

Marthe nickte. »Aus den Vorräten des Herrn Pfarrer.« Sie zwinkerte. »Muss er ja nüscht von wissen.« Sie legte Alice ein Stück Apfelkuchen auf den Teller und klatschte einen großzügigen Löffel Sahne darauf.

»Und der Rest? Gehört das auch alles dem Pfarrer?«, wollte Alice wissen, während sie sich staunend auf dem Küchentisch umsah.

»Nee, nee! Ick hab Verwandtschaft uff'm Land. Da kann ick mir immer wat nebenbei besorjen. Mit die Lebensmittelkarten kannste ja nur verhungern.«

Alice lachte. »Du meine Güte! Es ist Jahre her, dass ich Sahne gegessen habe!« Sie tauchte ihren Kaffeelöffel in die schwerelose weiße Masse und steckte ihn sich genießerisch in den Mund. Für einen Augenblick war sie wieder ein kleines Mädchen, saß an der sonntäglichen Kaffeetafel ihrer Eltern und stibitzte heimlich einen Löffel Schlagsahne nach dem anderen aus der großen, silbernen Schale.

Nachdem sie das Stück Kuchen gegessen, vom Aprikosenkompott und den Butterkeksen genascht und dazu zwei Tassen Bohnenkaffee getrunken hatte, lehnte sich Alice ächzend zurück. »Ich glaube, das war zu viel des Guten.«

»Wat führt dich eigentlich her?«, wollte Marthe schließlich wissen. »Wolltest du zum Herrn Pfarrer oder zu mir?« Begeistert über ihr unerwartetes Wiedersehen hatten die beiden so viel über alte Zeiten, über Pfarrer Burckhardt, Natalie, die Helferinnen und die frühere Bahnhofsmission geredet, dass Alice noch gar nicht dazu gekommen war, Marthe den Grund für ihren Besuch zu nennen.

»Eigentlich zum Pfarrer«, gab Alice zu. »Ich hatte ja keine Ahnung, dass du noch hier bist.«

Marthe hob die breiten Schultern und seufzte. »Der alte

Herr Pfarrer Schlesinger, der nach Pfarrer Burckhardt die Pfarrstelle übernommen hat, war ein herzensguter Mann, ick hatte also keinen Grund, woanders hinzugehen. Und als nach seinem Tod der neue kam und jemanden jebraucht hat, der ihm den Haushalt führt, bin ick eben jeblieben. Bin ja noch janz jut beieinander. Zwee Jahre, hab ick zu Pfarrer Gellert jesagt, dann bin ich fünfundsiebzig, dann is Schluss. Und im Herbst isses nu so weit …« Sie hob den Kopf, als im Hausflur eine Tür ins Schloss fiel. »Der Herr Pfarrer is jekommen. Am besten, ick sag ihm gleich, dass du ihn sprechen willst, sonst ist er wieder weg. Ist viel unterwegs die Tage, hat ne Menge zu tun wegen der kaputten Kirche und der Gottesdienste, die er organisiert. Wir können ja hinterher weiterplaudern, wenn du noch Zeit hast.« Sie wuchtete sich von ihrem Küchenstuhl hoch und ging rasch hinaus. Keine zwei Minuten später kam sie zurück und brachte Alice zum »Studierzimmer«, wie sie den geschmackvoll eingerichteten Raum voller Bücher betitelte. Pfarrer Gellert stand am Fenster, als Alice eintrat. Er war ein kleiner Mann etwa in ihrem Alter, mit ausgeprägten Geheimratsecken und weichen Gesichtszügen und war Alice sofort unsympathisch. Sein graumeliertes Haar war akkurat gescheitelt, und er trug eine kleine Nickelbrille, durch die er Alice mit unruhigem Blick musterte. »Frau Hardtleben? Was … äh … führt Sie zu mir …?«

»Doktor Hardtleben«, korrigierte Alice mit einem liebenswürdigen Lächeln. »Ich habe bis zum Krieg den Burckhardthaus-Verlag Ihres von mir sehr geschätzten Vorvorgängers geleitet.« Normalerweise betonte sie ihren Titel nicht, doch ihr Instinkt sagte ihr, dass es hier angebracht war, von Anfang an selbstbewusst aufzutreten, um zu verhindern, dass der Pfarrer sie als irgendeine kleine Bittstellerin abwies.

Pfarrer Gellert blinzelte und wirkte etwas irritiert. »Mein Vorvorgänger?«

»Johannes Burckhardt. Er war ebenfalls Pfarrer in der Andreasgemeinde, das war neunzehnhundertacht …«

»Ach … ja … natürlich … aber das war lange vor meiner Zeit. Ich bin erst seit zwei Jahren hier.«

»Sie sind nach Pfarrer Schlesingers Tod gekommen, wie Marthe mir sagte.«

»Ja … ähm … richtig.« Er blinzelte stärker, und Alice meinte, Schweißtropfen auf seiner hohen, kahlen Stirn glänzen zu sehen. Er erschien ihr ungewöhnlich blass. Womöglich war er krank?

»Nun, was kann ich für Sie tun, Frau Hardtleben?« Er unterschlug ihren Titel demonstrativ, doch Alice blieb freundlich, immerhin benötigte sie seine Hilfe. Daher setzte sie wieder ein gewinnendes Lächeln auf, bevor sie ohne Umschweife zur Sache kam: »Ich beabsichtige, die Bahnhofsmission wieder aufzubauen, und bitte Sie, mich dabei zu unterstützen.« Lang um den heißen Brei herumzureden war noch nie ihr Fall gewesen.

Pfarrer Gellert riss kurz die Augen auf, dann senkte er seinen Blick und ging um den Schreibtisch herum, wohl, um Zeit zu gewinnen und gleichzeitig eine Barriere zwischen sich und Alice zu bringen.

»Die Bahnhofsmission? Hier … also …« Er wedelte schwach mit seinem Arm in Richtung Fenster.

»Am Schlesischen Bahnhof, ja. Dort wurde sie von Pfarrer Burckhardt seinerzeit gegründet. Es war die erste Bahnhofsmission in Deutschland. Ich war gerade im Bahnhof und habe mich umgesehen. Die Zustände sind entsetzlich, es herrscht eine große Not unter den Rückkehrern und den dort gestrandeten Menschen, und jeden Tag kommen noch mehr in der Stadt an …«

»Ja, die Not ist unbeschreiblich. Gott der Allmächtige steh uns bei.« Pfarrer Gellert faltete seine dünnen Hände zur Gebetshaltung und legte den Kopf schief. Dabei bekam sein Gesicht etwas Vogelartiges. »Dennoch wüsste ich nicht, wie ich Ihnen …«

»Wir brauchen einen Raum, in dem wir kochen und Verwundete notdürftig verarzten können, vielleicht sogar mit Platz für ein paar Feldbetten. Wir benötigen Kohle zum Heizen, einen Herd, frisches Wasser, Milchpulver, Zwieback, Tee, aber vor allem Medikamente gegen Durchfall, steriles Verbandszeug, Flohpulver, Mittel gegen Läuse …«

»Läuse?« Pfarrer Gellert hustete. »Gute Frau, ich bitte Sie, woher soll ich all diese Dinge nehmen?« Er deutete mit einer spöttischen Handbewegung auf die Einrichtung seines Studierzimmers.

Alice ignorierte sowohl die Geste als auch die Bezeichnung »gute Frau«, die sie normalerweise so sicher auf die Palme brachte wie das Amen in der Kirche. Sie war ohnehin schon gereizt von der zögerlichen Art dieses kleinen, verhuschten Mannes.

»Sie müssen sie natürlich nicht selbst besorgen«, erwiderte sie ungeduldig. »Die Kirche hat doch sicher Kontakte zu den Besatzungsmächten und …«

»Die Besatzungsmächte, natürlich. Die Russen haben den Bahnhof unter ihrer Kontrolle. Es gibt da einen Kommandanten, Wolkow heißt er, glaube ich.«

»Wunderbar! Dann können Sie sich doch mit ihm in Verbindung setzen.«

»Ich?«

»Ja, natürlich Sie! Ihre Kirche liegt in unmittelbarer Nähe des Bahnhofs, es ist Ihr Pfarrsprengel und im Übrigen Ihre Aufgabe als Christ, den Menschen zu helfen, oder etwa nicht?« Alice verlor langsam die Geduld. War der Mann nur begriffsstutzig oder sah er die Notwendigkeit wirklich nicht?

Pfarrer Gellert runzelte die Stirn. Mit einiger Schärfe in der Stimme sagte er: »Seien Sie versichert, dass wir den christlichen Mitgliedern unseres Sprengels bereits helfen, wo wir können. Ich habe eine wöchentliche Armenspeisung eingerichtet, und es gibt eine Kleiderausgabestelle. Sie können gerne mithelfen, wenn Sie sich nützlich machen wollen. Was hingegen den Bahnhof anbelangt, das ist allein Sache der Besatzer. Da sind mir leider die Hände gebunden.«

»Aber die Kirchen und die Besatzer arbeiten doch in so einer Situation sicher zusammen«, insistierte Alice, nicht gewillt, sich so leicht abwimmeln zu lassen. »Man muss doch schnell und unbürokratisch dafür sorgen, dass geholfen wird, bevor noch mehr Menschen sterben oder womöglich eine Seuche ausbricht …«

»… all diese Leute, die sonst woher kommen, das sind weder Mitglieder aus unserer Gemeinde noch weiß man, ob es überhaupt Christen sind!«, murmelte der Geistliche. Den Blick zum Fenster Richtung Stralauer Platz und Bahnhof gerichtet, fuhr er fort: »Vermutlich sind sogar Juden darunter, die jetzt wieder zurückkommen …« Seine Stimme brach abrupt ab, als würde ihm bewusst, was er gerade gesagt hatte. Nach einem kurzen Moment des Schweigens, in dem Alice zu begreifen versuchte, was sie soeben gehört hatte, wandte sich ihr der Pfarrer wieder zu: »Tut mir leid, Frau Hardtleben, ich kann es nur wiederholen: Dafür sind wir nicht zuständig.« Er presste seine dünnen Lippen zu einem Strich zusammen und verschränkte die Arme vor der Brust. Offensichtlich betrachtete er das Gespräch für beendet. Alice musste sich zusammenreißen, um ihm nicht ins Gesicht zu springen. Nur mühsam beherrscht, erwiderte sie: »Verstehe.« Damit drehte sie sich auf dem Absatz um und verließ ohne ein weiteres Wort das Zimmer. Draußen auf dem Flur musste sie einen Moment innehalten. Ihr Gesicht glühte vor Zorn, und ihre Beine zitterten. Gerade als sie sich einigermaßen gesammelt hatte, kam Marthe mit Besen und Kehrschaufel aus der Küche. Überrascht blieb sie stehen.

»Ist euer Gespräch schon beendet?«

Sie kniff die Augen zusammen und musterte Alice. Offenbar war Alice ihre Erregung noch deutlich anzusehen, denn Marthe fragte erstaunt: »Große Güte, wat habt ihr denn besprochen, Mädel? Du siehst aus, als wärste kurz davor, dich mit jemandem zu prügeln.«

Alice winkte ab. »Ach was. Und nenn mich nicht immer Mädel oder Kleene, Marthe, das ist lange her, ich bin inzwischen eine alte Frau.«

»Wat 'n Quatsch!« Marthe sah sie entrüstet an. »Für mich biste immer noch die Kleene von damals. Obwohl du früher schon 'n großes Mädchen warst. Groß und dünn wie ne Bohnenstange.« Sie warf ihr einen prüfenden Blick zu: »Nicht, dass da in den letzten Jahren viel hinjewachsen wäre … Ick hab jedenfalls sofort jewusst, dass uns da wat Besonderes rinjeschneit ist …«

»Das ist hundert Jahre her, Marthe.« Alice rang sich ein Lächeln ab. »Vielleicht ist es besser, ich komme dich ein anderes Mal besuchen, wenn der Herr Pfarrer nicht da ist. Mein Gespräch mit ihm ist nicht so gut gelaufen. Ich glaube, er will mich hier nicht mehr sehen.«

Marthe winkte ab. »Ich kann Besuch haben, wen immer ick will, dat jeht den Herrn Pfarrer nüscht an.« Sie warf einen Blick auf die verschlossene Tür zum Studierzimmer und zog dann ihre Schürze aus. »Weeste was? Ick begleite dich 'n Stück. Dann kannste mir erzählen, wat du von dem Herrn Pfarrer jebraucht hättest. Vielleicht kann die alte Marthe dir ja unter die Arme greifen.«

Alice zwinkerte. Die Tränen, die bereits seit ihrer Ankunft am Schlesischen Bahnhof hinter ihren Augen gelauert hatten, ließen sich nun nicht mehr zurückhalten. Marthes herzliche Freundlichkeit und ihre resolute Art erinnerten sie so sehr an die Zeit in der Mission, dass all die vergessen geglaubten Gefühle, all die Sehnsüchte und Erwartungen, die sie als junges Mädchen gehabt hatte, sie zu überwältigen drohten.

»Nu komm, is doch alles jut, Kleene!«, rief Marthe und tätschelte ihr den Arm. Als Alice schniefte und sich mit den Händen über die Augen wischte, reichte sie ihr ein gestärktes Stofftaschentuch und hakte sich bei ihr unter. »Lass uns erst mal in den Garten gehen. Is zwar nüscht mehr viel übrig davon, aber frische Luft is allemal da und kostet nüscht.«

Sie setzten sich auf eine Steinbank ähnlich der, die im Garten von Alice' Elternhaus stand. Seltsam, dachte Alice, während sie sich daraufsinken ließ: Die ganze Welt liegt in Trümmern, und diese mit Flechten und Moos bewachsenen alten Bänke überleben. Während sie Marthe die Gründe ihres Kommens erklärte, strich sie mit der Hand über den Stein. Er war warm von der Sonne, fühlte sich rau und trocken und irgendwie tröstlich an.

»Du willst die Bahnhofsmission wieder aufbauen und hast ausjerechnet den Pfarrer Gellert um Hilfe jebeten?«, fragte

Marthe, als Alice fertig erzählt hatte, und lachte zu Alice' Erstaunen laut auf. »Dit is ja 'n Ding. Wat hat er jesagt?«

»Dass ihn das alles nichts angeht und ich mich an die Russen wenden soll. Er würde sich nur um die Leute seiner Gemeinde kümmern und im Übrigen sowieso nur um Christen.« Alice schüttelte den Kopf.

Marthe wirkte nicht überrascht angesichts der Zurückweisung. »Ick kann ihn jenau vor mir sehen, den feinen Herrn Pfarrer. Dit is 'n Pontius Pilatus, verstehste?« Sie bewegte ihre Hände, als würde sie sie waschen. Dann sah sie sich verstohlen um, beugte sich zu Alice und senkte ihre Stimme. »Der Gellert war 'n janz strammer Nazi. Den hamse uns jeschickt, nachdem die Gestapo den Herrn Pfarrer Schlesinger abjeholt hat.«

»Er wurde verhaftet?«, fragte Alice erschrocken. »Das wusste ich gar nicht. Ich dachte, er sei krank gewesen …« Sie hatte den alten Pfarrer der Andreasgemeinde nicht persönlich gekannt, jedoch einen Nachruf gelesen, in dem gestanden hatte, er sei nach kurzer, schwerer Krankheit verstorben.

»Ja. Dit kann man wohl krank nennen, wenn jemand zu Tode jeprügelt wird.« Marthe schnaubte, und ihre abgearbeiteten, roten Hände verknoteten sich in ihrem Schoß zu einem harten Ball. »Der Herr Pfarrer Schlesinger hat von der Kanzel herunter immer wieder gegen Hitler und den Nationalsozialismus jewettert. Hat mich nur jewundert, dass sie ihn nicht schon viel früher abjeholt haben. Drei Tage war er im Gefängnis der Gestapo, dann hieß es, er sei an Herzversagen gestorben. Herzversagen!« Marthe rollte vielsagend mit den Augen. »Vier Wochen später ist der Gellert gekommen. Mit den wärmsten Empfehlungen von Joseph Goebbels.« Marthe beugte sich noch ein wenig mehr zu Alice hinüber:

»Kurz bevor die Russen kamen, hat der Gellert sein Parteibuch und die SA-Uniform verbrannt. Ick habs mitanjesehen. Hab später noch 'n Hakenkreuz aus der Asche jefischt, als ick den Ofen sauberjemacht hab.« Ihre Augen blitzten gefährlich. »Ick gloob, es is an der Zeit, ihm dit kleene, verkohlte Dingelchen mal unter die Nase zu halten. Dann wern wa schon sehen, ob er es sich nicht doch überlegt und dich unterstützt, wa?«

»Das würdest du tun?«

»Wär mir 'n wahres Festessen, Kleene.« Marthe lächelte, und ihre rosa Wangen begannen zu leuchten. »Wir Frauen von der Bahnhofsmission müssen doch zusammenhalten!«

»Aber vielleicht verlierst du dann deine Arbeit?«

»Dit gloob ick nicht. Der Herr Pfarrer hat die Hosen jestrichen voll, dass die Russen ihm uff die Schliche kommen und in'n Gulag stecken. Wat wees ick, wat der so alles jetrieben hat, bevor er hierherjekommen ist. Der Goebbels hat ja mal nicht jedem kleenen Pfaffen 'n Empfehlungsschreiben mitjegeben.«

Alice wunderte sich. Soweit sie sich erinnern konnte, war Marthe immer pragmatisch und zupackend gewesen, jedoch ganz und gar unpolitisch und keineswegs aufmüpfig genug, um einen Geistlichen verächtlich Pfaffen zu nennen und offen über eine Erpressung nachzudenken. Doch seit damals waren viele Jahre vergangen, zwei Kriege hatten gewütet und die Menschen hatten sich verändert. Auch Alice war längst nicht mehr dieselbe naive junge Frau wie damals. Deshalb nickte sie jetzt nur und sagte langsam: »Das wäre natürlich sehr hilfreich.« Marthe blinzelte ihr verschwörerisch zu, und beide mussten lachen.

»Ich werde dafür mit diesem russischen Bahnhofskommandanten sprechen«, sagte Alice, als sie sich von ihrem Heiterkeitsausbruch wieder erholt hatte.

»Von dem hab ick ooch schon jehört. Wolkow heißt der. Soll keiner von den ganz Schlimmen sein.«

Alice wusste nicht recht, was sie von dieser Beschreibung halten sollte, zwischen *ganz schlimm* und kooperationsbereit gab es erfahrungsgemäß viele Spielarten, doch sie würde sich drauf einlassen müssen. Ohne die Zustimmung des Kommandanten, der den Bahnhof unter sich hatte, würde es keine Bahnhofsmission geben, ganz gleich, wie viel Unterstützung Marthe Gellert aus dem Kreuz leiern konnte. Doch ein erster Schritt war gemacht, und sie wusste, was als Nächstes zu tun war. Das war mehr, als sie nach ihrer Unterredung mit dem Pfarrer erwartet hatte. Sie verabschiedete sich von Marthe mit einer herzlichen Umarmung und dem Versprechen, am morgigen Nachmittag noch einmal vorbeizukommen. Bis dahin glaubte Marthe, den Herrn Pfarrer »überzeugt« zu haben, dass diese Mission eine unterstützenswerte Sache sei. Als Alice aufstand, reichte ihr Marthe noch ein kleines Päckchen. »Stecks weg, nich kieken«, zischte sie, und Alice schob es schnell in ihre Tasche, ohne einen Blick darauf zu werfen.

Erst auf dem Heimweg öffnete sie voller Neugier das in Butterbrotpapier gewickelte Päckchen: Darin befanden sich fünf selbst gebackene Butterkekse und eine kleine runde Dose aus Blech, gefüllt mit echtem Bohnenkaffee für mindestens fünf Tassen! Sorgfältig wickelte sie das Papier wieder um die Schätze und ließ das Päckchen zurück in ihre Tasche gleiten. Ein kleines Lächeln breitete sich auf ihrem Gesicht aus, wurde breiter, und zum ersten Mal seit Langem fühlte es sich ganz und gar nicht gezwungen an.

8

Es war einer dieser Abende, an denen man sich besser nicht draußen aufhielt, vor allem nicht allein und als Frau. Doch für Fünfzehn galt das nicht. Sie konnte auf sich aufpassen. In ihren langen Militärmantel gehüllt, schlich sie in der violettgrauen Dämmerung an den Mauern der verlassenen Ruinen entlang und lauschte dabei mit gespitzten Ohren dem Gegröle der betrunkenen russischen Soldaten auf der Straße in Friedrichshain, wo sie heute Abend ihre Kreise zog. Sie wusste nicht, weshalb ausgerechnet heute so viele von ihnen wieder einmal über die Stränge schlugen – hatte Stalin Geburtstag oder gab es etwas anderes zu feiern, wovon sie nichts mitbekommen hatte? Die gefährlichen Nächte waren sehr viel seltener geworden, seit General Bersarin angeordnet hatte, jeden zu erschießen, der sich der Vergewaltigung oder anderer Übergriffe auf die Berliner Bevölkerung schuldig machte. Nun, Bersarin war inzwischen selbst tot, buchstäblich unter die Räder gekommen, und von seinem Nachfolger hatte sie noch nichts gehört, nicht einmal der Name fiel ihr ein. Womöglich konnte er sich nicht Bersarins Respekt verschaffen, oder es war ihm gleichgültig, was seine Männer trieben. Im Zwielicht des Sommerabends konnte sie sehen, wie eine

Gruppe von ihnen zwei Frauen die Felchower Straße entlangjagte, vier Männer, feixend, lachend, Schnapsflaschen in der Hand. Einer holte aus und warf seine Flasche den Frauen hinterher. Im hohen Bogen flog sie durch die Luft und traf die Frau am Kopf. Sie taumelte, strauchelte und ging ohne einen Laut zu Boden. Ihre Begleiterin hingegen schrie auf, ein hoher, spitzer Schrei, sie bückte sich, zerrte an ihr, versuchte sie hochzuheben, doch es gelang ihr nicht. Panisch flog ihr Blick zwischen der leblos am Boden liegenden Freundin und den vier langsam näher kommenden Soldaten hin und her, sie zögerte, Fünfzehn konnte förmlich spüren, wie sie mit sich rang. Lautlos flüsterte sie: »Hau ab, Mädchen, los, mach schon, du kannst ihr nicht mehr helfen!« Als ob sie sie gehört hätte, ließ die Frau schließlich den Arm ihrer Freundin, an dem sie gerade noch gezogen und gezerrt hatte, los und stürzte davon. Fünfzehn konnte ihr verzweifeltes Schluchzen bis in ihr Versteck hören. Zwei der Soldaten – eindeutig die Betrunkeneren – torkelten lallend der Fliehenden hinterher, während die beiden anderen bei der Bewusstlosen zurückblieben.

»Ich sollte auch verschwinden«, dachte Fünfzehn und machte sich auf, um ihren Weg fortzusetzen. Doch als sie sah, wie sie die Frau an den Armen packten und wie totes Schlachtvieh genau in ihre Richtung schleiften, griff sie in ihre Manteltasche und blieb im Schatten eines zerbombten Hauseingangs stehen. Die drei kamen näher, so nah, dass sie schließlich nur noch ein paar Schritte von ihr entfernt waren. Sie konnte sogar die Fahne der beiden Männer riechen, abgestanden, stinkend wie billiger Spiritus. Fünfzehn verzog das Gesicht, wich noch ein wenig zurück und bückte sich dann leise. Ihre Finger krochen suchend über den Boden, dabei ließ sie die Soldaten, deren schwarze Schatten sich hell vom

Abendhimmel abhoben, nicht aus den Augen. Als einer der beiden – es war der große, der, der die Beute gemacht hatte – der bewusstlos am Boden liegenden Frau mit einer ruckartigen Handbewegung das Kleid vom Leib riss, wachte diese auf und versuchte benommen, sich zu wehren, doch er lachte nur und drückte sie mit seinem Gewicht zu Boden. In dem Moment ertastete Fünfzehn einen großen Stein. Ihre Finger schlossen sich darum, und sie warf ihn auf ein verbogenes Stück Wellblech etwas von ihr entfernt. Es knallte laut, und die zwei Männer zuckten zusammen. Sie riefen etwas auf Russisch, und dann zog der Mann, der bisher nur zugesehen hatte, seine Pistole und ging langsam in Richtung des Geräusches, während Fünfzehn geräuschlos auf den anderen Soldaten zu schlich, der die Frau noch immer auf den Boden gedrückt hielt, allerdings im Moment zu abgelenkt war, um sich weiter an ihr zu schaffen zu machen. Sie zog ihr kleines, scharfes Messer aus der Manteltasche, ein Sprung, ein Schnitt und ein gurgelndes Geräusch, während der Mann sich mit beiden Händen an die Kehle griff. Die Frau schrie entsetzt auf, als das Blut ihr ins Gesicht spritzte.

»Lauf!«, zischte Fünfzehn der Frau zu und riss sie am Arm unter dem Mann fort, der im Todeskampf auf die Seite gekippt war. Die Frau rappelte sich auf und begann taumelnd zu laufen, wurde jedoch rasch schneller und war wenige Sekunden später in der Dämmerung verschwunden. Fünfzehn warf einen Blick auf den Soldaten, der sie mit fassungslos aufgerissenen Augen anstarrte, unfähig zu sprechen. Sie bückte sich zu ihm hinunter, tastete rasch seine Taschen ab und steckte die Schachtel Zigaretten ein, die er in der Uniformtasche hatte, dann huschte sie ins Dunkel ihres Verstecks zurück, gerade in dem Moment, als der andere Soldat, angelockt vom Schrei der

Frau, zurückgelaufen kam. Er schrie ebenfalls auf, kehlig und rau, denn er fand nur noch seinen sterbenden Kameraden vor und war offenkundig hin- und hergerissen zwischen dem Impuls, dessen Blutung zu stoppen – was natürlich vollkommen sinnlos war – und der Frau hinterherzulaufen – was ebenso sinnlos war, so hoffte Fünfzehn wenigstens. Sie bleckte die Zähne. »Wir sind noch immer im Krieg, Kamerad«, flüsterte sie lautlos. Dann zog sie sich ohne Eile schrittweise weiter zurück und verschwand schließlich durch das Gewirr der Pfade und Durchgänge zwischen den Ruinen und Schutthaufen. Irgendwann näherte sie sich über lange Umwege wieder ihrem Keller unweit des Brandenburger Tors. Inzwischen war es vollends dunkel geworden. Ein einsamer Stern blinkte am Himmel, während sie, in die Schatten der Ruine des Hotels Adlon gedrückt, um den Patrouillen, die die inzwischen begonnene Ausgangssperre überwachten, nicht zu begegnen, das blutige Messer an ihrem ohnehin schon vor Schmutz starrenden Mantel abwischte. Dann lief sie die letzten Schritte, duckte sich unter der zerborstenen Zimmerdecke hindurch und stieg die Treppe in den Keller hinunter. Blauauge, Sommersprosse und Hosenscheißer waren da, hockten im Kreis um die kürzlich erbeutete Petroleumlampe und spielten Karten. Blauauge, der gut in so was war, hatte schließlich doch irgendwo etwas Petroleum aufgetrieben. Im warmen Licht der Lampe sahen ihre Kindergesichter viel weicher aus als bei Tageslicht. Als sie hochschauten, schenkte sie jedem von ihnen eine Zigarette.

»Wo haste die denn her?«, wollte Blauauge wissen, während er sie sich anzündete.

»Hab ich einem abgenommen, nachdem ich ihn abgestochen habe«, erwiderte sie. Die Jungs schwiegen einen Moment erschrocken, doch als sie lächelte und ihnen zuzwinkerte, lachten sie auf, unsicher und erleichtert zugleich, und widmeten sich dann wieder ihrem Kartenspiel. Sie zog sich in ihre Ecke zurück, sah ihnen eine Weile zu und zog schließlich unauffällig den losen Stein aus der Wand, hinter dem sie das Buch versteckt hatte. Mit einer vorsichtigen Bewegung strich sie über den Einband, schlug es auf, um im trüben Licht noch einmal Alice' mädchenhafte Handschrift zu betrachten und mit dem Finger sacht darüberzustreichen, dann schob sie das Buch behutsam unter das Kleiderbündel, das ihr als Kopfkissen diente, und legte sich darauf. Das Buch so nah bei sich zu wissen war wie ein Licht in der Nacht, es beruhigte sie und vertrieb die Angst vor dem Schlaf, der die schwarzen Träume brachte, in der ausgemergelte Leichen ihre knochigen Finger nach ihr ausstreckten, leere Augen sie anstarrten und der Geruch nach Tod ihr den Atem nahm. Sie hatte Alice noch nicht gefunden, obwohl sie seit zwei Tagen unablässig nach ihr suchte. Andererseits, was waren schon zwei Tage in einer Stadt, in der noch immer das Chaos herrschte? Irgendwann würde es so weit sein. Vorher würde sie nicht aufgeben. Sie schloss die Augen und war wenige Sekunden später eingeschlafen. Den getöteten Soldaten hatte sie schon vergessen.

9

Müde stand Alice in der Brotschlange vor der Bäckerei in ihrer Straße. Vor ihr warteten noch mindestens zwanzig Menschen, obwohl es erst halb sieben war. Hoffentlich ergatterte sie noch ein Brot. Sie gähnte. Diese Nacht war eine jener Nächte gewesen, von denen Alice geglaubt hatte, dass sie schon überstanden wären. Unmittelbar nach Kriegsende war jede Nacht so gewesen. Marodierende russische Soldaten waren damals durch die Straßen gezogen, trinkend und grölend, hatten in die Luft geschossen und waren in bewohnt aussehende Häuser eingedrungen, um sich Frauen zu holen. In dieser Nacht hatte es in ihrer Straße ähnlich geklungen. Sie hatten – wie jeden Abend – die Wohnungstür mit dem Garderobenschrank verbarrikadiert, was ihnen eine gewisse Sicherheit bot. Der Alkohol befeuerte den Wunsch vieler Russen nach Vergeltung, sie waren stumpf und verroht nach all den Jahren des Krieges und gelangweilt vom Frieden, doch sie waren eines nicht: besonders ausdauernd. Von einer Tür, die verbarrikadiert war, ließen sie in der Regel schnell wieder ab.

Nachdem um die Ausgangssperre herum der Lärm verklungen war, hatte Alice schon gehofft, dass der Spuk vorbei war, aber dann war es kurz darauf wieder losgegangen, dieses

Mal waren es aber nicht Betrunkene gewesen, sondern Militär, Jeeps waren durch die Straßen gerumpelt, Soldaten schlugen gegen die Türen, brüllten, sogar Schüsse waren wieder zu hören gewesen. Keiner wusste, was geschehen war, doch alle waren beunruhigt. Auch jetzt, in der Brotschlange, unterhielten sich die Leute darüber.

»Es soll einen Mord gegeben haben, direkt hier in Friedrichshain«, wusste Waltraud Krause, die sich der Schlange gerade angeschlossen hatte, zu berichten. Genau wie zu den Blockwartzeiten ihres Mannes wusste sie auch jetzt vieles immer als Erste, ohne dass klar gewesen wäre, woher.

»Einen Mord? Wo denn?«, fragte jemand von weiter vorne. Man hatte schon von Banden gehört, die am Alexanderplatz ihr Unwesen trieben, Leuten die Lebensmittel abnahmen und sie bedrohten, auch Schlägereien gab es immer wieder, Ex-Nazis wurden verprügelt, Ausländer, die als ehemalige Kriegsgefangene hier gestrandet waren und nicht weiterkamen, rasteten aus und rächten sich, indem sie Unbeteiligte angriffen, aber Mord?

Waltraud Krause hatte jetzt die ganze Aufmerksamkeit der anstehenden Leute und genoss dies sichtlich.

»Ja, und stellt euch vor, in der Felchower Straße!«

Ein Raunen ging durch die Reihe der Wartenden. Die Felchower Straße war gleich um die Ecke.

»Wat? Is nich wahr!«

»Hier bei uns?«

»Was ist denn passiert?«

»Wundert mich nicht, bei dem Gesindel, das sich neuerdings hier rumtreibt …«

»Wer wurde denn umjebracht? Einer der Polacken? Die streiten doch den janzen Tag …«

Alle redeten wild durcheinander, bis Waltraud Krauses scharfe, hohe Stimme das Gemurmel erneut unterbrach. »Einem russischen Soldaten wurde die Kehle durchgeschnitten.«

Erschrockene Stille antwortete ihr. Kein Raufhändel, wie sie erwartet hatten. Keine Schlägerei unter Schwarzmarktburschen, die aus dem Ruder gelaufen war. Ein hinterhältiger Mord, und noch dazu an einem Russen. Man konnte hören, wie die Leute angesichts dieser Information den Atem anhielten.

»Zwei Soldaten waren auf dem Heimweg in ihr Quartier. Einer ist zum Pinkeln in Richtung der Häuser gegangen, und als er nicht zurückgekommen ist, ist sein Kamerad ihm nachgegangen und hat ihn da liegen sehen. In seinem Blut!«

»Ach, du Scheiße«, murmelte ein Mann. »Da werden die Russen uns jetzt mächtig uffm Kieker haben.«

»Hat man ja schon zu spüren bekommen«, gab eine beleibte Frau ihm recht. »Die Polizei hat mich heut Nacht direktemang ausm Schlafzimmer jeholt. Im Nachtjewand! Eine halbe Stunde musste ick im Flur stehen. Dit jehört sich nicht!«

»Na, die werden dir schon nüscht wegjekuckt haben«, gab ein Mann zurück, und ein paar lachten pflichtschuldig über den Sparwitz. Während sich die Schlange im Zeitlupentempo weiterbewegte und die Leute spekulierten, überlegte auch Alice, was wohl passiert sein mochte. Es war eine beunruhigende Vorstellung, dass jemand in unmittelbarer Nähe ihrer Wohnung herumschlich und anderen die Kehle aufschlitzte.

Als sie zwei Stunden später mit ihren mickrigen Rationen Brot, Fett, Kartoffeln, Salz, Fleisch und Milch nach Hause kam, saß Trude Ackermann auf dem Treppenabsatz vor ihrer Wohnung. Irmchen krabbelte neben ihr herum und pickte mit ihrem kurzen Zeigefinger kleine Krümel vom Boden auf, die sie zuerst misstrauisch beäugte, um sie dann in den Mund zu schieben. Trude sah furchtbar aus, sie hatte dunkle Ringe unter den Augen. Offenbar hatte sie ähnlich schlecht geschlafen wie Alice selbst. Bei Alice' Anblick sprang sie auf. »Morgen! Hast du einen Moment? Ich muss mit dir reden.«

Alice nickte etwas erstaunt und sperrte die Tür auf. »Klar. Komm rein.« Sie traten hintereinander in den Flur, und Alice lauschte einen Moment in Richtung Stube, ob ihre Untermieter zu Hause waren. Außer dem Ticken der Standuhr war nichts zu hören. Anscheinend waren sie ebenfalls beim Einkaufen oder wo auch immer. Sie atmete auf. Dann würde ihnen die Küche wenigstens für kurze Zeit alleine gehören. Sie gingen hinein, und Alice räumte ihre Einkäufe in den für sie reservierten Teil des Küchenschranks, während Trude sich setzte und Irmchen auf den Schoß nahm. Sie wirkte bedrückt, und Alice fragte sich, was sie wohl auf dem Herzen hatte.

»Möchtest du einen Kaffee?« Sie warf einen Blick in den Wasserkessel, der auf dem Kohleherd stand. Er dampfte, heißes Wasser war also noch da, umso besser.

»Gern.« Trude nickte dankbar, schaukelte die Kleine mit den Knien auf und ab und sang leise. »Hoppe, Hoppe, Reiter, wenn er fällt, dann schreit er ...« Irmchen gluckste.

Rasch nahm Alice zwei Tassen vom Bord über der Spüle und stellte sie auf den Tisch. Seit gestern Nachmittag bei Marthe sehnte sie sich nach einer weiteren Tasse echtem Kaffee. Sie holte die Schnupftabaksdose zusammen mit den Butterkeksen aus ihrem Schlafzimmer und hielt Irmchen einen Keks vor die Nase. Sie griff danach und betrachtete den Keks etwas ratlos.

»Butterkekse kennst du noch gar nicht, du armes Würmchen«, sagte Alice und strich ihr über das seidige Haar. »Das ist lecker!« Das kleine Mädchen hatte sich von ihrer Krankheit und den Strapazen im Luftschutzkeller wieder erholt, und obwohl sie noch immer blass und viel zu dünn für ihr Alter war, hatte sie sich in den vergangenen zwei Monaten zu einem lebhaften Kind entwickelt. Jetzt schob sie sich den Keks probeweise in den Mund, so, wie sie es mit allen Dingen tat, die sie in die Finger bekam. Ihre ohnehin großen, blauen Kulleraugen wurden noch größer, als sie die weiche, buttrige Süße schmeckte, und ihr Gesichtchen verzog sich zu einem Lächeln. Mit Hingabe begann sie an ihrem Keks zu lutschen, während Alice die anderen Kekse auf einen Unterteller auf den Tisch legte und für sich und Trude Kaffee aufbrühte. Trude schnupperte, als sich das würzige Aroma in der kleinen Küche ausbreitete. »Bohnenkaffee und richtige Butterkekse? Wen haste denn dafür bestochen?«

»Die Kekse hat eine Freundin gebacken. Sie hat Verwandtschaft auf dem Land und ihr Arbeitgeber außerdem ganz gute Beziehungen. Ich habe sie viele Jahre nicht gesehen und gestern zufällig wiedergetroffen.«

Sie setzte sich zu Trude und nahm einen Schluck aus ihrer Tasse. Ihr entwich ein kleiner, wohliger Seufzer. »Schon seltsam, wie glücklich einen so Kleinigkeiten wie eine Tasse Kaffee machen können.«

Trude nickte abwesend. Sie hatte ihre Tasse noch nicht angerührt.

»Was ist los?«, wollte Alice wissen. »Ist etwas mit Kurt? Gibt es neue Nachrichten?«

Trude schüttelte den Kopf. »Vierhundertzwölf Tage sind es nun schon, dass wir nichts mehr von ihm gehört haben.« Sie strich Irmchen über den Kopf. »Er weiß noch nicht mal, dass er eine weitere Tochter hat. Die Kinder und ich machen jeden Tag einen Strich in den Türrahmen zum Schlafzimmer. Das war Herthas Idee. Sie hat jedes verfluchte Mal Tränen in den Augen und will trotzdem nicht damit aufhören, als sei dieser tägliche Strich eine Garantie dafür, dass ihr Vater noch lebt. Ich dagegen ertrage es kaum hinzusehen, jedes Mal, wenn ich daran vorbeigehe, wird mir übel. Wie lange sollen wir so weitermachen? Bis die ganze Wohnung voll mit Strichen ist?« Sie schüttelte den Kopf. »Ich war gestern Abend aus«, fuhr sie dann übergangslos fort und setzte Irmchen, die ihren Keks gelutscht hatte und unruhig wurde, auf den Fußboden, damit sie herumkrabbeln konnte. »Astrid hat mich überredet, mit ihr nach Wedding zu gehen, weil sie alleine nicht durfte. Stell dir vor, dort hat das Kino an der Sellerstraße wieder aufgemacht, es hat keine einzige Bombe abgekriegt! Ich wollte zuerst nicht, aber Hertha und Fredi haben versprochen, auf Irmchen und Elsie aufzupassen, da bin ich mitgegangen. Sie haben *Frau ohne Gewissen* gezeigt, kennst du den?«

Alice schüttelte den Kopf, und Trude fuhr fort: »Das ist ein amerikanischer Film mit Barbara Stanwyck, sehr spannend!« Sie unterbrach sich, starrte einen Moment schweigend vor sich hin und murmelte dann leise: »Es war so wunderbar, dort im Dunklen zu sitzen und einfach mal für ein, zwei Stunden alles andere zu vergessen …« Sie schloss die Augen, und dann, ganz unvermittelt, begann sie zu weinen.

Alice strich ihr über den Arm. »Wie schön«, sagte sie etwas unbeholfen und kam sich mit einem Mal alt vor. Astrid und Trude im Kino, jetzt, inmitten der Ruinen, das klang fast nach einem Abenteuer. Es war Jahre her, seit sie zum letzten Mal im Kino gewesen war, sie konnte sich nicht einmal mehr an den Film erinnern. Als Trudes Weinen jedoch immer heftiger wurde und die Schluchzer ihren mageren Körper regelrecht schüttelten, begriff Alice, dass ihre Freundin nicht aus Freude über den schönen Abend weinte. »Was ist passiert?«, fragte sie besorgt und reichte ihrer Freundin ein Taschentuch. Es dauerte eine Weile, bis Trude sich so weit beruhigt hatte, dass sie wieder sprechen konnte.

»Nach der Vorführung sind wir gleich nach Hause gegangen. In Mitte waren noch viele Leute auf der Straße, doch je weiter wir in die sowjetische Zone kamen, desto leerer wurde es. Am Ende waren nur noch ein paar Gruppen von Soldaten auf den Straßen …« Sie stockte und schnäuzte in ihr Taschentuch.

»Sie waren betrunken und aggressiv, so wie gleich nach Kriegsende, erinnerst du dich?«

»Natürlich … Ich habe sie gestern Abend auch gehört.«

»Es war unheimlich. Wir sind schnell gegangen, haben niemanden angesehen, auf ihre anzüglichen Rufe und Pfiffe nicht reagiert, aber plötzlich ist uns aufgefallen, dass uns einige Männer folgten. Wir sind losgelaufen, sie hinterher, regelrecht gehetzt haben sie uns, bis in die Ferchower Straße, wir waren schon so nah an zu Hause, dachten, wir schaffen's noch …« Sie verstummte.

Alice war bei der Erwähnung der Ferchower Straße zusammengezuckt. Der tote Soldat war heute Nacht dort gefunden worden. Eine düstere Ahnung kroch in ihr hoch.

»Was ist passiert?«, fragte sie noch einmal, so atemlos, als sei sie selbst gerannt.

»Sie sind immer näher gekommen. Astrid war in Panik, sie bekam fast keine Luft mehr. Ich habe versucht, sie zu beruhigen. ›Lauf einfach weiter‹, habe ich gesagt, ›lauf und sieh dich nicht um, gleich sind wir da …‹ Dann hat mich etwas am Kopf getroffen, und ich bin gefallen, mir ist schwarz vor Augen geworden und weg war ich. Als ich wieder zu mir gekommen bin, lag ich woanders, irgendwo zwischen den Ruinen, dort, wo früher der Herrenausstatter Kornblum seinen Laden hatte, weißt du, wo ich meine?«

Alice nickte bloß, um Trudes Redefluss nicht zu unterbrechen.

»Einer der Soldaten lag auf mir, er hat mein Kleid kaputt gemacht … Ich habe versucht mich zu wehren … aber dann, bevor er weitermachen konnte …«, sie schluchzte erneut auf, »etwas Warmes, Feuchtes ist mir ins Gesicht gespritzt, und jemand hat mich gepackt, unter ihm herausgezogen und mir ins Ohr gezischt: ›Lauf!‹

Ich bin aufgesprungen und gelaufen und gelaufen. Niemand ist mir gefolgt. Zu Hause habe ich Astrid im Treppenhaus getroffen. Weinend und am ganzen Körper zitternd saß sie auf den Stufen. Sie war völlig verzweifelt, weil sie mich zurückgelassen hatte. Als ich reingekommen bin, hat sie mich angestarrt wie einen Geist. Sie meinte, ich sei von einer Flasche getroffen worden, die die Männer nach uns geworfen haben, und sie hätte noch versucht, mich hochzuziehen. Sie hatte schreckliche Gewissensbisse, weil sie mich allein dort zurückgelassen hatte. Zwei Soldaten hätten sie verfolgt, nachdem sie weggerannt sei, erzählte sie, doch sie habe sie abgehängt …« Trude stockte kurz, ehe sie tief Luft holte und weitersprach: »Erst als ich selbst zu Hause war, habe ich begriffen, weshalb sie mich so entgeistert angesehen hat: Ich war von oben bis unten mit Blut besudelt!«

Trude packte Alice so heftig am Arm, dass sie zusammenzuckte. »Stell dir vor! Alles voll Blut, das Gesicht, die Arme, mein zerrissenes Kleid! So bin ich durch die Straßen gelaufen. Und heute Morgen im Milchladen höre ich, dass jemand heute Nacht in der Ferchower Straße einem Soldaten die Kehle durchgeschnitten hat.« Sie schüttelte den Kopf. »Gott sei Dank habe ich meine Kleider noch in der Nacht im Herd verbrannt. Sogar die Schuhe, meine schönen Sandalen. Mich hat's so geekelt. Danach habe ich mich mindestens eine Stunde lang geschrubbt, bis meine Haut ganz wund war …« Sie schüttelte sich und rieb sich geistesabwesend über die Arme. »Wenigstens haben die Kinder schon fest geschlafen und nichts davon mitbekommen. Beim Bäcker heute Morgen haben sie erzählt, dass die Soldaten alle Wohnungen in der Ferchower Straße durchsucht haben.« Trude schauderte. »Stell dir vor, sie wären auch zu uns gekommen und hätten noch die blutigen Kleider bei mir gefunden! Die hätten mich auf der Stelle mitgenommen. Für den Mord an einem Soldaten wird man in den Gulag geschickt. Oder gleich erschossen.«

»Aber das ist nicht passiert. Du hast alles richtig gemacht. Und sehr viel Glück gehabt«, beruhigte Alice sie.

Trude nickte. »Ja, du hast recht. Aber trotzdem: Ich kann nicht begreifen, dass ich dabei war, als jemand diesen Soldaten getötet hat. Keine Armlänge von mir entfernt, lautlos und eiskalt, mit einem Messer …« Sie schlug die Hände vors Gesicht.

»Dieser Jemand hat dich gerettet«, sagte Alice schlicht.

»Ich weiß. Das ist mir dann auch klar geworden. Ich hatte so viel Glück, das ist fast schon unheimlich.«

Alice musste ihr zustimmen. Sie beide – Trude und Astrid – hatten unheimliches Glück gehabt.

»Du darfst das niemandem erzählen, Alice. Keinem Menschen. Schwörst du?«

»Natürlich. Mach dir keine Sorgen. Ich bin so froh, dass

dir nichts Schlimmeres passiert ist.« Sie umarmte Trude und drückte sie fest an sich. Als sie sich voneinander lösten, hatte Trude schon wieder ein kleines Lächeln im Gesicht. Alice schob ihr den Kaffee hin. »Trink, sonst wird er kalt.«

Schweigend nippten sie eine Weile am wertvollen Bohnenkaffee und hingen ihren Gedanken nach, dann fragte Alice langsam: »Hast du den Mörder gesehen?«

»Nein. Es war ja schon fast dunkel, und es ging alles so schnell. Da war nur ein Schatten und diese Stimme. Aber eines weiß ich ganz sicher: Das war eine Frau.«

»Was sagst du da?« Alice starrte sie ungläubig an. »Bist du sicher?«

»Absolut.« Trude nickte. »Die Stimme gehörte einer Frau.«

In diesem Moment knackte das Schloss der Haustür, und sie hob den Kopf. »Die Joswigs?«

Alice nickte und stand seufzend auf. Zu gern wäre sie noch ein wenig mit Trude hier am Küchentisch sitzen geblieben, doch jetzt konnten sie nicht mehr vertraulich sprechen. Alice nahm die beiden Tassen und stellte sie in den Ausguss. Helene Joswig kam herein, mit einem Korb voller Päckchen, wie sie Alice eben selbst heimgetragen hatte. Sie lächelte schüchtern.

»Guten Morgen, Frau Hardtleben, ich wollte fragen, ob Sie vielleicht ein frisches Betttuch für mich hätten. Mimi ist heute Nacht bei all dem Lärm auf der Straße ein kleines Missgeschick passiert …«

»Natürlich, aber warum haben Sie das nicht schon heute Nacht gesagt?«

»Ich wollte nicht stören.«

Alice ging in den Flur zur Wäschekommode und reichte der Frau ein frisch gestärktes Betttuch. Helene Joswig drückte einen Augenblick lang ihr Gesicht in das weiße Leinen. »Oh, ich liebe diesen Geruch, er erinnert mich an zu Hause …«

»Kann ich verstehen, ich mag den Geruch auch sehr gerne.« Alice schenkte der Frau ein Lächeln, dann ging sie zurück in die Küche, wo sich die Großmutter in der Mitte des Raums aufgebaut hatte und die Küche allein durch ihre Anwesenheit zu klein wirken ließ.

»Guten Tag, Frau Grahl«, sagte Alice kühl und griff nach den Butterkeksen und der Schnupftabaksdose. Trude war schon aufgestanden. »Ich muss jetzt hoch, Irmchen wickeln und füttern«, sagte sie und drückte kurz Alice' Arm. »Danke.« Damit huschte sie an Erna Grahl vorbei und war weg.

»Riecht es hier etwa nach Bohnenkaffee?«, fragte Frau Grahl und warf einen hoffnungsvollen Blick auf die beiden Tassen in der Spüle.

»Aber nein, da täuschen Sie sich.« Alice ließ die Schnupftabaksdose unauffällig in ihre Tasche gleiten. »Wo sollte ich denn Bohnenkaffee herhaben?« Sie machte ein unschuldiges Gesicht. Bei allem Mitgefühl für das Schicksal dieser Familie, mit Erna Grahl würde sie ihren Schatz ganz sicher nicht teilen.

10

Alice fühlte sich nicht sehr wohl in ihrer Haut, als sie vor dem Haus stand, in dem sich das Büro von Oberst Wolkow befand, der für alle Angelegenheiten rund um den Schlesischen Bahnhof zuständig war. Es war nicht schwer gewesen, den Ort ausfindig zu machen, ein Soldat am Bahnhof hatte sie hierher verwiesen, in eine Straße unweit des Stralauer Platzes, früher eine eher übel beleumundete Gegend, heute nichts als eine Steinwüste, wie fast das gesamte Viertel rund um den Bahnhof. Eines der wenigen Häuser, das noch stand, war das ehemalige Postamt, jetzt Teil der russischen Militärverwaltung. Zwei Soldaten hielten sie auf, als sie die Stufen zum Eingangsportal hinaufging, doch als sie mit allem Selbstbewusstsein, das sie aufbringen konnte, angab, Oberst Wolkow wegen einer Bahnhofsangelegenheit sprechen zu wünschen, kontrollierten sie nur ihre Papiere, und einer der Soldaten rief nach drinnen und befahl offenbar einem Kameraden, sie zum Kommandanten zu bringen. Der junge Soldat, der sie in Empfang nahm, bedeutete ihr, ihm zu folgen. Das Büro des Kommandanten befand sich im hinteren Bereich der ehemaligen Schalterhalle, die man in eine Kantine umfunktioniert hatte, wo es jetzt, zur Mittagszeit, brechend voll war. Es roch nach Zwiebeln und gebratenem Fleisch, Schwaden von Zigarettenrauch hingen zwischen den Säulen und der Geräuschpegel war hoch. Russische Wortfetzen hallten durch das hohe Gewölbe, es wurde laut gelacht und gerufen, die Soldaten hatten ihre Mützen und Jacken abgelegt und wirkten entspannt. Niemand beachtete sie, als sie mit dem Soldaten den Raum durchquerte. Am Ende befand sich eine Tür, auf der ein einfacher Zettel klebte. Darauf standen ein paar Wörter auf Russisch. Alice, die inzwischen schon etwas Übung darin hatte, die kyrillische Schrift zu lesen, konnte immerhin den Namen entziffern: Alexej Wolkow. Der junge Soldat klopfte an, und bevor er eintrat, wies er sie an, draußen zu warten. Kurz darauf kam er wieder zurück und gab ihr mit einer Geste zu verstehen, dass sie hineingehen durfte. Mit dem leisen Klacken, das die Tür machte, als der Soldat sie hinter ihr schloss, verstummte die laute Geräuschkulisse der Kantine abrupt, und Alice wurde eingehüllt von den zarten Klängen eines klassischen Violinkonzerts. Irritiert blieb sie an der Tür stehen. Oberst Wolkow saß mit dem Rücken zu ihr, die Beine auf eine Kommode gelegt, und hatte sie offenbar nicht kommen gehört. Sie sah nur dunkelgrau melierte, im Nacken kurz geschnittene Haare und lange Beine in Lederstiefeln sowie seine Hände. In der einen Hand hielt er eine Zigarette, mit der anderen dirigierte er die Musik. Verunsichert fragte sich Alice, weshalb er nicht auf sie reagierte. Der junge Soldat hatte sie doch angekündigt. Sie räusperte sich, und da noch immer keine Reaktion erfolgte, sagte sie mit lauter Stimme: »Guten Tag.«

Der Oberst drehte sich um und sprang dann auf die Beine. »Oh. Sie sind schon da.« Er sah etwas überrascht zur Tür. »Ich dachte, Popow holt Sie erst am Eingang ab.« Der Kommandant sprach fließend Deutsch, wenngleich mit starkem

Akzent, und Alice durchzuckte das plötzliche Erkennen wie ein Blitz. Dieses kantige, herbe, eher unschöne Gesicht, die nachtdunklen Augen würde sie nie wieder vergessen: Es war der Offizier, der ihnen bei Kriegsende Lebensmittel geschenkt hatte.

»Sie?«, entfuhr es ihr. »Sie sind Oberst Wolkow?«

Er hob die Brauen. »Kennen wir uns?«

»Sie waren bei Kriegsende bei uns im Keller, wir hatten einen verletzten russischen Soldaten bei uns. Jewgeni. Sie haben uns Milchpulver und Brot geschenkt ...« Alice verstummte verlegen. Dieser Mann hatte Irmchen das Leben gerettet, davon war sie nach wie vor überzeugt.

Seine Miene hellte sich auf. »Ja, natürlich. Ich erinnere mich. Sie sind die Frau, die ihn verarztet hat.«

»Ja. Geht es ihm gut?«

Wolkow nickte. »Ich denke schon. Doch wären Sie nicht gewesen, hätte er vermutlich nicht überlebt.«

Er betrachtete sie mit neuem Interesse. »Was kann ich für Sie tun?«

Alice zögerte. Die Verlegenheit, die sie bei seinem Anblick erfasst hatte, hinderte sie, ihr Anliegen wie gewohnt direkt vorzutragen. Die Musik perlte durch den Raum und verlieh dem nüchternen Büroambiente einen unerwartet sanften Schimmer.

»Sie mögen Tschaikowsky?«

Alice wurde erst jetzt bewusst, dass sie gelächelt hatte.

»Ja, sehr. Ich hatte als Kind Ballettunterricht. Und später habe ich gerne Klavier gespielt.« Sie hatte ihr Klavier allerdings seit Jahren nicht mehr benutzt. Es stand in einer Ecke der Stube, dort, wo jetzt Familie Joswig wohnte.

»Haben Sie Leo Borchards Konzert gesehen?«

Alice, die sofort wusste, wovon er sprach, schüttelte den Kopf. Knapp drei Wochen nach Kriegsende hatten die Berliner Philharmoniker im kaum zerstörten Titania-Palast ein Konzert gegeben. Leo Borchard, ein russisch-deutscher Dirigent, hatte sich zuvor in der Widerstandsgruppe Onkel Emil engagiert. Sie waren es gewesen, die kurz vor Kriegsende den Durchhalteparolen, die überall in der Stadt zu lesen gewesen waren, ein deutliches »NEIN!« entgegengesetzt hatten, an Mauern und Fassaden, ein paar Buchstaben nur, in Kreide oder Farbe, und doch ein lebensgefährliches Unterfangen. Alice hatte von dem Konzert gehört, ein Zeichen des Neuanfangs sollte es sein, und es war in kürzester Zeit ausverkauft gewesen. Sie selbst war zu erschöpft, zu bitter, zu leer gewesen, um auch nur zu versuchen, Karten zu bekommen. Es war jenseits ihrer Vorstellungskraft gewesen, wieder in ein Konzert zu gehen, sie hatte sich angesichts dessen, was geschehen war, nicht ausmalen können, jemals wieder an etwas wie Musik Freude zu empfinden.

»Es war ein unglaubliches Erlebnis«, sagte Oberst Wolkow, und seine tiefe, raue Stimme bekam einen etwas weicheren Klang.

Alice zuckte mit den Schultern. »Ich hatte nicht die Kraft dazu. In meinem Kopf saßen zu viele, von denen ich wusste, dass sie es nicht mehr hören können.«

Wolkow sah sie unverwandt an, und wie damals im Keller fühlte Alice sich angezogen von seinem Blick, hineingesogen in das Dunkel seiner Augen, von denen man nicht sagen konnte, ob es tröstlich oder gefährlich war.

»Man muss diese Dinge weiterführen, gerade um die Toten zu ehren«, sagte er leise. »Damit ihr Leiden und ihr Tod nicht umsonst gewesen sind.«

Alice atmete tief ein und fand schließlich ihre kurzzeitig verloren gegangene Fassung wieder. »Wie auch immer, Leiden und Tod sind die Gründe, weshalb ich mich an Sie wende«, wechselte sie das Thema und kam auf den Grund ihres Besuchs zu sprechen. Sie erzählte dem Oberst von der früheren Arbeit der Bahnhofsmission, dem Verbot unter den Nazis und von ihrem Vorhaben, sie wieder zum Leben zu erwecken.

»Ich war am Bahnhof«, rief sie und spürte, wie ihre Wangen sich während ihrer Rede erhitzt hatten. »Es herrschen dort untragbare Zustände. Ihre Soldaten sind damit heillos überfordert! Es ist notwendig, dort eine Anlaufstation einzurichten, wo sich die Ankommenden hinwenden können. Wir müssen ihnen vermitteln, dass sie nicht alleine sind, dass sich um sie gekümmert wird, und wenn es nur mit einer Tasse Tee und einem Päckchen Durchfallmedizin ist.«

Der Oberst hatte ihr zugehört, ohne sie zu unterbrechen. Auf seiner Stirn erschien eine steile Falte. Unverwandt betrachtete er sie. »Sie halten Stalins Rote Armee, die Armee, die den Krieg für sich entschieden hat, für überfordert?«

Alice schluckte. Offenbar war sie in ihrem Eifer zu weit gegangen. Doch dann dachte sie an Trudes Geschichte und beschloss, dass nicht die Zeit war, einem Oberst nach dem Mund zu reden, nur weil seine Eitelkeit gekränkt war. Es war in den vergangenen Jahren so viel gelogen und geschwiegen worden, dass sie befürchtete, an einer weiteren Lüge ersticken zu müssen, selbst wenn sie sich mit Ehrlichkeit ihre Chancen auf Wolkows Hilfe verscherzen sollte. Daher nickte sie. »Ja, das tue ich. In diesem Punkt sind Ihre Männer nicht kompetent. Sie mögen gut kämpfen können, und sie sind leider auch gut dabei, Frauen zu jagen und sich an ihnen zu vergehen, doch als Krankenschwestern taugen sie nicht.« Ihre Stimme zitterte ein wenig, und sie hielt die Luft an.

Er musterte sie mehr verblüfft als zornig, dann lachte er plötzlich auf. »Sie sind eine erstaunliche Person, Frau …«

»Hardtleben. Alice Hardtleben.«

Er nickte, nachdenklich. »Hardt – leben. Wie passend.«

Alice fragte nicht nach, wie er das meinte. Sie hatte genug gesagt und war schon froh, dass er sie nicht hochkant vor die Tür gesetzt hatte.

Jetzt wandte er sich ab und ging zu seinem Schreibtisch. Er kramte zwischen ein paar Dokumenten herum und zog schließlich einen Block und einen Stift heraus. »Was brauchen Sie?«

Alice blieb vor Verblüffung der Mund offen stehen, und sie musste sich kurz sammeln, bevor sie etwas sagen konnte, doch dann sprudelte es nur so aus ihr heraus: »Als Erstes einen Ort, einen Raum, in dem wir die Leute aufnehmen können, einen Ofen, Kohle, einen Teekessel, Tee, Geschirr, Medikamente …«

Sie zählte auf, was ihr einfiel, und der Oberst schrieb gewissenhaft mit. Am Ende fügte sie noch hinzu: »Und eine Kladde. Oder gleich mehrere.«

Er sah mit gerunzelter Stirn auf. »Eine Kladde? Was ist das?«

»Ein Notizbuch. Mit festem Einband. Um die Namen der Menschen einzutragen, damit wir Informationen weitergeben können, wenn jemand sie sucht.«

Er nickte und fügte auch diesen Punkt hinzu, dann richtete er sich auf. »Ich werde veranlassen, was möglich ist, Frau Hardtleben. Kommen Sie morgen gegen zehn Uhr Vormittag mit den Leuten zum Bahnhof. Dann sehen wir weiter.«

»Mit den Leuten? Welchen Leuten?«

»Ihre Helfer. Sie werden die Bahnhofsmission vermutlich nicht alleine wieder aufbauen wollen, oder?« Er lächelte spöttisch.

Alice spürte, wie ihr die Röte ins Gesicht schoss. Natürlich, sie würde Helferinnen brauchen. Daran hatte sie in dem Eifer, in dem sie sich auf dieses Projekt gestürzt hatte, noch gar nicht gedacht.

»Natürlich nicht«, stotterte sie. »Wir werden alle da sein.«

Sie wollte sich gerade bedanken, da hob der Oberst die Hand. »Moment. Bedanken Sie sich nicht zu früh. Es gibt eine Bedingung.«

»Ja?« Etwas beunruhigt kniff Alice die Augen zusammen.

»Sie gehen morgen Abend mit mir aus.«

Alice prallte zurück, als habe er ihr eine Ohrfeige erteilt.

»Wie bitte?« Sie starrte ihn fassungslos an. »Sie wollen mit mir *ausgehen*?«

»Lassen Sie mich Ihnen beweisen, dass wir Russen uns Frauen gegenüber normalerweise ehrenhafter verhalten als diese Soldaten, von denen sie gesprochen haben. Ich kann nur sagen, viele von ihnen verzehren sich nach Jahren des Kriegs und des Leids, das Ihr Volk über sie gebracht hat, nach Rache, doch auch das ist keine Entschuldigung.«

Alice schluckte. Es fiel ihr schwer, diesen Mann einzuordnen. Er sprach außerordentlich gut Deutsch, schien gebildet zu sein, hatte sich ihr und ihren Kellergenossen gegenüber sehr anständig verhalten. Gleichzeitig machten ihr seine undurchdringlichen dunklen Augen, sein Gesicht, das nur aus Ecken und Kanten zu bestehen schien, und die befehlsgewohnte, tiefe Stimme Angst. Er war ein hochrangiger Offizier der Roten Armee, hatte gegen die Nazis gekämpft, Kameraden verloren, womöglich sogar Familie, Freunde. Er musste die

Deutschen hassen, er musste *sie* hassen. Was also wollte er von ihr? Alice warf einen Blick auf den Zettel, den er in der Hand hielt, überraschend schlanke, langgliedrige Hände, wie ihr auffiel. Auf diesem Notizblatt stand alles, was sie sich für einen Start in ein neues Leben erhoffte. Mit dem Aufbau der Bahnhofsmission würde sie etwas Nützliches tun können, würde beim Aufbau dieses zerstörten Landes aktiv mithelfen, würde den Menschen ein klein wenig Trost und Hoffnung schenken können. Sie gab sich einen Ruck und nickte. »Also gut, wenn Sie meinen, Oberst Wolkow, dann gehen wir eben aus.«

Er nickte ebenfalls, ohne zu lächeln. »Gut. Bis morgen.«

TEIL 2

II

»Here we are, Ladies.«

Der junge GI, der sie abgeholt hatte, hielt vor einem schmalen, vierstöckigen Haus. Natalie musterte es. Die Fassade war ziegelrot gestrichen, mit weiß abgesetzten Fenstern. Eine runde Milchglaslampe hing über der Tür und darüber ein unscheinbares Schild: *Hotel Vollmond.* Das Ziegelrot war verblasst, die Fassade teilweise rußgeschwärzt, und doch sah es fast heimelig aus. Das Gebäude war erstaunlich unbeschädigt, ebenso wie der ganze Straßenzug, im Gegensatz zum Rest von Kreuzberg, durch das sie gerade gefahren waren. Sie drehte sich zu Claire, die während der gesamten Fahrt von Hamburg hierher kein einziges Wort gesprochen hatte.

»Das sieht doch ganz passabel aus, oder was meinst du?«, fragte sie mit einem Lächeln.

»Nun, immerhin hat es ein Dach«, gab ihre Tochter süffisant zurück, »das ist mehr, als ich erwartet hatte.«

»Ich sagte doch, dass Sam sich um uns kümmern würde. Er würde uns nie …«

»… du sagtest auch, dass wir nach Hamburg fahren«, fiel ihr Claire kühl ins Wort. »Doch das hier ist nicht Hamburg, das ist die verdammte Nazi-Hauptstadt!«

»Wir sind doch nach Hamburg gefahren …«

»Mum! Hör auf mit diesen Spitzfindigkeiten! Wir sind in Hamburg mit dem Schiff angekommen. Und dann ohne ein Wort der Erklärung weiter nach Berlin gefahren.«

Natalie nickte etwas zerknirscht. »Tut mir leid. Du hast recht. Ich hätte es dir sagen sollen.«

Claire kniff die Augen zusammen. »Allerdings, das hättest du.«

Der GI, er hieß Miller, öffnete Natalie die Tür und half ihr beim Aussteigen. Als er auch Claire behilflich sein wollte, wehrte sie ab. »Sehe ich aus, als würde ich einen Reifrock tragen?«, schnappte sie und sprang aus dem Jeep, ohne nach seiner Hand zu greifen. Wie meistens trug sie Hosen, dazu eine kurzärmelige Bluse mit großem Kragen und flache Schuhe. Obwohl Natalie Schuhe mit hohen Absätzen anhatte, überragte ihre Tochter sie um mehr als eine Kopflänge. Claire hatte ihre blauen Augen geerbt, und ihre Haare waren dicht, dunkel und gelockt wie ihre eigenen früher, als sie noch nicht von zahllosen grauen Strähnen durchzogen gewesen waren, allerdings burschikos kinnlang geschnitten. Ihre Größe jedoch, die Form ihres Gesichts, ihre aufrechte Haltung und die Art, sich zu bewegen, geschmeidig, katzenhaft, das war Maxim und gleichzeitig ganz Claire, ihre sture, hitzköpfige, kluge Tochter. Er wäre stolz auf sie gewesen. Ein leiser, lange nicht mehr gespürter Schmerz durchzuckte sie, als sie Claire dabei zusah, wie sie zusammen mit Miller ihr Gepäck aus dem Auto hob und es sich nicht nehmen ließ, ihren Koffer selbst zum Hotel zu schleppen. Schon lange hatte sie nicht mehr so intensiv an Maxim gedacht. Er war verblasst zwischen den Wolkenkratzern New Yorks, den grünen Parks von Staten Island, dem Meer, Cliff … so wie ihr ganzes früheres Leben zu einer vergilbten Fotografie verblasst war, die sie anfangs hin und wieder betrachtet und dann, nach und nach, vergessen hatte. Seit Cliffs Tod jedoch waren die Erinnerungen wieder stärker geworden und mit ihnen die Sehnsucht, noch einmal nach Berlin zurückzukehren, dieser Stadt, die ihr mehr als alle anderen Orte, in denen sie zuvor gelebt hatte, eine Heimat geworden war. Mit der Nachricht vom Ende des Kriegs hatten ihre zuvor eher vagen Pläne unmittelbar Gestalt angenommen und sie nun, knapp drei Monate später, hierher geführt, zusammen mit ihrer Tochter, die sie zuerst für komplett verrückt erklärt und dann darauf bestanden hatte, mitzukommen. Die Ankunft jedoch war ein Schock gewesen. Sie hatte natürlich gewusst, dass die Stadt massiven Luftangriffen ausgesetzt gewesen war, die Schlacht um Berlin war ein großes Thema in den Staaten gewesen und sie hatte alles darüber gelesen, doch das Ausmaß der Zerstörung war ihr nicht ansatzweise bewusst gewesen. Sie erkannte »ihre« Stadt nicht wieder, und das lag beileibe nicht nur daran, dass sie siebenunddreißig Jahre nicht hier gewesen war. Die massive Zerstörung, die vielen Ruinen und Leerstellen in der Innenstadt verschoben die Proportionen vollständig, sodass es ihr schwerfiel, sich zu orientieren. Vertrautes war verschwunden, und anderes hatte sich so verändert, dass es nicht mehr in ihre Erinnerung passte. Noch waren sie nicht im Osten gewesen, wo die Zerstörung womöglich noch massiver war, wie der GI ihr erzählt hatte, und ein wenig graute ihr vor der Begegnung mit den Orten, an denen sie einmal gelebt, geliebt und gearbeitet hatte. Natalie hob den Kopf in den noch hellen, leuchtenden Abendhimmel. Dabei war das einer der Gründe gewesen, weshalb sie hergekommen war: Sie hatte gehofft, hier etwas Vertrautes wiederzufinden, nicht auf den Straßen, nicht in den Gebäuden, sondern in sich selbst, in ihrem Herzen. So glücklich sie mit Cliff in Amerika gewesen war, so rasch sie sich in ihrem neuen Leben zurechtgefunden hatte, in der letzten Zeit war ihr zunehmend bewusst geworden, dass etwas fehlte. Sie hatte bei ihrer überstürzten Flucht damals etwas hier zurückgelassen, von dem sie nicht genau wusste, was es war, und hoffte, diese Leerstelle, die mit jedem Jahr größer geworden war, mit dieser Reise füllen zu können.

»Mum! Kommst du endlich?« Claire stand ungeduldig oben am Treppenabsatz, und Natalie nickte. All das hatte noch Zeit. Jetzt galt es erst einmal, ihre wütende Tochter zu beruhigen.

»Sicher sprechen die Leute hier kein Englisch«, sagte Claire zu ihr und warf einen Blick durch die Glastür, die den Vorraum vom Foyer trennte.

»Macht doch nichts. Ich habe dir Deutsch beigebracht. Du sprichst es gut.«

»Ich habe es noch nie wirklich gesprochen. Ich meine, mit einem echten Deutschen. Du bist ja Französin und meine Mutter, also zählt das nicht. Und ich weiß nicht, ob ich es überhaupt sprechen *will.* Schließlich ist es die Sprache der verdammten …«

»Claire, lass es gut sein. Wenigstens für den Moment!« Natalie warf ihrer Tochter einen bittenden Blick zu.

Claire hob ihre dunklen, scharf geschwungenen Brauen und schwieg, allerdings auf eine so beredte Art und Weise, dass Natalie die Ohren dröhnten.

Das Foyer des Hotels war klein und nur spärlich beleuchtet. Im trüben Schein der Lampe auf dem Tresen der Rezeption konnte Natalie zahlreiche gerahmte Fotos an den Wänden erkennen, eine Sitzgruppe mit verblichenem Gobelinmuster vor einem offenen Kamin und die vergoldete Statue einer exotischen Tänzerin auf einem kleinen Mahagonisockel. Am Fenster stand ein Käfig mit einem grünen Papageienpärchen, das sie im Chor krächzend begrüßte. Der dicke persische Teppich, der das Geräusch ihrer Schritte verschluckte, der Kamin mit dem verschnörkelten Sims, das dunkle Bordeauxrot der Wände, die üppigen Stuckornamente, alles wirkte seltsam aus der Zeit gefallen, so als habe es die Nazis und ihre geschmack- und schmucklose Blut-und-Boden-Architektur nie gegeben, als läge draußen nicht die Welt in Trümmern, als befänden sie sich noch immer im Jahr 1908, in dem Jahr, in dem Natalie Berlin fluchtartig verlassen hatte – mit dem festen Vorsatz, nie wieder zurückzukehren. Natalie wusste nicht recht, ob sie diese seltsame Atmosphäre begrüßen oder unheimlich finden sollte. Als Miller auf die Rezeption zusteuerte, erhob sich dahinter eine Dame, die Natalie vorher gar nicht gesehen hatte. Sie war noch kleiner als Natalie und steinalt. Ihr Gesicht war in tausend Falten gelegt, ebenso ihr Hals, und sie hielt sich mit einer knochigen Hand an einem Stock mit silbernem Knauf fest. Sie war sogar gekleidet, als ob sie aus einer anderen Zeit stammte. Das Kleid, das sie trug, war leuchtend violett, mit aufwendigem schwarzen Spitzenbesatz am Kragen und entsprach der Mode der Zwanziger. Dazu trug sie lange Amethystohrringe, die schwer an ihren ausgeleierten Ohrläppchen baumelten, und um ihre Schultern hatte sie sich trotz der sommerlichen Temperaturen einen Fuchsschwanz gelegt.

»Good evening, Miss Salminger«, sagte der junge GI höflich. Sie kannten sich offenbar.

»Mister Miller!« Sie begrüßte den jungen Soldaten mit einem knappen Nicken und fixierte dann Natalie und Claire aus kleinen, zwinkernden Augen. »Das sind also die Herrschaften aus New York. Ich heiße Sie willkommen.«

Natalie nickte und musste sich das Lachen verkneifen. Die Dame sprach in einem so gesetzten, würdevollen Tonfall, als gelte es, ein Herrscherpaar zu begrüßen. »Guten Abend«, sagte sie auf Deutsch. »Danke, dass Sie ein Zimmer für uns erübrigen konnten.«

Die Frau zuckte mit den knochigen Schultern, und die Schnauze des Fuchses, der auf ihrer flachen Brust lag und sich selbst in den Schwanz biss, zitterte, als ob er lebendig wäre. Natalie hörte Claire scharf einatmen, konnte jedoch nicht sagen, ob es an dem Fuchs lag oder an irgendetwas anderem, das sie auf die Palme brachte, und ignorierte daher ihre Tochter. Im Grunde war Claire wütend, seit sie New York verlassen hatten.

»Eigentlich ist mein ganzes Hotel mit Soldaten belegt. Ihr Zimmer gehörte einem Offizier, der jedoch überraschend zurück in die Heimat musste. Familienangelegenheiten.«

Die alte Frau bückte sich und legte ihnen dann einen Schlüssel auf den Tisch, an dem eine in Messing gefasste, große Murmel aus Milchglas hing. Offenbar der Vollmond. »Zimmer eins. Das ist gleich die Treppe hoch und dann rechts. Klosett und Dusche auf dem Flur. Die müssen Sie sich mit den Soldaten teilen.«

Erneut ein scharfes Einatmen von Claire, das diesmal auch der Wirtin nicht entgangen war. Ihre runzligen Lippen verzogen sich zu einem spöttischen Grinsen.

»Willkommen in der Welthauptstadt Germania.«

Sie machte eine wegwerfende Handbewegung in Richtung Haustür. »Den Rest des Tausendjährigen Reichs müssen Sie sich vorstellen.«

»Nein, danke. Ich habe schon genug gesehen«, sagte Claire

auf Englisch, schnappte sich den Schlüssel und stapfte ohne ein weiteres Wort nach oben. Miller folgte ihr mit dem restlichen Gepäck.

»Sie ist müde von der langen Reise«, sagte Natalie, lächelte der alten Frau entschuldigend zu und stieg dann ebenfalls die knarzenden Stufen nach oben in den ersten Stock hinauf.

Zimmer eins war riesig, und beim Anblick der Einrichtung überkam Natalie erneut das Gefühl, sich auf einer Zeitreise zu befinden. Es gab auch hier einen offenen Kamin, der allerdings kalt war, schließlich war es Sommer, daneben stand ein kleiner Kohleofen, der mindestens so alt war wie die Hotelwirtin selbst. Von der Decke schwebte ein Kronleuchter, und an den hohen, in einem düsteren Grün tapezierten Wänden hingen mehrere Gemälde in wuchtigen Rahmen. Eine moosgrüne Chaiselongue stand an der Wand und gegenüber ein riesiges Doppelbett. Ein Waschbecken war das einzige Zugeständnis an modernere Zeiten.

»Du meine Güte!« In Claires Blick lag eine Mischung aus Entsetzen und Faszination. »Hier sieht's ja aus wie bei Graf Dracula.« Ihr Blick blieb einen Moment an den dunkelgrünen Wänden hängen und wanderte dann weiter zu dem großen Doppelbett aus Mahagoni, das das Zimmer dominierte. »Nur ein Bett?«

»Sieht so aus. Hast du ein Problem damit?«

»Nein …« Claire hob resigniert die Schultern. »Das ist schon okay.«

»Da bin ich ja beruhigt«, erwiderte Natalie trocken. Sie ließ sich in den verblichenen Ohrensessel sinken, der am Fenster stand, und schlüpfte mit einem Seufzer der Erleichterung aus ihren Schuhen. Die Fahrt hierher war anstrengend gewesen, körperlich wie emotional.

»Geht's dir gut, Mum?« Claire klang plötzlich besorgt. »Soll ich dir etwas zu essen bringen lassen? Oder einen Tee ...«

Natalie schüttelte den Kopf und goss sich etwas Wasser aus einer Karaffe, die auf dem Tisch neben ihrem Sessel stand, in ein Glas. »Alles in Ordnung, ich bin nur etwas müde.«

Claire setzte sich auf den Stuhl gegenüber. »Wir hätten eine Nacht in Hamburg bleiben sollen. Wenn ich gewusst hätte, dass wir gleich nach der Ankunft weiterfahren ...« Sie unterbrach sich, schüttelte nur den Kopf und sah dann aus dem Fenster. »Warum sind wir hier, Maman?«, fragte sie nach einem Moment des Schweigens ohne den Blick von den Ruinen vor dem Fenster abzuwenden.

Natalie betrachtete das ausdrucksvolle Profil ihrer Tochter, die lange, gerade Nase, das entschlossene Kinn, und eine Welle der Liebe erfasste sie. Am liebsten wäre sie aufgestanden, um Claire zu umarmen, doch sie ließ es lieber bleiben. Ihre Tochter war eine erwachsene Frau. Zärtlichkeiten dieser Art waren schon lange nicht mehr an der Tagesordnung, im Grunde, seit Claire den Kinderschuhen entwachsen war. Bei aller Leidenschaft, zu der ihre Tochter fähig war, würde so eine Gefühlsaufwallung ihrer Mutter sie wohl eher erschrecken oder in Verlegenheit bringen als beruhigen. Und doch: Sie hatte sie *Maman* genannt, so wie als kleines Mädchen oft. Natalie folgte ihrem Blick nach draußen. Zwischen den Häuserruinen waren in der Ferne der Landwehrkanal und die Admiralsbrücke zu erkennen. Sie waren also nicht allzu weit vom Schlesischen Bahnhof entfernt – sofern es ihn überhaupt noch gab.

»Ich hatte Heimweh nach Berlin «, sagte sie schließlich. »Hier habe ich viele Jahre gelebt.«

»In Berlin?« Claire drehte sich abrupt zu ihr um. »Du hast doch in Hamburg gewohnt ...«

Natalie schüttelte den Kopf. »Nein. Ich habe nie in Hamburg gewohnt.«

Claires Stirn legte sich in Falten. »Aber du warst doch verheiratet, dein Mann, er war Hamburger …«

»Ich war nie verheiratet.«

Es dauerte eine Weile, bis diese Information bei ihrer Tochter ankam. »Was … aber … das hast du mir und Dad doch erzählt …« Ihr Stirnrunzeln verstärkte sich, und ihre Stimme wurde lauter. »Was soll das heißen? Ich verstehe das nicht.«

Natalie seufzte. »Ich wollte dieses Gespräch nie führen. Es hätte nicht so weit kommen müssen, wenn du nicht darauf bestanden hättest, mich hierher zu begleiten.«

Claire holte tief Luft. »Mum! Du hast mir an dem Tag, als der Krieg in Europa geendet hat, bei einer Tasse Kaffee in Greenwich Village aus heiterem Himmel eröffnet, dass du vorhast, nach Deutschland zu reisen. In dieses Land, das über fünf Jahre lang die halbe Welt mit Krieg und Terror überzogen hat und jetzt in Schutt und Asche liegt. Du bist fünfundsechzig Jahre alt! Hast du im Ernst geglaubt, ich würde dich alleine *hierher* reisen lassen?«

»Es wäre einfacher für uns beide gewesen, hättest du es getan!«

»Was, verdammt noch mal, wäre einfacher gewesen?« Claire sprang auf und rang die Hände. »Ich habe keine Ahnung, wovon du da sprichst! Alles, was ich bisher von deiner Vergangenheit wusste, ist, dass dein erster Mann kurz nach eurer Hochzeit bei einem Bootsunfall ertrunken ist und seine Familie dich nicht ausstehen konnte, weil du Ausländerin warst, weshalb du beschlossen hast, ein neues Leben in Amerika zu beginnen. Wo du dann Dad kennengelernt und mich bekommen hast.« Claire blickte sie fassungslos an. »Und jetzt sagst du mir seelenruhig, du warst gar nicht verheiratet? Du hast nie in Hamburg gelebt, sondern …«

»Bitte setz dich wieder, Claire.« Natalie wartete, bis Claire ihrem Wunsch widerstrebend nachkam, ehe sie weitersprach. Jetzt galt es, vorsichtig zu sein. Nur so viel preiszugeben, wie nötig, um sie zu beruhigen, jedoch keine Silbe mehr.

»Ich wollte von vorne anfangen, das stimmt. Und da erschien es mir das Beste, mein altes Leben völlig hinter mir zu lassen. Daher habe ich mir eine Geschichte ausgedacht. Habe mich neu erfunden. Verstehst du das?«

»Nein.« Claire starrte sie an. Ihr war anzusehen, dass es in ihrem Kopf arbeitete. »Du hattest Papiere. Ich habe sie selbst gesehen. Dort stand ›verwitwet‹. Und der Name deines Mannes. Dierk … irgendwas.«

»Johann Dierksen. Ich habe jemanden gefunden, in Hamburg, der mir die Papiere vor der Abreise gemacht hat. In Wirklichkeit hieß ich nie Dierksen. Mein Mädchenname ist Castellana und ich habe nie anders geheißen.«

»Du hast sie *fälschen* lassen?«

Natalie nickte. »Und dann habe ich mir einen billigen Ring gekauft, als Ehering. Es waren andere Zeiten damals, musst du wissen. Eine ledige Frau allein auf einem Auswandererschiff, das wäre nicht gut gewesen, das hatte etwas Unanständiges. Ich dachte mir, eine Witwe, das macht sich besser.«

»*Das macht sich besser?*«, wiederholte Claire ungläubig. »Weißt du, wie das klingt? Wie der Plan einer Hochstaplerin. Hast du dich etwa an Dad rangemacht, weil er reich war?«

»Nein!«, erwiderte Natalie scharf. »Das darfst du nicht mal denken. Ich hatte nichts dergleichen geplant.«

»Aber du hast ihn auf dem Schiff kennengelernt.«

»Ja. Und er war wundervoll. Ein Gentleman. Wir haben uns gleich verstanden. Ich wollte ihm später die Wahrheit sagen, aber ich hatte Angst, er wäre enttäuscht von mir wegen meiner anfänglichen Lüge, und so habe ich diese Geschichte für mich behalten. Um ihn nicht zu verlieren.«

Claire nickte langsam. »Und?«

»Was, und?«

»Was ist nun die Wahrheit?«

Betont gleichgültig hob Natalie die Schultern. »Die Wahrheit ist banal. Ein junges Mädchen, Tochter eines italienischen Puppenspielers, dem größten Trinker auf Erden, und einer französischen Tänzerin, die sie nie haben wollte, träumt von einem besseren Leben. Es läuft weg von dem Wanderzirkus, in dem es groß geworden ist, schlägt sich alleine durch und landet schließlich in Berlin. Das Mädchen arbeitet mal hier, mal dort, und irgendwann, sie ist inzwischen eine Frau von achtundzwanzig Jahren, fasst sie den Plan, nach Amerika zu gehen, dem Land, in dem jeder neu anfangen kann, ganz gleich, wie elend und schwierig sein Leben zuvor gewesen ist.« Sie hob den Kopf und sah ihre Tochter an. »Das ist alles.«

»Du bist in einem Wanderzirkus groß geworden? Dein Vater war ein Puppenspieler? Das nennst du banal?« Claire schüttelte den Kopf.

Natalie lächelte erleichtert. Claire glaubte ihr offensichtlich. Und es war ja auch die Wahrheit, wenn auch nicht die ganze. »Vergiss nicht, es war …«

»… eine andere Zeit damals«, ergänzte Claire und musterte ihre Mutter aus zusammengekniffenen Augen. In ihrem Blick lag kein Zorn mehr, eher Neugierde. »Warum hast du diese Geschichte dein Leben lang verschwiegen?«

»Vermutlich habe ich mich geschämt. Dein Vater war so

gebildet, so weltgewandt. Ich dagegen habe nie eine Schule besucht. Lesen und Schreiben habe ich erst ungefähr mit vierzehn gelernt.« Sie lachte kurz auf. »So genau wusste ich mein Alter aber gar nicht. Sogar mein Geburtsdatum ist eine Lüge. Als Kind hat nie jemand mit mir Geburtstag gefeiert. Deshalb habe ich mir einfach einen Tag ausgedacht. Im Sommer, weil ich es immer schon liebte, wenn die Sonne schien.«

»Hat Dad denn nie Genaueres über dein Leben wissen wollen? Über deine Familie, deine Herkunft?«

»Nein. Ich war ihm genug.« Natalie spürte, wie sie wehmütig wurde, und sie betrachtete den Ehering, den sie noch immer trug, den echten, Cliffs Ring, einen breiten, goldenen Reif, schlicht und ohne Stein. Sechs Jahre war ihr Mann jetzt tot, und es schmerzte sie noch immer. Er war ein guter Mann gewesen. Ein guter Freund.

Sie schwiegen eine ganze Weile, dann war es erneut Claire, die das Wort ergriff. »Ich verstehe das noch immer nicht. Du bist nicht nur Französin, sondern auch noch eine halbe Italienerin, was also hast du mit Deutschland und dieser Stadt zu schaffen? Was willst du hier bei den verdammten Nazis? Du hast mit diesen Verbrechern nichts zu tun, es sind ja nicht mal deine Landsleute! Nur weil du hier mal eine Zeit lang gelebt hast, vor hundert Jahren, deswegen musst du doch nicht ausgerechnet jetzt hierher zurückkommen …« Sie hob in einer hilflosen Geste die Hände, und als Natalie nicht antwortete, hob sie nach kurzem Zögern erneut an: »Mum, du lebst seit siebenunddreißig Jahren in New York, du hast die amerikanische Staatsbürgerschaft! Ich dachte, dass wir, Dad und ich, deine Heimat sind.«

»Aber ja. So ist es doch auch.« Natalie seufzte. Seit sie ihrer Tochter von ihren Reiseplänen erzählt hatte, hatten sie dieses Gespräch in verschiedenen Varianten schon mehrmals geführt, immer ohne zufriedenstellendes Ergebnis.

»Du hast nie gesagt, dass du dich nach etwas anderem sehnst.«

»Weil es nicht so war!«

»Und was ist jetzt anders?«

Natalie schwieg. Sie konnte ihrer Tochter nicht ihre wahren Beweggründe verraten. Claire, die behütet und sorgenfrei auf Staten Island aufgewachsen war als Teil einer der reichsten Familien New Yorks, konnte einfach nicht verstehen, dass sich jemand, der das Wort Heimat nie gekannt hatte, danach sehnte, im fortgeschrittenen Alter noch einmal den Ort wiederzusehen, der ihm einmal so viel bedeutet hatte. Sie wusste ja selbst nicht, weshalb dieser Wunsch in den letzten Jahren so übermächtig in ihr geworden war, zumal von dem Berlin, das sie einst gekannt hatte, so gut wie nichts mehr übrig war. Und über den anderen, womöglich noch stärkeren Grund, weshalb sie hierherkommen musste, über diese noch immer schmerzende, nie verheilte Wunde würde sie mit ihrer Tochter ohnehin niemals sprechen. Deshalb stand sie jetzt abrupt auf. »Ich bin müde. Ich glaube, ich werde zu Bett gehen.«

»Na, wunderbar! Wenn das mal keine befriedigende Antwort ist.« Claire schnaubte frustriert.

Während Natalie zum Waschbecken ging, um sich Hände und Gesicht zu waschen, und dann begann, aus ihrem dunkelblauen Reisekostüm zu schlüpfen, spürte sie, wie die Blicke ihrer Tochter ihr folgten. Claire wartete. Auf irgendein weiteres Wort der Erklärung, das sie jedoch nicht bekommen würde. Nicht zum ersten Mal auf dieser Reise wünschte Natalie sich, es wäre ihr gelungen, Claire daran zu hindern, sie zu begleiten. Doch stur, wie ihre Tochter nun einmal war, hatte sie sich durch nichts, weder durch Bitten noch durch ein kategorisches Verbot, davon abhalten lassen. Claire hatte einfach heimlich eine Passage auf demselben Schiff wie Natalie gebucht und war bei der Abfahrt mit an Bord gegangen.

»Es ist erst halb acht«, wandte Claire ein. Ihre Stimme war nun kühl, distanziert. »Ich kann um diese Uhrzeit nicht schlafen gehen. Miller meinte, in der Offiziersmesse gäbe es noch etwas zu essen. Hast du keinen Hunger?«

Die Offiziersmesse war in dem ehemaligen Frühstücksraum des Hotels untergebracht, wie Miller ihnen erklärt hatte. Sie hatten ebenso Zugang wie die Offiziere, konnten sich also dort aufhalten und auch Mahlzeiten zu sich nehmen. Dass sie hier im Hotel Vollmond gelandet waren, noch dazu mit einer Art Vollpension und GI Miller als Fahrer an ihrer Seite, hatten sie General a.D. Sam Mulligan zu verdanken.

Sam war ein enger Freund ihres Mannes gewesen. Als klar gewesen war, dass Natalie diese Reise antreten würde, hatte sie sich Rat suchend an ihn gewandt. Aufgrund der Nachrichten, die von Deutschland in die Staaten gedrungen waren, hatte sie schnell begriffen, dass ein Aufenthalt in Berlin, so kurz nach Kriegsende, allein und auf eigene Faust kaum zu bewerkstelligen sein würde. Es gab weit und breit noch kein anständiges Hotel, in dem Besucher unterkommen konnten. Die Stadt platzte aus allen Nähten, jede Besenkammer war belegt. Neben den Besatzern galt es, die ausgebombte Bevölkerung, Heimkehrer, Flüchtlinge, Vertriebene und DPs unterzubringen und zu versorgen, wie Miller ihnen erklärt hatte. DPs, das bedeutete *Displaced Persons*, also all jene Menschen, die von den Nazis in den vergangenen Jahren aus ihrer Heimat verschleppt, zur Zwangsarbeit gezwungen, in Lager deportiert oder im Krieg gefangen genommen worden waren und die nun ebenso wie die Flüchtlinge und die Vertriebenen durch das zerstörte Land und die ausgebombten Städte irrten.

Dennoch hatte sie keinen Tag länger warten wollen. Sam war etwas verblüfft über ihre Bitte gewesen, doch im Gegensatz zu Claire hatte er ihre Entschlossenheit kommentarlos akzeptiert und nicht weiter nachgefragt, sondern seine alten Beziehungen spielen lassen.

»Mum? Sag doch mal was! Kommst du nicht mit zum Essen?« Claire ließ nicht locker.

»Nein.« Natalie rollte ihre Nylonstrümpfe herunter, hängte sie über einen kleinen Hocker und stieg im Unterkleid ins Bett. Sie schloss die Augen, genoss die kühle Glätte der Bettwäsche, meinte sogar für einen Moment, den Duft eines Waschmittels in der Nase zu haben, das sie von früher kannte, und seufzte wohlig. Es war nicht nur die Absicht, Claires inquisitorischen Fragen aus dem Weg zu gehen, die sie ins Bett getrieben hatte – ihre Tochter war nicht umsonst Journalistin und sie verstand ihr Handwerk –, sie war wirklich erschöpft, zu erschöpft, um Hunger zu haben. »Geh ruhig hinunter, Liebes«, murmelte sie. »Mir geht es gut. Ich brauche nichts.«

Claire seufzte demonstrativ, doch Natalie hielt die Augen geschlossen und reagierte nicht mehr. Nach einer Weile hörte sie, wie die Zimmertür geschlossen wurde, und atmete auf. Keine fünf Minuten später war sie eingeschlafen.

12

Die Blicke von etwa zwanzig Offizieren folgten Claire, als sie sich an einen freien Tisch mitten im Raum setzte. Es gab auch noch einen Tisch in einer Nische in der Ecke, doch Claire hatte der Versuchung widerstanden, sich wie ein Mäuschen in die Ecke zu quetschen.

Die Offiziersmesse, oder der *Officers' Club*, wie an der Tür stand, hatte etwas von einem gediegenen Restaurant. Wie im Foyer des Hotels gab es auch hier eine Decke mit üppigen Stuckverzierungen und in samtigem Dunkelrot schimmernde Wände. Verschnörkelte Jugendstillampen tauchten den großen Raum in ein gedämpftes Licht. Die Tische waren mit weißen Tischtüchern eingedeckt, und aus einem Radio drang leise Musik. Claire erkannte *Sentimental Journey* von Doris Day und kam sich einen kurzen Moment lang vor wie in Jackie's Restaurant in Manhattan, wo sich die Redakteure der New York Times immer zum Mittagessen trafen. Sogar eine Speisekarte gab es, allerdings nur mit drei Hauptgerichten. Claire entschied sich für Corned Beef und French Fries, das versprach schnell zu gehen und satt zu machen, besondere Gourmetansprüche hatte sie nicht. Nach dem, was sie bisher von der Stadt gesehen hatte, war dies vermutlich bereits ein Luxus, von dem der Rest der Bevölkerung nur träumen konnte. »Selbst schuld«, dachte Claire und machte sich mit Appetit und gänzlich ohne schlechtes Gewissen über das Essen her, das ihr ein junger Mann mit einem weißen Kochschiffchen auf dem Kopf brachte. »Wärt ihr eurem Hitler nicht so lange hinterhergelaufen, hättet ihr noch zu essen und heile Häuser.«

Sie aß schnell und ohne den Kopf zu heben, nicht, dass noch einer der Offiziere auf die Idee kam, sie anzusprechen oder sich gar zu ihr zu setzen. Eine Frau allein beim Abendessen in einem Restaurant, das war schon in New York ungewöhnlich, in einem Saal voller Soldaten war es jedoch fast eine Provokation. Claire spürte die Blicke der Männer, hörte, wie ihre Gespräche kurz stockten, leiser, dann wieder lauter wurden, und fragte sich, ob den Soldaten zur Anwesenheit der beiden amerikanischen Frauen in ihrer Unterkunft eine Erklärung geliefert worden war, und wenn ja, welche. Sie fühlte sich jedenfalls nicht imstande, Aufklärungsarbeit zu leisten, da sie selbst keine Ahnung hatte, weshalb sie eigentlich hier war. Als sie aus den Augenwinkeln sah, wie zwei Offiziere auf sie zusteuerten, beendete sie ihr Abendessen hastig, stand auf und verließ den Speisesaal. Im Foyer blickte sie sich unschlüssig um. Die Rezeption war verwaist, von der Wirtin weit und breit keine Spur und auch sonst hielt sich niemand hier auf. Sollte sie zurück ins Zimmer gehen und sich schlafen legen? Bei dem Gedanken an das düstere Zimmer mit dem wuchtigen Mahagonibett kroch die Wut auf ihre Mutter wieder in ihr hoch. Keine Sekunde glaubte sie daran, dass sie ihr die Wahrheit über den Grund ihrer Reise in diese Stadt gesagt hatte. Zumindest nicht die ganze Wahrheit. Ihre Mutter verbarg etwas vor ihr, das spürte sie. Und es musste mit ihrer Vergangenheit zusammenhängen. Dieser Vergangenheit, von der

Claire heute zum ersten Mal erfahren hatte, wenn auch nur mit ein paar dürren Sätzen.

»Warum spricht sie nicht mit mir?«, murmelte sie in Richtung der goldenen Tänzerin, die neben dem Kamin stand und ihre Arme lasziv in den Himmel reckte. Sie trug eine Art Haremshose, und ihre Brüste waren nackt. Das verblichene Gold schimmerte matt rötlich und war an manchen Stellen abgeplatzt. »Was zur Hölle hat sie zu verbergen?«

Ein Geräusch ließ sie herumfahren. Jemand hatte sich geräuspert.

»Hallo?«

Aus den Tiefen des senfgelben Ohrensessels zu ihrer Rechten tauchte ein roter Haarschopf auf, dann sprang ein Mann auf die Beine und salutierte so stramm, als hätte er einen General vor sich.

»Miller!«, rief Claire erstaunt. Sie hatte auf den Sessel, dessen Sitzfläche von ihr abgewandt stand, gar nicht geachtet. »Sie sind noch hier?«

»Ja, *Ma'am.* Ich habe Order, Ihnen zur Verfügung zu stehen.«

»Aber doch wohl nicht Tag und Nacht!«

»Doch, *Ma'am*«, gab der junge Mann ernst zurück.

»Aber Sie werden doch sicher irgendwann einmal zu Bett gehen dürfen?«

»Ich habe für die Dauer des Aufenthalts eine Unterkunft hier bekommen.« Er deutete auf eine schmale Tapetentür neben der Rezeption, die Claire bisher nicht aufgefallen war.

»Große Güte, was ist das? Die Besenkammer?«, rief sie halb entrüstet, halb amüsiert aus. Sam Mulligan übertrieb es eindeutig mit seinem Bemühen, ihrer Mutter behilflich zu sein.

»Nun ja …« Miller bückte sich, um seine Uniformmütze aufzuheben, und setzte sie sich wieder auf. »Das ist schon in Ordnung, *Ma'am.*«

Claire musterte den jungen Soldaten stirnrunzelnd. »Ich glaube nicht, dass dieser Aufwand gerechtfertigt ist«, sagte sie nach kurzem Zögern entschlossen. »Sie können gerne in Ihre reguläre Unterkunft zurückkehren, Miller. Hinterlassen Sie uns doch einfach eine Notiz, wie und wo Sie zu erreichen sind, dann melden wir uns, wenn wir Sie benötigen …«

»Mit Verlaub, das geht nicht. Ich habe Order, Sie beide nicht alleine zu lassen.«

»Aber was soll denn passieren?«

»Diese Stadt ist nicht sicher. Es gibt keine funktionierende Infrastruktur. Banden von verrohten, entwurzelten Männern treiben sich herum, Kriminelle, und, sorry, auch betrunkene Soldaten, die nicht immer Herr ihrer Sinne sind. Und erst gestern ist im russischen Sektor sogar ein Mord verübt worden.«

»Das heißt, wir können uns nicht frei hier bewegen? Keinen Schritt allein machen?«

»Nicht, wenn es nach General Mulligan geht, *Ma'am.*«

Claire konnte nicht anders, sie musste lachen. »Das wird meiner Mutter ganz und gar nicht gefallen.« Und mir gefällt es auch nicht, fügte sie in Gedanken hinzu.

Miller nickte, noch immer todernst. »General Mulligan sagte bereits, dass mit Widerständen seitens Ihrer Mutter zu rechnen sei, aber ich werde sie schon überzeugen. Der General vertraut mir.«

Claire zuckte mit den Achseln. »Na dann, viel Glück.«

Der Ärmste hatte ja keine Ahnung, worauf er sich da einließ. Ihre Mutter war die Höflichkeit und Sanftmut in Person, solange man sie nicht verärgerte. Wenn dies der Fall war, konnte plötzlich eine ganz andere Natalie Harrison zum Vorschein kommen. *Blue Steel* hatte ihr Vater sie oft genannt. Das war zwar ein liebesvolles Necken gewesen, eine Anspielung auf ihre leuchtend blauen Augen, die in solchen Momenten so hart und kalt wie Stahl funkelten, aber es traf die Wahrheit ziemlich genau. In ihrer kleinen, zartgliedrigen, immer eleganten Mutter schlummerte ein eisenharter Kern. Unvermittelt fielen Claire die überraschenden Informationen wieder ein, die sie heute über die Vergangenheit ihrer Mutter erhalten hatte, und sie fragte sich, welche Erlebnisse diesen Kern aus Stahl wohl geschmiedet hatten.

»Wenn meine Anwesenheit Sie stört, Miss Harrison, tun Sie einfach so, als wäre ich nicht da«, sagte Miller jetzt verlegen, und an seinem muskulösen Hals erschienen hektische rote Flecken.

Claire musterte ihn einen Moment unschlüssig, dann sagte sie: »Wenn Sie schon mal da sind, sagen Sie, gibt es eine Kneipe in der Nähe, wo wir hingehen können?«

»Wir beide?« Das Rot vertiefte sich und kroch bis zu seinen sommersprossigen Wangen hinauf.

»Nun ja, anders geht es ja offenbar nicht.« Sie schmunzelte. »Gehen wir einfach dorthin, wo Sie sonst hingehen würden. Wenn meine Anwesenheit Sie stört, tun Sie so, als wäre ich nicht da …«

Als sie vor das Hotel traten, war Claire ein wenig aufgeregt. Es fühlte sich wie ein Abenteuer an, mit dem als Aufpasser abkommandierten GI in dieser düsteren Stadt in eine Kneipe zu gehen. Sie liefen die schmale, kopfsteingepflasterte Straße entlang in Richtung Osten, vorbei an dunklen, stillen Häusern, in denen nur vereinzelt elektrisches Licht brannte, bis sie zu einer Kreuzung kamen. Dort bog Miller nach rechts ab in eine breitere Straße, in der die Zerstörung sehr viel größer war. Berge von Schutt türmten sich auf den ehemaligen Bürgersteigen, und dazwischen standen sorgfältig gestapelte Ziegelsteine. Claire hatte bei ihrer Ankunft die Frauen gesehen, die noch am Abend auf den Trümmerbergen standen und den Schutt in Eimern herunterbrachten, um anschließend die noch verwertbaren Steine von Mörtel und Schmutz zu reinigen. Angesichts des Ausmaßes an Zerstörung war ihr diese Schinderei wie die moderne Version des Sisyphus vorgekommen und hatte sie bei aller Antipathie Nazideutschland gegenüber traurig gemacht. Die Frauen, die jetzt die Trümmer wegräumten, hatten mit den zuvor begangenen Gräueltaten vermutlich am wenigsten zu tun gehabt. Und jetzt waren sie allein zurückgelassen worden, ohne Ehemänner, Brüder, Väter, in einer Welt, in der sie für sich und ihre Kinder um das Nötigste kämpfen mussten. Sie hatte versucht, sich in ihre Lage zu versetzen, aber es war ihr nicht gelungen. Sie war zu privilegiert aufgewachsen, zu weit entfernt von Not, Elend und Grausamkeiten.

Und auch jetzt, wo sie neben GI Miller herging und ihre braunen Lieblingsschuhe mit jedem Schritt staubiger und grauer wurden, fühlte sich alles noch immer seltsam unwirklich an. Lief sie tatsächlich gerade durch das zerstörte Berlin, die Stadt, in der noch vor wenigen Wochen die letzte große Schlacht dieses schrecklichen Krieges getobt hatte?

GI Miller schwieg den ganzen Weg lang und fühlte sich offensichtlich unbehaglich. Vor einer dunklen Ruine, aus der jedoch durch ein kleines Fenster an der Kellertür Licht drang, blieb er schließlich stehen.

Claire runzelte die Stirn. »Hier?«

»Nun ja, Sie sagten …«

»Ja, ja, schon klar, ich weiß, was ich gesagt habe.« Etwas forscher, als ihr zumute war, trat Claire auf die Tür zu. Ein kleines, handgeschriebenes Schild hing dort. *Crocodile-Club* entzifferte sie. Sie warf Miller einen Blick zu. »Können wir einfach reingehen?«

»Moment, *Ma'am*!«, sagte GI Miller und trat rasch neben sie. »Es ist vielleicht besser, wenn ich …«

»Bitte.« Claire trat einen Schritt zurück und ließ ihm den Vortritt. »Aber wenn Sie mich noch einmal *Ma'am* nennen, schreie ich.« Sie hielt ihm ihre Hand hin. »Ich heiße Claire. Und im Übrigen bin ich geschieden, also keine Miss.«

Nach kurzem Zögern ergriff sie der GI. Sein Händedruck war überraschend fest und zupackend. »Jackson.« Er lächelte schüchtern, was gar nicht zu seinem Händedruck zu passen schien.

»Woher kommen Sie, Jackson?«, fragte Claire, während der GI hastig ihre Hand wieder losließ und an die Tür klopfte.

»Wyoming.«

»Oh, ein Cowboy also?«

Er zuckte mit den Schultern, eindeutig nicht erpicht darauf, über sich zu sprechen. »Schafe«, sagte er nur knapp.

Die Tür wurde von einem dunkelhäutigen Soldaten geöffnet. Miller und er kannten sich offenbar, denn er ließ sie kommentarlos durch. Hintereinander stiegen sie eine steile Treppe hinunter. Es roch modrig und feucht, und Musikfetzen drangen an Claires Ohr. Miller öffnete eine weitere Tür, und sie traten in ein weitläufiges Kellergewölbe, das voll mit überwiegend jungen Menschen war. Es gab Nischen mit kleinen Tischen, eine Bar und eine Bühne, auf der eine Jazzband spielte. Claire zählte acht Musiker, die meisten dunkelhäutig, und sie spielten wie der Teufel, harten, wilden Jazz. Die Luft war geschwängert von Zigarettenrauch, Schweiß, Lachen, Lebensfreude. Vor der Bühne gab es eine kleine Tanzfläche, auf der sich die Paare drängten. Nach ihrem Spaziergang durch die stille, dunkle Stadt war Claire von dem Kontrast ein wenig überwältigt.

»Es gibt nur Bier, Gin Tonic und Whisky«, sagte Miller entschuldigend, als sie die Bar erreicht hatten, und Claire entschied sich nach kurzem Zögern für Whisky. In New York hatte sie kaum Alkohol getrunken, in ihrem Bekanntenkreis galt es als unschicklich für Frauen, vor allem Bill hatte es nie gemocht, ebenso wenig wie die Tatsache, dass sie hin und wieder rauchte. Er dagegen hatte sowohl getrunken als auch geraucht, und das waren bei Weitem nicht seine einzigen Laster gewesen, wie sich leider herausgestellt hatte. Doch zum Teufel mit ihrem Ex. Seit zwei Monaten war sie wieder Claire Harrison. Das bittere Ende ihrer kurzen Ehe hatte sie zudem den Job gekostet, sie war sozusagen vogelfrei. Außerdem war das hier nicht New York, sondern Berlin, sie konnte folglich tun und lassen, was sie wollte.

»Haben Sie auch für mich eine Zigarette?«, fragte sie Miller, der sich gerade eine anzündete, und er nickte, reichte ihr die Schachtel und gab ihr Feuer.

Sie betrachtete die Boogie tanzenden Paare, während sie rauchte und an ihrem Whisky nippte. »Das sind aber nicht alles Amerikaner?«, wollte sie nach einer Weile etwas irritiert wissen. Sie hatte geglaubt, Miller führe sie in ein Lokal, das für die amerikanischen Soldaten reserviert war, doch sie sah kaum Uniformen, und die jungen Frauen waren definitiv keine Landsleute.

»Aber nein!« Miller schüttelte den Kopf. »Da sind auch

viele Deutsche darunter. Vor allem natürlich Frauen. Deutsche Männer gibt es im Moment nicht so viele.«

»Ah.« Claire nickte und versuchte vergeblich, das Bild dieser so ausgelassen tanzenden, lachenden jungen Leute mit dem Bild der Trümmerfrauen und dem der bösen Deutschen, das sie sich vor ihrer Ankunft gemacht hatte, unter einen Hut zu bekommen. Die Frauen trugen sehr einfache Kleider, Röcke, Blusen, von denen viele erkennbar selbst geschneidert waren, aber sie waren nach der neuesten Mode frisiert, hatten Lippenstift aufgelegt, und ihre nackten Waden zierten aufgemalte schwarze Ziernähte, wie von eleganten Nylons, die sich jetzt beim wilden Tanz langsam auflösten. Sie hatten ersichtlich Spaß, tanzten mit erhitzten Gesichtern und leuchtenden Augen. Sie schienen vollkommen sorglos, als hätte es nie Nazis, Krieg, Tod und Trümmer gegeben. Claire trank noch einen Schluck und spürte plötzlich, wie der Druck, der seit ihrer Abreise aus New York auf ihr gelastet hatte, von ihr abfiel. Mehr noch: Hier, in diesem heißen, verqualmten Keller irgendwo im verwüsteten Nirgendwo von Berlin, die scharfen Töne des Saxophons im Ohr, das wilde Lachen dieser Frauen vor Augen, fühlte sie sich leichter und freier als seit Monaten. Sie drückte ihre Zigarette aus und wandte sich Miller zu: »Würden Sie mit mir tanzen?«

»Was?« GI Miller fiel vor Überraschung die Zigarette aus dem Mundwinkel.

»Bitte, Jackson.«

Als sie auf die Tanzfläche gingen und der GI ihre Hüfte umfasste, so vorsichtig, als habe er Angst, sich an ihr zu verbrennen, und sie Jitterbug zu tanzen begannen, zuerst verhalten, dann immer schneller, überließ sich Claire mit jeder Faser ihres Seins dem flirrenden Gefühl des Lebenshungers, der hier herrschte und den sie noch nirgendwo sonst so intensiv gespürt hatte.

Miller entpuppte sich als überraschend guter Tänzer, sobald er einmal seine Scheu verloren hatte. Sie tanzten drei Tänze, bis die Band eine Pause ankündigte. Als sie, beide atemlos und erhitzt, zurück zur Bar gingen, fiel Claire ein Mann auf, der sie unverhohlen anstarrte. Er war schon älter, weshalb er in dieser Gesellschaft besonders auffiel, groß und dunkelhaarig, in Zivil gekleidet, und er hatte die Augen auf eine Weise aufgerissen, dass es Claire kalt den Rücken hinunterlief. Sie drehte sich um, in der Hoffnung, sein Blick gälte jemand anderem, doch hinter ihr stach niemand besonders aus dem Gewimmel heraus. Die Aufmerksamkeit dieses Mannes galt unzweifelhaft ihr. Sie konnte den Ausdruck in seinem Gesicht nicht deuten, doch er machte ihr Angst. Seine Augen folgten ihr schamlos, während sie sich mit Miller durch die Menge schob, schienen sich an ihr festzusaugen, sodass sie meinte, seinen Blick buchstäblich auf sich kleben zu spüren. Trotz der Hitze begann sie zu frösteln, und nachdem sie die Bar erreicht hatten, beugte sie sich zu Miller und fragte: »Kennen Sie den großen, dunkelhaarigen Mann, der dort drüben steht? Ist er vielleicht ein Angehöriger der Army?« Sie deutete mit dem Kinn nach links, ohne hinzusehen, wagte nicht, diesen starrenden Augen erneut zu begegnen.

»Wo?«, fragte Miller zurück, und sein Blick glitt suchend über die Barbesucher.

»Dort drüben …« Claire wandte nun doch den Kopf, doch der Mann war verschwunden. »Er stand dort …« Sie zeigte mit dem Finger in die Richtung, konnte ihn jedoch nicht mehr entdecken. Er war verschwunden, wie ein Spuk, ein dunkles Traumbild, das man im Halbschlaf für real gehalten hatte. Hektisch sah sie sich um, schaute in die unbeteiligten, unbekannten Gesichter der Menschen und fühlte sich plötzlich unbehaglich. Die überschäumende Freude, die sie soeben noch erfasst hatte, war verflogen.

»Ich glaube, ich möchte zurück ins Hotel, Jackson«, sagte sie, und Miller nickte sofort. »Natürlich, *Ma'am* … Mrs …«, er räusperte sich und brachte schließlich ihren Vornamen heraus: »Claire.«

13

»Das ist alles?« Die dunklen Augen des Oberst glitten über die drei Frauen, die am Eingang der zerstörten Bahnhofshalle standen. Alice biss sich auf die Lippen. Sie hatte versucht, mehr Helferinnen zu rekrutieren, doch letztendlich waren nur Wilma Tietze und Marthe mit ihr zum Schlesischen Bahnhof gekommen. Die anderen hatten aus unterschiedlichen Gründen abgelehnt oder waren von vorneherein nicht infrage gekommen, so wie Trude, die vier Kinder zu versorgen hatte, oder Waltraud Krause und Heide Prittwitz, deren unverhohlene Abneigung gegen Russen, Flüchtlinge und Vertriebene mehr Probleme geschaffen als Hilfe gebracht hätte. Astrid Pasulke wäre gerne mitgekommen, aber ihre Eltern hatten es nicht erlaubt. Sie waren tief geschockt von dem Mord an dem russischen Soldaten in unmittelbarer Nähe ihrer Wohnung, ohne freilich zu ahnen, dass ihre Tochter fast unmittelbar dabei gewesen war. Obwohl Astrid ihr Erlebnis für sich behalten hatte, hätten ihre Eltern sie am liebsten Tag und Nacht im Haus behalten bis man den Mörder gefasst hatte. Otto Pasulke hatte unter diesem Eindruck sogar eine neue Haustür aufgetrieben und wollte nun zukünftig den Eingang in der Nacht durch wechselnde Wachen sichern.

»Es werden noch mehr werden«, sagte Alice schnell. »Wir sind nur die Vorhut.«

Wolkow sah sie zweifelnd an. »Glauben Sie nicht, dass Sie sich da etwas zu viel zumuten?« Sein Blick glitt über Wilma Tietze, die Ende fünfzig war und aufgrund ihrer Körperfülle recht schwerfällig wirkte – wenn man ihre zupackende Art nicht kannte –, und blieb an Marthe hängen, deren fast fünfundsiebzig Jahre nicht zu leugnen waren. Alice konnte förmlich lesen, was in seinem Gehirn vorging: Drei ältliche Frauen wollen Gutes tun, werden aber vermutlich eher Probleme schaffen …

Auch Marthe registrierte den zweifelnden Blick, mit dem Wolkow sie bedachte, und sagte: »Icke schaffe das schon, Herr Wolkow, da brauchen Se gar nicht so kucken.«

»Marthe hat schon früher mit mir in der Bahnhofsmission gearbeitet«, ergänzte Alice. »Und der Pfarrer, für den sie den Haushalt führt, ist bereit, uns ebenfalls zu unterstützen. Er wird auch noch Freiwillige rekrutieren.« Tatsächlich war es Marthe gelungen, Pfarrer Gellert davon zu »überzeugen«, dass es sich für ihn als sehr nützlich erweisen könnte, in dieser Sache zu kooperieren. Alice war gestern Nachmittag wie verabredet noch einmal im Pfarrhaus gewesen, und Gellert hatte sich wie verwandelt gezeigt. Salbungsvoll hatte er verkündet, dass er nach »reiflicher Überlegung« gar nicht anders könne, als den armen Menschenkindern am Bahnhof unter die Arme zu greifen. Es sei im Interesse der christlichen Nächstenliebe die Pflicht der Kirche, bla bla bla … Er hatte zugesagt, mit der Diakonie zu sprechen und entsprechende Unterstützung zu veranlassen.

Wolkow zögerte noch immer, und Alice erfasste die Furcht, dass er es sich womöglich doch anders überlegen und zu dem

Schluss kommen würde, dass die Hilfsgüter an anderer Stelle besser aufgehoben wären. Aber ehe sie etwas sagen konnte, nickte er und winkte einen ernst dreinblickenden, jungen Soldaten zu sich, der sich etwas im Hintergrund gehalten hatte und jetzt vortrat. »Das hier ist Leutnant Nikitin. Er wird Ihnen zeigen, was wir beschaffen konnten, und Sie bei Ihrer Arbeit unterstützen.«

Alice konnte ihre Erleichterung nicht verhehlen. »Oh, ich danke Ihnen!«, rief sie spontan aus, sehr viel lauter als beabsichtigt, und spürte, wie ihr die Röte ins Gesicht stieg. Beherrscht fügte sie hinzu: »Ihre Hilfe ist bei uns gut angelegt, Oberst Wolkow.«

Er wandte sich ihr zu. »Davon gehe ich aus«, sagte er trocken und ohne jede Ironie in der Stimme. Oberst Nikitin trat vor und bedeutete den Frauen, ihm zu folgen, doch als Alice sich mit einem abschließenden Nicken von Oberst Wolkow verabschieden wollte, sagte er: »Wo soll ich Sie heute Abend abholen?«

Alice blieb stehen und wandte sich ihm noch einmal zu. Leider hatte er seine Einladung nicht vergessen, wie sie gehofft hatte. »Sie wollen wirklich mit mir ausgehen?«, fragte sie noch einmal ungläubig.

Wolkow ging nicht darauf ein. »Wo?«, sagte er nur.

»Sternstraße, Ecke Ferchower Straße.«

»Ferchower Straße?«, wiederholte der Oberst und hob seine dunklen Brauen. Alice fiel ein, dass dort der Mord an diesem Soldaten passiert war, dessen Zeuge Trude geworden war, und sie verfluchte sich innerlich dafür, dass sie dem Oberst unbedachterweise ihre und Trudes Adresse genannt hatte. Sie hätte sich mit ihm etwas weiter entfernt treffen können. Aber jetzt war es zu spät.

Er gab keinen weiteren Kommentar dazu ab. »Acht Uhr?«

Alice schickte sich ins Unvermeidliche und nickte. Die Andeutung eines Lächelns zeigte sich auf seiner ansonsten unbewegten Miene, dann verabschiedete er sich und ging.

Leutnant Nikitin führte sie durch die Eingangshalle, die wie beim letzten Mal auch heute voller armseliger Menschen war, zum Bahnsteig von Gleis eins, direkt vorbei an den Trümmern der alten Bahnhofsmission. Marthe warf im Vorübergehen einen wehmütigen Blick auf das zerstörte Gebäude und seufzte. Alice konnte ihre Trauer gut nachempfinden, so ähnlich war es ihr ergangen, als sie das erste Mal wieder hier gewesen war. Sie gingen eine ganze Weile den Bahnsteig entlang, bis der Soldat schließlich vor einer kleinen Hütte stehen blieb, die an die ehemalige Bahnhofsmauer grenzte.

Alice musterte das seltsame Gebäude. Es war hoch und schmal mit einem spitzen Dach und hatte nur eine Tür und ein schmales Fensterchen. Die Holzbretter, aus denen es bestand, waren mit schwarzer Teerfarbe bestrichen, was dem Häuschen einen düsteren Charakter verlieh.

»Wat is dit denn für ne olle Bude?«, murmelte Marthe, und Alice musste ihr recht geben. Sie hatte angesichts der Zerstörung des Bahnhofs natürlich ein Provisorium erwartet, aber dieses mickrige schwarze Hexenhäuschen war dennoch eine Enttäuschung.

»Dit is ne Kaue«, ließ Wilma vernehmen.

»Und wat bitte soll dit sein, ne Kaue?«, fragte Marthe misstrauisch und warf Wilma Tietze einen scheelen Blick zu. Die Metzgersfrau war ihr offenbar nicht recht geheuer.

»Ich komme aus dem Erzgebirge, da hat man die Stolleneingänge im Bergbau mit diesen Hütten überbaut. Zum Schutz vorm Wetter.« Wilma trat auf die Hütte zu und warf einen Blick hinein. »Die hier ist sogar ziemlich geräumig«, rief sie ihnen zu und verschwand in der Hütte.

Marthe folgte ihr. »Kaue!«, brummte sie dabei, und es klang fast beleidigt. »Nie jehört.«

Alice folgte den beiden Frauen. Die Hütte war etwa so groß wie ein Güterwaggon. Ein einfacher, aber recht großer Herd stand darin, daneben ein Eimer mit Koks und Kohlen, ein Tisch, zwei Stühle und ein schmales Bett aus Metall. Vor dem Bett stapelten sich mehrere Kisten mit dem Symbol der Roten Armee, einem Stern mit Hammer und Sichel. Alice versuchte, die Bedeutung der kyrillischen Buchstaben darauf zu entziffern, gab es aber rasch auf. Ihre mickrigen Russischkenntnisse reichten dafür nicht aus. Sie würden ohnehin alles ausräumen und nachsehen müssen, was Wolkow ihnen hatte besorgen können. Sie drehte sich einmal um ihre Achse und sah sich in dem engen Raum um, der mit den Kisten, dem Bett, dem Herd und den drei Frauen schon recht eng wirkte. Es war klein, aber ein Anfang. Sie trat hinaus zu dem Soldaten, der rauchend neben der Kaue stand.

»Gibt es Wasser?«, fragte sie. »Voda?«

Leutnant Nikitin deutete auf einen Hydranten, etwa fünfzig Meter von der Kaue entfernt. Ein verbeulter Blecheimer stand daneben. Alice atmete auf. Immerhin. So hatten sie die Möglichkeit, Wasser abzukochen, Tee zuzubereiten – und ein Bett war besser als gar keines. Es war ein Anfang.

Sie nickte dem Leutnant zu. »Danke.«

Er warf seine Zigarette fort und sagte etwas auf Russisch. Als sie fragend die Augenbrauen hob, gestikulierte er und deutete auf das Bahngleis und dann in Richtung Osten.

Alice glaubte, zu verstehen. »Ein Zug kommt?« Sie zeigte ihrerseits auf das Bahngleis, und er nickte.

»Wann?« Sie tippte auf seine Armbanduhr.

Er drehte den Zeigefinger im Kreis und hob dann zwei Finger hoch.

In zwei Stunden also würde ein weiterer Zug aus dem Osten eintreffen. Alice wusste nicht genau, was das für sie bedeutete, ob es sich dabei um einen Zug mit heimkehrenden Soldaten oder Flüchtlingen handelte, doch es gab keinen Zweifel daran, dass Eile geboten war, wenn sie auch nur ein klein wenig helfen wollte. Sie nickte erneut, knöpfte die Ärmel ihrer Bluse auf und krempelte sie nach oben. Der Soldat lächelte und nickte ebenfalls. Zusammen gingen sie zurück zu ihrer neuen Wirkungsstätte, wo Wilma und Marthe sie bereits ungeduldig erwarteten.

»Wir müssen uns beeilen«, sagte Alice. »In zwei Stunden kommt ein Zug. Ich habe keine Ahnung, was uns erwartet, aber wir sollten uns vorbereiten.«

Sie begannen damit, die Kisten auszupacken. In der ersten Kiste befanden sich eine ganze Menge Medikamente und medizinisches Material wie Verbandszeug, Pflaster, Alkohol, Zinksalbe, Jod. Leutnant Nikitin bedeutete ihnen pantomimisch mit ausdrucksvollen Gesten, wogegen die Medikamente halfen: Fieber, Läuse und Flöhe sowie Durchfall, was die Frauen trotz allem Ernst der Lage zum Lachen brachte. »Diesen russischen Durchfall, den er uns gerade gezeigt hat, den möchte ick nicht haben«, kicherte Wilma, während sie sich über die nächste Kiste hermachten, und Marthe fügte lachend hinzu: »Davon werd ick heute Nacht träumen.«

Eine halbe Stunde später hatten sie alle Kisten ausgeräumt und besahen sich zufrieden die weiteren Schätze, die vor ihnen auf dem Boden und dem Bett lagen: Milchpulver, Kekse, Tee, Brot, Schmalz, getrocknete Erbsen und Graupen, Decken, Windeln, Waschlappen, Kannen, Becher und Suppenschalen aus Blech, Geschirrtücher, Milchfläschchen mit Gummisauger, ein zerfurchtes Schneidbrett aus Holz, Besteck, mehrere Töpfe, einen Wasserkessel, leere Postkarten, sogar schon mit Briefmarken versehen, damit die hier gestrandeten Menschen ihre Angehörigen informieren konnten, Schreibutensilien, die von Alice erbetenen Kladden, mehrere Paar Wollsocken, Männerunterwäsche und sogar eine kleine Flasche Wodka. Sie sortierten und ordneten die Dinge, so gut es ohne Möbel ging, ließen die wichtigsten Dinge griffbereit liegen und packten den Rest wieder in die Kisten. Alice nahm sich vor, Otto Pasulke, der handwerklich recht geschickt war, zu bitten, ihnen ein paar einfache Regale zu schreinern. Altholz lag ja genug herum von all den ausgebrannten und herabgestürzten Dachstühlen, neben den schwarz verkohlten Resten fand sich immer etwas, was man noch gebrauchen konnte. Als einigermaßen Ordnung in der kleinen Hütte herrschte, setzten sie Wasser auf, kochten heißen Tee und Graupensuppe, schmierten einen Berg Schmalzbrote und schleppten mit Leutnant Nikitins Hilfe Trinkbecher, Schmalzbrote, Kekse und die Teekannen auf den Bahnsteig, wo Leutnant Nikitin und zwei Kollegen unter Alice' Anleitung aus Brettern und Ziegelsteinen einen behelfsmäßigen Tisch bereitgestellt hatten. Die Suppe ließen sie auf dem Herd stehen, sie war ebenso wie eine weitere Kanne Tee und heißes Wasser für diejenigen unter den Ankommenden bestimmt, die sie für Erste-Hilfe-Aktionen mit in ihre Hütte nehmen mussten.

Dann kam der Zug, und die Hölle brach über sie herein.

14

Natalie erhob sich leise aus dem Bett, warf einen Blick auf ihre noch schlafende Tochter und zog sich dann so geräuschlos wie möglich an. Claire schlief auf dem Bauch liegend, beide Arme ausgestreckt, den Kopf halb unter dem zerknüllten Kissen verborgen. Natalie musste lächeln, während sie sich flüchtig wusch und dann begann, sich ihre langen Haare, die sie für die Nacht zu einem Zopf geflochten hatte, zu frisieren und aufzustecken. So hatte sie schon als kleines Mädchen geschlafen. Es rührte sie an, dass sich diese Angewohnheit in all den Jahren nicht verändert hatte. Sie hatte Claire, seit sie erwachsen war, nicht mehr schlafend gesehen. Ihre Tochter war sechsunddreißig, sie hatte längst ihr eigenes Leben, ihre eigene Wohnung, sie war ja sogar verheiratet gewesen, wenngleich nur kurz. Dass sie sich jetzt, ausgerechnet auf dieser Reise, wo Natalie sie eigentlich partout nicht dabeihaben wollte, wieder so nahekamen, war seltsam, eine Ironie des Schicksals, wenn man so wollte. Sie hoffte inständig, dass die fragile Harmonie, die sich gestern nach ihrem Gespräch eingestellt zu haben schien, nicht allzu schnell wieder zerstört werden würde, wusste jedoch gleichzeitig, dass das eine Illusion war. Allein die Tatsache, dass sie sich jetzt allein auf den Weg machte, ohne Claire zu wecken und ihr zu sagen, wohin sie ging, würde mit Sicherheit zu neuen Konflikten führen. Aber sie konnte es nicht ändern. Es war unmöglich, dass Claire sie dorthin begleitete, wohin sie heute Morgen wollte, es hätte Fragen nach sich gezogen, die sie nicht beantworten konnte. Als sie fertig war, betrachtete sie ihre Tochter noch einmal liebevoll. Sie hätte ihr gerne über die wirren dunklen Haare gestrichen, doch sie befürchtete, sie damit womöglich aufzuwecken, daher ließ sie es bleiben und legte nur den bereits vorbereiteten Zettel mit ihrer Nachricht auf das Kopfkissen und verließ leise das Zimmer.

Sie nahm in der Offiziersmesse, die vollkommen leer war und nach kaltem Zigarettenrauch und gebratenen Eiern mit Speck roch, ein kleines Frühstück ein. Dann ging sie zurück ins Foyer, wo sie GI Miller, der etwas übernächtigt auf dem altmodischen Sofa saß und in einem Buch las, schon einen guten Morgen gewünscht hatte. Sam hatte ihr noch vor ihrer Abreise mitgeteilt, dass der junge Soldat ihr als Fahrer und Begleiter rund um die Uhr zur Verfügung stehen würde, und ihr dringend ans Herz gelegt, sich nicht auf eigene Faust in der Stadt umzusehen, da dies »nicht sicher« sei. Anfangs war sie nicht begeistert gewesen, dass ihr eine Art Aufpasser an die Seite gestellt werden würde, bei ihrer Fahrt durch das zerstörte Berlin hatte sie jedoch einsehen müssen, dass in einer Stadt ohne funktionierende Infrastruktur ein privater Fahrer entschieden von Vorteil war. Soweit Natalie wusste, war ein Großteil der Züge im Krieg zerstört worden, und der öffentliche Nahverkehr existierte praktisch nicht mehr. Es hieß, ein paar Busse führen schon wieder und die S-Bahn hätte begonnen, den ersten Streckenabschnitt zwischen Wannsee und Schöneberg wieder zu befahren, aber ob das stimmte? Sie hatte nicht vor, es herauszufinden.

Sie trat auf den GI zu. Er sprang sofort auf die Füße.

»*Ma-am?*«

Natalie winkte ab. »Bitte nicht. Ich komme mir vor wie eine ehrwürdige alte Schachtel mit lila Haaren, wenn Sie mich so nennen. Also nicht, dass ich keine ehrwürdige alte Schachtel wäre, aber nennen Sie mich doch bitte nur Mrs Harrison.«

»Jawohl, Mrs Harrison.« Der GI nickte mit einem seltsamen Gesichtsausdruck. Fast sah es so aus, als müsse er sich ein Schmunzeln verkneifen.

»Was ist daran so lustig?«, fragte Natalie.

»Mit Verlaub, aber Ihre Tochter hat sich die Anrede gestern auch verbeten.«

»Ach? Das wundert mich nicht. Sie haben sie gestern noch getroffen?«

Der GI nickte. »Ja, wir … haben uns unterhalten.«

Natalie hatte den Eindruck, er habe etwas ganz anderes sagen wollen und es sich in letzter Minute anders überlegt, doch sie hakte nicht nach. Sie mischte sich, wenn möglich, nicht in das Leben ihrer Tochter ein, schließlich war sie eine erwachsene Frau. Wenn sie sich noch ein wenig mit Miller unterhalten oder etwas getrunken hatte, dann war das ihre Angelegenheit. Ihre Tochter fühlte sich äußerst unwohl, seit sie in New York das Schiff Richtung Deutschland bestiegen hatten, jede Ablenkung, die dazu führte, dass sie sich etwas entspannte, sollte ihr nur recht sein.

»Ich muss zu einer Adresse ins Scheunenviertel, können Sie mich dorthin fahren?«, fragte Natalie daher, ohne weiter auf Claire einzugehen.

Miller runzelte die Stirn. »Scheunenviertel … ist das …« Er überlegte.

»Hinter dem Alexanderplatz.«

»Oh. Das ist im Sowjetischen Sektor.« Miller sah sie etwas erschrocken an.

»Ist das ein Problem?«

»Äh, nein, ich denke nicht …« Er kratzte sich am Kinn. »Es ist nur … ich war noch nie dort …«

»Keine Sorge, ich schon.« Natalie lächelte. »Wir werden uns schon nicht verirren.«

Sie passierten die Sektorengrenze am Brandenburger Tor, nachdem sie vorher schon durch die britische Zone gefahren waren, und Natalie, die sich anfangs noch bemüht hatte, ein Gespräch mit dem jungen GI aufrechtzuerhalten, verstummte, während sie die Friedrichstraße querten und auf den Alexanderplatz zufuhren. Hinter dem Alexanderplatz, der wie alles andere in Schutt und Asche lag, lotste sie Miller ins Scheunenviertel und zu Maxims früherem Haus, das völlig zerstört war. Trotzdem bat sie Miller, kurz anzuhalten. Sie stieg aus und starrte in minutenlangem Schweigen auf die Ruine. Mit Gewalt musste sie sich ins Gedächtnis rufen, dass Maxim schon seit siebenunddreißig Jahren tot war, in diesem Haus daher schon seit langer Zeit völlig fremde Menschen gewohnt hatten, die weder mit ihm noch mit ihr etwas zu tun hatten. Die Zeit war nur in ihrem Kopf stehen geblieben. Kein Mensch erinnerte sich vermutlich mehr an Maxim, den Glücksspielkönig und heimlichen Herrscher des Scheunenviertels, und nur sie allein wusste von ihrer gemeinsam verbrachten Nacht dort oben, jener Nacht, in der ihre Tochter Claire gezeugt worden war. Sie schloss einen Moment die Augen, dachte an das Lied, zu dem sie damals getanzt hatten, wie hatte es nur geheißen?, meinte einen Moment lang, Maxims festen Griff um ihre Hüfte spüren zu können, seinen Körper eng an den ihren geschmiegt … dann schüttelte sie sich, kurz und energisch, wie wenn man eine Fliege verscheucht, und setzte sich wieder zu Miller in den Jeep. »Fahren wir zum jüdischen Friedhof an der Schönhauser Allee«, sagte sie knapp, und während er das Auto startete und wieder losfuhr, erklärte sie ihm den Weg.

Der Zug, der langsam näher kam, wirkte aus der Ferne seltsam unförmig, bucklig, mit Ausbuchtungen, wie von Beulen und Geschwüren übersät. Erst als er in den Bahnhof einfuhr, erkannte Alice mit aller Deutlichkeit, was sie schon geahnt, sich aber bildlich nicht hatte vorstellen können: Der gesamte Zug war außen belagert von Menschen. Sie saßen auf den Dächern, hingen an den Fenstern und an jedem noch so kleinen Vorsprung, kauerten sogar auf den Puffern zwischen den einzelnen Waggons. Eine aschgraue, unförmige, zerlumpte Masse Mensch, teilweise mit Taschen, Beuteln, Koffern bepackt, Kinder, Frauen, alte Männer, blass unter der von der sengenden Sonne verbrannten Haut, mit aufgerissenen, trockenen Lippen und leeren Augen.

»Ach du meene Jüte«, murmelte Marthe leise, und Wilma Tietze schlug stumm die Hände vor den Mund. Noch erschreckender als der Anblick dieser Menschen war die gespenstische Stille, die herrschte, nachdem der Zug zum Stehen gekommen war. Einige Augenblicke regte sich nichts, so, als ob die Menschen nicht glauben konnten, angekommen zu sein, als ob ihnen die Kraft fehlte, sich zu bewegen. Die sowjetischen Soldaten, die mit den Frauen auf dem Bahnsteig gewartet hatten, gingen auf den Zug zu und begannen damit, den Menschen von den Dächern zu helfen. Langsam kam Bewegung in die Menge. Alice und ihre beiden Helferinnen traten zu den Soldaten und halfen mit, die Leute vom Zug auf festen Boden zu schaffen. Alice nahm Kinder entgegen, allzu stille Säuglinge, in Tücher gewickelt, dünne Kleinkinder, die sie mit erschrockenen Augen anstarrten oder so sehr weinten und schluchzten, dass sie kaum noch Luft bekamen, sie stützte alte Männer und Frauen, die kaum laufen konnten vor Schwäche, half einer schwangeren Frau von den Puffern zu steigen, die so erschöpft war, dass sie fast auf sie fiel, griff nach Koffern, hastig zusammengeknoteten Bündeln, Taschen, Gehstöcken, Decken, Tüchern. Wilma, Marthe, Leutnant Nikitin und Alice begleiteten die Menschen auf den Bahnsteig und zu ihrem Tisch. Sie verteilten Schmalzbrote und Becher mit Tee, die ihnen von manchen der Leute gierig wie Verdurstende aus den Händen gerissen wurden, andere hingegen waren zu schwach, um danach zu greifen und sie an die Lippen zu heben.

»Es ist zu wenig!«, rief Alice, als nach kaum fünf Minuten nichts mehr übrig war. Die vorgesehene Stärkung war lediglich ein Tropfen auf den heißen Stein gewesen, und das auch nur für ein paar wenige. Den Tränen nahe vor Erschütterung und Hilflosigkeit kniete sie sich zu einer Frau, die mit ihrer etwa zehnjährigen Tochter an der Bahnhofsmauer hockte, und versuchte der Kleinen, deren Augen fiebrig glänzten, etwas Tee einzuflößen. »Wo kommen Sie her?«

»Aus Pommern«, flüsterte die Frau matt. »Wir sind zunächst in Frankfurt an der Oder gelandet, aber dort konnten wir nicht bleiben. Es gab nichts mehr zu essen, die Stadt ist überfüllt, sie haben uns fortgeschickt. Als dann dieser Zug aus Russland kam …« Sie sprach nicht weiter. Alice hob den Kopf. Erst jetzt fiel ihr auf, dass neben den vielen Frauen, Kindern und alten Männern auch erbärmlich aussehende

Soldaten unter den Passagieren waren. Sie kamen aus dem hinteren Bereich des Zugs geschlurft und gestolpert, wo sich einige Güterwaggons befanden. Teilweise waren sie in Lumpen gehüllt, barfuß, die Beine voller Geschwüre. Sie sprang auf. »Wir müssen zu den Güterwaggons!«, rief sie Wilma und Marthe zu und winkte Leutnant Nikitin. Zusammen mit Nikitin und zwei weiteren russischen Soldaten schob sie die Tür des ersten Güterwaggons auf und prallte zurück angesichts des Gestanks, der ihr entgegenschlug. Ein paar der Soldaten, die dort lagen, richteten sich auf, anderen fehlte die Kraft dazu.

Sie arbeiteten seit Stunden ohne Unterbrechung, holten Wasser, Brot, Suppe, kochten Tee, versorgten kleine Kinder mit Milch und bemühten sich zusammen mit den Soldaten, Verletzte zu versorgen. Doch es war nicht genug. Es waren zu viele Menschen, und sie waren zu wenige Helfer, hatten zu wenig von allem. Sowohl die Flüchtlinge als auch die aus Kriegsgefangenschaft entlassenen Soldaten waren in einem derart desolaten Zustand, dass es Alice die Sprache verschlug. Dehydriert und ausgehungert, voller Flöhe und Läuse, mit aufgeplatzten Geschwüren, Fieber, Husten. Als sie einem Soldaten, dessen Arm leblos herunterhing und der bei jeder Bewegung vor Schmerzen schrie, half, sich auf den Boden zu setzen, trat ein Mann neben sie. »Lassen Sie mich das machen«, sagte er freundlich, aber bestimmt. Überrascht drehte Alice sich um und sah in ein Gesicht mit zwei sanften blauen Augen und einem wild wuchernden, dunkelblonden Vollbart. Er trat vor, betastete die Schulter des Soldaten, redete beruhigend auf ihn ein, dann packte er den Arm und renkte die ausgekugelte Schulter mit einer entschlossenen Bewegung wieder ein. Der Soldat schrie auf und sackte zusammen. Der Bärtige stützte ihn, bis er wieder zu Bewusstsein kam. Jetzt erkannte Alice ihn wieder: Es war der Mann, der ihr bereits aufgefallen war, als sie zum ersten Mal durch die Halle des Bahnhofs gelaufen war. Auch da hatte er einem Verletzten geholfen.

»Sind Sie Sanitäter?«, fragte Alice und betrachtete ihn neugierig.

»Arzt«, sagte der Mann, während er sich aufrichtete. Mit einem Lächeln streckte er ihr seine Rechte hin. »Gregor Kramm.«

Sein Händedruck war fest und warm.

»Alice Hardtleben.« Alice erwiderte sein Lächeln. »Ich habe sie schon in der Halle gesehen. Wohin wollen Sie?«

Ein Schatten glitt über das Gesicht des Bärtigen, und Alice verfluchte sich innerlich für diese allzu direkte Frage. Alle Menschen hier wollten irgendwohin, alle hatten irgendwelche schlimmen Erlebnisse, die sie hinter sich lassen wollten, da musste man nicht gleich mit der Tür ins Haus fallen. Das war immer schon eines ihrer Probleme mit anderen Menschen gewesen, vor allem mit Männern: unverbindliches Plaudern, höfliches Schweigen, Versprühen von weiblichem Charme, diese Dinge beherrschte sie nicht. Sie war denkbar ungelenk in Fragen des menschlichen Miteinanders. Auch wenn sie sich hier nicht auf dem gesellschaftlichen Parkett befanden, wäre ein Mindestmaß an Takt angebracht gewesen.

»Entschuldigen Sie, ich wollte nicht …«, begann sie hastig, doch der Arzt winkte ab. »Aber nein, das ist eine berechtigte Frage. Nur habe ich keine Antwort darauf. Ich komme aus Templin, doch dorthin will ich nicht zurück. Meine gesamte Familie ist bei einem Bombenangriff ums Leben gekommen.

Ich war als Truppenarzt an der Ostfront und kam wegen einer Verletzung kurz vor Kriegsende zurück.« Er tippte sich an seinen linken Oberschenkel und fuhr fort: »In dem allgemeinen Chaos bin ich hier gestrandet und versuche seitdem herauszufinden, wohin ich gehen, was ich anfangen soll. Und bis ich es weiß, helfe ich denen, die noch schlimmer dran sind als ich.« Er zuckte mit den Achseln und lächelte ein wenig verschämt.

Alice schluckte. »Ihre ganze Familie? Wie schrecklich. Das tut mir leid. Sie hatten auch Kinder?«

Gregor Kramm nickte und senkte rasch den Kopf, vermutlich, um seine Emotionen zu verbergen. Leise sagte er: »Zwei. Anna und Paul.«

Alice dachte an Trudes Kinder, an die kleine Elsie, mit der sie im Luftschutzkeller gespielt hatte, an Irmchen, das fast gestorben wäre, Hertha, die sie zum Schutz vor den Russen als alte Frau zurechtgemacht hatten, und den jungen Alfred, dessen grässliches Kriegsspielzeug so furchtbare Wirklichkeit geworden war, dass er es nicht mehr angerührt hatte.

»Das tut mir sehr leid«, wiederholte sie mit aufrichtigem Mitgefühl und spürte, wie die altbekannte Wut wieder in ihr hochkroch: So viel Leid, so viele Leben, so viel Zukunft, ausgelöscht wegen den größenwahnsinnigen Ideen eines einzelnen Mannes und seiner willfährigen Vollstrecker.

»Ich danke Ihnen«, sagte der Arzt und warf einen Blick zu Wilma und Marthe, die mit der Hilfe von Leutnant Nikitin und weiteren Soldaten, die für Nachschub sorgten, unermüdlich Tee, Wasser, Brot und Kekse verteilten, Säuglinge herzten, Alte stützten. Die Erschütterung über den Zustand der Ankommenden stand den beiden Frauen deutlich ins Gesicht geschrieben.

»Sie helfen hier freiwillig?«

Alice nickte. »Marthe und ich haben früher für die Bahnhofsmission gearbeitet, und ich möchte sie jetzt wieder aufbauen. Sie wird dringend benötigt.« Sie folgte seinem Blick und fügte hinzu: »Wir sind zu wenige. Ich weiß gar nicht, wie wir diesen Ansturm auch nur ansatzweise bewältigen sollen. Und dabei werden noch mehr Züge kommen. Selbst zusammen mit den Soldaten reicht es hinten und vorne nicht …« Sie hob resigniert die Arme und ließ sie wieder sinken.

Der Arzt zögerte, dann sagte er: »Also, ich weiß nicht, ob ich viel mehr bewirken kann, aber wenn Sie mich brauchen können, will ich Sie gerne unterstützen.«

»Das würden Sie tun?« Alice starrte ihn an.

»Natürlich. Ich bin Arzt. Meine Aufgabe ist es, den Menschen zu helfen.« Er zuckte mit den Schultern und lächelte traurig. »Und es ist ja nicht so, dass ich gerade etwas Besseres zu tun hätte.«

Alice schluckte. Auch wenn der Grund seiner Anwesenheit hier am Schlesischen Bahnhof natürlich furchtbar war, erschien er ihr in diesem Moment wie ein Geschenk des Himmels. »Es wäre uns eine große Hilfe. Diese Menschen brauchen sehr viel mehr als Tee und Schmalzbrote. Sie sehen es ja selbst – viele von Ihnen sind krank oder verletzt. Ich habe ein bisschen medizinische Kenntnisse, aber bei Weitem nicht genug.« Sie deutete in Richtung der Kaue. »Wir haben dort drüben eine provisorische Anlaufstation mit Kochgelegenheit, medizinischem Material und einem Feldbett. Soll ich sie Ihnen zeigen?«

Er nickte.

Während sie durch die lagernden Menschen hindurch den Bahnsteig entlanggingen, bemerkte Alice, dass Gregor

Kramm sein linkes Bein leicht nachzog. »Ist Ihre Kriegsverletzung nicht richtig verheilt?«, fragte sie und deutete auf sein Bein.

»Es geht so. Ein Granatsplitter hat mich erwischt. Man konnte wohl nicht alles entfernen. Manchmal schmerzt es mehr, manchmal weniger, aber was soll's? Es gibt Schlimmeres.«

Alice fragte nicht weiter nach. Dafür, dass sie sich erst vor fünf Minuten kennengelernt hatten, hatte sie vermutlich ohnehin schon zu viele Fragen gestellt. Sie zeigte ihm ihre kleine schwarze Hütte und die Kiste mit dem medizinischen Material. »Können Sie damit etwas anfangen?«

»Solange ich nicht am offenen Herzen operieren muss, dürfte es reichen«, sagte er, und die bittere Ironie in seiner Stimme ließ Alice an ihren Arbeitsdienst im Lazarett in Treptow denken. »Waren Sie in Treptow?«, wollte sie spontan wissen.

Er hob etwas irritiert den Kopf. »Wie? Warum?«

»Wegen Ihrer Verletzung. Ich habe dort im Lazarett gearbeitet und sehr viele Soldaten mit Granatsplitterverletzungen gesehen. Sie kamen alle von der Ostfront. Vielleicht sind wir uns sogar begegnet.«

»Nein, ich war nicht in Treptow«, sagte er knapp und sah sich um. »Gibt es Wasser?«

»Ja, einen Hydranten, etwa fünfzig Meter von hier.« Kramm blickte sich mit einem Nicken noch mal in dem schmalen Raum um. »Das ist gut. Doch wir sollten vielleicht eine erste Anlaufstelle direkt am Bahnhof einrichten, damit die Verletzten nicht so weit gehen beziehungsweise transportiert werden müssen.«

Alice nickte. »Das ist eine gute Idee. Ich werde Leutnant

Nikitin darum bitten, das Nötige zu besorgen. Wir können einen Bereich am hinteren Teil des Bahnsteigs abtrennen, vielleicht mit Vorhängen oder Betttüchern …«

Sie sahen sich einen Moment an, dann streckte Alice ihm die Hand entgegen: »Willkommen bei der Bahnhofsmission.«

Er ergriff sie und schüttelte sie. »Es ist mir eine Ehre.«

Während sie wieder zurück zum Bahnsteig gingen, sagte er plötzlich: »Meinen Sie, es wäre in Ordnung, wenn ich ein paar Tage dort in der Hütte übernachte? Das Bett ist natürlich für Kranke reserviert, es macht mir nichts aus, auf dem Boden zu schlafen, aber es gibt dort heißes Wasser und ich könnte mich rasieren und waschen …«

Alice blieb stehen und musterte ihn. »Wo schlafen Sie denn bisher?«

Er wirkte verlegen. »Mal hier, mal da. In einem verlassenen Keller der Häuser hier am Stralauer Platz oder direkt in der Bahnhofshalle …« Er senkte den Kopf und sah auf seine Hände, verschränkte sie nervös. »Ich weiß, ich sollte einfach nach Templin fahren. Dort bin ich zu Hause, ich war jahrelang als Arzt tätig, die Menschen kennen mich. Ich bekäme Hilfe von der Stadt, Lebensmittelkarten, vielleicht ein Quartier, aber …« Er brach ab. Sacht legte sie eine Hand auf seinen Arm. »Kein Problem. Bleiben Sie, so lange Sie wollen. Vielleicht kann Leutnant Nikitin Ihnen noch ein zweites Feldbett oder eine Matratze besorgen. Und wenn wir dort Kranke über Nacht einquartieren, ist es ohnehin gut, wenn jemand bei ihnen ist und helfen kann.«

Seine Hände entspannten sich. »Ich danke Ihnen, Frau Hardtleben. Schön, dass es Menschen wie Sie gibt.«

Alice runzelte die Stirn. »Das ist doch selbstverständlich«, brummte sie barsch, um ihre Verlegenheit zu kaschieren, und ging so raschen Schrittes zurück, dass Kramm mit seinem kaputten Bein Mühe hatte, ihr zu folgen.

Zurück am Bahnsteig stellte sie sich zu Marthe und Wilma an den Tisch und wandte sich an die Pfarrersköchin, die erschöpft aussah. »Ruh dich aus, Marthe, ich mache hier weiter.« Doch Marthe schüttelte entrüstet den Kopf. »Bei dir piepts wohl. Ausruhen kann ick mir, wenn ick im Grabe liege.«

So arbeiteten sie gemeinsam weiter. Mit der Hilfe von Dr. Kramm separierten sie die Menschen, die Anzeichen von Fleckfieber, Ruhr oder sonstige Krankheiten aufwiesen, von den anderen, die noch etwas besser beieinander schienen. Sie brachten Mütter mit ihren Kindern in die Hütte, damit sie Milchfläschchen zubereiten, ihre Babys wickeln und sich selbst ein paar Minuten ausruhen konnten, gaben dehydrierten Menschen Wasser, verabreichten Durchfallmittel und verteilten Läusepulver, Pflaster und Kekse. Und obwohl sie ohne Unterlass arbeiteten, hatte Alice das Gefühl, im Grunde nichts auszurichten. Auf einen Kranken, den sie zu Dr. Kramm begleitete, kamen zehn andere, die orientierungslos auf dem Bahnsteig umhertaumelten oder einfach an Ort und Stelle zu Boden sanken, unfähig, auch nur einen weiteren Schritt zu tun. Kinder weinten, Babys wimmerten und über allem lag der Gestank nach Exkrementen, Eiter, Blut und Verzweiflung. Die russischen Soldaten hatten damit begonnen, die hinteren Güterwaggons zu leeren, sie trugen leblose Körper heraus und legten sie auf den Bahnsteig, einen neben den anderen. Manche regten sich noch, wurden wieder hochgehoben, weitergetragen, andere nicht. Sie ließ man liegen.

»Sind sie tot?«, fragte Alice Leutnant Nikitin, als er kurz an ihren Tisch kam und sich eine Zigarette anzündete.

Er nickte. »Hunger. Durst.« Er zuckte mit den Schultern und zog so scharf an der maisgelben, filterlosen Kippe, dass es knisterte. Der russische Leutnant war bleich, wirkte ebenso erschöpft wie sie.

Verhungert. Verdurstet. Alice sah zu den leblosen Körpern der Wehrmachtssoldaten, die vom schräg stehenden Licht der Nachmittagssonne beschienen wurden und die Wärme doch nicht mehr spürten. Als ihr Magen zu revoltieren begann, wandte sie sich hastig ab. Gleich nach dem Krieg, noch unter dem Eindruck des Terrors, hatte sie sich fest vorgenommen, kein allzu großes Mitleid für die Soldaten zu haben, denn sie waren immerhin Teil dieser Maschinerie gewesen, doch inzwischen gelang es ihr längst nicht mehr. Im Krieg litten alle – außer vielleicht jene, die ihn angezettelt hatten. Sie hatte diejenigen gesehen, die noch selbstständig aus den Güterwaggons hatten aussteigen können und die jetzt zwischen den Steinbrocken der Eingangshalle unter all den anderen Entwurzelten hockten, mit dumpfem Blick und zitternden Händen. Es waren so viele schmerzhaft junge Gesichter darunter. Gesichter, die zu einer anderen Zeit, in einem anderen Leben, frisch rasiert, wenn überhaupt schon rasiert, aber jedenfalls nach Aftershave duftend, mit Brillantine im Haar mit ihren Mädchen tanzen gegangen oder in roten, gelben, grünen Badehosen übermütig in den Wannsee gesprungen wären. Und andere, Familienväter, die jetzt mit ihren Kindern im Garten gespielt hätten oder auf den Jahrmarkt, ins Kino, Eis essen gegangen wären – sie würden nun bei ihrer Heimkehr nichts als verwahrloste, wild dreinblickende Fremde sein, die ihren eigenen Kindern Angst machten. Sie griff nach den bereits frankierten Postkarten, einem Bleistift und der Kladde, die noch vollkommen leer war, und ging zu den Männern, um ihre Namen aufzuschreiben und was es sonst noch an Informationen gab. Man musste ihnen ihre zivilen Namen zurückgeben. Die Identität, die sie gehabt hatten, bevor das Grauen begann: Johannes Müller, notierte sie sorgfältig, Reinhard Seidel. Willi Mankowski. Manche baten um eine Postkarte und den Stift, andere nicht. Alice registrierte jeden Einzelnen, der mit ihr sprechen konnte, und alle nannten ihr ihre Namen. Sie schienen die Ansprache fast ebenso notwendig zu brauchen wie einen Becher Wasser. Vielleicht half die Registrierung, ihre Spur zu bewahren für jene, die sie suchten, und auf diese Weise die eine oder andere Familie wieder zusammenzuführen. Sie ging weiter, hockte sich zu den Vertriebenen und Flüchtlingen und fuhr fort, Namen aufzuschreiben: Lina Abel mit den Söhnen Felix und Peter. Elfriede Uhlig mit ihrem alten Vater Friedrich und einem fremden Baby, das ihr im Getümmel der Abreise jemand in den Arm gedrückt hatte. Die halbwüchsigen Geschwister Bärbel, Volker und Käthe Schneider, die ihre Mutter suchten. Henriette Rukow, ein Mädchen mit Zöpfen, das ihre Familie irgendwo auf der Flucht verloren hatte. Friederike Ahrendt, eine alte Dame, der unentwegt die Tränen über die runzligen Wangen rollten … sie schrieb und schrieb, wie besessen, bis ihr irgendwann jemand von hinten an die Schulter fasste. Leutnant Nikitin stand hinter ihr.

»Heute fertig«, sagte er und deutete auf die große Bahnhofsuhr, die wie ein Wunder noch an der gusseisernen Säule hing, während darum herum kaum noch etwas heil war. Alice warf einen Blick darauf. Es war kurz nach sechs.

»Wieso fertig?«, fragte sie aufgebracht. »Wir können doch jetzt nicht aufhören. All diese Leute, sie brauchen uns …«

»Fertig. Befehl von Oberst Wolkow: Keine Arbeit von

Frauen auf Bahnhof nach sechs Uhr.« Seine Miene ließ keinen Widerspruch zu.

»Das verstehe ich nicht«, entgegnete Alice, erhob sich aber dennoch. Wilma und Marthe standen hinter dem Leutnant, sie wirkten unschlüssig. »Es gibt noch eine Menge zu tun …«

»Morgen.« Nikitin fasste sie am Ellenbogen, versuchte, sie von den Leuten weg in Richtung Ausgang zu bugsieren, doch Alice schüttelte ihn unwirsch ab. »Wo ist Herr Kramm?«

Sie entdeckte den Arzt, bevor Nikitin etwas erwidern konnte. Er war bei den Kranken und untersuchte gerade einen Soldaten mit Fleckfieber. Der Mann hatte sein Hemd ausgezogen und saß mit nacktem Oberkörper an den Rest einer Säule gelehnt da, die Augen geschlossen. Sein Ausschlag war bereits sehr ausgeprägt, die ganze Brust mit roten Flecken bedeckt, ebenso wie die Arme und das Gesicht. Er wirkte apathisch. Fleckfieber, auch Hungertyphus genannt, wurde von Läusen übertragen. Unbehandelt konnte es tödlich enden, oft kamen noch weitere Krankheiten wie Gehirnhaut-, Lungen- oder Herzmuskelentzündungen hinzu. Alice ging zu Kramm hinüber. »Die Soldaten wollen uns nach Hause schicken«, sagte sie finster.

»Sie haben recht. Abends und in der Nacht ist das hier kein Ort für Frauen.«

»Aber die Frauen, die hier ausharren müssen, mit ihren Kindern …«

»Sie können ihnen nicht helfen, wenn Sie selbst nicht ausgeruht sind.« Er warf einen vielsagenden Blick auf Wilma und Marthe, die beide vollkommen erledigt wirkten. Marthes grauer Dutt war in Unordnung geraten und Wilmas Gesicht rot und verschwitzt. »Schließlich müssen Sie noch eine Weile durchhalten.«

Alice presste die Lippen aufeinander und schwieg. Auch wenn es ihr schwerfiel, es zuzugeben, Kramm hatte recht. Es war ihr erster Tag. Sie hatte noch nichts gegessen, kaum etwas getrunken und war seit heute Morgen keinen Augenblick zur Ruhe gekommen. Ebenso Wilma und Marthe. Es war niemandem damit geholfen, wenn sie sich schon heute völlig verausgabten.

»Gut. Wir sehen uns morgen«, sagte sie schließlich knapp und ging zurück zu Nikitin und den beiden Frauen.

Der russische Leutnant begleitete sie bis zum Bahnhofsvorplatz, als wollte er sich davon überzeugen, dass sie auch wirklich nach Hause gingen. Offenbar fürchtete er sich davor, Wolkows Befehl nicht zur vollsten Zufriedenheit auszuführen. Wilma und Alice verabschiedeten sich von Marthe, die in Richtung Andreaskirche ging, und traten den Heimweg an. Als sie an der Stelle vorbeikamen, wo Gerda und die anderen zum Arbeitsdienst abkommandierten Frauen noch immer Steine schleppten, blieb Alice einen Moment nachdenklich stehen, dann drehte sie sich um und lief zurück zu Leutnant Nikitin, der noch vor der ehemaligen Halle stand und die kleine Pause nutzte, um eine Zigarette zu rauchen.

»Diese Frauen …«, begann sie etwas atemlos, als sie auf ihn zutrat, und deutete dabei auf Gerda und die anderen. »Sie könnten bei uns viel nützlichere Arbeit leisten. Können Sie dafür sorgen, dass sie uns helfen?«

Der Leutnant kniff die Augen zusammen. »Nazifrauen«, knurrte er verächtlich und spuckte auf den Boden.

»Ich weiß. Aber gerade deshalb.« Alice sah ihn drängend an. »Bitte! Sprechen Sie mit Oberst Wolkow. Wir brauchen jede Unterstützung, die wir bekommen können.«

Nikitin zuckte mit den Schultern und brummte etwas auf

Russisch, was Alice dahingehend interpretierte, dass er es versuchen würde.

»Spasíbo«, sagte sie und entlockte dem Leutnant damit ein Grinsen.

»Bitte schön«, gab er mit einer spöttischen Verbeugung zurück, warf seine Kippe auf den Boden und war kurz darauf in der Bahnhofshalle verschwunden.

15

Die Verabredung mit Oberst Wolkow fiel Alice erst wieder ein, als sie sich von Wilma vor deren Wohnung verabschiedete. »Wie spät ist es?«, fragte sie alarmiert.

»Keene Ahnung. Die Russen haben sich ja damals im Keller meine Armbanduhr jeschnappt«, gab Wilma zurück. Sie warf einen Blick zum Himmel, der sich nach Tagen des Sonnenscheins und der Hitze heute mit dunklen Wolken bezogen hatte. »Dürfte so sieben rum sein.«

»Verflucht!«, entfuhr es Alice, und Wilma hob die Augenbrauen. »Wat denn? Haste etwa noch wat vor?«

»Ja, leider.« Alice, bereits im Gehen, nickte wenig begeistert und hob die Hand. »Wir sehen uns morgen.«

Zu Hause empfingen sie die beiden Mädchen der Joswigs. Sie hockten in Alice' Wäschekorb auf dem Flur und spielten offenbar Kapitäne auf hoher See. Gertrud kniete vorne, während Mimi hinter ihr kauerte. Beide paddelten mit einem Kochlöffel. Als Alice eintrat, erstarrten sie mitten in der Bewegung und sahen sie ängstlich an. Offenbar fürchteten sie eine Rüge, weil sie Wäschekorb und Kochlöffel zweckentfremdet hatten. Doch Alice hatte keine Zeit, sich damit aufzuhalten. Sie lief in ihr Zimmer, schnappte sich frische Wäsche und ging in Richtung Bad, um sich zu waschen. Es gab noch kein fließendes Wasser in der Straße, doch es standen stets mehrere Eimer bereit, die Alice und ihre momentanen Mitbewohnerinnen am Hydranten befüllten. Das Bad war jedoch besetzt. Erna Grahl und Helene Joswig standen über Waschbecken und Wanne gebeugt und wuschen Wäsche. Wände, Spiegel und das kleine Fenster waren beschlagen vom Dampf, der von dem heißen Wasser der Wanne aufstieg, und überall hingen tropfnasse Wäschestücke. Es roch nach Seifenlauge. Alice warf einen Blick in die beiden Eimer neben dem Waschbecken und der Toilette und unterdrückte einen weiteren Fluch. Sie waren beide leer. Ohne sich auf ein Gespräch mit den beiden Frauen einzulassen, trat sie den Rückzug an, ließ die Badezimmertür hinter sich zufallen und ging in die Küche. Dort holte sie den Wasserkessel, der wie immer leise simmernd auf dem Herd stand, das Stück Seife von der Spüle sowie die große Teigschüssel und nahm alles mit auf ihr Zimmer. In Ermangelung ihrer alten Waschschüssel, die sie vor ein paar Jahren entsorgt hatte, im irrigen Glauben, sie nicht mehr zu benötigen, goss sie das kochend heiße Wasser in die Teigschüssel und zog ihre Kleider aus. Sie war verschwitzt bis auf die Unterwäsche, alles klebte an ihr, die Haare hingen ihr ins Gesicht und ein Blick in den Spiegel sagte ihr, dass sie einen schwarzen Schmutzstreifen auf der Stirn hatte, vermutlich von der Kohle, mit der sie den Herd in ihrer Kaue eingeheizt hatten. Hoffentlich hatte sie sich keine Läuse eingefangen, schoss es ihr durch den Kopf, während sie einen Waschlappen aus der Kommode holte und sich vorsichtig mit dem viel zu heißen Wasser wusch. Auch wenn es nur eine hastige Katzenwäsche war, tat sie gut. Zusammen mit dem rauen Waschlappen, der nach Staub, Holz und Sonne roch, weil er zusammen mit der übrigen Wäsche auf dem teilweise zerstörten Dachboden getrocknet worden war, machte das heiße Wasser ihre Haut rosig und weich. Noch feucht, schlüpfte sie in die frische Unterwäsche und zog dann das gute blaue Kleid an, das sie letztens bei der Kartoffeljagd am Brandenburger Tor auch schon getragen hatte. Während sie in ihre Schuhe schlüpfte, warf sie einen Blick auf den Wecker auf ihrem Nachttisch und atmete auf. Viertel vor acht. Sie brauchte keine zwei Minuten zum Treffpunkt, also blieb noch Zeit, eine Zigarette zu rauchen. Sie nahm eine aus der Schublade und wollte sie gerade anzünden, als draußen auf dem Flur ein lautes Gezeter ertönte. Sie konnte nicht verstehen, worum es ging, doch Erna Grahl schimpfte mit den beiden Mädchen und eine von ihnen, vermutlich Mimi, fing an zu weinen, was die Großmutter noch mehr erboste. Zwischen dem Gekeife und Geweine war die müde Stimme von Helene Joswig zu hören, die zu vermitteln versuchte. Alice seufzte, griff nach ihrer Handtasche und einem leichten Wolltuch und beschloss, ihre Zigarette vor dem Haus zu rauchen. Gerade, als sie sich auf die leere Kartoffelkiste gesetzt hatte, die neben dem Eingang stand und den Hausbewohnern Garten, Balkon und Rückzugsraum ersetzte, wurde die funkelnagelneue Haustür schwungvoll aufgerissen und Trude kam heraus. Ihrem Gesichtsausdruck nach zu urteilen hatte auch sie sich gerade einen Disput mit irgendjemandem geliefert: Ihre Wangen waren gerötet, und die Augen funkelten wütend. Als sie Alice sah, stöhnte sie auf. »Ich glaube, ich werde noch wahnsinnig!«

Alice rückte zur Seite, um Trude Platz zu machen, und reichte ihr ihre Zigarette. »Was ist los?«

»Alfred hat heute ein riesiges Stück Speck und ein Glas Honig mit nach Hause gebracht«, sagte sie grimmig und nahm einen tiefen Zug, bevor sie Alice die Zigarette wieder zurückgab.

»Das ist doch fein«, sagte Alice etwas abwesend. Sie war in Gedanken schon bei Oberst Wolkow und fragte sich, was um Himmels willen sie den ganzen Abend lang mit diesem Russen reden sollte.

»Fein findest du das?«, entgegnete Trude unerwartet heftig. »Da sieht man mal wieder, dass du keine Kinder hast!«

Alice zwinkerte irritiert. Auf diesen Angriff war sie nicht gefasst gewesen.

»Er sagt mir nicht, wo er sie herhat. Vermutlich vom Schwarzmarkt. Ich habe keine Ahnung, was er dafür getauscht hat. Oder, noch schlimmer: Es treiben sich doch neuerdings diese Jugendbanden hier im Viertel herum. Die klauen alles Mögliche von den Lastwagen der Roten Armee!« Trude fuhr sich mit einer fahrigen Bewegung durch die Haare und sah dann Alice vorwurfsvoll an. »Alfred ist zwölf! Vor ein paar Monaten hat er noch mit seiner Eisenbahn gespielt.«

Auch wenn Trudes Vorwurf ihr einen leisen Stich versetzt hatte, nickte Alice mitfühlend. »Ja, er musste schnell erwachsen werden.«

Trude kniff ärgerlich die Augen zusammen. »Na prima. Ist das alles? So ein weiser Kalenderspruch?«

Alice runzelte die Stirn. »Was willst du von mir hören? Die Zeiten sind eben so. Sei doch stolz auf ihn, dass er etwas zu eurem Unterhalt beiträgt. Er wollte dir sicher eine Freude damit machen. Er sieht doch auch, wie du dich abrackerst.«

Unvermittelt traten Trude Tränen in die Augen. »Das ist es ja! Mein Sohn muss zum Plündern und Stehlen gehen, weil ich es nicht schaffe, meine Kinder satt zu bekommen. Hertha ist so dünn geworden, dass sie in Kleider passt, die sie mit zehn getragen hat, dabei ist sie schon vierzehn, und Elsie wacht jede Nacht weinend auf. In ihrem Bett habe ich heute Morgen eine steinharte Brotrinde gefunden, die sie sich ›für später‹ aufgehoben hat.« Ihr Kinn begann zu zittern. »Wenn doch Kurt da wäre! Ich vermisse ihn so!« Sie schluchzte auf. Alice legte ihr einen Arm um die Schulter. »Er wird heimkommen, Trude. Ganz sicher. Wenn er gefallen wäre, hättest du inzwischen schon Nachricht bekommen.«

Trude zog ein Taschentuch aus der Tasche ihres formlosen Kittelkleids und schnäuzte sich. »Entschuldige, was ich gesagt habe«, nuschelte sie unter dem Tuch hervor. »Ich hab's nicht so gemeint.« Dabei fiel ihr Blick auf Alice' blaues Kleid und ihre guten Schuhe. »Für wen hast du dich denn so schick gemacht?« Sie schob das Tuch in die Tasche zurück.

»Für niemanden. Ich kann mich doch auch nur für mich schick machen«, gab Alice etwas unbehaglich zurück. Es war Zeit, zur Ecke Ferchower Straße zu gehen. Der Oberst würde jeden Moment auftauchen.

»Ja, schon klar.« Trude verdrehte die Augen. »Aber du ziehst dieses Kleid nur zu besonderen Gelegenheiten an. Und die Schuhe auch.«

Alice spürte, wie sie neugierig gemustert wurde. Trudes schlechte Stimmung schien sich gebessert zu haben. Ihre Augen funkelten amüsiert.

Sie seufzte und gab sich geschlagen. Trude würde es ohnehin erfahren. »Du hast ja recht.« Sie erzählte ihrer Freundin von Oberst Wolkows Bedingung für seine Unterstützung.

»Du gehst mit einem Russen aus?« Trude starrte sie an. »Bist du verrückt geworden?«

»Nicht mit irgendeinem. Du kennst ihn, es ist der Offizier, der bei Kriegsende in den Keller gekommen ist und uns danach Lebensmittel geschenkt hat. Milchpulver für Irmchen.«

»Der mit den schwarzen Augen?« Trude rieb sich fröstelnd die Arme. »Stimmt schon, das war wirklich anständig. Aber trotzdem. Irgendwie war mir der auch unheimlich. Und seit meinem Erlebnis …« Sie senkte die Stimme. »Du weißt schon … Mir können jedenfalls alle Russen gestohlen bleiben. Ich trau denen nicht.«

Alice zuckte mit den Achseln. Sie fühlte sich selbst nicht besonders wohl dabei, vor allem, weil sie sich nicht erklären konnte, was dieser Mann von ihr wollte. Sie war eine alte Jungfer mit spitzen Knien und Haaren wie gelbe Stahlwolle. Die Stadt war voll mit jungen, hübschen, alleinstehenden Frauen, von denen sicher die eine oder andere nicht abgeneigt war, sich einen russischen Beschützer zu angeln. »Jetzt ist es ohnehin zu spät«, sagte sie und stand auf. Ein stumpf olivgrüner GAZ-61 näherte sich und blieb an der Ecke Ferchower Straße stehen. Augenblicklich zog die langnasige Limousine mit den groben Geländereifen alle Aufmerksamkeit auf sich. Die Leute drehten sich nach dem Auto um, blieben in Grüppchen stehen und tuschelten und Kinder sprangen neugierig heran. Normalerweise bekam man nur offene Geländewagen oder Lastwagen der Sowjetarmee zu sehen. Die Limousinen waren den Stabsoffizieren vorbehalten, die sich kaum in die engen Viertel von Friedrichshain verirrten, sondern allenfalls von den russischen Quartieren zur Alliierten Kommandantur nach Dahlem fuhren. Alice kannte die Bezeichnung des Autos auch nur, weil Alfred, der ein ziemlicher Automobilfanatiker war, ihr kurz nach Kriegsende jedes Modell haarklein beschrieben hatte, wobei Alice schon damals nicht recht klar gewesen war, woher der kleine Junge das Wissen über all die Fahrzeuge hatte. Aber er war nun mal ein findiges Bürschchen: brachte Speck und Honig mit, wo andere sich um einen Brocken Schmalz balgten.

»Tschüss, bis morgen.« Alice hob die Hand und ging auf das Auto zu, sich unangenehm deutlich bewusst, dass alle Augenpaare auf der Straße und an den Fenstern ihre Schritte verfolgten.

»Pass auf dich auf!«, rief Trude ihr nach, und Alice drehte sich um und winkte Trude noch einmal zu. Ihre Freundin sah besorgt aus, und das wiederum trug nicht dazu bei, ihr eigenes mulmiges Gefühl zu mildern.

Als sie bei dem Wagen ankam, stieg der Fahrer aus. Es war nicht Oberst Wolkow, sondern der junge Soldat, der sie bereits bei ihrem Besuch im Postamt zu Wolkow geführt hatte. Alice erinnerte sich nicht mehr an den Namen. Er nickte ihr förmlich zu und öffnete die Tür des Fonds. Alice stieg ein, und ein herber Duft nach Tabak, Leder und Stiefelwichse drang ihr in die Nase. War das Oberst Wolkows Geruch? Sie empfand ihn als fremd, ungewohnt, auf eine männliche Art andersartig, aber nicht unangenehm, eher im Gegenteil. Vorsichtig ließ sie sich auf die Rückbank sinken. Nachdem die Tür des schweren Fahrzeugs mit einem satten Klonk ins Schloss gefallen war, überkam Alice ein merkwürdiges Kribbeln, das im Nacken begann, über die Schultern kroch und sich schließlich im ganzen Körper ausbreitete. Es dauerte einen Moment, bis sie das Gefühl identifizierte: Es war die Aufregung, die einen überkam, wenn ein Abenteuer auf einen wartete. Sie hatte Vergleichbares schon so lange nicht mehr gefühlt, dass sie es kaum mehr wiedererkannte. Unvermittelt erinnerte sie sich an einen Sommertag am Wannsee vor vielen, vielen Jahren, mit einem jungen Mann, von dem sie damals noch nicht gewusst hatte, wie herb er sie enttäuschen würde.

Der junge Soldat, er hieß Popow, fiel ihr jetzt doch wieder ein, fuhr in atemberaubender Geschwindigkeit durch die Straßen, und sie wurde immer nervöser. Irgendwann beugte sie sich nach vorne: »Wo bringen Sie mich hin?« Sie überquerten gerade den Alexanderplatz in westlicher Richtung. Der Oberst würde doch mit Sicherheit in seinem Sektor bleiben, oder etwa nicht?

»Darf ich nicht verraten, Frau Hardtleben«, erwiderte der Soldat höflich und in überraschend gutem Deutsch.

Alice ließ sich zurück in den Ledersitz fallen und überlegte, ob es tatsächlich eine gute Entscheidung gewesen war, der Bitte des Oberst nachzugeben. Kribbeln hin oder her, für Abenteuer dieser Art fühlte sie sich entschieden zu alt.

16

»Mum!« Die Stimme ihrer Tochter war laut geworden. »Sprich mit mir!«

Natalie sah von ihrem Steak auf, von dem sie bisher nur eine winzige Ecke abgeschnitten hatte.

»Aber das tue ich doch, Liebes.« Sie steckte sich das Stück Fleisch in den Mund und versuchte zu kauen, doch der rosige Klumpen fühlte sich in ihrem Mund plötzlich riesig an, sie musste ein Würgen unterdrücken und spuckte das Stück unauffällig zurück auf die Gabel, verbarg es unter den Kartoffeln. Die Bilder des Tages waren noch so präsent vor ihren Augen, dass sich alles um sie herum unwirklich anfühlte: die Offiziersmesse in diesem plüschigen, stuckverzierten Raum, all diese lauten, gesunden Amerikaner, deren Lachen ihr in den Ohren dröhnte, die fröhliche Musik, die aus dem Radio dudelte, das blutige Stück Fleisch auf ihrem Teller, die ölig glänzenden Bratkartoffeln. Sie schluckte schwer, dachte an die Fotografien, die sie heute in der Stadt gesehen hatte, auf großen Tafeln angebracht, unübersehbar, fast schon obszön in ihrer Überdeutlichkeit: *»Eure Schandtaten, eure Schuld!«* Die ausgemergelten Gestalten der aus den Lagern befreiten Juden, die Berge nackter Leichen, kaum mehr als menschlich zu erkennen, ausgezehrt, Haut, Knochen, Glieder aufeinandergestapelt wie Brennholz … Erneut musste sie würgen, während ihr gleichzeitig Tränen in die Augen traten. Hastig ließ sie die Gabel fallen und hielt sich die Serviette vor den Mund.

»Was ist los?« Claire war aufgesprungen, ihre Miene besorgt, trotz der steilen Zornesfalte zwischen ihren so ausdrucksvollen Brauen. Es waren Maxims Brauen, dunkel, fast schwarz und scharf geschnitten, doch gleichzeitig so fein ziseliert, wie gemalt. Sie dachte an das Grab, den verwitterten Grabstein auf dem von hartem, braunem Gras überwucherten Gräberfeld, die hebräischen Schriftzeichen. Darunter der Name: Maxim Laski, und die beiden dürren Daten, die sein Leben begrenzten, Geburt und Tod. Das, was dazwischen gewesen war, der Geruch seiner Haut, seine Fähigkeit zu lieben und zu hassen, die Trauer in seinen Augen, seine Hände, die die Karten mischten, sein tragisches Scheitern am ganz normalen Leben, all das blieb unsichtbar, war vergangen und vergessen. Womöglich war sie die Einzige, die sich auf diese Weise an den Glücksspielkönig von Berlin erinnerte, daran, wie er sich bewegt, wie er den Kopf gehalten, wie er gelächelt hatte. Die Bilder waren auch bei ihr längst verblasst, sie konnte sich nicht mehr an seine Stimme erinnern, und wenn sein Abbild in Form seiner Tochter ihr nicht täglich vor Augen gestanden hätte, hätte sie vermutlich noch viel mehr vergessen. Doch so waren sie beide unauslöschlich in ihr Herz gebrannt, Maxim, der Mann, der zu gefährlich gewesen war, um ihn wirklich lieben zu können, und der andere Teil in ihm, der Aufrechte, Anständige, den sie hätte lieben können, in anderen Zeiten, unter anderen Umständen.

Sie spürte, wie Claires Arme sich um sie legten, und hörte

ein lang gezogenes, klagendes Wimmern wie von einem verwundeten Tier. Erst mit einiger Verzögerung erkannte sie, dass dieser Laut von ihr stammte, sie war es, die jetzt weinte, laut, verzweifelt, ihr ganzer Körper wurde von Schluchzern geschüttelt, der Speisesaal verschwamm vor ihren Augen. Jemand fasste sie am Ellenbogen.

»*Tout ira bien, Maman*«, sagte ihre Tochter auf Französisch, *alles wird gut*, und streichelte ihr sanft über den Rücken, während sie aufstand und sich von ihr durch den Saal hinaus ins Foyer führen ließ. »Ruh dich ein wenig aus.«

Sie gingen zusammen die Stufen nach oben, Natalie fühlte sich von ihrer Tochter gehalten und war dankbar dafür. Sie hatte das Gefühl, allein keinen Schritt mehr vor den anderen setzen zu können. Als sie das Hotelzimmer betraten, wurde Natalie klar, dass sie bisher nie um Maxim geweint hatte. Nicht um Maxim und nicht um Leo Hirschfeld, dessen Tat auf so tragische Weise alles zerstört hatte, was hätte sein können. Und auch nie um sich selbst, um das, was sie sich in ihrem Leben erhofft, worum sie gekämpft und was sie verloren hatte. Sie hatte alles verschlossen, ihre Vergangenheit in die dunkelste, verborgenste Schublade ihrer Seele gesperrt. Mit ihrer Reise hierher hatte diese Schublade sich geöffnet, jedoch nicht friedlich, sanft und versöhnlich, wie sie gehofft hatte, sondern unheilvoll und mächtig wie die Büchse der Pandora. Natürlich hatte sie geahnt, dass die Konfrontation mit der Vergangenheit schmerzhaft werden würde, doch jetzt, wo sie sich, von ihrer Tochter gestützt, auf das Bett sinken ließ und die Schwäche spürte, die ihre Glieder erfasst hatte, war sie sich nicht mehr sicher, ob ihre Entscheidung, nach all den Jahren hierher zurückzukommen, nicht womöglich eine große Dummheit gewesen war. Es schien so, als habe sie nicht mehr die Kraft, dem jahrzehntelang verdrängten Schmerz standzuhalten, der sie jetzt bestürmte, an ihr zerrte und riss wie ein wütendes Tier.

Claire schloss die Tür hinter sich, so leise sie konnte. Ihre Mutter war eingeschlafen, kaum, dass sie sich hingelegt hatte. Sie war noch eine Weile bei ihr sitzen geblieben, hatte das vertraute Gesicht betrachtet, die feinen Gesichtszüge, die noch immer relativ glatte Haut. Fast kam es ihr so vor, als seien die zarten, früher kaum sichtbaren Falten in den Augenwinkeln und auf der Stirn mit dem heutigen Tag tiefer geworden. Und waren die Schatten um die Augen nicht dunkler, die schmale, aristokratisch wirkende Nase spitzer? Ihre Mutter sah plötzlich alt aus, was Claire fast noch mehr erschreckte als der unerwartet heftige Gefühlsausbruch beim Abendessen. Sie hatte ihr einen kleinen Imbiss aus der Küche geholt, ein Sandwich und ein Glas Milch, falls sie später aufwachen und hungrig sein sollte, und dann beschlossen, dass sie sie jetzt für eine Weile allein lassen konnte. Sie hatte das Gefühl, ersticken zu müssen, wenn sie noch länger in diesem düsteren Zimmer bleiben musste, das voll von Gespenstern der Vergangenheit schien. Den ganzen Tag hatte sie hier verbracht, in Sorge darüber, wo ihre Mutter hingegangen sein mochte und wann sie zurückkommen würde. Der Zettel, den sie Claire auf dem Kopfkissen hinterlassen hatte, war so nichtssagend gewesen, dass sie damit rein gar nichts hatte anfangen können: *Bin kurz weg, bis Mittag zurück. Mum.*

Aus Mittag war früher Nachmittag geworden, und als ihre Mutter schließlich hereingekommen war, hatte Claire einen Schreck bekommen. Natalies Gesicht war aschfahl gewesen, die Lippen farblos und das sonst so lebhaft funkelnde Blau ihrer Augen stumpf. Sie hatte sich in ihrem Schneiderkostüm auf das moosgrüne Sofa gelegt, das unter einem besonders hässlichen Ölschinken stand, und schweigend an die Decke gestarrt. Auf ihre besorgten Fragen hatte sie nur erwidert: »Später, Liebes. Lass mir ein bisschen Zeit auszuruhen«, um dann aber weiter zu schweigen. Claire hatte nachgegeben und sich zurückgehalten, obwohl sie vor Neugier beinahe geplatzt wäre. Sie hatte weiter in ihrem Buch gelesen, aus dem Fenster auf die Ruinen der Stadt geblickt und gewartet, bis der Tag zu Ende ging, in der Hoffnung, spätestens beim Abendessen ein paar Antworten zu bekommen. Als dort klar wurde, dass ihre Mutter nicht die Absicht hatte, ihr zu verraten, wo sie gewesen war, war Claire von ihrer hilflosen Wut auf ihre Mutter fast überwältigt worden. Hätten sie nicht in dem mit Soldaten voll besetzten Speisesaal gesessen, hätte sie ihre Mutter vermutlich sogar angeschrien. Doch dann, völlig unvermittelt, hatte Natalie zu weinen begonnen, und ihr Zorn war verpufft. Claire hatte ihre Mutter noch nie so weinen gesehen wie heute Abend. Ihr war jetzt noch flau im Magen, wenn sie daran dachte. Noch nicht mal bei Dads Tod vor sechs Jahren war ihre Mutter so verzweifelt gewesen. Wir hätten nicht herkommen dürfen, dachte Claire, während sie langsam die Treppe zum Foyer hinunterging. Es war doch alles gut. Ihre Mutter war zufrieden mit ihrem Leben in New York gewesen, zumindest hatte Claire das geglaubt. Oder hatte ihre Mutter ihr das alles nur vorgespielt, so wie sie die Geschichte ihrer Herkunft und die angebliche Heirat und den tödlichen Unfall ihres Mannes erfunden hatte? Und wenn das alles nicht stimmte, was mochte dann noch gelogen sein? Und welches Geheimnis verbarg sich hier, in dieser gruseligen Stadt aus Staub, Schuld und Steinen? Claire spürte, wie sich ihr die Nackenhaare aufstellten, während sie darüber nachgrübelte. Es musste etwas wirklich Schlimmes sein, wenn es ihre Mutter nach siebenunddreißig Jahren noch auf diese herzzerreißende Weise zum Weinen brachte.

»Geht's der Frau Mutter wieder besser?«

Claire zuckte zusammen. Wie ein Gespenst stand plötzlich die alte Wirtin vor ihr. »Man hat mir gesagt, sie hätt' einen Zusammenbruch erlitten.«

Claire schüttelte den Kopf. »So schlimm war es nicht«, log sie und zwang sich zu einem beruhigenden Lächeln. Sie hatte auf einmal das übermächtige Bedürfnis, ihre Mutter zu beschützen, und wenn es nur vor Gerede war. »Sie hat sich ein wenig übernommen heute. Ist alles ein bisschen viel für sie.« Sie machte eine ausladende Handbewegung.

Die Wirtin nickte verständnisvoll mit dem Kopf und erinnerte Claire dabei an eine alte Schildkröte. »Ja, das glaub ich gern.« Sie schlurfte an ihrem Stock zur Rezeption. »Ich geh ja nicht mehr raus. Ich kann das alles nicht aushalten. Schon lang vor dem Krieg ist es mir zu viel geworden. Die Nazis waren ja wie die Kakerlaken, die sind aus jeder Ritze gekrochen, hinter jeder Ecke stand einer, man kriegte keine Luft mehr.«

»Sie gehen überhaupt nicht mehr hinaus?«, fragte Claire ungläubig. »Nie?«

Die alte Frau schüttelte den Kopf. »Schon seit sieben oder acht Jahren nicht. Kurz nachdem der Hitler an die Macht kam, als alle nur noch rumgeschrien haben und die Hakenkreuzfahnen aus jedem Fenster hingen, hab ich mir gedacht, die Welt da draußen ist nicht mehr die meine. Ich bin zu alt, um mich dran zu gewöhnen, ich will sie nicht mehr sehen. Ich hab meine Kinder und Enkel, die bringen mir, was ich brauche, und ein bisschen Arbeit hab ich ja auch noch.« Sie lächelte, und ihre Augen zwinkerten freundlich.«

Seltsam getröstet vom Lächeln der alten Wirtin ging Claire zurück in den Speisesaal und sah sich nach GI Miller um, doch sie entdeckte ihn nirgends. Eigentlich war ihm gar nicht erlaubt, als einfacher Soldat mit den Offizieren zusammen zu essen, doch weil er der einzige Nicht-Offizier im Hotel Vollmond war und überdies den Befehl hatte, die ganze Zeit hier zu sein, wurde eine Ausnahme gemacht. Als er ihr das gestern Abend auf dem Heimweg erzählt hatte, war Claire wütend geworden. »Dafür müssen Sie wohl auch noch dankbar sein?«

Miller hatte sie etwas erschrocken angesehen und gemeint, das sei nun mal die Hierarchie in der Army.

»Ein ganz großer Mist ist das«, hatte Claire heftig entgegnet. »In der Army genauso wie anderswo. Immer gibt es welche, die oben sind, und andere, die unten bleiben müssen. Immer fühlen sich welche besser als die anderen, klüger, privilegierter, auserwählter ...«

Miller hatte versucht, etwas zu entgegnen, doch Claire hatte ihn nicht zu Wort kommen lassen.

»Ich bin eine Frau!«, hatte sie bitter erwidert, »glauben Sie mir, ich weiß, wovon ich rede.«

Daraufhin war der GI verstummt, hatte es vermutlich für angebracht gehalten, darüber nicht weiter zu diskutieren, was klug gewesen war. Sie war in einer gefährlichen Stimmung gewesen. Am Ende hätte sie ihm noch ihre ganze Lebensgeschichte erzählt.

Claire seufzte und ging zurück in das Hotelfoyer. Die Wirtin saß noch an der Rezeption und schrieb gerade etwas in ein großes Notizbuch. Dazwischen sog sie an einem kleinen, braunen Zigarillo, dessen intensiver, süßlicher Duft in Claire Assoziationen von Opiumhöhlen und Bordellen in Chinatown weckte.

»Sagen Sie, wissen Sie, wo GI Miller ist?«, fragte sie, widerstand dem Drang, allzu demonstrativ mit den Händen zu wedeln, und atmete stattdessen unauffällig durch den geöffneten Mund.

»Ich glaube, er ist in seinem Zimmer«, sagte die Dame nach kurzem Überlegen.

»Da drin?« Claire deutete auf die schmale Tapetentür neben der Rezeption und ging darauf zu.

Als die alte Dame nickte, hob sie die Hand und klopfte mit den Knöcheln gegen das dünne Sperrholz. Nach einer Weile ertönte ein zögerndes »Ja?«, und sie öffnete die Tür, blieb jedoch, von plötzlicher Scheu erfasst, an der Schwelle stehen. Das Zimmer war winzig und vermutlich tatsächlich so etwas wie eine Abstellkammer gewesen, bevor man es GI Miller zur Verfügung gestellt hatte. Ein schmales, schießschartenähnliches Fenster, ein Bett, ein Stuhl und ein paar Kleiderhaken, das war alles. Obwohl das Fenster offen stand, war es stickig in der Kammer, es roch muffig nach Staub, Holz, Linoleum und getragenen Kleidern. Die Hitze des Tages hatte nicht abziehen können, es gab keine Möglichkeit, für einen ordentlichen Durchzug zu sorgen. GI Miller hatte auf dem Bett gelegen und offenbar gelesen. Jetzt sprang er auf die Beine, und ein Buch polterte auf den Boden. Er trug seine Uniformhose, Hosenträger und ein weißes Unterhemd. Seine Füße waren nackt.

»Mrs Harrison!«, stotterte er und lief puterrot an.

Claire trat hastig einen Schritt zurück. Die ganze Situation war ihr äußerst unangenehm. Was hatte sie sich bloß dabei gedacht, einfach so in sein Zimmer zu platzen? »Entschuldigung«, sagte sie verlegen und zog die Tür hinter sich zu. Sie wartete einen Moment vor der geschlossenen Tür, dann setzte sie sich auf das Sofa neben die Papageien. Sie hockten schon etwas schläfrig auf ihrem Ast und musterten sie ohne großes Interesse aus ihren kleinen, klugen Augen.

»Müssen die Vögel nicht schlafen?«, fragte sie die alte Dame, nur um irgendetwas zu sagen und ihre Verlegenheit zu überspielen. »Man legt ihnen doch nachts ein Tuch über den Käfig, oder?«

»Ja, das stimmt schon. Aber sie gehen mit mir ins Bett. Solange ich da bin, schlafen sie nicht.«

Dann ging die Tapetentür auf, und GI Müller trat heraus, jetzt in kompletter Uniform – und mit noch immer roten Ohren.

»Mrs Harrison«, sagte er steif. »Was kann ich für Sie tun?«

»Entschuldigen Sie bitte, Jackson«, wiederholte Claire beschämt. »Ich wollte Sie nicht so überfallen …«

»Das ist schon in Ordnung. Ich dachte, Sie wären bereits schlafen gegangen …«

»In Zukunft störe ich Sie nach dem Abendessen nicht mehr, versprochen!«

»Was kann ich für Sie tun?«, fragte er noch einmal.

Claire sah sich etwas unschlüssig um. Sie wollte nicht, dass die Wirtin ihr Gespräch mitanhörte, und sie wollte auch nicht mit Miller zurück in die Offiziersmesse, aus der inzwischen laute Stimmen und Musik drangen. »Können wir ein bisschen spazieren gehen?«, fragte sie.

»Spazieren gehen?« Seine rechte Braue hob sich fast unmerklich um ein paar Millimeter.

Claire sprang auf. »Ja, bitte. Ich war den ganzen Tag hier drin. Ich werde noch wahnsinnig.«

Es war ein ruhiger, warmer Sommerabend und noch nicht spät. Der Himmel leuchtete über ihnen, als könne er sich nicht entschließen, langsam dunkler zu werden. Sie schlenderten ein paar Minuten schweigend die Straße entlang. Überraschend viele, vor allem junge Menschen waren unterwegs. Untergehakte, kichernde Mädchen, junge Burschen, verliebte Paare. Ein heiteres Gemurmel lag in der Luft, wie es für laue Sommerabende, an denen man einfach nicht nach drinnen gehen möchte, typisch ist. Es wäre fast ein bisschen wie auf Staten Island an einem Samstagabend gewesen, hätten nicht der fehlende Autoverkehr, die nicht vorhandene Straßenbeleuchtung und die bizarren Silhouetten der Ruinen, die sich gegen den noch hellen Abendhimmel abhoben, eindringlich daran erinnert, dass sie sich ganz woanders befanden.

Endlich fasste Claire sich ein Herz. »Ich wollte Sie etwas fragen«, platzte sie heraus.

»Bitte. Fragen Sie.«

»Wo waren Sie heute mit meiner Mutter?«

Miller blieb stehen. »Claire, ich glaube nicht, dass es eine gute Idee ist, wenn ich …«

»Meine Mutter will es mir nicht sagen. Ich halte das aber nicht aus! Sie ist so seltsam, ich erkenne sie gar nicht wieder. Heute beim Abendessen hatte sie einen furchtbaren Weinkrampf. Ich mache mir große Sorgen um sie.« Hilflos rang sie die Hände und blickte dann hinauf in den Himmel, damit Miller die Tränen nicht bemerkte, die ihr in die Augen traten. Der Abendstern blinzelte ihr zu. Spöttisch, fern, unbeteiligt, es kam ihr vor, als würde er sie auslachen. Sie holte tief Luft.

»Ich habe keine Ahnung, wieso wir überhaupt hierhergekommen sind!«, stieß sie hervor. »Ich weiß nicht, weshalb meine Mum so verzweifelt ist.«

»Sie wird es Ihnen bestimmt sagen, wenn sie es für richtig hält«, meinte Miller.

»Bitte, Jackson!« Sie sah ihn eindringlich an.

»Ich weiß gar nichts«, sagte er schließlich. Sein Unbehagen war förmlich mit Händen greifbar.

»Sagen Sie mir doch zumindest, wo sie hinwollte. Wenn Sie sonst nichts wissen, verraten Sie auch nichts, was meiner Mutter nicht recht wäre.«

Sein Mund verzog sich zu einem schiefen Lächeln. »Sie verstehen es, den Leuten die Dinge aus der Nase zu ziehen.«

»Das ist mein Beruf. Ich bin Journalistin.« Claire lächelte auch, wurde aber schnell wieder ernst. »Wenn Sie mir sagen, wo Sie heute waren, verrate ich Ihnen im Gegenzug ein Geheimnis, das Sie auf keinen Fall meiner Mutter sagen dürfen. Dann sind wir irgendwie quitt, oder?«

Er schüttelte den Kopf, sichtlich überfordert, sagte dann aber nach einem Moment des Zögerns: »Wir waren im Osten der Stadt.«

»Das heißt?«

»Im sowjetischen Sektor. Zuerst sind wir in eine Straße in der Nähe des Alexanderplatzes gefahren, und sie ist ausgestiegen.« Er schob die Hände in die Taschen seiner Hose. »Ganz lang hat sie einfach nur dagestanden und geguckt.«

»Was war da?«

»Nichts. Nur Trümmer. Da stand wohl mal ein Haus. War aber nichts mehr davon übrig.«

Claire seufzte. Das half ihr schon mal nicht weiter. Vielleicht hatte sie dort früher gewohnt. Es war aber wohl kaum der Grund für ihre Verzweiflung.

»Und dann? Sie waren bis zum Nachmittag unterwegs.«

»Dann sind wir zu einem Friedhof gefahren.« Er kratzte sich unbehaglich am Kopf, als Claire aufhorchte. »Hat sie ein Grab besucht?«

»Ich nehme es an. Ich hab im Auto gewartet.« Er zögerte abermals und fügte dann hinzu. »Wenn es Ihnen weiterhilft: Es war ein jüdischer Friedhof.«

»Ein jüdischer Friedhof? Haben die Nazis den denn nicht beschädigt?«

»Wirkte relativ unversehrt.«

Claire runzelte die Stirn. Soweit sie wusste, hatte ihre Mutter keine jüdischen Wurzeln. Und nach dem, was sie ihr erzählt hatte, wohl auch keine Verwandten hier in Berlin. Wessen Grab also hatte sie besucht? Das eines Freundes? Eines Geliebten? Claire spürte, wie ihr Nacken zu kribbeln begann, was er auch während ihrer journalistischen Recherchen immer getan hatte, wenn sie einem Geheimnis auf der Spur war. »Hat sie etwas gesagt, als sie zurückgekommen ist?«

Miller schüttelte den Kopf. »Kein Wort. Sie machte aber einen recht mitgenommenen Eindruck.«

»Und dann?«

»Dann sind wir noch zur Roten Burg gefahren. Da ist sie reingegangen, aber kurz darauf wieder rausgekommen. Konnte ihr wohl niemand weiterhelfen.«

»Was ist die Rote Burg?«

»Ein großes Gebäude am Alexanderplatz. Dort war die Gestapo untergebracht, und vor der Nazizeit war es das Polizeipräsidium. Ist aber jetzt fast völlig zerstört. Gibt nur noch ein paar Büros dort, wieder für die Berliner Polizei, und ein Untersuchungsgefängnis.«

»Und dann?«

»Nichts weiter. Wir sind wieder zurück in den amerikanischen Sektor. Sie wollte noch ein wenig herumfahren, hat aber die ganze Zeit kein einziges Wort gesagt.«

Claire schwieg nachdenklich. Sie war verwirrt. Ein jüdischer Friedhof und das ehemalige Polizeipräsidium. Was hatte ihre Mutter dort gewollt? Welches Grab bedeutete ihr nach siebenunddreißig Jahren noch so viel, dass sie es am ersten Tag in dieser Stadt aufsuchte? Und was zur Hölle wollte sie bei der Polizei?

Die Antworten konnte ihr nur ihre Mutter geben. Und die wollte offenbar nicht.

»Danke, Jackson«, sagte sie nach einer Weile. »Ich weiß das sehr zu schätzen. Und machen Sie sich keine Gedanken darüber, illoyal gewesen zu sein. Meine Mutter weiß, wie hartnäckig ich sein kann.«

Sie drehten um und gingen langsam zurück zum Hotel.

»Jetzt sind Sie dran«, sagte Miller, als die runde Milchglaslampe in Sicht kam, die tatsächlich wie ein kleiner, heller Mond im schattigen Zwielicht der Straße leuchtete.

»Was meinen Sie?«

»Ihr Geheimnis. Sie hatten versprochen, es mir zu verraten.« Etwas verlegen sah er sie von der Seite an.

»Ach so, ja …« Claire zögerte kurz und zuckte dann mit den Schultern. »Es ist eigentlich kein wirkliches Geheimnis, nur meine Mutter weiß es noch nicht.« Sie holte tief Luft, ehe sie weitersprach. »Also … Ich bin keine Journalistin mehr. Ich wurde vor vier Wochen gekündigt, oder besser gesagt, ›im gemeinsamen Einverständnis‹ an die Luft gesetzt.« Sie sog scharf die Luft ein, spürte, dass es sie noch immer schmerzte, über diese bittere Erfahrung zu sprechen.

»Was ist passiert?«, wollte Miller wissen und bot ihr eine Zigarette an, die Claire dankbar annahm. Er gab ihr Feuer, und für einen kurzen Moment stieg ihr neben dem aromatischen Duft des Tabaks auch sein Geruch in die Nase, frisch und sauber, Seife, Aftershave, irgendetwas mit Zitrone.

»Mein Ehemann ist mir passiert. Bill Tucker ist Redakteur bei der New York Times, wo auch ich gearbeitet habe. Wir haben vor drei Jahren geheiratet, und seit knapp zwei Monaten sind wir geschieden, weil er ein Verhältnis mit einer Sekretärin hatte. Nicht das erste Verhältnis, um genau zu sein, aber dasjenige, das bei mir das Fass zum Überlaufen gebracht hat. Der Chefredakteur, der ein guter Freund von Bill ist, hielt es nach der Scheidung plötzlich nicht mehr für opportun, uns beide zu beschäftigen, und hat mir nahegelegt, einer Entlassung aus betrieblichen Gründen zuvorzukommen und freiwillig zu gehen, was ich gemacht habe. Die Sekretärin hat er, nebenbei gesagt, auf die gleiche Weise vor die Tür gesetzt.« Sie schnippte die Asche von ihrer Zigarette. »Bill dagegen wurde befördert. Er leitet jetzt das Politikressort. Die lästigen Frauen sind entsorgt, das Business kann weitergehen.« Claire spürte, wie sich bei diesen Worten ihr Kiefer verspannte. Der Verlust ihres Traumjobs, die demütigende Art und Weise, wie sie hinauskomplimentiert worden war, während ihr Ex eine Etage höher ziehen durfte, schmerzte noch mehr als der Gedanke an Bills Betrug und das damit einhergehende Wissen, ihm offenbar nicht genügt zu haben. Sie schnippte die Zigarette weg. »Das war's. Das ist mein Geheimnis. Gescheitert auf der ganzen Linie.«

Es dauerte eine Weile, bis Miller etwas zu ihrer Offenbarung sagte. Und als er schließlich, nach reiflicher Überlegung, wie es schien, den Mund aufmachte, kamen keine Floskeln des Bedauerns, kein geheucheltes Mitleid über die Lippen. Stattdessen fragte er: »Was haben Sie bei der NYT gemacht? Welches Ressort?«

Claire war ihm dankbar für diese Reaktion. Gönnerhafte Betroffenheit hätte sie nicht ertragen.

»Ach, ich habe mich um die soften Themen gekümmert: Lifestyle, Mode, Essen, Gesellschaft, eine Klatschkolumne, was man Frauen halt so zutraut.« Sie seufzte. »Eigentlich wollte ich ganz anderen Journalismus machen. Ich habe eine Reportage über Chinatown und die vielen chinesischstämmigen Soldaten im Krieg gegen Hitler geschrieben und auch eine Geschichte über die Frauen in Little Italy, aber sie wollten sie nicht drucken. Angeblich zu emotional. ›Das interessiert unsere Leser nicht‹, hieß es. Stattdessen haben sie mir eine Klatschkolumne angeboten. *Harrison's.* Es war ihnen wichtig, den Namen meines Vaters zu erwähnen. Er war Verleger, ein großes Tier in New York.« Sie seufzte erneut. »Ich habe zugesagt, die Reportagen in der Schublade verschwinden lassen und mich fortan mit Klatsch und Tratsch der New Yorker Gesellschaft beschäftigt. Es war nicht ganz mein Ding, aber es war schon in Ordnung. Eigentlich hat es auch Spaß gemacht. Es war einfach immer mein Traum, bei der Zeitung zu arbeiten, egal in welchem Ressort. Und ich war gut. Aber leider offenbar nicht gut genug.«

»Nein. Es ist nicht Ihre Schuld. Die haben Sie nicht anständig behandelt, Claire«, widersprach Miller ruhig und bestimmt und klang dabei zum ersten Mal tatsächlich wie ein Cowboy aus Wyoming. Fast hätte Claire sich gewünscht, dass er sie doch wieder mit Ma'am angesprochen hätte.

»Das dürfen Sie sich nicht gefallen lassen«, fügte er mit Nachdruck hinzu.

»Was soll ich denn machen? Ich bin raus aus dem Spiel!« Sie hob resigniert die Arme.

»Sie sind hier«, sagte er.

Claire sah ihn stirnrunzelnd an. »Was wollen Sie damit sagen?«

»Sie sind Journalistin. Die Stadt und was mit ihr passiert ist, Hitler und die Naziherrschaft, der monströse Krieg und alles, was damit zusammenhängt, das ist einzigartig in der Geschichte. Schreiben Sie drüber. Und dann bieten Sie die Reportage einer großen Zeitung an. Es gibt nicht viele amerikanische Journalisten, die aus erster Hand von hier aus berichten können. Eine bessere Möglichkeit, es diesen beiden Idioten heimzuzahlen, werden Sie nicht bekommen.«

Claire starrte Miller an, ohne etwas zu erwidern. Sie blieb so lange stumm, dass Miller verlegen wurde und seine Ohren sich im Licht der Vollmondlampe wieder zart zu röten begannen.

»Was ist? Hab ich was Falsches gesagt?«, fragte er nach einer Weile unsicher.

Claire schüttelte langsam den Kopf. »Sie haben gerade die klügsten Dinge gesagt, die ich seit sehr, sehr langer Zeit gehört habe!«

Sie beugte sich vor, gab dem völlig verdatterten GI einen Kuss auf die Wange. »Danke!«

»Ma'am«, stotterte Miller.

Sie lächelte. »Schlafen Sie gut, Jackson.«

17

Sie fuhren bis zum Brandenburger Tor. Dort, wo früher das Adlon gestanden hatte, blieb der Wagen stehen und Popow sprang heraus. Er öffnete ihr in einer so altmodisch-eleganten Geste die Tür, dass Alice wider Willen lächeln musste. Johann fiel ihr ein, Butler und Kutscher ihrer Eltern. Der väterliche Freund aus Kindertagen war schon lange tot, ebenso seine Frau Else. Gesten wie die von Popow eben gehörten in die Zeit von damals, zu Johann und Else, zur Kaiserparade, zu Kaffee und Kuchen in den Zelten mit der Großmutter, zu Korsett, Hut und Spitzenhandschuhen. Alles Dinge, die ihr heute so fern waren, dass man meinen konnte, sie seien nicht dreißig oder vierzig, sondern hundert Jahre her.

»Wohin gehen wir?«, fragte sie Popow, der die Wagentür schloss. »Gibt es etwa ein Restaurant hier?«

»Der Oberst erwartet Sie dort oben«, sagte Popow und deutete in Richtung des Hotels Adlon, dessen rußgeschwärzte Mauerreste traurig und bedrohlich zugleich aussahen.

»Dort?« Alice warf einen ungläubigen Blick auf die völlig zerstörte Ruine. »Aber …« Sie wollte etwas einwenden, doch Popow war bereits losgegangen, nicht ohne einen prüfenden Blick zurück auf den GAZ-61, offenbar wollte er das Auto nicht zu lange unbeaufsichtigt lassen. Seine Sorge war auch nicht ganz unberechtigt. Am Brandenburger Tor war es um diese Zeit sehr einsam. In der Gegend wohnte kaum noch jemand, es gab keine Cafés oder Restaurants mehr und die Leute, die sich hier herumtrieben, waren eher zwielichtige Gestalten. Alice folgte Popow zunehmend beunruhigt. Sie hatte mit einem Restaurant gerechnet, es gab schon wieder einige Lokale, die geöffnet hatten. Dort wurde Jazzmusik gespielt und einfaches Essen serviert, vor allem für die Besatzungssoldaten, die Bevölkerung konnte sich meist nicht mehr als ein Glas Molke oder einen Becher Tee in irgendeiner der Kellerbars rund um den Alexanderplatz und in Kreuzberg leisten. Alice selbst war bisher noch in keinem dieser Lokale gewesen, weder in einem richtigen Restaurant noch in einem dieser Tanzschuppen, das interessierte sie nicht, sie hatte nur davon gehört. Astrid hatte Trude davon vorgeschwärmt. Vor dem Vorfall mit den russischen Soldaten war das junge Mädchen wohl hin und wieder zusammen mit Freundinnen dort gewesen.

Zu ihrer Erleichterung ging Popow jedoch an der düsteren Ruine vorbei. Er strebte zu einem dreistöckigen Seitenflügel, der zwar unbewohnt, aber noch relativ intakt wirkte, von der pockennarbigen Fassade einmal abgesehen. Sie betraten das Gebäude, gingen zuerst durch einen verlassenen Flur und dann die Treppen bis in den letzten Stock hinauf. Die Wände des Treppenhauses waren mit einer dunkelroten, von zarten Goldstreifen durchzogenen Tapete bespannt und früher von Wandlampen aus goldfarbener Seide beleuchtet worden. Jetzt waren die Lampen dunkel, nur eine nackte Glühbirne, die von der Decke baumelte, beleuchtete das Treppenhaus, und die Tapeten hingen in Fetzen herab. Es war überall staubig und unter ihren Schritten knirschten Sand und Mörtel. Oben angekommen, trafen sie auf einen weiteren Soldaten, der vor einer zweiflügeligen Tür stand und Popow zunickte, als sie die Treppe erklommen. Er hatte nur ein Auge und ein vernarbtes Gesicht, was ihn nicht sehr vertrauenserweckend erscheinen ließ. Die beiden Männer wechselten ein paar russische Worte, die Alice nicht verstand, dann verabschiedete sich Popow mit einem Nicken von ihr und ging wieder hinunter. Alice sah ihm mit Bedauern nach. Zwar kannte sie ihn genau genommen ebenso wenig wie den anderen Soldaten, der sie jetzt unangenehm starr mit seinem verbliebenen Auge fixierte, dennoch war Popow ihr schon etwas vertrauter, was vielleicht auch daran lag, dass sie ihn zumindest schon zum zweiten Mal gesehen hatte, vor allem aber an seinem eleganten Bückling beim Aussteigen aus dem GAZ-61. Jemand, der so eine formvollendete Verbeugung beherrschte, konnte kein böser Mensch sein, versuchte Alice sich einzureden. Dennoch fühlte sie sich ausgesprochen unbehaglich. Diese ganze Unternehmung schien ihr äußerst suspekt. Was tat Wolkow hier, an diesem verlassenen Ort? Ihr ging auf, dass sie vollkommen allein war, es gab niemanden außer den finsteren russischen Soldaten und Wolkow, der sie offenbar hinter dieser Tür erwartete. Niemand würde sie schreien hören, niemand würde ihr zu Hilfe kommen, falls …

Ihr stellten sich die Nackenhaare auf, und sie dachte an Trude und ihren entgeisterten Blick, als sie ihr von dieser Verabredung erzählt hatte.

»Ich trau denen nicht« – das waren ihre Worte gewesen.

Alice machte unwillkürlich einen kleinen Schritt rückwärts Richtung Treppe und überlegte, ob sie einfach weglaufen sollte. In diesem Moment öffnete der andere Soldat die Tür und fasste sie am Ellenbogen, um sie in den Raum zu geleiten. Die Berührung war leicht, eigentlich kaum spürbar, mehr eine Andeutung als ein wirklicher Kontakt, aber für Alice fühlte es sich an, als ob er sie gepackt hätte. Zögerlich trat sie mit ihm ein. Der Soldat sagte etwas, dann zog er sich zurück und schloss die Tür leise hinter sich, während Alice stehen blieb und sich verblüfft umsah. Um sie herum glänzte und schimmerte es. Sie befand sich in einem kleinen Ballsaal. Schwere dunkelrote Vorhänge hingen gerafft zwischen den Fenstern, und an den Wänden reflektierten zahlreiche Kristallspiegel das Licht einer endlosen Reihe von Kerzenleuchtern. In der Mitte des strahlend sauberen Parketts stand ein mit einem weißen Leintuch gedeckter Tisch, an dem Wolkow saß. Weingläser, Silberbesteck und Porzellan funkelten, und von irgendwoher ertönte leise Geigenmusik. Alice schluckte, und ein Gefühl von Unwirklichkeit überkam sie. Oberst Wolkow stand jetzt auf und kam auf sie zu. Seine Stiefel hallten laut durch den Raum.

»Fräulein Alice.« Er verbeugte sich leicht vor ihr, und ihr stieg sein Geruch in die Nase, den sie schon im Auto gerochen hatte: Leder, Stiefelwichse, Rasierwasser, Rauch. »Es ist mir eine Ehre.« Er machte eine Handbewegung in Richtung Tisch, und weil Alice zu verdattert war, um etwas Sinnvolles zu erwidern, folgte sie ihm schweigend. Als sie sich setzten, kam wie aus dem Nichts ein Kellner in Livree und goss ihnen Rotwein ein.

Wolkow hob das Glas. »Auf diesen Abend.«

Noch zu verdutzt, um etwas zu sagen, hob auch Alice schweigend ihr Glas. Sie trank einen Schluck und schloss für einen Moment überwältigt die Augen. Der Wein war schwer und dunkel, trocken und leicht süßlich zugleich, er schmeckte nach Pflaumen, nach Moos und Sommer. Einen solch guten Rotwein hatte sie schon lange nicht mehr getrunken. Besser gesagt hatte sie seit Jahren überhaupt keinen Wein mehr getrunken. Im Krieg hatte es so etwas nicht gegeben.

»Er schmeckt Ihnen«, stellte Wolkow zufrieden fest, las es offenbar von ihrer Miene ab. »Das dachte ich mir. Das ist Georgischer Wein, in Amphoren vergoren. Dieser Wein ist aus Licht und Sonne gemacht, genau wie Sie.«

Alice verschluckte sich fast und stellte das Glas hastig zurück. »Warum sagen Sie so etwas?«, schnappte sie empört, während sie spürte, wie die Hitze ihr zu Kopf stieg. »Wollen Sie sich lustig über mich machen?«

»Aber nein! Nichts läge mir ferner.« Der Oberst hob erstaunt seine dichten, dunklen Augenbrauen. »Das dürfen Sie nicht denken. Ich sage es nur aus einem einzigen Grund: Weil es stimmt. Mir erscheinen Sie eine durch und durch helle Person zu sein. Es gibt nichts Dunkles, nichts Obskures an Ihnen, keine Schatten, keine schwarzen Geheimnisse, keine Leichen im Keller. Ihre Haut ist zart und hell, die Farbe Ihres Haares ist durchscheinend wie gesponnenes Licht und Ihr Wesen so offen und hilfsbereit, den Menschen zugewandt. Sie helfen, obwohl Sie nicht müssten. Und ich wette, Sie haben auch ein Lachen, bei dem die Sonne aufgeht. Nur habe ich das noch nicht gesehen.« Er lächelte ein wenig spöttisch und trank einen weiteren Schluck Wein.

Alice betrachtete ihn misstrauisch. Gesponnenes Licht, ein Lachen, bei dem die Sonne aufgeht. Pah. Was sollte das? »Wo haben Sie so gut Deutsch gelernt?«, fragte sie, ohne auf seine Worte einzugehen.

»Ich habe in Berlin studiert«, erwiderte Wolkow. »Literatur.«

»Tatsächlich?« Nun war es an Alice, erstaunt die Augenbrauen zu heben. »Ich habe auch hier studiert. Philosophie und Geschichte. Wann waren Sie an der Universität?«

»Das ist lange her. Es war noch einige Jahre vor der Oktoberrevolution.« Er überlegte. »Müsste neunzehnhundertzehn gewesen sein, ja.«

»Genau wie ich!«, rief Alice überrascht. »Wie merkwürdig. Womöglich sind wir uns früher sogar schon einmal begegnet und wissen es gar nicht.«

Wolkow nickte. »Sehr bedauerlich, dass wir uns damals nicht kennengelernt haben. Vor all diesen Dingen.« Er machte eine etwas melancholisch wirkende Geste, die wohl die Revolution, den Krieg, das Alter und noch einiges mehr beinhaltete.

Aus dem Nichts erschien wieder der Kellner und fragte, ob er servieren dürfe. Wolkow sah Alice fragend an, und als sie etwas ratlos die Schultern hob, nickte er.

Zunächst wurden kleine geröstete Brotscheiben mit Kaviar gebracht, dann eine Kartoffelsuppe, sämig, buttrig und sahnig, die so köstlich war, dass Alice Tränen in die Augen traten. Als Hauptspeise gab es Forelle mit Gemüse, kleinen Karotten, Bohnen und Schalotten, auch das alles üppig in Butter geschwenkt, und schließlich wurde der Nachtisch aufgetragen, eine Mousse au Chocolat mit frischen Walderdbeeren. Sie aßen fast schweigend, unterhielten sich, wenn überhaupt, nur über das Essen, das aus den Beständen für die Versorgung der russischen Offiziere stammte, ebenso wie der Koch zur russischen Besatzung gehörte, während der Kellner ein Deutscher war, wie Wolkow ihr erzählte. Er war vor dem Krieg im Adlon beschäftigt gewesen und kurz vor Kriegsende wegen einer Verletzung nach Hause gekommen. Wolkow hatte ihn auf dem Konzert der Berliner Philharmoniker kennengelernt. Der Geigenspieler war Deutsch-Russe und tatsächlich ein Musiker von den Berliner Philharmonikern. Wolkow hatte ihn eigens für diesen Abend engagiert. Alice fand kaum Worte. Zum einen, weil sie angesichts der Köstlichkeiten spürte, wie hungrig sie die ganze Zeit schon war, und an sich halten musste, nicht zu gierig zu essen, zum anderen jedoch, weil sie sich gleichzeitig immer unbehaglicher fühlte. Wie konnte Sie hier sitzen und mit solchem Genuss schlemmen, wo es all den armen Menschen am Bahnhof, denen sie heute begegnet war, selbst am Nötigsten fehlte. Als ihr die toten Soldaten wieder vor Augen traten, die heute am Bahnsteig abgelegt worden waren, diese armen Teufel, die Krieg und russische Kriegsgefangenschaft überlebt hatten, um dann am Ende in einem Güterwaggon zu verhungern und zu verdursten, legte sie abrupt die Gabel weg. Obwohl sie immer nur höchstens die Hälfte von jedem Gang gegessen hatte – ihr Magen war das viele Essen gar nicht mehr gewohnt –, hatte sie nun das Gefühl, den einen letzten Löffel süße, üppige Mousse erbrechen zu müssen, so sehr ekelte sie sich plötzlich. Es klirrte leicht, als der Löffel den Teller berührte, offenbar war sie zu heftig gewesen, und Wolkow hob den Kopf. »Stimmt etwas nicht?«

Alice holte tief Luft. »Nein. Gar nichts stimmt. Ich kann das nicht.«

»Was können Sie nicht?«

»Ich kann hier nicht sitzen und essen, während ein paar hundert Meter weiter Menschen am Verhungern sind. Ich weiß, Sie möchten mich beeindrucken, mir zeigen, dass Sie ein kultivierter Mann sind, und ja, ich verstehe das, aber …«

»Nein. Sie verstehen überhaupt nichts«, schnitt Wolkow ihr ruhig, aber sehr bestimmt das Wort ab. Überrascht sah

Alice ihn an. Er hatte seine Stirn gerunzelt, die Brauen waren zusammengezogen und seine Augen erschienen noch dunkler als ohnehin schon.

»Wenn Sie denken, ich mache das hier, um Sie zu beeindrucken, täuschen Sie sich«, sagte er. »Ich habe es nicht nötig, solche Dinge zu tun, um jemanden zu beeindrucken. Nicht einmal, wenn es sich um eine schöne Frau wie Sie handelt.« Er trank sein Glas aus und bedeutete dem Kellner, ihnen beiden nachzuschenken. Alice spürte den Wein schon ein wenig, dennoch wehrte sie nicht ab, als der Kellner mit der Flasche zu ihr kam. Ein wenig mehr Wein konnte heute Abend sicher nicht schaden.

»Ich habe Sie eingeladen, weil vielmehr Sie mich beeindruckt haben, Alice«, fuhr der Oberst fort. »Und ich weiß genau wie Sie, dass es Menschen in dieser Stadt gibt, die jetzt, in diesem Augenblick, vor Hunger nicht schlafen können, Kinder, die weinen, Alte, die vielleicht gerade beschließen, sich aus diesem Leben zu verabschieden, weil sie nicht mehr können.« Er blickte sie so ernst an, dass Alice unwillkürlich die Luft anhielt. Mit seiner tiefen, rauen Stimme fuhr er fort: »Ich habe viele Menschen getötet und viele Menschen töten sehen. Ich habe gesehen, was ihr Deutschen meinen Landsleuten und vor allem den Juden in den Ghettos und Lagern angetan habt. Doch ich weiß auch, dass Hass ein Gift ist, das die Menschen voneinander trennt, und ich weigere mich, davon zu trinken, auch wenn es mir manchmal schwerfällt. Als Sie gestern zu mir gekommen sind, mit diesem energischen, klaren Blick, und mir so forsch und furchtlos diktiert haben, was Sie brauchen, um helfen zu können, ist mir bewusst geworden, dass nicht alle Menschen in diesem Land schlecht sind. Dass es Menschen gibt, die sich von den Nazis nicht haben verbiegen lassen und sich auch jetzt nicht vor den Besatzern verbiegen. Das hat mir Hoffnung gemacht.« Er hob erneut das Glas und sah sie an. »Vermutlich fragen Sie sich, was ich von Ihnen will. Vielleicht haben Sie sogar Angst vor mir. Doch ich versichere Ihnen, ich habe nur diese einzige Bitte: Lassen Sie uns für ein paar Stunden gemeinsam das Leben genießen. Lassen Sie uns das für uns tun, die wir noch am Leben sind, aber auch für die Toten, die all das nicht mehr können.«

Alice hatte während Wolkows Worten überrascht geschwiegen. Sie hatte mit allem Möglichen gerechnet, aber ganz sicher nicht mit einer solchen Ansprache. Dann wurde ihr klar, dass er eine Reaktion von ihr erwartete, und so hob sie mit einem zaghaften Lächeln ebenfalls ihr Glas. »Nun gut«, sagte sie zögernd. »Auf das Leben.« Sie hörte selbst, wie ungelenk und hölzern es klang, genauso, wie sich diese Worte in ihr anfühlten. Lebensfreude, Genuss, Leichtigkeit, das waren Dinge, die sie in den letzten Jahren so tief in sich vergraben hatte, dass sie sie jetzt kaum wiederfand. Nie hätte sie gedacht, dass sie ausgerechnet im Gespräch mit einem russischen Offizier daran erinnert werden würde.

18

Sie kamen im Morgengrauen.

Zuvor jedoch gab es ein so heftiges Gewitter, dass keiner daran dachte, dass es noch schlimmer kommen könnte. Blitze tauchten die kaputte Decke mit ihren herausragenden Balken unablässig in zuckendes violettes Licht, und der Regen schoss in einem Sturzbach aus den oberen Stockwerken zu ihnen herunter. Der kleine Ausguss des Kellers konnte das viele Wasser nicht schlucken oder aber er war verstopft, und so verwandelte sich der Kellerraum in kürzester Zeit in ein schmutziges, stinkendes Wasserloch. Sie hatten sich gleich zu Beginn des Platzregens höher gelegene Winkel gesucht. Die drei Jungs hatten sich in eine Nische auf halber Höhe der Kellertreppe verzogen, sie dagegen war mit ihren Habseligkeiten in ein Loch knapp einen Meter über dem Boden gekrochen, das irgendeine Granate – oder was zur Hölle es gewesen war – in die Kellerwand gerissen hatte. Das Loch war fast kreisrund und sah aus, als hätte die Faust eines Riesen einmal gegen die Wand geschlagen. Hinter der Kellerwand weitete es sich etwas, bildete eine Mulde im Schutt, der in das angrenzende muffige Kabuff gefallen war, wo nachts die Ratten herumhuschten und sich quiekend um ihre Beute stritten.

Dort in der Mauermulde kauerte sie, in alle ihre Decken und Lumpen gehüllt, zusammen mit dem wenigen, das sie besaß – eine Dose Bohnen, ihr Messer, ein paar Zigaretten, die kostbare Schachtel Streichhölzer – und das Buch natürlich, das sie im letzten Moment aus dem Versteck in der Wand geholt hatte, während es über ihnen krachte und grollte, als hätte der Krieg erneut begonnen. Hosenscheißer weinte, sie hörte sein Schluchzen immer dann, wenn das Gewitter für einen kurzen Moment den Atem anhielt, bevor ein neuer Blitz niederfuhr und krachend der Donner folgte. In Wahrheit war jedoch der Regen viel gefährlicher als der Lärm über ihnen, der so viele unheilvolle Erinnerungen heraufbeschwor. Jedes Mal, wenn es für einen Augenblick hell wurde, sah sie, wie hoch das Wasser im Keller bereits stand. Inzwischen reichte es vermutlich schon bis zu den Knien, und sie hoffte, es würde nicht mehr weiter steigen. Wenn der Keller volllief, war sie verloren, denn das Loch in der Wand, in das sie gekrochen war, befand sich an der dem Ausgang gegenüberliegenden Seite. Wenn sie sich nicht rechtzeitig davonmachte, würde sie hier unten ersaufen wie eine Ratte. Wobei die Ratten nicht mehr da waren. Sie hatten sich längst aus dem Staub gemacht.

Sie dagegen würde hierbleiben, beschloss sie plötzlich. Es war nicht schön, hier unten zu sterben, aber weiterzuleben war es auch nicht. Sie hatte Alice nicht gefunden. Sie fand überhaupt nichts mehr. Sie fand nicht mehr ins Leben zurück, oder vielleicht war es andersherum, das Leben fand sie nicht mehr, es suchte gar nicht nach ihr, sie war dem Leben egal. Alles ging weiter, die Leute räumten auf, kloppten Steine, um neue Häuser auf die Ruinen der alten zu bauen, klebten sich ein Lächeln aufs Gesicht, um ihre Fratzen, die sie jahrelang schamlos offenbart hatten, niemandem mehr zu zeigen. Neue

Gesichter für eine neue Zeit, kein Platz mehr für das Vergangene und kein Platz für die Opfer. Sie selbst waren jetzt die Opfer, denn hatten sie nicht so viel erdulden und ertragen und sich fürchten müssen? Waren sie nicht besiegt, sondern befreit worden vom Joch derer, die sie unterdrückt hatten? So machte man das. Nannte die Sieger, die man bis zum letzten Mann hatte bekämpfen wollen, einfach Befreier, ließ das Hässliche, das Feige und Gemeine einfach verschwinden. Der Albtraum war vorüber, doch man weigerte sich aufzuwachen, weigerte sich, in den Spiegel zu sehen. Stattdessen suchte man sich einfach einen neuen Traum. Den Traum vom Neuanfang. Für Fünfzehn jedoch gab es keinen Neuanfang. Sie gehörte nicht mehr dazu, befand sich längst schon in einem Zwischenreich, so, wie sie hier in dieser Mauer hockte, eingeklemmt zwischen da und dort, fast schon auf der anderen Seite.

Als graues Morgenlicht durch die offene Decke fiel, hörte der Regen abrupt auf. Es tropfte noch hie und da herunter, doch das Wasser im Keller stieg nicht mehr weiter, begann nach einer Weile sogar langsam wieder zu sinken. Von den Jungs in der Treppennische war nichts zu hören, offenbar waren sie eingeschlafen. Fünfzehn stellte sich vor, wie sie eng nebeneinander dalagen, wie die Sardinen in der Büchse, schmal, mit langen Gliedern, vielleicht hatte Blauauge einen Arm um Hosenscheißer gelegt, vielleicht lag sein Kopf auf Sommersprosses Bauch.

In dem Moment kamen sie. Schritte waren zu hören, das Geräusch von schweren Stiefeln, die durch Pfützen trampelten, die der Regen hinterlassen hatte. Es waren russische Soldaten, viele, sie kamen die Treppe heruntergestürmt, schrien etwas, und die Lichter ihrer Taschenlampen zuckten an den

Wänden entlang. Fünfzehn verharrte reglos unter ihrer Decke in dem Mauerloch, linste nur mit einem Auge über die Kante, in der Hoffnung, so unsichtbar zu bleiben, wie sie sich seit Langem fühlte. Sie rührte sich auch nicht, als die Soldaten die Jungs entdeckten, sie aus ihrer Nische herauszogen und mitnahmen. Das Letzte, was sie hörte, war Hosenscheißers entsetztes Kreischen und Blauauge, der die Soldaten Scheißkerle nannte, was sie vermutlich nicht verstanden. Dann war es still.

Fünfzehn blieb noch eine Weile reglos liegen. Als nichts mehr geschah, schälte sie sich langsam aus ihrer Decke und sah sich um. Inzwischen war es hell geworden. Das Wasser auf dem Boden war bis auf ein paar Zentimeter gesunken. Trüb und braun lag es träge im fahlen Morgenlicht, eine schlammige Pfütze, in der einige undefinierbare Gegenstände schwammen. Sie war nicht ertrunken, und die Soldaten hatten sie nicht entdeckt. Sie war zum Bleiben verdammt. Ihre Zuflucht war nicht mehr zu gebrauchen, ihre Gefährten fort. Doch sie war noch da. Schwerfällig robbte sie zum Mauerrand und ließ sich hinunter in die schmutzige Brühe. Das Wasser reichte ihr bis knapp über die Knöchel. Sie raffte ihre wenigen Habseligkeiten in ihre Decke, knotete sie zu einem Bündel und watete durch das Wasser hinüber zum Ausgang. Ihr Magen knurrte, was nichts anderes bedeutete, als dass ihr Körper weiterleben wollte. »Also gut. Eine Weile noch«, flüsterte sie und machte sich auf, um eine neue Bleibe und etwas zu essen zu besorgen.

Draußen schien alles wie immer. Nur die Männer vom Schwarzmarkt, die sich am Morgen immer in der Nähe des Brandenburger Tors herumtrieben, waren nicht zu sehen. Sie ging die Straße hinunter. An der Feldküche, die die Russen an der Ecke Friedrichstraße aufgebaut hatten, stand die übliche Schlange, in die sie sich schweigend einreihte. Es gab Graupensuppe, sogar mit kleinen Stücken fetten Specks. Als sie sich mit ihrem Teller einen Platz gesucht hatte und hungrig zu essen begann, gesellte sich eine Frau zu ihr. »Ich kenn dich«, sagte sie und hockte sich mit ihrem Teller neben sie. Unwillig blickte Fünfzehn auf. Sie mochte nicht von Fremden angesprochen werden. Meist wollten sie irgendetwas von einem, und sie hatte nichts zu geben. Doch die Frau kam ihr tatsächlich auch bekannt vor. Sie kniff die Augen zusammen, musterte sie genauer. Sie war jünger als sie, vielleicht vierzig, dunkelhaarig und ebenso mager wie sie selbst, mit knochigen Schultern und Augen, die tief in den Höhlen lagen. Aber sie kam nicht drauf, woher sie sie kannte.

»Du bist Babette«, sagte die Frau, und Fünfzehn zuckte zusammen. Seit Jahren hatte sie ihren Namen nicht mehr gehört. Sie war nur Fünfzehn gewesen. Die hinterste Tür der Baracke. Zu der die gingen, die bei keiner anderen untergekommen waren.

Die Frau lächelte schüchtern. »Du erinnerst dich nicht? Ich bin's, Frieda.«

»Frieda.« Sie nickte langsam. Frieda war mit ihr zusammen in Ravensbrück gewesen. Eine Hure wie sie selbst. Schwarzer Winkel auf der Häftlingskleidung, das bedeutete asozial. Sie waren keine Freundinnen gewesen, an solchen Orten gab es keine Freundschaften, aber nahe dran. Sie hatten einander an den Händen gehalten, wenn die Angst und die Verzweiflung zu groß wurden, und sich in der Nacht aneinander gewärmt.

»Frieda«, wiederholte Babette, die sich jetzt, nachdem sie ihren Namen zum ersten Mal seit Jahren wieder gehört hatte, urplötzlich nicht mehr als Zahl denken konnte, und ihr traten Tränen in die Augen. Frieda mit dem sanften Blick. Mit der leisen Stimme, ihr tröstende Worte ins Ohr flüsternd wie kostbare Geheimnisse.

»Du lebst noch«, flüsterte sie, und ihre Hände begannen so zu zittern, dass der Blechlöffel in der Suppenschale anfing zu klappern. Frieda stellte ihre eigene Suppenschale weg und kniete vor Babette nieder, hielt ihre Hände fest, bis sie zu zittern aufhörten. »Was ist mit dir passiert?«, fragte sie sanft, mit dieser Stimme, die Babette durch manche düstere Nacht in Ravensbrück gerettet hatte.

»Du warst damals einfach weg. Ich dachte, sie hätten dich umgebracht.«

Schlimmer, dachte Babette und spürte, wie die Tränen über ihr Gesicht rollten. Nach einer Weile räusperte sie sich und flüsterte mit heiserer Stimme: »Sie haben mich nach Sachsenhausen gebracht. Ich … ich wurde eine Prämie.« Und dann erzählte sie Frieda von dem Lagerbordell und den vierzehn anderen Frauen. Davon, dass sie Nummern bekommen hatten und ihnen verboten worden war, sich gegenseitig mit Namen anzusprechen, dass sie zunächst entlaust, gewaschen und mit etwas besserem Essen aufgepäppelt worden waren wie Gänse kurz vor Kirchweih, außerdem Seife, Duftwasser und jede einen eigenen Kamm bekommen hatten. Sie erzählte davon, dass sie zunächst nur kooperativen Häftlingen als besondere Vergünstigung angeboten worden waren, vor allem den Kapos, später auch allen anderen – als Arbeitsanreiz, um auch noch das Letzte aus ihnen herauszupressen. Den Männern wurden jeweils zehn Minuten gestattet – ausschließlich für Geschlechtsverkehr, Missionarsstellung, keine Unterhaltung, keine weitergehenden Berührungen. Arbeit im Akkord, zehn, zwanzig Häftlinge hintereinander. Sie erzählte von den Gucklöchern in den Türen, durch die die SS-Soldaten ihnen zusahen, und davon, dass einige von ihnen auch zu ihnen kamen, heimlich, in der Nacht. Sie kamen, um sich auch noch den letzten Rest ihrer Würde zu nehmen, ohne jede Regel und ohne jede Grenze. Sie erzählte von den Häftlingen, von denen, die gierig und gemein waren und sich dessen nicht schämten, und von den anderen, die Mitleid mit ihnen hatten und es nicht zu zeigen wagten, und schließlich von jenen, die so schwach waren, dass sich bei ihnen nichts mehr regte, und die leise weinten, als sie sich unter dem Auge hinter dem Guckloch auf sie legten und nur so taten.

Sie erzählte alles, zum ersten Mal, es sprudelte aus ihr heraus, sie konnte kaum mehr aufhören zu reden. Nur von den Ärzten, den Versuchen, den Abtreibungen und den toten Frauen erzählte sie nichts.

Frieda hörte schweigend zu, ohne Babettes Hände loszulassen. Als Babette am Ende angekommen war, fragte sie nur: »Und als ihr befreit wurdet?«

»Wir wurden nicht befreit. Als klar war, dass der Krieg aus ist und die Russen vor den Toren Berlins stehen, hat man uns zusammen mit den anderen Häftlingen, die noch laufen konnten, auf einen Marsch geschickt, irgendwo in Richtung Ostsee, bis auch die Aufseher abgehauen sind. Die Häftlinge, die das überlebt haben, haben nicht mit uns gesprochen. Manche von ihnen haben uns die bessere Behandlung, das bessere Essen nicht gegönnt, andere haben sich geschämt und konnten unsere Anwesenheit deswegen nicht ertragen. Wir haben uns auf eigene Faust durchgeschlagen, und so bin ich hier gelandet.«

Frieda presste ihren Mund zu einem wütenden Strich zusammen. »Wir dagegen wurden befreit.« Friedas Stimme klang bitter. »Man hat allen zu essen gegeben, ein Arzt ist gekommen. Aber wir, die mit dem schwarzen Winkel, galten dann irgendwie doch nicht als echte Opfer. Sie fanden, wir waren zu Recht eingesperrt gewesen. Ich wurde zur Zwangsarbeit verdonnert. Weil ich eine HWG-Frau bin, so sagten sie. Ich muss jetzt Steine schleppen, damit ich was zu essen bekomme und nicht in Friedenszeiten doch noch verhungere.«

Sie senkte den Blick, und Babette, die der Bewegung ihres Kopfes gefolgt war, betrachtete Friedas Hände, die rissig und voller Schrunden waren.

»Was bedeutet HWG-Frau?«, fragte Babette, und ihre Stimme klang fremd und brüchig in ihren Ohren.

»Frau mit häufig wechselndem Geschlechtsverkehr.«

Babette erwiderte nichts. Ihr Mund war trocken nach all dem ungewohnten Reden, sie fühlte sich insgesamt ausgetrocknet, leer und staubig wie ein verlassenes Haus. Behutsam befreite sie sich aus Friedas Griff und stellte den Teller mit der halb aufgegessenen Graupensuppe beiseite. Der Appetit war ihr vergangen.

»Wo wohnst du?«, fragte Frieda.

»Nirgends«, gab Babette zurück. »Bin nur auf der Durchreise.«

»Dann musst du zum Schlesischen Bahnhof gehen«, sagte Frieda, plötzlich mit neuem Eifer. »Ich hab gehört, da soll es neuerdings wieder eine Bahnhofsmission geben. Ein Mann, der gestern dort mit dem Zug angekommen ist, hat mir davon erzählt.« Frieda legte den Kopf schief und sah Babette an. »Du hast mir doch mal von der Mission erzählt und dass die Frauen dort dir geholfen haben, als du als junges Mädchen in Schwierigkeiten warst.«

Babette nickte, und ihre Gedanken wanderten fort, weit fort, in eine Zeit, wo alles noch vor ihr gelegen hatte und sie noch voller Hoffnung gewesen war. »Schlesischer Bahnhof, sagst du?«

»Ja!«, erwiderte Frieda. »Der Mann meinte, es wären Frauen dort, die zusammen mit den russischen Soldaten Tee und Essen verteilen und sich um die Menschen kümmern. Sogar ein Arzt wäre dabei. Es sind christliche Frauen, keine vom Amt oder der Ausgabestelle für Lebensmittelkarten. Dort fragt dich niemand, wer du bist.«

Babette dachte an das Buch in ihrem Bündel und stand auf. Eine letzte Chance, Alice zu finden. Danach würde sie aufhören. Sich irgendwo hinlegen und für immer vergessen, dass sie Nummer fünfzehn gewesen war.

19

»Und? Wie war's?«

Trude hatte schon vor acht Uhr morgens an ihrer Tür geklingelt, was so gut wie nie vorkam, höchstens, wenn eines ihrer Kinder Fieber hatte oder Brechdurchfall oder beides und sie sich nicht mehr zu helfen wusste.

Alice hatte schon gefrühstückt, ein geröstetes Brot mit Zucker und eine Tasse Tee, und steckte sich gerade die Haare hoch – vor dem Spiegel im Flur, weil das Bad besetzt war. Jetzt stand ihre Freundin neben ihr am Spiegel, eine Zigarette zwischen den langen, dünnen Fingern, und verdrehte die Augen, als aus dem Badezimmer ein lautes Gurgeln, Husten und schließlich ein unappetitliches Würgen ertönte.

»Meine Güte, diese Frau klingt wie ein Walross kurz vorm Ersticken«, raunte sie, an Alice' Spiegelbild gerichtet. Alice, den Mund noch voller Haarklammern, musste schmunzeln. Sie wusste nicht genau, was Erna Grahl trieb, wenn sie jeden Morgen das Badezimmer für mindestens eine Stunde besetzt hielt, es klang jedoch nicht sehr gesund. Erna Grahl selbst nannte es »Schönheitspflege«.

Sie nahm die Haarklammern aus dem Mund, eine nach der anderen, und steckte sie fest. Alice hatte sich nie überwinden können, sich entsprechend der aktuellen Mode die Haare zu einem Bubikopf oder wenigstens schulterlang abzuschneiden, um sie dann in Locken und Wellen gelegt oder mit Kämmen seitlich festgesteckt zu tragen, so wie man es auf den Filmplakaten bei den Schauspielerinnen, vor allem den amerikanischen, sehen konnte. Sie trug ihre Haare seit ihrer Jugend zu einem lockeren Dutt aufgesteckt. Das war keiner Mode geschuldet, sondern der puren Notwendigkeit, weil Alice' Haare so störrisch waren, dass man sie anders kaum bändigen konnte. Noch immer flachsgelb und dazu kraus wie ein explodierter Wischmop. Ganz egal, wie stramm sie sie nach hinten zu kämmen versuchte, sie entwischten ihren Händen immer wieder, eigensinnige Strähnen stahlen sich aus dem Griff jedes Haargummis und jeder Haarnadel, kaum dass sie sie befestigt hatte, sodass es gleich vernünftiger war, sie gar nicht erst allzu sehr zu züchtigen.

»Jetzt red schon!«, insistierte Trude, die jetzt, nachdem sicher war, dass Alice unbeschadet von ihrem Treffen mit dem russischen Oberst nach Hause gekehrt war, ihre Neugier kaum mehr im Zaum halten konnte.

Während Alice überlegte, was sie antworten sollte, betrachtete sie das Ergebnis ihrer Bemühungen im Spiegel und strich noch einmal mit beiden Händen ihre Haare glatt. »Wie gesponnenes Licht«, platzte sie schließlich heraus, noch bevor sie richtig nachgedacht hatte.

»Was?« Trude starrte sie verständnislos an.

»Er hat gesagt, ich hätte Haare wie gesponnenes Licht.« Alice hielt ihren Blick fest auf den Spiegel geheftet, um Trude nicht ansehen zu müssen. Bevor sie es selbst in ihrem Spiegelbild sehen konnte, spürte sie, wie ihr die Röte ins Gesicht stieg. »Er meinte, ich sei eine Person wie aus Licht und Sonne gemacht …« Sie lachte verlegen auf, und die Röte vertiefte sich. Es klang aber auch alles zu albern.

»Oh weia.« Trudes Blick traf den ihren im Spiegel, und Alice konnte die Verblüffung sehen, die darin lag und die ihrer eigenen Verwirrung glich.

»Ich muss los!«, sagte sie hastig, um das Thema nicht weiter zu vertiefen. Sie nahm ihre Handtasche und wandte sich zum Gehen, während aus dem Badezimmer noch immer Wasserplätschern und kehliges Gegurgel drangen. Sie hoffte, Erna Grahl würde das Wasser, das sie verbrauchte, anschließend wieder auffüllen. Das letzte Mal, als sie die Kinder mindestens eine Stunde lang gebadet hatte, waren die Eimer danach leer geblieben. Sie hatte nichts gesagt, doch ihrer Tochter war es aufgefallen, als Alice mit den gefüllten Eimern zurück in die Wohnung gekommen war, und sie hatte sich tausend Mal entschuldigt, während Erna Grahl so getan hatte, als bemerkte sie es nicht. Danach hatte sie hören können, wie sie Helene offenbar Vorwürfe machte. Wortfetzen wie »unterwürfig« und »brauchen uns nicht zu demütigen« waren aus dem Zimmer gedrungen, und Alice war kurz versucht gewesen, hineinzugehen und den Hochmut der alten Frau ein wenig zurechtzustutzen, hatte es aber dann sein lassen. Sie kommt mit der Situation einfach nicht zurecht, hatte sie sich gesagt, doch es war dennoch ein schales Gefühl bei ihr zurückgeblieben, das dazu führte, dass ihr die bei ihr einquartierte Familie noch mehr auf die Nerven ging als ohnehin schon.

Jetzt verließ Alice wortlos die Wohnung. Ihre Freundin lief ihr hinterher und ging mit ihr gemeinsam die Treppe hinunter. »Hast du schon gehört?«, fragte sie unten an der Haustür, und als Alice den Kopf schüttelte, deutete sie mit dem Kinn in Richtung der Souterrainwohnung der Krauses. »Der Krause hat eine Vorladung bekommen. Entnazifizierung. Jetzt hat er Angst, dass die Russen ihn in den Gulag stecken.«

Alice blieb stehen. »Meinst du wirklich, das würden sie tun?«

Trude nickte. »Verdient hätte er es auf alle Fälle, findest du nicht?«

Alice dachte an die Familie Winterfeld, die nicht wiedergekommen war und von der man annehmen musste, dass sie tot war, die Eltern, zwei kleine Mädchen und ein etwas älterer Junge. Und all die anderen aus ihrer Straße, die die Gestapo im Lauf der Jahre abgeholt hatte. Hatten die Krauses etwas mit ihrer Verhaftung zu tun gehabt? Wahrscheinlich. Zögernd nickte sie. »Vermutlich schon.«

Die Bilder aus den Lagern fielen ihr wieder ein, die ausgemergelten Toten, nackt, aufgestapelt wie Brennholz, und sie nickte noch einmal, energischer dieses Mal. »Ja, er hat es verdient.« Sie spürte wieder dieses Unbehagen in der Magengegend, eine flaue, unangenehme Leere, die sie schon seit einer ganzen Weile immer dann überfiel, wenn sie an den Krieg und die Zeit dachte, die hinter ihnen allen lag. Manchmal kam es ihr wie ein böser Spuk vor, Hitler, Goebbels, Göring und wie sie alle geheißen hatten, fast unwirklich, ein Albtraum, aus dem sie alle benommen und verwirrt erwacht waren, und dann wieder hatte sie das Gefühl, durch einen dunklen Teich zu waten, während um sie herum eine Leiche nach der anderen an die Oberfläche stieg. Ein dunkler, tiefer Teich voller Leichen, das war aus ihrem Land geworden. Und so würde es bleiben, auch wenn man irgendwann wieder damit anfing, auf der Wasseroberfläche mit Ruderbooten umherzupaddeln und sich die Sonne ins Gesicht scheinen zu lassen. Doch wehe dem, der die Hand allzu sorglos ins Wasser hängen ließ. Und wehe dem, der es wagen sollte, einmal hinabzutauchen bis auf den Grund.

Es war kompliziert, und deshalb erschien es ihr trotz allem Verständnis und aller Sehnsucht nach Vergeltung auch zu einfach, Auge um Auge, Zahn um Zahn. War es denn durch Vergeltung erledigt? War damit der Gerechtigkeit Genüge getan? Konnte man so die aus den Fugen geratene Welt wieder geraderücken? Oder war Gerechtigkeit angesichts der Unbegreiflichkeit der begangenen Verbrechen nicht vielmehr auch nur eine Illusion? Ihr kam es manchmal so vor, als sei die Gerechtigkeit auch gestorben, untergegangen mit all den Toten, denen niemand beigestanden hatte, nicht die Menschen, nicht Gott, einfach niemand.

»Hörst du mir eigentlich zu?«, wollte Trude wissen und schnippte den Stummel ihrer Zigarette hinaus auf die Straße.

»Entschuldige, was hast du gesagt?«, fragte Alice und wandte sich Trude wieder zu. Sie war abgeschweift, was ihr in letzter Zeit immer häufiger passierte. Ihr Geist wanderte von den realen Dingen fort, stellte sich immer größere Fragen, die sie jedoch nicht beantworten konnte.

»Ich habe gesagt, dass Waltraud Krause mich nach einem Persilschein für ihren Mann gefragt hat.«

Persilschein nannte man Erklärungen, die jemand vorbringen konnte, um einen anderen von Vorwürfen, ein Nazi gewesen zu sein, zu entlasten. Da hatten plötzlich eine ganze Menge Leute irgendwann irgendeinem alten Juden über die Straße geholfen oder in der Tram einen Sitzplatz angeboten. Da prahlten Leute plötzlich damit, ihren Kindern Klavierunterricht bei einer jüdischen Lehrerin bezahlt und stets beim jüdischen Gemüsehändler um die Ecke eingekauft zu haben.

Davon, dass sie ihre Kinder schon vor dreiunddreißig nicht zum Spielen zu den jüdischen Klassenkameraden gelassen hatten, wollten sie nichts mehr wissen, ebenso wenig wie von den Steinen in ihren Händen während der Reichskristallnacht.

»Was hast du Waltraud Krause geantwortet?«, wollte Alice wissen.

»Dass mein Kurt wegen den Scheißnazis in einem Krieg kämpfen musste, den er nicht gewollt hat, und vermutlich längst irgendwo tot im Graben liegt, während die Krauses in Saus und Braus gelebt haben, weil ihr Mann diesen Schurken so tief in den Arsch gekrochen ist, dass nichts mehr von ihm zu sehen war, und sie es daher nicht noch mal wagen sollte, mich nach so was zu fragen.« Jetzt verschränkte sie die Arme und sah Alice prüfend an. »Gefällt er dir?«

»Was?«, fragte Alice, überrumpelt von dem plötzlichen Themenwechsel.

»Der Russe.«

»Quatsch! Der interessiert mich doch überhaupt nicht!«, wehrte Alice ab.

Trude kniff die Augen zusammen, und ihr Blick bekam etwas Triumphierendes. »Er gefällt dir!«, stellte sie fest. »Du siehst ganz anders aus, wenn du von ihm redest.«

»Das ist kompletter Blödsinn, und das weißt du auch!«, fuhr Alice sie an. »Es geht mir einzig und allein um die Bahnhofsmission.«

»Selbstverständlich«, erwiderte Trude trocken, und Alice sah sie misstrauisch an. »Du glaubst mir nicht?«

Trude hob in einer entwaffnenden Geste die Hände. »Doch, doch, ich glaub dir, dass es dir nur darum geht. Eigentlich. Aber dem russischen Oberst, meine Liebe, dem geht's um ganz was anderes, und ich bin mir nicht sicher, ob er dich nicht doch noch rumkriegt. Ich sag nur: gesponnenes Licht!«

Alice schüttelte den Kopf. »Unsinn! Ich bin schon viel zu alt für so was.«

Trude lachte auf. »Für die Liebe ist man nie zu alt.«

»Liebe? Ich bitte dich!« Alice schnaubte verächtlich. Das ging ihr nun wirklich zu weit. »Jetzt wirst du albern.«

Sie lief die Treppen vom Eingang hinunter auf die Straße, und Trude folgte ihr immer noch, nicht im Mindesten beleidigt von Alice' harscher Abfuhr. Sie hatte ihr Einkaufsnetz dabei und würde wie jeden Tag ihre Runde beim Bäcker beginnen und versuchen, möglichst viel zu essen für sich und ihre Kinder zu ergattern, was mindestens den halben Tag in Anspruch nahm.

Sie traten auf die Straße. Es war überraschend kühl. In der Nacht hatte es ein heftiges Gewitter gegeben, das die drückende Schwüle der letzten Tage weggeweht hatte. Dafür waren der Bürgersteig, auf dem größtenteils das Pflaster fehlte, und die von Schlaglöchern übersäte Straße voll mit schlammigen Pfützen, in denen sich der blassblaue Himmel spiegelte. Alice war froh, ihre groben Arbeitsschuhe zu tragen, denn auf dem Weg zum Bahnhof würden sie nass und schmutzverkrustet werden.

Ungeachtet der Morgenfrische und der zahlreichen Pfützen spielten schon Kinder auf der Straße. Im Grunde sprangen dort ständig Kinder herum, vom ersten Tageslicht an bis es abends dunkel wurde. Sie kletterten in den Ruinen, spielten Räuber und Gendarm, bauten Lager und sammelten Granatsplitter. Manchmal schlugen besonders Unerschrockene mit einem Stein oder Hammer auf gefundene Munition. Bei der grellen Stichflamme, die dann zischend emporschoss, kreischten alle Zuschauer in wohligem Schaudern auf. Das Spiel heute Morgen war zum Glück harmloser. Die beiden bezopften Mädchen der Bäckerfamilie, sechs und acht Jahre alt, und zwei identisch rothaarige Jungen etwa im selben Alter, die zu einer der einquartierten Familien im Nachbarhaus gehörten, hockten am Straßenrand und starrten konzentriert in Richtung Bordsteinkante. Sie spielten »Klimpern«. Nacheinander schnippten sie Pfennige so nahe wie möglich an die Bordsteinkante. Wer der Kante am nächsten kam, hatte gewonnen und bekam die Münzen am Ende der Runde. Das Spiel wurde von zahlreichen Kommentaren, Johlen und Lachen begleitet. Eines der Mädchen hatte eine verbeulte Blechbüchse dabei, die mit irgendetwas Scheppperndem gefüllt war, und schüttelte sie jedes Mal heftig, wenn eine Runde zu Ende war. Alice kannte das Spiel von Trudes Tochter Elsie, die es ihr zusammen mit Alfred in den letzten Tagen des Kriegs im Keller beigebracht hatte. In ihrer eigenen Kindheit hatte es solche Spiele nicht gegeben. Ihre Mutter wäre glatt in Ohnmacht gefallen, wenn sie und Constanze sich in ihren hübschen Kleidern auf die Straße gesetzt hätten, um Münzen irgendwohin zu schnippen. Alice blieb einen Moment stehen und betrachtete die Gruppe. Die Mädchen trugen Kleidchen, die bereits etwas zu knapp waren, und zu weite, löchrige Strickjacken darüber, und die Jungen kurze Hosen mit Hosenträgern. Alle hatten schlammverkrustete Knie, schmutzige Hände und offensichtlich großen Spaß. Alice musste unwillkürlich lächeln. Für die Kinder war die Stadt ein einziger Abenteuerspielplatz. Die Eltern hatten kaum Zeit, sich um sie zu kümmern, daher waren ihre Sprösslinge meist sich selbst überlassen, streunten wie Alfred über die Schwarzmärkte, bauten wie Elsie Puppenhäuser aus Steinen, Holzresten und anderen Fundstücken, spielten zwischen den Trümmern und wirkten trotz allem fröhlich, ja geradezu unbeschwert. Ihr wurde plötzlich ganz unerwartet leicht ums Herz. Vielleicht hatte Oberst Wolkow gestern ja tatsächlich recht gehabt. Sie hatte wirklich versucht, ihn zu verstehen, doch es war ihr nicht gelungen, ihre Bitterkeit zur Gänze abzustreifen. Aber in diesem Augenblick, beim Anblick der kleinen Rasselbande, begann sie zu ahnen, was er gemeint hatte: Man musste das Leben feiern. Gerade jetzt. Gerade hier. Die Kinder machten es vor. Ach, wenn ihr das doch nur auch gelänge! Sie hob das Gesicht einen Moment in den Himmel, der sich weit und leuchtend in der Morgensonne über der Stadt wölbte, und atmete tief ein. Sie würde es versuchen, nahm sie sich vor. Heute würde sie versuchen, die Welt mit freundlicheren Augen zu betrachten. Als sie wieder zur Straße sah, wo Trude sie noch immer mit diesem forschenden, leicht amüsierten Blick musterte – was um Himmels willen glaubte sie zu sehen? Sie war mit diesem Russen schließlich nur essen gewesen! –, ging gerade ein Mann in gebückter Haltung mit einem Handkarren vorbei, auf dem Lumpen aufgetürmt waren. Er trug einen verbeulten schwarzen Hut und war ärmlich gekleidet. Sie konnte seine Ausdünstungen nach Schweiß, ungewaschenen Kleidern und billigem schwarzen Tabak riechen. Ein magerer, kleiner Hund lief treuherzig wedelnd neben ihm her.

In dem Moment kam ein Auto mit bis zu den Zähnen bewaffneten russischen Soldaten aus der Ferchower Straße gebogen. Sie hielten den Mann auf und begannen ohne weitere Erklärung damit, den Handkarren zu durchsuchen. Dabei warfen sie die Lumpen achtlos auf die Straße. Es war überwiegend abgetragene Kleidung, wie man jetzt sehen konnte, alte Pelz- und Uniformmäntel, Hosen, Jacken, Damenkleider, aber auch Wolldecken, Schals, verblichene Vorhänge. Vielleicht war der Mann ein Schneider, der daraus Neues nähte, oder er hatte vor, sie zu verkaufen. Alice und Trude blieben stehen und beobachteten die Szene. Immer mehr von der Ladung aus dem Karren fiel in die schmutzigen Pfützen, und der Mann rief erbost: »Was soll dit? Was wollt ihr von mir?«

Als er auf einen der Soldaten zutrat, stieß dieser den Mann grob beiseite, und der kleine Hund begann aufgeregt zu bellen. Wie beiläufig zog der Soldat eine Pistole, zielte auf den kleinen Hund und drückte ab. Ein Schuss zerriss die Luft, Menschen schrien auf, die Kinder, die gerade noch gespielt hatten, kreischten in Panik, jemand begann zu weinen. Gleichzeitig mit dem Schuss jedoch prallte der Soldat zurück, als habe ihn selbst etwas getroffen. Der Hund bellte weiter, jetzt so aufgeregt, dass sich seine Stimme fast überschlug. Dann bückte sich der Soldat und hob etwas auf. Eine Handtasche aus rotem Leder, die ihn im Moment des Schusses am Kopf getroffen hatte und jetzt vor ihm im Matsch lag. Alice spürte, wie Trude ihren Arm packte und so fest umklammerte, dass es wehtat.

Der Soldat hob die Tasche in die Höhe und sah sich betont langsam um. Die ganze Straße schien die Luft anzuhalten, niemand machte auch nur einen Mucks. Sein Blick hielt bei Alice und Trude inne, und Alice spürte, wie ihre Knie weich wurden. Sie hatte ohne nachzudenken gehandelt. Die Tasche war ihr wie von selbst aus der Hand geglitten, als der Soldat auf das Hündchen gezielt hatte. Doch sie schüttelte Trudes Arm ab, trat einen Schritt nach vorne und sagte: »Das ist meine Tasche. Danke, dass Sie sie aufgehoben haben.« Ihre Stimme zitterte mehr, als ihr lieb war, während sie mit einem missglückten Lächeln hinzufügte: »Sie muss mir irgendwie aus der Hand gerutscht sein.«

Sie schüttelte den Kopf, wie um ihre Ungeschicktheit zu entschuldigen, und streckte die Hand nach der Tasche aus. Der Soldat fixierte sie, und in seinen Augen konnte sie Wut, aber auch eine gewisse Unschlüssigkeit erkennen. Erst nach einer gefühlten Ewigkeit reichte er ihr die Handtasche.

»Spasíbo.« Sie griff danach und machte rasch ein paar Schritte zurück. Der Mann mit dem Karren hatte inzwischen seinen kleinen Hund hochgehoben und hielt ihn fest umklammert vor seiner Brust. Das Tier hatte zu bellen aufgehört. Der Soldat bedachte ihn mit einem knappen Blick, dann nickte er seinen Kollegen zu und knurrte: »Dawai.« Sie stiegen zurück in ihr Auto und fuhren kommentarlos weiter. Alle guckten ihnen stumm hinterher. Der Mann mit dem Karren erwachte als Erster aus seiner Erstarrung. Ohne sein Hündchen loszulassen, begann er in fliegender Eile, die herumliegenden Kleidungsstücke wieder auf den Karren zu werfen. Die Leute, die um ihn herumstanden, sahen ihm dabei zu, aber niemand kam ihm zu Hilfe. Am Schluss setzte er seinen Hund auf den weichen Haufen und griff nach der Deichsel. Er hob seinen Hut und nickte Alice mit einem kleinen, zahnlosen Lächeln scheu und dankbar zu. Alice erwiderte sein Lächeln, hatte jedoch Mühe, das Zittern in ihren Beinen zu unterdrücken. Dann, nachdem der Mann mit seinem Karren weitergegangen war, rief jemand von der anderen Straßenseite zu ihr herüber: »Du dämliches Weibsstück! Hättste uns fast alle umjebracht, wegen 'nem räudigen Köter!« Andere murmelten zustimmend, darunter, wie Alice jetzt sehen konnte, auch Heide Prittwitz und Hermann Olsen, die mit ihnen zusammen im Keller das Kriegsende abgewartet hatten. Die beiden standen in der Schlange vor dem Keller des Bäckers und starrten missbilligend zu ihr herüber. Alice hob den Kopf und erwiderte ihren Blick. Ihr Kinn zitterte vor Erregung und Wut.

»Ich muss los«, sagte sie gepresst in Trudes Richtung, ohne den Blick von den beiden Nachbarn abzuwenden. Schließlich wandten die beiden den Kopf ab. Heide Prittwitz sagte leise etwas in Hermann Olsens Richtung und begann, an ihrem Kleid zu zupfen, während Olsen mit der Schuhspitze in einer Pfütze herumpulte.

»Wilma wartet auf mich.« Alice' Augen brannten, das Hochgefühl, das sie gerade eben noch durchströmt hatte, war verflogen. Doch sie durfte jetzt nicht weinen, nicht vor all den Leuten.

»Alice …«, begann Trude zögernd, doch sie winkte ab. »Alles gut! Alles gut!«, stieß sie hastig hervor und ging los, den Kopf noch immer erhoben, die Lippen fest zusammengepresst, während ihr die Tränen über das Gesicht liefen.

»Meine Jüte, du siehst aus, als wär glatt mal jemand jestorben!«, rief Wilma Tietze in einer Anwandlung schwarzen Humors, als Alice sie bei ihrem ausgebombten Laden abholte. »Is wat passiert?«

Alice schüttelte den Kopf. »Alles gut«, wiederholte sie zum dritten Mal diese beiden Worte, die wie Hohn in ihren Ohren klangen. Wie sollte sie Wilma die Erschütterung erklären, die sie gerade eben erfasst hatte? Die Erschütterung über die Rohheit, die Gleichgültigkeit und Kaltherzigkeit der Menschen, egal, ob Soldat oder Zivilist, und die Erkenntnis, dass nicht einmal Krieg, Tod und bittere Not mehr Mitgefühl in die Welt zu bringen vermochten, sondern vielmehr das Gegenteil der Fall war. Sie zwang sich zu einem Lächeln. »Es ist nur der Staub überall. Er macht meinen Augen zu schaffen.«

Sie wischte sich mit dem Zipfel ihres Blusenärmels über die Augen.

»Dit kann ick verstehen.« Wilma nickte. »Ick spür den Dreck sogar zwischen den Zähnen, immer morjens, nach'm Uffstehen. Der is überall, wat man auch macht.« Sie bückte sich und hob eine Tasche hoch, die neben ihr stand und offensichtlich nicht ganz leicht war. Alice griff nach dem zweiten Henkel. »Was ist da drin?«

»Weiße Farbe. Hatt ich übrig. Mein Mann hat noch die Stube gestrichen, auf Heimaturlaub, kurz bevor er jefallen ist. Ick hab mir jedacht, dit könnten wir jebrauchen. Wir sollten *Bahnhofsmission* auf die Kaue schreiben, damit die Leute, die ankommen, sehen, wer wir sind und wo se hinkommen können.«

»Gute Idee!«, stimmte Alice zu und spähte in die Tasche. Neben einem großen Topf Farbe und einem langen Pinsel waren dort auch noch Kleider verstaut, ordentlich zusammengelegt.

»Und die Kleider?«, fragte sie, während sie gemeinsam die Straße entlang Richtung Schlesischem Bahnhof wanderten, immer den Pfützen ausweichend.

»Dit ist 'n Jackett, ne Hose und 'n paar Hemden, Socken und Unterwäsche von meinem Erwin. Braucht er ja nich mehr, und ick dachte, der Herr Doktor, der uns hilft, könnte die Sachen vielleicht jebrauchen. Er sieht aus, als würde er schon seit 'n paar Wochen in die Klamotten schlafen, die er trägt. Nich, dass er selber noch Läuse kriegt.«

Alice war gerührt. Sie wusste, wie schwer es Wilma fiel, sich von den Sachen ihres gefallenen Mannes und ihrer Söhne zu trennen. Sie hatte es ihr erst gestern auf dem Heimweg erzählt. »Ick geh durch die Wohnung und fass all die Sachen an«, hatte sie gesagt, und ihr breites Gesicht hatte sich in grimmigem Schmerz verzogen. »Ick muss dit immer wieder alles mit meinen Händen fühlen. Wenn nüscht mehr da ist, wat Erwin und meine Jungs anjefasst, jesehen, jetragen haben, dann sind se für immer fort.«

Sie griff nach Wilmas Arm. »Erwin würde sich sicher darüber freuen, dass jemand seine Sachen bekommt, der anderen Leuten hilft.«

Wilma nickte. »Dit glob ick och. Und er würde lachen, wenn er wüsste, dass seine alten Hosen jetzt 'n Studierter trägt, 'n feiner Herr Doktor sogar.«

20

Als sie den Bahnhof betraten, erwartete sie eine Überraschung. Neben Leutnant Nikitin, Kramm und Marthe standen dort auch Gerda und zwei weitere, noch recht junge Frauen aus der Zwangsarbeitertruppe. Nikitin hatte also Wort gehalten und ihre Bitte weitergeleitet. Alice atmete auf. Jetzt waren sie schon doppelt so viele wie gestern, das würde einen großen Unterschied machen. Als Alice näher kam, fiel Gerda ihr stürmisch um den Hals. »Danke!«, rief sie. »Das werde ich dir nie vergessen.«

Alice wollte sie schon brüsk von sich schieben, doch dann erinnerte sie sich an ihren Vorsatz von heute Morgen und ließ die Umarmung geschehen. Mehr noch, fast ohne es zu wollen, legten sich ihre Arme auf Gerdas schmalen Rücken und tätschelten ihn kurz, bevor sie sich wieder von ihr löste. »Diese Arbeit hier ist wichtiger als Steine schleppen«, sagte sie knapp. »Deshalb habe ich darum gebeten, euch hier einzusetzen.«

Gerda nickte atemlos, mit gerötetem Gesicht. »Natürlich!«, rief sie und lächelte so glücklich, dass Alice verlegen wurde. Hastig wandte sie sich ab und nickte Leutnant Nikitin zu. Er erwiderte ihren wortlosen Dank ebenfalls mit einem Nicken.

Nicht nur Gerda, auch der »feine Herr Doktor« freute sich, als er von der Metzgerswitwe die Kleider ihres gefallenen Mannes überreicht bekam. So schnell es mit seinem lahmen Fuß ging, humpelte er damit zu der Kaue, um sich umzuziehen. Als er zurückkam, frisch rasiert und in sauberen Kleidern, sah er völlig verändert aus. Aus dem verwilderten Landstreicher war ein ziemlich gutaussehender Mann um die vierzig geworden.

»Meine Jüte, sehen Sie schnieke aus. Hätt ick mir nich jedacht, dass Sie so 'n schöner Mann sind!«, platzte Wilma heraus, und eine der jungen Zwangsarbeiterfrauen kicherte. »Schönen Dank auch, Frau Tietze.« Kramm machte eine kleine Verbeugung in Wilmas Richtung, und seine blauen Augen blitzten vergnügt. Er hatte sich einen kleinen Schnurrbart stehen lassen, ansonsten war er glatt rasiert, die Haare feucht und streng gescheitelt, das gestärkte Hemd ordentlich in die Hosen gesteckt. »Sie haben ein Herz aus Gold!«

»Ach, hören Se doch uff, Herr Doktor!«, wehrte Wilma verlegen ab. »Dit is doch selbstverständlich.«

Er schüttelte den Kopf. »Nichts ist heutzutage mehr selbstverständlich. Sie haben sich Ihre guten deutschen Tugenden bewahrt.«

Alice hob die Brauen. »Es ist noch nicht lange her, da zählte ein goldenes Herz ganz und gar nicht zu den deutschen Tugenden«, sagte sie trocken. »Ich erinnere mich da eher an ›zäh wie Leder, hart wie Kruppstahl‹ …«

Gregor Kramm blinzelte überrascht, und Wilma warf ihr einen irritierten Blick zu. Offenbar war ihr Ton recht schroff gewesen.

»Ja, das … war eine schreckliche Verirrung«, gab er ihr hastig recht. »Aber die aufrechte deutsche Seele konnte es dennoch nicht zerstören, nicht wahr? Darum sind Sie ja auch hier und helfen.«

»Ich helfe ganz sicher nicht um meiner aufrechten deutschen Seele willen«, stellte Alice klar. »Ich glaube nicht, dass es so etwas überhaupt gibt. Mitgefühl sollte etwas sein, das allen Menschen gemein ist.«

Gregor Kramm lächelte. »Wohl wahr. Meine Äußerung sollte auch nur ein Kompliment für Frau Tietze sein, nichts weiter.« Er hob entwaffnend die Arme. »Lassen Sie uns doch einfach an die Arbeit gehen. Es gibt schließlich genug zu tun, oder nicht?«

Alice nickte und fühlte sich etwas unbehaglich. Wilmas Blick sagte ihr, dass sie ganz und gar nicht damit einverstanden war, wie Alice Gregor Kramm wegen seiner Bemerkung angegriffen hatte. Sie verstand selbst nicht recht, weshalb sie unbedingt etwas darauf hatte erwidern müssen. Es war nur so ein dahingesagter Spruch gewesen. Die Menschen redeten noch immer so, deutsche Tugenden, deutsche Seele … und dachten sich nichts dabei. Es war ihnen schließlich auch jahrelang Tag für Tag eingeimpft worden. Für Alice jedoch waren Bemerkungen dieser Art inzwischen unerträglich. Es verursachte ihr beinah körperliche Schmerzen, sie hören zu müssen, weil für sie manche Dinge schlichtweg unsagbar geworden waren. Nicht nur die Menschen, auch die Sprache hatte mit den Nationalsozialisten ihre Unschuld verloren. Unwiederbringlich.

Andererseits, war das jetzt gerade, hier an diesem Ort, an dem sie alle einfach nur helfen wollten, wirklich so wichtig? Konnte sie nicht einfach mal den Mund halten?

»Natürlich«, sagte sie deshalb hastig. »Es gibt genug zu tun.«

Und das gab es wahrhaftig. Von den Menschen, die gestern angekommen waren, hatten eine Vielzahl hier auf dem Bahnsteig übernachtet, entweder weil sie verletzt oder zu entkräftet gewesen waren, um weiterzuziehen, oder weil sie keinen Ort hatten, an den sie gehen konnten. Zusammen mit Wilma und Gregor Kramm teilten sie die drei neuen Helferinnen ein, sie sollten gemeinsam mit Wilma die Menschen mit Tee, Wasser und Nahrung versorgen und die Namen und Adressen der Neuankömmlinge aufnehmen, während sich Alice aufgrund ihrer Kenntnisse in der Krankenpflege mit Kramm um die Kranken und Verletzten kümmern wollte. Leutnant Nikitin hatte auf Alice' Bitte hin noch ein Feldbett, einen Tisch und zwei Stühle herbeigeschafft, sodass sie jetzt auch ihre provisorische Krankenstation einrichten konnten. Marthe hatte gestern noch angeboten, aus dem Pfarrhaus Laken und Decken mitzubringen, um einen Sichtschutz zu bauen. »Der Pfarrer merkt dit nicht, wenn wir zwee Laken weniger haben«, hatte sie augenzwinkernd gemeint. Sie waren gerade dabei, Wasser an die Menschen zu verteilen, als Marthe auch schon eintraf. Zu Alice' Überraschung wurde sie von mehreren Frauen begleitet, und sie alle schleppten Körbe und Taschen mit sich.

»Schöne Grüße von Herrn Pfarrer Gellert!«, rief Marthe schon von Weitem, während sie mit einem riesigen Korb im Arm auf Alice zukam. Ihr rundes Gesicht war gerötet, Strähnen ihrer grauen Haare klebten ihr an Stirn und Schläfen, doch sie strahlte, was Alice erleichterte. Marthe war schon früher in der Bahnhofsmission ein Fels in der Brandung gewesen, und obwohl so viele Jahre vergangen waren, schien sie nichts an Energie und Tatendrang verloren zu haben. »Is dit ne Affenhitze«, stöhnte sie, während sie ihren Korb abstellte und sich über die schweißnasse Stirn wischte. Es war tatsächlich schon wieder drückend warm. Die erfrischende Kühle am Morgen nach dem Gewitter war längst verflogen, sicher würde das Thermometer heute noch bis an die Dreißig-Grad-Marke steigen. Auf den durch das fehlende Dach völlig ungeschützten Bahnsteig brannte bereits jetzt die Sonne unbarmherzig. Die dort lagernden Menschen hatten sich weiter in die Ruinen zurückgezogen, wo Reste der Überdachung und ein paar intakte Säulenbögen für etwas Schatten sorgten. Wenn das Wetter weiter so blieb, würden sie für irgendeinen behelfsmäßigen Sonnenschutz sorgen müssen, damit die ohnehin schon völlig überhitzten und durstigen Ankommenden aus den Zügen keinen Hitzschlag erlitten. Alice machte sich im Geiste eine Notiz, sie wollte Leutnant Nikitin später darauf ansprechen, und trat zu Marthe und den anderen Frauen, um beim Auspacken der mitgebrachten Körbe und Taschen zu helfen. Die alte Köchin stellte ihr die Neuankömmlinge vor. »Dit sind die Damen vom Gebetskreis Spandauer Vorstadt und aus der Kleidersammelstelle. Sie haben zusammen mit Pfarrer Gellert beschlossen, uns zu helfen.« Sie hob das gestärkte Handtuch, das über ihrem Korb lag, und Alice sah eine Menge frische, mit Schmalz bestrichene Brötchen. Zwei der Damen schwankten unter einem großen Korb mit Äpfeln und Flaschen mit selbstgemachtem Apfelsaft, den sie zu zweit trugen, und wieder eine andere hatte kleine, runde Zuckerkuchen mitgebracht, »für die Kleenen«, wie Marthe anmerkte. In den restlichen Taschen, die sie geschultert hatten, befanden sich frische Unterwäsche, Windeln und Mulltücher, Socken und allerlei Hygieneartikel. Während Alice sich herzlich bei den Frauen bedankte und dabei in ihre von der Schlepperei jetzt schon erhitzten und erschöpft wirkenden Gesichter blickte, dachte sie bei sich, dass Pfarrer Gellert das ihm von Marthe abgenötigte Versprechen auf die für ihn möglichst angenehme Weise eingehalten hatte: immer schön die anderen schicken. Nicht einmal beim Tragen hatte der feine Christenmensch seinen hilfsbereiten Damen geholfen. Alice verteilte zunächst Becher mit Wasser an die Frauen und schlug ihnen vor, sich in der Kaue ein wenig von der Schlepperei auszuruhen, was sie jedoch ablehnten. Wie Marthe waren auch sie voller Tatendrang. Viel Zeit blieb ohnehin nicht, denn in einer Viertelstunde wurde der nächste Zug erwartet. Als er eintraf, wiederholte sich das gleiche Trauerspiel wie gestern. Das Elend der Ankommenden war kaum zu ertragen. Die sichtlich erschütterten neuen Unterstützerinnen der Bahnhofsmission halfen zusammen mit den russischen Soldaten, die Leute aus den Waggons, von den Dächern, den Pollern zu heben, die weinenden Kinder aus den Fenstern zu ziehen, Müttern, die entkräftet auf dem Bahnsteig zusammenbrachen, die Säuglinge abzunehmen und schließlich die Verletzten und Toten aus den Güterwaggons in den Schatten zu tragen. Alice und Gregor Kramm renkten ausgekugelte Gelenke ein, schienten Brüche, verbanden wunde Füße und behandelten Geschwüre und Ekzeme mit antiseptischen Salben, während die anderen Helferinnen den teils völlig apathischen Menschen Flüssigkeit einflößten. Sie isolierten die Menschen mit Krätze und diejenigen, bei denen sie Tuberkulose vermuteten, verabreichten Mittel gegen Durchfall und verteilten Flohpulver. Der Arzt arbeitete gewissenhaft und routiniert, und Alice dankte dem Schicksal, das Gregor Kramm zu ihnen geführt hatte. Er war sicher ein hervorragender Hausarzt gewesen, und hoffentlich fand er irgendwann die Kraft, wieder in seine Heimatstadt zurückzukehren oder irgendwo anders neu anzufangen. Irgendwann richtete sie sich auf und wischte sich stöhnend den Schweiß von der Stirn. Seit Stunden waren sie damit beschäftigt, nur das Allernötigste zu tun, und es war kein Ende in Sicht. Die Menschen gehörten in ein Krankenhaus, so wie die hochschwangere Frau, die Kramm gerade untersuchte. Sie war völlig abgemagert, ihre Arme und Beine so dünn wie die eines Kindes, sodass ihr Bauch grotesk geschwollen aussah. Ihr Gesicht war grau und eingefallen und die Haare so dünn und kraftlos wie vertrocknetes Gras. Sie öffnete kaum die Augen, während Kramm ihren Bauch abtastete und besorgt die Stirn runzelte. Alice sah auf ihre Notizen. Ingeborg Brehmer, 28 Jahre, ledig und ohne Angaben, wo sie herkam oder ob sie Familie hatte. Sie wolle zu ihrer Schwester, die am Boxhagener Platz wohnte, diese würde sich schon um sie kümmern, hatte sie zu Alice gesagt, als diese meinte, man müsse versuchen, sie so schnell wie möglich in einem Krankenhaus unterzubringen. Doch Alice hatte ihre Zweifel, ob das reichte. Wenn die Frau nicht sehr schnell wieder ein wenig zu Kräften kam, würde sie die nahe Geburt wohl kaum überstehen, vor allem dann nicht, wenn sie keine professionelle Betreuung in einem Krankenhaus erhielt. Jemand berührte sie am Arm. Alice drehte sich um und sah, dass es Gerda war, die ihr einen Becher Wasser reichte. »Mach einen Moment Pause«, sagte sie. »Ich helfe dem Doktor.« Alice wollte zuerst widersprechen, nickte dann aber. Sie konnte sich vor Erschöpfung kaum noch auf den Beinen halten. Sie trat zurück und setzte sich auf eine der leeren Vorratskisten, die sie als Sitzgelegenheiten verteilt hatten, lehnte sich an die Säule hinter ihr und trank gierig das lauwarme Wasser. Nur ein paar Minuten, dann wäre sie wieder bereit weiterzumachen. Sie sah zu Kramm und Gerda, die sich noch immer um die schwangere Frau kümmerten. Gerade richteten die beiden sie etwas auf, und Gerda hob einen Becher an ihre

Lippen. Während sie versuchten, ihr etwas Wasser einzuflößen, begannen die Lider der Frau zu flattern und sie sackte in sich zusammen. Kramm beugte sich über sie und gab ihr ein paar sanfte Ohrfeigen auf beide Wangen. »Frau Brehmer!«, sagte er laut. »Wachen Sie auf!«

Sie öffnete die Augen und sah sich desorientiert um. Offenbar realisierte sie nicht, wo sie sich befand. Dann starrte sie Kramm an, und plötzlich ging eine unheimliche Veränderung in ihr vor. Ihr gesamter Körper versteifte sich, und sie begann zu schreien, so schrill, dass Alice vor Schreck ihren Becher fallen ließ. Die Schreie der Frau steigerten sich zu einem panischen Kreischen, das über den Bahnhof gellte, und gleichzeitig begann sie so heftig um sich zu schlagen, dass Kramm sie kaum bändigen konnte. »Beruhigen Sie sich!«, rief er und versuchte, ihre Hände zu fassen zu bekommen. »Es ist alles in Ordnung! Sie sind in Sicherheit.«

Sie entwand sich ihm mit einer Kraft, die man dem ausgemergelten Körper überhaupt nicht zugetraut hatte. Dann riss sie Gerda den Emaillebecher aus der Hand und schlug ihn Kramm mit aller Wucht ins Gesicht. Mit einem verwunderten Aufschrei prallte er zurück, und die Frau stand auf und lief, noch immer panisch schreiend, davon.

Alice war aufgesprungen und wollte ihr hinterherlaufen, aber die Frau hatte sich mit erstaunlicher Geschwindigkeit durch die lagernden Menschen in der Halle geschlängelt und war schon fast am Ausgang, bevor Alice sich in Bewegung gesetzt hatte. Sie würde sie nicht mehr einholen können. Stattdessen ging sie zu Kramm, der heftig aus der Nase blutete. Gerda hatte ihm schon ein Taschentuch gereicht, das er sich vors Gesicht hielt und das sich jetzt schnell rot verfärbte.

»Was war das denn?«, fragte Alice erschrocken. Die Schreie

der Frau hallten in ihr nach, als sei sie ein Resonanzkörper, sie konnte die Panik, die darin gelegen hatte, in ihren Eingeweiden spüren. Reflexartig strich sie sich über ihre Arme, wie um sich selbst zu trösten.

»Keine Ahnung.« Kramms Stimme klang dumpf hinter dem Taschentuch hervor. »Sie war hochgradig unterernährt, ihr ganzer Körper wies bereits Hungerödeme auf. In einem solchen Zustand kommt es häufig zu unerklärlichen Aggressionen.« Er nahm das Taschentuch von seinem Gesicht und berührte mit einer vorsichtigen Bewegung seine Nase. »Gott sei Dank ist sie nicht gebrochen.«

»Sie brauchen einen kalten Umschlag«, sagte Alice. Sie tauchte einen Lappen in die Schale mit Wasser, die auf dem Tisch stand, und reichte ihn Kramm. »Wir müssen die Frau suchen«, sagte sie und sah sich beunruhigt um. »Sie und das Kind sind in Lebensgefahr.«

Kramm, der sich auf die Liege gesetzt hatte und sich den feuchten Lappen an seine Nase gepresst hielt, schüttelte den Kopf. »Das ist sinnlos.« Er legte den Lappen weg und stand auf. Seine ganze Haltung besagte, dass dieses Thema für ihn erledigt war.

»Wieso?«, fragte Alice empört. »Wir können doch nicht …«

»Das Kind hatte kaum noch Lebenszeichen«, unterbrach Kramm sie. »Ich hatte Mühe, einen Herzschlag zu hören. Sie werden beide nicht überleben.«

»Aber …«, begann Alice fassungslos, doch Kramm hatte sich bereits dem nächsten Patienten zugewandt, einem alten Mann mit wund gelaufenen Füßen, der geduldig ein paar Meter entfernt gewartet hatte. Kramm nahm ihn am Ellenbogen und führte ihn zur Liege. Alice schluckte, als sie einen Blick auf die Füße des Mannes warf. Das harte Leder der völlig ramponierten Schuhe hatte sich so tief ins Fleisch gegraben, dass es kaum noch davon zu trennen war. Der Mann musste hunderte Kilometer damit gegangen sein. Kramm kniete vor ihm nieder und versuchte, ihm die Schuhe auszuziehen. Der alte Mann wimmerte vor Schmerzen.

»Jetzt helfen Sie mir schon«, herrschte Kramm Gerda ungeduldig an. »Halten Sie ihn fest.« Erschrocken über seinen Ton sprang Gerda auf und trat zu ihm. Sie fasste den Mann an den Schultern, während Kramm ihm mit einem Ruck den rechten Schuh auszog. Der Mann schrie vor Schmerz auf, und Alice wandte sich ab. Wie in Trance ging sie durch die Bahnhofshalle, durch die die schwangere Frau gerade gelaufen war, und blieb schließlich am Ausgang stehen. Es war etwa zwei Uhr, und die Sonne stand wie ein weiß glühender Ball am wolkenlosen Himmel. Die Frauen, die an der Trümmergrube arbeiteten, bewegten sich langsam, ihre Bewegungen waren schleppend und ihre Kleidung am Rücken und unter den Achseln nass vom Schweiß. Sie trat auf eine der Frauen zu. »Haben Sie gerade eine schwangere Frau vorbeilaufen sehen?«

Die Frau glotzte sie zunächst teilnahmslos an, dann schüttelte sie stumm den Kopf, nahm den mit Steinen gefüllten Eimer und ging zu der Lore, die für den Abtransport bereitstand, ohne Alice weiter zu beachten. Alice lief weiter, fragte Passanten und schließlich sogar einen der Soldaten, doch alle schüttelten die Köpfe. Niemand hatte die Frau gesehen. Sie war wie vom Erdboden verschluckt. Alice ging langsam zurück in die Halle. Ein seltsam verzagtes Gefühl hatte sie ergriffen. Ihr war, als habe diese Frau ihr in ihrer Panik ein Stück ihres neu gewonnenen Lebensmuts aus den Händen gerissen. Je länger sie darüber nachdachte, desto stärker wurde ihr Unbehagen.

Das namenlose Entsetzen der jungen Schwangeren schien auf etwas hinzudeuten, das unter der Oberfläche ihrer neuen Geschäftigkeit hier am Bahnhof verborgen lag, ein Grauen, das sie nicht sehen konnte, das sie aber so deutlich spürte, dass es ihr die Haare an den Armen aufstellte. Sie fröstelte trotz der Hitze und rieb sich erneut über ihre nackten Arme. Was war nur los mit ihr? War sie plötzlich paranoid geworden?

»Alice!«

Sie fuhr zusammen, als jemand ihren Namen rief, und wandte sich um. Hinter ihr stand Oberst Wolkow und sah sie mit einem kleinen Lächeln an, das fast ein wenig unsicher wirkte. Seine dunklen Augen, die ihr bei ihrer ersten Begegnung im Keller noch wie zwei bodenlose Abgründe vorgekommen waren, schreckten sie längst nicht mehr. Heute, im hellen Licht der Julisonne, wirkten sie auch nicht mehr schwarz, sondern eher dunkelbraun, samtig, wie Bitterschokolade.

»Oh«, entgegnete sie, weil ihr nichts Besseres einfiel. »Guten Tag, Herr Oberst.«

»Alexej«, korrigierte er sie. »So weit waren wir schon, erinnern Sie sich?«

Alice nickte zögernd. Sie tat sich noch schwer damit, den Oberst mit Vornamen anzusprechen. Der gestrige Abend kam ihr hier, im grellen Sonnenlicht, so unwirklich wie ein seltsamer Traum vor. Und gleichzeitig hatte dieser Mann sie mehr berührt, als sie wahrhaben wollte. Sie spürte, wie ihr Herz schneller zu schlagen begann, und dachte an das Gespräch mit Trude heute Morgen. »Gefällt er dir?«, hatte ihre Freundin wissen wollen, und sie hatte natürlich verneint. Doch das war gelogen gewesen. Als sie ihn nun so vor sich stehen sah, diesen kultivierten Mann mit dem herben Gesicht und den faszinierenden Augen, musste sie sich eingestehen, dass er ihr tatsächlich gefiel. Sie schluckte und spürte, dass ihr Mund staubtrocken geworden war. Alexej Wolkow war Russe, sagte sie sich, so energisch sie konnte. Ein böser Bolschewik, Mitglied von Stalins Roter Armee, die zahllose Gräueltaten begangen und zahllosen Frauen Gewalt angetan hatte. Er war der Feind, der Sieger, der Besatzer und damit – zumindest gemäß der früheren Propaganda, von der selbst sie sich nicht ganz freimachen konnte – ein ruchloses, gewissenloses Monster. Und sie? Sie war eine dumme alte Jungfer, die beim Anblick dieses Mannes Herzklopfen bekam wie ein verdammter Backfisch.

»Geht es Ihnen gut?«, fragte Alexej, und zwischen seinen schwarzen Augenbrauen erschien eine besorgte Falte. »Sie sehen etwas durcheinander aus, wenn Sie meine Direktheit verzeihen.«

Alice nickte rasch. »Das ist schon in Ordnung. Sie haben recht. Ich bin durcheinander. Wir hatten gerade einen … etwas erschreckenden Vorfall, eine Frau … sie ist …«, Alice suchte nach dem richtigen Wort, »durchgedreht, könnte man sagen.«

»Das tut mir leid.«

Sie glaubte, Mitgefühl in seinem Blick zu sehen. Oder war es eher Mitleid? Dachte er vielleicht, sie sei der Aufgabe, die sie sich selbst auferlegt hatte, nicht gewachsen? Sie straffte die Schultern. »Das muss es nicht. Ich habe als Krankenschwester im Lazarett in Treptow gearbeitet. Da habe ich einiges gesehen, was weitaus schlimmer war.«

Wolkow nickte. Seine Miene war wieder neutral. »Lassen Sie uns hineingehen. Ich habe Ihnen und Ihren Helferinnen etwas mitzuteilen.«

Während sie zusammen zum Bahnsteig gingen, fragte sich

Alice etwas beunruhigt, was er ihnen wohl zu sagen hatte. Gleichzeitig versuchte sie zu ignorieren, dass seine Nähe sie nervös machte, und bemühte sich, den Abstand zu vergrößern, was nicht leicht war, da so viele Menschen um sie herumstanden, -hockten oder -lagen. Immer wieder streiften sich flüchtig ihre Hände, und einmal, als ein offenbar betrunkener Mann auf sie zu taumelte, nahm Alexej sie am Arm, um sie beiseite zu ziehen, damit der Mann nicht auf sie fiel. Es war nur eine kurze Berührung, ein spontaner Griff und alles andere als romantisch, dennoch durchrieselte Alice ein leichter Schauer. Sie konnte sich nicht erinnern, wann sie zuletzt von einem Mann auf diese beschützende Art und Weise angefasst worden war. Wolkow war groß und breitschultrig, und er verfügte über eine natürliche Präsenz und ein Selbstbewusstsein, das nichts mit Größe oder Körperbau zu tun hatte. Selbst wenn man keine Ahnung von Abzeichen und Rängen der russischen Armee hatte, spürte man bei seinem Anblick sofort, dass er kein einfacher Soldat war. Auch die Leute um sie herum registrierten es. Sie sah es an ihren Mienen, in denen Furcht und Respekt gleichermaßen zu lesen waren. Alice' Blick fiel auf eine Frau in einem abgetragenen, grauen Uniformmantel, die mitten auf dem Weg stehen blieb, als sie sich dem Bahnsteig näherten. Sie war abgerissen und schmutzig, sah aus wie eine Landstreicherin. Unter einer roten Kappe lugten strähnige Haare hervor, und ihre harten Gesichtszüge waren verhärmt und ausgezehrt. Alice schätzte sie auf etwa ihr Alter, auch wenn sie durch ihre Haltung und in den Lumpen, die sie trug, wie eine sehr viel ältere Frau wirkte. Vielleicht war sie irgendwann einmal schön gewesen, schoss es Alice durch den Kopf, als ihre Blicke sich trafen. Sie hatte kurz sogar das vage Gefühl, sie zu kennen oder zumindest schon einmal gesehen zu haben. Die

Frau starrte sie und den Oberst so unverhohlen an, dass es Alice unbehaglich zumute wurde. Hoffentlich würde sie nicht auch zu schreien anfangen oder auf sie losgehen. Für heute hatte sie genug von Frauen, die sich merkwürdig benahmen.

Da sie immer noch keine Anstalten machte, sich zu rühren, sprach Wolkow sie knapp an. »Was ist, Frau?« Seine Stimme klang wachsam, aber nicht allzu barsch. Dennoch zuckte die Frau wie unter einem Schlag zusammen, drehte sich wortlos um und huschte davon. Wolkow wandte sich zu Alice um. »Kennen Sie diese Person? War sie es, die Ihnen Probleme bereitet hat?«

Alice schüttelte den Kopf. »Nein, nein, die Frau war jünger. Und hochschwanger.« Sie dachte an Kramms seltsam gefühllose Bemerkung darüber, dass beide, Mutter und Kind, wohl nicht überleben würden. Er hatte es ohne jegliches Mitleid in der Stimme gesagt. Es hatte geklungen, als spräche er über die Diagnose eines Schnupfens. War das ein Schutzmechanismus? Hatte er an seine eigene Frau, seine eigenen Kinder denken müssen? Sie wusste es nicht. Aber es musste so etwas in der Art gewesen sein. Derselbe Mechanismus hatte ihn wohl auch veranlasst, sich sofort dem nächsten Patienten zuzuwenden, kein weiteres Wort über den Vorfall zu verlieren. Und dennoch. Sein Verhalten hatte sie instinktiv abgestoßen, das fiel ihr jetzt auf. Deshalb war sie nach draußen gegangen. Sie hatte Abstand gebraucht, nicht von der Frau, die sie ja noch versucht hatte zu finden, sondern von Kramm. Dabei war sein Verhalten doch vollkommen verständlich, redete sie sich ein. Gregor Kramm hatte nicht nur privat Schreckliches erlebt, er war auch als Arzt an der Front gewesen. Er hatte sicher noch Schlimmeres gesehen als sie selbst im Lazarett. Als Arzt brauchte man einen Schutzschild, um effektiv arbeiten zu können. Nur so konnte man helfen. Sie nickte, wie um sich selbst zu beruhigen. Doch ein schales Gefühl blieb. Gregor Kramms makelloser Glanz als selbstloser Helfer in der Not hatte ein wenig an Leuchtkraft verloren.

Auf dem Bahnsteig angekommen bat Wolkow, dass alle Helfer und auch Gregor Kramm für einen Moment ihre Arbeit unterbrachen und ihm zuhörten. Als er bemerkte, dass sich die Zahl der Helferinnen durch die Frauen aus der Kirche merklich erhöht hatte, hob er kurz die Brauen und nickte Alice anerkennend zu, dann erhob er die Stimme. »Ich danke Ihnen für Ihren Einsatz«, begann er, und obwohl er nicht besonders laut sprach, übertönte seine Stimme die stete Geräuschkulisse um sie herum, sogar das Wimmern und Weinen der Babys. »Wie die meisten von Ihnen vermutlich gehört haben, ist es vor Kurzem in Friedrichshain zu einem Mord an einem russischen Soldaten gekommen. Inzwischen wissen wir, dass es sich bei dem Täter um einen Schwarzmarkthändler handelt. Einen Deutschen. Unsere Soldaten hatten am Tag zuvor eine Auseinandersetzung mit einigen von ihnen, und der besagte Mann wurde vom Kameraden des Mordopfers erkannt, als er vom Tatort flüchtete. Vielleicht war es auch ein Komplott, an dem mehrere beteiligt waren. Wir sind jetzt auf der Suche nach diesem Mann und haben zu diesem Zweck die Präsenz unserer Soldaten im gesamten Sektor erhöht. Die Soldaten sind angehalten, Kontrollen durchzuführen und jede verdächtige Person unverzüglich festzunehmen. Sie als Frauen haben natürlich nichts zu befürchten, aber ich möchte Ihnen trotzdem jede Unannehmlichkeit ersparen, zumal ich auf Bitten von Frau Hardtleben die Sperrstunde um sechs Uhr abends aufgehoben habe und Sie bei Bedarf, also wenn noch ein Zug erwartet wird, unter dem Schutz meiner Männer so lange wie nötig am Bahnhof arbeiten dürfen.« Er warf Alice einen kurzen Blick zu. Sie nickte unbehaglich. Gestern Abend hatte sie darum gebeten, da ihr der Gedanke, dass später Ankommende keinerlei Hilfe vorfinden würden, keine Ruhe gelassen hatte. Doch da hatte Wolkow mit keinem Wort etwas über den Mord und den Stand ihrer Ermittlungen verlauten lassen. Es fühlte sich nicht gut an, ihn über die Dinge im Unklaren zu lassen, die sie von Trude erfahren hatte, zumal er offenbar von falschen Tatsachen ausging.

Wolkow hob einen kleinen Stapel Papiere in die Höhe. »Sie werden Passierscheine erhalten, die Sie als Hilfskräfte der Roten Armee ausweisen und die Sie bei einer Kontrolle vorzeigen können. Leutnant Nikitin wird sie Ihnen ausstellen.« Er nickte in die Runde und wiederholte noch einmal: »Wir sind Ihnen zu Dank verpflichtet.«

Niemand antwortete ihm, alle sahen ihn nur an, manche ausdruckslos, manche verschreckt angesichts der Nachricht der verstärkten Kontrollen. Im Grunde fürchteten sich alle vor den russischen Soldaten. Man traute ihnen nicht über den Weg, hielt sie für unberechenbar, und so manche bittere Erfahrung hatte diese Meinung auch bestätigt, weshalb niemand sich darüber freute, dass nun wieder mehr russische Soldaten unterwegs waren und Leute verhafteten. Doch auch das Wissen, dass es einen Mörder unter ihnen gab, trug nicht zur Beruhigung bei. Alice dachte an die Kontrolle heute Morgen in ihrer Straße und war ebenfalls beunruhigt. Die Stimmung würde sich mit diesen Maßnahmen verschlechtern, die Spannungen wieder zunehmen. Sollte sie Wolkow sagen, dass der angebliche Zeuge gelogen hatte und nicht ein Mann, sondern eine Frau für die Tat verantwortlich war? Nein. Das war vollkommen unmöglich. Er würde wissen wollen, woher sie die

Information hatte, und damit würde sie Trude mit in die Sache hineinziehen. Alice presste die Lippen zusammen. Die Suche nach dem Mörder im Schwarzmarktmilieu würde hoffentlich recht schnell im Sand verlaufen, und dann würden die Kontrollen auch wieder aufhören. So lange mussten sie eben Geduld haben.

Wolkow hatte sich bereits zum Gehen gewandt, da drehte er sich auf einmal um und kam noch einmal zu ihr. »Heute Abend? Acht Uhr?«

Alice war so verblüfft, dass sie nichts erwiderte. Noch verblüffter allerdings war sie darüber, dass sie stattdessen stumm nickte.

21

Sie war es. Babette spürte, wie ihre Knie weich wurden vor Aufregung, als Alice direkt auf sie zukam. Ihre Blicke trafen sich, doch sie sah, dass Alice sie nicht erkannte, im Gegensatz zu ihr, die in der großen blonden Frau sofort die selbstbewusste junge Frau von damals wiedererkannte, der sie in der Bahnhofsmission zum ersten Mal begegnet war. Sie konnte es Alice nicht verdenken, dass sie sie nicht wiedererkannte. Von dem naiven Mädchen vom Land, das sie damals gewesen war, war nichts mehr übrig. Ob sie sich getraut hätte, sich Alice gegenüber bemerkbar zu machen, wenn der Russe nicht dabei gewesen wäre? Als der sie angesprochen hatte, hatte sie lieber die Biege gemacht. Es war nie gut, wenn Männer in Uniform auf einen aufmerksam wurden, egal, um was für eine Uniform es sich handelte.

Doch sie würde das nachholen. Jetzt, wo sie Alice tatsächlich gefunden hatte, würde sie auch den Mut fassen und sich ihr gegenüber zu erkennen geben. Babette schalt sich eine Idiotin, dass sie nicht sofort am Schlesischen Bahnhof nach ihr gesucht hatte. Doch nein, es war richtig gewesen, erst jetzt zu kommen: Frieda hatte gesagt, die Frauen hätten dort gerade erst angefangen, den Leuten zu helfen, also hätte Babette

Alice vermutlich gar nicht angetroffen, wenn sie früher hier aufgetaucht wäre. Babette schlurfte zu einer der halb eingestürzten Säulen der Bahnhofshalle und ließ sich in deren Schatten zu Boden gleiten. Der Schweiß rann ihr über das Gesicht, doch sie wollte nichts von ihren vielen Kleidungsstücken ausziehen, die sie trug, auch nicht den Mantel. Den vor allem nicht. Es war nicht nur Kleidung, die man an- oder auszog. Der schwere Armeemantel, die Hosen, das Männerhemd, die kniehohen Lederstiefel, all das gehörte zu ihr wie eine zweite Haut. Es war ihre Schutzhülle, ihr Kokon, Haus und Heimat. Mit so wenig Heimat konnte man auskommen, wenn man musste: ein Wehrmachtsmantel und ein Paar Stiefel, gestohlen, einem Toten ausgezogen. Und das Buch. Sie nahm es aus ihrer Tasche, ließ ihre Hand darübergleiten und lächelte. Alice. Sie hatte sie wiedergefunden. Mit Alice kamen die guten Erinnerungen zurück, an Natalie, Marthe, Hedwig, Margarethe, all diese Frauen, die ihr damals geholfen hatten. Alice, das war die Bahnhofsmission, jenes eine winzige Zipfelchen Glück, das ihr in ihrem Leben widerfahren war. Sie warf einen Blick zum Himmel, der vor Hitze fast weiß war, zwang sich, die Augen nicht zu schließen, das Helle, das Blendende auszuhalten, sich davon durchdringen zu lassen wie von einem Feuer. Es war Schicksal gewesen. Sie hatte dieses Vergewaltiger-Schwein umbringen müssen, sie hatte die drei Jungs, die trotz allem so was wie Gefährten gewesen waren, verlieren und ihren Unterschlupf nach dem Gewitter und der Razzia verlassen müssen, um Frieda genau in dem Moment treffen zu können, um durch sie von der neu gegründeten Bahnhofsmission am Schlesischen Bahnhof zu erfahren. Es lag ein Sinn hinter allem. Das war es auch, was ihr geholfen hatte zu überleben: Die Gewissheit, dass es einen Sinn geben musste in all dem Leid, dem Dreck, dem Tod. Eine Aufgabe im Leben für jeden Einzelnen. Auch für sie. Sonst konnte man auch gleich sterben. Oder brauchte gar nicht erst geboren zu werden. Sie stopfte das Buch zurück in ihre Tasche und rappelte sich mühsam auf. Alice würde sich erinnern. Natürlich würde sie das. Es war Alice' erster Tag gewesen, an dem Babette in die Mission gekommen war, nachdem sie aus den Fängen dieser Zuhälterin hatte fliehen können – den hatte sie bestimmt nicht vergessen. Sie selbst hatte es auch nie vergessen. Ihre Ankunft in der Stadt, mit vierzehn, ein halbes Kind noch und voller Hoffnung auf eine bessere Zukunft. Die elegante Dame, die sie angesprochen und in dieses Gasthaus gebracht hatte, und dann Klara. Der Moment, als sie begriffen hatte, was die Frau damit meinte, als sie sie anwies, »nett« zu den Männern zu sein. Und das, was folgte: das schäbige Zimmer, in das Klara sie eingesperrt hatte, die Schläge, der Mann, der zu ihr gekommen war … Das war der Anfang gewesen. Auch wenn sie damals hatte fliehen können, es war ihr nie mehr gelungen, sich davon zu befreien.

Alice hatte ihr im Nachhinein erzählt, wie schockiert sie darüber gewesen war, was Babette erlebt hatte, und dass sie auf dem Heimweg in ihr schönes Haus und ihr unbeschwertes Leben geweint und sich wegen ihrer Ahnungslosigkeit geschämt hatte. Babette hatte bis dahin zwar weder ein schönes Haus noch ein unbeschwertes Leben gehabt, doch in diesen Dingen war sie genauso ahnungslos wie Alice gewesen. Vielleicht war das der Grund, weshalb sie sich ihr trotz aller Unterschiede von Anfang an so nahe gefühlt hatte. Gerda fiel ihr plötzlich ein. Dieses andere Mädchen, das auch nicht viel älter als sie selbst gewesen war und dem noch übler mitgespielt worden war. Alice war immer für sie beide da gewesen. Sie hatte mit ihnen gesprochen wie mit ihresgleichen, hatte sie nach ihren Leben gefragt, nach ihren Plänen und Hoffnungen, sie hatte sich für sie interessiert!

Babette spürte, wie sich ihre trockenen, eingerissenen Lippen zu einem ungewohnten Lächeln verzogen. Heute war ihr Glückstag. Nicht, dass sie glaubte, Alice würde irgendetwas an ihrer Situation wiedergutmachen können, da gab es nichts mehr gutzumachen. Es war allein die Tatsache, dass sie mit jemandem sprechen konnte, der sie einst gekannt hatte, die sie so glücklich machte, dass ihr Tränen über die Wangen rollten. Alice hatte sie gekannt, als sie noch ein Mensch gewesen war.

Langsam ging sie über den Bahnsteig, vorsichtig einen Fuß vor den anderen setzend. Ihr war so feierlich zumute, als wäre sie in einer Kirche. Dort drüben war der Tisch, wo die Frauen Tee und Brötchen verteilten, in diese Richtung waren Alice und der russische Offizier gegangen. Sie musste nur noch den richtigen Moment abwarten, dann würde sie sie ansprechen und Alice würde sich erinnern. »Babette? Du? Bist du es wirklich?« So etwas würde sie sagen. Vielleicht würde sie sie sogar in den Arm nehmen. Oder war es vermessen, so etwas zu hoffen? Es spielte auch keine Rolle. Babette freute sich allein auf den Moment, in dem sich der Ausdruck in Alice' Gesicht verändern würde. In der Sekunde, in der sie den Funken des Wiedererkennens in ihren blauen Augen sehen würde, wäre sie gerettet. Dann wäre sie nicht länger eine Schattengestalt in einem Reich zwischen Leben und Tod. Sie wäre wieder ein Mensch. Babette verlangsamte ihren Schritt, als sie bemerkte, dass sich alle Frauen in der Nähe des Tisches versammelt hatten. Eine grauhaarige, alte Frau, die jetzt hinzutrat, kam ihr ebenfalls bekannt vor. Konnte es sein, dass das Marthe war, die Köchin der Mission? Noch jemand von früher? Ihr

Herz machte einen kleinen Sprung. Seit sie hier war, hatte sie die Frauen am Tisch schon eine Weile aus sicherer Entfernung beobachtet, sich aber nicht getraut hinzugehen. Diese Frauen fragten nach Namen, schrieben Dinge in ein Buch, davor fürchtete sie sich. Was wollten sie wissen? Was sollte sie sagen? »Ich war Nummer fünfzehn, die letzte Tür in der Baracke«? Sie würden sie ansehen, mit diesem Blick voller Verachtung, und sie fortjagen.

Der russische Oberst trat in die Mitte und begann zu sprechen, ohne dass Babette verstehen konnte, was er sagte. In der Runde standen noch zwei weitere Männer, die Babette nur von hinten sah. Einer trug ebenfalls Uniform, der andere war in Zivil. Er hatte die Ärmel seines Hemds burschikos aufgekrempelt und die Hände in den Hosentaschen versenkt. Während die Frauen und der Soldat dem Offizier aufmerksam zuhörten, machte der Mann in Zivil einen zerstreuten Eindruck und schien nicht besonders an der Rede interessiert. Immer wieder ließ er seinen Blick umherschweifen, als suche er jemanden, er trat unruhig von einem Bein auf das andere, wirkte ungeduldig und nervös. Mit einem Mal drehte er sich um und sah direkt in ihre Richtung. Und da erkannte Babette ihn. Sie erstarrte, und das Grauen kroch in ihre Glieder wie das Gift einer Viper, langsam, kalt und lähmend, wanderte höher, breitete sich aus, berührte ihr Herz wie ein eisiger Finger.

»Nein«, flüsterte sie. »Nein …«

War er es wirklich? Der Schnurrbart irritierte sie, die Kleidung, die ungewohnte Frisur. Und doch. Die Augen …

Ihr wurde übel, und ein widerwärtiger Geschmack breitete sich in ihrem Mund aus. Sie presste die Lippen aufeinander und wich zurück, Schritt für Schritt. Erst, als sie weit genug entfernt war, um sicher zu sein, dass sie nicht mehr seine Aufmerksamkeit erregen würde, drehte sie sich um und begann zu laufen. Einmal losgelaufen, gewann sie rasch an Tempo, hetzte den Bahnsteig entlang, rempelte Menschen an, sprang über Koffer und notdürftig geschnürte Bündel, bis sie ganz ans Ende kam, dorthin, wo die Gleise den Bahnhof verließen und sich zwischen Schotter und Unkraut im Nirgendwo verloren. Im Schatten der letzten Säule, die auf wundersame Weise intakt geblieben war, sogar die schmiedeeiserne Lampe mit dem Milchglasschirm hing noch dort, kauerte sie nieder, verschmolz mit dem Unrat und den Lumpen, die dort aufgetürmt waren, und erbrach sich, würgend und keuchend, so lange, bis ihr Zwerchfell schmerzte und nur noch grüne Galle kam.

Natalie musterte ihre Tochter unauffällig. Die Zornesfalte zwischen ihren Augenbrauen, die bis gestern noch wie eingemeißelt gewirkt hatte, war verschwunden. Auch hatte es heute zu ihrer Erleichterung noch keine Meinungsverschiedenheit zwischen ihnen beiden gegeben. Claire wirkte still und in sich gekehrt, und während des Frühstücks hatte Natalie gespürt, wie ihre Tochter ihr immer wieder prüfende Blicke zugeworfen hatte.

Jetzt standen sie vor der Lobby und waren bereit für ihren gemeinsamen Ausflug.

Natalie hatte Wort gehalten und Claire eingeladen, zu ihrem heutigen Ziel mitzukommen. Für Natalie würde es zwar wieder eine nostalgische, ja traurige Fahrt werden, wie im Grunde jeder einzelne Schritt in dieser Stadt, aber nicht so schmerzhaft wie gestern. Und das Wichtigste war, ihr heutiges Ziel würde keine Fragen aufwerfen, die sie nicht beantworten konnte. Natalie hatte nach ihrem Zusammenbruch gestern wie eine Tote geschlafen und war heute Morgen erst um neun aufgewacht. Trotzdem fühlte sie sich nicht erholt. Ihre Glieder schmerzten, bei jedem Schritt taten ihr die Füße weh und der Rücken war steif wie ein Brett, was vermutlich an der Matratze lag, deren quietschende Sprungfedern definitiv schon bessere Zeiten erlebt hatten. Als Miller mit dem Jeep kam und ihr beim Einsteigen half, war sie dankbar für seine Stütze, konnte aber dennoch ein leises Stöhnen nicht unterdrücken, als sie sich auf den Sitz zog. Warum mussten diese Autos auch so hoch sein? Ächzend ließ sie sich neben ihrer Tochter auf die Rückbank sinken, Claires besorgten Blick ignorierend.

»Wohin soll ich die Ladys heute fahren?«, fragte der junge GI, der so frisch, gesund und wohlgenährt aussah, dass es fast einer Beleidigung gleichkam angesichts der Armut, die in der Stadt herrschte. Gestern hatte sie andere amerikanische Soldaten gesehen, die Süßigkeiten an Kinder verteilten. Sie hatten Schokoladenriegel und Kaugummi direkt aus dem Jeep geworfen, und die Kinder, mager, mit schmutzigen Gesichtern und ohne Schuhe, hatten sich darum gebalgt wie hungrige kleine Welpen, was in ihr ein Gefühl tiefer Scham verursacht hatte, ohne dass sie hätte sagen können, für wen oder wofür sie sich schämte.

»Fahren Sie uns bitte zum Schlesischen Bahnhof«, bat Natalie den jungen GI.

»Schlesischer Bahnhof? Das ist wieder …«

»… im russischen Sektor, ja«, ergänzte Natalie mit einem Lächeln. Miller gab keinen weiteren Kommentar ab, sondern startete stumm den Wagen. Als sie in Richtung Spree fuhren, warf Claire ihr einen Blick zu, der unbeteiligt und desinteressiert wirken sollte, aber verständlicherweise neugierig war.

»Und was wollen wir an diesem Bahnhof?«, fragte sie

schließlich in einem Ton, als rechnete sie gar nicht damit, eine ehrliche Antwort zu bekommen. Natalie verstand ihre Tochter, die sich so sichtlich unwohl in dieser Stadt, diesem Land fühlte, zusammen mit einer Mutter, die ihr plötzlich fremd und rätselhaft vorkommen musste. Andererseits hatte sie nicht darum gebeten, von Claire begleitet zu werden. Es wäre für sie beide so viel einfacher gewesen, wenn sie zu Hause geblieben wäre.

»Ich habe dort einige Jahre gearbeitet«, antwortete sie, froh, eine ehrliche Antwort geben zu können. »Die evangelische Kirche hatte dort eine Organisation gegründet, die sich der jungen Frauen vom Land annehmen sollte, die in die Stadt kamen und oft Opfer von Ausbeutern und Zuhältern wurden. Auch haben wir uns um Obdachlose und andere Menschen gekümmert, die Hilfe brauchten.«

»So wie die Heilsarmee?«, wollte Claire wissen.

Natalie nickte. »So ähnlich. Aber wir hatten eine feste Anlaufstelle am Bahnhof. Die Organisation hieß auch Bahnhofsmission. Es ging vor allem um die Menschen, die unterwegs waren, verstehst du?«

Claire nickte. »In der Fremde ist man besonders schutzbedürftig«, murmelte sie und blickte hinaus auf die Straße, wo zahlreiche Menschen unterwegs waren. Viele von ihnen schleppten Bündel, trugen Kinder im Arm oder auf den Schultern, zogen Karren hinter sich her. Als sie in den russischen Sektor gelangten, sah man verstärkt Soldaten auf der Straße. Claire zog aus ihrer großen Umhängetasche eine Fotokamera, und immer wenn Miller langsamer fuhr oder stehen bleiben musste, knipste sie Bilder – von den russischen Soldaten, von Kindern, die am Straßenrand spielten, der Ruine, die einmal ein Hotel, ein Café, ein Geschäft gewesen war.

»Machst du die Fotos für deine Arbeit?«, wollte Natalie wissen.

»Ja.«

»Hast du etwa einen Auftrag für eine Reportage?«

»Mmm.«

»Wie schön. Dann kannst du also endlich das machen, was du wirklich willst? Davon hast du mir ja gar nicht erzählt.«

»Du bist nicht die Einzige, die Geheimnisse hat«, entgegnete Claire trocken, ein Auge zugekniffen, das andere hinter der Kamera verborgen.

»Bist du immer noch sauer wegen der Geschichte mit meinem angeblichen Ehemann?«, wollte Natalie wissen. »Das ist doch Schnee von …«

»Ich bin nicht *sauer.*« Claire nahm die Kamera herunter und sah sie an. »Ich mache mir Sorgen um dich.«

»Aber das musst du doch nicht!«, erwiderte Natalie unbehaglich. Mit Claires Zorn kam sie besser zurecht als mit diesem Ausdruck tiefer Sorge im Gesicht ihrer Tochter. Sie fühlte sich schuldig, weil sie ihr nicht die Wahrheit sagte. Aber sie hatte keine Wahl. Die Wahrheit wäre viel verstörender für Claire als jede Lüge.

»Du vertraust mir nicht.«

»Natürlich tue ich das! Ich bin gestern nur ein bisschen herumgefahren, habe Orte besucht, die mir früher etwas bedeutet haben. Du hättest damit überhaupt nichts anfangen können. Es ist alles gut, wirklich …«

Claire seufzte. »Gar nichts ist gut. Du hast danach einen Weinkrampf bekommen, konntest dich überhaupt nicht mehr beruhigen.« Sie nahm ihre Hand. »Bitte, Mum, rede mit mir! Wo warst du? Was hat dich so traurig gemacht?«

Natalie schwieg eine Weile, rang mit sich, dann sagte sie

vorsichtig: »Nun gut, wenn du es unbedingt wissen willst, ich habe das Grab eines alten Bekannten besucht, der mir viel bedeutet hat. Er war Jude, und ich wollte wissen, ob das Grab womöglich von den Nazis geschändet wurde. Das hätte mir sehr wehgetan. Glücklicherweise war das Grab völlig intakt.«

Claire kniff die Augen zusammen und musterte Natalie prüfend. »War dieser Bekannte dein Freund?«

»Mein Freund? Nein …« Natalie schüttelte langsam den Kopf. Maxim war alles Mögliche gewesen, Geliebter und Beschützer, Leidenschaft, Rausch, Wahnsinn, aber auch Angst, Frösteln, Unbehagen. Aber ein »Freund« in dem Sinne, wie Claire es sich offenbar vorstellte, das war er nie gewesen.

»Wann ist er gestorben?«

»Vor langer Zeit«, erwiderte Natalie, und als Claire sie weiter fragend ansah, fügte sie knapp hinzu: »Neunzehnhundertacht. Ein … Unfall.«

»Neunzehnhundertacht? Das war doch genau das Jahr, in dem du …«, begann Claire nachdenklich, wurde jedoch zu Natalies Erleichterung von Miller unterbrochen, der schwungvoll am Straßenrand bremste. »Wir sind da«, bemerkte er und deutete auf eine Ruine unmittelbar vor ihnen. Natalie starrte auf den völlig zerstörten Bahnhof, das Trümmerfeld, das einmal der Stralauer Platz gewesen war, und die Häuserstümpfe, die ihn umgaben. Vom Johanniterstift, wo sie einst gewohnt hatte, stand nur noch die Fassade. Sie schluckte. Was suchte sie eigentlich hier? Nichts von dem, was sie gekannt und geliebt hatte, würde sie zwischen den Trümmern wiederfinden. Aber sie wollte trotzdem einen Blick in den Bahnhof werfen. Womöglich gab es die Mission ja noch, zumindest den Raum, dann konnte sie Claire tatsächlich einmal ein wenig von ihrem Leben erzählen, von den Frauen, die hier zusammen mit ihr gearbeitet hatten, von Pfarrer Burckhardt, von Marthe, Hedwig, Margarethe, von der Gräfin, von Baba. Und natürlich von Alice. An sie hatte Natalie in all den Jahren am allermeisten gedacht. Sie hatte ihr am allermeisten gefehlt. Was mochte wohl aus ihr geworden sein? Hatte sie Familie? Kinder, einen Mann, hatten sie den Krieg überlebt? Und wenn ja, wo lebte sie jetzt? Noch immer in der Stadt oder ganz woanders? Natalie brauchte nicht lange nachzurechnen, sie wusste genau, wie alt Alice jetzt war, sofern sie noch lebte, denn sie war genau zehn Jahre jünger als sie, also fünfundfünfzig.

Natalie ließ den Blick zur Andreaskirche schweifen, die abgebrannt war, weiter in Richtung Spree, wo sie sonntags immer auf der Bank gesessen und den Vögeln zugesehen hatte, und wieder zurück zum Bahnhofsvorplatz. Dort hatte immer der Markt stattgefunden. Und direkt dahinter war eine Trinkstube gewesen, wo sich die Huren der Stralauer Vorstadt aufgewärmt hatten. Obwohl der Ort kaum wiederzuerkennen war, überkam Natalie plötzlich ein warmes Gefühl von Heimat. Das war es! Dieses Gefühls wegen war sie hierhergekommen! Die Erkenntnis traf sie so unerwartet, dass sie die Zeit am liebsten für einen Augenblick angehalten hätte, um dieses Gefühl ganz und gar auszukosten.

»Komm, Liebes!« Sie berührte sacht die Hand ihrer Tochter, dann öffnete sie die Tür und kletterte aus dem Jeep. Die Steifheit ihrer Glieder war verflogen, sie fühlte sich auf einmal wieder jung, stark und voller Hoffnung. Ihre Tochter folgte ihr. Auf ihrer Miene spiegelten sich widersprüchliche Emotionen. Neugier, aber auch eine gewisse Vorsicht angesichts dessen, was sie erwarten mochte.

Natalie bat Miller, kurz zu warten. »Wir werfen nur einen Blick in den Bahnhof und sind gleich wieder zurück«, rief sie ihm zu, dann hakte sie ihre Tochter unter. Sie gingen an mehreren Frauen vorbei, die unter der Aufsicht von russischen Soldaten Ziegel abklopften und zu ordentlichen Stapeln aufschichteten. »Hier war früher jede Woche Markt«, begann sie zu erzählen. »Man konnte da alles kaufen, von der Kernseife bis zum Blechspielzeug. Und es gab immer wieder politische Versammlungen hier. Es wurde damals viel für Frauenrechte gekämpft. Die Gräfin war eine eifrige Demonstrantin. Sie hieß eigentlich Auguste, aber alle nannten sie nur die Gräfin … einmal wurde sie sogar verhaftet, zusammen mit Alice … und dort drüben, schau, da war die Eingangshalle, dort drin hatte Willi sein Lager. Das war ein Obdachloser, weißt du. Er wohnte hier am Bahnhof. Ein ewig schlecht gelaunter Kerl, immer hat er geflucht. Alice, das war eine der Helferinnen und eine liebe Freundin, meinte einmal, er sei wie ein Dampfkochtopf …« Sie redete und redete, es sprudelte nur so aus ihr heraus, und spürte dabei, wie ihr mit jedem Schritt, den sie auf den Bahnhof zumachten, leichter ums Herz wurde. Ihre Augen wurden feucht vor Rührung, als ihr bewusst wurde, dass sie hier, an diesem Ort, ihrer Tochter zum allerersten Mal etwas aus ihrer Vergangenheit erzählen konnte, wofür sie sich nicht schämen und was sie nicht vor ihr verbergen musste. Sie bemerkte, wie Claire ihr angesichts ihres unvermittelten Redeschwalls einen erstaunten Blick zuwarf. Lächelnd drückte sie ihren Arm und sagte leise: »Hier war ich zu Hause.«

Claires Blick wanderte umher. »Ich kann es mir nicht vorstellen«, sagte sie nach einer Weile, und es klang kläglich. »Ich sehe nichts von dem, was du erzählst. Die Zerstörung … sie ist so unglaublich. Ich kann ja kaum mehr einen Bahnhof erkennen. Und all die Menschen … Wer sind sie? Wohin wollen sie?«

Tatsächlich war der frühere Bahnhofsvorplatz voller Menschen. Es herrschte ein unglaubliches Durcheinander, das Natalie, die ganz in Erinnerungen versunken gewesen war, jetzt erst nach und nach wahrnahm. Frauen mit Sack und Pack, weinende Kinder, die an Rockzipfeln hingen, Junge, Alte, dazwischen Soldaten in völlig verdreckten Uniformen, abgemagert, auf Krücken oder sich gegenseitig stützend.

»Das sind Kriegsheimkehrer«, sagte Natalie. »Vermutlich waren einige davon in Gefangenschaft. Und die anderen sind vermutlich Flüchtlinge und Menschen, die von den Nazis verschleppt wurden und jetzt zurückkehren. Miller hat uns doch erzählt, dass Millionen im ganzen Land umherziehen.«

Ihre Tochter nickte langsam. »Ich weiß, was er uns erzählt hat. Aber ich konnte mir das bisher nicht vorstellen.« Natalie sah, wie blass Claire geworden war. Ihre Blicke flogen aufgeregt umher, unfähig, alles um sich herum aufzunehmen.

»Du musst nicht mitkommen, Liebes, wenn dich das alles zu sehr belastet«, sagte Natalie sanft. »Ich werfe nur einen Blick …«

»Natürlich komme ich mit«, unterbrach sie Claire entschlossen. Als sie die halb zerstörte Halle betraten, wurde es nicht etwa leichter, nein, es wurde noch viel, viel schlimmer. Natalie hatte in ihrem früheren Leben viel Elend und Leid gesehen, und auch New York war nicht frei davon. Wenngleich sie in ihrem großen Haus auf Staten Island in den letzten siebenunddreißig Jahren wie auf einer Insel der Glückseligkeit gelebt hatte, hatte Natalie nie vergessen, woher sie gekommen war. Dies hier jedoch überstieg sogar Natalies Vorstellungskraft. Die Bahnhofshalle war so überfüllt mit Menschen, dass sie wie eine einzige formlose, wogende Masse wirkten. Sie kauerten, hockten, lagen auf dem Boden, eingekeilt zwischen ihrem letzten Hab und Gut, fiebrige Augen sahen ihnen entgegen, eingefallene Gesichter, weinende Kinder. Manche Menschen lagen einfach nur da, in Lumpen gehüllt, und starrten an die Decke, so reglos, dass man sich nicht sicher sein konnte, ob sie überhaupt noch am Leben waren. Sie warf einen vorsichtigen Blick zu ihrer Tochter. Claires blasses Gesicht wirkte wie versteinert. Natalie sah, dass auch sie flach durch den Mund atmete, um dem Gestank, der über allem lag, Schmutz, Schweiß, Blut, Erbrochenes, Kot, Urin, zu entgehen.

Auch Natalies Hochgefühl verflog. Was suchte sie hier? Das alles hatte nichts mehr mit ihr zu tun. Die Bahnhofsmission gab es nicht mehr. Dennoch ging sie weiter, fast automatisch, und Claire blieb dicht an ihrer Seite, noch immer eingehakt. Natalie spürte ihre Hand ruhig auf ihrem Arm liegen, eine ungewohnte und doch vertraute Nähe, und ihr wurde warm ums Herz. Schon lange hatte sie sich ihrer Tochter nicht mehr so nah gefühlt wie in diesem Augenblick. Sie legte ihre freie Hand kurz auf Claires Finger und drückte sie, und der Blick, den ihre Tochter ihr daraufhin zuwarf, war zwar unbehaglich, gleichzeitig aber voller Wärme. Ihr seit Tagen schwelender Zorn schien sich tatsächlich gelegt zu haben. Irgendetwas war geschehen. Irgendwann seit gestern Nachmittag musste sie beschlossen haben, sich auf diese Reise einzulassen. Es versetzte Natalie einen schmerzhaften Stich, dass sie sie trotzdem weiter würde anlügen müssen.

Sie gelangten an Bahnsteig eins, wo sich damals ihr hübscher, gelb gestrichener Raum befunden hatte, doch er existierte nicht mehr. Auch hier nur Trümmer und Zerstörung. Umso überraschter war Natalie, als sie Frauen sah, die mit Teetassen und Wasserbechern umhergingen, aus Körben Brot verteilten und mit den Menschen sprachen. Es waren keine Krankenschwestern des Roten Kreuzes, sie trugen zivile Kleidung, es waren junge und ältere darunter, und Natalies Herz machte einen kleinen Sprung. Sollte … konnte es möglich sein, dass es die Mission oder etwas in der Art doch noch gab? Dass sie den Naziwahnsinn überdauert hatte? Sie löste sich von Claire und beschleunigte ihren Schritt, um einer beleibten älteren Frau zu folgen, die mit einem leeren Korb und Bechern darin zielstrebig den Bahnsteig entlangging, offenbar, um Nachschub zu holen, zumindest vermutete Natalie das. Claire, die etwas den Anschluss verloren hatte, holte auf und trat wieder neben sie. »Wohin läufst du?«, fragte sie erstaunt. »Ich habe keine Ahnung«, erwiderte Natalie und musste lächeln, als ihr auffiel, dass sie unwillkürlich begonnen hatte, ebenso geschäftig herumzulaufen wie die Frauen um sie herum.

Die Frau, der sie folgte, hatte jetzt das Ende des Bahnsteigs erreicht. Hier gab es offenbar so etwas wie eine provisorische Krankenstation, teilweise mit Tüchern abgehängt. Neugierig warf sie einen Blick hinein. Ein hemdsärmeliger Mann mit blondem Schnauzer tastete gerade einem alten, mit roten Pusteln übersäten Mann, der vor ihm auf einer Kiste saß, die Lymphdrüsen ab. Neben ihm stand eine blonde Frau und schüttelte ein Fieberthermometer. Sie kam Natalie bekannt vor. Doch das konnte nicht sein. Es wäre einfach zu viel des Zufalls, hier ein bekanntes Gesicht wiederzutreffen. Jetzt drehte sich die Frau zu ihr, und Natalie blieb so abrupt stehen, dass Claire mit ihr zusammenprallte. »Mum, was ist?«, stieß ihre Tochter atemlos hervor, doch Natalie beachtete sie nicht. Sie starrte die blonde Frau an. »Gerda?«, sagte sie schließlich langsam und ungläubig.

»Ja?« Die Frau sah sie an und blinzelte überrascht. Dann

sog sie mit einem Mal scharf die Luft ein. Offenbar erinnerte auch sie sich. »Was … aber … das ist nicht möglich …«, stammelte sie. »Natalie? Bist du das?«

Als Natalie nickte, ließ Gerda das Fieberthermometer auf die Liege fallen, lief auf sie zu und umarmte sie so stürmisch, dass beide ins Taumeln gerieten.

Etwas überwältigt löste sich Natalie von ihrem früheren Schützling.

»Meine Güte«, rief Gerda und lachte ungläubig. »Ich kann es gar nicht glauben! Wo kommst du denn so plötzlich her? Marthe wird Augen machen …«

»Marthe?«, unterbrach sie Natalie fassungslos. »Sie lebt noch? Sie ist hier?« Sie versuchte sich an Marthes Alter zu erinnern. Ihre frühere Köchin musste inzwischen weit über siebzig sein.

»Ja, unglaublich, nicht? Marthe ist unverwüstlich. Kaum hierher zurückgekommen, da steht sie schon wieder hinter den Kochtöpfen. Leider gibt's zurzeit nur Erbsen- und Graupensuppe. Aber die schmecken prima. Das haben wir alles Alice zu verdanken, sie hat uns wieder zusammengebracht. Und jetzt bist auch noch du gekommen, das ist …«

»Alice? Wo ist sie?« Natalie spürte, wie ihr Herz schneller schlug. Alice war tatsächlich auch hier? Das alles fühlte sich absolut unwirklich an. Wie ein Traum, aus dem sie jeden Moment aufwachen würde.

Gerda deutete weiter den Bahnsteig entlang. »Da hinten steht eine kleine Hütte. Das ist unser neues Refugium. Da müsste sie sein.«

Natalie strich ihr kurz über den Arm. »Danke! Wir sehen uns noch!« Und schon hastete sie weiter. Claire lief jetzt neben ihr her. »Du kennst hier noch jemanden?«, fragte sie verblüfft.

»Ja! Ist das nicht unglaublich? Gerda war damals ein ganz junges Ding. Ihr wurde übel mitgespielt, ich erzähle dir die Geschichte später. Marthe war unsere Köchin und die Hauswirtschafterin von Pfarrer Burckhardt, sie konnte wunderbare Kuchen backen, und Alice, ach Alice, sie war …«

Sie hatten jetzt die Stelle, die Gerda ihnen beschrieben hatte, fast erreicht. Dort, hinter dem Bahnsteig, auf einer kleinen Brachfläche, befand sich eine Hütte aus schwarz geteertem Holz. Sie war nicht groß, hatte nur ein Fenster und sah aus wie ein verkohltes Hexenhäuschen. Natalie verlangsamte ihren Schritt. Baba fiel ihr ein und ihre Wellblechhütte bei den Gleisen auf der anderen Seite des Bahnhofs, von der mit Sicherheit nichts mehr übrig war. Was wohl aus Baba geworden war? Sie würde Alice fragen. Alles würde sie sie fragen. Jedes Detail der vergangenen siebenunddreißig Jahre. Vorsichtig stieg sie die zertrümmerten Stufen des Bahnsteigs hinunter und blieb stehen, blinzelte überrascht angesichts des Bildes, das sich ihr bot. An der Längsseite der Hütte lehnte eine Holzleiter, und auf der Holzleiter stand eine schlanke, große Frau mit blonden Haaren. Ein Eimer hing an der Leiter, und die Frau hielt einen breiten Pinsel in der Hand. Gerade tauchte sie den Pinsel in den Eimer und vollendete, was sie in großen weißen Lettern an die Hüttenwand geschrieben hatte: *BAHNHOFSMISSION*

Natalies Kinn begann zu beben. Das war mehr, als sie zu träumen gewagt hatte: Es gab sie noch, ihre frühere Heimat. Sie hatte zwei Kriege und siebenunddreißig Jahre überdauert, und damit nicht genug: Es gab noch Frauen von damals, die die Arbeit fortführten. Frauen, die sie noch kannten. Sie spürte, wie ihre Wangen feucht wurden und das Bild vor ihren Augen verschwamm. Sie schluchzte auf. Claire sagte etwas, sie klang besorgt, doch sie achtete nicht darauf. Unverwandt betrachtete sie die Frau, die dort auf der Leiter stand. Durch den Tränenschleier sah sie sich plötzlich selbst wieder, wie sie damals ebenfalls auf einer Leiter gestanden hatte. Es war an dem Tag gewesen, als sie die Schmierereien ihrer Feinde überpinselt hatte. Sie sah sich, wütend, aufgebracht über diesen Angriff, mit dem Pinsel hantieren, und sie sah Alice unter ihr stehen, achtzehnjährig und so unglaublich hübsch und adrett in ihrem teuren Kleid, dass sie aus irgendeinem Grund noch wütender geworden war. Sie hatte das junge Mädchen grob angeschnauzt damals, ungerechterweise, aber Alice hatte sich zu wehren gewusst.

Natalie trat ein paar Schritte auf die Hütte zu und räusperte sich. »Alice?«

22

Alice hörte, wie jemand sie ansprach, doch sie reagierte nicht gleich. Sie vollendete zuerst das letzte N im Wort *Bahnhofsmission*, das sie mit großen weißen Buchstaben an die Seitenwand der Kaue gepinselt hatte. Es verschaffte ihr eine ungeahnte Befriedigung, dieses Wort zu schreiben, hier, an dem Ort, an dem die Mission vor rund fünfzig Jahren gegründet worden war. Hier war sie als junges Mädchen zum ersten Mal auf diese Organisation aufmerksam geworden, hier hatte sie angefangen zu arbeiten, heimlich und wild entschlossen, sich ein selbstbestimmtes Leben aufzubauen. Und jetzt, nachdem die Mission von den Nazis zuerst drangsaliert und schließlich verboten worden war, gab es sie wieder. Noch klein und unscheinbar, aber sie würde wachsen. Dieses Wort an der Bretterwand der Kaue war ein Manifest. Ein Manifest gegen die Barbarei der Nationalsozialisten, deren Diktatur schlussendlich mit Pauken und Trompeten untergegangen war. Ein neues Gefühl der Hoffnung durchströmte Alice. Sie, die sie helfen wollten, waren noch da. Mitgefühl und Menschlichkeit hatten auch vom Hakenkreuz nicht völlig zerstört werden können.

Fast war sie versucht, hinter das Wort Bahnhofsmission

noch ein Ausrufezeichen zu setzen. In diesem Moment hörte sie ihren Namen noch einmal hinter sich, etwas lauter: »Alice!«

Sie drehte sich etwas zu hastig um, was die wackelige Leiter, auf der sie stand, leicht ins Schwanken brachte. Der Pinsel fiel ihr aus der Hand, und die beiden Frauen, die hinter der Leiter standen und von denen eine zu ihr hinaufgerufen hatte, wichen zurück, um nicht mit Farbe vollgespritzt zu werden. Eine jüngere und eine ältere Frau, beide gut gekleidet, zu gut für diese Stadt in diesen Tagen. Die junge Frau wirkte burschikos, sie hatte kurze lockige Haare, trug Bundfaltenhosen und praktische flache Schuhe zu einer blütenweißen, kurzärmeligen Bluse. Um ihren Hals hing eine Kamera. Alice schätzte sie auf Mitte dreißig. Die andere Frau war um einiges älter, sicher über sechzig, wenngleich ihre ebenfalls dunklen Haare nur wenige graue Strähnen aufwiesen. Sie trug trotz der Hitze ein dunkles Kostüm mit Jacke und elegante dunkle Schuhe, die jetzt jedoch grau vom Staub waren. Ihre noch vollen Haare waren sorgfältig hochgesteckt, und sie war dezent geschminkt. Das müssen Ausländerinnen sein, dachte Alice. Niemand aus Berlin lief zurzeit so nach der neuesten Mode gekleidet in der Stadt herum. Sie runzelte die Stirn. Aber wer waren die beiden, und weshalb kannten sie ihren Namen? Sie kniff die Augen zusammen, musterte die ältere Frau genauer. Sie kam ihr trotz des vornehmen Erscheinungsbildes irgendwie bekannt vor. Als diese Alice' Blick auf sich spürte, trat sie ein paar Schritte näher und sah Alice mit einem abwartenden, fast zaghaften Lächeln an. Sie schien irgendeine Reaktion zu erwarten, doch Alice wusste nicht, welche. Sie blickte in ein schmales, trotz des Faltenkranzes um die Augen noch immer jugendlich wirkendes Gesicht und in ein Augenpaar, das von einem außergewöhnlich dunklen, leuchtenden Blau war. In

Alice' Gedächtnis regte sich etwas. Sie hatte einmal jemanden gekannt, der genau dieselbe Augenfarbe gehabt hatte. Die plötzliche Erkenntnis durchzuckte sie wie ein Stromschlag. Sie schwankte leicht und hielt sich schnell an der Leiter fest. »Das ist nicht möglich …«, murmelte sie und stieg vorsichtig die Sprossen herunter. »Natalie?«

Die Frau nickte. »Ja. Ich bin's.«

Als Alice mit wackeligen Knien am Boden angekommen war, machte Natalie eine Bewegung auf sie zu, wie um sie zu umarmen, hielt dann aber inne und ließ verlegen die Arme wieder sinken. »Guten Tag, Alice.«

»Natalie«, wiederholte Alice noch einmal, unfähig etwas anderes zu sagen. Nach einer Ewigkeit, wie es ihr schien, brachte sie es fertig, zu stammeln: »Was zur Hölle machst du hier?«

Natalie lachte auf. »Alice! Du hast fluchen gelernt?«

Alice schwieg. In ihrem Kopf wirbelten die Gedanken so wild durcheinander, dass sie keinen einzigen zu fassen bekam.

Natalie. Die Frau, die sie bewundert hatte wie keine andere. Die ihr für eine kurze, aber entscheidende Zeit Freundin, Vertraute, Vorbild, Lehrerin gewesen war. Die Frau, die sie dazu gebracht hatte, ihr Leben selbst in die Hand zu nehmen. Und die von einem Tag auf den anderen spurlos verschwunden war. Ohne ein Wort. Und sich niemals wieder gemeldet hatte.

Alice musste schwer schlucken, während sich all die unwillkommenen Erinnerungen wieder aufzudrängen begannen. Obwohl die anderen Frauen in der Bahnhofsmission damals überzeugt gewesen waren, dass Natalie ihren Fortgang geplant und Leo Hirschfeld ihnen schließlich sogar gesagt hatte, dass sie in einen Zug gestiegen war, um Pavel zu entkommen, hatte sich Alice noch eine ganze Weile lang eingeredet, sie sei tot.

Pavel habe sie erwischt und verschwinden lassen, irgendwo, wo niemand sie je finden würde. Denn nur so hatte sie sich erklären können, weshalb sie nie eine Nachricht von ihr erhalten hatte. Viele Nächte lang hatte Alice bitterlich geweint um Natalie und um die verlorene Freundschaft, und noch Jahre danach waren ihr manchmal in Erinnerung daran die Tränen gekommen. Sie hatte Natalie so schmerzlich vermisst, mehr noch als Heinrich und den naiven Traum einer Liebe, der von vorneherein nichts als eine Seifenblase gewesen war, wie sie später begriffen hatte, mehr als ihre Eltern nach ihrem Tod, und sogar mehr als ihre Schwester Constanze, nachdem diese mit ihrem Mann nach England gegangen war, obwohl sie ihr noch immer sehr fehlte. Mit Natalie war etwas aus ihrem Leben verschwunden, das damals erst im Begriff gewesen war zu wachsen, das verstand sie erst jetzt, als Alice sie vor sich stehen sah, zierlich und klein und doch so stark und schön, noch immer. Alice hatte ein selbstbestimmtes Leben geführt, das schon, aber etwas hatte gefehlt, etwas, was mit Natalie verloren gegangen war, bevor sie es hatte erfahren können: Abenteuergeist, Leichtigkeit, tiefe Freundschaft, und, vielleicht am allerwichtigsten: Leidenschaft. Das alles hatte Natalie für sie verkörpert, und über all das wusste sie nichts. Spröde und brüchig wie ein alter Ast war sie geworden, ruppig und bitter. Das alles war natürlich nicht Natalies Schuld, das Leben forderte von allen seinen Tribut, doch der Schmerz über ihren Weggang hatte den Anfang gemacht. Sie hatte den Schmerz in sich eingeschlossen, hatte zugelassen, dass er sich tief in ihrem Herzen verkapselte, und sich eine dicke Schale zugelegt, damit ihr so etwas nicht noch einmal passierte.

Alice spürte, wie sich ihre Schultern und ihr Kiefer versteiften. »Was machst du hier?«, fragte sie noch einmal.

Natalie stutzte etwas, ihr war Alice' verhaltene Reaktion nicht entgangen. »Ich besuche Berlin«, sagte sie, vorsichtig. »Und wollte meiner Tochter Claire den Schlesischen Bahnhof zeigen, oder was davon noch übrig ist …« Sie lachte etwas nervös, und da Alice keinen Kommentar dazu abgab, sprach sie hastig weiter: »Ich war schon völlig überrascht, als ich eben Gerda hier traf, und als ich von ihr hörte, dass du auch da bist, konnte ich es kaum glauben!«

»Du hast also eine Tochter«, stellte Alice fest, ohne auf Natalies letzten Satz einzugehen, und warf endlich einen Blick zu der jüngeren Frau, die neben Natalie stand und noch kein Wort gesagt hatte. Ein ausdrucksvolles, kantiges Gesicht und, im Gegensatz zu ihrer Mutter, dunkle Augen. Sie war blass und wirkte erschrocken. Alice nickte ihr knapp und ohne zu lächeln zu. »Ich bin Alice Hardtleben. Eine … alte Bekannte Ihrer Mutter.«

Die jüngere Frau reichte ihr die Hand, und Alice ergriff sie. Ihr Händedruck warf fest und energisch.

»Claire Harrison.« Auch sie lächelte nicht und benutzte keinerlei Höflichkeitsfloskel wie »sehr erfreut, Sie kennenzulernen« oder Ähnliches, was Alice spontan sympathisch fand. Sie selbst war absichtlich barsch gewesen, doch Natalies Tochter beherrschte dieses Spiel genauso.

»Sie kommen aus England?«, fragte sie, doch Claire Harrison schüttelte den Kopf. »New York.«

Alice wandte sich wieder ihrer alten Freundin zu. »Du bist weit gekommen.«

»Alice, bitte, hör mir zu …«, begann Natalie, doch Alice winkte ab. »Ich habe keine Zeit. Gleich wird ein neuer Zug eintreffen, und wie du siehst, gibt es jetzt schon eine Menge Arbeit.«

Natalie nickte. »Du hast recht.« Und dann tat sie etwas, was nicht nur Alice, sondern ganz offenbar auch Natalies Tochter verblüffte: Sie zog das Jackett ihres Kostüms aus und krempelte die Ärmel ihrer zartblauen Seidenbluse nach oben. »Wo kann ich helfen?«

»Mum!« Claire sagte etwas auf Englisch zu ihrer Mutter, was Alice nicht verstand, jedoch dahingehend interpretierte, dass sie ganz und gar nicht damit einverstanden war, dass Natalie hier arbeiten wollte. Es entspann sich ein kurzer Wortwechsel, der zwar leise, aber ziemlich heftig geführt wurde, vor allem von Seiten der Tochter, und er endete damit, dass Claire in einer ebenso wütenden wie hilflosen Geste die Hände hob, sich jäh umdrehte und ohne ein weiteres Wort ging. Natalie zuckte die Achseln. »Kinder«, sagte sie lapidar, als handelte es sich bei ihrer Tochter um ein trotziges kleines Mädchen und nicht um eine erwachsene Frau, doch ihre Miene war traurig und enttäuscht, so als habe sie sich eine andere Reaktion von ihrer Tochter erhofft.

In diesem Moment fuhr der erwartete Zug ein und kam quietschend auf ihrem Bahnsteig zum Halten. Eine Antwort auf Natalies Frage erübrigte sich damit, da offensichtlich war, wo Hilfe gebraucht wurde. Ohne auch nur mit der Wimper zu zucken, packte Natalie ganz selbstverständlich überall mit an und schreckte nicht einmal davor zurück, mit Alice in die nach Fäkalien stinkenden Waggons zu steigen, um alten und kranken Menschen, die nicht selbstständig aussteigen konnten, herauszuhelfen. Als sie in einen der hinteren Waggons kletterten, blieb Natalie, die vorausgegangen war, so abrupt stehen, dass Alice gegen sie prallte. »Was ist?«, fragte sie, doch sie sah es im gleichen Moment, noch bevor ihr der metallische Geruch nach Blut in die Nase stieg. In der hintersten Ecke des Waggons lag ein Mann in einer großen Pfütze Blut. Er war tot. An seinem Hals klaffte ein tiefer Schnitt, und seine aufgerissenen Augen starrten reglos zur Decke. Jemand hatte ihm die Kehle durchgeschnitten.

Alice hörte, wie Natalie scharf die Luft einsog, und spürte, wie sich ihr die Nackenhaare aufstellten. Sie packte Natalie am Arm. »Komm!«

Hintereinander kletterten sie aus dem Waggon und sahen sich einer Truppe Menschen gegenüber, die sie beobachteten. Es waren diejenigen, die gerade aus dem Waggon gestiegen waren, in dem die Leiche lag.

»Was ist passiert?«, fragte Alice, atemlos vor Abscheu und Schrecken. »Wer war das?«

Schweigen antwortete ihr.

»Was ist passiert?«, wiederholte Alice. »Die russischen Soldaten werden euch auch danach fragen.«

Endlich trat eine Frau vor. »Wir wissen nicht, wer das getan hat«, sagte sie. »Es war so eng und voll, wir haben nichts gesehen und nichts gehört. Es könnte jeder von uns gewesen sein. Aber wir wissen, warum dieses Schwein getötet wurde.« Sie spuckte auf den Boden, und mehrere murmelten zustimmend und taten es ihr nach. Schließlich gelang es Alice durch mehrmaliges Nachfragen in Erfahrung zu bringen, dass es sich bei dem Toten um einen Lageraufseher eines Konzentrationslagers gehandelt hatte. Er hatte sich als angeblich Vertriebener unter die Passagiere geschmuggelt. Dummerweise – oder hatte es das Schicksal so gewollt? – hatte sich der Mann ausgerechnet diesen Transport ausgesucht, in dem sich auch ehemalige Insassen genau dieses Lagers befanden. Sie hatten ihn wiedererkannt und den anderen Passagieren seine Identität verraten. Noch während der Schilderungen der Menschen standen Alice wieder die Bilder der ausgemergelten Toten vor Augen, die sie gesehen hatte. Er war einer gewesen, der dies zu verantworten hatte. Ein Täter. Er hätte vor Gericht gestellt werden müssen. Sich vor aller Augen verantworten. Und nicht abgestochen werden wie ein Schwein in einem Viehwaggon. Und doch fühlte sich genau das richtig an. Wann war sie so roh und kalt geworden? Sie rieb sich fröstelnd über die Arme und warf Natalie einen Blick zu. In ihren Augen konnte sie sehen, dass sie Ähnliches dachte. Vermutlich hatte auch sie die Bilder gesehen, oder die amerikanischen GIs hatten ihr davon erzählt.

»Was sollen wir tun?«, flüsterte Natalie schließlich.

»Wir müssten es eigentlich den Soldaten melden …«, gab Alice ebenso leise zurück und warf einen schnellen Blick auf Leutnant Nikitin, der gerade zusammen mit einem anderen Soldaten einen Verletzten zu Gregor Kramm brachte.

»Werden sie sie bestrafen?«

Alice zuckte die Achseln. »Ich weiß es nicht.« Sie ließ ihren Blick über die wartenden Menschen gleiten, die sie mit einer Mischung aus Trotz, Angst und Schicksalsergebenheit ansahen. Vermutlich würden sie gar nicht bestraft werden, überlegte sie, niemand hatte Mitleid mit einem getöteten Lageraufseher, und es würde ohnehin nicht leicht werden herauszufinden, wer es getan hatte. Andererseits waren die Russen hier nun mal die Ordnungsmacht. Sie mussten einen Mord untersuchen, egal, wie gerechtfertigt er gewesen sein mochte. Es würde vermutlich Fragen geben, Untersuchungen. Erneut trafen sich ihre und Natalies Blicke, und sie meinte, Natalie fast unmerklich nicken zu sehen. Sie verstanden sich offenbar sogar nach all den Jahren noch immer nahezu wortlos, dachte sie mit einem Anflug von Zynismus und wandte sich dann an die Wartenden. »Schließt die Tür«, sagte sie, und ein kollektiver Seufzer der Erleichterung durchlief die Gruppe. »Der Waggon ist leer. Sobald alle Türen geschlossen sind, kann der Zug weiterfahren.«

Zurück auf dem Bahnsteig kam ihr Kramm entgegen. »Alles in Ordnung?«, fragte er, und obwohl sie nickte, fügte er hinzu: »Was war das eben am Waggon? Gab's Probleme?«

Alice zögerte. Kramm war auf ihrer Seite. Er arbeitete unermüdlich, mehr als sie, und doch sträubte sich etwas in ihr davor, ihn einzuweihen. Sie schüttelte den Kopf. »Nein, da war nichts.«

Sie arbeiteten weiter, ohne noch ein Wort darüber zu verlieren. Natalie fügte sich so mühelos in den Ablauf ein, als habe sie all die Jahre nichts anderes getan. Ihre himmelblaue Seidenbluse war in kürzester Zeit mit Milchflecken, Blut und Schmutz bedeckt und ihr Gesicht schweißnass und rußig. Doch sie wirkte nicht angestrengt oder gar erschöpft, sondern schien ganz in ihrem Element zu sein.

Dennoch fühlte sich Alice für sie verantwortlich und sagte irgendwann: »Lass uns eine Pause machen.« Sie ging mit ihr zur Kaue, wo Marthe noch immer unermüdlich Tee kochte und Suppe ausschenkte. Sie und Natalie hatten sich schon kurz gesehen, als Marthe mit Nachschub zum Bahnsteig gekommen war, und die alte Frau hatte vor Freude geweint, nachdem sie begriffen hatte, dass es sich bei der unerwarteten neuen Helferin um Natalie handelte. »Dit is nich möglich!«, hatte sie immer wieder gerufen und Natalie an sich gedrückt wie eine verloren gegangene Puppe. Auch Natalie hatte Tränen in den Augen gehabt, wie Alice bemerkt hatte, und sie, die etwas abseits gestanden hatte, hatte sich schäbig und zugleich traurig gefühlt. Warum konnte sie selbst sich nicht so vorbehaltlos über die Rückkehr von Natalie freuen? Es waren so viele Jahre vergangen, konnte sie ihr nicht einfach verzeihen? Sie hätte auch so gern vor Freude geweint, aber offenbar wusste sie nicht mehr, wie das ging.

Auch jetzt war sie zurückhaltend und antwortete knapp und verhalten auf Natalies Fragen danach, wie es ihr in den letzten Jahren ergangen war. Ihr Leben war auch denkbar dürftig, fiel ihr dabei auf. In ein paar dürren Worten erklärt: Studium, Promotion, Arbeit. Kein Ehemann, keine Kinder. Wortkarg saß sie neben ihrer alten Freundin auf einem der beiden Stühle in der Kaue und hielt ihren heißen Becher Tee umklammert, als böte er ihr Schutz vor all den Gefühlen, die in Natalies Nähe auf sie einstürmten und die sie nicht spüren wollte. Marthe dagegen löcherte Natalie mit Fragen über ihr Leben, und sie erzählte bereitwillig davon, wie sie schon während der Überfahrt ihren Mann kennengelernt hatte, Cliff Harrison, ein Verleger und Unternehmer aus New York, beschrieb ihr unverhofft luxuriöses Leben als Frau eines der reichsten Männer dieser Stadt und sprach viel über ihre Tochter Claire, auf die sie ganz offensichtlich sehr stolz war. Auch wenn Alice so tat, als höre sie nur mit einem Ohr zu, entging ihr doch kein einziges Wort, sie sog Natalies Schilderungen auf wie ein Schwamm und hasste sich gleichzeitig dafür.

Aus ihren Gedanken voller Abwehr und Selbsthass schreckte sie erst auf, als Natalie sich mit einer Frage wieder direkt an sie wandte:

»Weißt du etwas über Pavel?«

»Pavel …«, wiederholte Alice leise. Pavel Petrow, der Mädchenfänger und Mörder, dessen Rache Natalie sich laut Leo Hirschfeld hatte entziehen wollen, was Alice zwar als Erklärung akzeptiert, aber nie ganz verstanden hatte. Weshalb verschwand eine so mutige und mit allen Wassern gewaschene Frau wie Natalie von einem Tag auf den anderen aus Furcht vor einem Mann, dem sie bis dahin so unerschrocken getrotzt hatte? Andererseits hatte auch sie sich immer vor Pavel gefürchtet, selbst wenn sie ihn nur ein einziges Mal gesehen hatte. Auf eine vage, nicht greifbare Art war ihr dieser Mann damals wie die Ausgeburt des Bösen vorgekommen.

»Zuerst hat man nichts mehr von ihm gehört«, sagte sie schließlich. »Die Polizei hat ihn nicht gefunden, und alle außer Hirschfeld dachten, er sei tot. Er war ebenso vom Erdboden verschluckt wie du.« Sie konnte den bitteren Vorwurf in ihrer Stimme selbst hören und trank hastig einen Schluck von ihrem Tee, um Natalie nicht ansehen zu müssen. »Ich bin dann kurz darauf von der Bahnhofsmission weggegangen und habe mit meinem Studium begonnen.« Alice' Gedanken wanderten zurück in die Zeit vor dem ersten Krieg, der Zeit, als sie in den Zwanzigern gewesen war und eine verheißungsvolle Welt des Wissens und der Freiheit vor ihr gelegen hatte.

»Und dann?«, fragte Natalie nach einer Weile und holte sie damit in die Gegenwart zurück.

»Nach dem Krieg tauchte er wieder auf. Zumindest glaubte Kommissar Hirschfeld das. Der hat übrigens Karriere gemacht, wurde nach seiner Rückkehr aus dem Krieg neunzehnhundertachtzehn zum Leiter des Kriminalkommissariats ernannt, trotzdem ist er noch häufig in die Bahnhofsmission gekommen, ich selbst habe ihn bei einem meiner Besuche auch einmal getroffen und wir haben einen Kaffee zusammen getrunken.« Und über dich geredet, fügte Alice in Gedanken hinzu, sprach es jedoch nicht laut aus. »Von Marthe und der Gräfin weiß ich, dass er immer seine schützende Hand über die Bahnhofsmission gehalten hat. In den Zwanzigerjahren dann, als die Ringvereine groß wurden, war auf einmal viel von einem Mann die Rede, der angeblich der König aller Zuhälter war. Er arbeitete im Verborgenen, anfangs wusste niemand genau, wer er war, ob er tatsächlich existierte und nicht nur ein Phantom war, das die Ringvereine erfunden hatten, um von sich abzulenken. So stand es jedenfalls in den Zeitungen. Dennoch fürchteten ihn alle, er war äußerst brutal, und als es zu einigen besonders grausamen Morden an Prostituierten kam, schreckte das sogar die Ringvereine auf und sie begannen ebenfalls, Jagd auf diesen Mann zu machen. Allerdings vergeblich. Diejenigen, die ihn tatsächlich kannten, wagten nicht, ihn zu verraten, und so blieb er ein Schatten.«

»Und dieser Mann war Pavel Petrow?«

Alice hob die Schultern. »Das weiß ich nicht. Wie er wirklich hieß, wurde nie bekannt. Die Zeitungen nannten ihn *die Fratze*, so hieß er im Milieu, weil angeblich sein Gesicht schlimm entstellt war. Vor allem deswegen war Leo Hirschfeld überzeugt davon, dass es Pavel war, weil du ihn doch damals verletzt hattest. Der Kommissar hat alles darangesetzt, ihn zu fassen, doch auch ihm ist es nicht gelungen. Und dann, dreiunddreißig, als die Nazis an die Macht kamen, war es mit den Ringvereinen und Zuhältern ohnehin vorbei, die Bordelle wurden geschlossen und man hat nichts mehr von ihm gehört.«

»Man weiß also nicht, ob Pavel Petrow noch lebt?«

Alice schüttelte den Kopf. »Nein, aber wenn er wirklich dieser Mann war, kann ich mir nicht vorstellen, dass er überlebt hat. Die Nazis sind nicht sehr rücksichtsvoll mit Berufsverbrechern umgegangen.«

»Und Leo Hirschfeld?« Diese Frage kam leise und so furchtsam, dass Alice überrascht aufsah. Es war ganz still in der Kaue, Marthe war nach draußen gegangen, um frischen Tee an den Bahnsteig zu bringen, und sie waren allein. Sie bemerkte den Schmerz in Natalies Augen, die bange Spannung, die ihren Körper erfasst hatte, und begann zu begreifen, dass der Kommissar Natalie möglicherweise mehr bedeutet hatte, als alle geahnt hatten.

»Ich weiß es nicht«, erwiderte Alice nach kurzem Zögern und wünschte, sie könnte Natalie etwas anderes sagen.

»Hirschfeld war ziemlich prominent in den Jahren nach dem Krieg. Während seiner Amtszeit hat er sich erbitterte Kämpfe mit der SA geliefert, ihre brutalen Übergriffe mit aller Härte verfolgt und bestraft. Damit hatte er sich natürlich Goebbels zum Feind gemacht.« Weil sie sich nicht sicher war, wie viel Natalie in den USA von Nazideutschland mitbekommen hatte, fügte sie erklärend hinzu: »Joseph Goebbels war damals noch Gauleiter der NSDAP in Berlin. Später wurde er Reichspropagandaminister …«

»Ich weiß, wer Joseph Goebbels war«, unterbrach Natalie sie, und man konnte ihr ansehen, dass Alice' Worte sie tief beunruhigt hatten. Ihre Lippen hatten alle Farbe verloren.

»Sein Engagement gegen die SA hätte für sich allein schon ausgereicht, um nach dreiunddreißig Probleme zu bekommen«, fuhr Alice dennoch fort. »Aber …«

»… Leo Hirschfeld war zudem Jude«, vollendete Natalie ihren Satz. Ihre Stimme klang jetzt rau und brüchig.

Alice nickte traurig. »Wie viele andere war Leo Hirschfeld auf einmal nicht mehr da. Von einem Tag auf den anderen wie vom Erdboden verschluckt. Nur wenige Wochen nach der Machtergreifung saß ein Parteimitglied der NSDAP auf seinem Posten.« Sie hob die Schultern. »Ich habe nie wieder etwas von ihm gehört.« Sie fragte sich, warum sie damals nicht versucht hatte herauszufinden, ob Hirschfeld nur abgesetzt oder verhaftet worden war. Hätte sie im Präsidium nachfragen können? Es waren so viele gewesen, die im Laufe dieser Jahre einfach verschwunden waren, angefangen von der Familie Winterfeld auf dem Stockwerk über ihr, dann Nachbarn, Ladenbesitzer, Kollegen … und doch, war das eine Entschuldigung? Hätte sie mehr tun, mehr in Erfahrung bringen, vielleicht sogar helfen können? Bei diesen Fragen legte sich eine Last auf ihr Herz, die sie schon seit Jahren immer wieder verspürte, immer, wenn sie versuchte, darüber nachzudenken, wie es so weit hatte kommen können. Sie hatte keine Antwort.

Einen Moment lang schwiegen beide, dann sagte Natalie: »Ich habe ihm geschrieben.«

»Wem?« Alice runzelte die Stirn, verstand nicht gleich, wen Natalie meinte.

»Leo Hirschfeld. In dem Jahr, als Hitler an die Macht kam, habe ich ihm ins Polizeipräsidium geschrieben.«

»Du hast dich bei dem Kommissar gemeldet?«, fragte Alice ungläubig nach, und als Natalie nickte, versetzte es ihr einen Stich. Natalie hatte ein Lebenszeichen von sich gegeben, aber nicht ihr gegenüber.

»Ich habe ihm angeboten, nach Amerika zu kommen, wenn die Lage für Juden im Land noch schlimmer würde. Er hat mir geantwortet, dass ich mir keine Sorgen zu machen bräuchte. Hitler würde es nicht wagen, so weit zu gehen und ehemalige Frontkämpfer und für den Staat verdiente Männer anzugreifen, das könne er sich gar nicht erlauben, weil die Empörung in der Bevölkerung zu groß wäre.« Natalie stieß einen Ton aus, der irgendwo zwischen Schluchzen und Schnauben lag. »Dieser Idiot! Ich habe ihm noch mein Amulett geschickt und ihm viel Glück gewünscht.«

»Welches Amulett?«, wollte Alice wissen. Sie war wie betäubt von der Information, dass Leo Hirschfeld gewusst hatte, dass Natalie noch am Leben und in Amerika war, ja sogar ihre Adresse gehabt hatte, während sie völlig ahnungslos geblieben war.

»Das ich an jenem Abend bei Kahlenbachs Feier getragen habe. Es ist ein altes Schutzamulett. Ich weiß, es ist albern, aber damals habe ich noch mehr als heute an solche Dinge geglaubt. Und ich habe mich hilflos gefühlt, wollte irgendetwas tun, um ihn zu beschützen.«

Sie schwiegen beide. Irgendwann sagte Alice in plötzlicher Erkenntnis: »Du hast Leo Hirschfeld geliebt.«

Natalie gab keine Antwort, doch ihr trauriger Blick sprach Bände, und Alice überkam ein derart tiefes Mitleid mit ihr, dass es sie alle Bitterkeit und allen verletzten Stolz vergessen ließ. Die Geschichte zwischen Natalie, Maxim Laski und Leo Hirschfeld war noch viel tragischer gewesen, als es von außen den Anschein gehabt hatte. Sie hätte damals, mit gerade einmal achtzehn Jahren, unmöglich das ganze Ausmaß begreifen können, selbst wenn sie diese Einzelheiten gewusst hätte. Als junges Mädchen hatte es für sie nur die Vorstellung einer einzigen großen Liebe im Leben gegeben, diese oder keine.

In diesem Moment kam ihr ein neuer Gedanke: »Wie alt ist eigentlich deine Tochter?«, fragte sie, und als Natalie keine Antwort gab, begann sie allmählich zu begreifen, was damals geschehen war. Ihr stockte der Atem: Wenn Natalie von Maxim schwanger gewesen war, war es verständlich, dass sie Pavels Rache mehr gefürchtet hatte als zuvor, wo sie nur für sich selbst verantwortlich gewesen war. Und gleichzeitig hatte sie sich ausgerechnet in den Mann verliebt, der den Vater ihres ungeborenen Kindes getötet hatte. Die Tatsache, dass ausgerechnet Leo Hirschfeld, der Mann, den Natalie im Verborgenen geliebt hatte, Maxim erschossen hatte, im irrigen Glauben, Natalie zu beschützen, gab dem Ganzen die Dimension einer griechischen Tragödie. Unwillkürlich griff Alice nach Natalies Hand. Ihre frühere Freundin musste nichts mehr sagen. Alice begriff die Not, in der sie sich befunden hatte. Und damit verstand sie auch, weshalb sie gegangen war, ohne Abschied und ohne sich je wieder zu melden.

Ein Geräusch an der offenen Tür ließ beide aufschrecken, und Natalie sprang auf. Sie lief zur Tür und sah hinaus, kam jedoch gleich wieder zurück.

»Entschuldige«, sagte sie mit einem nervösen Lächeln. »Ich bin etwas paranoid. Für einen Moment habe ich befürchtet, Claire könnte uns womöglich belauscht haben. Sie weiß von alledem nichts.«

Alice hob die Brauen. »Sie weiß nicht, dass …«

»Cliff und ich waren uns einig, dass es so das Beste für sie wäre. Er war Witwer und kinderlos und hat Claire als ein Geschenk des Himmels angesehen. Claires Leben sollte nicht von Fragen nach ihrer Herkunft belastet sein. Außerdem wollte er nicht, dass es um seine neue Frau Gerede gab.« Natalie holte tief Luft, ehe sie Alice ernst in die Augen blickte und dann sagte: »Claire denkt natürlich, sie sei Cliffs Tochter.«

TEIL 3

23

Claire drängte sich durch die Bahnhofshalle, vorbei an den traurigen Gestalten, die hier überall lagerten, in Fetzen und Lumpen gehüllt, in Uniformen, die noch vor wenigen Monaten Angst und Schrecken verbreitet hatten und jetzt schon begannen, zu Staub zu zerfallen. Sie wollte nicht hier sein, wollte all diese halb verhungerten, gebrochenen, stumpfen Menschen nicht sehen, den penetranten Geruch, der über allem lag, nicht riechen. Schon bei ihrer Ankunft hatte sie das Unheil gespürt, das über diesem Land lag, hatte die Schrecken, die hier geschehen waren, gefühlt wie einen kalten Hauch, der über die Haut streicht und einen frösteln lässt. Doch nichts hatte sie auf einen Ort wie diesen vorbereitet. Sie lief hinaus, schnappte nach Luft wie eine Ertrinkende, hielt ihr Gesicht in die Sonne, die heiß und ungerührt vom wolkenlosen Himmel brannte, füllte ihre Lungen und ihre Seele mit Luft und Licht, konnte nicht genug davon bekommen.

»Alles in Ordnung?«

Jacksons Stimme ließ sie zusammenzucken. Der junge GI war neben ihr aufgetaucht und blickte sie besorgt an. Er hatte seine Uniformjacke ausgezogen und die Ärmel seines Hemds hochgekrempelt. Sein Gesicht war von der Hitze gerötet.

»Ich wollte gerade nachsehen, wo Sie beide abgeblieben sind«, sagte er und musterte sie forschend. »Sie wirken etwas blass.«

Claire lachte freudlos auf. »Ja, das kann gut sein.«

Sie gingen in den Schatten eines zerstörten Gebäudes neben der Bahnhofshalle und setzten sich auf ein paar herumliegende Trümmer. »Da drin …«, begann sie nach einer Weile und verstummte dann wieder, unfähig, die richtigen Worte zu finden. »Es ist schrecklich. So viel Elend …« Sie wischte sich eine Träne aus dem Gesicht.

Miller zündete sich eine Zigarette an und hielt Claire die Schachtel hin. Sie schüttelte den Kopf. Ein einziger Zug auf ihren ohnehin schon rebellierenden Magen und sie würde sich an Ort und Stelle übergeben.

»Die Army schätzt,« begann er schließlich in seinem langsamen, bedächtigen Wyominger Tonfall zu präzisieren, was er ihnen schon einmal kurz geschildert hatte, »die Army schätzt, dass ungefähr vierzig Millionen Menschen derzeit nicht dort sind, wo sie eigentlich hingehören …«

Claire hörte ihm schweigend zu. Jacksons ruhiger Tonfall, seine sachliche Beschreibung taten ihr gut. Sie lauschte, wie er von den Schwierigkeiten der Besatzungsmächte erzählte, all die Menschen zu versorgen, sie zu verteilen und an ihre Bestimmungsorte zu bringen, sofern es solche überhaupt noch gab. Nach einer Weile unterbrach er sich und starrte sie so erschrocken an, als hätte er etwas Wichtiges vergessen. »Wo ist überhaupt Ihre Mutter?«

»Meine Mutter!« Claire seufzte. »Sie ist noch dort drin. Mittendrin, um genau zu sein. Sie hilft den Leuten, die sich um die Ankommenden kümmern, offenbar kennt sie einige von ihnen noch von früher.« Sie seufzte erneut, sah ihre Mutter wieder vor sich, wie sie ihre teure Kostümjacke auszog und resolut die Ärmel ihrer Bluse aufkrempelte. »Und dabei macht sie ein Gesicht, als gäbe es nichts Schöneres auf der Welt.«

»Das ist doch gut.«

Claire hob den Kopf und stieß ein bitteres Lachen aus. »Gut nennen Sie das? Dort wimmelt es von Läusen, Flöhen und Krankheiten. Die Leute haben Fieber und eitrige Geschwüre im Gesicht und am ganzen Körper, sie husten sich die Seele aus dem Leib, vermutlich haben sie alle die Ruhr, Cholera, Tuberkulose, Typhus, die Pest, was weiß ich! Meine Mutter ist fünfundsechzig und hat ihr halbes Leben in Luxus verbracht. Sie kann sich nicht plötzlich aufführen wie eine verdammte Krankenschwester.«

»Sie hatte offenbar auch ein Leben davor.«

Claire sah ihn unwirsch an. »Ja, das weiß ich! Aber das ist Jahrzehnte her. Was, wenn sie sich ansteckt? Wenn sie krank wird und stirbt, hier in dieser scheiß Nazistadt?« Sie spürte, wie die Sorge um ihre Mutter wieder überhandzunehmen drohte, und erkannte gleichzeitig, dass der Zorn und die Wut der vergangenen Tage im Grunde nichts anderes gewesen waren als eine Verkleidung: Sie hatte Angst. Angst um ihre Mutter. Und Angst davor, was das alles zu bedeuten hatte.

»Sie wird schon wissen, was sie tut.«

»Wie können Sie, verflucht noch mal, so gelassen sein?«, fuhr Claire auf, mehr, um von ihren beunruhigenden Gedanken abzulenken als aus echter Wut heraus. »Sie sollen uns doch beschützen! Stattdessen bringen Sie uns hierher, an diesen furchtbaren Ort! Sie wussten doch sicher, was uns erwartet. Sie hätten es ihr ausreden müssen.«

»Mein Befehl lautet, sie zu fahren und zu unterstützen,

nicht, Sie zu bevormunden«, stellte Jackson entschieden klar. »Ihre Mutter würde sich das ohnehin nicht gefallen lassen.«

Claire wandte den Blick ab und schwieg. Sie wusste, dass er recht hatte. Sie selbst hatte sich vor Kurzem noch darüber aufgeregt, ein Kindermädchen an die Seite gestellt zu bekommen. Resigniert schaute sie sich um. Noch nie in ihrem Leben hatte sie sich derart deplatziert gefühlt. Was tat sie hier eigentlich? Ihr Blick fiel auf ein etwa zweijähriges Mädchen, das etwas von ihnen entfernt am Boden saß und hoch konzentriert kleine Steine zu Türmchen schichtete. Hin und wieder schob es einen Stein auch in den Mund, lutschte darauf herum und spuckte ihn wieder aus. Die Mutter arbeitete etwas entfernt von ihr, sie war eine der Arbeiterinnen, die unter der Aufsicht der russischen Soldaten Mörtel von Ziegelsteinen abschlugen. Als das Mädchen sich an einem Stein verschluckte und zu husten begann, kam die Mutter angelaufen, nahm ihm den Stein aus dem Mund und hob es hoch. Mit dem Kind auf der Hüfte arbeitete sie weiter.

Claire hob die Kamera und betrachtete die beiden durch die Linse. Sie standen in der prallen Sonne, die Mutter trug ein rot geblümtes Kleid, viel zu hübsch für die harte Arbeit, und hatte ihre Haare mit einem Kopftuch zurückgebunden. Hinter ihr erhoben sich die Häuserstümpfe der Straße gegenüber des Bahnhofs. Die Frau war staubig und verschwitzt, wirkte müde, aber nicht so verzweifelt wie die Menschen in der Bahnhofshalle. Mit stoischer Ruhe klopfte sie Ziegel für Ziegel sauber, und Claire verstand mit einem Mal, dass sie nichts verstand. Seit sie hier war, war sie ständig versucht, die Dinge, die sie sah, einzuordnen, ihnen Begriffe zu verpassen, sie zu beurteilen, aber das konnte nicht funktionieren, weil die Begriffe aus der Welt, aus der sie kam, nicht passten.

Sie konnte in diesem ihr fremden Land und nach dem, was hier geschehen war, nicht auf die Weise urteilen, wie sie es gewohnt war.

Was sie allerdings konnte, war hinsehen. Ohne zu bewerten. Und dokumentieren. Für sich und andere. Dieser Gedanke kam überraschend, fühlte sich jedoch absolut richtig an. Spontan drückte sie den Auslöser, und während sie das leise Klacken hörte und die Linse sich kurz verdunkelte, wurde ihr klar, dass sich das Bild, das sie soeben gemacht hatte, von allen ihren bisherigen Fotografien unterschied. Und der Text, den sie dazu schreiben würde, würde es auch tun. Ein aufregendes Gefühl breitete sich völlig unerwartet in ihr aus, flatternd wie Schmetterlinge im Bauch, wenn man verliebt war, kribbelnd wie der erste Schluck Champagner, und sie begann zu ahnen, dass gerade etwas Entscheidendes geschehen war.

Sie sah den jungen rothaarigen GI an und dachte daran, wie er ihr gestern Abend geraten hatte, eine Reportage zu schreiben, um es ihrem Mann und ihrem Chef heimzuzahlen. Dieser Rat war noch besser gewesen, als er vermutlich selbst gedacht hatte: Er würde sie retten, in vielerlei Hinsicht.

Elektrisiert sprang sie auf die Beine. Mochte sie sich hier auch fremd und fehl am Platz fühlen, so gab es doch eine Aufgabe für sie. Eine wichtige.

»Danke!«, sagte sie.

»Wofür?«, fragte Jackson verdutzt.

Sie hob die Kamera. »Für Ihre Klugheit.«

Sein ohnehin schon rotes Gesicht wurde noch ein wenig röter.

»Ich versteh nicht …«

»Ich erkläre es Ihnen später. Jetzt mache ich noch ein paar

Fotos, und dann hole ich Mum, und wir fahren zurück ins Hotel.«

Er nickte, jetzt wieder völlig neutral, seine Miene war stoisch. »Soll ich Sie begleiten?«

»Nicht nötig.«

Claire ging langsam zurück in die Bahnhofshalle, aus der sie gerade eben noch voller Entsetzen geflüchtet war. Es war alles noch genauso wie vorher, der Anblick der Menschen, der Gestank, die Atmosphäre der Hoffnungslosigkeit, die über allem lag. Doch die Linse ihres Fotoapparats, durch die sie die Dinge nun betrachtete, machte es ihr leichter. Sie ließ sich Zeit, ließ den Blick durch ihre Kamera schweifen und überwand sich dann, einen verwundeten Soldaten anzusprechen und ihn zu fragen, ob sie ein Foto von ihm machen dürfte.

»Wer sind Sie?«, fragte der Mann, dessen Arm in einem Verband steckte, der so schmutzig war, dass er schwarz wirkte. Seine Schuhe waren völlig zerfleddert und sein Gesicht hohlwangig, von Furchen durchzogen wie bei einem alten Mann, obwohl er vermutlich nicht älter als sie selbst war.

»Ich bin Journalistin«, sagte sie verlegen. »Aus New York.«

»New York«, wiederholte er langsam, als müsse er sich erst erinnern, was dieses Wort bedeutete. Unbeholfen versuchte er, sich aufzurichten, doch es gelang ihm nicht.

»Es ist gut so!«, sagte Claire schnell, damit er sich nicht weiter plagte, und hob die Kamera.

Er hob den Kopf, sah ernst in die Linse, und als sie den Auslöser drückte, bemerkte sie, wie Tränen über sein zerfurchtes Gesicht liefen. Sie betrachtete ihn einen Moment lang, unschlüssig, wie sie mit dem Mitleid umgehen sollte, das sie in dem Moment erfasste. Sie bedankte sich bei ihm mit einem

Lächeln und fasste Mut, noch mehr Menschen anzusprechen. Zu ihrer Überraschung tauchten viele aus ihrer Lethargie auf, sobald sie das Wort an sie richtete, und begannen, ihr ihre Geschichten zu erzählen. Sie erzählten von ihrer Heimat, nannten Dörfer und Städte, von wo sie vertrieben oder wohin sie verschleppt worden waren, beschrieben in dürren Worten die langen und verschlungenen Wege, die sie hierher geführt hatten, und was unterwegs verloren gegangen war, Hab und Gut und Menschen, Freunde, Verwandte, sogar die eigenen Kinder, Eltern, Großeltern. Claire nickte, hörte zu und fotografierte dabei. Sie kannte die Orte nicht, von denen sie sprachen, ihr fehlten die Worte, zu trösten, aber sie hatte das Gefühl, dennoch etwas Gutes zu tun, indem sie diesen Menschen zuhörte. Einige bemühten sich sogar um ein Lächeln, als sie die Linse auf sie richtete, und sie verstand, dass sie diesen Menschen mit ihrer Aufmerksamkeit und ihrer Kamera etwas von ihrer Würde, ihrer Individualität zurückgab. Und ihr selbst erging es ähnlich: Aus der gesichtslosen, beängstigenden Masse Elender, Täter wie Opfer, durch die sie zuvor voller Entsetzen gestolpert war, wurden plötzlich Menschen mit Namen und Schicksalen. Sie erfuhr etwas von ihrer Sehnsucht, irgendwo anzukommen, ihrer Angst um ihre Liebsten und, völlig unerwartet, auch etwas von Hoffnung. Hoffnung auf ein Leben in Frieden, irgendwann, irgendwo, an einem Ort, an dem sie bleiben und als Überlebende wieder zusammenfinden würden.

Allmählich wurde ihr klar, was ihre Mutter veranlasst hatte, ohne zu zögern mitanzupacken und den anderen Frauen hier zu helfen. Ihre Mutter hatte schon früher hier gearbeitet, sie wusste, was es bedeutete, hier anzukommen, mit nichts als Sehnsucht und Verzweiflung im Gepäck, und wie gut es tat, wenn jemand da war, der einem eine Tasse Tee reichte. Und mit ihrer Kamera gab sie selbst den Menschen ebenfalls zu verstehen, dass man sie in all dem Chaos und der Verwüstung wahrnahm. Irgendwann, sie hatte keine Ahnung, wie viel Zeit schon vergangen war, trat die Frau zu ihr, die sie als Erstes hier am Bahnsteig getroffen hatten. Sie hieß Gerda, wie Claire sich erinnerte.

»Ich mache eine kleine Pause. Möchten Sie auch eine Tasse Tee und ein Schmalzbrot?«, fragte sie, und Claire spürte plötzlich, dass ihr Magen knurrte und ihre Kehle völlig ausgetrocknet vom Staub und der Hitze war. Sie richtete sich auf und nickte. »Gerne.« Sie folgte der Frau zur Essensausgabe am Bahnsteig und setzte sich dann mit ihr in einen Winkel etwas abseits des Geschehens. Der Pfefferminztee war heiß und dennoch erfrischend, und sogar das schlichte, schon etwas dürre Graubrot, sparsam mit Schmalz bestrichen, schmeckte überraschend köstlich. Sie verschlang es mit wenigen Bissen und bekam dann, etwas verspätet, ein schlechtes Gewissen, als sie sah, dass Gerda sich nur einen Becher Tee genommen hatte. Hätte sie nicht auch verzichten können? Essen war schließlich knapp und die Versorgung schwierig, wie sie von Jackson wusste. Jeder Einzelne hier am Bahnhof hätte das Brot dringender nötig gehabt als sie, die sie heute Abend wieder Steak und eine üppige Portion Kartoffeln essen durfte. Beschämt angesichts ihrer Unbedachtheit wischte sie sich die Finger an ihrer Hose ab, die ohnehin schon schmutzig von Ruß und Staub war.

»Sind Sie Fotografin?«, wollte Gerda wissen und deutete auf Claires Kamera.

Claire schüttelte den Kopf. »Journalistin. Vielleicht … ich möchte eine Reportage schreiben.«

»Das ist gut.« Gerda nickte und blickte sich nachdenklich

um. »Bald wird man sich nicht mehr erinnern, wie es hier ausgesehen hat. Wie sich jetzt schon niemand mehr erinnert, wie der Bahnhof damals, als ich hier angekommen bin, ausgesehen hat.« Sie warf Claire einen erklärenden Blick zu. »Das war neunzehnhundertacht. Eine Zeit, die schon mit dem ersten Krieg verschwunden ist.«

»Wie genau haben Sie und meine Mutter sich kennengelernt?«, platzte Claire heraus, dankbar dafür, mit Gerdas Worten einen Anknüpfungspunkt dafür erhalten zu haben, endlich etwas mehr über die Geschichte ihrer Mutter zu erfahren. 1908 war das Jahr, in dem Natalie das Schiff nach Amerika bestiegen hatte. Und das Jahr, in dem dieser ominöse Bekannte gestorben war, dessen Grab ihre Mutter gestern besucht hatte. In diesem Jahr war offensichtlich einiges passiert im Leben ihrer Mutter.

Gerdas Miene verdüsterte sich, und Claire dachte an die Worte ihrer Mutter, *ihr wurde übel mitgespielt …*

»Das war genau hier«, sagte sie dann und deutete mit der Hand auf eine Stelle, wo ein Gebäude in Schutt und Asche lag. »Das war damals die Bahnhofsmission. Ich war gerade mit dem Zug aus Königsberg angekommen, um hier in Stellung zu gehen. Ein gutaussehender, freundlicher Mann hat mich angesprochen, damals wusste ich noch nicht, dass das Pavel Petrow war, dieser gottlose Schurke, er wollte mir mein Dienstbuch wegnehmen, und ich dummes Gänschen, das ich damals war, hatte es schon in der Hand, um es ihm zu geben, doch da stand wie aus dem Boden gewachsen plötzlich Ihre Mutter neben mir.« Ihre Miene hellte sich auf. »Ich weiß noch genau, sie trug ein blaues Kleid und einen passenden Hut und sah wunderschön aus. Sie hat den Arm um mich gelegt und zu Pavel gesagt, er soll sich zum Teufel scheren …« Gerda lachte auf und wischte sich über die Augen. »Du meine Güte, ist das lange her. Sie hat mich damals gerettet. Nicht, dass es etwas genützt hätte, ich war dumm genug, mich kurz darauf direkt erneut in die Hände dieses Mannes zu begeben. Ich habe es nur sehr viel Glück zu verdanken, dass ich damals nicht gestorben bin, und natürlich Baba. Und Ihrer Mutter, die nicht locker gelassen hat, bis sie Otto von Kahlenberg gefasst hatten und die üblen Machenschaften dieser beiden Männer aufgedeckt wurden. Für die armen Mädchen, die schon früher in ihre Fänge geraten waren, war es natürlich schon zu spät, aber wenigstens war die Gefahr für andere vorüber.«

Claire hatte keine Ahnung, wovon Gerda sprach, hörte aber dennoch fasziniert zu. Dienstbücher und gottlose Schurken, gehörten die nicht in einen Roman aus dem letzten Jahrhundert? Und doch ging es hier um ihre Mutter, die anscheinend bei der Aufklärung irgendeines Verbrechens eine wichtige Rolle gespielt hatte.

»Pavel hat Ihre Mutter mit einem Messer bedroht«, erzählte Gerda weiter, »er hat sie gezeichnet wie mich«, gedankenverloren fasste sie sich an den hochgeschlossenen Ausschnitt ihrer Bluse, bevor sie weitersprach, »... und dennoch hat sie sich nicht einschüchtern lassen und ist direkt in die Höhle des Löwen gegangen. Am Ende ist auch sie nur mit sehr viel Glück davongekommen. Und wegen des Kommissars natürlich. Er hat sie gerettet. Und dann war sie plötzlich weg. Wie vom Erdboden verschluckt.« Gerda schüttelte den Kopf. »Was für eine furchtbare Geschichte das damals war. Hat sie Ihnen nie davon erzählt?«

Claire konnte nur den Kopf schütteln. Sie hatte tausendundeine Fragen und wusste nicht, womit sie beginnen sollte.

»Eins steht mal fest«, sagte Gerda, nestelte eine zerdrückte

Zigarette aus der Tasche ihres Rocks und zündete sie an. »Ihre Mutter ist die mutigste und entschlossenste Frau, die ich je kennengelernt habe. Und sie hat ein großes Herz. Genau wie Alice, die sich jetzt sogar noch für mich eingesetzt hat, obwohl ich doch als Nazischlampe gelte und niemand mehr etwas mit mir zu tun haben will.« Ihre Miene wurde hart. »Alice würde es nie zugeben, aber …« Sie stockte mitten im Satz und blickte mit großen Augen hinter Claire, die sich rasch umdrehte, doch außer den zerlumpten Gestalten, die die ganze Zeit schon den Bahnsteig bevölkerten, nichts Besonderes entdecken konnte.

»Das ist doch nicht möglich …«, murmelte Gerda, und es klang vollkommen fassungslos. Dann sprang sie jäh auf.

Claire sah ihr verblüfft nach, wie sie den Bahnsteig entlanghastete. Jetzt erkannte sie etwas weiter entfernt eine weitere Gestalt in einem grauen, zerlumpten Mantel, die offenbar vor Gerda flüchtete. Sie war offensichtlich schon zu weit entfernt, als dass Gerda sie noch hätte einholen können, dennoch lief sie weiter, drängte sich an den Menschen vorbei, rief etwas, was Claire nicht verstehen konnte, und schaute sich dann ratlos um. Die Gestalt im grauen Mantel war verschwunden.

Claire stand ebenfalls auf, nahm ihren leeren Teebecher und drückte mit der Schuhspitze die Zigarette aus, die Gerda fallen gelassen hatte. In ihrem Kopf herrschte ein wildes Durcheinander an Gedanken und Informationen: *Pavel Petrow, Otto von Kahlenberg, ein Kommissar, üble Machenschaften, nur mit Glück überlebt, die Höhle des Löwen, Überfall, gezeichnet …*

Gezeichnet.

Claire fiel ein, dass ihre Mutter eine Narbe an genau der Stelle hatte, an die Gerda während ihrer Schilderung gefasst hatte. Eine haarfeine weiße Linie, die sich von einem Punkt unterhalb der Kehle bis etwa zur Mitte des Brustbeins zog. Ein Unfall beim Spielen in ihrer Kindheit sei das gewesen, hatte ihre Mutter auf ihre Frage hin einmal geantwortet. Sie sei beim Klettern auf einen Baum abgerutscht, ein Ast habe sie fast aufgespießt. Claire erinnerte sich, wie ihre Mutter das Wort »aufgespießt« mit Zeige- und Mittelfinger ihrer rechten Hand in Gänsefüßchen gesetzt und gelacht hatte. Eine Dummheit als Kind, ein Beweis dafür, dass man nicht auf Bäume klettern sollte, nichts weiter. Claire hatte keine Sekunde am Wahrheitsgehalt dieser Geschichte gezweifelt. Wie sie überhaupt nie an dem gezweifelt hatte, was ihre Mutter ihr erzählt hatte. Bis jetzt. Seit sie in Deutschland vom Schiff gegangen waren, wusste sie nicht mehr, was sie ihrer Mutter noch glauben konnte. Alles schien mit einem Mal infrage gestellt. Wer war diese Frau, die im Molyneux-Kostüm Tee und Schmalzbrote an Flüchtlinge verteilte, als hätte sie nie etwas anderes getan? Die Geschichte, die Gerda gerade erzählt hatte, hatte ziemlich verrückt geklungen. Sie konnte sich nicht vorstellen, dass ihre Mutter von jemandem mit einem Messer verletzt worden war. Doch andererseits wusste Gerda von der Narbe, kannte ihre Mutter von früher, das hieß doch wohl, dass auch alles andere stimmte?

Claire sah sich nach ihrer Mutter um. Sie brauchte endlich Antworten. Und die konnte nur sie ihr geben. Dieses Mal würde sie sie nicht mehr mit irgendwelchen Ausflüchten davonkommen lassen. Sie erkundigte sich bei der grauhaarigen Matrone am Ausgabetisch, ob sie Natalie gesehen hätte, und wurde von ihr den Bahnsteig entlang bis zum Ende geschickt. »Ick gloobe, die beeden sind noch in der Kaue. Haben ja ne Menge zu bequatschen, wa?«

Claire nickte vage und ging in die gewiesene Richtung. Sie hatte kaum etwas verstanden. Dieser Dialekt hatte mit dem Deutsch, das sie von ihrer Mutter gelernt hatte, nicht viel zu tun. Doch sie konnte sich auch so zusammenreimen, dass mit Kaue die kleine Hütte gemeint war, wo sie vor ein paar Stunden jene Frau getroffen hatten, die sie so harsch begrüßt hatte. Alice, die laut Gerda ein großes Herz haben sollte. Davon war allerdings bei ihrer ersten Begegnung nichts zu spüren gewesen. Im Gegenteil, Claire hatte sie ziemlich unsympathisch gefunden. Sie schnaubte. Ihre Mutter hatte sich offenkundig gefreut, sie wiederzusehen, man hatte ihr angemerkt, wie berührt sie gewesen war, und die dürre blonde Ziege hatte sie eiskalt abblitzen lassen.

Als sie sich dem Eingang der Hütte näherte, hörte sie ihre Mutter mit jemandem sprechen. Offenbar mit dieser Alice, Claire erkannte die klare, unverstellte Stimme der Frau wieder. Sie blieb neben der offenen Tür stehen. Jetzt sprach erneut ihre Mutter, sagte etwas davon, dass sie jemanden hatte beschützen wollen. Claire spitzte unwillkürlich die Ohren. Das klang interessant. Eine Weile hörte sie nichts, dann Alice' Stimme, laut und deutlich: »Du hast Leo Hirschfeld geliebt.«

Claires Nacken begann zu kribbeln. Leo Hirschfeld. Wer war das? Diesen Namen hatte sie noch nie gehört. Sie beugte sich etwas vor, begierig, die Antwort ihrer Mutter auf diese Frage zu hören, doch es kam keine. Stattdessen war wieder Alice zu hören: »Wie alt ist eigentlich deine Tochter?«

In Claires Ohren begann es zu rauschen, als ihr die Bedeutung dieser Frage klar wurde. Sie trat einen Schritt zurück, und unter ihren Schuhen knirschte es. Als sie daraufhin hastige Schritte in der Hütte hörte, gelang es ihr gerade noch, um die Ecke zu huschen. Vorsichtig linste sie an der alten Leiter, die dort lehnte, vorbei. Ihre Mutter stand vor der Hütte. Sie schaute sich mit besorgter Miene um, dann ging sie wieder hinein. Claire blieb mit klopfendem Herzen noch ein paar Sekunden an die raue Holzwand gelehnt stehen, bevor sie es wagte, wieder zurückzuschleichen, um weiter zu lauschen. Sie musste einfach noch mehr von diesem Gespräch hören. Während sie sich der Tür näherte, hörte sie erneut die Stimme ihrer Mutter, ohne dass sie jedoch verstehen konnte, was sie sagte. Sie sprach jetzt leiser, gedämpfter. Erst als Claire so nah war, dass ihr Kopf bereits den Türrahmen berührte, konnte sie einen Satz verstehen, und dieser Satz brachte ihr ganzes bisheriges Leben zum Einstürzen:

»Claire denkt natürlich, sie sei Cliffs Tochter.«

24

Alice sah Natalie nach, wie sie zusammen mit dem rothaarigen Soldaten durch die Eingangshalle ging und schließlich zwischen den Menschen verschwand. Der Aufbruch war etwas überstürzt gewesen, der GI war ziemlich aufgeregt bei ihnen aufgetaucht und hatte verkündet, dass Claire sich zu Fuß auf den Weg zurück ins Hotel gemacht hatte. »Really upset« sei sie gewesen, so hatte er sie beschrieben. Aufgeregt, durcheinander also, hatte Alice für sich übersetzt. Er hatte aber keinen Grund dafür nennen können und auf Natalies Frage hin, ob etwas vorgefallen sei, nur die Schultern gezuckt. Natalie hatte sofort aufbrechen wollen und sich hastig von Alice verabschiedet. »Ich komme wieder! Morgen früh! Dann reden wir weiter.« Ihre Stimme war bittend gewesen, fast flehentlich, und ihre Miene ebenso. Alice hatte genickt, sehr viel sanfter jetzt als noch am Anfang dieses unerwarteten Wiedersehens, aber sie hatte sich noch immer nicht zu einem Lächeln oder einer freundlichen Bemerkung wie »ich freue mich« durchringen können. Dabei sehnte sich jede Faser ihrer Seele nach einem Wiedersehen. Sie hätte Natalie am liebsten festgehalten und nicht mehr losgelassen, sie und ihre Tochter bei sich zu Hause einquartiert, um sie ständig um sich zu haben, sie ansehen, berühren und sich so vergewissern zu können, dass sie nicht plötzlich wieder aus ihrem Leben verschwand. Alice konnte noch gar nicht wirklich begreifen, was geschehen war. Natalie, von der sie geglaubt hatte, sie niemals mehr wiederzusehen, war zurück. Wie ein Dschinn aus der Flasche hatte sie auf einmal vor ihr gestanden, und dieses unerwartete Wiedersehen hatte Alice mehr aufgewühlt, als sie vor sich selbst zugeben mochte. Ihre Knie zitterten leicht, und sie stützte sich an einer der noch intakten Säulen ab. Würde Natalie morgen tatsächlich wiederkommen? Sie hatte keine Ahnung, wo sie untergekommen war. Irgendwo im amerikanischen Sektor, das war klar, aber wo übernachtete sie? In den Unterkünften der GIs? Oder gab es dort ein reguläres Hotel, das geöffnet war? Sie hätte danach fragen, hätte sich vergewissern müssen, damit ihre alte Freundin nicht erneut einfach so verschwinden konnte.

»Kommst du wirklich wieder, Natalie?«, flüsterte sie und spürte, wie ihr die Tränen in die Augen traten. Unvermittelt war sie wieder achtzehn, ein junges Mädchen voller Pläne und Träume, eifrig darauf bedacht, gegenüber der älteren, bewunderten Freundin zu bestehen. Sie stand wieder an der Tür der Mission, am Morgen nach ihrem Wohltätigkeitsbasar, den sie zusammen mit ihrer Schwester Constanze organisiert hatte, und hörte dem aufgeregten Geschnatter von Hedwig, Margarete und den anderen Frauen zu, ohne zu verstehen, was ihre Worte bedeuteten.

»Was heißt das, sie ist weg?«, fragte sie irgendwann in deren aufgeregten Redeschwall hinein.

Es war Auguste, die Gräfin, die auf sie zukam, sie sanft am Arm fasste und sagte: »Natalie hat uns offenbar verlassen. Den Schwestern im Wohnheim zufolge hat sie einen Koffer gepackt und …«

»Verlassen? Aber wieso? Wohin?«, stotterte sie, und ihr Blick fiel Hilfe suchend auf Pfarrer Burckhardt, der nur ratlos den Kopf schüttelte. Alice spürte wieder, wie sich in dem Moment, in dem sie Augustes Worte tatsächlich begriff, eine eisige Leere in ihr ausbreitete. Und diese Leere hatte sie nie wieder verlassen, sie hatte sie jedes Mal gespürt, wenn sie an Natalie gedacht hatte. Bis heute.

»Ist alles in Ordnung, Alice?«

Gregor Kramms Stimme brachte sie in die Realität zurück. Der Arzt stand vor ihr und musterte sie besorgt. »Sie sind ja ganz bleich.«

»Es ist nichts …« Alice winkte ab, wollte lächeln, doch es gelang ihr nicht. Kramm bot ihr seinen Arm an. »Kommen Sie, setzen Sie sich einen Moment zu mir. Haben Sie heute überhaupt schon etwas gegessen? Genug getrunken?«

Unsicher schüttelte sie den Kopf. »Ich weiß nicht.«

Alice ging mit Kramm in die Krankenstation. Tatsächlich konnte sie sich nicht mehr erinnern, wann sie zuletzt etwas gegessen und getrunken hatte. Sie ließ sich auf einen der beiden Stühle sinken und spürte augenblicklich die Erschöpfung in ihren Gliedern. Es war ein heißer, anstrengender und unglaublich aufregender Tag gewesen. Kramm drückte ihr einen Becher Wasser in die Hand und hielt ihr einen Teller mit Keksen hin. Alice nippte von dem lauwarmen Wasser, spürte, wie durstig sie war, und trank den Becher mit wenigen Schlucken leer.

»Danke«, sagte sie zu Kramm, der sich ihr gegenübergesetzt hatte und sie prüfend betrachtete.

»Sie müssen besser für sich sorgen, Alice. Es ist niemandem geholfen, wenn Sie zusammenbrechen, das müssten sie als Krankenschwester doch wissen.«

»Hilfskrankenschwester«, korrigierte ihn Alice matt. »Eigentlich bin ich ja Doktor der Philosophie …« Ein kleiner Lacher entschlüpfte ihr, als ihr klar wurde, wie absurd das war. Hatte ihr all dieses Wissen, nach dem sie sich als junges Mädchen so verzehrt und das sie schließlich aufgesogen hatte wie ein trockener Schwamm, in ihrem Leben bisher auch nur einen Schritt weitergeholfen?

»Das ist ja gut und schön, Frau Doktor, aber trotzdem müssen Sie genug trinken.« Er stand auf, nahm den Wasserkrug von dem kleinen Tisch, auf dem Verbandszeug, ein Stethoskop, Salben und Medikamente lagen, und goss ihr noch einmal ein.

»Ich weiß.« Sie nahm einen weiteren Schluck. »Normalerweise achte ich auch darauf, aber heute war ich zu abgelenkt, um daran zu denken.« Sie griff nach einem der Kekse und biss eine kleine Ecke ab. Der Keks schmeckte wie gebackene Sägespäne, und sie sehnte sich unvermittelt heftig nach Marthas Buttergebäck, das vor dem Krieg eine Selbstverständlichkeit gewesen war. Und nach Sahne, Kakao, Kaffee, Rinderbraten mit Apfelrotkohl und buttrig glänzendem Kartoffelbrei, fetten Würsten, Schmalzgebackenem, Schokoladentorte …

»Sie waren wegen des unerwarteten Besuchs Ihrer amerikanischen Freundin so abgelenkt, dass Sie vergessen haben zu essen und zu trinken, nehme ich an?« Kramm lächelte, und Alice fiel wieder auf, was für ein sanftes, freundliches Gesicht er hatte.

Sie nickte. Sie hatte Natalie den Doktor vorhin noch vorgestellt. »Wir haben uns siebenunddreißig Jahre nicht gesehen.«

»Eine lange Zeit.« Er nötigte sie mit einem Blick, ihren Keks aufzuessen und sie schob ihn sich in den Mund und kaute widerwillig.

»Wird sie in Berlin bleiben?«

»Nein. Sie ist nur zu Besuch hier. Alte Erinnerungen auffrischen, denke ich.« Die staubigen Keksbrösel trockneten ihren Mund aus, und sie spülte sie rasch mit einem Schluck Wasser hinunter. Wie lange Natalie bleiben würde, wusste sie nicht. Sie wusste ja nicht einmal, ob sie wirklich morgen wiederkommen würde.

»Wo in Amerika lebt denn Ihre Freundin?«, wollte der Arzt wissen, während er sich daranmachte, die Utensilien auf dem Tisch aufzuräumen. Heute würde kein weiterer Zug mehr eintreffen.

»New York. Sie war dort verheiratet.«

»Tatsächlich! New York! Die Freiheitsstatue! Der Hudson River!« Kramm setzte sich wieder, und sein Blick bekam etwas Schwärmerisches. Er senkte den Kopf und spielte ein wenig mit dem Stethoskop herum, das er noch in den Händen hielt. »Diese Stadt war immer ein Traum von mir, also … von mir und meiner Frau. ›Irgendwann fahren wir einmal nach New York‹, sagte sie immer. ›Wir gehen zusammen die Fifth Avenue entlang, essen in einem schicken Restaurant …‹« Er lachte leise auf. »Nicht, dass wir uns das hätten leisten können, als kleiner Landarzt verdient man nicht annähernd genug, aber es war eben so ein Traum von uns.«

Alice musterte ihn und dachte dabei an das tragische Schicksal, das ihn ereilt hatte. Plötzlich schämte sie sich. Sie hatte niemanden in diesem Krieg zu beklagen, den sie geliebt hatte. Stattdessen heulte sie noch immer einer Freundschaft hinterher, die genau genommen nur wenige Wochen gedauert und vor über drei Jahrzehnten geendet hatte! Was für eine Idiotie gemessen an dem Leid, das anderen Menschen widerfuhr. Sie richtete sich etwas auf. »Vielleicht wäre das ja etwas für Sie«, sagte sie nach kurzer Überlegung. Der Gedanke war ihr gerade gekommen.

»Was meinen Sie?« Er sah sie verwundert an.

»New York. Amerika. Nirgendwo kann man besser ein neues Leben beginnen, so sagt man doch.« Verzückt von ihrer eigenen Idee, beugte Alice sich vor und sah dem Arzt in seine sanften blauen Augen. »Stellen Sie sich vor, Sie fangen noch einmal ganz von vorn an. Lassen alles hinter sich und gehen nach New York! So schließt sich ein Kreis. Sie erfüllen sich Ihren gemeinsamen Traum, tragen Ihre Familie in Erinnerung bei sich und können weitermachen.«

Kramm zwinkerte, und seine Augen schimmerten feucht. Er wirkte verwirrt und berührt zugleich.

»Aber … das … wie …«, stotterte er, doch Alice ließ ihn nicht zu Wort kommen. »Ich könnte Natalie bitten, Sie mitzunehmen. Das dürfte kein Problem sein. Natalie ist wohlhabend, ihr Mann war ein vermögender Unternehmer. Sicher hat sie genug Einfluss, um Ihnen einen guten Start zu verschaffen. Ärzte werden schließlich überall gebraucht.«

Sie lächelte und fühlte sich mit einem Mal erfrischt. Ihre Verzagtheit war verflogen. Natalie würde morgen wiederkommen, ganz sicher, sie hatte es versprochen. Und sie selbst würde etwas Gutes tun und diesem Mann zu einem neuen Start ins Leben verhelfen. Damit war ihre alte Freundschaft noch zu etwas gut, selbst wenn Natalie sie bald wieder verlassen würde. Sie stellte den Becher ab und sprang auf. »Ich kläre das morgen. Sie können sich auf mich verlassen.«

Sie trat hinaus auf den Bahnsteig, wo sie Wilma traf, die gerade einen kleinen Jungen auf ihren ausladenden Hüften balancierte. »Dit ist der Daumen, der schüttelt die Pflaumen …«, sagte sie und wackelte mit seinem kleinen Daumen. Der Junge lachte und patschte ihr mit seiner anderen Hand ins Gesicht.

»Ich gehe heute schon etwas früher«, sagte Alice zu ihr und nahm ihre Tasche. Sie fühlte sich noch immer erhitzt und etwas schwach auf den Beinen und sehnte sich nach einer Pause, bevor sie heute Abend erneut auf Oberst Wolkow traf.

Wilma nickte. »In Ordnung. Treffen wa uns morjen früh wieder an der Ecke?«

Alice nickte, strich dem Jungen mit einem Lächeln über das verschwitzte Haar und machte sich auf den Heimweg. Beim Hinausgehen warf sie einen Blick auf die große Bahnhofsuhr, die ungeachtet aller Schäden noch immer beharrlich weitertickte. Halb fünf. Genug Zeit, um eine Kleinigkeit zu essen und in Ruhe ein Bad zu nehmen. Vorausgesetzt, es war Wasser da.

An ihrem Haus in der Sternstraße angekommen, sah Alice sofort, dass etwas vorgefallen sein musste. Ein Großteil der Bewohner hatte sich vor dem Gebäude versammelt und unterhielt sich aufgeregt. Sogar der Bäcker von gegenüber, seine Frau und der unangenehme Hermann Olsen standen dabei.

Immer wieder schauten einige von ihnen verstohlen nach oben, in die dritte Etage, wo links Heide Prittwitz mit ihrem Sohn Hans wohnte und die rechte Wohnung leer stand, seit die Gestapo die Familie Winterfeld abgeholt hatte. Als Alice näher kam, stellte sie fest, dass Heide Prittwitz offenbar Gegenstand der Aufregung war: Sie weinte bitterlich. Waltraud Krause hatte ihr einen Arm um die Schulter gelegt und versuchte sie zu trösten, während von ihrem Sohn Hans nichts zu sehen war.

Alice schaute sich nach ihrer Freundin Trude um, konnte jedoch weder sie noch ihre Kinder in der Gruppe entdecken.

»Was ist passiert?«, fragte sie Otto Pasulke, der sich etwas abseits hielt. Ihm war anzumerken, dass er sich unbehaglich fühlte. Die allgemeine Aufregung schien ihm unangenehm zu sein.

»Nicht wirklich wat passiert«, begann er, wurde jedoch sofort von Hermann Olsen, der sich in Hörweite befand, unterbrochen.

»Nichts passiert?«, echote er empört. An seiner kahlen Stirn pochte eine Ader. »Die verdammten Russen haben Heide und Hans aus ihrer Wohnung geworfen!«

»Wieso das denn?«, fragte Alice verwundert.

»Da sitzen jetzt Juden drin! Ein ganzes Rudel. Als ob …«

»Scht, Hermann!«, zischte Heide Prittwitz unter Tränen.

»Is doch wahr! Als ob wir alle noch nicht genug gelitten hätten!«, polterte Hermann Olsen ungeachtet ihrer Ermahnung weiter. »Und jetzt setzen sie die beiden wegen dem polnischen Judengesindel auf die Straße!«

»Ich wüsste nicht, wann Sie besonders gelitten hätten«, platzte Alice heraus. Hermann Olsen wandte den Kopf, starrte sie ein paar Sekunden mit offenem Mund an. »Was reden Sie denn da?«, schrie er sie dann an, nachdem er sich von seiner Verblüffung erholt hatte. »Sehen Sie sich doch um! Alles haben die kaputt gemacht, die verfluchten Russen. Unsere Frauen haben die vergewaltigt, wir müssen Steine schleppen und zu fressen kriegen nur die Polacken und natürlich die Juden, die kriegen ja immer alles …«

Alice spürte, wie die Wut ihr wie eine pulsierende Hitzewelle über das Rückgrat in den Kopf stieg, und sie öffnete den Mund, um etwas zu erwidern, doch Otto Pasulke zupfte sie am Ärmel und sagte leise. »Dit lohnt nicht, mit dem zu debattieren, Frollein Hardtleben. Sparen Se sich die Müje.«

»Aber …«, protestierte Alice, während Pasulke sie von Olsen wegbugsierte und sagte: »Dit Backfeifenjesicht versteht doch sowieso nüscht.« Er hatte leise gesprochen, aber offenbar nicht leise genug, denn Olsen kam ihnen zornentbrannt hinterher. »Wie hast du mich genannt, Pasulke?«

Pasulke drehte sich langsam um. »Ick hab dir Backfeifenjesicht jenannt«, sagte er, ganz ruhig, so, als ob er ihm die Uhrzeit mitteilen würde. Olsen, der einen guten Kopf kleiner als der massige Pasulke war, schnappte nach Luft. »Du … Du!«, stieß er hervor. »Was erlaubst …«

»Ick hab dir Backfeifenjesicht jenannt, weil ick dir gleich eene verpasse, wenn du nicht die Klappe hältst. Diese Leute, die sie da oben einquartiert haben, haben weiß der Himmel jenug mitjemacht. Da müssen sie sich nicht von so nen ollen Fannkuchen auf Beene beschimpfen lassen.«

Er drehte sich um und ließ Olsen einfach stehen. Alice folgte ihm und musste trotz ihrer Wut schmunzeln. Hermann Olsen, der klein und ziemlich rundlich war, einen Pfannkuchen auf Beinen zu nennen, war ziemlich treffend.

Während sie gemeinsam zum Haus gingen, erzählte Pasulke ihr, was der Grund für den ganzen Aufruhr war: In die leere Wohnung der Familie Winterfeld und in Heide Prittwitz' Wohnung auf derselben Etage sollten drei jüdische Familien, die aus einem Lager gerettet bzw. in Verstecken gefunden worden waren, vorübergehend einquartiert werden. Heide Prittwitz hatte sich ziemlich darüber aufgeregt und behauptet, in ihrer Wohnung sei kein Platz. Aber die Soldaten hätte das nicht gekümmert, sie hätten die Wohnung durchsucht und dabei in einer Kammer eine Menge Möbel, Bilder,

Silberbesteck und Geschirr gefunden, was offenbar alles aus der Nachbarwohnung stammte, von der Heide den Schlüssel hatte und die praktisch leer geräumt war. Damit konfrontiert, hatte Heide Prittwitz behauptet, sie habe die Gegenstände nur für die Familie Winterfeld aufbewahren wollen und zum Schutz vor Plünderern bei sich eingelagert.

Als Alice bei diesen Worten bitter auflachte, hatte Pasulke mit grimmiger Miene genickt und gemeint: »Die Russen haben dit ooch nicht gegloobt und Heide Prittwitz und ihren Jungen stante pede vor die Türe jesetzt. Es fehlt schon ne Menge von dem Besteck, dit hat Hans vermutlich uffm Schwarzmarkt vertickt. Hab mir schon immer jewundert, woher die beeden so viel zu essen haben und Zigaretten und sogar Likör. Die haben mit den Sachen von den Winterfelds 'n hübsches Jeschäft jemacht. Den Hans haben die Soldaten deswegen erst mal mitjenommen.«

»Und wo werden die beiden jetzt wohnen?«

Pasulke hob die Schultern. »Sie werden wohl bei Heides Schwester Rose in Wedding unterschlüpfen müssen.«

»Geschieht ihnen recht.« Alice nickte mit grimmiger Genugtuung. Sie kannte Heide Prittwitz' Schwester flüchtig. Der Name Rose passte zu ihr wie die Faust aufs Auge. Eine unangenehme, sehr dominante Person, die immer etwas zu nörgeln und zu schimpfen hatte, auch schon vor Kriegszeiten. Soweit sie sich erinnerte, hatte ihr Mann einen Installateurbetrieb, den Rose weiterführen musste, nachdem er eingezogen worden war. Außerdem hatten sie mehrere freche, immer rotznasige Kinder. Der Mann war erst vor ein paar Wochen aus dem Krieg zurückgekehrt, hatte Heide ihr kürzlich erzählt. Er sei schwer verwundet worden und nicht mehr der Alte. Seitdem hinge in der Familie ihrer Schwester der Haussegen gehörig schief.

»Die werden nicht begeistert sein«, sagte sie.

Pasulke lachte kurz auf. »Nee, da können Se mal sicher sein, Frollein Hardtleben. Dit wird nicht lustig für die beeden.«

Nachdem Alice sich von Otto Pasulke verabschiedet hatte und die Treppe zu ihrer Wohnung im zweiten Stock hinaufging, wappnete sie sich innerlich schon für die Begegnung mit Erna Grahl. Und tatsächlich empfing die alte Dame sie schon im Flur. Ihre Stirn war gerunzelt, und sie wirkte aufgewühlt. »Haben Sie schon gehört?«, begann sie, noch bevor Alice ihre Schuhe ausgezogen hatte. »Im dritten Stock wurden Juden einquartiert!«

Alice nickte. »Ich weiß.«

»Man sagt, einige seien aus den Lagern und die anderen hätten sich in Kellerlöchern und in einer Laube versteckt. Monate-, wenn nicht jahrelang.«

»Ja, furchtbar, nicht?«

Erna Grahl schnalzte mit der Zunge. »Das kann man so sagen. Die werden uns Flöhe und Läuse ins Haus bringen. Und womöglich noch irgendwelche Krankheiten. Ich hab einen von den Männern gesehen, als er die Treppe hochgegangen ist. Wie die schon aussehen!« Sie schüttelte sich. »Er hat mich mit seinen kohlschwarzen Augen angesehen, als wäre ich eine Verbrecherin. Würde mich nicht wundern, wenn der nachts in die Wohnung käme, um uns alle abzustechen.«

»Und warum, glauben Sie, könnte er das wollen?«, fragte Alice mit einem zuckersüßen Lächeln.

»Keine Ahnung! Vielleicht denkt er ja, wir wären schuld an der Misere. Ich meine, das war schon nicht ganz in Ordnung, was der Hitler mit diesen Leuten gemacht hat, wobei, viele haben's auch verdient …« Sie wurde leiser und verstummte schließlich ganz, offenbar war ihr aufgefallen, dass Alice' Miene sich bei ihren Worten verfinstert hatte. Alice schob sich an ihr vorbei, drückte die Tür zum Badezimmer auf und griff nach den – wie immer leeren – Eimern.

Sie stellte sie vor Erna Grahl auf den Boden. »Sie holen mir jetzt Wasser und machen es warm, und zwar so viel, dass ich ein Bad nehmen kann. Ich hatte nämlich den ganzen Tag Begegnungen mit unzähligen Flöhen, Läusen und allen möglichen Krankheiten, die Sie sicher nicht bekommen möchten.« Sie machte einen Schritt auf die alte Dame zu und zischte ihr mit leiser Stimme ins Ohr: »Und wenn ich noch ein einziges Mal ein schlechtes Wort über unsere neuen Mitbewohner höre, dann schlafen Sie und Ihre Familie von da an auf der Straße.«

Erna Grahl zuckte zurück. »Das können Sie gar nicht …«, murmelte sie unsicher und besann sich dann eines Besseren. Sie bückte sich nach einem Eimer und rief dann in die Küche. »Helene! Kommst du, Wasser holen?«

Alice hatte nur einen winzigen Anflug schlechten Gewissens, als sie wenig später in die Badewanne stieg, die bis zur Hälfte mit dampfend heißem Wasser gefüllt war. Die Haut an ihren Armen kräuselte sich, während ihre Füße in das heiße Wasser stiegen, und als sie schließlich ganz in der Wanne lag, entwich ihr ein leises, wohliges Seufzen. Was für ein Luxus heißes Wasser doch war! Sie griff nach dem Stück Kernseife, das sie für solche Wonnen in ihrem Nachttisch aufbewahrt hatte, und seifte sich von oben bis unten ein. Der Dampf stieg an die Decke, Fenster und Spiegel beschlugen, und sie rutschte mit dem Kopf nach unten und tauchte genussvoll unter. Nichts war zu hören außer dem sanften Gluckern in ihren Ohren, wenn sie eine Bewegung machte. Der Bahnhof, Natalie und ihre Tochter, die armen, kranken Leute ohne Bleibe, Hermann Olsen, Heide Prittwitz, Erna Grahl, ihre neuen Mitbewohner in der dritten Etage, all das hatte keinen Zutritt in ihren Kokon aus weichem, warmem Wasser …

Etwas Störendes drang an ihre Ohren, Lärm, der von draußen hereindrang, lautes Klopfen, Poltern, dann, gerade in dem Moment, in dem sie auftauchte, wurde die Tür aufgerissen.

»Alice, du musst mir helfen!«

Sie blinzelte, wischte sich das Wasser aus den Augen und erblickte Trude, die völlig aufgelöst vor ihr stand. Sie hatte rote Flecken im Gesicht und am Hals, und ihre Augen waren weit aufgerissen. Irmchen, die sie auf dem Arm hielt, und Elsie, die sich schüchtern hinter ihr verbarg, sahen ebenfalls ziemlich verschreckt aus.

»Was ist los?«, fragte Alice erschrocken. »Ist etwas mit Kurt?«

»Sie haben Alfred verhaftet!«, rief Trude, den Tränen nahe, während Alice sich aufrichtete und nach einem Handtuch griff. Sie wickelte es um ihren Körper und stieg mit einem Anflug des Bedauerns, der sich zum Schreck über die Nachricht mischte, aus der noch immer heißen Wanne.

»Verhaftet?«, wiederholte sie ungläubig. »Er ist doch erst zwölf. Und wieso denn überhaupt?«

»Offiziell wegen Schwarzmarkthandel. Aber …« Trude schluckte hart, sie konnte einen Moment nicht weitersprechen, so sehr zitterte ihr Kinn. »Aber es hat wohl auch mit dem Mord an dem Soldaten zu tun. Ich bin gerade mit den Kindern nach Hause gekommen, wir waren mit dem Zug aufm Land, um Essen von einem Bauernhof zu besorgen, ein entfernter Cousin von Kurt … egal, aber sie haben an der Ecke auf uns gewartet! Einer der Soldaten hat mit mir gesprochen. Er hat gesagt, sie hätten Informationen erhalten, dass mein Fredi einer Bande von Schwarzmarkthändlern angehört! Und dann …«

Sie unterbrach sich, schniefte und aus ihren Augen sprangen Tränen, »und dann … hat er … gesagt …« Sie schluchzte auf.

»Trude, nun beruhig dich doch.« Alice legte einen Arm um ihre Freundin und brachte sie dazu, sich auf den Toilettendeckel zu setzen. Sie nahm ihr Irmchen ab und setzte sie sich selbst auf den Schoß. Das kleine Mädchen begann an ihren nassen Haaren zu ziehen.

»Was hat er gesagt?«, fragte Alice ruhig.

»Er hat gesagt, womöglich handelt es sich dabei sogar um eine Mörderbande!« Sie wischte sich über die Augen und fügte hinzu: »Als sie ihn in ihr Auto gesetzt haben, ist ein anderer Junge ausgestiegen und ganz schnell abgehauen. Du glaubst es nicht, wer das war!«

»Hans Prittwitz.«

Trude sah sie verblüfft an. »Woher weißt du das?«

Sie wusste offensichtlich noch nichts von Hans Prittwitz' blühendem Schwarzmarkthandel mit dem Silberbesteck der Familie Winterfeld und dem Rauswurf von ihm und seiner Mutter. Vermutlich waren die aufgebrachten Nachbarn vor dem Haus schon weg gewesen, als sie und ihre Kinder nach Hause gekommen waren. Spätestens, als die Russen zusammen mit Hans Prittwitz gekommen und Alfred und Trude abgepasst hatten, hatten sie sich mit Sicherheit verzogen. Alice winkte ab. »Das ist eine andere Geschichte, ich erzähle sie dir später. Dieses kleine Früchtchen hat also Alfred hingehängt, um sich selbst besser dastehen zu lassen.« Sie schüttelte den Kopf.

»Ich muss zur Kommandantur und denen sagen, dass ich bei dem Mord an dem Soldaten dabei war«, sagte Trude jetzt. »Wenn sie wissen, dass der Täter eine Frau war, dann können sie Alfred das nicht anhängen.«

»Ich glaube nicht, dass sie ernsthaft denken, dass ein zwölfjähriger Junge einem russischen Soldaten die Kehle durchschneidet«, wandte Alice ein, war sich aber nicht ganz sicher. Auf den Straßen Berlins herrschten trotz aller Bemühungen der Alliierten, für Ordnung zu sorgen, nach wie vor anarchistische Verhältnisse. Elternlose, verängstigte und verwahrloste Kinder jeden Alters hatten sich zu Banden zusammengeschlossen und kämpften buchstäblich ums Überleben. Da war der Gedanke an einen zwölfjährigen Messerstecher nicht ganz so abwegig, wie es auf den ersten Blick schien.

Trude hatte gar nicht zugehört. Sie war schon wieder aufgestanden und sah jetzt Alice bittend an: »Kannst du dich um die Kinder kümmern?«

Alice erwiderte ihren Blick und begriff, dass es Trude nicht nur um die zwei, drei Stunden ging, die ihre Freundin benötigen würde, um ihre Aussage bei der russischen Kommandantur zu machen. Sie befürchtete, dass man ihr nicht glaubte und sie gleich dabehielt. Selbst Alice konnte sich vorstellen, dass die russischen Soldaten die Vorstellung einer Frau, die nachts Soldaten die Kehle durchschnitt, abwegig fänden und zu dem Schluss kämen, dass Trude sie nur erfunden hatte. Vielleicht würden sie denken, dass in Wahrheit sie den Soldaten getötet hatte und jetzt mit dieser abenteuerlichen Geschichte einer fremden Frau herausrückte, um ihren Sohn zu entlasten. Und ob dann das Argument der Notwehr wegen der versuchten Vergewaltigung noch greifen würde, war zweifelhaft. Denn es gab ja noch den zweiten Soldaten, der ja offenbar die Lüge von der Schwarzmarktbande verbreitet hatte, um sich selbst zu schützen. Mit Trudes Aussage konfrontiert, würde er vermutlich behaupten, Trude sei freiwillig mit seinem Kumpel mitgegangen und habe es sich dann anders überlegt oder aber, sie sei eine Gelegenheitshure, die versucht hatte, ihn auszurauben. Alice stellte sich vor, wie Trude würde aussagen müssen, in einem Saal voller russischer Soldaten, alles Männer, und wie man versuchen würde, ihr das Wort im Mund herumzudrehen …

»Geh nicht!«, sagte sie. »Lass mich das in die Hand nehmen.«

25

Babette war sich anfangs nicht ganz sicher gewesen, ob er es tatsächlich war. Zu verändert wirkte er, zu harmlos, ohne seinen weißen Kittel, ohne die funkelnde Brille. Und dann noch das ungewohnte Hinken, das hatte sie irritiert. Doch jetzt gab es keinen Zweifel mehr. Der Doktor hatte gerade eine Pause gemacht. Er war mit einem Becher Tee aus der schwarz gestrichenen Hütte getreten, in der er offenbar schlief, und ein paar Schritte herumgegangen, in Richtung Gleise und wieder zurück, hatte dabei vom Tee genippt und eine Zigarette geraucht. Sie hatte ihn aus dem Versteck, in das sie sich nach ihrem Beinahezusammenstoß mit Gerda verkrochen hatte, beobachtet. Und da hatte sie es gesehen: Er hinkte gar nicht. Kein bisschen. Sein Hinken war eine Lüge, wie der ganze Mann eine einzige Lüge war. In dem Moment war ihr klar geworden, dass sie mit ihrem Verdacht recht gehabt hatte. Er war es. Und sie hatte begriffen, dass es die richtige Entscheidung gewesen war, hierherzukommen. Das hier, der Doktor, das war ihre letzte Aufgabe. Hier war sie vor siebenunddreißig Jahren als blutjunges Mädchen angekommen, hier schloss sich der Kreis.

Jetzt hatte sie sich wieder unter die Hilfsbedürftigen gemischt, um näher am Geschehen zu sein. Gerda hätte sie fast erkannt, sie war ihr nachgelaufen, doch sie war ihr entwischt. Warum es ihr so wichtig war, unerkannt zu bleiben, wo sie doch eigentlich nur hierhergekommen war, um Alice zu treffen, konnte sie nicht genau erklären. Jedes Mal, wenn sie dachte, jetzt, jetzt gehst du hin, sagst ihnen, wer du bist und wer der Doktor ist, und dann werden Alice und die anderen dich in die Arme schließen und sich bei dir bedanken und alles wird gut werden, jedes Mal, wenn sie sich vornahm aufzustehen, zu dem Tisch zu gehen, wo Marthe stand und Tee und Brote verteilte, hielt sie etwas zurück. Der Schweiß brach ihr aus bei dem Gedanken an ihre Blicke, an ihr anfängliches Mitleid und an die kaum verhohlene Abscheu, wenn sie erfuhren, wer, was sie gewesen war. Ich bin's doch, die kleine Babette von früher, würde sie beteuern, ich bin doch noch immer da, trotz allem, bitte, bitte schaut mich doch an!, doch es würde keine Rolle spielen. Die Fünfzehn leuchtete durch ihren Namen hindurch wie durch verschlissenes Gewebe, und sie würde nie mehr verschwinden.

Sie hob den Kopf und sah zum Bahnsteig hinüber. Der Doktor und die anderen Frauen arbeiteten noch, nur Alice war schon weg, Alice und auch Natalie, die wie ein Wunderwesen aus einer anderen Welt plötzlich aufgetaucht war. Babette verstand nicht, wo sie auf einmal hergekommen war, in schönen Kleidern, fast wie früher, sie war doch verschwunden, damals, vor so vielen Jahren, sie erinnerte sich noch genau. Aber sie machte sich auch keine weiteren Gedanken darüber. Seit sie wusste, dass es ihre Bestimmung war, hierherzukommen, wunderte Babette sich über nichts mehr. Offensichtlich war es das Schicksal, das sie alle hier wieder zusammengeführt hatte:

Alice, Gerda, Marthe, Natalie und sie, Babette. Und, nicht zu vergessen, den Doktor. Babette spuckte auf den Boden und griff in die Falten ihres Mantels, um das harte Metall des Messers zu fühlen. Behutsam glitt sie mit einem Finger die Schneide entlang, genoss das beruhigende Gefühl, die Waffe in ihrer Manteltasche zu wissen. Als die Frauen sich langsam alle auf den Heimweg machten, die Soldaten sich zurückzogen und es ruhig auf dem Bahnsteig wurde, erhob sie sich und umrundete lautlos wie ein Schatten die Inseln der lagernden Menschen, die sich mit Sack und Pack auf jeder freien Stelle ausgebreitet hatten. Niemand reagierte, als sie vorüberging, und Babette wusste, dass sich keiner dieser Leute später an sie erinnern würde.

An der Krankenstation blieb sie stehen. Sie wusste, dass er nicht mehr dort war, hatte gesehen, wie er in Richtung der schwarzen Hütte gegangen war. Dennoch warf sie einen Blick hinein. Es gab zwei Stühle hinter dem mit Betttüchern abgetrennten Bereich, einen Tisch mit sorgfältig aufgereihten Medikamenten, sauberem Verbandsmaterial und einem Stethoskop, das wie eine Schlange zusammengerollt dalag und sie mit seinem einen, glänzenden Auge misstrauisch musterte. Im hinteren Bereich stand ein mit einem weißen Laken bedecktes Feldbett. Babette warf einen Blick darauf und fröstelte. Krankenrevier R I und R II standen ihr wieder vor Augen. Der schöne Victor … Sie umklammerte ihr Messer. »Die Kehle«, flüsterte sie sich selbst zu, leise, nicht mehr als ein heiserer Hauch. »Wie bei dem Russen.« Das Frösteln verging, und eine sanfte Ruhe breitete sich in ihr aus. Sie atmete tief ein, stellte sich vor, wie die scharfe Klinge Fleisch und Sehnen zerschnitt, sah das Blut vor sich, das in Stößen aus der Wunde heraussprudelte.

»Ich bin's. Fünfzehn«, würde sie sagen und ihm ins Gesicht spucken, während er um sein Leben röchelte.

Babette war so in dieses Bild der Rache versunken, dass sie das leise Geräusch hinter sich nicht wahrnahm. Es waren Schritte. Sie reagierte auch nicht, als sie langsam näher kamen, vorsichtig, schleichend. Sie kam erst wieder zu sich, als sie eine Stimme hinter sich hörte, doch da war es schon zu spät.

»Guten Abend, Babette«, sagte jemand und packte sie am Arm.

26

Claire rannte, als seien die Furien hinter ihr her. Was sie in gewisser Weise auch waren: Furien, die sich Wahrheiten nannten. Wahrheiten über ihre Mutter und über sie. Es konnte nicht sein, dass Cliff Harrison nicht ihr Vater war!, dachte sie, vermutlich schon zum tausendsten Mal in der letzten guten Stunde, in der sie blindlings durch die Straßen gehetzt war. Sie hätte doch etwas spüren müssen, eine Distanz, eine Zurückhaltung, eine Fremdheit, ein Unbehagen …

»Irgendetwas! Irgendetwas hätte ich doch spüren müssen!«, keuchte sie, nach Luft schnappend, und blieb endlich stehen. Sie war völlig außer Atem und hatte keine Ahnung, wo sie sich befand. Plötzlich kam es ihr kindisch vor, so kopflos durch die halbe Stadt gerannt zu sein, und sie sah sich ratlos um. Irgendwann war sie an einem Schild vorbeigekommen, das sie darüber informiert hatte, dass sie den amerikanischen Sektor betrat, doch sie wusste nicht, wie weit sie vom Hotel entfernt war. Jetzt stand sie auf einem Platz mit einer zerstörten Kirche, die wie ein hohler Zahn in den Nachmittagshimmel ragte. Die Sonne hatte ihr grelles Hitzeweiß, mit dem sie den ganzen Tag die Stadt malträtiert hatte, abgelegt und einen sanften goldenen Schimmer angenommen, der die trostlosen Ruinen um sie herum in ein weiches, fast idyllisches Licht tauchte. Eine leichte, warme Brise wehte, und viele Passanten, überwiegend Frauen, flanierten über den Platz, hübsch gekleidet, lachend, als befänden sie sich auf einem Prachtboulevard und nicht zwischen den Trümmern ihrer zerstörten Stadt. Sie gingen meist in Grüppchen und strebten alle in eine Richtung, als hätten sie ein gemeinsames Ziel. Spontan schloss Claire sich ihnen an. Sie hatte keine Eile, zum Hotel zurückzukommen. Zwar war sie einerseits begierig darauf, die ganze Wahrheit der Vergangenheit ihrer Mutter zu erfahren, fühlte sich andererseits aber gerade nicht dazu in der Lage, ihr einigermaßen gefasst gegenüberzutreten. Eine Gruppe untergehakter Frauen mit bunt gemusterten Kleidern und kunstvoll in Rollen und Wellen aufgesteckten Haaren fiel ihr auf. Die hohen Absätze der jungen Frauen klapperten fröhlich über das Kopfsteinpflaster, und immer wieder wehte sie Gelächter an. Sie folgte ihnen und gelangte auf diese Weise zu einer breiten Straße, die, obwohl ebenso zerstört wie alles andere in der Stadt, ausgesprochen lebhaft, ja fast großstädtisch normal wirkte. Es gab geöffnete Cafés und Restaurants zwischen den Ruinen, zahlreiche Menschen saßen unter Sonnenschirmen und tranken Kaffee, aßen Kuchen und wirkten gut gelaunt, geradezu in Feierstimmung. Nach den bedrückenden Szenen, die sich ihr am Bahnhof eingebrannt hatten, erschien Claire dieses Bild vollkommen unwirklich. Neugierig geworden, hastete sie den jungen Frauen hinterher, gespannt, wohin sie sie noch führen mochten. Sie gingen nicht mehr weit. Nach ungefähr fünf Minuten Fußmarsch blieben sie stehen, zogen sich ihre Kleider glatt, korrigierten mithilfe von kleinen Handspiegeln ihre Frisuren und zogen den Lippenstift nach. Sie standen vor einem Lokal, das noch halbwegs intakt wirkte. Eine schief hängende, gelb-weiß gestreifte Markise überspannte einen kleinen Bereich auf dem Bürgersteig, wo Gäste an kleinen runden Kaffeehaustischen saßen. *Tanzcafé Alma* stand dort, auf dem schon ein wenig ramponierten und mit Rußflecken und Brandlöchern übersäten Stoff der Markise.

Die Frauen hatten erkennbar kein Interesse, sich an einen der wenigen noch freien Tische zu setzen, sondern gingen ins kühlere Innere des Cafés und durchquerten zielstrebig den Gastraum zu einer Tür, auf der ein Pappschild zweisprachig verkündete: *Today dancing/Heute Tanz.* Dahinter war bereits gedämpft Musik zu hören. Claire sah zu, wie sie die Tür öffneten, Musik drang in einem Schwall heraus, die gleich darauf wieder verebbte, als die Tür hinter den Frauen geschlossen wurde. Einen Moment lang blieb sie unschlüssig stehen, dann durchquerte auch sie den Raum, öffnete die Tür und trat ein. Sie befand sich in einem großen Raum mit hohen Glastüren, der voll mit jungen Menschen war, die tanzten, eng gedrängt an den Tischen entlang der Wände saßen, tranken, rauchten und lachten. Die Glastüren waren weit geöffnet und führten hinaus in einen verwilderten grünen Hinterhof, in dem ebenfalls getanzt wurde. Man konnte kaum einen Unterschied zwischen drinnen und draußen ausmachen, alles wogte, hüpfte, sprang zu den Klängen einer Jazzkapelle, die etwas erhöht auf einer Bühne auf der schmalen Seite des Raums stand und spielte. Claire blieb eine Weile an die Wand neben der Tür gelehnt stehen und betrachtete überwältigt das wilde Treiben. Es war noch warm, erst früher Abend, die letzten Sonnenstrahlen fanden gerade noch ihren Weg zwischen den Ruinen in den Hinterhof hinein und tauchten die Szenerie in ihr betörendes Licht. Die Energie, die pure, ekstatische Lebensfreude dieser jungen Menschen war körperlich zu spüren. Ihr war, als vibrierte alles, die Luft, das Abendlicht, der Himmel, der Boden unter ihren Füßen, und ihr eigenes Herz, ihr Atem und jede Faser ihrer Seele vibrierten ungewollt mit. Das hier sollten die Monster des Naziregimes sein? Diese jungen, ausgelassenen, glücklichen Menschen? Claire fröstelte, und gleichzeitig brach ihr der Schweiß aus. Sie konnte die Widersprüche, die ihr hier auf Schritt und Tritt begegneten, einfach nicht fassen.

Eine dunkelhaarige junge Frau in einem gelb getupften Kleid mit weißem Kragen und knallroten Schuhen kam auf sie zu und lächelte sie an. »Hallo, biste zum ersten Mal hier?«

Claire gelang es zu nicken.

»Ich bin Erika.«

»C…laire«, stotterte sie überrumpelt.

Die junge Frau streckte ihre Hand aus. »Komm mit, ich stell dich meinen Freundinnen vor.«

Claire ergriff die Hand und ließ sich von Erika mitziehen. Sie drängten sich an den Tanzenden vorbei an einen Tisch, wo noch zwei junge Frauen und drei Männer in Uniform saßen. Amerikaner. Erst jetzt fiel Claire auf, dass sehr viele amerikanische Soldaten unter den männlichen Gästen waren. Sie tanzten mit den deutschen Mädchen, hielten sie an den Händen, hatten ihre Arme um sie gelegt, manche knutschten ungeniert. Es erinnerte sie ein wenig an den Crocodile Club, allerdings war alles sehr viel fröhlicher, heller, unschuldiger. Junge Leute, die das Leben feierten. Claire fielen die großen Plakate ein, die in der Offiziersmesse des Hotels hingen: *»Don't fraternize!«* und *»Remember this!«* mit drastischen Fotos der deutschen Gräueltaten in den Konzentrationslagern, und sie musste unwillkürlich auflachen. Das Leben war verrückt. Verrückter, als jemand es sich ausdenken konnte.

Erika drückte ihr ein kleines Wasserglas mit leuchtend

grüner Flüssigkeit in die Hand, und Claire sah, dass ein ganzes Tablett voller Gläser mitten auf dem Tisch stand. »Dit is Pfefferminzlikör, spezial. Den Likör hat uns Josh spendiert. Sonst jibt es hier nur Muckefuck und Wasser.« Sie hob ihr Glas, und Claire tat es ihr nach. Sie prosteten sich zu, und Claire überkam dabei ein unerwartetes Gefühl der Zugehörigkeit, während sie in die vergnügten, offenen, erhitzten Gesichter dieser Tischrunde blickte. Sie tranken alle ex, doch als die überraschend scharfe Flüssigkeit Claires Kehle hinabrann, traten ihr Tränen in die Augen und sie musste husten. »Das soll Likör sein?«, keuchte sie und wischte sich die Augen trocken. Alle lachten, und Erika sagte: »Ick sagte doch *spezial.*« Sie zwinkerte, griff unter den Tisch und zeigte Claire eine unetikettierte Flasche mit klarer Flüssigkeit. »Dit is Slivowitz, den brennt mein Opa.«

Claire musste kichern wie ein Backfisch, das Lachen steckte ihr in der Kehle wie ein Säckchen voll kleiner Luftblasen, die nach oben drängten, überhaupt kribbelte und flimmerte es in ihr, alle Nervenenden schienen plötzlich gleichzeitig erregt und sie hatte Mühe, ruhig sitzen zu bleiben. Einer der GI's, ein großer Kerl mit einem sympathischen Lächeln, fragte sie, ob sie mit ihm tanzen wollte, und sie sprang auf wie eine Sprungfeder, dankbar, sich bewegen zu dürfen.

»Das ist der Schock«, dachte sie bei sich, während er ihre Hand nahm, sie seine warmen, kräftigen Finger spürte und das Kribbeln sich verstärkte. Wieder drang ein unmotiviertes Kichern in ihrer Kehle nach oben. »Ich habe einen verdammten Schock …«, murmelte sie kopfschüttelnd.

Sie traten zusammen auf die dicht an dicht bevölkerte Tanzfläche, und die Kapelle spielte die ersten Töne eines bekannten Schlagers der Andrew Sisters. Die rechte Hand des

GI's – es war Josh, der Likörspender, wie sie erfuhr – legte sich um ihre Hüfte, und sie begannen zu tanzen. Als nach einer Weile alle um sie herum den Refrain zu singen begannen, sang auch Claire lauthals mit: »*Drinkin' Rum and Coca Cola, go down Point Koomanah, both mother and daughter workin' for the Yankee dollar …*«

Es war wie gestern Abend. Der olivgrüne GAZ-61 wartete pünktlich an der Ecke Ferchower Straße, Popow hielt ihr die Autotür auf und ihre Nachbarn gafften. Alice jedoch fühlte sich anders. Ihre Aufregung bezüglich dessen, was sie erwarten würde, hatte sich gelegt, auch ihr Misstrauen gegenüber Alexej Wolkow war verschwunden, stattdessen hatte sie einen Knoten im Magen, groß wie eine Faust. Sie hatte Trude vorgeschlagen, mit Wolkow über Alfred zu sprechen, ihn dazu zu bewegen, Trudes Jungen freizulassen, ohne dabei ihren Namen zu nennen.

»Ich vertraue ihm«, hatte sie beteuert. »Er wird mir glauben und nicht darauf bestehen, wenn ich ihn darum bitte.« Trude hatte anfangs abgelehnt, doch es war ihr anzusehen gewesen, dass sie erleichtert war, ihre Geschichte nicht erzählen zu müssen. Und Alice war überzeugt, das Richtige zu tun. Alexej Wolkow war ein anständiger Mensch. Und dennoch gab es da diesen Knoten im Magen. Sie wusste nicht recht, was er zu bedeuten hatte. War ihr Unbehagen eine Warnung? Konnte sie sich auf Wolkow womöglich doch nicht so verlassen, wie sie hoffte? War sie dabei, ihre Freundin einem Haufen rachsüchtiger Soldaten auszuliefern, wenn sie Wolkow die Wahrheit sagte? Doch war es nicht klüger, mit ihm zu sprechen, statt Trude selbst in die Kommandantur gehen zu lassen? Trude kannte niemanden dort, sie war nur irgendeine deutsche Frau.

Alice hingegen kannte Wolkow. Und sie mochte ihn. Mehr, als sie für möglich gehalten hatte. Der Knoten in ihrem Magen zog sich schmerzhaft zusammen, schien ihr diesen Gedanken übel zu nehmen, und sie schob ihn schnell beiseite, jedenfalls, so gut es ging.

Popow hielt erneut vor dem verlassenen Flügel des Hotel Adlon und begleitete sie ein weiteres Mal die staubigen, verlassenen Treppen hinauf zu jenem Ballsaal, der ihr im Nachhinein wie ein merkwürdiges Trugbild aus einem Traum vorgekommen war. Wieder stand der einäugige Soldat vor der Tür, nickte ihr zu und ließ sie schweigend hinein. Der Saal jedoch erschien ihr heute vertrauter und weniger unwirklich als gestern, er war sogar etwas kleiner als in ihrer Erinnerung, mehr ein Kabinett als ein Saal, und Oberst Wolkow, der beim Öffnen der Tür aufgesprungen war und jetzt auf sie zukam, schien ebenfalls verändert. Sie brauchte einen Moment, um zu begreifen, woran es lag: Er war heute nicht in Uniform, sondern begrüßte sie in Zivil, trug einen elegant geschnittenen, aber legeren Sommeranzug und ein weißes Hemd mit locker gebundenem Schlips und sah darin ganz anders aus, weniger streng, weniger distanziert, was paradoxerweise dazu führte, dass der Knoten in Alice' Magen sich noch schmerzhafter zusammenzog. Sie spannte den Kiefer an und versuchte, das Unbehagen, das sie die ganze Fahrt hierher begleitet hatte, zu ignorieren. Das war doch alles sentimentaler Quatsch. Sie hatte eine Mission. Sie musste Trude und Alfred helfen. Und das würde sie tun.

Er lächelte ihr zu und reichte ihr die Hand. »Alice! Wunderschön sehen Sie aus.«

Zögerlich ergriff sie seine Hand und zwang sich dabei zu

einem Lächeln. Er führte sie galant zum festlich gedeckten Tisch und das Essen wurde aufgetragen, Borschtsch, Roastbeef mit Kartoffeln, glasierter Apfelkuchen als Dessert, alles ebenso köstlich und üppig wie am Tag zuvor, doch Alice aß noch weniger als gestern. Sie musste sich förmlich dazu zwingen, die Gabel zum Mund zu führen. Auch die Unterhaltung fiel ihr schwer, sie war mit ihren Gedanken so sehr bei Trude und der Frage, wann der richtige Moment sei, mit ihrem Anliegen herauszurücken, dass es ihr schwerfiel, unverbindlich zu plaudern. Als sie beim Dessert angelangt waren, war es ihr immer noch nicht gelungen, Wolkow auf Alfred anzusprechen. Ihre vorsichtige Frage, wie es denn mit den Aktionen gegen die Schwarzmarktbanden voranging, wischte er mit einer Handbewegung – und der Bemerkung: »Lassen Sie uns doch den grauen Alltag für eine Weile vergessen« – beiseite und goss ihr stattdessen vom Wein nach. Im Gegensatz zu gestern ließ Wolkow dazu nicht den Kellner an den Tisch kommen, sondern kümmerte sich selbst darum, dass ihr Glas immer voll war. Überhaupt verhielt er sich sehr viel weniger förmlich. Er wirkte gelöst, entspannt und schien Alice' Gesellschaft zu genießen. Ihre Anspannung fiel ihm dabei nicht auf, oder er überging sie höflich. Alice dagegen schaffte es kaum, sich auf ihre eigentliche Aufgabe zu konzentrieren. Sie spürte, wie der schwere Wein ihr langsam zu Kopf stieg, wie die Süße des Desserts sie nachgiebig und ein wenig träge machte, und sie ertappte sich dabei, wie sie es einfach nur genoss, dazusitzen und den Mann zu betrachten, der ihr gegenübersaß, lächelte und so angenehme Konversation machte. Sie betrachtete seine Hände, und ihr fiel erneut auf, wie schlank und feingliedrig sie waren. Ganz anders, als man sich die Hände eines Soldaten vorstellte. Er bewegte sie beim Sprechen, gestikulierte, jedoch nicht hektisch oder theatralisch, sondern auf eine überlegte, bedächtige Art, die sie an einen Dirigenten erinnerte, der einer Musik lauschte, die nur er hören konnte. Sie ertappte sich dabei, wie sie sich vorstellte, diese Hände würden sie berühren, ihr über die Wangen streichen etwa, oder … Sie spürte, wie die Hitze ihr ins Gesicht stieg und ihr Mund trocken wurde. Was zum Himmel war nur mit ihr los? Wie kam sie nur auf so abwegige Gedanken?

»Ist alles in Ordnung?«, fragte Wolkow und sah sie besorgt an. Offenbar konnte man ihr ihr Entsetzen über ihre eigenen Gedanken am Gesicht ablesen. Gottlob nur das und nicht die Gedanken selbst! Hastig nickte sie. »Aber ja! Alles wunderbar, wirklich.« Sie wedelte sich mit der Serviette etwas Luft zu. »Es ist nur … das ungewohnte Essen und der Wein …«

»Soll ich Ihnen etwas Wasser bringen lassen?« Er hob die Hand, um den Kellner zu rufen, doch Alice winkte ab. »Es ist wirklich alles in Ordnung. Ich … fühle mich sehr wohl in Ihrer Gegenwart, Alexej.« Das war eindeutig zu viel gewesen, dachte sie bei sich, während er die Hand sinken ließ und sie ansah. Die Röte schoss ihr erneut ins Gesicht, und sie senkte ertappt den Kopf. Als sie ihn wieder hob, hatte er seine dunklen Augen noch immer unverwandt auf sie gerichtet, in einer Art und Weise, die ihr das Gefühl gab, dass er genau wusste, was sie gerade gedacht hatte. Mehr noch, dass er ihre Gedanken besser kannte, als sie selbst es tat.

Sie räusperte sich. »Erzählen Sie doch bitte weiter.« Er hatte gerade von seiner Heimat Sankt Petersburg erzählt, und aus jedem seiner Sätze hatte man den beständigen vibrierenden Unterton des Heimwehs heraushören können. Doch er knüpfte nicht an seine Erzählung von Sankt Petersburg an, sondern sagte: »Ich muss mich bei Ihnen entschuldigen, Alice.«

Überrascht runzelte sie die Stirn. »Entschuldigen? Aber wieso? Wofür?«

»Für das alles.« Er machte eine ausholende Handbewegung. »Sie haben mir gestern vorgeworfen, ich versuchte, Ihnen zu imponieren, und ich habe das zurückgewiesen. Das stimmte und stimmte auch wieder nicht.« Er zögerte, rieb sich mit einer Hand über sein Kinn, was ein raues, kratzendes Geräusch verursachte, und wirkte plötzlich unsicher, ja sogar etwas verlegen.

»Ich bin praktisch mein ganzes Leben schon Soldat und seit langer Zeit nun schon nahezu tagtäglich nur unter meinesgleichen. Ich habe keine Familie, kaum Freunde außerhalb der Armee, ich wollte nie engere Bindungen eingehen, ein Beruf wie dieser macht vieles kompliziert. Man hat nicht viel Privatsphäre und nicht viel Entscheidungsspielraum, selbst als Oberst nicht. Die Rote Armee ist alles für uns. Familie, Heimat, Religion. Oder so sollte es zumindest sein. Ich bin sechsundfünfzig, also nicht mehr der Jüngste, und es … es … fällt mir zunehmend schwerer, das zu ertragen. Daher habe ich mir ausbedungen, alleine zu wohnen, solange ich in der Stadt bin, nicht zusammen mit den anderen Offizieren, und es wurde mir ermöglicht, ein Privileg meiner Position.« Er deutete mit dem Daumen zur Decke. »Ich logiere dort oben, in einer der noch unversehrten Hotelsuiten. Das ermöglicht mir etwas an Freiheit, eine private Umgebung. Dort kann ich Musik hören, lesen, und da oben verlassen meine Gedanken zumindest für ein paar Stunden am Tag die Schlachtfelder, auf denen ich sonst zu Hause bin.«

Alice nickte. Sie konnte ihn gut verstehen. Seit die Flüchtlingsfamilie bei ihr einquartiert worden war, wusste sie, wie wichtig es war, einen Raum für sich allein zu haben.

»Diesen kleinen Saal habe ich zufällig entdeckt und dachte, es wäre eine gute Idee, Sie hierher einzuladen.« Er verstummte einen Moment, suchte offenbar nach Worten und fuhr dann fort: »Als Zeichen des Respekts.«

Alice hob die Brauen, sie verstand nicht recht, was er damit sagen wollte.

»Wir beide wissen, wie Ihre Landsleute über die Rote Armee denken. Sie selbst haben es mir ins Gesicht gesagt, aber ich wusste es natürlich auch vorher schon. Und die Menschen haben leider recht. Unsere Soldaten haben sich in Teilen schändlich verhalten, und es gibt keine Entschuldigung dafür. Daher würden Sie zutiefst kompromittiert sein, wenn Sie mit mir ausgingen, und das möchte ich auf keinen Fall. Man würde über Sie reden, meine Soldaten ebenso wie Ihre Landsleute. Das wollte ich vermeiden. Und trotzdem wollte ich Sie treffen. In einem möglichst privaten Rahmen.« Er stockte und fuhr sich mit beiden Händen durch seine gescheitelten Haare, sodass sie in Unordnung gerieten und ihm eine dichte, dunkle Strähne ins Gesicht fiel, was Alice so hinreißend fand, dass sie Mühe hatte, ihn nicht anzustarren wie ein verliebtes Kaninchen. Unwirsch schob er die Strähne zurück, räusperte sich und versuchte es erneut: »Ich bin nicht geübt in solchen Dingen … also … was ich sagen wollte, ist, ich … ich habe nicht damit gerechnet, ausgerechnet hier, in Berlin, jemandem wie Ihnen zu begegnen, und ich wünschte, Sie würden in mir keinen Soldaten einer feindlichen Macht sehen, sondern nur einen einfachen … Mann.«

Er verstummte und sah sie einen Moment lang nur an, auf eine Weise, die Alice mitten ins Herz traf. Ihr Pulsschlag beschleunigte sich, und ihr war, als stünde sie auf einem schwindelerregend hohen Turm, ohne Geländer, bereit, sich voller Vertrauen in die Tiefe zu stürzen, im Wissen, sicher aufgefangen zu werden. Sie öffnete den Mund, wollte etwas sagen, doch ihr Gehirn spuckte keine passenden Worte aus, bot nichts an, was auch nur annähernd einer Erwiderung gleichgekommen wäre.

»Ich … ich …«, stotterte sie hilflos und dachte bei sich, dass es doch nicht sein konnte, dass sie fünfundfünfzig Jahre alt hatte werden müssen, um dann einem Mann derart sprachlos gegenüberzusitzen.

Alexej Wolkow stand auf, ging um den Tisch herum und bot ihr mit einer kleinen Verbeugung seinen Arm. »Würden Sie mir die Ehre eines Tanzes erweisen, Alice?«

Etwas überrumpelt erhob sie sich und legte ihre Hand auf seinen Arm. Sie schritten zur Mitte des Raums, während wie aus dem Nichts der Geiger wieder erschien. Hatte er irgendwo im Verborgenen gewartet? Hatte Wolkow ihm ein Zeichen gegeben? Alice hatte nichts davon bemerkt. Er begann zu spielen, und als Alice das Stück erkannte, traten ihr unvermittelt Tränen in die Augen. Es war ein Walzer von Chopin, den sie früher selbst oft auf dem Klavier gespielt hatte.

»Nicht Tschaikowsky?«, fragte sie, nur um irgendetwas zu sagen, während sie ihre Hand verlegen in Wolkows legte und sie langsam anfingen zu tanzen.

»Nein. Heute nicht«, erwiderte er lächelnd. »Ich fand, Chopin passt besser.«

Wolkow war ein guter Tänzer, er führte sicher, aber nicht zu forsch, und sie bewegten sich so geschmeidig und harmonisch durch den Raum, als hätten sie schon hunderte Male miteinander getanzt. Vollkommen überwältigt von der Musik und der Bewegung nahm Alice jedes einzelne Detail überdeutlich wahr: Seine warme Hand, die die Finger ihrer

Rechten sanft umschloss, die andere Hand an ihrem Rücken, fest und seltsam tröstlich, die unerhörte Nähe seines Körpers, seine breite Brust, die sehnige, kräftige Linie seines Nackens, der dunkle Haaransatz, der würzige Duft seiner Haut … Alice schloss für einen Moment die Augen, ließ sich blind führen, spürte, wie Wolkow sie etwas näher zu sich zog, gab nach und als sie seine Lippen vorsichtig, fast ängstlich auf den ihren spürte, erwiderte sie seinen Kuss mit einem Aufseufzen, das all ihre Einsamkeit und alles Sehnen umfasste, das sie in den vergangenen Jahren verspürt hatte. Sie stand wieder auf dem Turm, war bereit zu springen … doch dann meldete sich eine andere Stimme in ihrem Kopf: Bist du verrückt? Weißt du eigentlich, wie alt du bist? Was soll das werden? Willst du dich komplett lächerlich machen auf deine alten Tage? Was glaubst du, will dieser Russe von dir? Du bist doch nichts als eine Kriegstrophäe …

Sie wich zurück, von den Stimmen in ihrem Kopf wie betäubt, und ihr Blick traf den von Alexej.

»Was ist …?«, begann er, und ohne nachzudenken platzte Alice mit dem Erstbesten heraus, das ihr geeignet erschien, das gefährliche Terrain zu verlassen, auf das sie sich fast begeben hätte:

»Alfred! Ihr habt einen Jungen namens Alfred verhaftet.«

Alexej blinzelte und blieb abrupt stehen. »Wie?«

»Alfred Ackermann wurde heute verhaftet. Angeblich gehört er zu einer Schwarzmarktbande, das hat euch ein anderer Junge verraten, Hans Prittwitz, aber das ist ein kleiner Nazi und selbst ein Dieb, auch wenn er noch ein Kind ist, muss man das sagen dürfen, und jetzt hat seine Mutter … also, ich meine Alfreds Mutter, Angst, dass ihr ihm den Mord an dem Soldaten in die Schuhe stecken wollt, doch er war es nicht, weil, es war eine Fffrau …« Alice verhaspelte sich, so schnell sprudelten die Worte aus ihr heraus, in dem Bemühen, so rasch wie möglich wieder sicheren Abstand zwischen sich und Alexej Wolkow zu bringen.

Alexej trat einen Schritt zurück. »Das sollten wir vielleicht besser am Tisch besprechen«, sagte er kühl, ließ sie los und ging zurück, ohne ihr wie zuvor seinen Arm anzubieten. Auf seinen Blick in Richtung des Geigers hin erstarb die Musik jäh, und der Musiker entfernte sich leise. Alice ließ ihre Arme sinken und folgte Alexej. Sie hatte erreicht, was sie wollte, die erhoffte Sicherheit kehrte indes nicht zurück. Vielmehr war das Gegenteil der Fall: Sie fühlte sich, als habe Alexej sie fallen gelassen. Sie war gestürzt, und der Aufprall war kalt und hart.

27

»Also, worum geht es?«

Alexejs Ton war sachlich.

Alice schluckte. »Ich weiß, dass Alfred Ackermann nicht für den Tod dieses Soldaten verantwortlich ist, und auch sonst kein Junge oder Mann aus den Schwarzmarktkreisen.«

Alexej hob eine Braue. »Ach, tatsächlich? Und seit wann weißt du das?«

»Schon von Anfang an. Ich weiß es, weil …« Alice begriff wieder, wie heikel es war, diese Geschichte zu erzählen, und wie unglaubwürdig sie klingen würde, vor allem jetzt, nachdem schon einige Zeit verstrichen war. Zeit, in der sie zahllose Möglichkeiten gehabt hätte, ihm die Wahrheit zu sagen.

Er schwieg. Saß da, musterte sie mit einem unergründlichen Blick und wartete. Sie versuchte, seinen Blick zu deuten, die Wärme darin wiederzufinden, mit der er sie gerade eben noch angesehen hatte, doch vergeblich.

»Weil ich … jemanden kenne, der dabei war«, stieß sie schließlich hervor.

Alexej hob das Kinn. »Es gibt einen Zeugen?«

»Eine Zeugin. Sie war mit ihrer Freundin auf dem Heimweg vom Kino, da haben Soldaten sie verfolgt und in die Ruinen gezogen, um sie … um sie …« Sie kam ins Stottern.

»Ich verstehe schon.«

»Also … ähm … ja, die Freundin konnte fliehen, zwei der Soldaten sind hinter ihr her, haben sie jedoch nicht erwischt, aber die anderen beiden haben die Frau, also ein Soldat, er versuchte … aber … also … noch bevor …« Alice wurde heiß, und sie senkte den Kopf. »Es kam jemand, und er schnitt dem Soldaten die Kehle durch. Und Tr… also die Zeugin, ist sich sicher, dass es eine Frau war.«

»Es kam also eine Frau aus dem Nichts, genau in dem Augenblick, in dem diese Zeugin vergewaltigt werden sollte, und hat dem Täter die Kehle durchgeschnitten?«, wiederholte Wolkow betont langsam.

Alice nickte. »Ich weiß, dass diese Geschichte etwas seltsam klingt, aber ich glaube ihr.«

»Ich würde mich gerne selbst von der Glaubwürdigkeit dieser Frau überzeugen.«

»Das geht nicht«, erwiderte Alice.

»Warum nicht?«

»Weil sie … ich habe ihr versprochen, ihren Namen nicht zu nennen. Sie hat kleine Kinder, ihr Mann ist verschollen, sie hat Angst …«

»Vertraust du mir nicht?«

»Doch …« Alice spürte den Knoten in ihrem Magen wieder, und sie begriff, dass es kein Misstrauen, kein Unbehagen Wolkow gegenüber war wie sie anfangs geglaubt hatte. Es war das Versprechen selbst, das sie Trude gegeben hatte. Es lag ihr im Magen wie ein glühender Stein.

»Ich habe es versprochen«, wiederholte sie leise und spürte, wie ihre Augen sich erneut mit Tränen füllten.

Wolkow nickte. »Ich verstehe. Deine Loyalität ehrt dich, Alice. Mal sehen, was ich mit dieser Geschichte anfangen kann. So ganz ohne Bestätigung wird es nicht leicht sein.« Er stand auf. »Ich lasse dich nach Hause bringen. Es war ein langer Tag für uns beide.«

Er ging zur Tür und sprach ein paar Worte mit dem einäugigen Torwärter, dann kam er zurück.

Alice, die ihm gefolgt war, blieb vor ihm stehen, und die Erkenntnis, dass sie trotz aller guten Absichten einen schweren Fehler gemacht hatte, traf sie mit einer solchen Wucht, dass sie schwankte.

»Danke«, sagte sie. »Für das Essen und …« Sie wusste nicht weiter.

Wolkow nickte nur. »Ich habe zu danken«, sagte er, und seine Stimme klang bitter. »Für deinen Beitrag zur Aufklärung eines Verbrechens an der Roten Armee.«

Es klang wie Hohn in Alice' Ohren, und so war es vermutlich auch gemeint, und als Popow kam, um sie abzuholen, konnte sie nicht anders, sie musste ihren Tränen freien Lauf lassen. Fast blind stolperte sie dem jungen Soldaten hinterher die Treppe hinunter, bevor dieser sich erbarmte und ihr ein Taschentuch und seinen Arm reichte.

Die Häuserruinen schienen zu schwanken und sich dem Jeep zuzuneigen, während das Auto mit hoher Geschwindigkeit durch eine enge Straße fuhr. Claire saß eingeklemmt zwischen Erika und einer weiteren jungen Frau, deren Namen sie vergessen hatte, auf dem Rücksitz, Josh am Steuer und ein weiterer GI auf dem Beifahrersitz. Eines der Mädchen kreischte vor Schreck auf, als sie im halsbrecherischen Tempo abbogen und das Auto kurz ins Schleudern kam, und versuchte, ihren

Schreck dann mit nervösem Kichern zu überspielen. Claire hatte die Augen halb geschlossen. In ihrem Kopf drehte sich alles, und sie roch nach Pfefferminzlikör. Irgendjemand hatte ihr ein Glas davon über ihre Bluse geschüttet. Wie viele Gläser sie zuvor schon getrunken hatte – die meisten davon »spezial« –, wusste sie nicht mehr. Es waren jedoch mehr als genug gewesen. Sie fühlte sich pfefferminzgrün, innen und außen, der Geschmack in ihrem Mund war pfefferminzgrün, und wenn sie nicht gleich an ihrem Bestimmungsort ankamen und anhielten, würden die Rückseite des Vordersitzes und Joshs Stiernacken auch gleich pfefferminzgrün sein. Claire versuchte, den widerlich süßen Geschmack in ihrem Mund zu ignorieren und sich durch ihre halb geschlossenen Augen auf einen Punkt zu konzentrieren, ähnlich wie auf einem Schiff, wenn man seekrank war und sich auf den Horizont fokussierte. Es gelang nicht recht, weil diese verdammten Häuserreste nicht stillhielten. Sie tanzten herum, verbeugten und neigten sich einander zu, als ob sie sich Geheimnisse zuflüsterten. Claire hob den Kopf zum Himmel. Eine dünne Mondsichel hing über dem ausgebrannten Dachstuhl eines zerbombten Hauses. In einem der oberen Zimmer flackerte das Licht einer Petroleumlampe. Man konnte das ganze Zimmer sehen, die Tapete, das Spülbecken, den Herd und die Eckbank, weil die vordere Wand völlig fehlte, sie war abgerissen, eingestürzt, wie die gesamte restliche Fassade. Aber da saß eine Frau auf der Eckbank am Tisch und nähte. Claire blinzelte. Vermutlich spielte ihre Fantasie ihr einen Streich. Dort konnte doch niemand mehr wohnen … und doch saß die Frau dort, vor ihrer Lampe, die das Zimmer beleuchtete wie das unheimliche Schaufenster eines verlassenen Möbelhauses. Claire war erleichtert, als sie endlich anhielten. Etwas benommen sah sie sich um. Tatsächlich, sie standen direkt vor der Tür des Clubs, in dem sie kurz nach ihrer Ankunft mit GI Miller gewesen war. Das handgeschriebene Schild *Crocodile Club* hing noch unverändert dort. Als Josh vorgeschlagen hatte, noch hierher zu fahren, war sie einverstanden gewesen, mitzukommen. Von hier aus würde sie allein zum Hotel zurückfinden, hatte sie sich gesagt, wenngleich sie noch gar nicht dorthin wollte. Sie hatte keine Lust auf das Draculazimmer mit den grünen Wänden, und sie hatte vor allem keine Lust auf ihre Mutter und die Lügen, die sie ihr vermutlich auftischen würde, wenn sie sie auf das Gespräch ansprach, das sie heute belauscht hatte. Josh half ihr aus dem Jeep, und dann betraten sie zu fünft den Club. Er war noch voller als beim letzten Mal, die Luft stickig und unter der niedrigen Decke hing in dichten Schwaden der Rauch unzähliger Zigaretten. Eine Band spielte, und auf der Tanzfläche drängten sich die Menschen. Claire spürte, wie sich bereits beim Drängeln durch die Leute am Eingang der Schweiß im Nacken und zwischen ihren Schulterblättern sammelte, und sie wusste, für heute hatte sie genug getanzt, gefeiert und getrunken. Trotzdem ließ sie sich von Josh weiterziehen, seltsam passiv stolperte sie hinter ihm her, bemüht, den Schwindel in ihrem Kopf in Schach zu halten.

»Was möchtest du trinken?«, schrie er ihr ins Ohr, als sie an der Bar angekommen waren.

»Wasser!«, schrie sie zurück, und er sah sie ungläubig an. »Willst du dir Typhus einfangen? Wenn es hier Wasser gibt, dann möchte ich nicht wissen, wo es herkommt. Und ganz sicher nicht trinken.« Er wandte sich dem Barkeeper zu, bevor sie etwas erwidern konnte, und dieser stellte ihnen kurz darauf zwei Gläser mit durchsichtiger Flüssigkeit auf die Theke. »Gin Tonic?«, fragte Claire misstrauisch und schnupperte.

»Ja, fast wie Wasser, nur besser.« Josh grinste und prostete ihr zu. Sie trank einen Schluck, der Drink war stark, sie konnte kaum Tonic herausschmecken, und für einen Moment genoss sie es, wie der scharfe Gin den Geschmack nach Pfefferminzlikör aus ihrer Kehle ätzte, doch nach einem weiteren Schluck rebellierte ihr Magen. Sie hatte endgültig genug und stellte das Glas ab.

»Willst du tanzen?«

Claire schüttelte den Kopf, wodurch ihr noch schwindliger wurde. »Nein. Ich muss nach Hause.«

»Jetzt schon? Aber wir sind doch gerade erst gekommen.«

»Feiert ihr ruhig noch weiter, ich kann nicht mehr.« Claire sah sich nach den anderen um, konnte sie aber nirgends entdecken. Sie lächelte gezwungen. »War ein netter Abend …«

»Also, so leicht kommst du mir nicht davon.« Josh packte sie am Arm und zog sie auf die Tanzfläche. »Einen Tanz bist du mir noch schuldig.«

»Nein …«, begann Claire, doch Josh legte schon seine Hände um sie und zog sie an sich.

»Ich mag nicht mehr tanzen«, schrie ihm Claire ins Ohr und wollte sich seinem Griff entwinden.

»Jetzt hab dich doch nicht so, Baby. Einen einzigen Tanz wirst du doch noch für mich übrig haben.« Er drängte sich enger an sie, küsste ihren Nacken.

»Lass mich los!« Sie versuchte vergeblich, sich zu befreien. Eingekeilt zwischen den anderen Tänzern, konnte sie sich nicht dagegen wehren, dass seine Hände ungeniert über ihren Körper glitten. »Die deutschen Fräuleins sind ja ganz nett, aber so eine amerikanische Lady ist schon noch mal was anderes«, flüsterte er ihr ins Ohr. Sein Atem war heiß und stank nach Alkohol und Zigaretten. Angewidert drehte Claire den

Kopf zur Seite und stemmte sich so weit weg von ihm, wie es ihr möglich war. Was nicht sehr weit war. Er lachte und packte sie fester. »Was für eine Wildkatze!«

»Sie lassen sofort die Frau los.« Eine sehr entschiedene Stimme drang an Claires Ohr. Erstaunt drehte sie sich um und spürte gleichzeitig, wie Joshs Griff sich lockerte. Hinter ihnen stand ein groß gewachsener älterer Herr mit graumelierten Haaren und finsterem Blick. Er trug einen dunklen Anzug mit Schlips. »Ich möchte mich nicht wiederholen«, sagte er jetzt ruhig, aber mit unverkennbarer Autorität in der Stimme. Er hatte einen britischen Akzent. »Und Sie möchten sicher nicht, dass Ihre Vorgesetzten erfahren, dass Sie im betrunkenen Zustand deutsche Frauen bedrängen.«

Josh ließ Claire los. »Was zum Teufel ...«, begann er zu protestieren, hielt es dann aber offenbar für klüger, sich nicht mit diesem Fremden einzulassen. Er hob demonstrativ beide Arme und trat einen Schritt zurück. »Bleib cool, Tommy«, sagte er, warf Claire einen wütenden Blick zu und verschwand in Richtung Bar.

Claire starrte den Engländer verdutzt an. Er kam ihr irgendwie bekannt vor, aber sie kam nicht darauf, woher. »Danke«, stammelte sie nach einer Weile und bemerkte dabei, wie schleppend ihre Aussprache war. »Ich bin gar keine Deutsche«, fügte sie murmelnd hinzu, als wäre diese Information von Bedeutung. Vor ihren Augen drehte sich erneut alles. Vielleicht hatte sie geschwankt oder man hatte ihr auf andere Weise angesehen, dass es ihr nicht gut ging, jedenfalls fasste der ältere Herr sie vorsichtig am Arm und sagte: »Ich denke, Sie möchten vielleicht ein wenig frische Luft schnappen? Wenn Sie erlauben, begleite ich Sie.«

Claire stimmte dankbar zu, woraufhin er seinen Hut von

einem Haken neben der Tür nahm. Zusammen gingen sie hinaus.

Als sie auf die Straße traten und kühle Nachtluft ihr Gesicht traf, atmete sie auf, ließ frischen Sauerstoff in ihre Lungen strömen. »Danke!«, sagte sie noch einmal zu ihrem Begleiter und lehnte sich gegen die Hausmauer.

»War dieser stürmische junge Mann Ihr … Freund?«

»Nein! Wir haben uns erst heute kennengelernt. Ich bin auch Amerikanerin, und so kamen wir ins Gespräch«, fasste Claire den verrückten Abend im Tanzcafé Alma knapp zusammen und zuckte dann mit den Schultern. »Wir haben zu viel getrunken«, gestand sie schließlich und atmete noch ein paarmal tief ein, in der Hoffnung, auf diese Weise ihren Magen beruhigen zu können. Sie warf ihrem Retter einen neugierigen Blick zu. »Aber Sie sind kein Amerikaner, oder?«

Der Herr schüttelte lächelnd den Kopf. »Ich komme aus London und vermute, das hört man auch.«

Claire nickte. »Ich liebe den britischen Akzent. Er ist so … distinguiert. Briten klingen immer etwas höflicher als wir Amerikaner. Wahrscheinlich sogar, wenn sie fluchen.«

Er lachte. »Briten können sehr unflätig fluchen, das kann ich Ihnen versichern. Wenn ich mich vorstellen darf: Mein Name ist Hartfield. Ich arbeite für die Royal Military Police.«

»Militärpolizei?« Claire hob die Brauen. »Aber Sie sind hier nicht im Dienst, oder?« Sie warf einen Blick auf seinen braunen Anzug.

»Nein. Der amerikanische Sektor ist natürlich nicht unser Gebiet. Im *Crocodile Club* bin ich nur als Privatmann. Allerdings bin ich fast jeden Abend hier, denn ich schätze die Musik, die hier geboten wird, außerordentlich. Sie ist die Beste in der ganzen Stadt, würde ich sagen. Sogar noch besser als in den englischen Clubs. Aber behalten Sie das bitte für sich.« Er lächelte verschmitzt. »Im Übrigen bin ich nicht Teil der Britischen Armee und trage deshalb auch keine Uniform. Ich bin nur beratend tätig. Ich war Chief Inspector bei Scotland Yard und habe außerdem früher, bevor die Nazis an die Macht kamen, in Berlin gelebt, ich kenne mich daher mit den Örtlichkeiten und Gepflogenheiten in der Stadt ganz gut aus, was die Military Police als sehr hilfreich ansieht.«

Claire hatte ihm anfangs noch interessiert zugehört. Sie mochte seine altmodische Art, sich auszudrücken, und irgendetwas an dieser Geschichte erschien ihr bemerkenswert, doch ihr benebeltes Gehirn verriet ihr nicht, was es sein könnte. Auch kam sie nicht darauf, weshalb ihr der Mann so bekannt vorkam. Nach einer Weile angestrengten Zuhörens fiel es ihr jedoch immer schwerer zu ignorieren, dass ihr Magen die Menge an Pfefferminzlikör und Schwarzgebranntem in Verbindung mit Gin Tonic nicht mehr zu tolerieren gewillt war, um es einmal britisch-elegant auszudrücken, und ihre Konzentration verlagerte sich darauf, ihre Eingeweide in Schach zu halten.

Chief Inspector Hartfield erkundigte sich gerade in ausgesucht höflichen Worten, was sie in das »wenig erfreuliche« Berlin dieser Tage verschlagen hatte, als sie den Kampf gegen ihre Eingeweide verlor. Zu flüchten war keine Option mehr, sie wollte jedoch wenigstens noch eine Warnung aussprechen, doch es war bereits zu spät. In dem Moment, in dem sie den Mund öffnete, ergoss sich ein Schwall grüner Flüssigkeit auf den Anzug und die spiegelblank gewienerten Schuhe des Engländers. Mit einem nur mäßig schockierten »Hoppla« trat er einen Schritt zur Seite und reichte ihr dann ein Stofftaschentuch, ohne sich weiter um seine verschmutzte Kleidung zu kümmern.

Zutiefst beschämt wischte sich Claire den Mund ab und schnäuzte sich. Das Erbrechen hatte sie schlagartig nüchtern gemacht. »Entschuldigen Sie bitte.« Sie konnte den Chief Inspector vor Verlegenheit nicht ansehen. »Das … ist mir sehr unangenehm.«

»Muss es nicht. Ist jedem von uns schon einmal passiert«, antwortete Hartfield. Sie warf ihm einen zweifelnden Blick zu. Mit seinem schmalen Oberlippenbart und den warmen braunen Augen, umgeben von einem Kranz Lachfältchen, sah er auf eine altmodische Weise gut aus, und sie konnte sich vorstellen, dass er als junger Mann ziemlich attraktiv gewesen war. Nicht vorstellen konnte sie sich allerdings, dass er damals einer jungen Frau auf die Schuhe gekotzt hatte.

»Ich muss jetzt nach Hause«, stammelte sie und deutete dann auf sein beschmutztes Jackett. »Sie können mir die Reinigung in Rechnung stellen. Ich wohne im Hotel Vollmond, das ist gleich die Straße runter. Fragen Sie nach Claire Harrison.«

»Aber nicht doch.« Er schüttelte lächelnd den Kopf. »Da es in dieser Stadt derzeit weit und breit keine Reinigung gibt, wohin man einen Anzug bringen könnte, werde ich es wohl oder übel der Royal Army überlassen müssen, dieses kleine Missgeschick zu beseitigen. Die Wäscherei dort ist weitaus Schlimmeres gewöhnt, meine Liebe, das können Sie mir glauben.«

Obwohl ihr nicht danach zumute war, musste Claire lächeln. Dieser feine Herr, der sie so ritterlich vor Josh gerettet hatte, war ein sehr besonderes Exemplar. Jetzt bot er ihr galant seinen linken Arm, der von ihrer Speiattacke unversehrt geblieben war, und sagte: »Wollen wir?«

»Sie müssen mich nicht begleiten! Wie gesagt, das Hotel ist …«

»… gleich die Straße runter, ich weiß. Ich kenne das Hotel. Viele amerikanische Offiziere logieren dort. Dennoch würde ich es gerne tun. Damit ich weiß, dass Sie sicher angekommen sind. Die Situation in der Stadt ist momentan etwas angespannt. Es kommt immer wieder zu Zusammenstößen der Polizei und irgendwelchen Banden, und da sollten Sie nicht dazwischengeraten. Vor allem im sowjetischen Sektor verschärfen sich die Spannungen täglich, dort wurde kürzlich sogar ein Mord an einem russischen Soldaten verübt. Und der sowjetische Sektor ist ja nicht weit.«

»Tatsächlich?«, wunderte sich Claire. »Wir sind heute in den Ostteil der Stadt gefahren, das ist mir endlos weit entfernt vorgekommen.«

»Es kommt darauf an, wie Sie fahren. Von Kreuzberg aus kommen Sie über die Friedrichstraße sehr schnell in den Osten. Die Friedrichstraße ist gleich dort drüben.« Er drehte sich um und deutete in eine Richtung. »Und etwas weiter rechts davon verläuft die Spree. Am anderen Ufer liegt schon Friedrichshain. Quasi ein Katzensprung.«

Sie gingen schweigend nebeneinanderher. Die Straße war menschenleer, und ihre Schritte hallten gespenstisch laut an den zerstörten Fassaden wider. Claire war trotz ihrer Behauptung, sehr gut allein nach Hause gehen zu können, froh, dass Hartfield sie begleitete. Das Erlebnis mit Josh und auch die Schilderungen des Engländers über die Gefahren in der Stadt, die sie nun schon zum zweiten Mal hörte, hatten sie nicht unberührt gelassen. Zudem fühlte sie sich völlig erschöpft. Geistig und körperlich ausgelaugt, so als hätte sie nicht nur Pfefferminzlikör erbrochen, sondern das Gedankengulasch in ihrem Kopf, das sie den halben Tag lang schier zur Verzweiflung gebracht hatte, gleich mit. Ihr Gehirn war leer wie ein ausgefegter Dachboden. Als sie sich dem Hotel, dessen runde Milchglaslampe die einzige Lichtquelle in der ansonsten stockfinsteren Straße darstellte, näherten, hoffte sie, dass ihre Mutter schon schlief und sie nicht etwa im Foyer erwartete. Zuzutrauen wäre es ihr, so merkwürdig, wie sie sich zurzeit benahm. Claire wollte ihr nicht erklären müssen, wie sie zu der Begleitung dieses Herren gekommen war und wieso er nach einer Mischung aus Erbrochenem und Pfefferminzlikör roch. Sie warf einen Blick nach oben und sah zu ihrem Leidwesen noch Licht im Fenster ihres Zimmers brennen. Ein paar Meter vor den Eingangsstufen blieb sie daher stehen. »Vielen Dank für Ihre Begleitung, aber den Rest schaffe ich wirklich allein«, sagte sie freundlich, aber bestimmt.

Hartfield nickte. »Selbstverständlich.« Er ließ ihren Arm los und lüpfte kurz seinen Hut. »Es war mir eine Freude, Sie kennengelernt zu haben, Miss Harrison.«

Claire schaute ihm noch einen Augenblick nach, wie er mit etwas steifen Schritten die Straße hinunterging, versuchte vergeblich dem seltsamen Gefühl nachzuspüren, dass sie etwas Wichtiges vergessen hatte zu sagen oder zu fragen, dann wandte sie sich mit einem Seufzen um und ging ins Hotel. Das Unvermeidliche ließ sich nicht länger hinauszögern. Sie musste ihrer Mutter unter die Augen treten.

28

Zuerst jedoch traf sie auf Jackson Miller, der ihr im Foyer entgegenkam. »Claire!«, rief er erleichtert aus. »Da sind Sie ja! Ich habe gerade Ihrer Mutter gesagt, dass ich noch einmal nach Ihnen suchen werde. Ich wollte in den *Crocodile Club* …«

Claire nickte müde. »Da komme ich her.« Ihr war noch immer übel, und als sie einen Blick in den Spiegel warf, der im Foyer an der Wand hing, erschrak sie. Ein bleiches Gespenst starrte ihr entgegen. Die Wimperntusche war verschmiert und hatte dunkle Flecken unter ihren Augen hinterlassen, ihr Haar war zerzaust und klebte verschwitzt an den Schläfen. Sie sah aus, als wäre sie unter eine Straßenbahn gekommen. Oder hätte die Nacht unter einer Brücke verbracht, in Gesellschaft einer Flasche Gin. Oder beides. Was der Realität schon ziemlich nahe kam.

»Ihre Mutter war sehr besorgt, als wir Sie nach unserer Rückkehr nicht im Hotel antrafen«, sagte Jackson und musterte sie mit einer Mischung aus echter Sorge und Neugier, etwa so, wie man eine seltsame Spezies betrachtete, die einem noch nie zuvor untergekommen war. »Darf ich fragen, was …«

»Nein!«, schnappte Claire und rieb sich über ihr Gesicht.

»Nichts für ungut, Jackson, aber ich möchte jetzt auf mein Zimmer.«

Jackson nickte. »Natürlich. Ihre Mutter wird sehr erleichtert sein.«

»Da bin ich mir nicht so sicher«, knurrte Claire, ging an dem GI vorbei und stapfte, unheilvoll getrieben von der Aussicht, ihrer Mutter nun endlich die entscheidende Frage stellen zu müssen, die Treppe hinauf.

»Wer ist mein Vater?«

Claire platzte mit der Frage heraus, noch bevor ihre Mutter, die noch nicht im Bett lag, sondern am Fenster saß, ein Wort der Begrüßung, des Vorwurfs, der Erleichterung oder was auch immer hatte sagen können.

»Claire! Endlich! Wo warst du denn? Und wie siehst du aus? Ist etwas passiert?« Natalie ignorierte Claires Ouvertüre, als hätte sie sie nicht gehört. Allerdings verharrte sie mitten in der Bewegung. Sie war aufgestanden, als Claire hereingekommen war, und hatte auf sie zugehen wollen, war bei ihren Worten allerdings abrupt stehen geblieben. Claire trat einige Schritte auf sie zu, bis sie ihr gegenüberstand. »Ich habe euer Gespräch in der kleinen Hütte am Bahnhof mitangehört. Ich wollte das nicht, aber es ist nun einmal passiert. Du hast zu Alice gesagt, *Claire denkt, Cliff sei ihr Vater*. Und was ist die Wahrheit?«

»Claire …« Ihre Mutter war bei ihren Worten blass geworden, sogar ihre Lippen hatten jegliche Farbe verloren. »Das hast du alles völlig falsch verstanden … ich …«

»Lüg mich nicht immer noch an!«, schrie Claire außer sich. Sie zitterte am ganzen Körper. Die Anspannung des gesamten Tages entlud sich in diesem Moment. »Ich weiß es ohnehin!«

»Was?«

»Ich weiß, wer mein Vater ist. Er heißt Leo Hirschfeld, nicht wahr? Du hast ihn geliebt, ich habe gehört, wie du es gesagt hast …« Beim Anblick ihrer Mutter verstummte sie erschrocken. Natalies Augen loderten wie blaues Feuer in ihrem kalkweißen Gesicht, und ihr Kinn bebte. »Du weißt gar nichts«, flüsterte sie heiser. »Und so soll es auch bleiben. Cliff war dein Vater. Er hat dich geliebt …«

Claire spürte, wie Hitze in ihr aufstieg. Ihre Mutter log. Sie log einfach immer weiter. Sie konnte das nicht mehr ertragen.

»Wusste Dad, dass du ihm ein fremdes Kind untergejubelt hast? Was hast du hier in Berlin getrieben? Warst du eine Hure?«

Die Ohrfeige kam schnell und heftig. Claires Wange brannte, und mehr verblüfft als verletzt strich sie sich darüber. Es war das erste Mal, dass ihre Mutter sie geschlagen hatte.

»Claire, bitte entschuldige!«, sagte Natalie, offensichtlich ebenso erschrocken wie Claire.

»Du schlägst mich eher, als dass du mir die Wahrheit sagen kannst?« Claire starrte sie fassungslos an. »Was ist das für ein furchtbares Geheimnis, das du vor mir verbirgst?«

Die Woge der Erinnerung erfasste sie völlig unvermittelt. Kleine Begebenheiten aus ihrer Kindheit, ihrer Jugend, Blicke ihrer Mutter, die irgendwie seltsam, nicht zu deuten waren, das Gefühl, von ihr beobachtet zu werden wie eine Fremde. Es war nicht ihr Dad gewesen, der ihr jemals das Gefühl gegeben hätte, dass er sie als etwas anderes als seine Tochter sah. Es war Natalie, die sie oft anders angesehen hatte: mit einem Hauch Wehmut oder Traurigkeit, manchmal aber auch mit Furcht, so als stecke in ihr etwas, vor dem man sich in Acht nehmen musste. Wer war dieser Leo Hirschfeld, dass ihre Mutter ihn ihr so hartnäckig verschwieg?

Claire bekam keine Antwort auf ihre Fragen. Stattdessen sagte Natalie: »Du musst nur wissen, dass ich dich über alles liebe, Claire. Vom ersten Moment an warst du mein größter Schatz. Ich hätte alles getan, um dich zu beschützen. Buchstäblich alles!«

Claire sah ihre Mutter an. Sie sah die Tränen in ihren Augen, das weiße, angespannte Gesicht und schüttelte müde den Kopf. »So einfach ist das nicht, Maman. Du kannst nicht einfach so tun, als hätte es dieses Gespräch nicht gegeben. Außerdem bin ich kein Kind mehr. Ich bin erwachsen. Meinst du nicht, ich habe ein Recht darauf, zu erfahren, wer mein Vater ist?« Es war keine Frage, auf die sie eine Antwort erwartete, sie wusste, dass ihre Mutter heute nichts mehr sagen würde. Daher setzte sie sich auf die Bettkante und streifte ihre Schuhe ab. Grenzenlose Erschöpfung überkam sie. Sie konnte nicht mehr. Es überstieg ihre Kräfte, immer weiter zu bohren, ihre Mutter anzuschreien und dabei zuzusehen, wie jedes Wort an ihr abprallte wie ein Regenschwall an einer Fensterscheibe. Claire zerrte sich ihre Jacke und die nach Pfefferminzlikör stinkende Bluse vom Leib, ließ sich rücklings in ihre Kissen fallen und schloss die Augen. Sekunden später war sie eingeschlafen.

Alice wurde im Morgengrauen von Lärm im Treppenhaus geweckt. Schlaftrunken stand sie auf und schlurfte zur Tür. Auf dem unteren Treppenabsatz, dort, wo es zu Krauses Wohnung hinunterging, standen Otto Pasulke und Trude. Trude hielt die weinende Waltraud Krause im Arm, tätschelte ihr in einer hilflosen Geste den Rücken, während der wuchtige Pasulke mit hängenden Armen danebenstand und nicht recht zu wissen schien, was er mit sich anfangen sollte. Seine Tochter Astrid stand mit verschrecktem Blick neben ihm. Sie war nicht mehr dieselbe seit dem Vorfall mit den russischen Soldaten, hatte Angst vor ihrem eigenen Schatten. Dabei hatte sie doch tanzen, lachen und das Leben genießen wollen, erinnerte sich Alice an ihre Worte während des gemeinsamen Ausflugs zum Brandenburger Tor. Sie nahm sich vor, demnächst ihre Eltern zu fragen, ob sie nicht doch mit zum Bahnhof kommen und bei der Mission mithelfen könne. Auch wenn das eine Rosskur für sie sein würde, wäre es doch besser, als den ganzen Tag zu Hause zu sitzen und zu grübeln. Sie wusste nicht viel über junge Mädchen heutzutage, aber *das* wusste sie.

»Was ist passiert?«, rief Alice über das Treppengeländer. Trude sah zu ihr hoch. »Krause hat sich aufgehängt. Er hätte heute den Termin bei der Entnazifizierungsbehörde gehabt. Waltraud hat ihn gerade im Keller gefunden. Sie hat ihn gesucht, als sie merkte, dass sein Bett leer war.«

»Mein Ernst war ein guter Mensch!«, schluchzte Waltraud Krause. »Er hat es nicht verdient, so schlecht behandelt zu werden. Was müssen wir noch alles erdulden? Sind wir nicht schon genug gestraft?«

Alice sah einen Moment hinunter, wartete auf ein Gefühl des Mitleids, trotz allem, doch sie spürte nichts. Ihr Inneres war leer. Oder aber allzu voll von den Erlebnissen der letzten Tage, es passte nichts mehr hinein. Kein Gramm. Sie begegnete Trudes fragendem Blick, wusste, was sie wissen wollte: *Hast du mit dem russischen Oberst gesprochen? Was hat er gesagt? Wird er Alfred freilassen?*

Alexej, korrigierte sie stumm in ihren Gedanken. Er ist

nicht einfach irgendein russischer Oberst. Er heißt Alexej. Doch sie gab keine Antwort, kein Zeichen, dass sie Trudes wortlose Frage bemerkt hatte, sondern drehte sich schweigend um und ging zurück in ihre Wohnung. An Schlaf war jedoch nicht mehr zu denken. Nach ihrer Rückkehr von dem Abendessen mit Alexej war sie sofort ins Bett gegangen und hatte sich wie ein Kind in den Schlaf geweint. Jetzt kamen all die zermürbenden Gedanken wieder zurück, begannen, sie zu martern. Dazu kam die Erinnerung an den Kuss, sie glaubte, ihn noch immer auf ihren Lippen zu spüren, ihn zu schmecken, sie fühlte Alexejs Präsenz, so als hielte er sie noch immer fest umschlungen, und ein Schauer durchrieselte sie, gefolgt von einem quälenden Sehnen. Sie hatte es zerstört, bevor es angefangen hatte. Mit ihrer Frage nach Alfred zum unpassendsten Zeitpunkt hatte sie Alexej in die Rolle des Soldaten und Besatzers zurückgestoßen, und er hatte es nur so verstehen können, dass sie nichts anderes als das in ihm sah. Was nicht stimmte. Die Wahrheit war, dass sie sich zu ihm hingezogen fühlte wie noch zu keinem Mann in ihrem Leben. Obwohl sie sich auch früher hin und wieder nach Zärtlichkeit und Zugehörigkeit gesehnt hatte, war sie immer überzeugt davon gewesen, ohne Mann besser leben zu können, doch jetzt, nach diesem Kuss, fühlte sie sich, als habe sie all die Jahre in einem dunklen, kalten Keller ohne Fenster gelebt. Der Kuss hatte die Tür nach draußen einen Spalt geöffnet, und das hatte genügt, um zu sehen, zu spüren, was es noch alles auf der Welt gab: Licht, Wärme, Berührungen, Zärtlichkeit. Und doch war sie es gewesen, die die Tür wieder zugeschlagen hatte. Jetzt saß sie wieder in ihrem Keller und wusste, sie konnte es nicht mehr ertragen.

Sie öffnete die Schublade ihres Nachttisches und nahm den Packen mit Constanzes Briefen heraus, die sie ihr über die Jahre geschickt hatte. Früher hatten sie sich sehr häufig gegenseitig geschrieben, doch während des Krieges waren vor allem ihre eigenen Antworten kürzer und seltener geworden. Sie hatte nicht immer von den gleichen deprimierenden Tatsachen erzählen wollen und gezwungener Optimismus und geheuchelter Frohsinn waren nicht ihre Sache. Es wäre auch ihrer Schwester nicht würdig gewesen, ihr etwas vorzulügen. Sie hatten immer schon eine enge Beziehung gehabt, und seit Constanze sie damals, als sie heimlich angefangen hatte, für die Bahnhofsmission zu arbeiten, so rückhaltlos unterstützt hatte, war sie noch enger, noch vertrauter geworden. Daran hatte auch die große Entfernung zwischen London und Berlin nichts ändern können. Sie nahm den letzten Brief zur Hand, den sie von ihr bekommen und noch nicht beantwortet hatte. Er war kurz nach dem Krieg angekommen, nachdem sie ihr per Telegramm mitgeteilt hatte, dass sie am Leben und wohlauf war. Lächelnd überflog sie ihn. Typisch Constanze quoll der Brief vor Lebendigkeit geradezu über. Mit jeder Zeile brachte ihre Schwester ihre Erleichterung über das Kriegsende zum Ausdruck und beschwor die neuen, hoffnungsvollen Zeiten, ehe sie dazu überging, witzige Anekdoten von ihrer großen Familie zu schildern. Sogar ihre ausladende Schrift schien vor Freude zu hüpfen. Mit einem liebevollen Lächeln strich Alice über die drei eng beschriebenen Seiten. Sie erinnerte sich, dass sie sich, als sie ihn bekommen hatte, außerstande gesehen hatte zu antworten. Ihr hatten schlicht die Worte gefehlt. Seitdem war so viel Neues geschehen. Sie hatte die Bahnhofsmission wieder aufleben lassen, Natalie war wiedergekommen, sie hatte einen Mann kennengelernt, sich verliebt und ihn weggestoßen, bevor die Geschichte überhaupt ihren Anfang hatte nehmen können. Bei dem Gedanken an den gestrigen Abend traten ihr erneut die Tränen in die Augen. Wenn Constanze doch hier wäre. Ihre ältere Schwester würde ihr mit Sicherheit einen Rat geben können.

Alice holte ihren Schreibblock und ihren guten Füller aus der Schublade, setzte sich an den Schreibtisch und begann zu schreiben: *Liebe Constanze, du wirst nicht glauben, was alles passiert ist in den letzten Wochen …* Sie hielt kurz inne, überlegte, wo sie anfangen sollte, übersprang dann alle Dinge, die ihr bis gestern noch so wichtig erschienen waren, um wie ein Backfisch mit Liebeskummer sofort auf den Grund ihres Kummers zu sprechen zu kommen: *»Ich habe einen Mann kennengelernt. Er ist ein russischer Oberst, also ist alles, was man sich dazu ausdenken könnte, natürlich ganz und gar unvernünftig und höchst skandalös, aber …«*

Es war noch immer dunkel, als Alice den Brief beendete, in einen Umschlag steckte und zuklebte. Sie war sich nicht sicher, ob sie ihn tatsächlich abschicken würde, doch alleine darüber zu schreiben hatte gutgetan. Immerhin fühlte sie sich jetzt imstande, dem Tag zu begegnen. Sie stand auf und schlich in die Küche, leise, um ihre ungebetenen Logiergäste nicht zu wecken, die nebenan in der Stube schliefen. Die beiden Mädchen hatten einen so unruhigen Schlaf, vor allem Mimi. Sie wachte oft nachts schreiend auf und war dann kaum mehr zu beruhigen, und jedes Mal, wenn Alice das mitbekam, fragte sie sich beklommen, was die Kleine wohl auf der Flucht aus ihrer Heimat alles erlebt haben mochte. Im Licht einer einzelnen Kerze heizte sie den Herd ein und setzte den Wasserkessel auf, um sich eine Tasse Kaffee zu kochen. Die eineinhalb Teelöffel

Pulver waren der letzte Rest von Marthes Geschenk, und sie fand, dass sie nicht mehr auf den richtigen Zeitpunkt warten sollte, ihn zu trinken. Jetzt war genauso gut wie irgendwann anders. Als das Wasser kochte, brühte sie sich eine große Tasse auf und setzte sich an den Tisch. Es war vollkommen still in der Küche. Das Kerzenlicht flackerte leicht, und vor dem Fenster wurde es langsam hell. Ein neuer Tag brach an. Ohne Ernst Krause, der keinen Sonnenaufgang mehr erleben würde. Und ohne Alexej. Von nun an würde es nur noch Oberst Wolkow geben. Erneut kamen ihr die Tränen, und sie wischte sie unwirsch mit dem Handrücken weg. Ein Geräusch an der Tür ließ sie aufschauen. Dort stand Helene Joswig, barfuß und im Nachthemd wie sie selbst, die blonden Haare zu einem Zopf geflochten, was sie wie ein junges Mädchen aussehen ließ. »Entschuldigen Sie, Frau Hardtleben, aber ich habe etwas gehört und da wollte ich nachschauen …« Sie blieb im Türrahmen stehen und blickte Alice fragend an. »Ist etwas passiert?«

Alice schüttelte den Kopf, besann sich dann aber und sagte: »Herr Krause ist tot.« Noch immer diese seltsame Unberührtheit. Warum spürte sie nichts? Auch wenn Ernst Krause ein unangenehmer Zeitgenosse gewesen war und vermutlich sogar Menschen auf dem Gewissen hatte, er war doch jahrelang ihr Nachbar gewesen, er hatte gelebt, gehofft, sich gefürchtet wie sie auch, oder etwa nicht?

»Oh, das tut mir leid.« Helene Joswig wirkte betroffen.

Alice zuckte mit den Achseln. »Er hat sich aufgehängt. Wegen seiner Vergangenheit. Er war Blockwart. Und er hat seine Arbeit gut gemacht.« Sie deutete zum Herd. »Wenn Sie sich einen Tee machen wollen, das Wasser ist noch heiß. Kaffee habe ich leider keinen mehr.«

»Gern, danke.« Helene trat in die Küche und nahm eine

Tasse vom Bord über der Spüle, bröselte ein paar Teeblätter aus der Büchse hinein, die daneben stand, und goss Wasser darauf, dann setzte sie sich zu Alice an den Tisch. »Ich wollte Ihnen eigentlich beim Frühstück etwas sagen, doch wenn wir beide schon wach sind …«, begann sie schüchtern und legte die Hände um die heiße Tasse. Alice sah zum Fenster, wo der Himmel langsam graublau wurde. Es würde wieder ein schöner Tag werden. »Worum geht es?«, fragte sie und wappnete sich innerlich für irgendwelche Klagen von Erna Grahl, die zu äußern die alte Frau sich nicht traute und deshalb ihre Tochter vorgeschickt hatte.

»Ich habe gestern Abend noch ein Telegramm erhalten. Von meinem Mann. Stellen Sie sich vor, er lebt! Er hat uns über meine Schwester ausfindig gemacht, ich hatte ihr Ihre Adresse geschickt. Man hat ihn mit einem Heimkehrertransport nach Bayern geschickt, und er hat dort eine Unterkunft für uns alle bekommen. Wir wollen heute schon aufbrechen, und ich hoffe, dass wir einen Zug erwischen, der uns nach Bayern bringt. Ich bin so aufgeregt, deshalb konnte ich auch nicht richtig schlafen.«

Alice sah auf und blickte in Helene Joswigs glücklich glänzende Augen. »Das freut mich!«, sagte sie aufrichtig.

Helene Joswig griff nach ihrer Hand. »Vielen Dank, Frau Hardtleben! Für alles. Sie haben so ein großes Herz. Wir werden Sie nie vergessen.«

Alice schluckte und dachte an die vielen Male, wo sie die Familie zum Teufel gewünscht hatte. »Das … das … ist … ich habe doch gar nichts gemacht«, stammelte sie schließlich.

»Doch! Sie waren so geduldig mit uns. Ich weiß, dass meine Mutter schwierig ist, sie ist schon alt und hat noch nie in ihrem Leben woanders als in Pommern gelebt. Sie kann einfach nicht verwinden, dass sie aus ihrer Heimat vertrieben wurde. Wie einen räudigen Hund hat man mich verjagt, sagt sie immer. Das hat sie engstirnig und borniert gemacht, und sie denkt nicht richtig nach, redet oft dummes Zeug, aber sie ist kein schlechter Mensch. Sie liebt ihre Enkelinnen, und gestern, als das Telegramm kam, hat sie fast eine Stunde lang nur geweint, obwohl ich immer dachte, dass sie meinen Mann eigentlich gar nicht ausstehen kann.«

Alice konnte nur nicken. Als Helene Joswig aufstand, um den Tisch herumkam und sie umarmte, ließ sie es geschehen und tätschelte unbeholfen den Rücken der jüngeren Frau. »Ich wünsche Ihnen alles erdenklich Gute«, sagte sie leise. »Und ein gutes Leben für Ihre Mädchen, wohin auch immer es Sie verschlägt.«

Dann war sie wieder allein. Sie blies die Kerze aus, stellte die leere Tasse in die Spüle und ging ins Bad, um sich für den Tag fertig zu machen.

29

Alice war gerade in ihre praktischen, flachen Schuhe geschlüpft, die sie für die Arbeit trug, und nahm die Handtasche vom Haken an der Garderobe, als es an der Wohnungstür klopfte. Wobei Klopfen nicht der richtige Ausdruck war. Jemand hämmerte mit der Faust dagegen. Unwillkürlich kroch Alice die alte Angst in die Glieder, vor der Tür stünden womöglich Gestapomänner, die jeden wegen irgendeines unbekannten Vergehens verhaften und auf Nimmerwiedersehen verschwinden lassen konnten. Sie musste sich erst selbst damit beruhigen, dass diese Zeiten gottlob vorbei waren, bevor sie sich durchringen konnte, den Türknauf zu drehen. Vor ihrer Wohnung stand Trude. Sie trug Irmchen auf ihrer Hüfte, ihre große Tochter Hertha stand rechts neben ihr, Elsie an der Hand, und zu Trudes Linken stand Alfred, blass und mit einem noch ziemlich verschreckten Ausdruck im Gesicht.

»Sie haben ihn rausgelassen!«, sprudelte Trude los, kaum, dass Alice geöffnet hatte. »Vor fünf Minuten stand er vor meiner Tür, dieser verfluchte Rotzlöffel.« Sie zauste ihm die Haare, was Alfred mit einem etwas verlegenen, aber nichtsdestotrotz erleichterten Lächeln über sich ergehen ließ.

Alice warf einen Blick auf die Uhr in ihrem Flur. Es war

gerade mal kurz nach acht. Wolkow hatte ihr also immerhin geglaubt, sonst hätte er nicht so schnell reagiert. Alice spürte, wie sich ihr Brustkorb, der sich seit gestern Nacht so eng angefühlt hatte, etwas weitete. Wenigstens das. So war ihr Einsatz nicht umsonst gewesen. Sie lächelte. »Wie schön, das freut mich!«

Trude fiel ihr um den Hals, wogegen sich Irmchen, die dabei zwischen sie beide gequetscht wurde, mit unwilligem Zappeln sträubte. »Danke! Das werde ich dir nie vergessen.«

Diesen Satz habe ich heute Morgen schon einmal so ähnlich gehört, dachte Alice, und in ihre aufrichtige Freude mischte sich Bitterkeit. Was half es, bei anderen in gutem Gedächtnis zu bleiben, wenn man sich selbst dabei immer leerer fühlte? Sie war vielleicht gut darin, für andere das Richtige zu tun, und früher hatte sie daraus immer viel Kraft und Lebensfreude gezogen, heute jedoch kam sie sich trotz aller Freude für Alfred und seine Familie wie eine Versagerin vor. Behutsam machte sie sich von Trude los und strich Irmchen über die feinen blonden Haare. »Ich muss los. Wilma wartet.«

»Klar.« Trude nickte, noch immer strahlend. »Wir wollen dich nicht aufhalten. Aber das musste ich dir doch sofort erzählen!«

»Aber sicher! Was für eine wunderbare Nachricht.« Alice wollte sich schon an ihr vorbei zur Treppe schieben, da hielt Trude sie noch einmal am Arm fest, und Alice fühlte sich prüfend gemustert. »Was ist los, Alice? Hast du geweint? Ist es wegen …«

»Nein!« Alice schüttelte heftig den Kopf. »Es ist nichts«, beteuerte sie, ohne Trude in die Augen zu sehen, und entwand sich dann etwas energischer als notwendig dem Griff ihrer Freundin. »Ich muss jetzt wirklich …«

»Natürlich.« Trude trat einen Schritt zurück, und Alice hastete die Treppe hinunter, ohne sich noch einmal umzusehen. Die Bahnhofsmission erschien ihr im Moment als der einzige Zufluchtsort. Dort war immer so viel zu tun, dass sie nicht zum Nachdenken kam. Heute würden zwei Züge eintreffen, wie sie von Leutnant Nikitin erfahren hatte. Einer am Vormittag und einer noch gegen Abend, ihr stand also Arbeit bis in die Nacht bevor, was ihr nur recht war.

Der Vorfall ereignete sich aus dem Nichts.

Gregor Kramm war gerade dabei, zusammen mit Alice einer alten Frau aus dem soeben eingetroffenen Zug zu helfen, als ein Mann, der ebenfalls mit dem Zug angekommen war und wenige Schritte von ihnen entfernt stand, unvermittelt zu schreien anfing. Der Mann, der etwa vierzig Jahre alt war, brüllte etwas Unverständliches, dann riss er sich einen Stiefel vom Fuß, stürzte sich damit auf Gregor Kramm und begann wie ein Wahnsinniger auf ihn einzuschlagen. Der völlig überrumpelte Arzt wehrte sich mit erhobenen Armen, während Alice noch der alten Frau auf den Bahnsteig half und dann versuchte, den außer Rand und Band geratenen Mann zu beruhigen. Doch er schüttelte sie so heftig ab, dass sie zurücktaumelte und fast gestürzt wäre. Hilfesuchend sah sie sich nach Unterstützung um, derweil sich der Angriff des noch immer unverständliche Worte schreienden Mannes zu einem Handgemenge mit Kramm entwickelte. Sie stürzten beide zu Boden und wälzten sich auf dem Bahnsteig umher, gebannt beobachtet von den umstehenden Menschen, die bloß dastanden und zusahen. Alice winkte den etwas entfernt stehenden russischen Soldaten, die ebenfalls damit beschäftigt waren, Passagieren aus dem Zug zu helfen. Ein paar kamen auf sie zugelaufen. »Dawai! Schnell!«, schrie Alice, als klar wurde, dass Kramm den Mann allein nicht würde bändigen können. Doch noch bevor die Soldaten sie erreichten, geschah etwas. Sie hatte das Handgemenge für einen Moment aus den Augen gelassen, weil ihre Aufmerksamkeit auf die russischen Soldaten gerichtet war, da ging ein erschrockenes Aufstöhnen durch die Zuschauermenge. Als Alice sich dem Geschehen wieder zuwandte, lag der Angreifer schlaff am Boden, den Kopf seltsam verrenkt und die Augen weit aufgerissen. Kramm richtete sich schwer atmend auf. Er blutete aus einer Platzwunde an der Augenbraue. »Der Mann ist mit dem Kopf gegen die Bahnsteigkante geprallt«, sagte er an Alice und die ankommenden Soldaten gerichtet, während entrüstete Rufe aus der Zuschauermenge laut wurden: »Er hat ihm das Genick gebrochen!«

Es entstand ein Tumult, die Leute begannen zu schreien und erregt nach vorne zu drängen. Den Soldaten gelang es kaum, sie in Schach zu halten. Zuerst versuchten sie es mit Befehlen und harschen Gesten, doch erst als Leutnant Nikitin ein paarmal in die Luft schoss, wichen die Menschen zurück und schließlich verstummten auch die aufgewühlten Rufe. Eine unheimliche Stille legte sich über den Bahnsteig, und Alice sah in zahlreiche verstörte, wütende, angstvolle Gesichter. Sie begriff, dass es nur eines winzigen Funkenschlages bedurfte, und eine Massenpanik würde ausbrechen. Spontan trat sie einen Schritt vor und sagte das Erstbeste, was ihr einfiel: »Wer möchte Tee?«

Es war natürlich völlig absurd, angesichts des toten Mannes, der nur wenige Meter von ihr entfernt am Boden lag, an Tee auch nur zu denken, doch nach einem kurzen verblüfften Zögern trat eine junge Frau mit einem Kind im Arm vor.

»Ich, bitte.« Damit kehrte erstaunlicherweise Ruhe ein. Man konnte spüren, wie die Leute sich entspannten, sich von einer gesichtslosen, aufgepeitschten Menge zurück in einzelne Individuen verwandelten. Die junge Frau ging mit ihr zu ihrem Tisch für die Essens- und Getränkeausgabe, und andere schlossen sich ihr an. Zusammen mit ihren Helferinnen teilte sie so lange heißen Tee aus, bis kein einziger Becher mehr übrig war. Inzwischen hatten sich die Soldaten bereits um den toten Mann gekümmert und ihn weggetragen. Alice sah sich nach Gregor Kramm um, konnte ihn jedoch nirgends entdecken. Sie fand ihn in der Krankenstation, wo er dabei war, sich selbst zu verarzten.

»Geht es Ihnen gut?«, fragte Alice.

Kramm verzog das Gesicht. »So weit schon. Dieser Wahnsinnige hat mir den Absatz seines verdammten Stiefels ins Gesicht geschlagen.«

»Was glauben Sie, weshalb ist er auf Sie losgegangen?«

»Woher soll ich das wissen? Ich stand eben gerade da. Er war verrückt. Vor Hunger vielleicht oder womöglich hatte er die Tollwut, was weiß ich.« Er platzierte sorgfältig ein Pflaster über der Augenbraue.

»Sie glauben, er hat gar nicht Sie persönlich gemeint?«

»Natürlich nicht. Er war ja gerade erst aus dem Zug ausgestiegen. Er hat mich doch noch nie zuvor gesehen.«

»Sind Sie sicher? Vielleicht kannte er Sie ja von früher?«

»Blödsinn. Das war ein polnischer Zigeuner. Ich habe den Kerl noch nie zuvor gesehen.«

»Woher wissen Sie, dass er Pole war?«

Bildete sie es sich nur ein oder huschte ein Hauch von Verunsicherung über Gregor Kramms Gesicht? »Ich dachte, er sprach polnisch. Oder nicht?«

»Ich habe ihn nicht verstanden. Sie etwa?«

»Kein Wort.«

Alice sah ihn an, und als er ihren Blick etwas zu offensiv erwiderte, wurde ihr klar, dass er log. Ein tiefes Unbehagen breitete sich in ihr aus. Wenn Kramm die Worte des Mannes verstanden hatte, wusste er auch, warum dieser ihn angegriffen hatte. Und wenn er das wusste, aber nicht zugab, dann hieß es, dass er etwas zu verbergen hatte. Alice fröstelte. Konnte dies bedeuten, dass die aufgebrachten Rufer womöglich recht gehabt hatten und der Tod dieses Mannes kein tragischer Unfall gewesen war? Konnte es bedeuten, dass Gregor Kramm ihm absichtlich das Genick gebrochen hatte? Nein. Das war unmöglich! Das konnte doch nicht sein … und doch …

Ihre Blicke trafen sich erneut, und sie begriff, dass er ahnte, welche Schlüsse sie gerade gezogen hatte. Sie schluckte und versuchte, eine unbefangene Miene aufzusetzen. Solange sie nichts Genaueres wusste, würde sie ihn nicht darauf ansprechen. »Gut, dann machen wir mal weiter«, sagte sie möglichst neutral, in ihrer besten Krankenschwesterstimme. »Es ist niemandem geholfen, wenn wir hier herumstehen und spekulieren, nicht wahr?«

Kramm nickte langsam. »Da haben Sie recht. Damit ist niemandem geholfen.« Alice lief ein Schauer über den Rücken. Seine Worte klangen wie eine Drohung. Sie wischte sich die feucht gewordenen Hände an ihrem Rock ab und ging wieder an die Arbeit. Während sie zurück zu Marthe eilte, die gerade dabei war, Brote zu schmieren, spürte sie, wie Kramms Blicke ihr folgten.

In dem Moment, als Natalie auf den Bahnsteig trat, spürte sie, dass etwas anders war. Zwar herrschte ein ähnliches Gedränge wie gestern nach Ankunft des Zuges, doch die Stimmung war seltsam gedämpft. Nicht, dass sie erwartet hatte, dass so etwas wie Fröhlichkeit vorherrschen würde, aber am Tag zuvor hatte sie zumindest eine gewisse Erleichterung unter den Anwesenden wahrgenommen. Erleichterung darüber, endlich irgendwo angekommen zu sein, eine Tasse Tee in der Hand zu halten, sein weinendes Kind von jemandem versorgt zu wissen. Heute jedoch schienen die Leute die Bahnhofsmission zu meiden, sie schlichen herum wie geprügelte Hunde, warfen einander seltsame Blicke zu und die Präsenz der russischen Soldaten war sehr viel offensichtlicher. Sie standen teils mit ihren Gewehren im Anschlag da und musterten die Menge unablässig, was auch bei Natalie zu einer gewissen Beklemmung führte. Sie hatte Miller dieses Mal sehr energisch zurück ins Hotel geschickt und gemeint, sie würde ihn anrufen, wenn sie nach Hause fahren wollte. Irgendwo würde sich schon ein funktionierendes Telefon finden. Der arme Kerl sollte nicht wieder den ganzen Tag in der Hitze untätig in einem Auto herumsitzen müssen. Er hatte sich leichter überreden lassen als erwartet, was Natalie darauf zurückführte, dass er hoffte, auf diese Weise wenigstens ein Auge auf Claire werfen zu können. Er nahm seine Aufgabe, auf sie beide aufzupassen, sehr ernst, und wie bei einem Border Collie sorgte der Umstand, dass sie heute getrennt unterwegs waren, für eine gewisse Nervosität bei dem jungen GI.

Sie fand Alice in der Hütte, wo sie gerade versuchte, ein etwa eineinhalbjähriges Mädchen zu wickeln. Obwohl es erst Vormittag war, war es schon heiß und stickig und es roch durchdringend nach Urin und Fäkalien. Der Po des Kindes war durch die Feuchtigkeit der alten, schmutzigen Windel eine einzige feuerrote Entzündung. Dementsprechend wand sich die Kleine wie ein Aal und schrie dabei wie am Spieß. Ihr Kopf war schon genauso rot angelaufen wie ihr Allerwertester, und Alice' Versuche, das Kind wenigstens für einen Moment ruhig zu halten, hatten große Ähnlichkeit mit einem Ringkampf. Ihr Gesicht war ebenfalls rot, und die Haare hingen ihr unordentlich ins Gesicht.

»Wo ist die Mutter?«, fragte Natalie, nachdem sie sich kurz begrüßt hatten. Alice deutete mit dem Kinn in den hinteren Bereich der Hütte und strengte sich gleichzeitig an, den strampelnden Beinen der Kleinen auszuweichen. Dort hinten stand ein Feldbett und eine Frau lag darauf, mit einem Säugling an der Brust. Sie hatte die Augen geschlossen und schien zu schlafen, ebenso wie das Baby.

»Sie konnte vor Müdigkeit kaum noch stehen. Ich habe sie mit hierher genommen, damit sie sich ein paar Augenblicke ausruhen kann. Sie sind beide sofort eingeschlafen.«

»Lass die Kleine doch ein wenig ohne Windel herumlaufen«, schlug Natalie vor. »Frische Luft tut der wunden Haut gut, und sie wird sich vielleicht ein wenig beruhigen.«

Alice überlegte kurz, dann nickte sie und hob die Kleine von dem zur Wickelkommode umfunktionierten Tisch. Verdutzt darüber, plötzlich wieder auf den eigenen wackeligen zwei Beinen zu stehen, hörte das kleine Mädchen auf zu weinen und sah sich mit großen Augen um. »Mama?«

»Da ist deine Mama.« Alice zeigte auf das Bett, und das Kind wackelte überraschend schnell dorthin, kletterte auf das niedrige Bett und kuschelte sich an seine Mutter. Schlaftrunken und ohne die Augen zu öffnen legte diese den Arm um ihre kleine Tochter. Alice und Natalie sahen sich lächelnd an. »Ich bin froh, dass du da bist«, sagte Alice und strich sich die Haare aus dem Gesicht. »Nicht nur, weil es viel zu tun gibt.

Gerda ist heute nicht gekommen, keine Ahnung wieso, und am Abend trifft noch ein weiterer Zug ein.« Sie zögerte, dann sagte sie leise: »Gestern hatte ich kurz die Befürchtung, du kommst vielleicht gar nicht mehr.« Sie zuckte verlegen mit den Schultern, lachte kurz auf. »So als sei dein plötzliches Auftauchen nur ein Trugbild gewesen. Eine Fata Morgana …«

Natalie musterte ihre alte Freundin schweigend. Sie wirkte erschöpft und bedrückt, ihre Augen waren verquollen, so als ob sie lange und viel geweint hätte. Spontan trat sie auf sie zu und nahm sie in die Arme. Sichtlich überrascht ließ Alice es geschehen, stand einen Moment lang nur da, dann spürte Natalie, wie sich Alice' Hände sacht auf ihren Rücken legten. »Es tut mir leid, dass ich dich damals so verletzt habe«, flüsterte sie in Richtung von Alice' Ohr und atmete dabei ihren Geruch ein: Kernseife, Kamille, frischer Schweiß, Wundsalbe, ein Hauch Windelhinterlassenschaften. »Ich hatte solche Angst um mein Baby, ich konnte nicht klar denken. Sogar später noch, in Hamburg, auf dem Schiff, ja sogar die erste Zeit in New York meinte ich hinter jedem Schatten Pavel zu entdecken.«

Alice machte sich sanft los. »Du hattest einen Schock. Es war furchtbar, was dir passiert ist. Du warst in Lebensgefahr und dann Maxim und Leo Hirschfeld …« Sie bückte sich, hob die Windel auf und stopfte sie in einen Zinkeimer. »Lass uns einen Moment rausgehen. Ich ersticke hier.«

Sie gingen nach draußen und den Weg zum Fluss hinunter. Wehmütig dachte Natalie an die vielen Sonntage zurück, die sie dort verbracht hatte. Sogar an den Geruch konnte sie sich noch erinnern, modrig und doch frisch, nach Wasser und Algen sowie dem harten, braunen Gras, das in der heißen Julisonne vor sich hin dörrte. Die Bank, auf der sie so oft gesessen hatte, stand noch, war irgendwann offenbar sogar erneuert worden, und die kleine Trauerweide dahinter war inzwischen ein großer, ausladender Baum, dessen Zweige fast bis auf den Boden hingen. Sie setzten sich und sahen gemeinsam hinaus aufs Wasser. Der Groll und die Ablehnung, die Natalie gestern bei Alice verspürt hatte, waren verschwunden, stattdessen meinte Natalie eine ungewöhnliche Mischung aus Traurigkeit und Entschlossenheit wahrzunehmen, die sie neugierig machte. Allerdings hatte sie unerwartete Hemmungen, der jüngeren Frau sofort eine direkte Frage zu stellen. Sie waren sich noch immer fremd, die Jahre hatten ihre Spuren hinterlassen und Natalie war dankbar, dass Alice überhaupt wieder mit ihr sprach. So war sie auch die Erste, die das Wort ergriff, während beide in Gedanken versunken die Möwen betrachteten, die, spitze Schreie ausstoßend, über der Spree kreisten und dabei so taten, als wäre der Fluss das Meer, die Unendlichkeit, die Freiheit.

»Wo ist deine Tochter?«, fragte sie.

»Sie ist im Hotel geblieben. Es ging ihr heute Morgen nicht so gut.« Der Seufzer, der Natalie dabei entschlüpfte, war so tief und schwer, dass Alice sich überrascht zu ihr drehte. »Was ist mit ihr? Habt ihr Probleme?«

»Wir hatten eigentlich nie Probleme miteinander. Bis wir hierherkamen.« Natalie hob eine schwarze Krähenfeder auf, die vor ihr im Sand lag, und drehte sie zwischen ihren Fingern. »Sie hat unser Gespräch gestern mitangehört. Zumindest den letzten Teil davon. Und sich selbst etwas darauf zusammengereimt. Sie denkt, Leo Hirschfeld sei ihr Vater!« Natalie lachte freudlos auf, dann hob sie den Kopf, sah wieder aufs Wasser hinaus. Langsam sagte sie: »Ich hätte nicht herkommen sollen. Ich wollte nicht, dass Claire mich begleitet, aber ich konnte es ihr nicht ausreden, und jetzt habe ich alles zerstört. Alles, wofür ich die letzten sechsunddreißig Jahre gekämpft habe …« Ihr stiegen Tränen in die Augen. »Claire ist das Beste, was mir in meinem Leben widerfahren ist. Ich wollte nie etwas anderes als sie beschützen, ich würde ohne mit der Wimper zu zucken für sie töten. Und sie ist alles, was an Maxim gut und schön und großzügig war, durch sie lebt auch er weiter. So, wie er hätte werden können, wenn diese Welt eine andere wäre. Es gibt nichts, was ich mehr liebe als meine Tochter.« Ihr Kinn begann zu zittern, und sie schluchzte auf. »Ich kann ihr die Wahrheit nicht erzählen. Man kann nicht unbeschwert leben, wenn man weiß, dass der eigene Vater nicht der gute, liebevolle Vater war, den man kannte, sondern ein Gangster, Glücksspielkönig und mehrfacher Mörder aus einem der übelsten Viertel damals in Berlin. Und nach dem, was in diesem Land passiert ist, kann man auch nicht mehr unbeschwert weiterleben, wenn man weiß, dass der eigene Vater Jude war, selbst wenn er gestorben ist, lange bevor die Nazis an die Macht kamen. Und außerdem, und das ist das Schlimmste, würde sie natürlich wissen wollen, was aus ihm geworden ist, und das kann ich ihr auf gar keinen Fall erzählen. Ich kann nicht einmal daran denken, ohne dass es mir das Herz bricht, und wenn ich ehrlich bin, weiß ich nicht einmal, was mehr schmerzt: Dass Maxim damals getötet wurde, oder dass es ausgerechnet Leo sein musste, der es getan hat.« Natalie schüttelte den Kopf und sah Alice dann eindringlich an: »Claire ist so behütet und sorglos aufgewachsen. Sie hat alle Privilegien genossen, die das Leben einer weißen jungen Frau aus gutem Hause in den Staaten mit sich bringt. Wenn sie diese Dinge erführe, würde es ihr ganzes Selbstverständnis zerstören, sie würde nicht mehr die sein, die sie bisher war.

Die Last ist zu groß, und sie würde mich ihr Leben lang dafür hassen, dass ich es ihr gesagt habe. Doch weil ich ihr nicht die Wahrheit sage, hasst sie mich jetzt auch. Sie glaubt, ich sei eine Hure gewesen … und ich habe sie geohrfeigt deswegen, stell dir das vor! Ich habe sie geschlagen! Meine große, schöne, längst erwachsene Tochter.« Sie verstummte erschöpft, und dieses Mal war es Alice, die den Arm um sie legte und sie an sich zog. »Ich denke nicht, dass es ein Fehler war herzukommen«, sagte sie langsam. »Es musste so sein.«

»Aber wie wird es enden?«, rief Natalie verzweifelt.

Darauf bekam sie keine Antwort.

Nach einer Weile sagte Alice zögernd: »Ich muss dir auch etwas erzählen. Es ist zwar ein ganz anderes Thema, aber ich weiß nicht, mit wem ich sonst darüber sprechen soll.«

»Worum geht es?«, fragte Natalie und schnäuzte sich, froh, von ihrem eigenen Dilemma abgelenkt zu sein.

»Um Gregor Kramm.«

»Euren Arzt?«

Alice nickte. »Ich glaube, er ist nicht der, der er vorgibt, zu sein.«

»Du meinst, er ist gar kein Arzt?«

»Doch, das schon. Er hat auf alle Fälle eine medizinische Ausbildung und auch Routine. Aber er hat etwas zu verbergen. Und ich glaube, er hat heute einen Menschen getötet, damit es nicht ans Tageslicht kommt.«

Natalie schwieg schockiert, und während Alice von dem Mann mit dem Stiefel, dem vermeintlichen Unfall und der aufgebrachten Menge erzählte, begriff sie, weshalb die Stimmung heute am Bahnhof so merkwürdig gewesen war. Fröstelnd rieb sie sich die Arme. Hörte das Töten denn nie auf?

»Ich habe mich an eine Frau erinnert, die vor Kurzem ganz

ähnlich auf Kramm reagiert hat. Sie war schwanger und in einem sehr schlechten Zustand, und doch hat sie die Kraft aufgebracht, ihn zu schlagen, und ist dann in Panik davongelaufen. Sie hat ihm fast die Nase gebrochen.« Alice nestelte aus ihrer Tasche ein Stück Papier hervor und faltete es auf. Es war von einer größeren Seite herausgerissen. »Ingeborg Brehmer. Sie wollte zu ihrer Schwester, die am Boxhagener Platz wohnt. Ich kenne die Gegend, es ist nicht weit von hier, und ich will versuchen, die Frau wiederzufinden, um sie zu fragen, weshalb sie so reagiert hat und ob sie Gregor Kramm kennt. Und ich brauche dabei deine Hilfe.«

»Natürlich. Soll ich mit dir kommen?«, fragte Natalie sofort.

»Nein. Ich möchte, dass du etwas anderes für mich tust. Als ich noch geglaubt hatte, Kramm wäre ein vom Schicksal hart getroffener Mann, habe ich mich angeboten, mich für ihn bei dir einzusetzen und dich zu bitten, ihn mit nach Amerika zu nehmen, damit er dort ein neues Leben beginnen kann. Er war sehr interessiert daran …« Alice zögerte, dann fügte sie mit einer Mischung aus Wut und Erstaunen hinzu: »Wenn ich jetzt so darüber nachdenke, dann glaube ich, dass sogar er es war, der mich darauf gebracht hat. Er hat mich manipuliert!« Sie schüttelte den Kopf. »Das passt alles zusammen. Dein Auftauchen und meine Hilfsbereitschaft waren ein unglaublich glückliches Zusammentreffen für ihn.«

»Du meinst, ich soll ihn auf Amerika ansprechen? Ihm Hoffnung machen?«, fragte Natalie langsam.

»Ja! Ich glaube nämlich, dass er weiß, dass ich ihn verdächtige, und daher wäre es gut, ihn abzulenken und in Sicherheit zu wiegen, jedenfalls solange ich Ingeborg Brehmer suche, damit er sich nicht aus dem Staub macht. Die Verlockung auf ein Schiff nach Amerika ist groß, da wird er wohl dableiben. Du könntest ihm assistieren und mit ihm über New York sprechen. Normalerweise arbeitet Gerda mit ihm zusammen, doch sie ist heute aus irgendeinem Grund nicht gekommen.«

Natalie nickte. »Verstehe. Das mache ich natürlich. Aber bedenke auch, dass es nicht ganz ungefährlich für dich ist. Wenn er tatsächlich schon jemanden deswegen umgebracht hat, und das am helllichten Tag und vor aller Augen, dann wird er nicht zögern, auch dich zu töten, wenn du ihm gefährlich wirst.«

Alice nickte. »Ich weiß. Aber ich werde mich absichern. Ich kenne jemanden bei der russischen Kommandantur …« Sie zögerte kurz, dann sagte sie: »Wenn er tatsächlich ein Kriegsverbrecher oder ein anderer Krimineller ist, werde ich ihn anzeigen. Dann muss er für seine Taten büßen.« Sie stand auf, und Natalie tat es ihr nach. Noch einmal nahm sie Alice' Hände, jedoch ohne sie zu umarmen, drückte sie nur fest. »Du kannst dich auf mich verlassen.«

30

Es war schon später Nachmittag, als Alice endlich einen Hinweis auf Ingeborg Brehmer und ihre Schwester fand. Sie war spät von der Bahnhofsmission weggekommen, weil einfach zu viel zu tun gewesen war, und als sie am Boxhagener Platz angekommen war, wurde ihr erst bewusst, wie schwierig es werden würde, Ingeborg Brehmer beziehungsweise deren Schwester zu finden. Sie kannte die genaue Adresse nicht, auch nicht deren Namen, sie konnte verheiratet sein, oder ausgebombt und woanders wohnen … Nach etwa einer Stunde, in der sie sich bei den Passanten und an den Wohnungstüren der noch intakt gebliebenen Häuser vergeblich umgehört hatte, gab ihr eine alte Frau, die vor einem der Häuser saß und zwei Kleinkinder beaufsichtigte, den entscheidenden Tipp. »Sie meinen die Rosemarie Brehmer? Die hatte ne Schwester, die hieß Inge. Ist aber vor'n paar Tagen jestorben. Zuerst war se jahrelang verschwunden, dann isse plötzlich wieder aufjetaucht, mitm dicken Bauch und janz mager, dit arme Ding, und dann isse jestorben und der kleene Wurm mit ihr. Die hatten noch nie viel zu lachen, die beeden Mädels.«

Alice' Herz begann schneller zu klopfen. Kramm hatte recht gehabt mit seiner Einschätzung, dass die junge Frau nicht überleben würde. »Aber Rosemarie Brehmer wohnt noch hier?«

»Ja, klar, die ist noch hier. Wo soll se denn hin, ohne Mann und ohne Kinder? Wenigstens hat se die Wohnung von die Eltern jeerbt. War auch noch vorm Krieg.« Die alte Frau deutete mit ihrem Stock auf ein Haus gegenüber. »Erster Stock, können se nich verfehlen. Die Rose geht ja außerdem kaum noch ausm Haus.«

Familie Brehmer. Das Türschild war aus Messing, altmodisch verschnörkelt und an den Ecken grün angelaufen. Ebenso der Klingelknopf, den Alice jetzt drückte. Eine kleine Melodie hallte durch die Wohnung, dann konnte Alice Schritte hören. »Wer ist da?«, fragte eine Frauenstimme durch die geschlossene Tür.

»Mein Name ist Alice Hardtleben. Ich kannte Ihre Schwester«, sagte Alice, in der Hoffnung, dass sie mit dieser leichten Übertreibung die Frau dazu bringen würde, die Tür zu öffnen. Tatsächlich drehte sich ein Schlüssel im Schloss, und die Tür öffnete sich. Eine zierliche Frau stand vor ihr. Sie trug ihre Haare zu einem altmodischen Knoten aufgesteckt und hatte unförmige Kleidung an, die sie älter wirken ließ, als sie vermutlich war. Ihr Gesicht war faltenlos, und Alice schätzte sie auf Ende dreißig, Anfang vierzig.

»Sie haben Inge gekannt?«, fragte sie.

»Ich habe sie am Bahnhof getroffen, ich arbeite dort in der Bahnhofsmission, wir helfen den Ankommenden. Es gab da einen Vorfall, und ich wollte eigentlich mit ihr darüber sprechen …«

»Meine Schwester ist tot.«

»Ja, ich weiß, ihre Nachbarin hat es mir gerade gesagt. Es tut mir sehr leid.«

Rosemarie Brehmer nickte nur. »Was für einen Vorfall?«, fragte sie dann nach einer kurzen Pause.

»Darf ich vielleicht reinkommen? Dann erkläre ich es Ihnen.«

Rosemarie Brehmer zögerte, dann öffnete sie die Tür. »Bitte.«

Sie ging voran, in einem seltsam schlurfenden Schritt, der ebenfalls eher zu einer alten Frau gepasst hätte, und führte Alice in ein kleines Wohnzimmer, das so aufgeräumt wirkte, dass man kaum glauben konnte, dass hier jemand wohnte. Ein altrosa Samtsofa mit drei akkurat angeordneten Kissen, alle drei mit einem sorgfältigen Knick in der Mitte, ein einzelner passender Stuhl, auch in rosa, ein Couchtisch mit Spitzendeckchen, zwei Blumenbilder in goldenen Rahmen, eine Vitrine mit Porzellanfigürchen und eine große, aufdringlich tickende Standuhr. Auf einem kleinen Tisch neben dem Sofa stand ein gerahmtes Foto.

»Möchten Sie eine Tasse Tee?«, fragte Rosemarie Brehmer. »Ich habe mir gerade welchen aufgebrüht …« Sie zuckte mit den Schultern, was merkwürdig wirkte, so als sei ihr der Tee vollkommen egal. Dieses Schulterzucken war auch der Grund, weshalb Alice lebhaft nickte. »Sehr gern, danke.« Sie hatte das dringende Bedürfnis, diese traurige kleine Frau irgendwie aus ihrer Lethargie aufzuwecken.

Frau Brehmer verließ das Zimmer, und Alice setzte sich auf das Sofa, vorsichtig, um das Kissenarrangement nicht in Unordnung zu bringen, und betrachtete das Foto auf dem Tischchen. Eine Familie, offenbar Rosemarie und Ingeborg Brehmer und ihre Eltern, vor vielen Jahren aufgenommen, die Mädchen waren noch Kinder gewesen. Sie lachten alle vier in die Kamera, glücklich, irgendwo an der Ostsee, vermutete

Alice. Offenbar eine Erinnerung an bessere Zeiten. Unwillkürlich fragte sie sich, was danach wohl vorgefallen war. Es gab kein einziges Foto, das jemanden aus der Familie in späteren Zeiten zeigte. Nur dieses eine, vor rund dreißig Jahren aufgenommen, wie Alice der Mode und dem Alter der Mädchen nach schätzte. Rosemarie kam mit einem Tablett zurück, auf dem zwei Teetassen aus Porzellan standen, eine Zuckerdose und ein Milchkännchen. Umständlich stellte sie alles auf den Tisch, goss ein, reichte Alice eine Tasse und setzte sich dann ebenfalls. »Was war das für ein Vorfall?«, fragte sie und nippte an ihrer Teetasse.

Alice räusperte sich. »Ihre Schwester ist vor ein paar Tagen am Schlesischen Bahnhof angekommen. Wie Sie ja wissen, war sie hochschwanger, krank und unterernährt, und unser Arzt wollte sie untersuchen …«

Die Frau flüsterte etwas, aber so leise, dass Alice es nicht verstand. »Wie? Was haben Sie gesagt?«, fragte sie nach.

»Victor Damrau. Sie hat mir erzählt, dass sie ihn gesehen hat. Inge war völlig in Panik, als sie bei mir aufgetaucht ist. Ich dachte anfangs, sie halluziniert, ich meine, da war sie sechs Jahre lang wie vom Erdboden verschluckt und dann taucht sie plötzlich wieder auf, und das Erste, was sie sagt, ist der Name dieses Ungeheuers. Ich dachte, vielleicht ist sie auch verrückt geworden. Es hieß ja immer, die Krankheit könne vererbt werden … ich habe ihr jedenfalls nicht geglaubt!« Sie stellte die Tasse ab und faltete die Hände zu einem Knoten, der so hart und unlösbar aussah, dass es Alice wehtat hinzusehen. »Ich wollte ihr vermutlich nicht glauben. Es war zu schmerzhaft.« Sie seufzte auf. Es klang wie ein Schluchzer.

»Wer ist Victor Damrau?«, wollte Alice wissen.

Rosemarie Brehmer sah sie mit feuchten Augen an. Allerdings hatte sie etwas von ihrer Apathie verloren, sie wirkte etwas aufrechter, entschlossener, als habe allein dieser Name und die Erinnerungen, die sie damit verband, sie aufgeweckt.

»Ich muss am Anfang beginnen. Meine Mutter war Pianistin, ein wunderbarer Mensch, lebhaft, liebevoll, meine Eltern haben sich sehr geliebt.« Ihr Blick flog zu der Fotografie auf dem Beistelltisch. »Ende der Zwanziger wurde sie krank. Sie hat viel geweint, hörte Stimmen, die haben sie erschreckt, und sie hat ein paar dumme Dinge getan, zum Beispiel den Herd angelassen, was einen Küchenbrand ausgelöst hat. Die Nachbarn hatten Angst vor ihr. Wir haben versucht, sie zu beruhigen. Mein Vater hat viele Reisen mit ihr gemacht, ist oft an die Ostsee gefahren, da war sie am glücklichsten, aber irgendwann half es nichts mehr und er hat sie in eine Klinik nach Schwerin gebracht. Von dort stammten meine Eltern. Das war im Sommer neunzehnhundertsiebenunddreißig.« Sie stockte. »Und dann, gut zwei Jahre später, sind wir Victor Damrau begegnet. Es war Ende neunzehnhundertneununddreißig, der Krieg hatte gerade begonnen und Erich, mein Verlobter, war eingezogen worden. Victor Damrau hat im Institut für Rassenhygiene gearbeitet und veranlasst, dass meine Mutter in eine andere Klinik verlegt wurde, so stand es in einem Schreiben, das wir erhalten haben. Dabei ging es ihr in Schwerin so gut! Sie war richtig glücklich. Mein Vater war vollkommen verzweifelt, weil nicht darin stand, wohin sie sie gebracht hatten und die Klinik in Schwerin uns keine Auskunft gegeben hat. Da sind meine Schwester und ich in das Institut gegangen, um Victor Damrau persönlich zu sprechen. Er hat uns auch empfangen. Ein schöner Mann mit sanften blauen Augen. Er war freundlich, scheinbar bemüht, hat uns etwas von klinikinternen Entscheidungen erzählt, doch im

Grunde haben wir nichts über den Verbleib unserer Mutter erfahren. Nichts! Irgendwann haben wir einen weiteren offiziellen Brief bekommen, von einer Klinik im Harz, in dem es hieß, dass meine Mutter verstorben ist. An Organversagen.« Sie schüttelte den Kopf. »Mein Vater ist kurz darauf ebenfalls gestorben. Er konnte nicht verwinden, dass er sie allein gelassen hat. Heute weiß ich, sie haben sie umgebracht. Ich habe mich erkundigt, zuerst heimlich, bei anderen Angehörigen, die ich aus Schwerin kannte, und in den letzten Monaten offener. Ich habe nach den Menschen aus den Kliniken gesucht, die damals verschwunden sind. Sie wurden alle getötet, es müssen Tausende gewesen sein, im ganzen Land, auch Kinder, Säuglinge! Es war ein Plan. Ihr Leben war nicht lebenswert, durch ihre Krankheiten schadeten sie der deutschen Rasse.«

Alice hatte ihr mit wachsendem Unbehagen zugehört. »Das kann nicht sein«, flüsterte sie verstört. Sie wusste von den Vernichtungslagern, von den unzähligen getöteten Juden, den Gefängnissen der Gestapo, von den Grausamkeiten, die die SS-Soldaten begangen hatten, aber Ärzte, die ihre Schutzbefohlenen umbrachten? Sie fröstelte und trank schnell noch einen Schluck Tee. »Ihre Schwester ist also deshalb so außer sich geraten, weil sie glaubte, in Gregor Kramm diesen Victor Damrau von damals wiederzuerkennen?«

»Ja. Sie hat Damrau von Anfang an nicht getraut. Bei unserem Besuch im Institut hat sie ihn beschimpft, ich musste sie bremsen, sonst wären wir noch verhaftet worden. Aber die Geschichte geht noch weiter«, sagte Rosemarie Brehmer. »Irgendwann bekam ich einen weiteren Brief vom Institut für Rassenhygiene. Ich sollte mich einer Reihenuntersuchung unterziehen. In einem Institut in der Tiergartenstraße. Inge bekam den gleichen Brief, doch sie hat sich geweigert hinzugehen. Ich dagegen bin brav hingetrottet. Dort hat mir ein junger Arzt etwas von einem Erbgesundheitsgesetz und dem schädlichen Erbgut meiner Mutter erzählt und dass er mich deswegen untersuchen müsse. Ich wurde betäubt. Als ich wieder aufgewacht bin, hat man mir eröffnet, dass ich keine Kinder mehr bekommen könne. Ein Eingriff zum Schutz des deutschen Volkes. Ich bekam sogar eine schriftliche Bestätigung, ganz amtlich, mit Unterschrift von Herrn Victor Damrau!

Für mich ist eine Welt zusammengebrochen. Ich wollte doch heiraten, eine Familie gründen! Mein Verlobter hat sich kurz danach von mir getrennt. Er hat es mir mit der Feldpost mitgeteilt. Erich war in der Partei, und er wollte eine Frau, die ihm viele Kinder gebären konnte und kein erbgeschädigtes Wrack. Als Inge erfuhr, was vorgefallen war, ist sie untergetaucht. Seitdem habe ich sie nicht mehr gesehen. Ich weiß nicht, wo sie gewesen ist. Sie hat mir etwas von einem Gut im Osten erzählt, wo sie gearbeitet und einen Zwangsarbeiter kennengelernt hat, aber sie war schon zu schwach, um viel zu reden. Ich dachte, wir hätten später noch Zeit, darüber zu sprechen, wenn sie wieder zu Kräften gekommen sei. Ich habe ihr eine Brühe gekocht, sogar mit Suppenknochen …« Sie verstummte, und eine einzelne Träne kullerte ihr über die makellose, blasse Wange. »Ich habe nie geheiratet. Durch den Krieg waren ja auch keine Männer da. Aber ich hätte es ohnehin nicht gewagt, mich auf jemanden einzulassen. Wer will schon eine unfruchtbare Frau? Doch ich hätte mich um Inges Baby gekümmert. Um sie beide.« Sie senkte den Kopf. »Inge und ihr Baby waren Damraus letzte Opfer.«

»Die vorletzten«, sagte Alice. Nach Rosemaries Beschreibung von Victor Damrau, *ein schöner, freundlicher Mann mit sanften blauen Augen,* war sie hundertprozentig sicher, dass Gregor Kramm und Damrau ein und derselbe waren. Sie erzählte Rosemarie Brehmer von dem toten Mann am Bahnhof. »Ich weiß zwar nicht, wie das zu Ihrer Geschichte passt, aber ich bin mir sicher, dass Gregor Kramm beziehungsweise Victor Damrau ihn getötet hat.«

Rosemarie Brehmer hatte ihr aufmerksam gelauscht. »Er hat ihn mit einem Schuh angegriffen, sagen Sie?«

Als Alice nickte, stand sie auf und ging zu der Vitrine mit den Porzellanfigürchen. Sie öffnete die Glastür und nahm eine dicke Mappe vom untersten Regalbrett. »Dort habe ich die Geschichten der anderen Angehörigen gesammelt, die ihre Familienmitglieder verloren haben«, sagte sie und schlug die Mappe auf. Zahlreiche Zettel lagen darin und viele Seiten Papier, mit einer sehr geraden deutlichen Handschrift versehen. Alice musste sich eingestehen, dass sie Rosemarie Brehmer unterschätzt hatte. Sie hatte sie für eine passive, ängstliche Frau gehalten, die mit dem Leben bereits abgeschlossen hatte. Das mochte in einigen Bereichen so sein. Wenn es aber um ihre persönliche Geschichte ging, zeigte sie ein ganz anderes, mutiges und entschlossenes Gesicht. »Als der Krieg vorbei war, habe ich Nachforschungen angestellt, ich wollte wissen, was mit Damrau geschehen war.« Sie nahm ein Blatt Papier in die Hand und überflog es. »Ich habe erfahren, dass sowohl die Russen als auch die Amerikaner Victor Damrau suchen. Er war nach einer Zeit als Truppenarzt an der Front zuletzt Lagerarzt im KZ Sachsenhausen. Dort war es unter anderem seine Aufgabe, die Zwangsarbeiter wieder arbeitstüchtig zu machen. Und weil Sie gerade Schuhe sagten: Es gab dort eine sogenannte Schuhprüfstrecke, dort ließen deutsche Schuhhersteller ihre Schuhe an Häftlingen ausprobieren. Sie mussten fünfzig Kilometer lange Gewaltmärsche absolvieren, teilweise mit Gepäck, und wer zusammenbrach, wurde erschossen.«

Sie sahen sich schweigend an. Alice fror trotz der Sommerhitze vor dem Fenster und des heißen Tees, den sie nahezu unberührt noch in den Händen hielt. Sie stellte die Tasse ab und stand auf. »Ich danke Ihnen«, sagte sie. »Ich kann Ihnen gar nicht sagen, wie sehr.«

Rosemarie Brehmer stand ebenfalls auf und lächelte, zum ersten Mal, und dieses Lächeln verwandelte ihr Gesicht auf ganz erstaunliche Art. Alice bekam eine Ahnung davon, wie sie als glückliche junge Frau ausgesehen haben mochte.

»Ich habe Ihnen zu danken«, sagte sie. »Dafür, dass sie sich um Inge gekümmert und sich meine Geschichte angehört haben.« Sie reichte ihr die Mappe. »Hier. Nehmen Sie all das mit. Machen Sie etwas daraus. Es sind viele Namen darin. Von Tätern und Opfern. Man kann die Geschichten alle nachvollziehen.«

Alice nahm die Mappe verwundert entgegen. »Aber Sie kennen mich doch gar nicht. Möchten Sie nicht selbst dafür sorgen, dass diese Informationen in die richtigen Hände geraten?«

Rosemarie Brehmer schüttelte den Kopf. »Ich vertraue Ihnen. Irgendwann muss ich diese Sache einmal loslassen. Sie erdrückt mich sonst.«

Sie verabschiedeten sich an der Tür voneinander, und Alice fiel auf, dass Rosemarie Brehmer erleichtert, ja fast zufrieden aussah. Als wäre sie von einer großen Last befreit. Einer Last, die jetzt Alice trug, in ihre Handtasche gestopft und so schwer, dass ihr schon nach den ersten Schritten zurück auf der Straße die Schulter schmerzte. Doch sie wusste, was sie mit dieser Verantwortung anfangen würde. Sie würde Rosemarie Brehmers Vertrauen nicht enttäuschen.

Es dämmerte schon, als Alice am Bahnhof ankam. Über ihr am violetten Abendhimmel kreisten die Schwalben und stießen spitze Schreie aus. Alice warf einen flüchtigen Blick hinauf. Die Vögel kümmerte Leid und Freude der Menschen nicht. Sie zogen ihre Kreise, suchten nach Insekten, flogen der Sonne entgegen wie eh und je. Manchmal wäre sie gerne ein Vogel gewesen.

Im Bahnhof war irgendetwas verändert, doch sie brauchte einen Moment, bis sie begriff, was es war: Die Soldaten waren weg. Kein einziger russischer Soldat war zu sehen. Alice runzelte die Stirn. Das war mehr als ungewöhnlich. Und beunruhigend. Was mochte vorgefallen sein? Sie machte sich auf die Suche nach Natalie und fand sie vor der Hütte. Sie hatte einen der Stühle nach draußen getragen und saß dort, mit Blick auf den Fluss, einen Becher Tee in der Hand. Von ihrer eleganten Erscheinung war auch heute nicht mehr viel übrig. Ihre Haare waren zerzaust, die Bluse zerknittert und mit zahlreichen Flecken übersät. Wie gestern hatte sie die Ärmel hochgekrempelt wie ein Bauarbeiter, und ihre teuren Lederschuhe standen neben dem Stuhl, während sie ihre Zehen in die Sonne streckte. Alice holte sich den zweiten Stuhl aus der Hütte und setzte sich neben sie.

Sie zog eine Zigarette aus ihrer Handtasche und zündete sie an. »Was ist mit den Soldaten?«, fragte sie, nachdem sie einen tiefen Zug genommen hatte.

»Du rauchst?«, fragte Natalie erstaunt.

»Nein. Eigentlich nicht. Nur in besonderen Fällen.«

»Die Soldaten wurden abgezogen«, begann Natalie zu erzählen. »Ein hohes Tier kam, ein Oberst, glaub ich …«

»Oberst Wolkow?«

»Kann sein. Er hat irgendwelche Befehle erteilt, es klang nicht sehr freundlich, und dann sind sie alle weggegangen.«

»Wann war das?«

»Kurz nachdem du weg bist.«

»Und man weiß nicht, was passiert ist?«

Natalie zögerte. »Am späteren Nachmittag gab es Gerüchte, aber nichts Gesichertes. Angeblich gab es ein Standgericht. Ein Soldat wurde erschossen. Irgendwo in Friedrichshain, nicht weit vom Bahnhof.«

»Was?« Alice sah sie entsetzt an.

Natalie zuckte mit den Schultern. »Das haben nur irgendwelche Kerle erzählt, keine Ahnung, ob es stimmt. Es war wohl ein Soldat, der eine deutsche Frau vergewaltigen wollte und es anderen in die Schuhe geschoben hat. Es sollte offenbar ein Exempel statuiert werden.«

Alice schwieg. Das Entsetzen kroch ihre Wirbelsäule nach oben und ließ sie frösteln. Das hatte sie nicht gewollt. Doch eines führte zum anderen. Entscheidungen wurden getroffen und hatten weitere Entscheidungen zur Folge.

»Was ist mit Kramm?«, fragte sie, nachdem sie sich wieder gefangen hatte.

»Ich glaube, er hat angebissen. Er war mir gegenüber sehr zuvorkommend, wollte alles über New York und Amerika wissen und wirkte absolut arglos. Er hat sich kein einziges Mal nach dir erkundigt. Konntest du denn etwas herausfinden?«

»Und ob.« Alice erzählte ihr von ihrer Unterhaltung mit Rosemarie Brehmer und der Mappe, und Natalies Augen wurden immer größer. Als Alice am Ende angelangt war, schüttelte sie sich und rieb sich die Arme. »Unfassbar …«, murmelte sie. »Und was machst du jetzt mit diesen Informationen? Willst du etwa Kramm damit konfrontieren?«

Alice schüttelte den Kopf. »Ich habe sie an Oberst Wolkow weitergeleitet. Ich … kenne ihn, von meiner Arbeit hier am Bahnhof, und vertraue ihm. Er wird das Richtige tun.«

»Dann kommt er her und verhaftet Kramm?«

»Ja, das hoffe ich. Ich habe ihn allerdings nicht persönlich angetroffen. Er war wohl mit dieser Aktion beschäftigt, von der du mir erzählt hast. Aber ich habe seinen Adjutanten beauftragt, ihm die Mappe auf den Schreibtisch zu legen und noch eine Nachricht dazugeschrieben. Popow meinte, er würde mit Sicherheit bald zurück sein. Alexej … also Oberst Wolkow … er wird bestimmt kommen. Und dann ist es vorbei mit Victor Damrau.«

Alice lehnte sich zurück und schloss einen Moment die Augen. Sie war erschöpft und unruhig zugleich. Doch sie durfte sich keine Ruhe gönnen. Nicht jetzt, wenn gleich ein weiterer Zug kommen würde, deshalb zwang sie sich aufzustehen. Sie musste weitermachen wie bisher, absolut unauffällig, damit Kramm keinen Verdacht schöpfte und sich womöglich aus dem Staub machte, bevor die Soldaten eintrafen. »Ich werde heute Abend Kramm assistieren. Du hast schon genug gemacht. Fahr doch ins Hotel zu deiner Tochter.«

Natalie schüttelte empört den Kopf und stand ebenfalls auf. »Nie im Leben. Ich bleibe hier und helfe dir. Ich habe allerdings Marthe nach Hause geschickt, sie konnte nicht mehr, auch wenn sie es nie zugegeben hätte, aber man hat es ihr angesehen. Es ist ohnehin unglaublich, was sie leistet, in dem Alter. Drei der anderen Helferinnen sind mit ihr zusammen gegangen, sie haben irgendwelche Verpflichtungen, es sind daher nur noch Wilma, zwei ältere Damen, deren Namen ich nicht kenne, und wir beide da.«

Alice nickte und war insgeheim froh, dass Natalie noch bleiben würde. Ihre Anwesenheit tat ihr gut. »Wir schaffen das schon«, sagte sie, während sie zurück zum Bahnsteig gingen. Dort warteten sie und hielten Ausschau nach dem Zug, der jeden Moment eintreffen würde.

»Ach ja, und Gerda war kurz da«, sagte Natalie. Der Zug war jetzt in der Ferne sichtbar und kam rasch näher. »Sie wollte mit dir sprechen, und als ich ihr gesagt habe, dass du erst später wiederkommst, ist sie wieder gegangen. Und du glaubst nicht …« Der Rest des Satzes ging im Kreischen des einfahrenden Zuges unter.

Sie arbeiteten routiniert wie immer. Alice verabreichte Salben, Tabletten, Mittel gegen Flöhe und Durchfall, untersuchte Geschwüre und Ekzeme, tastete Lymphknoten ab, maß Fieber und ging Kramm zur Hand, wenn es sich um schwierigere Fälle handelte. Von außen betrachtet hatte sich nichts an ihrer Zusammenarbeit geändert. Tatsächlich aber war nichts mehr wie zuvor. Alice beobachtete Kramm immer wieder aus den Augenwinkeln, und jedes Mal, wenn sie daran dachte, was Rosemarie ihr erzählt hatte, durchrieselte sie ein Schauer des Entsetzens. Was für ein guter Schauspieler Kramm war! Er hatte sie alle getäuscht. Doch jetzt hatte er seine harmlose Aura verloren. Sein sanfter Blick erschien ihr plötzlich pervers und böse, seine routinierten Bewegungen verursachten ihr Gänsehaut. Ungebetene Bilder stiegen vor ihrem inneren Auge auf, von Kindern, die getötet wurden, von ausgemergelten Häftlingen, die irgendwo auf einem freien Feld zusammenbrachen, erschossen wurden wie zu Tode erschöpfte Pferde …

»Alice?«

»Äh, ja?« Alice schüttelte verwirrt den Kopf. Sie war in Gedanken so weit weg gewesen, dass sie einen Moment Mühe hatte, sich zurechtzufinden.

»Ich hatte Sie um das Skalpell gebeten.« Kramm musterte sie prüfend. »Geht es Ihnen nicht gut?«

»Doch, doch, alles in Ordnung«, beeilte sich Alice zu versichern und reichte ihm das Skalpell. Er verarztete gerade einen Mann mit einer hässlich klaffenden Fleischwunde am Unterarm. Er hatte ihnen erzählt, dass er sie sich bei der Flucht zugezogen hatte, als er in einem Wald gestolpert und gefallen war und sich einen Ast in den Arm gerammt hatte. Inzwischen war die Wunde entzündet, und die Wundränder hatten sich bereits dunkel verfärbt. Kramm begann vorsichtig damit, abgestorbenes Gewebe mit dem Skalpell zu entfernen, während Alice sich darum bemühte, dass der Mann still hielt. Es fiel ihr schwer, Kramm beim Hantieren mit dem Skalpell zu beobachten, ihr wurde regelrecht übel dabei und sie musste wegsehen. Schließlich war der Mann jedoch verarztet, und Kramm streckte sich. »Das war der letzte Patient für heute«, sagte er aufatmend. Vor der Krankenstation war es ruhig geworden. Niemand wartete mehr. Es war bereits halb elf, und Wilma und die beiden anderen Damen hatten sich schon vor einer Weile verabschiedet. Nur Natalie war noch da. Sie hatte ihnen gerade eine Schüssel kochendes Wasser gebracht, mit dem sie die Instrumente reinigen und die Krankenstation säubern konnten, und war jetzt in die Hütte gegangen, um das Geschirr abzuwaschen und aufzuräumen.

Alice stellte die Schüssel auf den Tisch und ließ das Skalpell und andere herumliegende Gerätschaften wie Schere, Zange, Nadelhalter hineinfallen. Wolkow war nicht gekommen. Offenbar war er nicht mehr in sein Büro zurückgekehrt, anders konnte sie es sich nicht erklären. Damit hatte sie nicht gerechnet. Was sollte sie nun tun? Das Beste war vermutlich, einfach so weiterzumachen wie bisher, sich verabschieden und morgen wiederkommen, wie immer. Wie Natalie gesagt hatte, schien Kramm keinen Verdacht zu schöpfen, dass er enttarnt worden war. Er würde sicher nicht einfach verschwinden, sagte sie sich, zumal er ein großes Interesse daran hatte, nach Amerika zu kommen.

Das klang alles ganz vernünftig und logisch, vermochte jedoch nicht, ihre innere Unruhe zu besänftigen. Jetzt, wo sie wusste, wer Gregor Kramm wirklich war, wollte sie ihn unbedingt und sofort aus dem Verkehr gezogen wissen. Beim Gedanken daran, dass er noch einmal untertauchen könnte, und dann womöglich erfolgreich und für immer, bekam sie Panik.

»Wo waren Sie eigentlich heute Nachmittag?«

Die Frage kam so unerwartet, dass Alice die Verbandsrolle fallen ließ, die sie gerade aufgewickelt hatte.

»Wie?« Sie bückte sich und hob den Verband auf.

»Ich habe Sie heute Nachmittag vermisst.« Kramm trocknete sich die Hände ab und kam auf sie zu.

»Ich … ich hatte etwas zu erledigen. Etwas Privates«, gab Alice kühl zurück und widerstand dabei dem Impuls zurückzuweichen, um wieder Abstand zwischen sich und den Arzt zu bringen. Das war ein Fehler. Kramm packte sie blitzschnell am Arm und hielt sie fest.

»Sie lügen«, sagte er beherrscht, doch unter seiner ruhigen Stimme konnte man unterdrückten Zorn hören. »Ich weiß, wo Sie waren.« Ohne sie loszulassen, nahm er mit der freien

Hand die Kladde, in der sie die Namen und Adressen der Ankömmlinge sammelten, knallte sie so heftig auf den Tisch, dass das Wasser aus der Schüssel überschwappte, blätterte darin herum und deutete dann auf eine Stelle, wo ein Stück Papier herausgerissen war. Alice wurde kalt. Es war ein Fehler gewesen, die Adresse herauszureißen, das wurde ihr jetzt schlagartig klar. Sie hatte schnell und unüberlegt gehandelt, nur darauf bedacht, dass Kramm sie nicht dabei sah, wie sie in der Kladde blätterte, doch das bloße Blättern wäre sehr viel weniger verdächtig gewesen als das Herausreißen dieser Adresse, das begriff sie jetzt. Allerdings zu spät.

»Sie waren bei der schwangeren Frau, die mich kürzlich angegriffen hat.«

Alice nickte.

»Und was hat sie gesagt?«

»Nichts. Sie ist tot. Und das Kind auch.«

Sie konnte spüren, wie eine Welle der Erleichterung durch Kramm ging. Er lockerte seinen Griff um ihr Handgelenk, doch als sie sich ihm entwinden wollte, packte er wieder fester zu. Plötzlich breitete sich eine große Ruhe in Alice aus. Es hatte so kommen müssen, dachte sie. Wolkow war nicht gekommen, sie hatte die Dummheit mit der herausgerissenen Adresse begangen, und es war nun an ihr, ihn mit seiner Wahrheit zu konfrontieren.

»Aber ich habe ihre Schwester angetroffen«, sagte sie. »Rosemarie Brehmer. Erinnern Sie sich an sie?«

»Nie gehört.« Kramm blinzelte. »Wieso sollte ich mich an sie erinnern?« Er schien verwirrt zu sein, und seine Hand lockerte sich erneut.

Alice nutzte dies, um sich mit einem Ruck aus seinem Griff zu lösen. Auch hierauf reagierte er nicht. Stattdessen begann er seelenruhig, seine Instrumente zu reinigen. »Ich weiß nicht, wovon Sie sprechen.«

»Sie haben diese Frau vor einigen Jahren zwangssterilisieren lassen. Zum Wohl der deutschen Erbgesundheit und nachdem sie vorher ihre psychisch kranke Mutter haben ermorden lassen. Aber ich verstehe, dass Ihnen der Name entfallen ist. Es waren einfach zu viele. Aber an einen Namen erinnern Sie sich sicher: Victor Damrau.«

Er blinzelte erneut, doch es blieb die einzige Reaktion auf ihre Worte. Fast liebevoll fuhr er mit einem Lappen über das Skalpell und sagte dann leichthin: »Na gut, Sie haben mich ertappt. Ich heiße nicht Gregor Kramm. Na und? Ich war damals im Institut für Rassenhygiene tätig. Es hatte alles seine Richtigkeit, auch wenn das einige heute partout nicht mehr so sehen wollen. Es war meine Aufgabe, schädliches Erbgut …«

»Hören Sie auf!«, rief Alice scharf. »Ich habe alles darüber erfahren, was Sie in den letzten Jahren getrieben haben, und nichts davon hatte seine Richtigkeit. Nicht umsonst haben Sie und Ihre Spießgesellen selbst versucht, alles zu vertuschen, und nicht umsonst haben Sie sich hier versteckt und als ein anderer ausgegeben. Sie wissen genau, was Sie getan haben und dass Sie dafür auf ewig in der Hölle schmoren werden. Es gibt im Übrigen eine Menge Beweise. Und inzwischen wissen nicht nur ich und Rosemarie Brehmer davon, sondern auch Oberst Wolkow, der jeden Moment hier auftauchen und Sie verhaften wird.«

»Sie haben Informationen über mich weitergegeben? An einen Russen?«, fragte Damrau so ungläubig nach, dass Alice fast aufgelacht hätte. Er ließ das Skalpell abrupt fallen. Ihre letzten Worte schienen ihn mehr aufzuwühlen als alles, womit sie ihn bisher konfrontiert hatte. »Sie haben die Bolschewiken informiert? Das ist Verrat …«

Offensichtlich war Victor Damrau noch nicht ganz in der Realität angekommen, dachte Alice und musterte den Arzt mit einer Mischung aus Abscheu und Verwunderung.

»Der Krieg ist zu Ende, Victor. Den Nationalsozialismus gibt es nicht mehr. Sie werden für Ihre Taten zur Verantwortung gezogen werden. Nicht nur für die vor dem Krieg, sondern auch für die Rolle, die Sie im KZ Sachsenhausen gespielt haben.«

»Rolle? Taten? Was denn für Taten, verflucht noch mal?«, brüllte er plötzlich so laut, dass sie zusammenzuckte. Er explodierte ohne Vorwarnung. Sein Gesicht lief rot an und verzerrte sich zu einer Grimasse der Wut. Er sah nun nicht mehr sanft aus und auch nicht mehr attraktiv.

»Spielen Sie sich hier doch nicht auf wie eine Richterin! Ich bin Arzt, und ich habe hart dafür gearbeitet, einer zu werden. Ich habe zahllosen Menschen geholfen und immer nach meinem Berufsethos gearbeitet! Ich habe mich stets der Gesundheit meines Volkes verpflichtet gefühlt und tue es auch heute noch.«

»Gehört es zu dieser Verpflichtung auch, einem Mann das Genick zu brechen?«

Damraus Augen verengten sich. »Das war ein Unfall, und Sie werden nichts anderes beweisen können. Was ist da schon passiert? Irgendein namenloser Flüchtling ist unglücklich gestürzt, nachdem er einen Mann angegriffen hat, der ihm nur helfen wollte. Verstehen Sie? Helfen!«

Alice spürte, wie ihr übel wurde. Es war sinnlos, mit ihm zu diskutieren. »Sie sind ein Verbrecher und vielfacher Mörder, Victor Damrau«, erwiderte sie daher nur.

»Mörder?« Seine Stimme überschlug sich jetzt fast. »Das wird ja immer schöner! Ich habe Zeit meines Lebens nichts als meine Pflicht getan …«

»War es auch deine Pflicht, Olga sterben zu lassen?«, fragte eine raue Stimme hinter Alice. Überrascht drehte sie sich um. Dort standen, wie aus dem Nichts aufgetaucht, Gerda und eine weitere Frau. Sie hatte diese Frau schon einmal am Bahnhof gesehen, erinnerte sich Alice. In einem schlimmen, verwahrlosten Zustand. Dieses Mal sah sie etwas gepflegter aus, wenn auch nicht unbedingt gesünder. Offensichtlich hatte sie geduscht und sich frisiert. Allerdings trug sie denselben unförmigen Mantel wie beim letzten Mal, als sie sich diesen einen Moment lang gegenübergestanden hatten und Alice sich gefragt hatte, wieso die Frau ihr so bekannt vorkam. Jetzt dämmerte es ihr. »Babette?«, fragte sie ungläubig. »Du bist Babette?«

Babette nickte ihr kurz zu, konzentrierte sich dann jedoch wieder auf Kramm. »Erkennst du mich auch wieder, Damrau? Ich bin's, Nummer fünfzehn. Die alte Hure ganz hinten in der Baracke. Die, die du ab und zu besucht hast. Ich konnte mir anfangs nicht erklären, wieso du ausgerechnet zu mir gekommen bist, wo es doch so viele jüngere und frischere gab. Aber irgendwann hab ich's begriffen. Ich war die einzige, vor der du keine Angst hattest mit deinem kleinen Pimmel und deiner ganzen prüden Lächerlichkeit. Olga zum Beispiel. Nummer vierzehn. Sie war schön, noch immer und trotz allem. Zu ihr wollten sie alle. Nur du konntest nicht zu ihr gehen. Sie konntest du nur verstümmeln …«

»Halt's Maul, du Stück Scheiße!« Die Augen traten Damrau aus den Höhlen vor Wut. »Was faselst du da? Ich kenne keine Olga, und ich war nie …«

»Ich habe sie im Arm gehalten, als sie gestorben ist. Sie ist verblutet, nachdem du ihr Kind weggemacht hast.«

Damrau wich ein paar Schritte zurück, doch Babette folgte ihm unmittelbar.

»Die ist doch total verrückt, diese Frau.« Er sah sich um, schien allen Ernstes Unterstützung zu erwarten. »Schauen Sie doch hin! Die hat sich ihren Verstand weggesoffen. Würde mich nicht wundern, wenn das Spiritus ist.«

Tatsächlich hatte Babette eine Flasche mit durchsichtiger Flüssigkeit aus einer ihrer tiefen Manteltaschen geholt und schraubte den Deckel ab. »Da hast du ausnahmsweise mal recht, Victor Damrau«, sagte sie und hob die Flasche, als ob sie trinken wollte, doch dann machte sie eine blitzschnelle Bewegung auf den Arzt zu und übergoss ihn mit dem Inhalt der Flasche. Der beißende Geruch nach Spiritus breitete sich in der engen, nur von Tüchern umgrenzten Krankenstation aus.

»Was zum …«, begann Damrau, dann fiel sein Blick auf das brennende Sturmfeuerzeug in Babettes Hand und er schrie entsetzt auf.

»Nein!«

»Hilfe! Hilfe! Ist da jemand?« Die Frauen fuhren herum, als von draußen die verzweifelten Schreie eines Mannes ertönten. Natalie war inzwischen auch in die Krankenstation gekommen, sie stand direkt am Eingang, wie Alice erst jetzt bemerkte. So konnte sie auch als Erste sehen, wer da mit langen Schritten auf sie zugelaufen kam. Bei dem Geräusch, das sie machte, ein verzweifeltes Aufstöhnen wie von einem tödlich getroffenen Tier, vergaß Alice für einen Moment Babette und Victor Damrau und lief zu ihr. Natalie war nach draußen gestürmt und dort in die Knie gegangen, sie beugte sich über eine leblose Frau, die ein Mann offenbar herangeschleppt und vor ihnen abgelegt hatte. Er war schweißgebadet und keuchte. Die Frau am Boden dagegen war bleich und hatte die Augen geschlossen. Ihre Bluse war blutgetränkt. Es war Claire, Natalies Tochter. Ein Teil von Alice' Bewusstsein registrierte aber noch mehr. Obwohl so viele Jahre vergangen waren, seit sie ihn zuletzt gesehen hatte, erkannte sie den Mann wieder, der jetzt ebenfalls auf die Knie gesunken war und mit Tränen in den Augen verzweifelt wiederholte: »Hilfe! In Gottes Namen, helfen Sie ihr!«

Es war Leo Hirschfeld.

31

EINIGE STUNDEN ZUVOR

Claire hatte den ganzen Tag im Bett verbracht. Sie war mit dröhnenden Kopfschmerzen aufgewacht und schon nach dem ersten Versuch, sich aufzurichten, stöhnend zurück in ihre Kissen gesunken. Zu den Nachwirkungen ihres Pfefferminz-Spezial-Exzesses kamen noch die Nachwirkungen der gestrigen Auseinandersetzung mit ihrer Mutter, die ihr bruchstückhaft nach und nach wieder einfielen und nicht dazu beitrugen, ihre Stimmung zu heben. So stellte sie sich schlafend, als ihre Mutter aufstand, um hinunter zum Frühstück zu gehen. Und als sie zurückkam und ihr mitteilte, dass sie jetzt mit Miller zum Bahnhof fahren würde, um ihrer Freundin Alice erneut zu helfen, brummte sie nur etwas Undeutliches unter den Kissen hervor. Sie wollte ihre Mutter nicht sehen. Sie wollte niemanden sehen, aber ihre Mutter am allerwenigsten.

Jetzt war es kurz nach sieben abends, und ihr Magen knurrte vernehmlich. Ihre Mutter war seit heute Morgen nicht zurückgekommen, sie arbeitete offenbar immer noch am Bahnhof unter all den erbarmungswürdigen Menschen. »Wird spät werden«, hatte sie gesagt. Zumindest glaubte Claire, sich daran zu erinnern. Und daran, dass sie etwas von einem abends ankommenden Zug gemurmelt hatte. Claire hatte nicht richtig hingehört. Es widerte sie an, dass ihre Mutter in ihr altes Leben zurückglitt wie in ein vertrautes Kleidungsstück, während sie selbst sich in ihrem Leben zunehmend fremd fühlte.

Sie stand auf, wusch sich und schlüpfte in frische Kleider. Immerhin war der Kater inzwischen verschwunden. Aber sie war etwas zittrig auf den Beinen, brauchte unbedingt etwas zu essen.

In der Offiziersmesse war es brechend voll, jeder Tisch war besetzt. Zum Glück lud sie ein einzelner Offizier an seinen Tisch ein, was sie heute gerne annahm. Ein bisschen Small Talk würde sie schon überstehen, Hauptsache, sie bekam etwas in den Magen. Es gab Hacksteaks mit Erbsen, Mais und Kartoffeln, und der Offizier war eine überraschend angenehme Gesellschaft. Er stammte wie sie aus New York, und sie plauderten ein wenig über die Stadt, fanden einige Gemeinsamkeiten, Kinos, in die sie beide gingen, Restaurants, die beide kannten. Dann erzählte er ihr von seiner Zeit hier in Berlin und von den Spannungen, die in der Stadt herrschten.

»Man hatte uns ja vor den Werwölfen gewarnt, mit denen der Propagandanazi Goebbels gedroht hat. Angeblich sollte es überall noch fanatisierte deutsche Soldaten geben, die auch nach ihrer Niederlage noch Jagd auf jeden Amerikaner, Briten oder Russen machen würden. Doch nichts davon ist eingetroffen. Ab dem Moment der Kapitulation fiel kein einziger Schuss mehr. Im Gegenteil. Die Deutschen schienen alle froh zu sein, dass es vorbei war. Zivilisten genauso wie die Soldaten. Sorgen machen uns im Moment allerdings entlassene Kriegsgefangene und ausländische Zwangsarbeiter. Sie irren durch das Land, in das sie verschleppt wurden, hungrig, verroht und verängstigt und oft von Rachedurst getrieben.« Er schob sich ein großes Stück Hacksteak in den Mund und fügte kauend hinzu: »Jeder einzelne von denen würde einen Mord begehen für dieses Hacksteak.«

»Arbeiten Sie eigentlich auch mit den Briten zusammen?«, wollte Claire wissen, die voller Scham an den hilfsbereiten Herrn Hartfield von gestern dachte, dem sie auf die Schuhe gekotzt hatte.

»Eigentlich nicht. Unsere Vorgesetzten tauschen sich gelegentlich aus, aber in der täglichen Arbeit kümmert sich jeder um seinen Sektor. Da haben wir genug zu tun. Warum?«

»Ach, nur so. Ich habe gestern einen englischen Gentleman kennengelernt, der als ziviler Berater für die britische Militärpolizei arbeitet, da dachte ich, vielleicht kennen Sie ihn.«

»Ziviler Berater bei der RMP, sagen Sie? Dann meinen Sie vermutlich den deutschen Juden, der früher mal ein hohes Tier bei der Berliner Polizei war? Von dem hab ich schon gehört. Ist wohl so eine Art Graue Eminenz bei den Tommies. Ein kluger Kopf. Der kennt die Stadt wie seine Westentasche, heißt es. Man sagt, er hat den Gangstersyndikaten damals, in den heißen Zwanzigern, gehörig Feuer unterm Arsch gemacht und sich Anfang der Dreißiger einen erbitterten Fight mit Goebbels und der SA geliefert. Ein recht unerschrockener Kerl muss das gewesen sein. Hat vermutlich mehr Glück als Verstand gehabt, dass er trotzdem davongekommen ist.«

»Ein deutscher Jude, sagen Sie?« Claire schüttelte den Kopf. »Nein, der Mann, den ich meine, ist Engländer. Er heißt Hartfield.«

»Das muss nichts heißen. Viele Juden, die ausgewandert sind, haben ihre Namen angeglichen.« Er deutete mit dem Messer auf einen Mann am Nebentisch. »Der da zum Beispiel. Ben Whiteman. Ein prima Kerl. Er hieß früher Weiszmann.

Heißt ihr Bekannter Hartfield oder Hardfield? Oder vielleicht Heartfield? Das wäre dann auf Deutsch Herzfeld, das könnte also durchaus ein …«

»Ich weiß nicht …« In Claires Kopf begannen die Informationen durcheinanderzupurzeln wie die Glasscherben in einem Kaleidoskop, bevor sie sich zu einem Bild zusammensetzten. Ihr Herz begann schneller zu klopfen. Heartfield, Herzfeld. Oder aber Hartfield. Ins Deutsche übersetzt, hieß das nichts anderes als …

Sie ließ ihr Besteck fallen und sprang auf. Ihr Tischnachbar sah sie überrascht an. »Hoppla! Schmeckt es Ihnen etwa nicht?«

»Doch, doch«, erwiderte Claire und griff nach ihrer Handtasche. »Vielen Dank für Ihre Gesellschaft. Sie haben mir sehr weitergeholfen.« Mit diesen Worten drehte sie sich um und hastete hinaus. Sie nahm sich nicht die Zeit, um sich eine Jacke zu holen oder ihrer Mutter eine Nachricht zu hinterlassen, sondern stürmte sofort hinaus auf die Straße. *Ich bin fast jeden Tag hier*, hatte Hartfield gesagt. *Hartfield*! Warum war ihr das nicht gestern schon aufgefallen? Vielleicht, wenn sie nicht so betrunken gewesen wäre … Hartfield hieß auf Deutsch nichts anderes als Hirschfeld! »Das kann doch kein Zufall sein«, murmelte sie laut vor sich hin, während sie mit schnellen Schritten die Straße entlanghastete. Ein deutscher Jude, der früher in Berlin gelebt hatte und Hirschfeld hieß? Wie oft mochte es diesen Namen geben? Jetzt fiel ihr auch wieder ein, weshalb ihr Hartfield gestern vage bekannt vorgekommen war. Er war der Mann, der sie bei ihrem ersten Besuch im Crocodile Club so entgeistert angestarrt hatte. Damit ergab alles einen Sinn. Sie sah ihrer Mutter sehr ähnlich, sagten zumindest viele ihrer Bekannten. Und ihm musste das aufgefallen sein. Es klang völlig verrückt und gleichzeitig vollkommen logisch. Dieser Mann musste Leo Hirschfeld sein! Claire beschleunigte ihren Schritt, fing endlich an zu laufen.

Als sie im Crocodile Club ankam, war sie völlig außer Atem. Sie hätte nicht gedacht, nach ihrem gestrigen Exzess so schnell wieder hier zu landen. Was andererseits jedoch von Vorteil war, denn der Türsteher war derselbe wie gestern und er erkannte sie wieder, grüßte sie mit einem Nicken und winkte sie an der Schlange der Wartenden vorbei, die sich bereits vor der Tür versammelt hatten. Es war noch relativ früh, daher noch nicht ganz so voll wie am Abend zuvor, doch die Kapelle spielte bereits, eine fröhlichen Jazznummer, und es tanzten auch schon einige Paare. Claire hatte kein Auge dafür. Ihr Blick galt den Tischen rund um die Tanzfläche und neben der Kapelle. Sie war sich ziemlich sicher, dass Hartfield, wie sie ihn noch immer nannte, obwohl sie innerlich längst davon überzeugt war, es mit Leo Hirschfeld zu tun zu haben, an einem Tisch sitzen würde. Er kam wegen der Musik. Er mochte Jazz. Also würde er irgendwo im Hintergrund sitzen, so wie beim ersten Mal, als er ihr aufgefallen war, weil er sie so angestarrt hatte. Sie ließ den Blick schweifen. »Bitte, bitte, lass ihn da sein!«, schickte sie gleichzeitig ein Stoßgebet an einen unbestimmten Adressaten – war Gott für solche Dinge zuständig? Ihre Mutter würde bei dieser Frage auf diese typisch französische Art mit der Zunge schnalzen und sagen: »Blödsinn! Der hat Besseres zu tun.« Nur ihre Mutter brachte es fertig, einerseits erklärte Atheistin zu sein, sich andererseits aber wütende Wortgefechte mit diesem angeblich nicht existierenden Gott zu liefern, wenn etwas nicht so lief, wie sie es als gerecht empfand. Außerdem war sie der abergläubigste Mensch, den Claire kannte. Ständig klopfte sie auf Holz, spuckte über die Schultern ihrer Mitmenschen, um ihnen Glück zu wünschen, und las jeden Tag ihr Horoskop. Früher hatte ihre Mutter in ihrer Handtasche immer ein Amulett mit sich getragen, einen geheimnisvoll aussehenden Anhänger mit Steinen, die in allen Regenbogenfarben schimmerten. Als Kind hatte Claire dieses Schmuckstück fasziniert. Sie hatte es oft aus der Tasche genommen, in der Hand gehalten und sich spannende Geschichten dazu ausgedacht. Angeblich sollte es gegen den bösen Blick schützen, behauptete jedenfalls ihre Mutter, was oft Anlass von gutmütigem Spott seitens ihres Vaters gewesen war. Natalie hatte ihm den Spott jedoch nie übel genommen. Nach ein bisschen gespielter Empörung hatte ihre Mutter meistens mitgelacht. Claire musste lächeln, während sie daran dachte. Warum fiel ihr das gerade jetzt ein? Doch da sie nun ja wusste, dass Natalie in einem Wanderzirkus aufgewachsen war, wo es mit Sicherheit Wahrsagerinnen, Kartenlegerinnen und Zauberkünstler mit zersägten Jungfrauen oder Ähnlichem gegeben hatte, kam ihr der Aberglaube ihrer Mutter nicht mehr ganz so schrullig vor wie damals in den Jahren, die auf ihre Kindheit folgten, in der sie selbst noch an Zauber geglaubt hatte. Als Teenager waren ihr solche Dinge wie Amulette und auf Holz klopfen eher peinlich gewesen.

Wenn Ihre Mutter ihr doch vertrauen würde!, dachte sie, und ein schmerzhafter Stich durchzuckte ihre Brust. Sie würde sie so gerne besser kennenlernen. Sie hob den Kopf und sah sich weiter um. Einige der Tische waren noch unbesetzt. Hartfield hatte sie bisher allerdings noch nicht ausfindig machen können. Sie wollte gerade ein weiteres Stoßgebet losschicken – den Gedanken an den unwirschen Schnalzlaut ihrer Mutter ignorierend –, da schob sich eine hochgewachsene, schlanke Gestalt durch die Reihen der bereits besetzten Tische nach hinten und setzte sich an einen leeren Tisch direkt gegenüber der Kapelle. Claire blinzelte. Er war es. Der Gentleman im dunklen Anzug. Hartfield. Sie atmete einmal tief durch, versuchte dabei gleichzeitig ihr heftig klopfendes Herz zu beruhigen und steuerte auf den Tisch zu.

Er hob überrascht den Kopf, als sie an seinen Tisch trat und ihn begrüßte, aber dann erkannte er sie und lächelte breit. »Miss Harrison! Wie schön, Sie wieder wohlauf zu sehen.« Er erhob sich und machte eine kleine Verbeugung. »Setzen Sie sich doch einen Moment zu mir, wenn Sie mögen.«

»Sehr gerne, danke.« Claire zog einen Stuhl heraus. Es drängte sie, sofort zum Kern der Sache vorzustoßen, doch heute war sie nüchtern und würde überlegt vorgehen. Sie konnte unmöglich direkt mit der entscheidenden Frage herausrücken: »Sind Sie mein Vater?« Hartfield würde daraufhin vermutlich augenblicklich die Flucht vor dieser verrückten Amerikanerin ergreifen, die offenbar schon wieder betrunken war.

So zähmte sie ihre Ungeduld, plauderte ein wenig Unverfängliches, ließ sich von Hartfield auf einen Drink einladen – er Whisky, sie Tonic mit einem halben Fingerbreit Gin – und begann dann beiläufig von ihrer Mutter zu erzählen.

»Ich bin zusammen mit meiner Mutter hier. Sie hat wie Sie früher in Berlin gelebt«, fing sie an und bemerkte mit Genugtuung, dass Hartfield bereits bei diesen allgemein gehaltenen Worten interessiert den Kopf hob.

»Ach, tatsächlich?«, fragte er. »Wann denn?«

»Das ist sehr lange her. Noch vor meiner Geburt. Sie ist schon neunzehnhundertacht in die Staaten gegangen.«

»Neunzehnhundertacht?« Er verschluckte sich an dem

Schluck Whisky, den er gerade hatte trinken wollen. »Das ist … in der Tat schon sehr lange her.« Seine Miene wurde leicht melancholisch. »Seitdem hat es zwei Kriege gegeben. Das war in einem anderen Leben, einer völlig anderen Zeit.«

»Für mich auf alle Fälle, ich kam erst einige Monate danach zur Welt, da war meine Mutter schon in New York. Jetzt, nach dem Ende des furchtbaren Kriegs, wollte sie unbedingt herkommen. Ich dachte zunächst, sie hätte plötzlich Heimweh bekommen, aber jetzt glaube ich, sie sucht etwas. Oder jemanden.«

Er betrachtete sie nachdenklich, und Claire bemerkte erst jetzt, was für einen scharfsinnigen Blick er hatte. *Ein kluger Kopf*, so hatte der GI ihn beim Abendessen genannt. Sie konnte sich gut vorstellen, dass in seiner aktiven Zeit ein Verbrecher bei ihm keine Chance gehabt hatte, mit Ausflüchten durchzukommen.

»Wie heißt Ihre Mutter, Claire?«, fragte er unvermittelt.

Claire atmete ein weiteres Mal tief durch und sagte dann: »Natalie Harrison.«

Hartfields rechte Hand begann zu zittern. »Und ihr Mädchenname?«

»Castellana.«

Das Zittern der Hand wurde stärker. Er griff nach seinem Glas und kippte den Whisky mit einem Schluck hinunter.

»Das kann nicht sein«, murmelte er erschüttert, an das leere Glas gerichtet.

»Sie kannten sich, nicht wahr?«

Er nickte. »Ja. Wir kannten uns …«

»Sie sind Leo Hirschfeld.«

Wieder nickte er und wirkte dabei so aufgewühlt, ja geradezu verstört, dass Claire Mitleid mit dem älteren Herrn bekam. Sie legte kurz ihre Hand auf die seine, die noch immer zitterte. »Entschuldigen Sie, dass ich einfach so damit herausgeplatzt bin, aber ich habe es erst vor einer Stunde begriffen. Meine Mutter spricht nicht viel über ihre Vergangenheit.«

»Das kann ich mir vorstellen«, sagte Hartfield trocken. Er wischte sich mit der Hand über die Stirn. »Das ist … unglaublich.« Kopfschüttelnd öffnete er sein Jackett und nestelte in der Innentasche herum. Nach einer Weile zog er ein kleines Säckchen aus schwarzem Samt heraus und legte es vorsichtig, ja geradezu liebevoll auf den Tisch. »Das … das hat sie mir geschenkt. Und ich darf Ihnen versichern, liebste Claire, es bedeutet mir mehr als mein Leben.«

Überrascht sah Claire den älteren, etwas steif wirkenden Herrn an. Mit einer solch dramatischen Eröffnung hatte sie nicht gerechnet. Mehr noch erstaunte sie jedoch, was er mit einer unendlich behutsamen Bewegung aus dem Säckchen zutage förderte. Jetzt war es an ihr, aufgewühlt zu sein. »Aber … aber … das … verstehe ich nicht …«, stotterte sie und starrte fassungslos auf das Amulett ihrer Mutter, an das sie gerade noch gedacht hatte. Hartfield hatte es auf den schwarzen Samt gebettet und zu ihr hingeschoben.

»Wie kommen Sie zu dem Anhänger?«, fragte sie. »Ich habe als Kind damit gespielt. Meine Mutter sagte mir damals, es wäre ein Schutz gegen …«

»… gegen den bösen Blick. Ja, an solche Dinge glaubte sie immer schon.« Hartfield lächelte, und es lag so viel Liebe in diesem Lächeln, dass Claire unwillkürlich Tränen in die Augen traten.

»Wir hatten keinen Kontakt, Ihre Mutter und ich, nachdem sie Berlin verlassen hatte. Ich wusste nicht einmal, dass sie nach Amerika gegangen war. All die Jahre habe ich nichts mehr von ihr gehört, auch sonst niemand, sie war wie vom Erdboden verschluckt. Ich habe geheiratet, wir haben Kinder bekommen, führten eine glückliche Ehe, doch ich habe Natalie trotzdem nie vergessen. Und eines Tages, viele Jahre später …«, er schüttelte den Kopf, voller Erstaunen, und sprach dann bedächtig weiter: »Kurz nach Hitlers Machtergreifung habe ich einen Brief von ihr bekommen. Sie kannte meine Wohnadresse natürlich nicht, sie hat den Brief in die Rote Burg am Alexanderplatz geschickt. Das war früher das Polizeipräsidium und meine Arbeitsstätte. Ich war damals Chef der Kriminalpolizei.«

Claire nickte. Ein weiteres Puzzleteil fügte sich ins Bild: Daher der Besuch im Polizeipräsidium am Tag nach ihrer Ankunft. Ihre Mutter hatte versucht herauszufinden, was aus Leo Hirschfeld geworden war. Aber war sie deshalb auch auf dem jüdischen Friedhof gewesen?

»In diesem Brief hat Ihre Mutter mir, nachdem ich zuvor fünfundzwanzig Jahre kein Lebenszeichen von ihr erhalten hatte, geschrieben, dass sie sich wegen der Situation in Deutschland Sorgen um mich machte. Sie bot mir an, mir bei der Flucht in die Staaten zu helfen und mich und meine Familie, falls ich eine hätte, finanziell zu unterstützen, bis ich dort Fuß gefasst hätte.« Er seufzte auf und verstummte.

»Und wie ging es weiter?«, fragte Claire, die ihm bisher gebannt zugehört hatte, bislang mehr fasziniert als betroffen.

»Ich konnte mir nicht vorstellen, dass mir etwas passieren würde! Wir waren nie religiös, schon meine Eltern hatten darauf keinen Wert gelegt. Erst durch die Nazis ist mir überhaupt klar geworden, dass ich mich durch mein Jüdischsein von anderen Deutschen unterscheide. Ich habe im Krieg neunzehnhundertvierzehn in Frankreich an der Front gekämpft, ich war Polizist in einer hohen Position, ich hatte Einfluss und Freunde, war Teil der sogenannten besseren Berliner Gesellschaft, das alles wog aus meiner Sicht so viel mehr als dieser dümmliche Judenhass, von dem ich glaubte, dass er sich schnell wieder legen würde, wenn erst einmal der Alltag in die Politik eingezogen sein würde.« Wieder seufzte er, schüttelte fast zornig den Kopf. »Ich kann nicht glauben, wie naiv ich damals war. Oder war es Hochmut? Ich habe Ihrer Mutter freundlich gedankt für ihr großzügiges Angebot und geschrieben, dass ich nicht davon ausgehe, es in Anspruch nehmen zu müssen. Als Antwort hat sie mir dieses Amulett geschickt. Zum Schutz.« Er zwinkerte, rieb sich kurz und verstohlen über die Augen. »Ich bin bis heute davon überzeugt, dass es mich und meine Familie tatsächlich beschützt hat. Wobei es wohl eher Natalies Segen als irgendein Schutzzauber war. Uns ist in allerletzter Minute die Flucht aus Deutschland gelungen, und zwar mithilfe von Bogdan Kurek, einem alten Freund Ihrer Mutter. Er war ein ziemlich skrupelloser Gangster, und eigentlich waren wir erbitterte Feinde seit vielen Jahren, doch er war auch Jude, und so haben wir uns in der Not verbündet. Dass wir beide Ihre Mutter so sehr schätzten, hat uns dabei geholfen. Als die Gestapo schon auf dem Weg zu uns war, um uns zu verhaften, hat er uns alle vier über die Grenze bis nach Prag gebracht, wo er Freunde hatte, und dann, über verschlungene Wege, nach England. Ich und meine Familie verdanken diesem Mann unser Leben.«

»Wo ist Ihre Familie jetzt? Und was ist aus Bogdan Kurek geworden?«, fragte Claire. Von seiner Erzählung hatten sich ihr vor allem zwei bemerkenswerte Details eingeprägt: *skrupelloser Gangster* und *alter Freund Ihrer Mutter.*

»Meine Frau Anita ist vor vier Jahren gestorben. Wir haben

eine Tochter und einen Sohn, sie waren damals bei der Flucht aus Deutschland zwölf und vierzehn Jahre alt. Jetzt sind sie beide verheiratet und leben in Cornwall und in London. Mein Sohn ist auch zur Polizei gegangen. Bogdan habe ich aus den Augen verloren. Ich weiß nicht, was aus ihm geworden ist und ob er noch lebt. Die Flucht jedenfalls hat er mit uns zusammen geschafft.« Mit zittriger Hand griff Hartfield nach dem Amulett und ließ es zurück in das Samtsäckchen gleiten. »Dieses Schmuckstück von Natalie erhalten zu haben bedeutet mir auch deshalb so viel, weil es, mehr noch als ihr Angebot, mir zu helfen, bedeutete, dass sie mir verziehen hat.« Er hob den Kopf und sah Claire direkt an. »Das war etwas, auf das ich nicht hoffen konnte.« Jetzt traten dem alten Mann wirklich Tränen in die Augen, und er wischte sie nicht fort. Sekundenlang starrte er vor sich hin, versunken in Erinnerungen.

»Meine Mutter hat Sie geliebt«, sagte Claire leise. »Ich habe gehört, wie sie es gestern zu ihrer Freundin Alice gesagt hat.«

»Alice …«, wiederholte Hartfield, als hätte er den Rest nicht gehört. »Sie lebt noch hier?«

»Ja. Sie baut die Bahnhofsmission wieder auf. Meine Mutter hilft ihr.« Claire warf einen Blick auf ihre Armbanduhr. »Gerade sind sie vermutlich dort.«

Er zwinkerte. »Sie hat mich geliebt, sagen Sie?«, fragte er dann ungläubig nach, als erinnerte er sich erst jetzt an ihre übrigen Worte, und platzte unvermittelt heraus: »Verflucht, ich habe sie auch geliebt! Was habe ich diese Frau geliebt! Sie war so ungewöhnlich, so stark und gleichzeitig so zerbrechlich. Wenn doch nur nicht …« Er verstummte jäh und vergrub sein Gesicht in den Händen.

»Ich glaube nicht, dass es etwas gab, was sie Ihnen verzeihen musste«, sagte Claire und hatte angesichts seiner so sichtlich schmerzhaften Reue, die sie nicht verstand, erneut selbst mit den Tränen zu kämpfen. Was mochte es wohl sein, was ihn nach so vielen Jahren noch derart belastete? War er damals schon verheiratet gewesen? War ihre Mutter ein Seitensprung gewesen? Eine unglückliche Liebe, die nicht sein durfte?

Es gab nichts mehr hinauszuzögern, nichts mehr zu fragen, als das Eine, das, was ihr seit gestern auf der Seele brannte.

»Ich glaube …«, begann sie stockend und verstummte wieder, doch als Hartfield die Hände vom Gesicht nahm und sie aufmerksam ansah, mit diesen warmen, gütigen und zugleich scharfsinnigen Augen, fasste sie sich ein Herz. »Ich glaube«, wiederholte sie, und ihre Stimme wurde kräftiger, »Sie sind mein Vater.«

Hartfield starrte sie an. Ein paarmal öffnete er den Mund, um etwas zu sagen, doch es drang kein Laut heraus. Er wirkte so entgeistert, dass Claire unsicher wurde. Weshalb starrte er sie so entsetzt an? So furchtbar war das nun auch wieder nicht, fand sie. Selbst für sie war der Gedanke, dass dieser Mann womöglich ihr Erzeuger war, nicht mehr so schrecklich, wie sie anfangs geglaubt hatte. Was auch immer damals zwischen ihm und ihrer Mutter vorgefallen war, er schien ein anständiger Mensch zu sein. Und die beiden hatten sich offenbar geliebt. Das war es schließlich, was zählte, oder etwa nicht?

»Was ist …«, fragte sie zaghaft, als er nach einer gefühlten Ewigkeit noch immer nichts gesagt hatte.

»Sie wissen es nicht?«, keuchte er heiser. »Ihre Mutter hat Ihnen nichts davon erzählt?«

»Was denn? Ich sagte doch, sie ist nicht sehr auskunftsfreudig, was ihre Vergangenheit anbelangt.«

»Aber dann ... ich sollte auch nicht ...«

Fassungslos sah Claire, wie Hartfield Anstalten machte, aufzustehen.

»Nein! Bitte!« Claire griff nach seiner Hand und klammerte sich daran fest wie eine Ertrinkende an einen Strohhalm. »Bleiben Sie! Ich muss es wissen! Seit Tagen bemühe ich mich, mit meiner Mutter zu sprechen, aber sie schweigt. Sie ist todunglücklich deswegen, ich sehe es ihr an. Ich kann spüren, dass sie Angst davor hat, mit mir zu reden. Aber was kann so schlimm sein, dass wir das nicht wie zwei Erwachsene besprechen könnten? Ich bin doch ihre Tochter!«

Hartfield blieb einen Moment lang unschlüssig stehen, dann schien er eine Entscheidung getroffen zu haben und er setzte sich wieder. »Sie sehen Natalie so ähnlich«, sagte er und betrachtete sie liebevoll, »das ist mir schon aufgefallen, als ich Sie vor ein paar Tagen zum ersten Mal hier gesehen habe. Sie haben mit einem jungen GI getanzt, und ich dachte, das kann nicht sein, es ist verrückt, aber dort tanzt Natalie. Und dann wiederum, von einem Moment auf den anderen, sehen Sie aus wie er. Ich weiß nicht, wie Natalie es ausgehalten hat, immer wieder ihn zu sehen, wenn sie Sie betrachtet hat.«

»Wieso ausgehalten, verflucht noch mal? Was ist passiert? Und ich sehe aus wie *wer*?«, rief Claire verzweifelt. Dieses Gespräch wurde immer verrückter.

»Sie sehen aus wie Maxim«, sagte er. »Maxim Laski, Ihr Vater.«

»Maxim Laski.« Claire wurde flau im Magen, als sie begriff, dass sie jetzt, endlich, die Wahrheit erfahren würde.

Und dann erzählte ihr Leo Hirschfeld eine Geschichte, die sie niemals geglaubt hätte, wenn sie ihr nicht genau hier, in dieser ohnehin schon unglaubwürdigen Stadt, in dieser Kellerkneipe und von diesem Mann erzählt worden wäre. Sie erfuhr von der Hochstaplerkarriere ihrer Mutter als Comtesse de Pougy und ihrer Festnahme durch den jungen und noch unerfahrenen Leo Hirschfeld, der sich dummerweise genau in diesem Moment unsterblich in sie verliebt hatte. Sie hörte Geschichten von sogenannten Ringvereinen, ehemaligen Strafgefangenen, Zuhältern und Gaunern, von einem jüdischen Hütchenspieler aus dem Scheunenviertel, der sich mit Geschick, Klugheit und Skrupellosigkeit bis zum Glücksspielkönig der Stadt hochgearbeitet hatte, und von der leidenschaftlichen, aber gefährlichen Liebe zwischen ihrer Mutter und diesem Mann. Hartfields Schilderung war detail- und facettenreich und dauerte lange, er verlor sich zunehmend in den Erinnerungen an damals, und auch Claire vergaß in der Zwischenzeit völlig, wo sie sich befand. Sie hörte weder die Musik noch das Lachen und das laute Reden der Gäste, nahm nicht wahr, wie es in dem niedrigen Kellergewölbe zunehmend heißer und voller wurde, spürte nicht, wie sich der Rauch der Zigaretten mit den Ausdünstungen der Tanzenden vermischte und die zugleich feuchte und verrauchte Luft das Atmen schwer machte, sie vergaß sogar, was sie eigentlich hatte erfahren wollen. Claire lauschte mit offenem Mund, wie ein Kind, dem man ein ebenso spannendes wie grausames Märchen erzählt. Und genau wie ein Kind wollte sie sich gelegentlich am liebsten die Ohren zuhalten, konnte sich jedoch nicht bewegen, so gefesselt war sie.

Als Hartfield schließlich innehielt, sagte sie langsam und bedächtig: »Und dieser Verbrecherkönig, Maxim Laski, ist mein Vater?«

Hartfield nickte.

»Ganz sicher?«

Wieder nickte Hartfield. »Selbst wenn ich es nicht sicher wüsste, Sie könnten es nicht verleugnen.«

Claire wurde eigenartig zumute bei dem Gedanken, dass sie einem Unbekannten so ähnlich sah. Einem Mann, der offenbar nicht nur ein Krimineller, sondern auch ein Mörder gewesen war. Das hatte Hartfield zwar nicht direkt gesagt, aber zwischen den Zeilen anklingen lassen. Überhaupt war ihr seltsam zumute. Sie verspürte einen leichten Schwindel, und ihre Beine fühlten sich schwach an. Es waren zu viele Informationen, die da auf sie einstürmten, und sie wusste nicht, wie sie damit umgehen sollte. Es fiel ihr schon schwer, alles zu erfassen, geschweige denn, es zu sortieren. Sie war die Tochter eines Mörders. Und ihr Vater war außerdem Jude gewesen, hieß das nun, sie war auch Jüdin? Zur Hälfte? Und was war die andere Hälfte? Amerikanerin? Halb Italienerin, halb Französin wie ihre Mutter? Wo trennte man das? Wie machte sich das bemerkbar? Wurde eigentlich der Hang zum Verbrechen auch vererbt? Und was bedeutete es, einen jüdischen Vater zu haben, jetzt, hier, nachdem Millionen von Juden auf grausamste Weise in diesem Land getötet worden waren? Sie hatte diesen Krieg, diese furchtbare Vernichtungsorgie der Nazis immer nur als Außenstehende gesehen. Objektiv, mit der Distanz einer Journalistin. Jetzt, durch Hartfields Worte, wurde sie unmittelbar in die Geschichte mit hineingezogen, sie wurde plötzlich ein Teil von ihr, ohne dass sie etwas dagegen tun konnte. Plötzlich verstand sie, warum ihre Mutter ihr die Wahrheit nicht hatte sagen wollen: Sie hatte ihr ihre Unbeschwertheit nicht nehmen wollen. Ihr traten erneut Tränen in die Augen. Nicht wegen ihr, sondern wegen ihrer Mutter, die dieses Geheimnis so lange in sich verschlossen gehalten hatte. Was musste sie das Kraft gekostet haben.

»Was ist mit Maxim Laski passiert?«, fragte sie. »Haben die Nazis ihn getötet?«

Hartfield blickte sie traurig an. In seinen Augen lagen Schmerz und Mitleid gleichermaßen. »Nein. Ich war es. Ich habe Ihren Vater getötet.«

Claire ging wie in Trance durch die Straßen. Sie war einfach aufgestanden und gegangen, hatte Hartfield dort sitzen lassen, ohne sich zu verabschieden. Diese letzte Eröffnung war zu viel gewesen, im wahrsten Sinne des Wortes. Sie konnte nicht mehr aufnehmen, nicht mehr begreifen. Sie brauchte jetzt ihre Mutter, musste sie berühren, ihren vertrauten Geruch wahrnehmen, ihre Stimme hören, spüren, dass sie noch dieselbe war und damit sie selbst auch. Sie wollte ihre Mutter in den Arm nehmen, sie trösten und sich von ihr trösten lassen. Eine Katze huschte vor ihr über die Straße, doch Claire beachtete sie nicht. Sie war nicht einmal zusammengezuckt, als das Tier ihr direkt vor die Füße gesprungen war. Sie lief weiter, immer weiter. *Friedrichstraße* stand auf einem Straßenschild an einer Kreuzung, und Claire stutzte kurz und bog dann ab. Dort irgendwo war der russische Sektor, hatte Hartfield ihr gestern erklärt. Und dort war auch der Bahnhof, dort war ihre Mutter. Hoffentlich war sie noch da. Es würde spät werden, hatte sie gesagt, doch Claire hatte sich nicht die Mühe gemacht, zu antworten, hatte nicht gefragt, wie spät. Sie war zu verkatert und zu gekränkt gewesen. Wie ein trotziges, dummes Kind hatte sie sich benommen. Dort vorne waren Schilder »*You are leaving the American Sector*, in vier Sprachen, und dann, kurz darauf, ebenfalls viersprachig, *Sie betreten die sowjetische Zone.* Sie lief weiter, atemlos, gehetzt, voller irrationaler Angst, zu spät zu kommen. Da vorne irgendwo müsste jeden Moment der Bahnhof auftauchen. Sie meinte, ihn in den Ruinen am Ende der Straße, dort, wo sie sich zu einem Platz weitete, bereits wiederzuerkennen. Ihre Mutter würde noch da sein, sie würde auf sie warten … und dann könnten sie endlich richtig miteinander reden. Es erschien ihr aus irgendeinem Grund überlebenswichtig, jetzt sofort mit ihr zu sprechen und nicht auf ihre Rückkehr ins Hotel zu warten, und je näher sie dem Bahnhof kam, desto drängender wurde das Gefühl, so als hätte sie keine Zeit mehr zu verlieren, als müsse alles auf der Stelle besprochen werden, jetzt, hier, sofort. Claire wollte ihrer Mutter unbedingt sagen, dass sie jetzt verstand, alles, vollkommen, aus tiefstem Herzen. Sie erreichte den Platz. Zur Bahnhofsruine waren es nur noch wenige hundert Meter. Aus einer Seitenstraße, die ebenfalls auf den Platz mündete, waren Rufe zu hören, Männer stritten sich. Laut hallten ihre rauen Stimmen durch die Ruinenschluchten, betrunken, erregt. Ein Auspuff knallte, offenbar eine Fehlzündung. Sie dachte noch, wie seltsam, es ist gar kein Auto zu sehen, dann durchzuckte sie ein scharfer, todeskalter Schmerz und sie brach zusammen.

32

Zusammen mit Leo Hirschfeld und Gerda hob Alice Claire vorsichtig auf das Feldbett, das, wie die gesamte Krankenstation, penetrant nach Spiritus stank. Währenddessen schilderte ihr Hirschfeld in abgehackten Wortfetzen, was passiert war. »Sie wollte zu ihrer Mutter … aufgeregt … meine Schuld … ich bin ihr gefolgt … gelaufen … Schießerei am Stralauer Platz … Querschläger … zusammengebrochen …«

Alice fragte nicht nach, wie um alles in der Welt es kam, dass Claire und Leo Hirschfeld zusammen unterwegs gewesen waren, dafür war später auch noch Zeit.

Eine Schusswunde also. Sie nahm eine Schere und schnitt vorsichtig Claires blutdurchtränkte Bluse auf. Der Schuss hatte sie seitlich in den Bauch getroffen, knapp unterhalb der Rippen. Eine Austrittswunde war nicht zu sehen. Alice biss sich auf die Lippen. Ein Bauchschuss war nie gut. Abgesehen davon, dass die Gefahr bestand, dass lebenswichtige Organe wie die Leber getroffen waren, war das größte Problem der starke Blutverlust. Wenn eine Arterie verletzt war, kam vermutlich jetzt schon jede Hilfe zu spät, aber auch sonst war eine möglichst schnelle Versorgung die einzige Chance auf Rettung. Es sickerte noch immer stetig Blut aus der Eintrittswunde. Zwar kam das Blut nicht in Stößen, was normalerweise eher ein gutes Zeichen war, doch in diesem Fall hatte es keine große Aussagekraft. Bei Wunden im Bauchraum war das Risiko eines inneren Verblutens immens hoch. Dennoch legte sie mehrere Kompressen auf die äußere Wunde, musste jedoch zusehen, wie sie sich in Sekundenschnelle rot färbten.

»Sie muss sofort in ein Krankenhaus«, sagte sie und warf Natalie, die stumm, mit schreckgeweiteten Augen neben ihr stand und aussah, als würde sie jeden Moment zusammenbrechen, einen kurzen Blick zu.

»Ich werde mich darum kümmern«, erbot sich Hirschfeld sofort. »Gibt es hier irgendwo ein funktionierendes Telefon?«

Alice schüttelte den Kopf und verfluchte im Stillen den Umstand, dass die russischen Soldaten ausgerechnet heute nicht da waren. »Vielleicht finden Sie vorne am Stralauer Platz jemanden, der …«, begann sie, doch Hirschfeld war schon davongehastet.

Alice sah ihm verzagt nach. Sie mochte es nicht laut sagen, doch selbst wenn es Hirschfeld gelingen sollte, auf die Schnelle einen Krankentransport in die Charité oder eines der Militärkrankenhäuser zu organisieren, würde es vermutlich zu spät sein. Wenn Claire überleben sollte, musste sie jetzt versorgt werden. Zumindest provisorisch. Ihr Blick fiel auf Victor Damrau, den sie angesichts der sich überstürzenden Ereignisse einen Moment lang ganz vergessen hatte. Er stand noch immer in der Ecke neben dem Tisch, auf dem die soeben frisch gereinigten Instrumente lagen und wohin Babette ihn gedrängt hatte, und Babette stand noch immer vor ihm. Inzwischen hielt sie das Feuerzeug nicht mehr wie eine flackernde Drohung vor sich ausgestreckt, hatte den Arm gesenkt, das Feuer verlöschen lassen, doch ihre Augen waren wachsam, ihre Körperhaltung gespannt. Wie sie so vor Damrau stand, in ihrem abgewetzten, alten Militärmantel und den weit aufgerissenen Augen in dem verhärmten Gesicht, erinnerte sie Alice an eine alte, räudige Wölfin, die ihre Kräfte sammelte, um ein letztes Mal Beute zu machen. Victor Damrau schien es ähnlich zu empfinden, denn obwohl er sich bemühte, eine unbeteiligte Miene zur Schau zu stellen, konnte Alice sehen, dass er Angst hatte. Er ließ Babette nicht aus den Augen, fixierte sie geradezu hypnotisch, wie das Kaninchen die Schlange.

»Damrau!«, sprach Alice den Arzt an. »Sie müssen Claire helfen. Ohne eine sofortige Versorgung stirbt sie.«

Natalie stieß erneut dieses tierähnliche Wimmern aus, das ihr durch Mark und Bein ging, so schmerzerfüllt und verzweifelt klang es.

»Ach, jetzt brauchen Sie mich?«, fragte Damrau und wandte langsam den Blick von Babette ab. »Ich dachte, Sie halten mich für einen Mörder?«

»Das tue ich noch immer. Aber Sie sind auch Arzt. Sie waren an der Front. Eine Schusswunde zu behandeln ist ein Routinevorgang für Sie. Sie können Claire fachgerecht versorgen, damit sie nicht verblutet, bevor sie ins Krankenhaus kommt.«

»Und wenn ich das nicht tue?«

Ehe Alice etwas darauf erwidern konnte, stürzte sich Natalie mit einem Aufschrei auf ihn, packte ihn am Hemdkragen und riss daran. »Sie elendes Scheusal! Helfen Sie ihr!«

»Lassen Sie mich!« Damrau stieß sie rüde von sich, doch Natalie taumelte nur kurz zurück, um sich dann erneut mit ganzer Kraft auf ihn zu stürzen. Sie schlug mit ihren Fäusten auf den Arzt ein, schrie ihm ihre Wut und Verzweiflung ins Gesicht, ohrfeigte ihn.

Er regte sich nicht, ließ die Schläge über sich ergehen, und selbst als Natalies Ohrfeige seinen Kopf herumriss, blieb er einfach stehen, wo er war, mit hängenden Armen. Alice trat zu Natalie, fasste sie sanft an den Schultern, zog sie von ihm weg.

»Wie können Sie verantworten zuzusehen, dass diese Frau vor Ihren Augen stirbt?«, sagte Alice zu ihm, nur mühsam ihre Wut im Zaum haltend. »Ist das etwa mit Ihrem Berufsethos vereinbar?«

»Ich hatte bisher nicht den Eindruck, dass Sie etwas von meinem Berufethos verstehen«, erwiderte Damrau überheblich und strich sich über sein vom Spiritus noch immer feuchtes Hemd.

»Was wollen Sie?«, fragte Alice schließlich, als klar wurde, dass Damrau sich von sich aus nicht bewegen würde.

Auf Damraus betont unbeteiligter Miene erschien ein Lächeln. Auf diese Frage hatte er offensichtlich gewartet. »Ich möchte, dass Sie diesem russischen Oberst sagen, dass Sie sich geirrt haben und es hier keinen Victor Damrau gibt. Und ich möchte eine Passage nach Amerika.«

»Sie sind verrückt«, flüsterte Alice. »Das wird Ihnen nicht helfen. Wir alle hier wissen, was Sie getan haben. Und wir sind nicht die Einzigen. Irgendjemand wird Sie erneut erkennen …«

»Das lassen Sie nur meine Sorge sein.«

Alice warf Natalie einen Blick zu. Sie nickte. »Ich nehme ihn mit«, sagte sie. »Ich tue alles, wenn er nur Claire rettet.«

Alice holte einmal tief Luft, dann sagte sie: »Einverstanden.«

»Geben Sie mir Ihr Wort?«

»Ja.«

Als Damrau daraufhin begann, die Ärmel aufzukrempeln

und sich die Hände einzuseifen und Gerda zu ihm trat, um ihm zusammen mit Alice zu assistieren, sah Babette ungläubig von einer zu anderen. »Ihr wollt ihn laufen lassen?«

»Es geht um das Leben dieser jungen Frau«, sagte Alice.

»Ja. Das ist mir klar. Aber was ist mit den vielen anderen Leben, die er auf dem Gewissen hat?«

Keine der Frauen antwortete.

Damrau versorgte die Schusswunde fachgerecht und routiniert, so wie er es als Truppenarzt an der Front vermutlich hundertfach gemacht hatte. Alice ging ihm zur Hand, wie sie es ebenfalls hundertfach als Hilfskrankenschwester im Lazarett getan hatte. Am Ende sagte er mit sachlicher Stimme: »Die Blutung ist fürs Erste gestillt. Eine Arterie wurde nicht verletzt. Die Patrone sollte erst im Krankenhaus entfernt werden. Sie hat einen tamponierenden Effekt.«

Natalie hatte während der gesamten Zeit keinen Ton von sich gegeben. Sie saß einfach nur da, ihre Hand zart an die Wange ihrer bewusstlosen Tochter gelegt, und wartete, aber ihr bleiches, vor Angst und Schmerz wie erstarrtes Gesicht sprach Bände. Als alles getan war, nahm Alice sie kurz und fest in den Arm, während Damrau sich schweigend die Hände wusch und seine Hemdsärmel wieder herunterrollte und zuknöpfte. Niemand sagte noch etwas zu dem Pakt mit ihm, auch Babette nicht. Sie hatte sich wieder in den Schatten der Bahnhofshalle zurückgezogen, war zwischen den dort Schlafenden untergetaucht wie ein Schatten. Und kurz darauf kam Leo Hirschfeld zurück. Sie hörten das Geräusch von lauten Schritten mehrerer Leute draußen in der Eingangshalle, verbunden mit einer gewissen Unruhe der dort Lagernden. Dann wurde der Vorhang so heftig beiseite geschleudert, dass die gesamte filigrane, nur aus Seilen und Leintüchern bestehende

Konstruktion der Krankenstation zu schwanken begann, und Hirschfeld trat ein. Sein Blick flog fragend zwischen Claire, Natalie und Alice hin und her, und Alice nickte ihm beruhigend zu. »Sie lebt. Unser Arzt konnte sie so weit stabilisieren.«

Hinter Hirschfeld traten mehrere Sanitäter in englischer Uniform herein. Ihm war es tatsächlich gelungen, einen Krankentransport der britischen Armee zu organisieren.

Sie brachten Claire mit einer Trage hinaus auf die Straße, wo der Krankenwagen wartete. Dort wurde noch kurz darüber diskutiert, ob man sie in das englische oder amerikanische Militärkrankenhaus bringen sollte. Da sie amerikanische Staatsbürgerin war, entschied man sich für Letzteres, und Natalie bat darum, mitfahren zu dürfen. Bevor sie einstieg, blieb sie vor Leo Hirschfeld stehen, und erst in diesem Moment schien sie ihn wirklich wahrzunehmen. Auch wenn höchstens ein paar Sekunden vergingen, kam es Alice so vor, als sähen sich die beiden eine Ewigkeit lang nur an. Dann trat Natalie einen Schritt vor und umarmte Leo Hirschfeld wortlos. Als dieser die Umarmung nach kurzem Zögern erwiderte, erschien es Alice plötzlich wie das Selbstverständlichste auf der Welt, dass er so unerwarteterweise hier aufgetaucht war. Die beiden umarmten sich innig, schienen sich für einen Augenblick geradezu aneinander festzuklammern – wie das Liebespaar, das sie nie gewesen waren. Dann, einen Wimpernschlag später, war alles vorbei. Natalie stieg ein, der Wagen fuhr los und Leo und Alice blieben allein am Straßenrand zurück. Alice hatte tausend Fragen an den früheren Kommissar, der noch immer gut aussah mit seinen grau melierten Haaren und dem teuren Anzug, der zwar zerknittert und staubig war, aber trotzdem elegant wirkte. Doch heute Nacht hatte sie keine Kraft mehr, diese Fragen zu stellen. Ihm schien es ähnlich zu gehen. Er wirkte völlig erschöpft und starrte dem Krankenwagen noch schweigend hinterher, als dieser schon längst um die Ecke gebogen war.

»Sie sollten auch nach Hause fahren«, sagte Alice und deutete auf den englischen Militärjeep, der am Straßenrand auf ihn wartete.

»Ja …«, sagte Hirschfeld abwesend und setzte sich seinen Hut auf. »Nach Hause …«, wiederholte er, wie um sich daran zu erinnern, wo er hinmusste, und stieg in den Jeep ein, ohne sich von Alice zu verabschieden. Sie nahm ihm das nicht übel. Auch wenn sie nicht wusste, was genau heute zwischen Claire und Leo Hirschfeld vorgefallen war, gab es doch keinen Zweifel daran, dass es etwas zutiefst Aufwühlendes gewesen sein musste. Und das war sogar noch vor dieser Schießerei gewesen, in die Claire unglücklicherweise geraten war. Und dann, zu guter Letzt war ihm auch noch Natalie begegnet. Nach siebenunddreißig Jahren. Ein bisschen viel für einen Abend. Da konnte man schon vergessen, sich zu verabschieden.

Alice ging zurück in die Bahnhofshalle und fand die Krankenstation verwaist vor. Damrau war ebenso verschwunden wie Gerda, die sich vermutlich auf die Suche nach Babette gemacht hatte, um sicherzustellen, dass sie nicht doch noch mit ihrem Feuerzeug auf den Arzt losging.

Mit einem leichten Schauder betrachtete Alice das blutgetränkte Laken auf dem Feldbett und die zahllosen Kompressen, die überall herumlagen, und sie dachte daran, wie knapp Claires Tochter heute Abend am Tod vorbeigeschrammt war. Natürlich konnte es immer noch zu Komplikationen kommen. Die Kugel musste entfernt werden, und es bestand die Gefahr einer Infektion, doch das bereitete ihr im Augenblick nicht allzu große Sorgen. Die Militärkrankenhäuser in der Stadt waren ausgezeichnet, was man so hörte. Entscheidend war, dass Claire den kritischsten Moment überlebt hatte. Und das hatte sie dank Victor Damrau. Alice zog scharf die Luft ein, nahm den Spiritusgestank noch einmal bewusst wahr, der noch immer in der Luft lag, und schüttelte langsam den Kopf, fassungslos angesichts der Ereignisse dieser Nacht.

Dann machte sie sich ans Aufräumen. Sie glaubte keine Sekunde, dass Damrau morgen noch einmal auftauchen würde. So verlockend die Aussicht auf ein neues Leben in Amerika auch war, sie an seiner Stelle hätte sich jetzt erst einmal verkrochen und abgewartet, wie sich die Dinge entwickelten. Zwar hatte sie ihm ihr Wort gegeben, doch Damrau war sicherlich nicht so dumm, zu glauben, dass das allein genügen würde, um ihn dauerhaft vor einer Verfolgung durch die Besatzungsmächte zu schützen. Selbst wenn sie ihr Wort hielte, wusste sie nicht, ob sich Alexej nach dem, was er jetzt an Informationen in der Hand hatte, von ihr würde abbringen lassen, der Sache weiter nachzugehen, nur weil Damrau noch einmal seiner Pflicht als Arzt nachgekommen war. Aus seiner Sicht war es das Klügste gewesen, sich so schnell wie möglich aus dem Staub zu machen.

Alice wartete auf eine Welle der Bitterkeit, auf Zorn, Wehmut, Trauer, doch es kam nichts. Sie hatten Natalies Tochter gerettet. Das war es, was zählte. In diesem Augenblick, während sie die letzten blutigen Kompressen vom Boden aufhob und in den Mülleimer warf, beschäftigten sie andere Dinge als Victor Damrau. Da war Claires blasses Gesicht, die kleine Wunde in ihrem Bauch, so unscheinbar wie potenziell tödlich, Natalies zu Eis erstarrte Miene, ihr Schmerz, der so präsent gewesen war, dass man ihn fast körperlich hatte greifen können, der kurze Moment, in dem Leo und Natalie sich zum Abschied in den Armen lagen. All das hatte etwas in ihr zum Klingen gebracht, zum Vibrieren, wie eine Saite, die unerwartet angeschlagen worden war, und dieses vibrierende Etwas in ihr flüsterte ihr zu: Du bist am Leben!

Sie konnte noch lieben, lachen, weinen, tanzen. Sie durfte, nein, sie musste es sogar tun.

Alice ging los und fühlte sich plötzlich leicht, ja fast schwebend. Ein Lächeln breitete sich auf ihrem Gesicht aus, es wurde strahlender, durchdrang ihren Körper, ihre Seele, ihr Herz. Als sie an die Kreuzung kam, wo die Sternstraße abzweigte, ging sie einfach daran vorbei, weiter in Richtung Alexanderplatz und einfach immer weiter durch die schlafende Stadt, so lange, bis sie das Hotel Adlon erreichte. Sie umrundete die rußgeschwärzte Ruine des ehemaligen Luxushotels und lief zu dem inzwischen schon vertrauten Seitenflügel, der um diese Zeit noch verlassener wirkte als die beiden Male, an denen sie hier gewesen war, denn heute gab es weder eine Beleuchtung noch Soldaten, die Wache standen. Sie trat durch die zerborstene Eingangstür aus Glas und stieg langsam das nur von dem schwachen Lichtschimmer, der durch das kaputte Oberlicht herunterdrang, erhellte Treppenhaus nach oben. Es roch nach Staub und Mörtel, nach toten Steinen und nach Einsamkeit, ein allgegenwärtiger Geruch in den Ruinen und Häuserresten der Stadt. Sie passierte die Etage, auf dem sich der kleine Ballsaal befand, und stieg noch eine Treppe höher in das letzte Stockwerk hinauf. Tatsächlich gab es dort, direkt über dem Ballsaal, eine weitere Tür, identisch mit der eine Etage tiefer. Es gab keine Klingel, keinen Namen, keinerlei Hinweis darauf, dass hier jemand wohnte. Kurz kamen ihr Zweifel. All das hier wirkte sehr verlassen. Stimmte es überhaupt, dass Alexej hier lebte? Aber er hatte es ihr doch erzählt? Sie klopfte an die Tür. Anfangs noch sehr schüchtern, dann etwas energischer. Es dauerte eine Weile, bis sie Schritte hörte, dann öffnete Alexej die Tür. Zu ihrer Überraschung war er komplett angekleidet, trug seine Uniform samt Jacke und Stiefeln. Das einzige Zugeständnis an die Uhrzeit war, dass er unrasiert war, dunkle Schatten bedeckten Wangen und Kinn. Hinter ihm erklang Klaviermusik. Perlende, verträumte Töne, die in Kaskaden dahinflossen. Chopin. Sie stand mitten in dem milchig gelben Lichtkegel, der aus der offenen Tür drang, und kam sich durch die Dunkelheit darum herum ein bisschen vor wie eine Spielfigur in einer Schneekugel. Und auf einmal fühlte sie sich doch wieder unsicher. Was hatte sie sich nur dabei gedacht, zu einer solchen Zeit bei Alexej aufzutauchen? *Sei nicht albern! Du machst dich lächerlich!*, sagte eine schmerzlich vertraute Stimme in ihr, doch anders als beim letzten Mal, als sie sich davon hatte verunsichern lassen, wischte sie jetzt jeden Zweifel beiseite. Was wusste diese alte Stimme aus der Vergangenheit schon vom Heute? Sie hatten überlebt. Sie waren noch da. Das war alles, was zählte.

»Alice.« Alexej Wolkow blinzelte. Keine Begrüßung, keine Frage, was das sollte, was sie hier machte um diese verrückte Zeit. Überhaupt keine Frage, nur eine Feststellung: Alice. Punkt.

Sie hob ein wenig verlegen die Arme, suchte nach Worten. Noch auf dem Weg hierher waren ihr tausend Erklärungen eingefallen, doch jetzt, wo sie tatsächlich vor ihm stand, war ihr Kopf wie leer gefegt.

»Ich …«, begann sie und spürte, wie ihr die Röte ins Gesicht stieg, doch sie sprach tapfer weiter: »Ich habe in meinem Leben noch nie einen Mann geliebt, Alexej. Ich weiß also nicht, ob ich es kann. Aber …«, sie schluckte, die Verlegenheit nahm ihr jetzt fast den Atem und sie ließ die Arme sinken, »… ich bin hier.«

Alexej sagte eine ganze Weile nichts. Er stand einfach nur da und schaute sie an. Dann lächelte er, und Alice fragte sich, wie sie sein Gesicht je als unschön hatte empfinden können. Wie war sie nur darauf gekommen, seine Augen als dunkle Abgründe zu bezeichnen? Nichts davon traf zu. Für sie, hier, in diesem Augenblick, war Alexej Wolkow der schönste Mann der Welt.

Er beugte sich vor und nahm Alice' Hand, dann riss er die Tür weit auf und sagte: »Komm herein.«

33

SECHS WOCHEN SPÄTER

»Wann geht euer Schiff?«, fragte Alice und blinzelte in die Sonne.

»In fünf Tagen«, erwiderte Natalie.

Alice nickte. Fünf gemeinsame Tage also noch.

Sie saßen wieder auf der Bank an der Spree, jede eine Butterstulle in der Hand, zwei Becher Tee zwischen sich auf den Holzbrettern stehend, und machten Mittagspause. Es war ruhiger geworden in ihrer kleinen Mission, inzwischen kamen deutlich weniger Züge aus dem Osten und die Gestrandeten in der Bahnhofshalle hatten nach und nach eine Bleibe gefunden oder waren weitergezogen. Zwar blieb immer noch genug zu tun, aber trotzdem: Es roch nach Veränderung. Alexej legte ihr seit einiger Zeit nahe, den Standort zu wechseln. »Dieser Bahnhof hat keine Zukunft, was eure Arbeit anbelangt. Ich werde nicht mehr lange in meiner Position bleiben, und wenn ich weg bin, wird es keine Unterstützung mehr geben. Die Führung sieht keine Notwendigkeit mehr, jetzt, wo die Züge aus dem Osten weniger werden. Geht doch mit der Mission nach Charlottenburg! Der Bahnhof am Zoologischen Garten wird in Zukunft der wichtigste Bahnhof in Berlin sein.«

Alice fand diese Behauptung etwas abenteuerlich, sie

konnte sich nicht vorstellen, dass der Bahnhof am Zoo einmal wichtiger sein würde als der Schlesische Bahnhof. Andererseits nahm sie seinen Ratschlag durchaus ernst und hatte auch schon mit Natalie und ihren Helferinnen darüber gesprochen. Wenn Alexej Wolkow nicht mehr seine schützende Hand über sie halten und sie mit allem Notwendigen versorgen würde, wäre das das Ende ihrer gerade erst gegründeten kleinen Bahnhofsmission. Doch das war jetzt gerade nicht wichtig. Wichtig war, dass Natalie und Claire nur noch fünf Tage hier sein würden und sie diese Zeit genießen musste. Nachdem Natalie anfangs jede freie Minute bei ihrer Tochter am Krankenbett gesessen hatte, hatte sie inzwischen wieder begonnen, in der Mission mitzuarbeiten. Claire ging es besser, und sie verbrachte inzwischen viel Zeit mit dem jungen GI, der Alice einmal als ihr Fahrer vorgestellt worden war, aber offenbar inzwischen einiges mehr geworden war. Zumindest vermutete Natalie das. »Miller war nach dem Vorfall mit der Schießerei am Boden zerstört«, hatte sie ihr erzählt. »Er gab sich selbst die Schuld daran, weil er nicht gut genug auf Claire aufgepasst habe, aber sie hat ihm deswegen gehörig den Kopf gewaschen. Sie sei alt genug, eigene Dummheiten zu machen, meinte sie. Nur weil sie eine Frau sei, müsse kein Mann glauben, sie beschützen zu müssen, das sei erniedrigend. Das hat Miller dermaßen beeindruckt, dass er sie geküsst hat. Und seitdem sind sie unzertrennlich.«

Sie hatten beide herzlich lachen müssen über diese Geschichte, aber im Grunde hatte man gespürt, wie stolz Natalie auf ihre Tochter war, und Alice konnte sie verstehen. Es war eine neue Zeit. Die jungen Frauen von heute ließen sich nicht mehr behandeln wie unselbstständige Anhängsel der Männer. Vieles, wofür Alice und Natalie seinerzeit gekämpft hatten und worüber die »Gesellschaft« nicht selten die Nase gerümpft hatte, war nun selbstverständlich. Und so würde es weitergehen. Auch hier, in dieser Stadt, die irgendwann wieder aufgebaut sein und in ihrem alten Glanz erstrahlen würde.

»Aber ich werde nicht mitfahren«, sagte Natalie.

»Was wirst du nicht?« Alice, die in Gedanken an Alexej, den Bahnhof Zoo und Claires mögliche Liebesgeschichte mit einem GI aus Wyoming versunken gewesen war, hatte den Faden verloren.

»Ich werde nicht mitfahren. Mit dem Schiff nach New York.«

Alice richtete sich auf. »Was? Was soll das heißen?«

»Das soll heißen, dass ich hierbleiben werde.« Natalie lehnte sich sichtlich zufrieden zurück und nippte an ihrem Tee.

»Hierbleiben?«, echote Alice. »Du meinst, du bleibst hier in Berlin und Claire fährt alleine nach New York zurück?«

»Genau. Wobei sie nicht wirklich alleine fährt. Sam, mein alter Freund und pensionierter General der US Army hat einen GI abgestellt, der auf sie aufpassen … darf. Miller bekommt daher meine Passage. Rein beruflich natürlich.«

»Aber … wieso willst du bleiben?«, fragte Alice etwas begriffsstutzig.

Natalie sah sie empört an. »Was für eine Frage! Ich bleibe hier, um dir beim Aufbau der neuen Bahnhofsmission im Westen zu helfen.«

»Oh …« Alice blieb der Mund offen stehen. Sie war selten um Worte verlegen, aber jetzt hatte es ihr die Sprache verschlagen.

Natalie lachte. »Etwas mehr Begeisterung bitte!« Dann wurde sie ernst. »Ehrlich gesagt ist das nicht der eigentliche

Grund, sondern nur ein Nebeneffekt, wenn auch ein wunderbarer. Ich bleibe bei Leo.« Bei diesen Worten begann sie zu strahlen, und Alice hatte das Bild der jungen Natalie wieder vor Augen, deren blaue Augen Funken sprühen konnten. So hatte sie selbst damals, als junges Mädchen, sein wollen, fiel ihr wieder ein. Genau so. Am Ende war sie ganz anders geworden. Aber Funken sprühen konnte sie auch, zumindest ein bisschen, wie sie inzwischen wusste.

»Es ist ein Geschenk des Schicksals, dass wir alle, Leo, ich, du, Marthe, Gerda, ja sogar Babette, uns nach so langer Zeit wiedergetroffen haben.« Natalie hob ihr Gesicht in die Sonne. »Man hat keine Wahl in einer solchen Situation. Ein solches Geschenk muss man annehmen. Ich werde daher zumindest so lange bleiben, wie Leo hier zu tun hat. Danach sehen wir weiter.« Sie warf Alice, die schweigend die glückselige Überraschung auskostete, die Natalie ihr damit bereitete, einen schelmischen Blick zu. »Und Leo hat mit ein paar Verantwortlichen in der britischen Militärverwaltung gesprochen: Sie stehen der Idee einer Neugründung der Bahnhofsmission am Bahnhof Zoo sehr aufgeschlossen gegenüber.«

Alice räusperte sich und fand endlich ihre Sprache wieder. Vollkommen überwältigt stotterte sie: »Das, das … ist die wundervollste Nachricht, die ich seit Langem gehört habe.« Sie lächelten sich an. So schließt sich der Kreis, dachte Alice. Natalie ist zurückgekommen, und wir bauen zusammen etwas Neues auf.

»Und was ist mit euch?«, fragte Natalie, nachdem sie eine Weile schweigend auf den Fluss geblickt hatten.

»Was meinst du?«, fragte Alice etwas unbehaglich. Allein das Wort »euch« führte dazu, dass ihr die Röte ins Gesicht kroch. Du bist albern wie ein junges Mädchen, schalt sie sich, doch es half nicht. Wenn sie nur an Alexej dachte, wurde ihr schon warm und ihr Herz schlug schneller.

»Na, mit dir und diesem russischen Oberst.« Alice sah aus den Augenwinkeln, wie Natalie ihr einen neugierigen Blick zuwarf. Natalie und Trude waren die Einzigen, die wussten, dass Alice und Alexej seit jener schicksalhaften Nacht vor sechs Wochen mehr verband als eine freundschaftliche Arbeitsbeziehung zum Wohle der Bahnhofsmission; und auch sie wussten nur das Wenige, was Alice sich gezwungen gesehen hatte preiszugeben, nachdem sie immer öfter die Abende – und Nächte – mit ihm verbrachte. Doch langsam war es auch für die anderen nicht mehr zu übersehen. Sie hatte schon so zahlreiche Ausreden erfunden, weshalb sie Wilma morgens nicht mehr an der Straßenecke abholen konnte, dass sie fürchtete, die Metzgerswitwe habe sie längst durchschaut, auch wenn sie kein Wort darüber verlor. Wilma ging jetzt meist mit Astrid Pasulke zusammen zum Bahnhof, nur selten begleitete sie Alice noch. Astrids Eltern hatten ihrer Tochter schließlich doch noch erlaubt, hier mitzuhelfen, und es tat dem jungen Mädchen sichtlich gut, eine Aufgabe zu haben. Sie hatte sich mit zwei ehemaligen Steineklopferinnen angefreundet, die neu dazugekommen waren und etwa ihr Alter hatten. Die drei lebhaften, trotz der oftmals bedrückenden Arbeit immer fröhlichen jungen Mädchen hatten neuen Schwung in die Mission gebracht. Letztens hatte Alice beobachtet, dass sogar der immer so ernste Leutnant Nikitin lauthals über einen ihrer Scherze gelacht hatte.

»Alice, jetzt rede schon!«, sagte Natalie und puffte ihr scherzhaft den Ellenbogen in die Seite, so als wären sie beide noch junge Mädchen, die sich über ihren jeweiligen Schwarm austauschten.

Prompt musste Alice kichern. »Na ja, was soll ich sagen? Es ist … nun … schön.«

»Schön.« Natalie sah sie enttäuscht an. »Mehr fällt dir dazu nicht ein? Ich dachte, du hättest studiert?«

Alice wandte ihren Blick lächelnd zum Fluss und betrachtete die Möwen, die sich kreischend um etwas balgten, vielleicht ein Stück Brot. »Es ist etwas, von dem ich nie geglaubt habe, es noch zu erleben«, sagte sie schließlich leise. »Es ist wie … Walzer tanzen im Kerzenlicht, Wein trinken und nicht an morgen denken, sich aneinander festhalten, wenn man Angst hat, zusammen lachen und … und …« Beim Gedanken an ihre gemeinsamen Nächte verstummte sie etwas verschämt. Sie mochte studiert haben, aber manches konnte man einfach nicht in Worte fassen.

»Zu zweit sein«, fasste Natalie zusammen.

Alice nickte. Ja. Das war es. Zu zweit sein. Damit war alles gesagt. Sie musste an Trude denken, die jeden Tag eine Kerbe in ihren Türrahmen geritzt und die Hoffnung schon fast aufgegeben hatte, mit ihrem Mann jemals wieder vereint zu sein. Und dann hatte er vor drei Wochen plötzlich am Bahnhof gestanden. Gerda hatte ihn als einen von vielen in die Kladde eingetragen, aber als ihr der Name der Straße auffiel, in der er früher gewohnt hatte, hatte sie Alice geholt. »Du wohnst doch in der Sternstraße«, hatte sie gesagt. »Weißt du, ob da noch eine Familie Ackermann lebt?«

Alice hatte Kurt Ackermann erst auf den zweiten Blick erkannt, bärtig, abgemagert und verlaust wie alle anderen heimkehrenden Soldaten auch, doch dann hatte sie ihn spontan umarmt. Sie hatte ihn zu ihrem Haus und bis ins Treppenhaus begleitet, hatte von Weitem gesehen, wie Trude ihn erst angestarrt hatte wie einen Geist und dann in Tränen ausgebrochen war, und wie sie ihn schließlich an der Hand genommen und sanft und ohne ihn aus den Augen zu lassen in die Wohnung geführt hatte. Als sich die Tür hinter ihnen geschlossen hatte, hatte auch Alice mit den Tränen gekämpft und an den Türrahmen voller Kerben gedacht. Jetzt konnten sie ihn abhobeln und neu streichen. Es war nicht ganz einfach für die beiden, wieder zueinanderzufinden, das hatte sie aus Trudes Schilderungen herausgehört, aber Alice war zuversichtlich, dass sie es schaffen würden.

Natalies Stimme riss sie aus ihren Gedanken. »Und wie wird es weitergehen mit euch beiden?«, fragte sie. »Bleibt Wolkow in Berlin?«

Alice hob die Schultern. »Er wird vermutlich demnächst in die Alliierten-Kommandantur nach Dahlem wechseln, für wie lange, weiß er nicht. Aber wir machen uns keine großen Gedanken darüber. Was zählt, ist jetzt.« Sie dachte an Constanze, mit der sie inzwischen wieder regen Briefverkehr führte – sofern es die noch etwas unregelmäßig funktionierende Post erlaubte. Ihre Schwester war die dritte Person, der sie von Alexej erzählt hatte. Die Nachricht, dass Alice einen Mann, einen Russen noch dazu, kennen- und lieben gelernt hatte, hatte ihre Schwester geradezu elektrisiert. Ihre Briefe strotzten nur so von wohlwollender Neugierde, gut gemeinten Ratschlägen und nachdrücklich gesetzten Ausrufezeichen. So hatte sie ihr erneut angeboten, zu ihnen nach England zu kommen. »*Dein Alexej soll diesem ollen Stalin bloß rechtzeitig den Rücken kehren!!!*«, hatte sie zuletzt geschrieben. »*Nur weil seine Rote Armee endlich Hitler weggepustet hat – und das nicht allein, wohlgemerkt –, heißt das nicht, dass dieser Mann irgendetwas Gutes an sich hat. Kommt zu uns, wir finden schon eine Aufgabe für euch beide!*«

Alice hatte tatsächlich kurz darüber nachgedacht, den Gedanken aber schnell verworfen. Ihr Platz war hier. Sie wollte nirgendwo anders hin. Und was Alexej anbelangte, würde man sehen, wie es weiterging. Sie wollte keine Pläne schmieden, sondern nur jeden einzelnen Augenblick dieses so unerwarteten Geschenks, das das Schicksal auch ihr gemacht hatte, genießen.

Sie warf Natalie einen Blick zu und lächelte. »Also dann gehen wir in den Westen? Beginnen noch einmal etwas Neues?« Natalie nickte und öffnete den Mund, um etwas zu erwidern, doch lautes Rufen unterbrach sie.

»Alice! Natalie!«

Die beiden Frauen drehten sich um und sahen, wie Marthe auf sie zugelaufen kam. In einiger Entfernung blieb sie schließlich schnaufend stehen und winkte. »Kommt schnell! Es ist etwas passiert!«

Sie standen alle um den Bombenkrater auf dem ehemaligen Bahnhofsvorplatz herum: Schaulustige und russische Soldaten, darunter auch Alexej, der Alice ernst zunickte, als diese zusammen mit Natalie etwas atemlos angerannt kam, die ehemaligen Zwangsarbeiterinnen, die Alice nach und nach alle für ihre Arbeit rekrutiert hatte, die Helferinnen, die Pfarrer Gellert ihnen geschickt hatte, dazu Astrid, Marthe, Wilma, Gerda und sogar Babette, die inzwischen auch ein bisschen in der Mission mithalf, wenngleich sie noch nicht sehr belastbar war. Gerda hatte ihnen vor einigen Wochen erzählt, dass sie Babette am Tag vor Victor Damraus Entlarvung in der Krankenstation angetroffen und mit zu sich nach Hause genommen hatte, wo Babette zum ersten Mal seit langer Zeit wieder ein Bad nehmen und etwas Vernünftiges essen konnte.

Seitdem wohnte sie bei Gerda und kam mit ihr jeden Tag in die Mission. Gerda kümmerte sich rührend um sie, und im Vergleich zu ihrer ersten Begegnung vor sechs Wochen sah Babette schon erheblich besser aus. Sie half Marthe dabei, Essen für die Bedürftigen vorzubereiten, Tee zu kochen und in der kleinen Hütte Ordnung zu halten. Über Victor Damrau und die Tatsache, dass er nun doch nicht zur Rechenschaft gezogen worden war, hatte sie nie wieder ein Wort verloren. Keine von ihnen hatte nach dieser Nacht noch einmal über Victor Damrau gesprochen. Wie Alice erwartet hatte, war er am nächsten Morgen verschwunden gewesen. Seine wenigen Habseligkeiten, die er in der Hütte aufbewahrt hatte, waren weg, und von ihm fehlte seitdem jede Spur. Alice hatte sich gezwungen, nicht mehr daran zu denken. Sie hatte richtig gehandelt, sich auf seine Bedingungen einzulassen, um damit Claires Leben zu retten, daran hatte sie nicht den geringsten Zweifel. Alexej hatte die Informationen, die sie von Rosemarie Brehmer erhalten hatte, weitergeleitet, und Damrau stand auf der Fahndungsliste aller vier Besatzungsmächte, irgendwann würden sie ihn finden. Davon war Alice überzeugt gewesen, und das hatte ihr gereicht. Bis zu diesem Moment, als sie in den Bombenkrater hinuntersah und dort seine Leiche liegen sah. Sie prallte entsetzt zurück und hörte Natalie neben sich scharf die Luft einziehen.

»Damrau«, flüsterte sie.

»Er ist es, ohne jeden Zweifel«, bestätigte Alexej, der neben sie getreten war. »Die Verwesung ist zwar schon ziemlich fortgeschritten, aber sein Gesicht ist noch zu erkennen und wir haben außerdem Papiere bei ihm gefunden. Vermutlich liegt er schon seit jener Nacht, in der er verschwunden ist, dort unten.«

»Seit sechs Wochen?« Alice sah ihn überrascht an. »Wieso hat man ihn nicht früher gefunden?«

»An dieser Stelle finden im Augenblick keine Räumungsarbeiten statt. Schließlich hat uns die Bahnhofsmission alle Arbeiterinnen weggeschnappt.« Er zwinkerte ihr spöttisch zu, um dann sofort wieder ernst zu werden. »Spielende Kinder haben ihn entdeckt. Er war nur oberflächlich verscharrt.«

Alice sah nach unten. Leichtes Unbehagen erfasste sie. Seit sechs Wochen. Seit jener Nacht … »Wie ist er gestorben?«

»Neben ihm liegt ein Pflasterstein mit getrocknetem Blut. Entweder ist er darauf gefallen oder jemand hat ihm den Schädel eingeschlagen.«

Alice' Blick wanderte zu Babette, die etwas von ihr entfernt stand und die Leiche anstarrte. Ihre Miene war unergründlich.

»Keine Stichwunde? Kein Messer?«

Alice wusste von Gerda, dass Babette ein Messer bei sich gehabt hatte, als sie in der Mission auf sie getroffen war. Nachdem Gerda ihr das erzählt hatte, hatte es nicht mehr viel Kombinationsgabe benötigt, um darauf zu kommen, dass es Babette gewesen sein könnte, die den russischen Soldaten getötet hatte. Es passte zu ihrer eigenen Geschichte und zu dem Zustand, in dem sie sich damals befunden hatte. Alice hatte Babettes Blick in jener Nacht wieder vor Augen gehabt, als sie Victor Damrau um ein Haar in eine lebende Fackel verwandelt hätte. Gerda war derselben Meinung gewesen. Doch in einer stummen Übereinkunft hatten sie Babette nie darauf angesprochen. Und Alice hatte auch Alexej nichts davon erzählt.

Er schüttelte daher jetzt etwas erstaunt den Kopf. »Nein, kein Messer, keine Stich- oder Schnittverletzungen, zumindest, soweit wir das auf den ersten Blick feststellen konnten.«

Er nickte ihr zu und stieg zu seinen Leuten hinunter, die gerade damit begannen, den Leichnam auf eine Trage zu legen.

Nach und nach zerstreuten sich die Schaulustigen. Auch Natalie ging nach einer Weile zurück in die Bahnhofshalle. Alice jedoch war nicht imstande, den Blick abzuwenden. Sie wollte fortgehen, doch sie konnte nicht. Irgendetwas zwang sie, stehen zu bleiben und zuzusehen, wie die Soldaten das, was von Victor Damrau übrig war, mühsam nach oben schafften.

»Es ist gut, dass er tot ist«, sagte eine Stimme neben ihr. Es war Gerda, die neben sie getreten war.

Alice nickte. »Auch wenn es mir eigentlich widerstrebt, so etwas zu sagen, in dem Fall kann ich dir nicht widersprechen.« Wieder fiel ihr Blick auf Babette. Auch wenn kein Messer im Spiel gewesen war, sie traute Babette durchaus zu, ihr Werk doch noch vollendet zu haben. Sie war in der betreffenden Nacht plötzlich verschwunden, fiel ihr ein. Womöglich hatte sie Damrau abgepasst, als er sich davongemacht hatte …

»Sie war es nicht«, sagte Gerda, die ihrem Blick gefolgt war.

Alice wandte sich zu ihr. Etwas an Gerdas Ton war seltsam. Sie klang so bestimmt. »Woher willst du das wissen?«, fragte sie.

»Ich weiß es eben«, erwiderte sie, ohne Alice anzusehen.

Sie schwiegen einen Moment, dann sagte Gerda, deren Augen noch immer auf Babette ruhten: »Sie hat genug Furchtbares erlebt. Sie sollte sich nicht noch einmal die Hände schmutzig machen müssen.«

»Wie meinst du das?«, fragte Alice verwirrt. »Was soll das heißen?«

Gerda zögerte, dann sagte sie: »Das soll heißen, dass es vielleicht jemand anderes für sie getan hat.«

»Jemand anderes?«, wiederholte Alice verblüfft.

Sie nickte. »Jemand, der will, dass sie endlich ein bisschen Frieden findet.« Gerda stockte kurz und fuhr dann mit leiser Stimme fort: »Jemand, der so dumm war und nicht gesehen hat, wohin das alles führt. Und der sich deshalb mitschuldig fühlt an dem, was Babette passiert ist.« Mit diesen Worten drehte Gerda sich zu Alice und sah sie direkt an. In ihrem Blick lag etwas Flehentliches: die verzweifelte Bitte um Vergebung.

Eine ganze Weile musterten sie einander schweigend, dann sagte Alice langsam: »Damrau könnte gefallen sein. Oberst Wolkow sagte, das könne man wohl nicht mehr feststellen.«

Gerdas Augen füllten sich mit Tränen der Erleichterung. »Ja«, sagte sie, und ihre Stimme zitterte leicht. »Er könnte gefallen sein.«

Alice legte den Arm um ihre Schultern und führte sie behutsam vom Krater weg. »Komm, lass uns zurückgehen und weiterarbeiten. Es gibt noch so viel zu tun.«